新时代高等院校课证融通新形态一体化教材

# 文学概论

何新华　严巧云　赵卫东　主　编

西北工业大学出版社
西安

【内容简介】 本书立足于学生的"学",系统论述了文学概论的相关内容,包括绪论、文学观念、文学语言系统、文学形象系统、文学类型、叙事性作品、抒情性作品、文学风格及其流派、文学创作、文学消费与接受、文学批评、文学的起源与发展等。每一章设置了"复习要点",包括"基本概念"和"思考问题",一方面能帮助学生把握重点内容,另一方面可以培养学生主动思考,从而提高解决问题的综合能力。

本书可以作为本科院校及高职高专院校的教材,也可以作为在职教师继续教育的读本。

### 图书在版编目(CIP)数据

文学概论/何新华,严巧云,赵卫东主编. — 西安：西北工业大学出版社,2021.11
ISBN 978-7-5612-8045-4

Ⅰ.①文… Ⅱ.①何… ②严… ③赵… Ⅲ.①文学理论-高等学校-教材 Ⅳ.①I0

中国版本图书馆 CIP 数据核字(2021)第 226120 号

WENXUE GAILUN
文 学 概 论

| 责任编辑：隋秀娟 | 策划编辑：杨 睿 |
| --- | --- |
| 责任校对：万灵芝 | 装帧设计：李 飞 |

出版发行：西北工业大学出版社
通信地址：西安市友谊西路 127 号　　邮编：710072
电　　话：(029)88491757,88493844
网　　址：www.nwpup.com
印 刷 者：西安市久盛印务有限责任公司
开　　本：889 mm×1 194 mm　　1/16
印　　张：14.75
字　　数：435 千字
版　　次：2021 年 11 月第 1 版　　2021 年 11 月第 1 次印刷
定　　价：45.00 元

如有印装问题请与出版社联系调换

# 前言

"文学概论"是文学专业学生的必修课程,这门课程素以"难读"著称,"难读"的原因主要在于它理论来源广泛,涉及哲学、美学、艺术学、社会学、政治学、心理学,以及时兴的文化研究等。本书根据国家有关课程要求,参照了全国有影响力的教材,精选出基础性教学内容。本着"守正出新"的原则,去粗取精,提纲挈领,注重点面结合。一方面重视知识的系统性、普适性和知识结构的完整性、科学性;另一方面突出重点问题,深入讲解,并努力吸收较成熟的学术成果。

考虑到中国古代文论资源的特色以及西方文论的巨大进展,再结合文学理论在当代中国所获取的成就,我们在本书中力图突出以下特色。

1. 综合性

本书尽可能吸收古今中外文论的优秀成果。对于一切有价值的成果,我们都酌情加以吸收。对于同一问题有不同的见解,且这些见解又有合理的成分,我们就把它们介绍出来供大家学习时进行比较参考。当然,我们在介绍和分析不同的意见之后,会根据学术界多数人所形成的共识和我们的理解,对概念、范畴做出解说和阐释。

2. 新颖性

本书的编写在稳妥的基础上,力求出新。一本教材总要使用相当一段时间,如果都是陈旧的知识,没有一定的前瞻性,那么就会与时代和文学活动实际相脱离,所以本书尽量吸收一些新观念、新范畴,以便为学生提供新视野。

3. 系统性

我们尽最大的努力为学生提供较为系统和有效的文学理论方面的知识,并把引导学生养成理论思维习惯作为一种潜在的目标。本书重视各个知识细节之间的逻辑联系,也在整体框架的设计上体现了各部分知识相互交叉、相互渗透的特点,书中只分章而未分编的体例就包含着这种想法。

本书由何新华(商丘工学院)、严巧云(鄂州职业大学)、赵卫东(南阳理工学院)担任主编,由贾开吉(焦作大学)、马晓宇(商丘职业技术学院)、孙晓芳(漯河职业技术学院)担任副主编。具体编写分工如下:马晓宇编写第一章和第八章,何新华编写第二章和第七章,严巧云编写第六章和第九章,贾开吉编写第三章和第四章,赵卫东编写第五章和第十章,孙晓芳编写第十一章、第十二章。

在编写本书过程中借鉴和吸收了国内外学者的一些研究成果,在此一并表示衷心的感谢!

由于水平所限,我们对文学概论的思考还不能在这本书中得到充分体现,尚有待于进一步的改进;出于同样的原因,书中难免会存在疏漏之处,诚请各位专家和广大读者,尤其是使用本书的教师提出宝贵的批评意见。

编　者

2021 年 4 月

# 目 录

**第一章 绪论** ··· 1
 第一节 什么是"文学概论" ··· 1
 第二节 学习"文学概论"课程的目的和意义 ··· 4
 第三节 学习"文学概论"课程的方法 ··· 8

**第二章 文学观念** ··· 11
 第一节 文学是人类的一种文化形态 ··· 11
 第二节 文学是一种审美意识形态 ··· 19
 第三节 文学是一种经验形式 ··· 24

**第三章 文学语言系统** ··· 31
 第一节 文学文本概念 ··· 31
 第二节 文学语言组织 ··· 35
 第三节 文学语言组织的层面 ··· 39

**第四章 文学形象系统** ··· 50
 第一节 文学形象的系统性 ··· 50
 第二节 文学意象 ··· 55
 第三节 文学意境 ··· 60
 第四节 文学典型 ··· 62

**第五章 文学类型** ··· 67
 第一节 文学体裁 ··· 67
 第二节 高雅文学与通俗文学 ··· 82
 第三节 翻译文学与母语文学 ··· 87

**第六章 叙事性作品** ··· 91
 第一节 叙事与叙事作品 ··· 91
 第二节 叙事题材 ··· 92
 第三节 叙述方式 ··· 98
 第四节 叙述模式 ··· 104

## 第七章　抒情性作品 ... 110
### 第一节　抒情作品与情感 ... 110
### 第二节　抒情作品与抒情 ... 114
### 第三节　抒情作品的特征 ... 126

## 第八章　文学风格及其流派 ... 132
### 第一节　文学风格的含义 ... 132
### 第二节　文学风格的审美构成 ... 139
### 第三节　文学风格的不同视野 ... 144
### 第四节　文学流派 ... 147

## 第九章　文学创作 ... 150
### 第一节　文学创作是一种艺术生产活动 ... 150
### 第二节　文学创作过程 ... 156
### 第三节　作家的心理要素 ... 160

## 第十章　文学消费与接受 ... 171
### 第一节　文学消费 ... 171
### 第二节　文学接受及其主客体条件 ... 177
### 第三节　文学接受过程 ... 182
### 第四节　文学接受效果 ... 188

## 第十一章　文学批评 ... 194
### 第一节　文学批评的性质和意义 ... 194
### 第二节　文学批评的原则和方式 ... 197
### 第三节　文学批评的几种主要方法 ... 200
### 第四节　文学批评家 ... 203
### 第五节　文学批评的实践 ... 206

## 第十二章　文学的起源与发展 ... 212
### 第一节　文学作品的起源 ... 212
### 第二节　文学发展与社会发展的关系 ... 216
### 第三节　文学思潮及其演变 ... 224

## 参考文献 ... 230

# 第一章 绪　论

"文学概论"作为文学基本理论的一种阐释体系,多年来一直是我国高等院校中的一门重要的基础理论课程,学生、教师和研究者都对其广泛关注。我们要想从根本上理解"文学概论"的理论体系,就必须对其进行本体关注,对学科定义、研究对象及范围、研究方法等加以思考和说明。

## 第一节　什么是"文学概论"

在开始学习"文学概论"这门课程之前,学生难免会问出这样一些问题:这是一门怎样的课程？它的大致内容是什么？它属于哪一门学科？我们学习它有什么意义？

要回答这些问题,我们需要先弄清楚这门课程的性质。任何一门课程都必须以特定的学科为基础,"文学概论"作为一门课程,它的学科基础是建立在文学理论之上的。那文学理论又是一门怎样的学科呢？

### 一、文艺学的三个分支及其关系

"文学概论"就是"文学理论ABC",是初步的文学理论。文学理论是文艺学学科的一个分支。文艺学是一门研究文学及其规律的学科。文艺学这个学科名称是中华人民共和国成立以后从俄文翻译过来的,实际上正确的名称应该是文学学,但由于"文学学"不太符合汉语的构词习惯,人们也就普遍地接受文艺学这个名称了。一般认为文艺学包括三个分支,即文学史、文学批评和文学理论。

#### (一)文学史

文学史主要是从时间维度具体考察文学的发生、演变、发展过程及规律的学科。文学史既关注曾经发生过的某种特殊的文学现象,又关注文学在一定的历史时期和过去全部时间里的总体面貌;既重视文学现象产生及文学史演变原因的揭示,又重视文学史中的经验与教训的总结。

文学史的研究主要包括四个方面:一是对作家、作品进行研究。文学史的研究是从作家和作品的研究出发,从历史的高度分析作品的艺术个性、时代特征、思想价值和审美价值。二是对文学风格、流派和思潮的研究。任何一部作品都不是孤立存在的,而是在若干部作品、若干位作家的相互沟通、相互影响中诞生的,只有把握住文学风格、文学流派、文学思潮等相关问题,才能对一部作品做出全面的解释。三是对文学现象与社会、历史和文化关系的研究。文学风格、流派和思潮的形成和演变是有条件的,任何一种文学现象都要受到社会历史和文化的影响,所以文学史还必须研究文学与社会,文学与经济、政治、哲学、道德、宗教,文学与人们的审美习惯等方面的关系。四是对文学的起源、历史运动、发展变化规律、继承与革新的研究。文学史最主要的属性就是文学现象在时间维度上的运动,因而描述这种运动和变化,揭示和总结这种运动和变化的规律,并根据这种规律制定出当代人对待文学史的原则或对策,是文学史最重要的使命。

### (二)文学批评

文学批评是以一定的文学观为指导,以文学欣赏为基础,以最新的文学创作和文学思潮为核心对象所展开的评价和研究活动。文学批评的对象是以作品为中心的一切文学现象,它既包括文学作品,也包括与作品相关的文学风格、文学流派、文学运动、文学思潮、文学创作和文学接受等。文学批评优先关注发生在当代的最新的文学现象,同时也对历史上的文学现象重新进行研究和评价。

文学批评的基本任务是:从美学的和历史的观点分析具体作家、作品,总结文学创作的经验教训,给予公正评价;通过对作品的思想倾向和艺术特点的具体分析,帮助读者理解作品,培养读者健康的审美趣味,提高读者的文学鉴赏能力;同时通过文学批评实践,特别是当代文学批评实践,提出并探索新问题,推动并促进文学沿着正确的方向发展。文学批评是一门及时地评论同时代作家、作品、文学运动、文学思潮以及其他相关问题的学科,也是文艺学不可缺少的分支学科。

### (三)文学理论

文学理论是以人类历史和现实中的所有文学现象为对象,通过归纳总结文学的性质、特征和功能,阐释文学创作、文学接受、文学发展的规律,进而发现和论证文学的基本原理、概念范畴和研究方法的学科。文学理论虽然与文学史和文学批评一样,都把文学现象作为自身的

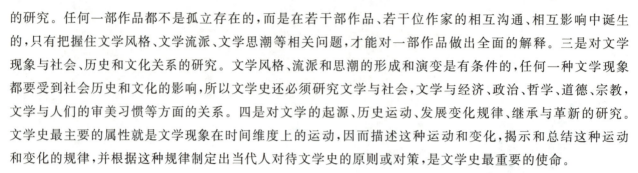
文学理论

研究对象,但文学理论并不专注于具体的作家作品和其他文学现象的分析,而是以哲学方法论的眼光,从宏观视野上来阐明文学的基本原理和概念范畴。也就是说,文学理论是把具体的文学现象当作某种理论观点、概念范畴、研究方法的例证来对待的。

文学理论的基本内容一般可分为文学观念论、作品论、创作论、接受论、起源论等方面。文学理论的这几方面内容并不是人们主观随意确定的,而是由它的研究对象——文学本身所决定的。我们所理解的文学既不单指摆在图书馆书架上的诗集、小说集、散文集、剧本集,又不单指作家构思中的形象和形象体系,也不单指那些激发读者情感的审美刺激物。我们所理解的文学是人类的一种特殊的精神活动,文学是以活动的形式而存在的。

美国当代文艺学家M.H.艾布拉姆斯在《镜与灯——浪漫主义文论及批评传统》一书中提出了文学四个要素的著名观点。他认为,文学作为一种活动,总是由作品、艺术家、世界(自然、生活)、欣赏者等四个要素组成的。[①] 这四个要素构成了一个流动的过程。文学理论所把握的不是这四个要素中孤立的一个要素,而是由四个要素构成的活动过程和整体。从这里我们可以看出文学活动结构规定了文学理论的五个方面的基本内容。

第一,世界所拥有的生活是文学的源泉,但生活本身还不是文学,生活要经过作家的艺术加工与创造才能变成文学作品,而研究作家艺术创造的过程和规律就形成了创作论。

第二,作家创作出的文学作品是一个层面结构,语言层、形象层、意蕴层是一般作品的最基本的层面;文学作品多种多样,有抒情作品、叙事作品、表意作品等;文学作品也有其独特的文体风格。研究作品的语言、

---

① [美]M.H.艾布拉姆斯:《镜与灯——浪漫主义文论及批评传统》,郦稚牛等译,北京大学出版社,1989,第5—6页。

形象、类型和风格等构成了作品论。

第三,如果把作品作为文本束之高阁,不跟读者见面,那还是死的东西,还不是审美对象,作品一定要经过读者的阅读、鉴赏、批评,即文学接受,才能变成有血有肉的、活的生命体,才能变成审美对象,而研究读者消费、传播、接受的过程和规律,就形成了接受论。

第四,文学作为人类的一种特殊精神活动,不同时代、不同时期、不同群体、不同观点的人们,对它性质的看法必然不同,这就形成了文学观念论。

第五,人类的文学活动有其来源,同时又是一个发展的过程。各个时代的文学活动都是不一样的,但它们又相互联系,因此从宏观的角度研究文学活动的发生和发展的一般规律,就形成了文学起源论。

对于文学理论的研究对象,人们又往往从各种不同的视角去加以探讨,这样就又形成了文学理论的多种分支。例如:从哲学的视角去探讨文学活动问题,就构成了文学哲学;从社会学的视角去探讨文学活动与社会的种种关系,就构成了文学社会学;从心理学的视角去探讨文学创作和鉴赏中的心理活动规律,就构成了文学心理学;从语言的视角去探讨文学作为一种语言结构的种种问题,就构成了文学语言学。文学哲学、文学社会学、文学心理学、文学语言学可以说是文学理论中的四大分支。当然人们还可以从其他视角去探讨文学问题,建立起新的分支。

不过,现行的"文学概论"课程在不同程度上几乎涉及文艺学的所有问题:文学的本质、文学作品的构成、文学的创作过程、文学的发生和发展、文学的接受。很显然,前三方面是较为纯粹的文学理论问题,第四方面是从宏观角度来审视文学史的演变和发展规律,最后一方面是鉴赏和批评的问题。可以说,"文学概论"对整个文艺学的全部领域都不同程度地给予了关注。

### (四)文艺学三个分支的关系

文艺学包括的文学发展史、文学批评和文学理论三个分支的相互关系在于,它们既相互独立,又相互联系。文学发展史、文学批评和文学理论各有其自身特殊的研究对象和内容,它们各自构成一门学科,但这三个分支学科又相互联系、相互渗透、相互作用。文学理论的研究,要以文学发展史所提供的材料经验和文学批评实践所取得的成果为基础,假如没有这个基础,文学理论就会成为空中楼阁;而文学史、文学批评又必须以文学理论所阐明的基本原理为指导,离开这种指导,文学史、文学批评就失去了灵魂。从文艺学这三个分支学科的内容看,它们之间常常是"你中有我,我中有你"的关系,并不能截然分开。

## 二、"文学概论"课程的特点

学习了文艺学及其三个分支学科的关系之后,"文学概论"这门课程的特点自然也就清楚了,主要分为以下四个特点。

### (一)初步引导性

"文学概论"作为讲授文学理论基本原理及其基本知识的课程,是文学理论的初步导引。文学理论体系中所包含的各个方面的问题,它都要概括地讲到,但它只讲最具备基础意义的部分,而不涉及其中比较专门的复杂问题。它是概论,不是专论。

### (二)实践性

"文学概论"作为文学理论的初步导引,与文学活动的实践保持着密切的关系:一方面,文学概论要以文学创作、文学批评实践以及文学发展史的研究所提供的材料作为理论的基础;另一方面,它又是对文学创作、文学批评经验以及文学发展史所提出的一般问题的概括和总结,它可以对文学创作、文学批评活动以及文学发展史的研究活动起到有力的指导和推动作用。文学概论同整个文学理论一样,并不是凭空产生的,也不是个别理论家的杜撰,而是从长期的多种多样的文学实践经验中总结出来的。具体地说,它是古今中外文学创作、文学批评、文学运动、文学思潮等一切文学实践经验的理论概括,它的出发点和基础只能是各种各样的生动的文学实践。由于文学概论有如此鲜明的实践性,所以它总是随着文学创作、文学批评、文学运动和文学思潮等的发展而发展,它永远是生动的、变化的,而不是僵化的、静止的。

### (三)跨学科性

"文学概论"作为文学理论的基础部分,也包含了多种交叉学科的知识:为了阐明文学的文化意义和文学中的文化问题,必须运用文化学的方法;为了阐明文学的基本原理以及文学中的一切哲学问题,必须运用哲学的方法;为了说明文学与社会生活中各种因素的复杂关系,吸收社会学的知识也是必要的;为了揭示文学创作和接受的奥秘,必须涉及人的感知、情感、想象等心理能力,因而心理学的视角也必不可少。"文学概论"虽是一门文学课程,但在一定意义上又具有跨学科性的特点。

### (四)反思性

文学理论是对于常识之类的基本经验的研究,那么自身意识也是自我反思的对象。笛卡尔的"我思故我在"、康德的"先验理性"即是自我反思的开端。这种反思意味着主体反思以自我为客体,犹如在镜中观察自己的形象一样。康德的批判理论就运用了这种反思哲学的方法,他把理性作为最高法官,在其面前一切发出有效诉求的存在都必须为自身辩护。黑格尔认为事物的本质并不是直接呈现在我们面前的,要想认识它,就必须深入到事物的背后,对它进行反思,思想是对事物"反思"的结果。文学理论的研究者应该通过对个体经验的理解,在反思基础上建立起理论的学术品格。总之,文学理论是一门反思性的学科,它是对各种文学实践活动和文学现象进行理性沉思的结果。它通过理论上的反思、概括和研究,为理解和评价文学活动与文学现象提供理论依据与价值尺度。

## 第二节 学习"文学概论"课程的目的和意义

### 一、学习"文学概论"课程的目的

学习"文学概论"课程的目的可以概括为人生境界的整体提升,表现为人格的培育与思想的重构。此处的境界是指精神视角上的灵魂状态。学习的目的在于找到思想上脱胎换骨的方法,具备自我反思的自觉意识和批判精神。境界的营造包括人格精神的培育和思想深度的开掘。通过学习,明白怎样活着才是一个"大写"的人,如何活着才能拥有更加丰富和深刻的人生。

#### (一)人格的培育

文学理论的学习可以由文学阅读获得审美情趣,由诗性感悟上升到思想智慧。苏联教育家苏霍姆林斯基很重视美育,他认为,美是道德纯洁、精神丰富和体魄健全的强大源泉。美的教育要通过陶冶的教学方法来实现。陶冶法又称情境教学法,是指通过创设良好的情境和组织有教育意义的活动,潜移默化地培养学生的思想情操与品德个性。陶冶的方式有很多,其中对学生影响较大的主要有人格感化、环境熏陶和艺术陶冶等。学生自觉地从情境中吸取有益的精神营养,获得深入肺腑的审美感受、深入骨髓的思想启迪。文学理论的学习可以使自己从个人的审美体验扩大到大我的价值关怀,提升为人生境界的营构。

"人格"一词包含心理学与伦理学的内涵,本书此处偏重于指伦理道德的个性品质。文学理论的学习贯穿着人格品质的培育,我们可以将中国传统的诗教理论作为人格教育的理论资源。

**1. 将人格培育与道德修为结合起来**

仁是孔子思想的核心,他认为无论是个人修为还是国家治理都应该贯穿"仁者爱人"的理念。个人是社会的细胞,也是实施国家大政方针的起点,因而个人的格物、致知、诚意、正心、修身,应该居于齐家、治国、平天下之首。如果说仁是儒家哲学的核心,那么礼和乐是求仁、得仁的两翼,二者相辅相成,密不可分。孔子说:"人而不仁如礼何?人而不仁如乐何?"仁是礼、乐的应有之义。智者乐水,仁者乐山。他们对于山水的喜爱与品赏是一种发自内心的审美活动。孔子认为这一活动也体现了审美者个人的人格特点。朱熹对此的理解是:"知者达于事理而周流无滞,有似于水,故乐水;仁者安于义理而厚重不迁,有似于山,故乐山。"朱熹解释了知者和仁者的人格表征,山、水成了人格的象征。儒家认为求仁、亲仁、得仁不应该是训导、强制的结果,而应该是发自肺腑的顺服和喜悦。孟子认为,"乐之实,乐斯二者,乐则生矣;生则恶可已也,恶可已,则不知足之蹈之手之舞之。"对于仁义这种道德理性的吸收应该内化为自己的情感和精神,从而不自觉地"足之蹈之,手之舞之"。孟子提出"理义之悦我心"的说法,"口之于味也,有同耆焉;耳之于声也,有同听焉;目之于色也,有同美焉。至于心,独无所同然乎?心之所同然者,何也?谓:理也,义也。圣人先得我心之所同然耳。故理义之悦我心,犹刍豢之悦我口。"他此处讲的是儒家人格精神教导的层面,而下面要讲的是教化培育的层面。

**2. 将人格的培育与心志的自然抒发结合起来**

诗歌是诗者内心情感至情至性的表达。白居易说:"诗者,根情、苗言、华声、实义。"李贽在《童心说》指出:"夫童心者,真心也。……若失却童心,便失却真心;失却真心,便失却真人,全不复有初矣。……天下之至文,未有不出于童心焉者也。"优秀的文学作品蕴含的是人类具有共同感受的真挚情感,其创作者必定具有一颗朴实无华的"童心"。诗歌的抒情方式还顺带引发了音乐与舞蹈。"诗者,志之所之也。在心为志,发言为诗。情动于中而形于言,言之不足故嗟叹之,嗟叹之不足故永歌之,永歌之不足,不知手之舞之,足之蹈之也。"可见,诗人的全部激情都可以通过诗歌得以全面表达。在文学理论学习中,学习者既要通过中国古代文论的学习明白古人的人格精神,又要引导自己以儒家人格精神评价文学艺术作品,进而将学做"真人"的信念内化为个人信仰。

**(二)思想的重构**

文学专业的学生通常多愁善感、想象丰富,这是非常可贵的个性品质,在学术研究过程中有待于创造条件发挥其长处,但是,如果对文学作品、文学现象、文学史实的认识停留于感性印象,则会显得粗浅,也容易被历史专业的人视为缺乏扎实深入的文献功夫,被哲学专业的人视为缺乏思辨能力和中西哲学史的深厚背景。文学专业的学生有才情,有活力,这是走向文学诗性空间的基础。同时,他们也是能够拥有独立思想的。那么,如何通过文学概论的学术训练,掌握获取思想的工具,进而拥有思想者的视野和涵养呢?要想拥有思想,就应该进入思想史的学习和研究。思想的研究就是思想史的研究。柯林伍德说:"历史的知识是关于心灵在过去曾经做过什么事的知识,同时它也是在重做这件事,过去的永存性就活动在现在之中。"我们只有在与古人思想的不断碰撞、交流中,才能在继承时有所发现和创新。

通常来说,一般意义上的思想史的研究包括如下两个要点:

第一,思想史关注的焦点是主体的观念,但并不仅仅是对思想家观念抽象的概括,而应该是在尽可能占有文献资料的前提下将思想观念历史化。对于如何处理材料与观点之间的关系,马克思和恩格斯有经典的论述。马克思说:"研究必须充分地占有材料,分析它的各种发展形式,探寻这些形式的内在联系。只有这项工作完成以后,现实的运动才能适当地叙述出来。这一点一旦做到,材料的生命一旦观念地反映出来,呈现在我们面前的就好像是一个先验的结构了。"①我们从别人的研究结论中,看到的似乎是一个"先验的结构",实际上它并非"先验"存在着,而是研究者从大量材料中归纳、总结、提炼的"后验"的结果。马克思本人的研究就是这样身体力行的。正如恩格斯所评价的,"马克思没有一个地方以事实去迁就自己的理论,相反地,他力图把自己的理论表现为事实的结果"②。恩格斯本人也一直坚持历史主义的研究方法。他认为,"共产主义不是学说,而是运动。它不是从原则出发,而是从事实出发。被共产主义者作为自己前提的不是某种哲学,而是过去历史的整个过程,特别是这个过程目前在文明各国的实际结果。"③他进一步说:"我们对未来非资本主义社会区别于现代社会特征的看法,是从历史事实和发展过程得出的确切结论;脱离这些事实和过程,就没有任何理论价值和实际价值。"④以大量的文献材料作为基础,从中抽象得出观念和框架,这是论从史出的基本方法。思想史研究固然需要研究者具有相当高超的理论思维与综合能力,但是并非单纯进行概念演绎的文字游戏,思想的起点应该建立在深厚的史实积累的基础之上。思想史研究应该厘清思想家所处的时代环境和人民生存状态的紧密关系。不应该仅仅把思想家的思想大体上当作纯粹上层社会书斋中的珍存,而是要去"追踪思想家的哪些思想,通过种种社会活动、社会渠道渗透到平民中间,沉淀在人民的思想观念中,甚至通过平民的行为方式显映出来"⑤。而这些工作都离不开结合思想家所处的具体历史语境进行深入细致的考证。也只有坚持回到历史语境,而非观念先行或者以理论削足适履,这样的研究工作才能避免教条主义。

第二,既要有客观的思想史陈述,又要有独创性的解释。思想史研究的是前人提出的思想和观点、人们的生活态度、社会思潮,乃至一个时代的意识形态或集体无意识。思想家留下的全部文字之所以不能代替后人对他们的研究,有如下三个原因:

(1)文字有其独立性,一旦产生后就不属于个人,且有不同语境下意义增殖的无限可能性。后人很可能比思想家本人更理解他。

(2)文字的意义是通过后人的接受,即通过后人的理解与解释产生的。别人的理解与解释是思想产生意义和影响的先决条件。

(3)思想家由于受其视域的限制,无法把握其思想在社会语境和历史语境的意义,而这些正需要通过思想史的研究来加以揭示。

上述想法的意思是:其一,思想者的观念往往靠文字传世,但是文字的意义不是不言自明的,文字本身是多义的,阐释文字的方法也是多义的,不同主体的阐释路径更是多元的。正因为阐释的不确定性与复杂性,研究主体才能通过阐释使死去的思想重新在活着的文字中产生意义。其二,研究者有可能因为时间靠后所形成的历史距离而具有后见之明的优势,这种优势可以化为思想史研究的成果。总之,一代又一代的研究者置身于自己的时代,带着自己的问题,在思想的重新解读中赋予思想者以生命。我们在尊重思想者、掌握阐释方法的前提下,应该着意个人阐释的独创性。

## 二、学习"文学概论"课程的意义

作为中文专业的学生,必须具备文学理论知识、文学史知识、汉语言知识、阅读和写作的实践能力等四方面的知识和能力,"文学概论"这门课程所包含的知识是中文专业必不可少的。

---

① 《马克思恩格斯全集》第23卷,人民出版社,1972,第23-24页。
② 《马克思恩格斯全集》第16卷,人民出版社,1964,第257页。
③ 《马克思恩格斯全集》第4卷,人民出版社,1965,第311-312页。
④ 《马克思恩格斯全集》第36卷,人民出版社,1975,第419-420页。
⑤ 耿云志:《关于中国近代思想史研究对象与方法的思考》,《广东社会科学》2003年第2期。

## 第一章 绪论

### (一)掌握文学知识,提高文学欣赏水平

"文学概论"这门课程较为集中地提供了有关文学的普遍知识,诸如文学理论的基本概念、范畴、命题,以及由这些知识构成的理论体系。从文学理论的学习中,我们可以了解到文学是什么,文学对人有何价值,文学作品由哪些因素构成,文学作品有哪些基本类型,文学创作有哪些原则,人们常说的现实主义、浪漫主义、现代主义等文学思潮和创作原则有何特征,文学鉴赏有何规律,应如何看待文学批评的标准和方法等,这些知识对于从本质上认识文学是至关重要的。文学理论能指导人们系统地掌握文学的基本命题和原理,形成健康的、进步的文学观,提高文学欣赏水平。在文学欣赏活动中,读者要能以某部作品为欣赏对象,产生情感激动和获得认识教育,正确理解作品的内容和形式,这些是不可脱离文学常识的。如果文学常识肤浅,往往会缺乏艺术的感受力和鉴别力,最美的作品也难以被当作欣赏对象,最独特的意蕴也难以被发现。例如面对柳宗元的《江雪》,如果没有关于文学意境的基本常识,根本不懂得文学与作家生活经历、思想感情的必然联系,那么,读者就难以从诗句中感知到一场茫茫大雪,难以透过这场茫茫大雪把握到作者所经历的严酷而险恶的生活环境和人生遭际,更难以从茫茫大雪中寒江独钓的老翁形象领悟到作者高怀绝世的人格风貌。

### (二)提高文学创作能力

"文学概论"这门课程对于从事文学活动的人具有"工具"的意义。当人们对文学的本质有了较为深入的认识时,文学才能进入自觉的时代。换句话说,只有掌握了文学理论,人们的文学创作、文学阅读和文学研究才是在理论指导下的自觉行动。文学创作一方面重生活经验,重情感感受,重直觉灵感,重个人独创,重无法之法,但另一方面又必须把个人的经验、感受、印象能动地上升到理性认识阶段,使之包含深广的社会内容。任何作家在观察、感受、体验、分析、研究、概括生活和塑造形象的过程中,头脑深处总会自觉或不自觉地受着一定文学观的规范,受着文学理论的引导。文学理论的修养,是作家提高认识、理解和表现生活的能力,是提高文学创作质量的重要一环。历来卓有成就的伟大作家,如歌德、雪莱、托尔斯泰、高尔基、鲁迅、郭沫若、茅盾等,都具有极高的理论造诣和修养,都在一定的理论指导下进行文学的探索和创造,并且在创作文学作品的同时,都曾经撰写过许多文学理论著述。

### (三)指导文学批评

学习"文学概论"这门课程,有助于人们建立理论化的思维。作为中文专业的学生,不仅需要养成对人的情感的切实体验,对人生和语言的独特感受能力,同时也还需要对文学作品和其他文学现象的分析能力、判断能力,以及提高对文学现象的评价力度,要做到这些,固然需要有很多积累,但其中最为重要的条件是理论化的思维能力。在文学理论的学习过程中,必然涉及概念的界定、命题的推导、观念的陈述、体系的建构等思维活动,这无疑有助于养成理论化思维的习惯和能力,从而提高对文学现象的认识、理解和评价的水平。文学批评是一种科学认识活动,而对浩如烟海的文学作品,文学批评需要根据一定的理论原则做出理性的评判,需要代表一般群众的欣赏趣味和表达一般群众的欣赏判断。面对复杂纷繁的文学创作、文学运动、文学思潮,文学批评需要站到更高的理论层次去分析、研究和诱导,因此,文学批评家必须具备坚实的文学理论根底。文学批评家的文学理论知识越是广博而丰富,他对文学现象的分析、评价和阐述就会越深入细致,就会越具有科学性、独创性和说服力。

### (四)促进文学教育

"文学概论"这门课程对文学教育的意义也是不可低估的。文学教育从受教育的场合看,有非学校文学教育和学校文学教育两大类。前者是指社会性的文学活动、家庭成员间的文学交流、个人的阅读活动、个人利用计算机网络,以及借助其他传媒方式所实现的文学教育;后者是指在各类学校里所进行的有计划、有目的、有组织、有相对固定的场所、有专门人员主持实施的文学教育。这两类文学教育都需要文学理论的指

导,但由于学校文学教育的专业化及其所肩负的明确使命,使得它更需要文学理论全程、深度的介入。在学校文学教育中,我们根据受教育者的年龄特点和进行教育的层次不同,又可分为小学文学教育、中学文学教育和大学文学教育。大学的文学教育往往是由专门的文学理论研究机构中进行专门研究的教育工作者来组织实施的。在我国,这种文学教育,尤其是中文专业的整个学科体系中,一般都设有若干门文学理论类的课程,即便是现在某些大学中的非中文专业的文学教育,也有许多优先选择"文学概论"来作为文学普及教育课程的。这说明,文学理论在大学的文学教育中始终具有较为突出的地位。

在中小学的文学教育中,由于教育对象和文学教育的层次不同,不可能进行专门的文学理论教育,但对从事文学教育的教师来说,文学理论所提供的有关文学的普遍知识是非常有意义的。从一定角度上说,文学理论是中小学文学教育工作者的必备知识。中小学的文学教育多数是以作品为核心内容的,而教育者在吸收前人的分析成果的基础上,要想做出时代的和自己的判断,就需要在理论上对文学本质有所理解,需要掌握文学理论的基本概念,需要了解文学研究和评价的方法。理论虽然不能解决所有问题,但文学教育者只有在掌握了文学理论的前提下,才有可能对文学作品等文学现象做出较为准确的分析,也才有可能不仅知道怎样分析作品,而且知道为什么这样来分析文学作品。如果仅仅凭经验和感受分析评价文学作品,常常会表现出某种程度的盲目。同时,对文学教育自身的反思,也要求文学教育者具有相当的文学理论素养。有了对文学理论的深入把握,才能对文学的本质做出创造性的解释,才能站在时代的文学思潮的高度来理解过去的文学,才能看到我们现行的文学教育与时代和未来需要之间的差距,并在此基础上来调整文学教育的目的和任务、方式和方法,使学生获得更有意义的文学知识。

当然,在陈述文学理论在人们的活动和文学教育中的重要意义的时候,必须注意不能过分夸大它的作用。文学理论在整个文学活动和文学教育中只是一个组成部分,它不能代替文学史等其他文学的学科和课程。

## 第三节 学习"文学概论"课程的方法

"文学概论"作为一门理论性的课程,与文学史等其他专业课程相比要抽象一些,这就更需要借助较好的学习方法来理解和掌握。学习"文学概论"课程的方法与做其他事情的方法一样,既有普遍规律可循,又都有属于每个学习者个人的方法。我们这里只就某些具有普遍性的学习方法做些讨论。

### 一、注重基本原理的掌握

简单地说,原理就是具有普遍意义的道理。文学的基本原理就是能够回答文学是什么的那些道理,或者文学之所以是文学的那些内在依据,也就是那些具有普遍性的关于文学的基本规律。

学习"文学概论"会遇到一些抽象的概念,如文学观念、文学的文化意义、文学思潮、文学流派等。这些概念是对各种文学现象的反映和概括,文学理论家也常运用这些概念来阐明文学的基本原理、原则,因此弄清楚这些概念的内涵与外延并牢牢地掌握它,是十分必要的。如果这些基本概念掌握得不准确、不牢固,那么要进一步掌握文学的原理、原则就会非常困难。

如果单是死记硬背一些简单的定义,对基本的原理、原则不求甚解,那就舍本逐末了。对于一个文学理论的学习者来说,更重要的是要尽力去掌握基本的原理、原则,而不仅仅是记住一些定义。文学现象是非常复杂的,它往往是多方面展开的形态,因此,文学理论中的定义即使很完备,在复杂的文学事实面前也会显

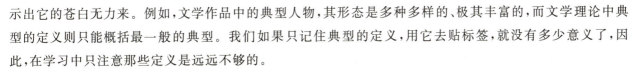

示出它的苍白无力来。例如,文学作品中的典型人物,其形态是多种多样的、极其丰富的,而文学理论中典型的定义则只能概括最一般的典型。我们如果只记住典型的定义,用它去贴标签,就没有多少意义了,因此,在学习中只注意那些定义是远远不够的。

对学习者来说,更重要的是对文学的基本原理的全面深入理解。理解是打开理论之门的一把钥匙。一方面,不能忽视基本概念的掌握;另一方面,又不能把这些概念封在严肃的定义中,而是要在它们历史的或逻辑的形成过程中加以阐明。在学习过程中,应该将记忆力和理解力并用。运用记忆力,可以记住一些基本概念;运用理解力,才能掌握理论的精髓。显然,理解比记忆更为重要。

我们强调在学习中注重基本原理并不是只关注原理,忽视其他,而是要突出原理在"文学概论"学习中的重要性,是要在学习中能够发现"文学概论"中所有知识与各个原理之间的密切关系,即从"文学概论"这门课程所涉及的整个知识体系中来理解原理。

### 二、注重各个问题之间的关系

本书中所涉及的问题都是相互联系的,在学习时,应把相互关联的问题放在一起加以理解。这种联系即表现为全书总体的联系。

文学理论作为一门学科是一个完整的体系,在这个体系里,包含了许多问题,但是,文学理论所包含的问题并不是平行的、各自独立的且同等重要的。它就像一个链条一样,环环相连,其中有主要的环节,要是抓住了主要环节,就会很容易把整个链条拾起来。就文学理论的内部构成而言,文学观念问题就是一个制约着整体的主要问题。因此,在学习中要紧紧抓住这个重点。一旦把这个重点搞清楚,那么就摸到了文学理论的主动脉,因为其他一系列问题,如文学的文化意义、文学的审美意识形态、文学语言、文学典型、意境、意象、叙事作品、抒情作品、风格流派等,或是由此生发出来,或是与此密切相关,或是以此为内在根据。抓住了这个重点,全部问题也就融会贯通了。

就文学理论的分论而言,各论中又各有重点。"观念论"的重点在"文学是一种审美意识形态"和"文学语言组织"。如果将这两个论题弄清楚,那么就可以将文学艺术与其他意识形态区别开来,进而将文学与其他艺术区别开来,而文学作为语言艺术的审美本质特征也就被充分揭示出来了。"作品论"的重点则在作品的语言层面和形象层面,以及叙事作品和抒情作品的一些新问题。"创作论"的重点在"作家的心理要素"和"创作过程"这两个论题上面。"起源论"所包含的方面多,其中文学的起源、文学随着社会生活的发展而发展、文学发展中的继承和革新等论题,从不同的方面阐明了文学发生与发展的原因与形态,是比较重要的。"接受论"实际上是由鉴赏论和批评论两部分构成的,重点是理解读者在文学接受中的作用和接受过程的各种心理现象。本书中提出的"文学消费"也是一个重点。注意各个问题之间的关系,并且把握课程的重点是学习"文学概论"课程应采取的一个方法。

### 三、注重理论联系实际和思维能力的培养

文学理论是从文学的实践活动和具体现象中总结出来的,它的价值也只有在文学的具体实践中才能实现。基于这样一种认识,我们不论是要理解文学理论,还是要应用文学理论,都必须将理论与实际密切地联系起来。理论联系实际,就是在理解文学理论中的基本知识和基本问题时,注重与文学的创作实践、作品情况和接受活动及其效果之间的内在关系。创作论、作品论和接受论这三大方面的文学现象是就整个世界文学史而言的,从这个意义上说,把文学理论与文学实际联系起来加以理解,就是把文学理论与文学史联系起来进行把握。同时,将文学理论用于文学实际,就是用对文学现象的普遍认识来指导现实的文学实践,并为未来的人类文学事业开辟道路,而文学批评的主要任务正好是对新出现的文学现象做出分析和评价,以指

明文学的发展方向,因此,文学理论应用于文学实践,这就要求对文学批评成果加以关注。只有理论联系实际,理论本身才能不断地深化和丰富,才能使理论的价值得以真正实现。对文学理论的学习者来说,理论联系实际是加深理解和深化认识的重要途径,也是实现学习目的的宝贵机遇。

### 四、注重教材内容的知识背景

"文学概论"有着它必要的知识背景,如果要真正深入地理解这里面的知识和思想,就要有一定的知识储备。所以在学习"文学概论"的过程中,应该一边领会教材中的内容,一边尽量多地阅读相关的背景材料。这种背景知识,不外乎两大类:一是小说、诗歌、散文、剧本等文学作品;二是文学理论、文学史、文学批评等文本。这两类材料浩如烟海,即便是耗尽一生的时间,也难以读完,所以解决这个问题的权宜之计就是把握住两个选择方向:一个是选择经典著作,即在文学史和文学理论史中拥有显赫地位的那些作品;另一个是选择前沿文本,即在当代新出现的、代表新的文学思潮和思考的文学作品和理论及研究性文本。在两种知识的融合中,会使我们的理解更加具有真理性的价值,使我们的思考对文学的现实和未来更有意义。要做到这一点并非是一朝一夕的事情,但为了真正掌握"文学概论"中的基本知识和思想,我们只能尽早地迈出这千里之行的第一步,并以较大的热情持之以恒。

## 复习要点

**[基本概念]**

文艺学　　　文学理论　　　文学批评　　　文学史

**[思考问题]**

1. 什么是"文学概论"?
2. 学习"文学概论"课程的意义是什么?
3. 学习"文学概论"课程应该注意哪些问题?
4. 学习"文学概论"课程有哪些好的方法?

# 第二章 文学观念

> 文学观念就是对文学的看法,它回答了"文学是什么"的问题。不同的民族有不同的文学观念,不同的群体有不同的文学观念,不同的人由于立场的不同也会有不同的文学观念。任何特定的人都带有局限性,都无法从真正的意义上来回答关于文学普遍本质的问题,但回答这个问题是历史和时代交给人们的使命,我们不能对文学下一个绝对的定义,而是要尽力对文学的本质特征做出一种相对合理的解释。正是由于历史上有那么多的人对文学的本质特征做出了回答,才使人类不断地接近了对文学普遍本质的认识。下面对文学本质特征的探讨,既是对前人成果的时代总结,又是向未来开放的。
>
> 文学是语言的艺术,它有独特的语言组织问题,关系到文学文本内部结构的重要而细致的分析,因此我们除了在本章讨论文学是语言的艺术外,第三章还会做专门的讨论。

## 第一节 文学是人类的一种文化形态

文学是人类的一种文化形态,这个观点是被普遍接受的,如果再深入挖掘,仍然会有很多问题。例如:文化是什么,文学承载着什么文化意义,文学这种文化形态与其他文化形态有何关系等,这也是本节着重阐明的问题。

### 一、文化的概念

我们说文学是一种文化形态,那么首先要追问文化是什么。历史上有无数的研究者试图回答"文化是什么"这一问题,据说迄今为止关于文化这一概念的解释有一百多种。这说明人们对文化的理解分歧较多,也说明文化这个概念很难解释,不过较重要的有广义、狭义和符号学义三种。

#### (一)广义的文化概念

19世纪英国人类学家泰勒在《原始文化》一书中对文化的定义是这样的:"文化或文明,就其广泛的民族学意义上来说,乃是包括知识、信仰、艺术、道德、法律、习俗和任何人作为一名社会成员而获得的能力和习惯在内的复合体。"①广义的文化概念最为流行。英国社会人类学家马林诺夫斯基也是从广义的视点来定义文化的,他认为:"文化是指代那一群传统的器物、货品、技术、思想、习惯及价值而言的,这概念包容着及调节着一切社会科学。我们亦将见,社会组织除非视作文化的一部分,实是无法了解的。一切对于人类活动、人类集团,以及人类思想和信仰的个别专门研究,必会和文化的比较研究相衔接,而且得到相互的助益。"②马林诺夫斯基对文化的定义与泰勒的定义是一致的。马林诺夫斯基在同一部书中,还详细说明了"文化的各方面":甲,物质设备;乙,精神方面的文化;丙,语言;丁,社会组织。各国多数学者都是从这个意义上来理解文化的。

《中国大百科全书·社会学》的对"文化"的解释是:文化有广义与狭义之分,"广义的文化是指人类创造的一切物质产品和精神产品的总和"。《辞海》也认为广义的文化是"指人类在社会实践过程中所获得的物质、精神的生产能力和创造的物质、精神财富的总和"。

梁漱溟先生在《东西文化及其哲学》中说:"所谓一家文化不过是一个民族生活的种种方面。总括起来,不外三个方面。第一,精神生活方面,如宗教、哲学、科学、艺术等是。宗教、文艺是偏于情感的,哲学、科学是偏于理智的。第二,社会生活方面,我们对于周围的人,家庭、朋友、社会、国家、世界之间的生活方法都属于社会生活一方面,如社会组织、伦理习惯、政治制度及经济关系是。第三,物质生活方面,如饮食、起居种种享用,人类对于自然界求生存的各种是。"③这是一个包罗万象的文化定义,凡人类创造的一切,不论是精神方面的,还是物质方面的,都可以称为文化。

在这个意义上,文化与人的本质问题联系在一起,文化是人创造的,人又是文化创造的。文化在一定的意义上就是"人化"。这个广义的文化概念就是指整个社会生活,可以说无所不包。人所需要的一切,所制作的一切,所发明的一切,都可以叫作文化,如企业文化、校园文化、寺庙文化、商业文化、村庄文化、城市文化等,还有很多。只要是一种有特色的生活活动,就是一种文化。

(二)狭义的文化概念

文化是个人的素养及其程度,包括受教育的程度、积累知识的多少、涵养的高低等。《现代汉语词典》中"文化"的第三义是"指运用文字的能力及一般知识",这是狭义的文化概念。个人知识积累的多少,是文化。由于知识积累的多少导致个人涵养的高低,也是文化。运用文字的能力高,会写文章,叫有文化,水平高;反之,就是文化水平比较低。例如,我们说某人在胡同里小便,太没有文化教养了;某人连世界分几大洲、几大洋也说不清楚,文化水平很低;填表时候的"文化程度"中的"文化"就专指教育程度而言。狭义的文化概念只是从知识修养方面来说的。

(三)符号论的文化概念

从符号学的意义看,文化是人类的符号思维和符号活动所创造的产品及其意义的总和。这个观点是由德国现代哲学家卡西尔提出的。卡西尔认为,人是什么? 人的本性是什么? 那就是文化。过去有"人是政治的动物"(亚里士多德)的说法,有"人是理性的动物"(启蒙主义)的说法,都有一定的道理,但卡西尔认为与其说人是政治的动物或理性的动物,不如说人是文化的动物,因为正是文化才把人与非人区别开来。那么文化又是怎样创造出来的呢? 这就是人的劳作(work)。卡西尔说:"正是这种劳作,正是这种人类活动的体系,规定和划定了'人性'的圆周。语言、神话、宗教、艺术、科学、历史,都是这个圆的组成部分和各个扇面。"④

---

① [英]爱德华·泰勒:《原始文化》,上海文艺出版社,1992,第1页。
② [英]马林诺夫斯基:《文化论》,费孝通等译,中国民间文艺出版社,1987,第2页。
③ 梁漱溟:《东西文化及其哲学》,载《梁漱溟学术精华录》,北京师范学院出版社,1988,第7页。
④ [德]卡西尔:《人论》,甘阳译,上海译文出版社,1985,第87页。

卡西尔认为，动物只有信号，没有符号。信号只是单纯的反应，不能描写和推论。他解释说，动物世界（如类人猿）最多只有情感语言，没有命题语言，而人则具有命题语言。例如，一只猴子愤怒了也会咬人，但它的愤怒和咬人是对刺激的直接情感反应，它不会运用符号来思考如何进行报复，如思考等待若干天之后进行特别的报复。因为情感语言只能直接简单地表达情感，不能指示或描述任何事物，但命题语言就不仅能曲折细微地表达情感，而且还能指示描述思维等。例如，一个人遭到了不公平的对待，他愤怒，他可以立即做出直接的情感反应，但也可以控制自己，对这个命题进行思考，等待机会进行最有理、有利、有节的报复。中国有古语云："君子报仇，十年不晚。"在这等待中，他一定有许多运用语言符号的复杂思考。动物与人类对外界的反应是不同的，动物是直接的迅速反应，人则是应对。应对常常是间接的、延迟的，会被思想的缓慢复杂过程所打断与推延。能否应对常常是"命题语言与情感语言之间的区别，就是人类世界与动物世界真正的分界线"。① 人因为拥有符号因此创造了文化。卡西尔的公式是这样的：人——运用符号创造文化（语言、神话、宗教、艺术、科学、历史等）。人与符号和文化可以说是三位一体的。符号思维、符号活动不是直接的、单纯反应式的，符号所创造的文化形态，如语言、神话、宗教、艺术、科学、历史等，都是意义系统。

不难看出，广义的文化概念与符号论的文化概念有相同之处，那就是都认为文化与人的本质相联系，一方面是人创造了文化，另一方面文化创造了人。有无文化是人与动物的根本区别。符号论的文化概念又与广义的文化概念在强调"人化"这一点上是相同的，但是它们之间又有不同：首先符号论的文化概念把符号作为人最重要的标志，没有符号、符号活动和符号思维，人的本质就无法凸显出来，文化是人运用符号及其意义而创造的；其次，符号论的文化概念认为文化就是指人灵魂深处的精神文化、观念文化，具体地说，文化是人性展开的语言、神话、宗教、艺术、科学、历史等各个"扇面"。换言之，文化是人类的符号思维和符号活动所创造的产品及其意义的总和。

本书所讲的文化，是符号论意义上的文化。我们为什么要选择符号论的文化含义呢？

第一，因为文学作为一种语言艺术，的确是人类深层的文化，它是人运用语言符号系统，展现诗意的人生意义和精神追求，尤其包括人的审美理想的追求。

第二，我们从这个文化概念上来理解文学，是为了强调文学作为一种文化，与语言、神话、宗教、科学、历史等精神形态的文化有更加密切的互动关系，而且揭示这种互动关系正是从更广阔的视野来考察文学自身的一个重要途径。有人会问，文学不也要描写那些物质文化、行为文化吗？例如花草树木等自然景观、人物行为等社会景观，这岂不说明文学属于前面所说的广义文化吗？这种理解是不对的。文学虽然也描写物质文化、行为文化，甚至描写本真的自然，但文学不是把这些物质文化和行为文化拿出来展览。文学在描写这些物质文化、行为文化或本真的自然的时候，作家以自己诗意的情感去把握、拥抱它们。当作家把这些物质事物写进作品中的时候，已经属于观念形态或精神形态的东西，不是原本的物质文化行为文化，它已经是一个符号的世界、意义的世界和艺术的世界。例如，杜甫的《望岳》：

岱宗夫如何？齐鲁青未了。

造化钟神秀，阴阳割昏晓。

荡胸生层云，决眦入归鸟。

会当凌绝顶，一览众山小。

这是描写山东泰山的一首诗，意思是说：泰山的形象究竟怎么样啊？从齐地到鲁地都望不尽它的山色。大自然把神奇秀丽都集中于泰山，山的南面与北面，就像清晨与傍晚两个世界。远望山中层层白云，目送归鸟入山，几乎把眼角都睁裂了。将要登上顶峰，往下一看，那众多的山都变得十分渺小。

---

① ［德］卡西尔：《人论》，甘阳译，上海译文出版社，1985，第38页。

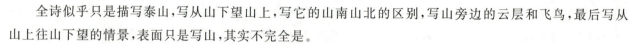

全诗似乎只是描写泰山,写从山下望山上,写它的山南山北的区别,写山旁边的云层和飞鸟,最后写从山上往山下望的情景,表面只是写山,其实不完全是。

这是写杜甫眼中、心中的山,通过对泰山的描写,表达了对祖国山河的热爱。这里作为自然物的泰山,已经变成了诗人用他的情感掌握过的一种具有意义的符号,如果说这首描写泰山的诗是文化的话,那么是属于符号论意义上的文化,即独特的精神文化。可以这样说,所有的物质文化、制度文化和行为文化,一旦进入文学作品中,就变成了具有符号意义的精神文化了。也正是在这个意义上,我们认为以符号论的文化概念来审视文学是最为可取的。

## 二、文学的文化意义

文化是人类的符号思维和符号活动所创造的产品及其意义的总和,既然人与符号和文化是三位一体的,那么文学的文化意义就必然与人的生存状态、人的生存意义、人与人的交往沟通情况以及人所憧憬的理想密切相关。从这个意义上说,文学是与人的精神关怀密切相关的。文学的文化意义有以下五点。

### (一)帮助人们学习和丰富自己的语言

文学是一种语言艺术,语言是构建文学作品的基本手段,离开语言也就没有文学。语言本身也是一种文化,即语言文化。语言文化最重要的部分就蕴藏在古今中外的文学作品中,在文学作品中,有最优美的语言、最生动的语言、最形象的语言、最具有诗意的语言、最简洁的语言、最具有表现力的语言,因此文学的文化意义之一就是为人们学习和丰富自己的语言文化提供取之不尽的宝库。从某种程度上来说,我们阅读文学作品就是阅读语言。人们可以在愉快的阅读中丰富自己的词汇,增强自己的语感,调整自己的语调,提高自己使用语言的能力。

现代汉语来源于古代汉语,所以我们今天学习用古代汉语撰写的文学作品,仍然能够增进我们对现代汉语的理解和运用。我们在日常生活中经常要用到一些成语,这些成语大部分就在中国古代的文学作品和文献中。例如,《陈情表》中就有"躬亲抚养""孤苦伶仃""茕茕独立""形影相吊"等二十余个成语。至于古代长篇小说,其中的各种用语更是我们学习语言的不竭源泉。例如,《红楼梦》中的"大有大的难处""机关算尽太聪明,反误了卿卿性命""红颜命薄古今同"等用语,具有深厚的文化积淀,非常鲜活,我们可以将它们吸收到日常言语中。

### (二)揭示人的生存状态

奴隶社会和封建社会人剥削人、人压迫人的社会,文学若能揭示当时人的现实生存状况,那么就有了文化意义,因为它是在揭露这种旧社会文化非人性和反人性的性质,所以就具有了对人的精神关怀的价值了。例如,鲁迅的小说《祝福》,作品的主人公祥林嫂本来是一位平凡、善良、淳朴的劳动妇女,她正派、老实、寡言、安分,但也顽强。她的身上充满了人性,但封建文化及其权力形式摧毁了她的一生。她生活在封建文化弥漫的社会中,她的悲剧可以说是必然的文化悲剧。她一生有几个转折点,先是丈夫死去,她自身受封建文化中"守节"的毒害,不愿改嫁,但她的家族不给她"守节"的权力,她被强制地当作货品那样出卖了。接着出现第二个转折点,她再嫁的丈夫又病逝,心爱的儿子被狼吃掉了。"出嫁从夫,夫死从子",这是封建文化的规定,她无法在这里生活下去了。她面临第三次命运的转折,再次到鲁四老爷家当佣人,但这次她因其遭遇而被视为有"罪"的人,连祭祀时候的祭品都不让她动,使她精神上遭到前所未有的打击。再接着她又面对着第四次转折,这次是普通人给她的信息:凡嫁过两个男人的人,到了阴间将被阎罗大王锯成两半分给两个死鬼。她虽然反抗过,但她始终冲不出封建文化设下的罗网,最终悲惨地倒下了。《祝福》的文化意义是,揭露了腐朽的封建文化压抑普通人民的生存,从而呼唤一种适宜于普通中国人生存的新文化。

从古至今大量的文学作品,都着力于对人的生存状况的揭露。例如,我们实施改革开放,发展现代化的工业、农业和商业等,通过多年的努力,人民的生活水平有了很大的提高,精神生活也比过去丰富,但也出现一些问题,如自然环境污染、消费主义流行等。这些社会问题的出现,必然影响人的生存境遇,其中也折射出我们社会文化转型的现实。我们现在已经看到一些文学作品对社会文化转型时期的人的遭际进行了艺术的描写,那么这些作品也就会具有文化意义。

### (三)探究人存在的意义

人为什么活着?什么是幸福?什么是爱情?什么是爱国之情?什么是民族之情?等等。对这些问题的回答,体现了人存在的意义,也是精神文化中一些基本的观念。

文化是一种把人的生物性的欲望变成一种美学的哲学的精神活动。例如,文化使求偶需要变成心心相印的爱情活动,文化使衣食的温饱变成一种精神的享受,文化使求生变成一种回归家园的精神过程……作家也必须在作品中艺术地探索这些问题,表达什么样的生活值得过,什么样的生活不值得过。这样,在对人类存在意义的探索中,文学的文化意义就得以凸显。例如,杜甫的诗《茅屋为秋风所破歌》是大家都熟悉的。杜甫在描写了大风卷去屋上三重茅之后,描写了自己住的地方"床头屋漏无干处,雨脚如麻未断绝",又呼喊道:"安得广厦千万间,大庇天下寒士俱欢颜,风雨不动安如山。呜呼!何时眼前突兀见此屋?吾庐独破受冻死亦足。"这里表达出儒家的"仁义"之心。儒家文化中积极的生活意义在于:先人后己,先忧后乐。杜甫诗中"忧"天下人的精神就是儒家文化积极人生态度的表现。

### (四)沟通人与人之间的联系

文化的群体性是十分突出的。文化在一定意义上就是一个群体、一个民族、一个国家、一个共同体在长期的历史中形成的共同遵守的思想和行为准则。真正的文化都是以爱护人为目标的,所以文化可以使人与人变成兄弟姐妹,可以把野蛮的抢夺变为和平的竞赛,可以使对抗变成友谊,可以使弱肉强食变成互相支援与帮助。

文学中的交往对话关系,以诗情画意延伸了人与人之间、人与自然之间的和谐,从而显示出文学的文化意义。例如,男人与女人之间的恋爱,就是一种爱的感情沟通。下面让我们来读一下舒婷的《致橡树》:

我如果爱你——
绝不像攀援的凌霄花
借你的高枝炫耀自己;
我如果爱你——
绝不学痴情的鸟儿
为绿荫重复单调的歌曲;
也不止像泉源
常年送来清凉的慰藉;
也不止像险峰
增加你的高度,衬托你的威仪。
甚至日光。
甚至春雨。
不,这些都还不够!
我必须是你近旁的一株木棉,
作为树的形象和你站在一起。
根,紧握在地下,
叶,相触在云里。

每一阵风过
我们都互相致意,
但没有人,
听懂我们的言语。
你有你的铜枝铁干
像刀,像剑,
也像戟;
我有我红硕的花朵
像沉重的叹息,
又像英勇的火炬。
我们分担寒潮、风雷、霹雳;
我们共享雾霭、流岚、虹霓。
仿佛永远分离,却又终身相依。
这才是伟大的爱情,
坚贞就在这里:
爱——
不仅爱你伟岸的身躯,
也爱你坚持的位置,足下的土地。

在这首诗里,诗人别具一格地选择了"木棉"与"橡树"两个中心意象,让主人公化作一株木棉,以橡树为对象,采用内心独白的抒情方式,坦诚、开朗地倾诉了自己面对爱情的热烈、诚挚和坚贞,表达了爱的理想和信念。其中不仅描写了爱的沟通,还显示出更多的现代文化的意义。爱不是互相依赖,不是一方衬托另一方。爱是彼此的情感沟通,共同拥有一片情感的天空,同时又各自独立,各自有独立的人格、独立的创造、独立的表现,爱是平等的。这就是现代人的爱的理想。我们追求的应该是这样的爱,诗人以象征、比喻生动地展现了这种爱的"交往",使文学凸显出爱情关系中的精神文化意义。

#### (五)憧憬人类的未来

人与动物的根本区别之一,就是动物总是浑浑噩噩地活着,它们没有理想,不能预测未来。尽管蜜蜂构造的蜂房,它的精密灵巧可能使许多建筑师感到惭愧不如,但蜜蜂不如人的地方,是它只是凭本能在构造,它不可能事先有筹划,而人则可以有意识地构造未来。例如人构造一座房子,哪怕再简陋,也总会在事前拟定一个蓝图。人是一种具有理想的动物,人每天都怀着对未来的筹划、希望生活着。人之所以有理想、幻想,乃根源于他们的文化。或者说,人的愿望、理想和幻想,如果没有文化的升华,那么人类就要倒退回原始状态中去。人类因为有了文化,才真正地成为人。文化使未来有现实之根,未来又因文化变得美好起来。文学诗意地表现人的愿望理想和幻想,展现了一个充满人性的未来,从而获得文化意义。

例如,宋代文学家苏轼的《水调歌头》:

明月几时有?把酒问青天。不知天上宫阙,今夕是何年?我欲乘风归去,又恐琼楼玉宇,高处不胜寒。起舞弄清影,何似在人间。

转朱阁,低绮户,照无眠。不应有恨,何事长向别时圆?人有悲欢离合,月有阴晴圆缺,此事古难全。但愿人长久,千里共婵娟。

这是苏轼在中秋之夜月下畅饮时怀念弟弟苏辙写下的名篇。这首词最大的特点是,一方面抒发了现实生活中思念亲人而不能相见的苦闷,另一方面则是展开了幻想,把酒问天,"欲乘风归去",抒发对天上宫阙的向往。又觉得天上宫阙虽是"琼楼玉宇",却"高处不胜寒"。现实与理想都并非圆满,人间有"悲欢离合",天上有"阴晴圆缺",难于十全十美。词人真诚地祝愿"人长久",虽彼此在千里之外,却能"共婵娟"。这首词的突出特点就是人能展开广阔无限的幻想,向往美好的未来,表现了人的特性,从而获得文化意义。

需要补充的是,文学的文化意义不但表现在对人的生存状况、生命意义等人文关怀上面,而且还表现在对文学自身的理解上面。就是说,我们不应该把文学理解为一种与社会文化无关的独立封闭的存在。一部文学作品,无论它如何拒绝或忽视其社会文化,如作品可以不过问政治,不描写现实的斗争,与政治和现实保持距离,但它总会在不知不觉中描写人情、风俗,抒发人的情感,而这种人情、风俗和情感总是深深根植于社会文化之中,肯定会带上社会文化的烙印。文学的文化意义是一种自然的存在,因而并不存在完全封闭的"自在的文学作品"那样的东西。

## 三、文学与其他文化形态的关系

人类的精神文化有多种多样的形态,其中主要的有语言、神话、宗教、艺术、科学和历史等。文学作为一种文化形态与其他各种文化形态有着密切的互动关系。我们通过文学与其他文化形态的互动关系,既可以了解文学作为一种文化形态与其他文化形态的联系,又可以在比较中凸显文学作为一种文化形态的特点。关于文学与其他文化形态的关系,可以做出许多研究,这里仅就文学与科学文化、文学与历史文化、文学与其他艺术文化的关系做简要的说明。

### (一)文学与科学文化

文学(包括艺术)与科学(我们这里指的自然科学)是不同的:文学的中心问题首先是人的世界,人的感受、情感、愿望和理想;科学的中心问题则主要是自然世界,科学也研究人自身,但在科学中,尤其在自然科学中,人主要作为一种自然对象而进入科学的视野。文学和科学都要揭示世界的奥秘,文学要揭示的是人心灵方面的奥秘、情感的奥秘,科学揭示的是自然方面的奥秘。文学偏重感性,科学偏重理性。文学与科学都追求真与美,但文学追求的真主要是人的情感的真,科学则追求客观世界规律的真。科学在必须选择时,它选择真而牺牲美;文学则在真与美二者中永不做单一的选择,文学要求真、善、美的统一。

文学(包括艺术)与科学又有着密切联系和相互促进的关系,包括文学在内的艺术文化与科学文化都是人类智慧的结晶,它们之间的关系是无法截然分割的。艺术文化可以增强人的人文素质,从而促进科学的发展;科学文化则可以通过增强人的科学素质,而给艺术文化以推动的力量。举个例子来说明一下,20世纪50年代美国和苏联进行空间技术的竞赛,结果苏联于1957年10月把人类第一颗人造地球卫星送上天,美国自认为是20世纪科学技术第一大国,举国顿感耻辱,开始进行反省。10年后,一些教育家提出了这样的观点:美国的科学教育是先进的,但艺术教育落后。也就是说两国科技人员不同的艺术素养导致了美国空间技术的落后。俄国人说,他们仅仅贡献出一个列夫·托尔斯泰,19世纪的俄国人就无愧于世界,更何况他们还有普希金、屠格涅夫、契诃夫等,此外还有那么多的画家和音乐家。

艺术文化与科学文化虽然偏重于感性与理性之分,但都是人类智慧的结晶,它们在塑造人的素质这个根本点上是相通的。对于艺术文化来说,科学文化以它的理性智慧的知识性和深刻性塑造了文学家,进而促进了艺术文化的发展,科学技术的进步总是从某些方面启示艺术文化的开展。反之,包括文学在内的艺术文化以它的情感智慧,通过影响科学家的精神世界,给科学的发展带来感受力、情感力、想象力和创造力等,从而促进科学技术文化的发展。同时,文学与科学永远是关联在一起的。文学与科学一样参与了开发世界的统一过程。文学与科学有着共同的根,因此人类既要科学真理,也要珍惜艺术真理。文学与科学是难分高下的:科学为自然立法,文学为人生立法;科学是自然之根,文学是人生之根。在科学面前,文学绝不是可有可无的东西。

### (二)文学与历史文化

文学(包括艺术)作为一种文化形态,与历史文化的关系也值得重视。文学重虚构,重情感,重诗意;历史重真实,重事实,重理智。它们是两种不同的文化形态,这是应该加以区分的。

我们应该认识到,无论历史还是文学,都可以达到对事物的普遍性的揭示。就历史而言,辩证法表明:历史路径是螺旋形上升的,每一种社会形态(如历史人物、历史事件、历史行为等)都可能在低级阶段和高级阶段重复若干次,因而在不同的历史阶段上,常常会发生惊人相似的人物与事件,这种在不同历史阶段上出现的相似点,就是沟通历史和现实的桥梁,从而具有普遍性。就文学而言,并不因其虚构性而丧失真实性和普遍性。就文学所反映的现实生活层面来说,它能深入到现实的底层,达到对现实生活的本质规律的揭示。马克思、恩格斯认为狄更斯、巴尔扎克等现实主义艺术家的作品包含了某些真理性的东西,甚至超过了当时某些经济学家的研究水平。列宁说:"列夫·托尔斯泰是俄国革命的一面镜子"。

更全面一点说,历史中有文学,文学中有历史,文学与历史作为两种文化各有不同的个性和特点,但它们又是相通的。文学与历史不但是相通的,而且它们之间具有互动关系。历史为文学提供创作的素材,为文学开辟了一个重要的方面,文学与历史互动后产生的历史剧、历史小说、历史故事等大大丰富了文学的世界。文学又反过来丰富历史,历史书中所缺少的细节和情感,都可以在文学中寻找到,所以人们把规模宏大的文学篇章称为"史诗"或"百科全书"。例如,《红楼梦》对中国古代社会场景、等级制度、交往礼仪、风气习俗、人物心理、建筑、工艺、饮食、穿着等各种具体细微的真实描写,在一般的历史著作中是很少见的。它这样真实的细节描写,就成为历史的重要补充。

### (三)文学与哲学文化

哲学是关于世界观的学说,是整个社会的精神文化思想基础,它对自然和社会的认识,常常会影响人们的文学观念和文学思想,因而,在人类的文学历史中,某种文学思潮的出现,一般都与某种哲学思想有着密切的关系。如欧洲17世纪的古典主义文学与笛卡尔的唯理论哲学,18世纪的启蒙主义文学与洛克和狄德罗的唯物主义哲学,又如中国的魏晋时期人们对老庄哲学的崇尚与"玄言诗"的盛行,明代以王阳明为代表的"心学"思潮与这一时期文学的浪漫倾向,都共同体现着文学与哲学的这种关系。当然,在某些场合里,就展示人的智慧和揭示人生意义而言,文学与哲学有相似的归宿,同时文学的独特性使它在表达某些哲学思想时会给读者带来与哲学不尽相同的启示和效果。

### (四)文学与其他艺术文化

在艺术文化中有许多种类,绘画、音乐、文学就是其中最古老、最重要的三种:绘画以线条、色彩描绘世界,作用于人的视觉,是视觉艺术;音乐以声音韵调抒发人的情感,作用于人的听觉,是听觉艺术;文学以语言描写世界,作用于人的感情和想象,是语言艺术。这几种艺术的区别,早就成为一个文艺理论的话题。最为著名的是18世纪德国学者莱辛的《拉奥孔》或称《论画与诗的界限》,他认为:绘画用的是自然的符号,所以它适合于表现在空间中并列的事物,适合于表现静态的事物;而诗用的是语言符号,所以适合于表现前后持续的事物,适合于表现动态的事物。这些意见揭示了各种艺术之间的区别,值得重视。

文学、绘画、音乐等艺术文化除了有区别,还有共同性,这是人们很早就观察到了的。例如,古希腊西蒙尼底斯就说过:"画是无声诗,诗是有声画。"中国宋代的苏轼也说过:"味摩诘之诗,诗中有画。观摩诘之画,画中有诗。"他们的意思都在强调艺术文化的相通之处。的确,无论文学还是绘画、音乐,在追求诗意、描绘形象、传达情感和动人心魄这几点上是大体相似、相通的。

更进一步看,各种艺术不但是相似相通的,又是互动的。文学的特点是善于传达人的情意和思考,作用于绘画、音乐,可以使绘画与音乐获得深刻的思想;绘画的特点是善于描绘空间形象,作用于诗歌和音乐,可以使诗歌和音乐增强形象性;音乐的突出特点是它的节奏性,作用于诗歌与绘画,可以使诗歌和绘画增强节奏感。总之,各门艺术可以相互配合、影响和补充。

我国最古老的诗歌总集《诗经》,既是诗,又是音乐,因为305篇诗都是可以合乐歌唱的,有的还配以"舞容"。汉代的乐府诗原是各地的民歌,六朝时期的文论家刘勰论到"乐府"诗时说:"诗为乐心,声为乐体。"意思是诗是音乐的心灵,声调是音乐的体式,诗与音乐相互为用。诗与画的互动关系集中体现在它们可以相互转化,诗可以转化为画,画也可以转化为诗。例如,中国艺术历来讲究"诗情画意",诗情可以转化为画意,画意也可以转化为诗情。如宋代画院考试时就曾以诗句"踏花归去马蹄香"为题,要求考生在绘画的二维空间画出时间,有一考生以夕阳和野花为背景,画一书生骑马缓缓走来,几只蝴蝶围着马蹄飞舞。这就把"归来"的动态和属于嗅觉的"香"都通过画面体现出来了。宋代画院之所以难不倒考生,是因为诗与画有着天然的联系。

## 第二节　文学是一种审美意识形态

把文学艺术作为一种文化样式,是出于对人性的关注,出于对人通过创造活动掌握世界的方式的关注,出于对人的自由追求或者自我解放功能的关注。如果我们不是从人的普遍本性出发,而是从具体的社会关系中来看待文学,那么文学是一种审美意识形态。

### 一、文学是一种社会意识形态

同以前的种种关于文学的观念不同,在马克思主义的历史唯物主义体系中,把包括文学的艺术定义为社会意识形态。马克思在《〈政治经济学批判〉序言》中,在强调了"人们的社会存在决定了人们的意识"后说:"社会的物质生产力发展到一定阶段,便同它们一直在其中运动的现存生产关系或财产关系(这只是生产关系的法律用语)发生矛盾。于是这些关系便由生产力的发展形式变成生产力的桎梏,那时社会变革的时代就到来了。随着经济基础的变更,全部上层建筑也或慢或快地发生变革。在考察这些变革时,必须时刻把两者区别开来:一种是生产的经济条件方面所发生的物质的,可以用自然科学的精确性指明的变革,一种是人们借以意识到这个冲突并力求把它克服的那些法律的、政治的、宗教的、艺术的或哲学的,简言之,意识形态的形式。"①

文学是一种社会意识形态

在这段话中,强调了"物质"世界的变革必然要引起精神世界也随之发生变革。在马克思看来,思想精神世界中的法律的、政治的、宗教的、艺术的、哲学的变革,都是"意识形态"的变革。很明显,马克思把艺术和艺术观念(其中包括文学和文学观念)都归入了"意识形态"。这段话中,"艺术的""意识形态""形式"在德文中都是复数,充分证明了在马克思看来,文学观念和文学作品都是社会意识形态的形式。自马克思建立人类社会结构的系统理论,并确定艺术(包括文学)在人类社会系统坐标中的位置,指出文学是社会的经济基础上的一种社会意识形态以后,文学与社会的关系才得到科学的、深刻的阐释。

#### (一)社会生活是文学的源泉

要理解文学是一种社会意识形态,首先就要弄清楚作为社会意识形态的文学是从哪里来的问题,即文学的源泉问题。对于这个问题无论古代的中国还是西方都有过朴素唯物主义的回答。大约成书于战国末年或西汉初年的《礼记·乐记》说:"凡音之起,由人心生也。人心之动,物使之然也。感于物而动,故形于

---

① [德]马克思:《〈政治经济学批判〉序言·导言》,人民出版社,1971。

声;声相应,故生变;变成方,谓之音;比音而乐之,及干戚羽旄,谓之乐。"这里的"乐"不等于我们今天的音乐,而是诗歌、音乐、舞蹈结合体的统称。显然,在《乐记》的作者看来,乐的产生是客观外界("物")作用于人心的结果,其本源在于客观存在的事物。由于外物的刺激,人心产生感动,由于感动而发出不同的声音,各种声音的相互应和变化,加之身体的动作,这就产生了诗歌、音乐和舞蹈三位一体的艺术,这显然含有朴素的反映论思想。其后刘勰的《文心雕龙·明诗》说:"人禀七情,应物斯感,感物吟志,莫非自然。"钟嵘在《诗品》中说:"气之动物,物之感人。故摇荡性情,形诸舞咏。"把《乐记》的思想推进了一步,提出了"物感论"。这种"物感论"强调人的性情在"物"的作用下"感悟""摇荡",然后形成了艺术的心理机制。要指出的是,仅仅强调"物"是源泉的观点是不够的,因为这种观点没有触及社会中各种复杂关系。

马克思主义用反映论来解答文学的源泉问题。马克思、恩格斯根据"人们的社会存在决定人们的意识"的基本观点指出:"意识一开始就是社会的产物,而且只要人们还存在着,它就仍然是这种产物。"① 这就是说,包含复杂社会关系的社会生活是客观的真实存在,而意识形态是它在人的头脑中的反射和回声。这看似简单实则十分深刻的基本原理为解决文学的源泉问题奠定了可靠的理论基础。毛泽东正是在这一理论的基础上,考察了文学与社会生活的关系,然后鲜明地提出:"一切种类的文学艺术的源泉究竟是从何而来的呢?作为观念形态的文艺作品,都是一定的社会生活在人类头脑中的反映的产物。革命的文艺,则是人民生活在革命作家头脑中的反映的产物。人民生活中本来存在着文学艺术原料的矿藏,这是自然形态的东西,是粗糙的东西,但也是最生动、最丰富、最基本的东西。从这一点上说,它们使一切文学艺术相形见绌,它们是一切文学艺术取之不尽、用之不竭的唯一的源泉。这是唯一的源泉,因为只能有这样的源泉,此外不能有第二个源泉。"② 在这里,特别引起我们注意的是,为什么把社会生活看成是文学艺术的唯一的源泉?对此,我们应该有这样的认识。

第一,之所以说社会生活是文学艺术的唯一源泉,这是因为文学作品中的一切因素都来自社会生活,文学的题材、主题、情景、人物、情节、结构、语言和技巧等都来自生活或生活的赐予、暗示和启发,写实的与虚构的、曲折的与直线的、离奇的与平淡的、抒情的与非抒情的、崇高的与渺小的、悲的与喜的、幽默的与滑稽的、模糊的与鲜明的、豪放的与婉约的、严谨的与松散的……统统来自社会生活的赐予、暗示和启发。

第二,我们所面对的社会生活,不是单纯的自然物,而是社会物,这里包含了时代、民族、社会形态、阶级、集团以及法律、宗教、道德、伦理、政治、文化传统等复杂关系,所以,文学不可能仅仅是对于单纯自然物的反映,而往往是一种带有意识形态性的反映。

### (二)文学改造社会生活

既然社会生活是文学艺术的源泉,那么文学艺术就是对社会生活的反映。当然这里必须强调的是,文学是社会生活的反映,但文学不等于社会生活本身。社会生活必须经过作家头脑能动的观察、反映、体验、研究、感悟、加工、提炼和描写,用一句话总结就是,经过艺术的改造,才能转化为文学。在这个过程中,文学创作者的主观精神世界起着巨大的作用。我们绝不可把文学对生活的反映视为刻板的复制,必须承认作家主观世界对生活的能动改造。

文学对社会生活的反映不是消极的、被动的摹写,而是积极的、能动的感悟。文学创作也是人的一种生产实践,人的生产实践是人的本质的展开。马克思早就说过:"动物只是依照它所属的物种的尺度和需要来进行塑造,而人则懂得按照任何物种的尺度来进行生产,并且随时随地都能用内在的尺度来衡量对象,所以人也按照美的规律来塑造。"③ 在这里,马克思把人的主观能动性,即人能按照自觉的动机、需要和美的规律

---

① [德]马克思、恩格斯:《德意志意识形态》,载《马克思恩格斯选集》第1卷,第35页。
② 毛泽东:《在延安文艺座谈会上的讲话》,载《毛泽东选集》第3卷,人民出版社,1991,第860页。
③ [德]马克思:《1844年经济学—哲学手稿》,人民出版社,1979。

进行生产(其中包括艺术的生产),作为人区别于动物的基本标志。人类的头脑是一种高度严密复杂的物质体系,它是在长期的社会实践中发展和完善起来的,是几千年人类文明积淀的结果。所以,作为人脑的机能,在反映认识世界时,就不会简单、机械地摹写世界。人脑会以它的机能积极地介入世界、改造世界。

我们说文学是一种意识形态,就是说社会生活本来就充满各种复杂的社会关系,经过作家的艺术改造,渗透进作家带有价值取向的评判,这样就不能不变为一种意识形态。但特别要指出的是,关于文学的意识形态性,在不同的时间和空间中,其意识形态的强弱、隐现,都可能是千变万化的,要做出具体的、历史的分析,绝不可一概而论。如某些娱乐、休闲的作品,或描写山水花鸟的作品等,其中可能不具有鲜明的意识形态性,不要牵强附会,硬贴标签。

## 二、文学是人的一种审美活动

社会是人的活动舞台。人在社会中有各种活动,其中比较重要的有生产活动、政治活动、科学活动、伦理活动、宗教活动和审美活动等。人的一切活动中都含有审美的因素,但只有文学艺术活动才把"审美"作为基本的功能。文学艺术是审美的高级形态,审美在文学艺术中的实现反映了文学艺术的特征。那什么是审美呢?审美活动的实现需要哪些条件呢?文学活动中的审美又有何特点?这是要着重探讨的。

### (一)审美的含义及其实现的条件

审美是心理处于活跃状态的主体,在一定的中介作用条件下,对于客体的美的观照、感悟、判断。换言之,审美是对事物的情感评价。我们感觉到花很美,是我们的视觉对于花这一对象的评价;我们感觉某首乐曲很好听,是我们的听觉对这一乐曲的评价。这些都是情感的评价。审美活动的实现过程是创造的过程。审美是瞬间实现的,它的微妙性是难于分析的。这里为了帮助大家了解审美的实质,不得不进行层面的分析。大体说来,审美的实现是如下三个层面的协同合作。

#### 1. 主体心理层

审美的"审",即观照、感悟、判断,是人作为主体的信息的接受、储存与加工。即以主体的心理器官去审察、感悟、判断周围现实的事物或文学所呈现的事物。在这一过程中,人作为主体的一切心理机制,包括注意、感知、回忆、联想、情感、想象、理解等都处在高度活跃的状态。这样被"审"的对象,包括人、事、景、物以及它们的表现形式,才能作为一个整体,化为主体的可体验的对象。而且主体的心灵在这瞬间要处在心无旁骛的状态,才可能实现真正的心理体验。

主体的动作是审美的动力。我们欣赏一首诗时,首先要有欣赏它的愿望、要求,进一步要全身心投入,把我们的感觉、感情、想象、记忆、联想、理解等都调动起来,专注于这首诗歌所提供的画面与诗意,这样我们才能进入诗歌所吟咏的世界。

当然,就主体层面说,美的呈现与主体的审美能力有密切关系。欣赏音乐要有音乐的耳朵,如果没有音乐的耳朵,再美的音乐也没有意义。同样的道理,欣赏绘画要有绘画的眼睛。总之,主体的审美能力也是审美的条件之一。

#### 2. 客观对象层

审美的"美"是指现实事物或文艺作品中所呈现的事物,这是"审"的对象。对象很复杂,不但有美,而且有丑,还有崇高、卑下、悲、喜等。审美既包括审美(美丽的美),也包括"审丑""审崇高""审卑下""审悲""审喜"等,这些可以统称为"审美"。当"审"现实和文学艺术中的这一切时,就会引起人心理的回响性感动。审美,引起美感;审丑引起厌恶感;审崇高,引起赞叹感;审卑下,引起蔑视感;审悲,引起怜悯感;审喜,引起幽默感;等等。尽管美感、厌恶感、赞叹感、蔑视感、怜悯感、幽默感等这些感受都很不相同,但它们仍然属于同一类型。这就是说,我们热爱美、厌恶丑、赞叹崇高、蔑视卑下、怜悯悲、嘲笑喜的时候,我们都是以情感(广

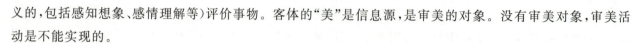

义的,包括感知想象、感情理解等)评价事物。客体的"美"是信息源,是审美的对象。没有审美对象,审美活动是不能实现的。

### 3. 中介层

主体与客体之间如何才能建立起有效的联系,从而使审美活动得以实现呢?这还有赖于主体与客体的中介。没有中介层面,审美活动也是无法实现的。

(1)特定的心理时空和心境。

审美作为一种活动必须有特定的心理时空的关系组合。在审美活动中,孤立的事物若与主体各个方面的条件缺乏契合,那是无所谓美或不美的。马克思早就说过:"忧心忡忡的穷人甚至对最美的景色都无动于衷;贩卖矿物的商人只看到矿物的商业价值,而看不到矿物的美和特性。"①

马克思的话对我们是一个重要的提示:美不是无条件的。在不同的时间、不同的空间,对不同的人,这是不一样的。如果有人问:暴风雨美不美?那是无法回答的。你还必须问:这是对谁来说?在怎样的时间、空间和心境中?如果你是一个农民,正在挑柴,那么每当暴风雨来临,不论你正在山上砍柴,还是挑着柴走在山路上,这对你来说都是灾难,你绝对不会在这个时候认为暴风雨是美的。如果你是一个诗人,此时安全又悠闲地在高楼上,缺少刺激,突然听见雷电的轰鸣,随后是那排山倒海般的风雨,你会觉得那风那雨像刘邦的《大风歌》一样壮阔雄伟。我们在电影电视中多次看见伴随着暴风雨战士出征的画面,显得特别的悲壮。暴风雨只有在特定的时间、空间和心境中,才可能是美的。孤立的暴风雨无所谓美不美。

(2)历史文化的积累。

审美活动的实现还必须有赖于主体的历史文化和知识条件。因为审美活动不但是瞬间的存在,它的每一次实现都必然渗透人类民族历史文化传统,或者说历史文化传统又渗透、积淀到每一次审美活动中。人们总是在感觉审美活动的过程中想起似曾相识的东西,正所谓"所见出于所知",人的审美活动往往是审美者历史文化"前见"的投射。因为美往往是历史文化凝结而成的。例如,我们欣赏柳宗元的《江雪》,就会想起在中国漫长的封建主义的严酷统治下,许多知识分子怀才不遇,就是当了官也常因不合最高统治者的要求而被罢免,或不屑于与统治者同流合污而自动离去,不得不过所谓的"穷则独善其身"的日子。进一步我们还会想到中国历史上道家的生活理想,在纷乱现实中追求"逍遥游"的生活,等等。如果我们对历史上这种情况了解得越多,我们就会对在寒江上的"蓑笠翁"的孤寂心理有越深刻的理解,那么我们就越能欣赏这首诗。从这个意义上说,审美主体历史文化的积累往往成为一种中介。

审美活动的过程是多层面协同的过程,是创造的过程。也可以说,审美活动的根本精神是人的心理器官的全部畅通,是人的内在丰富性的全部展开,是人本质力量的对象化。在审美的瞬间,人们暂时摆脱了周围熙熙攘攘的现实,摆脱了一切功利欲念,最终实现精神超越和净化。

### (二)文学审美活动的特点

审美活动是到处都存在的。人们的衣食住行中都存在审美,人的活动中无处不存在审美。而各种艺术活动中的审美是审美活动的高级形态。那么作为艺术之一的文学,与其他艺术中的审美活动相比又有什么特点呢?

#### 1. 文学审美活动具有广阔的包容性

文学是语言艺术。语言有巨大的功能,词语可以与世界上一切事物发生广阔的联系。世界上一切人物、事件、场景、色彩、声音、气味、感觉、知觉、想象、情感、心态……都可以用词语符号表示出来,并间接地刺激人的感官。只要作家创作需要,那么大至无边的宇宙,小至一个人一刹那的细微的心理变化,都可以用词

---

① [德]马克思:《1844年经济学—哲学手稿》,人民出版社,1979。

语加以描写、表现。凭借语言符号来把握世界的文学,其描写具有无比的广阔性和丰富性。

大家都熟悉《红楼梦》,它描写生活的广阔程度是任何其他艺术都无法达到的,人们称它为封建社会的百科全书,称它为全景小说,是毫不夸张的。像《红楼梦》这种百科全书式的巨著,其反映的生活丰富广阔,不要说绘画、雕刻、音乐、舞蹈等特别受时间空间限制的艺术难于表现,就是百集电视连续剧也无法再现。不但文学描写生活的广度是别的艺术无法相比的,而且文学描写的细致入微、深入曲折的程度也是其他艺术无法相比的。《红楼梦》之所以能把生活展现得如此丰富宽阔,这都要归功于语言的神力。文学如果不是借助语言,就不可能如此宽广细致地反映生活。

文学的这一特点充分地反映在文学审美活动上面。审美活动不是封闭的,而是开放的。审美可以融化生活的一切内容,所以文学的审美最为辽阔丰富。文学的审美对象中有美,也有丑,有悲,也有喜。就是说在文学的审美活动中,人们可以以自己的情感或拥抱,或排斥,或喜爱,或憎恨一切,生活里的一切都可以当作审美观照的对象。文学审美活动所具有的包容性,是别的艺术不可能达到的。

*2. 文学审美活动具有思想的深刻性*

文学作为语言艺术,它所蕴含的思想往往比其他艺术更深刻。因为词语并非物质性材料,其具有实质性内容的词义是一种精神性表象,语言在唤起一种具体图景时,并不是用感官去感知一种眼前的外在事物,而永远是在心领神会。人们的这种心领神会直接趋向认知、思考,便于对生活进行理性的、深入的把握。

我们不得不说文学是所有艺术中最富有思想性的艺术,甚至可以直接称为思想的艺术。一幅画,让我们看到一些构图、色彩;一首乐曲,让我们听到一连串声音;一段舞,让我们看到一些人体的姿态、动作……这些都可以给我们情绪的感染,也能给我们一些思想的启迪,但文学除了给我们情绪的感染之外,还能给我们以大量的、强烈的、深刻的、理性的认识。

作为语言艺术的文学比其他艺术更能蕴含深刻的思想性,突出地表现在语言最为凝练的诗里。诗最能达到"言有尽而意无穷"的境界,最具有哲学的深度。如"路漫漫其修远兮,吾将上下而求索"(屈原)、"此中有真意,欲辨已忘言"(陶渊明)、"江流天地外,山色有无中"(王维)……这些诗句都有鲜明的形象,可形象背后却蕴含着深刻的哲学意味。

文学所蕴含的思想的深刻性在文学审美活动中同样得到了充分的体现。文学审美活动的一个特点是人的感性和理性都充分活跃起来。在审美活动中不会停留在作品表面的语言阅读和形象的感受上,而必然深入到"意"这个层面。换句话说,文学的审美必然要深入到文学的最深层内容中。

## 三、文学是一种审美意识形态

仅仅说文学是意识形态,必然抹杀了文学作为一种意识形态的特殊性。那么,文学区别于政治、法律、宗教、道德等意识形态的依据在哪里呢?主要有下述三点。

### (一)文学的反映对象是真实人生

其他社会意识形态都有一个特定而鲜明的关切取向,文学艺术是以人和人生的全部形态为对象。其他的社会意识形态虽然也是以人和人生为研究对象,但它们所关注的是人或人生与某种特定的意识形态的关系,如政治所研究和描述的人和人生主要表现为人和人生的政治关系,法律所研究的人和人生主要是人的法律关系,哲学所研究的人和人生是人对世界的基本看法和在认识上的规律。凡此种种,文学艺术以外的社会意识形态都有一个极为明确鲜明的关切取向。文学艺术由于是以人和人生的"原始"形态作为理解和表现的对象,因此就不可能对人和人生的某种特定关系人为地进行抽取和表现。虽然有些作品中的人和人生的确特别突出了某一个方面意识形态关系,但这种突出一方面是其完整人格和完整人生的组成部分,另一方面则是因为这种突出的人生关系是他或他们在作品中的具体人生处境的必然结果,而不是被反映者人为突出或者忽略的产物。

### (二)文学艺术以感性形式来把握世界

其他社会意识形态与文学艺术对人和人生的反映过程和目的是不一样的。前者从具体的人和人生出发,随着认识的深化便会渐渐疏远对象自身的感性特征,进而专注于对人和人生准确单纯的抽象意义和普遍原则的把握;文学艺术从具体的人和人生的体验和观察中,经过对具体人生的理解和思考、深化和升华,最终完成的是比人生本身更为集中和更具表现力度的具体的审美意象,这种审美意象正是作家和艺术家所要表现的人生图景。文学艺术的创作过程虽然伴随着理性的分析和判断,但这一过程自始至终都是用具体个别的形象来反映生活,表现生活的意义。

### (三)作家以主观态度来表现文学艺术

尽管其他的社会意识形态也会在某种层面上与人的主观心理有关,如政治有政治热情,道德和宗教也都有情感问题,但是这些情感成分时时刻刻都要受到客观事实和规律的制约,都要受到现实需要的选择,这样才有可能保证其客观性及真理价值。文学艺术尽管也需要表现人类某些共同的情感,但文学艺术在表现人类普遍情感的时候,又必须是以独特的主观态度、独特的感受、独特的理解、独特的心理姿态来表现人的自由本质。比如《三国演义》写的是历史故事,但作者却有浓厚的"尊刘抑曹"的情感倾向。又如,鲁迅的《呐喊》和《彷徨》里的大多数小说,从表面看来是很冷静客观的,但细细地理解和品味之后就会发现它们大都熔铸着作家自己独特的"哀其不幸,怒其不争"的主体倾向。

综上所述,文学这种意识形态体现出其他社会意识形态所不具备的始终关切具有生命意义的人和人生,用感性的形象来反映生活,以主观态度来表现人生等特征,从而确立了文学不仅是一种社会意识形态,还是一种审美意识形态这样的基本命题。

## 第三节 文学是一种经验形式

从作品与作家的关系来看,文学又是作家个体体验的凝结。在上一节,我们谈到文学源于生活又改造生活的观点时,留下了一个重要问题,那就是作家根据什么来改造生活,从而创造出文学作品呢?实际上,作家就是通过自己刻骨铭心的审美体验来改造生活、塑造文学形象、创造文学作品的。如果没有作家的审美体验,那么生活的生气、意义和诗意,就不会被显现出来,文学创作也就不可能获得成功。本节将讨论经验、体验与文学的关系,再进一步研究审美体验在文学中的美学功能。

### 一、经验、体验与文学

#### (一)经验与体验

人们在社会生活中都有自己的经历。每个人从儿童成长为成年,都要经过许多人生阶段,遭遇许多事情,有自己的见闻,也有自己亲自参与过的事情。这些个人的见闻和经历及获得的知识和技能统称为经验,人的经验大致说来又可分为两种:一种是纯经历性的,就是说他经历了这件事情,并有相关的常识和知识;还有一种是不但有过这个经历,而且在这经历中得出了深刻的意义和诗意的情感,那么这经验就成为一种体验。体验是经验中的一种特殊形态。可以说,体验是经验中见出深意、诗意与个性色彩的那一种形态。例如,一个人吃饭,如果是一般的日常生活行为,那是经验;如果这次吃饭富于个性特点,并从中引起了深刻的感情激荡,或令人回味的沉思,或不可言说的诗意等,那么这种情况下的吃饭就是体验了。更进一步说,经验一般是一种前科学的认识,它指向的是准真理的世界;而体验则是一种价值性的认识和领悟,它要求"以身体之,以心验之",它指向的是价值世界。

体验与经验是有密切联系的,经验是体验的基础,没有经验,或没有起码的、可供想象发挥的经验,就谈不到体验,而体验则是对经验的意义和诗意的发现与升华。科学与人的经验的关系更为密切,因为科学是知识的体系;文学则与人的体验有更密切的联系,因为文学是对人的生命、生活及其意义的叩问,是情感的领域,是价值的体系。这说明,有同样经验的人,为什么有的能写出文学作品来,而有的则完全不能写文学作品,因为前者在经验的基础上有体验,后者则停留在一般的经验上面,没有提升为具有诗意情感和深刻意义的体验。

(二)体验与文学

体验与文学艺术有着密切关系。经验或者经历是直接性的,这种直接性的经验和经历,有许多被人淡忘了,因而没有什么继续存在的意义。例如,我们每天的吃喝,天天如此,它的意义是现时的,只满足了人的眼前需要。其中也会有些经验或经历由于各种原因而持久存留于记忆深处,获得了继续存在的意义,这就是体验了。这种体验要是凝结在文学艺术中,就会获得深意和诗情,成为一种新的存在状况。

例如,杜甫的诗《羌村三首》(其一):

峥嵘赤云西,日脚下平地。柴门鸟雀噪,归客千里至。妻孥怪我在,惊定还拭泪。世乱遭飘荡,生还偶然遂!邻人满墙头,感叹亦歔欷。夜阑更秉烛,相对如梦寐。

本来一个游子久别回家,是一个普通的经验,但是,由于杜甫是在"安史之乱"后,家人不知他的生死,为他日夜担忧的情况下突然回家,所以出现了一些意想不到的场面,如"妻孥怪我在,惊定还拭泪",如"夜阑更秉烛,相对如梦寐"等。这些场面由于它的独特性,使人久久不能忘怀,于是经验提升为刻骨铭心的体验,成为具有诗情画意的诗句。由此,我们可以说,从作者的角度看,文学是作家个体体验的凝结。

那么,作家的体验有哪些特点呢?

1. 情感的诗意化

人的生命不是纯生物性的存在,是与社会关系以及文化、历史紧密相关的。这样,人的个体感觉、情感、想象、回忆、联想、欢乐、希望、憧憬以及失望、痛苦、无奈等内心活动,就必然与社会存在、社会关系分不开。所以,人的体验首先面对的是社会存在、社会关系和文化历史。体验是具有社会性的,但是当个体的人体验社会的时候,他不是被动消极地去反应,而是将主体生命全部投入,是人的生命的全部展开。

文学是作家的个体体验,这种体验的第一个特征就是情感的诗意化。作家的经历中所遇到的某些人、事、景、物(对象),进入到他的情感领域,时时拨动他的情感琴弦,甚至幻化为种种形象。一旦作家动笔写这些人、事、景、物,那么所写的其实就是他自己的生命体验迸发出来的情感火花。在文学世界中,尽管作家写的是现实世界,可由于它处于作家个体的体验中,所以它已经属于诗意化的情感世界。例如,李白的诗《月下独酌》:

花间一壶酒,独酌无相亲。举杯邀明月,对影成三人。月既不解饮,影徒随我身。暂伴月将影,行乐须及春。我歌月徘徊,我舞影零乱。醒时同交欢,醉后各分散。永结无情游,相期邈云汉。

这首诗是由诗人的孤独体验而引起的。诗中的花、酒、月与人的关系等,都不是外在于诗人的客观景物,而是内在情感物。特别是用诗人的醉眼看,就更属于他个人体验中的诗情。

为什么在体验中会发生对象情感化和诗意化呢?这就与"移情"有关,即在体验中"物"与"我"的距离缩短乃至最后消失,进入"物我同一"的境界。自我仿佛移入到对象中,与对象融为一体。这就是中国古代哲学家庄子所说的"身与物化",就是说从前庄周梦见自己变成了翩翩飞舞的蝴蝶,自由自在快意之极,根本不

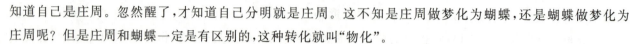

知道自己是庄周。忽然醒了,才知道自己分明就是庄周。这不知是庄周做梦化为蝴蝶,还是蝴蝶做梦化为庄周呢?但是庄周和蝴蝶一定是有区别的,这种转化就叫"物化"。

这种忘情的体验,与西方美学上著名的"移情论"非常相似。"移情"就是把"我"的情感移置于物,使物也获得像人一样的生命与情趣。德国美学家、"移情"论的创立者里普斯认为,所谓"移情"就是我们把自己的情感移置到事物里去,其结果是使事物更接近我们,更亲切,更易于被我们理解。因为我们把自己沉没于事物,把自己也变成事物,那么事物也就像我们一样有情感。

文学创作中的体验,也应该是这种"移情"的体验。作家应使自己移居到写作对象里去,当对象与"我"同一的时候,"我"就是那人物、那景物,就能设身处地为笔下的人物、景物着想,描写出来的人物、景物也就有了诗意的情感,就像我们的朋友那样亲切、有情趣。例如,李白的《独坐敬亭山》:

　　众鸟高飞尽,孤云独去闲。相看两不厌,只有敬亭山。

在这首诗中,李白作为诗人的体验,是"移情"体验。他把自己的情感移置于"云"与"山",所以云会感到"闲",而那敬亭山则会与他久久对视而不厌倦,其实就是将景物情感化了。这不但表达了李白孤寂、悠闲的情感,而且也把云与山这两个对象写得具有情感,并且显得更逼真,更生动,更有情趣。

#### 2. 意义的深刻化

与情感的诗意化相比,由于体验直接指向人的生命,以生命为根基,所以它带有强烈的情感色彩,可以说,情感是体验的核心,但情感中又包含理解。体验总是将自己与命运、遭遇相联系,而且从自己在社会生活中体会到的文化情感积淀出发,去升华,去深化,所以体验在产生新的情感的同时,也会产生深刻的意义。可以说,意义的深刻化是体验的又一特征。

体验一方面具有直观性,另一方面又超越情感和形象,生成更深刻的意义世界。换句话说,体验不会停留在表面的印象上面,而且必然会在美学的和哲学的沉思中进入意义的世界,甚至是深刻的意义世界。例如,当一个园丁在他的花圃里种一盆花时,他只是"经验"着花开,他不会动什么情感,最终也不会有诗意情感上的收获和深刻意义上的收获。然而当列夫·托尔斯泰有一次看到牛蒡花而想起生命的意义时,他就"体验"着花开了。列夫·托尔斯泰如此细致地观察花,不是他要认知这朵花的客观属性,而是因为他发现了花与生命之间的内在联系,他的兴趣不是生物学,而是美学和哲学。列夫·托尔斯泰对花倾注了自己的情感,发现了花的顽强不屈,这样一来,他的体验也就超越了花本身,他的收获是关于他准备描写一个坚强的人对于生命意义的思考。在这个过程中,托尔斯泰从情感出发,并以新的意义生成作为结束。托尔斯泰的出发点是情感,他发现的是这朵小花的生命意义。当然,如果这次体验没有深意,那么这次体验也不能称为真正体验。

作家的体验为什么会生成深意呢?原因是多方面的,但其中最重要的是体验中含有一个"反刍"的阶段。"反刍"就是主体对体验的体验。体验者似乎把自己一分为二,一方面他是感觉者,他在感觉着对象,并在感觉中受到刺激,不可能不产生反应,这个过程他是被动的;另一方面,他是被感觉者,他自己在被动中感觉到的一切,让另一个"自我"来重新感觉和感受,这一过程他是主动的,因为此时他是在体味和领悟。或者说,他是跳出去与自己原有的带有功利性质的经验与印象保持距离,再次感觉自己的感觉,感受自己的感受,或者说把先前自己的感觉感受拿出来"反刍""再度体验"。例如,你年轻的时候曾经有过一次失恋很痛苦,这是一种体验,这个过程是被动的、不得已的,当你后来获得了美满的爱情,你享受着幸福,你把年轻时期失恋的体验拿出来"反刍",重新回味,你也许就会从失恋的往事中领悟到一种深刻的意义,甚至想写一篇以失恋为题材的小说,这就是一个主动的过程。

文学体验一般说来也是"反刍"式的,而对体验的"反刍"往往是产生深意的必要条件。作者曾有过一段经历,当时并没有显示出来什么特别的深意。隔了若干年后,重新回忆这段经历,在回忆中体会和领悟,由于经历时大喜大悲的情绪都变淡了或消失了,那么经历的另一面的美学意义也显示出来了。例如曹雪芹不可能在他刚刚经历家庭变故时就开始写《红楼梦》,必须是经过多少年后,家庭变故所遭受的损失、所产生的种种情绪早就搁置一边,于是在"经历一番梦幻之后","忽念及当日所有的女子,一细考较去,觉其行止见识皆出我之上","细玩颇有趣味",这才决定将"真事隐去",借"假语村言""编述一集,以告天下"(见《红楼梦》第1回)。所谓"经历一番梦幻",所谓"细考较去",就是对过去经验的"反刍"式的体验,所谓"颇有趣味"也就是发现了深意和诗意。

#### 3.感受的个性化

体验的再一个特点是感受的个性化。在日常的经验中,由于只是满足了当时的一般需要,与自己的动机、兴趣、理想、性格、能力等无关,所以一般只具有共性,而很少具有个性。例如在饥饿的情况下,人们要求吃饭,吃饱后生理上感到满足,这种感受每个人都有,不论年龄大小,不论经历如何,也不论动机、兴趣、理想、性格、能力等如何,反正饥饿了都要吃饭的,这是共性,这里很少含有个性的成分。

在体验中,情况就不同了,因为体验的东西是难忘的,是情感的起伏激荡,是意义的深刻领悟,所以体验中的感受必然受到自己的出身、经历、动机、兴趣、理想、能力等的"塑造",而成为个人的、独特的感受。这样在体验中感受的个性就充分表现出来了。例如《红楼梦》第38、39回写大观园内的螃蟹宴,其实写的就是吃饭而已,但曹雪芹写出了不同人物在吃螃蟹后的不同体验所生成的不同感受。对于贾宝玉、林黛玉、薛宝钗等贵族公子小姐来说,他们的感受是美食节、狂欢节、诗歌节等。但是,作为一个贫穷农妇的刘姥姥,她的感受就是另外一个样子,她仔细算了一笔账,说:"这样螃蟹今年就值五分一斤,十斤五钱,五五二两五,三五十五,再搭上酒菜,一共倒有二十多两。阿弥陀佛!这一顿的钱够我们庄稼人过一年的了。"那么刘姥姥的感受为什么会与那些公子小姐相差那么远呢?这主要是刘姥姥的出身、经历、阶级地位等与那些贵族的公子小姐不同,由此形成的对生活的体验制约着她的感受。

对于作家来说,个性化是非常重要的,因为个性化往往是艺术独创性的标志。这种个性化的东西主要还是来源于作家对生活的体验。在刻骨铭心的体验中,作家变得更敏锐、更独特了,这样他们的感受也就具有个性特点,写作时也就自然会发出与别人不同的声音。例如两个作家同样面对一个相同或相似的情景,由于长期所形成的体验类型不同,感受不同,结果描写就会显示出个性的差异。例如王维的诗句"行到水穷处,坐看云起时",与陆游的诗句"山重水复疑无路,柳暗花明又一村",所描写的情景和所含的意味是相似的,但这两个诗人发出的声音都是具有各自的个性的:王维诗句的个性是随遇而安、自然而然、平淡至极;陆游诗句的个性是鲜明、用心、用力,给人心中不平感。这根源于他们不同的修养,王维受禅家影响甚深,所以凡事听其自然;陆游生活于民族危亡之际,又深受儒家"兼济天下"思想影响,所以心中常有不平之气。这样他们的体验不同,对事物的感受不同,随之对相似景物的描写也就各不相同,个性也就在这差异中表露出来。

## 二、体验在文学活动中的美学功能

在上面的论述中,我们已经在很大程度上接触到体验对于文学的美学功能。下面将更进一步对这个问题概括化和具体化。

### (一)体验使艺术形象具有活力

王国维《人间词话》最初的手稿显示,在"入乎其内,故有生气"一句中,"生气"二字原为"生气勃勃"。意思是作家体验不是站在对象的旁边,作为一个旁观者做外部的观察和描写,而是进入对象,达到物即是我,我即是物,物我同一的状态。这样作家对描写的对象就有了极为真切的理解,简直就像理解自己一样理解对象,那么作家笔下的艺术形象自然就具有活力了。这就是我们上面说过的"移情"体验。许多作家都有这种体验,当自己的体验进入上面所说的"移情"境界的时候,主体与客体完全合一,自己分享着对象的生命,对象也分享着自己的生命,外在陌生之物就变为了内在亲近温暖之物。

浪漫主义作家笔下的人物、景物十分生动、活泼,就是与作家写作时这种投入式的生命体验密切相关。体验的"物我同一"境界,使作家似乎进入了对象的生命内部,从而能够把握对象的活动轨迹和生命血脉,这才使文学中艺术形象具有活力。

在现实主义作家那里,这种情况也是同样存在的,如法国著名作家福楼拜谈到他写《包法利夫人》的经过:"写书时把自己完全忘去,创造什么人物就过什么人物的生活,真是一件快事。比如我今天同时是丈夫和妻子,是情人和他的姘头,我骑马在树林里游行,当着秋天的薄暮,满林都是黄叶,我觉得自己就是马,就是风,就是他俩的甜蜜的情话,就是使他们的填满情波的眼睛眯着的太阳。"①福楼拜被认为是现实主义大师,他的描写是客观的、冷静的,但为了使自己作品中的形象真切动人,具有生命活力,他在写作的体验时仍然必须进入"物我同一"的境界,为人物和景物"设身处地",充分领悟人物和景物的生命,这样他才能在客观的描写中不失活力。由此可见,作家体验的美学功能之一是使自己描写的艺术形象具有活力。

**(二)体验使艺术形象具有诗意的超越**

王国维的《人间词话》最初的手稿显示,"出乎其外,故有高致"的"高致"二字原为"元著超超"。意思是当作家的体验达到"出乎其外"的境界时,所写事物的根本性质就会显著地突现出来,放射出诗意情感的光辉。作家的体验可以说是个"悖论",一方面它要"入",可另一方面它又要"出"。"出"就是在体验时的超越,超越可以有两层意思。

第一层意思是获得对对象本身的超越。作家的描写不受对象本身形体、姿态和颜色等物理性的束缚,而能见出事物的物理性以外的美学意义来。这也就是说作家写的是平凡的事物,却能放射出不平凡的光辉;作家所写的是司空见惯的事物,却能放射出独特的诗性光辉。美是到处都有的,问题在于发现。当作家处于体验的超越状态时,也就有可能从平凡的事物中发现意义和诗美。人的精神可以处于不同的状态中,当人们处于麻木的状态中时,就算有靓丽的美也会熟视无睹。相反,一旦人们进入体验的状态,那么平日很不起眼的事情也会闪现出诗意的火花。

人们为什么要从一般的观察转到体验的境界中呢?因为在一般的经验性的观察中,人们习惯性的麻木占了上风,就是对最美的对象也只是视若无睹、听若罔闻,对美的事物既不感觉也不理解。只有当人们转到体验的状态,那种超越的感觉才会被唤醒,于是获得一种"内视点",不是用常人的眼睛去看,而是用心灵去看,这样人们就能从惯常的、平凡的事物中见出引人入胜的一个侧面,日常的世界中将分离出意义的世界、情感的世界,也就是诗意的世界。例如树木是我们经常看到的,它是一种普通物,只有被体验所掌握时,才会出现超越普通物而变成具有诗性意义的审美物。请读中国当代诗人曾卓的《悬崖边的树》:

不知道是什么奇异的风
将一棵树吹到了那边
平原的尽头
临近深谷的悬崖上
它倾听远处森林的喧哗
和深谷中小溪的歌唱
它孤独地站在那里
显得寂寞又倔强
它的弯曲的身体

---

① 转引自《朱光潜美学文学论文选集》,湖南人民出版社,1980,第80页。

留下了风的形状

它似乎即将倾跌进深谷里

却又像是要展翅飞翔

这首诗中的树,还保留了我们所熟悉的树的身姿,但它已经大大地超越了树这种对象,它是一种孤独而又倔强的人的象征。诗人之所以能从一棵普通的树里看出一种精神力量、一种人生,就是因为诗人的体验具有诗性的超越性。也就是说,诗人独特的诗性体验导致了对树的审美发现。

第二层意思是获得"童心",对传统的陈规旧习和既定成见实现超越。明代学者李贽曾提出"童心"说,强调诗人应该用"赤子之心"去感受世界。他说:"夫童心者,真心也。若以童心为不可,是以真心为不可也。夫童心者,绝假纯真,最初一念之本心矣。若失却童心,便失却真心;失却真心,便失却真人。人而非真,全不复有初矣。"李贽为什么要提出"童心说"?作家为什么要有"最初一念之本心"呢?这是因为人长大的过程,是一个不断地学习道理、增加知识的过程。这种道理和知识在一般的情况下,是一种没有个性特点和诗性精神的常规、常法、常理,甚至可以说是一种人云亦云的东西。同时它又是一个必然的过程,因为每个人都要从儿童成长为成人,适应社会,这样才能被社会和团体所接纳。然而随着岁月的增长,儿童变为成人,那么他们所积累的知识、道理越多,其童心的丧失也就越多。所以对于作为成人的作家、艺术家来说,要保持"童心""最初一念之本心"是不容易的。毕加索晚年已经享誉世界,有一次他去参观一个画展,他告诉别人,"我和他们一样大时,就能画得和拉斐尔一样,但是我要学会像儿童这样画,却花去了我一生的时间"。我们如果认真分析毕加索的画的风格,就会觉得他这样说完全是真诚的,因为他的确画得像儿童的画一样天真和富于想象力。另一位著名画家柯罗也说过相似的话:"我每天向上帝祈祷,希望他使我变成个孩子,就是说,他可以使我像孩子那样不带任何偏见地去观察自然。"柯罗这句话的意义,在于说明世界上伟大的艺术家总是要向自己身上累积起来的成见和偏见作斗争,以便能摆脱平庸的、常识的眼光,用孩子般率真而惊奇的眼睛去看世界。无论是李贽,还是这些画家,都存在一个"悖论",画家、诗人都已经是成人,都已经被道理的熏染而社会化,他们如何能返回童年,重新获得"童心"呢?

在这个问题上,美国当代人文主义心理学家马斯洛提出了"第二次天真"和"健康的儿童性"的概念。意思是说,对于已是成人的艺术家来说,可以既是非常成熟的,同时又是非常孩子气的。这看起来是对立的,但对于作家、艺术家而言,就是这种双重的视角。他们一方面以成熟的、深刻的、理性的眼光看待生活,能够把生活的底蕴揭示出来,可另一方面又是以儿童般天真的、陌生的、非理性的眼光看待生活,充分地把生活的诗性光辉放射出来。而作家、艺术家这种双重视角的产生,在于作家、艺术家审美体验的形成。正是在体验中,一种混合着成熟与天真、深刻与陌生、理性与感性的"健康的儿童性",能够成为作家、艺术家的独特诗性精神,并以这种精神超越一切既成的偏见和成见,从而见到普通世界中令人惊奇的一面。

## 复习要点

**[基本概念]**

文化观念　　文学的定义　　符号论的文化概念　　审美意识形态　　体验　　移情说

**[思考问题]**

1. 广义的、狭义的和符号论的文化概念有何区别?
2. 文学有什么文化意义?
3. 文学与历史文化有何异同?
4. 文学与科学文化的关系是怎样的?

5. 我们怎样理解文学源于生活又改造生活?
6. 怎样理解文学是审美意识形态?其内涵是什么?
7. 经验与体验有何联系与区别?
8. 作家的体验对于文学创作有何意义?

# 第三章 文学语言系统

文学是一种由作者和读者共同参与的语言艺术活动，它要通过文学文本的创作、阅读及批评等过程进行。要想了解文学这种语言艺术活动的根本特征，就需要了解文学文本，而文学文本的基础正是由特定的语言组织起来的，通过这种语言组织，文学文本的其他方面才得以产生。

## 第一节 文学文本概念

什么是文学文本？现在的文论著作为什么常常谈论文学文本，而谈论文学作品的次数却不多呢？

### 一、文学文本定义

#### (一)文本与文学文本

"文本"一词，来自英文 text，另外还有本文、正文、课文等多种译法。这个词广泛应用于语言学和文体学中，也在文学理论与文学批评中扮演着活跃的角色。一般来说，文本是语言的实际运用形态，而在具体场合中，文本是根据一定的语言衔接和语义连贯规则而组成的有待于读者阅读的整体语句或语句系统。

在文学理论与文学批评领域，文学文本是指构成文学这种语言艺术品的具体语言系统，如运用语言写成的特定小说、诗歌、散文和报告文学等语言艺术品。也可以说，文学文本是传达作家的人生体验及其想象性世界的特定语言系统，其中包括诗歌、小说、散文、报告文学、戏剧文学等形态。文学文本除了具有一般文本的共性外，还具有三个自身的特点。

##### 1. 文学文本总是指一种实际语言系统

文学文本不是指理想的、具有普遍适用性的社会语言结构，而是指特定个体或群体在社会生活中对语言的具体运用。这里的"个体"主要指具体的个人，如作家；而"群体"则主要针对某些文本的集体作者而言，如远古口头文学、史诗的作者往往是一个群体，当代城乡民谣也总是出自群体之口。这种实际语言形态常常是由一系列语句组成的结合体，如诗、散文和小说等，当然有时也可以是单一语句的整体（如一首正文只有一行的小诗)。如果离开了这种实际语言形态,就不可能存在所谓的文学文本。

*2. 文学文本能够传达作者人生体验*

文学文本主要是通过传达人生体验及其想象性世界而表达相对完整的意义,它通过语言而呈现体验,但这种呈现的目的是创造一种渗透着人生体验的想象性世界,并由此表达某种相对完整的意义,或者说有足够的信息能让读者体验到一种想象性世界并借此表达相对完整的意义。如果其意义不完整或残缺不全,则不能称作文学文本。

*3. 文学文本有待于读者阅读和接受*

如果文学文本仅仅停留于作者头脑里,而无法由任何一位读者读到并感觉到,那这只是一种不确定的心理过程,不能被称为文学文本。如果已经被读者在阅读中赋予特定的意义,则就已经从文本变成了作品。文学文本是等待读者阅读的包含完整意义的实际语言系统。

**(二)文学文本与文学作品的区别**

需要注意,"文学文本"与"文学作品"这对概念经常容易混淆,可从专用概念和一般术语两个层次大致区分一下。

在专用概念层次上,文学文本与文学作品有着比较清楚的区别:文学文本(literary text)是指由作者创作出来有待于读者阅读的语言系统,而文学作品(literary work)则是指读者已经阅读并赋予特定意义的语言系统。一部由作者创作出来的语言艺术品,当其未经读者阅读时,就还只是文学文本;而在其被读者阅读后,才变成了作品。也就是说,文学文本加上读者阅读就等于文学作品了。

以往的文学理论大多使用"文学作品"来表述,现在转而强调文学文本并把它与文学作品区分开来,意在表明两点:第一,文学的意义建立在文学文本的语言组织基础上,离开了语言组织,文学就不存在意义;第二,读者能够把文本意义现实化,读者的阅读既可以探寻作者原来的意义,也可以发现新的开放的意义空间。由此可见,区分文学文本与文学作品,有助于适当弱化读者的文学阅读对作家创作意图的单方面依赖性,转而使文学文本的基本语言特性显示出来,并且强化读者阅读的艺术发现作用和增强文本意义的开放性。

在日常生活的一般使用中,文学文本与文学作品之间的区分往往并不明显,两者有时都可以不加区分地用来指文学这种语言艺术品。例如,我们平时说"这篇作品写得不错",这句话里的"作品"完全可以换为"文本"而不影响它原来的意思。这反映了"作品"的传统用法在日常使用中的延续形态。

文学文本与文学作品之间,在专用概念层次上是有明显区别的,而在一般术语运用上则没有多大区别。这也是学习本书时需要留意的,有时作为专用概念要区别文学文本与文学作品,而有时则视为一般术语加以使用。

## 二、文学文本的内部构造

文学文本的内部有什么奥秘呢?古往今来,无论是中国还是西方国家,都曾从不同角度探讨过它的内部构造问题。

**(一)西方对文学文本内部构造的理解**

西方存在过大致两类文学文本构造观:一种是两层面说,主张文学文本包含外在语言层面和内在意蕴层面,代表人物有但丁和黑格尔;另一种是四层面说,认为文学文本由更为复杂的四个层面组成,代表人物是英加登。

*1. 两层面说*

在中世纪晚期,意大利著名诗人但丁已认识到,诗有四种意义:字面意义、譬喻意义、道德意义和奥秘意义。字面意义,是词语本身字面上显示出的意义;譬喻意义,是以寓言方式隐藏着的意义;道德意义,是需要从文本中细心探求才能获得的道德上的教益;奥秘意义,则是从精神上加以阐述的神圣意义。这大致相当于说把文学文本划分为两个层面:一是字面意义层面,二是字面意义表达的超意义层面,如譬喻意义、道德意义和奥秘意义。在但丁看来,譬喻、道德和奥秘等超意义层面较为重要,处于核心地位,起决定性作用;但是字面意义层面并不是无关紧要的,它具有优先性。其他的各种意义都蕴含在字面意义里面,离开了字面意义,其他的意义,特别是譬喻的意义,便不可能理解。不首先理解字面的意义,便无法掌握其他的意义,但丁明确提出文学文本两层面主张,并且把字面意义层面置于阅读与阐释的优先地位。

德国美学家黑格尔就艺术作品提出了"外在形状"与"内在意蕴"的新认识。他认为:"遇到一件艺术作品,我们首先见到的是它直接呈现给我们的东西,然后再追究它的意蕴和内容。"他把这种"直接呈现给我们的东西"称为"外在形状",而把这种"外在形状"所"指引"的"内在的东西"称为"意蕴"。所谓"意蕴",就是"一种内在的生气、情感、灵魂、风骨和精神"。艺术作品的"外在形状"是有价值的,但这种价值"并非由于它所直接呈现的",也"不因它自身而有价值",而是因为它像符号或寓言那样,"代表另一种东西",即"意蕴"。①从总体上看,黑格尔是贬低"外在形状"(如语言)的作用的,虽没有像但丁那样明确提出一种文本层面观,但其思路却隐然指出文本的"外在形状"与"内在意蕴"之间存在区别,这为后人探讨文本层面提供了重要参照。

*2. 四层面说*

到了 20 世纪,波兰美学家英加登对文学文本的层面构造做出了富有突破性意义的划分。他在《文学的艺术作品》中提出了著名的"文学文本四层面":字音及其高一级语音组合、意义单元、多重图式化面貌、再现的客体。

文学文本的第一层面是字音及其高一级语音组合,这属于文学文本的最基本层面,是由语音素材来传达的携带可能的意义的语音组织,它超越语音素材和个人阅读经验而具有恒定不变的特性;第二层面是意义单元,是由字音及其高一级语音组合所传达的意义组织,它是文学文本的核心层面,与其他层面相互依存,但又规定着它们;第三层面是多重图式化面貌,是由意义单元呈现事物的大致略图,包含着若干"未定点"而有待于读者去具体化;第四层面是再现的客体,是通过虚拟现实而生成的世界,这是文学文本的最后层面。这四个层面都有自身的审美价值,但又相互渗透和依存,共同组成文学文本的层面构造。任何文学文本都必定包含这四个层面。

此外,英加登又补充说,在某些文学文本中还可能存在着"形而上特质",如崇高、悲剧性、恐怖、震惊、玄奥、丑恶、神圣和悲悯等。可以说,这种"形而上特质"并不属于文学文本必有的层面构造,而仅仅在伟大的文学中出现。英加登的文学文本四层面说明确、具体、细致地区分了文学文本的层面构造,并且通过认可"形而上特质"而为文学文本的深层意蕴留下了空间。

**(二)中国对文学文本内部构造的理解**

中国古代存在过两种文学文本构造观:一种认为文学文本由言、意两层面构成,另一种则认为由言、象、意三层面构成。

*1. 言意两层面说*

中国人很早就注意到文本中的"言"和"意",《周易·系辞上》记载有"书不尽言,言不尽意"和"圣人立象以尽意"的观点,《庄子·外物》明确地说:"言者所以在意,得意而忘言。""言"的目的是要表"意",但如果拘泥于"言",就无法"得意"。只有"忘言",才可能"得意"。"言"在这里只能起到暗示的作用。庄子虽然极端地重视"意"而轻视"言",但他用这种独特方式划分出了文本的"言"与"意"两个层面,为后人分析文本层面

---

① [德]黑格尔:《美学》第 1 卷,朱光潜译,商务印书馆,1979,第 24—26 页。

提供了一种可以借鉴的典型。

#### 2.言、象、意三层面说

三国时期的思想家王弼,在继承庄子"言意"说的基础上,进一步提出了言、象、意三层面说。他在《周易略例·明象》中指出:"夫象者,出意者也。言者,明象者也。尽意莫若象,尽象莫若言。言生于象,故可寻言以观象;象生于意,故可寻象以观意。意以象尽,象以言著。故言者,所以明象,得象而忘言;象者,所以存意,得意而忘象。犹蹄者所以在兔,得兔而忘蹄;筌者所以在鱼,得鱼而忘筌也。"王弼在"言"与"意"两层面之间加入"象"这一层面,就构成了文本由表及里的言、意、象三个层面。于是,文本的两个层面就变成了三个层面。在这新的三个层面里,最外在层面的"言"本身没有实质性意义,其任务只是表达"象"("言者,明象者也"),所以读者可"得象而忘言",在领悟"象"后就可舍弃"言"了;而中间层面的"象"也不是读者的目的,而只是在表达"意"("象者出意者也"),所以读者可"得意而忘象";"意"位于文本的内在终极层面,它才是目的。

《周易》和王弼的注释,都还局限于古代独特的哲学层面,而且所说的"象"乃是指"爻"所构成的图形,是古人象征自然现象和人事变化的一套符号,用来占卜吉凶,并不是专指文学文本中寓含的艺术形象。庄子的"言"与"意"也是在哲学层面讲的。所以无论是庄子、《周易》还是王弼,在分析文本层面时都只是从所设定的符号性文本这一总体上考察,还没有就文学文本的层面构造做出专门梳理。

自觉地分析文学文本层面构造的,是清代桐城派文论家刘大櫆和姚鼐师徒二人。刘大櫆在《论文偶记》中把文学文本区分为"粗"与"精"两个层次:"神气者,文之最精处也;音节者,文之稍粗处也;字句者,文之最粗处也。然论文而至于字句,则文之能事尽矣。盖音节者,神气之迹也;字句者,音节之矩也。神气不可见,于音节见之;音节无可准,以字句准之。"

刘大櫆虽然沿用了庄子曾用过的"粗"与"精"二层面说,却没有抑"粗"扬"精"。他相信文学文本由"粗"与"精"两层面构成:"粗"是指文学文本的外在可见的语言层面,即"音节"和"字句";"精"则是不可见的内在意义或意蕴层面,即"神气"。但这个两层面说还过于简略,在文学文本分析中难以具体操作。倒是刘大櫆的弟子姚鼐在《古文辞类纂》中进而使上述两层面说具体化了:"凡文体类十三,而所以为文者八,曰神、理、气、味、格、律、声、色。神、理、气、味者,文之精也;格、律、声、色者,文之粗也。然苟舍其粗,则精者亦胡以寓焉。学者之于古人,必始而遇其粗,中而遇其精,终而御其精者而遗其粗者。"

姚鼐把内在意义层次"精"细分为神、理、气、味四要素,而把外在语言层面"粗"细分为格、律、声、色四要素,这显然更有助于认识文学文本的具体层面构造。他还认为,读者在阅读文学文本时,必然要经历"由粗而精"的步骤,读者总是先接触文本的语言层面,即格、律、声、色,然后才能由此领悟到蕴含在内部的意义层面,即神、理、气、味。

这两种文学文本层面观稍有不同,但都是从"可见"(外在)与"不可见"(内在)的区别上去立论的。这种文本层面理论传统对于我们今天认识文学文本的层面构造应是有启发意义的。

### (三)如何认识文学文本的内部构造

上述中外对文学文本内部构造的认识总是离不开这样一些理论内涵:首先,文本是一种语言的艺术构造,所以语言是必不可少的要素;其次,这种语言构造总是要表达一种活生生的艺术形象,所以形象不可或缺;最后,这种由语言表达的艺术形象总是要指向某种体验及其意蕴世界,因此,意蕴十分重要。大多成功的或优秀的文学文本,总是具备这三种要素。由此我们可以说文学文本由三个层面组成:文学语言组织、文学形象系统和文学意蕴世界。

(1)文学语言组织是文学文本最直接和基本的存在方式。没有这种存在方式,就不可能有文学。作家的写作创造出文学语言组织,而读者的阅读则首先必须借助这种语言组织,因此,文学语言组织构成了文学文本的基本现实,文学语言组织是文学文本的最基本层面。

(2)文学形象系统是文学语言组织所显现的感性生活画面。文学形象系统是沟通文学语言组织和文学意蕴世界的中介,处在核心层面。这一层面既离不开文学语言组织,又规定着文学意蕴世界。

(3)文学意蕴世界是文学语言组织及其显现的感性生活画面所可能展现的深层体验空间。文学意蕴世界是文学文本的最深层面。这一层面依存于文学形象系统和文学语言组织。下一节着重分析文学文本的最基本层面——文学语言组织。

## 第二节　文学语言组织

要进入文学文本,首先需要面对它的基本语言构造——文学语言组织。

### 一、文学文本的语言性

文学文本总是由语言构成的,即由一定的语言行为及其产品构成。无论是作家创作还是读者阅读,都必须也只能根据这种语言特性。文学文本即便有无数种特性,也都要以这种特性为生成的基础。这样,文学文本具有一种语言性。文学文本的语言性是指文学文本具有的基本的语言组织特性,这是其他一切特性所得以生成的基础。这可以从以下三方面去理解:

#### (一)语言是文学文本的存在方式

文学文本总是以语言方式存在的,这是文学文本的基本标志。我们通常所说的中国文学其实应包括用汉族、藏族、回族等多民族的语言来表述的文学,但如果单就汉民族文学而言,它一般是指用汉语来表述的文学,其实可以简称为汉文学。对于汉文学来说,文学文本是以汉语来表述、以汉语方式存在的。请看唐代杜牧的诗《江南春》:

千里莺啼绿映红,水村山郭酒旗风。

南朝四百八十寺,多少楼台烟雨中。

这首诗的文本是由一组汉语词汇组成的,由28个字组成4个句子,由这4个句子组成1篇七言诗。诗人为了准确而生动地表述自己的体验,按照一定的规则精心选择和创造了这些语句,读者要想领会它的意义,只能先阅读诗句本身。今天的读者虽然与杜牧的时代远隔千年,却能从他留下的这些语句中读到他那依然鲜活动人的体验:千里江南,听不完的莺歌燕语,看不完的花红柳绿。依水有村,傍山有城,一面面酒旗迎风飞舞。那南朝以来的四百八十座佛寺,曾经多么壮观,现如今却悄悄伫立烟雨中,只留下难以追忆的一片朦胧。诗人并不是单纯抒发自己的感慨,而是别有一番讽喻:南朝统治者消耗大量的人力、财力营造的大批佛殿,如今还悄然掩映在朦胧烟雨中,可统治者们又到哪里去了呢? 对这些意义的领会都是离不开上述汉语文本的。如果不先理解诗的字面意义,就无法把握其他的意义。

无论是短到三行的小诗,还是长达千页的长篇小说甚至系列长篇小说,它们都有各自的独特语言组织,人们已经习惯说"文学是语言的艺术"。正是语言构成了文学文本,语言因而是文学文本的必不可少的重要因素。

#### (二)文学中的语言具有自身的特点

什么是语言? 文学中的语言又是怎样的? 一般说来,语言是一种声音与意义结合的符号表意系统,是人类交际最重要的工具。美国语言学家萨丕尔有个著名定义:"语言是纯粹人为的、非本能的,凭借自觉地制造出来的符号系统来传达观念情绪和欲望的方法。"①这个定义突出了语言是人类最重要的交际工具这一特点:语言是人类创造的旨在表达意义(观念情绪和欲望)的符号系统。文学文本正是由这种语言构成的。不过,"文学语言"却并不等于"文学中的语言"。文学语言,即英文中的 literary language,又可以翻译为标准语,是加工过的规范化了的书面语。它通常与口语或方言相对,是指一定社会和教学情境中的标准语言形态,例如电影、电视、话剧、广播、教育、科学和政府机关所用的书面语都是文学语言。可见,文学语言一词具有较为宽泛的含义。

与文学语言不同的是,文学中的语言具有自身的特点。文学中的语言,也就是文学文本的语言,是指经过作家加工的、旨在创造艺术形象并表达意义的特定语言系统。一般说来,各种语言形态,如口语、方言、书面语和文学语言,以及文言文和白话文等,都可以经过作家艺术加工后进入文学文本,成为文学文本语言组织的组成部分。如鲁迅小说《肥皂》写道:

> 四铭踱到烛台面前,展开纸条,一字一字的读下去:
>
> "'恭拟全国人民合词吁请贵大总统特颁明令专重圣经崇祀孟母以挽颓风而存国粹文。'——好极好极。可是字数太多了罢?"
>
> "不要紧的!"道统大声说。"我算过了,还无须乎多加广告费。但是诗题呢?"
>
> "诗题么?"四铭忽而恭敬之状可掬了。"我倒有一个主意在这里:孝女行。那是实事,应该表彰表彰她。我今天在大街上……"
>
> "哦哦,那不行。"薇园连忙摇手,打断他的话。"那是我也看见的。她大概是'外路人',我不懂她的话,她也不懂我的话,不知道她究竟是那里人。大家倒都说她是孝女,然而我问她可能做诗,她摇摇头。要是能做诗,那就好了。"
>
> "然而忠孝是大节,不会做诗也可以将就……"
>
> "那倒不然,而孰知不然!"薇园摊开手掌,向四铭连摇带推的奔过去,力争说。"要会做诗,然后有趣。"

这里,先是白话句式("四铭踱到……"),接着有文言文戏拟("恭拟……"),再接着既有口语(如"不要紧的"),也有文言(如"无须乎""孰知不然")以及文学语言("表彰")等。多种语言形态在这里被重新加工,组合成新的语言组织——文学中的语言,成功地活化出四铭一伙人的滑稽面目。文学中的语言才是我们所说的属于文学文本的语言,而文学语言组织正是文学中语言的具体体现。

文学中的语言是进入文学文本的直接基础,研究文学文本必须首先研究它的语言。这样,文学中的语言对于文学的重要性就不言而喻了。而同时,文学中的语言对于研究一个民族的语言也具有重要的作用。语言学家认识到,和语言学关系最密切的是文学中的语言。一种语言最精彩、最丰富的使用是集中在文学这种语言艺术品里面的。文学是使用语言的典范,为学习语言提供了最好的榜样,为研究语言提供了理想的材料。②

### (三)言语是语言在文学中的具体存在方式

语言在文学中存在的具体方式是什么?为方便理解这一点,有必要简要回顾现代语言学家索绪尔的观点。他认为,经典语言学界笼统地谈论语言,往往忽略了语言固有的二重性:语言既是音响印象,又是发音器官的动作;既是音响和发音的复合单位,又与观念相结合而形成生理与心理的复合体;既有个人的一面,又有社会的一面;既包含一个已定的系统,又包含一种演变。当忽略了语言的这种二重性时,语言学的对象

---

① [美]萨丕尔:《语言论》,陆卓元译,商务印书馆,1985,第7页。
② 伍铁平主编《普通语言学纲要》,高等教育出版社,1993,第34页。

就像是乱七八糟的一堆离奇古怪、彼此毫无联系的东西。在他看来,解决上述混乱的唯一办法,就是对复杂的语言现象做出清晰的区分。于是,他把语言(language)具体地区分为两方面:语言结构(langue,也可以翻译为语言)和言语(parole)。语言结构是语言集团言语的总模式,而言语是在特定的语境下个人的说话活动。这两者之间的差异是明显的:首先,语言结构指的是从一代人传到另一代人的语言系统,包括语法、句法和词汇,而言语则是指说话人可能说或理解的全部内容;其次,语言结构是指语言的社会约定俗成方面,言语则是个人的说话;最后,语言结构是种代码(code),而言语则是一种信息(message)。

不过,索绪尔又强调指出,语言结构和言语是"紧密相连而且互为前提的:要言语为人所理解,并产生它的一切效果,必须有语言结构;但是要使语言结构能够建立,也必须有言语。从历史上看,言语的事实总是在前的……语言结构和言语是互相依存的,语言结构既是言语的工具,又是言语的产物。但是这一切并不妨碍它们是两种绝对不同的东西。"[①]由此,他把对言语活动的研究分成两部分:一是以社会的或非个人的语言结构为对象,二是以言语活动的个人部分即言语为研究对象。

按照上述看法,文学从根本上说不是作为社会的语言集团言语的总模式而存在的,而是作为一种个人的言语行为而存在的。这就是说,严格地讲,文学不应是一般的语言而是一种言语。作为个人的言语行为,文学虽然依赖于语言结构的作用,具有不容忽视的社会语言特性,但其总是更直接地呈现出个人的、多方面的、异质的、不稳定的或活跃的等特点。为了理解这一点,不妨看看下面的话:

(1)诗人朗诵自己的诗当然该用普通话。

(2)轮到你朗诵时你才说话。

(3)听众觉得你的话最精彩。

显然,第一句中的"普通话"指的是一种语言结构,即现代汉语的一种普遍性语言结构;第二句里的"说话"是指一种言语动作,即运用普通话方式而实现的个人言语动作;第三句里的"话"则指一种言语产品,它是通过个人言语动作生产出来的产品。由此可见,文学中的语言实际上直接是以个人的言语方式(包括言语动作和言语作品)存在的。文学总是以言语的方式"说话",因此,严格说来,文学不是作为一般语言而是作为个人言语而存在的,即不是作为笼统的普遍性语言结构而是作为个人的具体言语行为而存在的。尽管在文学中以言语取代语言有着充分的理由,但是,鉴于国内文学界长期以来习惯于使用"语言"一词,所以我们在本书中还是不得不依旧沿用"语言"。只是我们应当明白,这语言应确切地理解为言语。这是需要加以特别说明的。

可见,文学文本的语言性表现在文学文本以语言的方式存在,文学中的语言具有自身的特点,它以言语为具体存在方式。

## 二、文学语言组织的特征

什么是文学语言组织呢?文学语言组织是文学文本的最基本层次和直接现实,它是一种具有表现性目的和个性特征的整体性语言构造。具体地说,文学语言组织具有如下三种特性。

### (一)文学语言组织是一种语言性构造

文学语言组织是一种语言性构造,这里说语言性,是要表明文学文本是由语言这种符号构成的。人类创造的符号多种多样,除了语言符号以外,还有图像符号、实物符号、躯体符号等。文学文本主要是语言符号的构造。构造,在这里是指语言的各个组成部分的安排、组织及其相互关系形式。一个词,是由能指(声音)和所指(概念)组成的结构。而一个语句、语段、语篇,则由表层结构和深层结构组合而成。在文学文

---

① [瑞士]索绪尔:《普通语言学教程》,高名凯译,商务印书馆,1980,第41页。

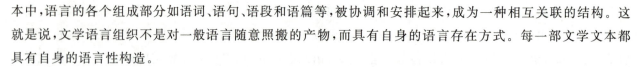

本中,语言的各个组成部分如语词、语句、语段和语篇等,被协调和安排起来,成为一种相互关联的结构。这就是说,文学语言组织不是对一般语言随意照搬的产物,而具有自身的语言存在方式。每一部文学文本都具有自身的语言性构造。

### (二)文学语言组织具有整体性

作为一种语言构造,文学语言组织具有一种整体性。在文学文本中,各个语言要素总是要相互协调,形成一个彼此连贯的有序系统,而这种系统又相对完整,从而具有一种整体性。歌德说过:"艺术要通过一个完整体向世界说话。"在我们看来,这种"完整体"首先要表现在语言构造上。

在20世纪以前,不少理论家和作家喜欢把文学的这种语言整体形容为"有机体"。黑格尔指出:"有机体的各部分、各肢节只有在它们的联合里才能存在,彼此一经分离便失掉其为有机体的存在。"[①]无论是篇幅短小的一行诗,还是长达数百万字的长篇小说系列,其语言构造都具有自身的这种有机整体性。不过,20世纪以来的学者们则更倾向于认为,这种整体性不应该被理解为封闭的整体性,而是应该理解为动态的、开放的或相互作用的整体性。正如俄国形式主义者蒂尼亚诺夫所指出的那样:"作品的统一不是对称的、封闭的整体,而是展开的、动态的完整;它的各个要素不是由等号或加号联系起来的,而是用动态的类比和整体化符号联系起来的。"由于注重这种动态性,他主张"文学作品的形式应当被感觉为动态的形式",这种动态性表现为各个组成部分"彼此间的相互作用"。[②] 显然,文学语言组织的整体性表现为各个语言要素之间的动态的、相互作用的联系。瑞士诗学家沃尔夫冈·凯塞尔在《语言的艺术作品》里指出,文学文本是语言的统一体,因而语言是文学中真正重要的东西。"文学语言的特别本事能够产生一种特有方式的客观性和语言的组织性,通过这种本事作品所产生出来一切的东西都变成为一个统一体。"[③]无论是古典理论家还是现代理论家,都从各自的角度认识到文学中的语言具有自身的整体性。

### (三)文学语言组织具有表现性目的和个性特征

作为一种整体性语言构造,文学语言组织具有一种表现性目的和个性特征。这里有两层意思:

第一,文学文本中的语言为了表现特定的意义而组织成整体性语言构造,从而这种语言构造的整体性是由于表现性目的的成功实现而获得的。

第二,正是在实现表现性目的的过程中,这种语言才可能呈现出独特特征,从而传达出作家的独特个性。对此,老舍在《关于文学的语言问题》一书中说得十分明白:

> 要把语言写好,不只是"说什么"的问题,而也是"怎么说"的问题。创作是个人的工作,"怎么说"就表现了个人的风格与语言创造力。我这么说,说得与众不同,特别好,就表现了我的独特风格与语言创造力。艺术作品都是这样。十个画家给我画像,画出来的都是我,但又各有不同。每一个画里都有画家自己的风格与创造。他们各个人从各个不同的风格与创造把我表现出来。写文章也是如此,尽管是写同一题材,可也十个人写十个样。从语言上,我们可以看出来作家们的不同的性格,一看就知道谁写的。莎士比亚是莎士比亚,但丁是但丁。文学作品不能用机器制造,每篇都一样,尺寸相同。翻开《红楼梦》,绝对不能和《儒林外史》调换调换。

对于作家来说,真正重要的不是一般性地或共性地运用语言("说什么"),而是富于个性地运用语言("怎么说")。他在运用语言时,总要考虑如何使它服从于表现特定目的,从而使它体现出作家自己独特的个性特征。"尽管是写同一题材,可也十个人写十个样"。当不同的作家为自己提出了不同的表现性目的时,他们在语言运用上就会体现不同的要求,因此,正是"从语言上,我们可以看出来作家们的不同的性格"。

---

① [德]黑格尔:《小逻辑》,贺麟译,商务印书馆,1980,第271页。
② [俄]蒂尼亚诺夫:《结构的概念》,托多罗夫编选《俄苏形式主义文论选》,蔡鸿滨译,中国社会科学出版社,1989,第98页。
③ [瑞士]凯塞尔:《语言的艺术作品》,陈铨译,上海译文出版社,1984,第7页。

## 第三节 文学语言组织的层面

任何一部文学文本,都有着具体的和独特的语言组织。老舍说过:"我们的最好的思想,最深厚的感情,只能被最美妙的语言表达出来。"①一部优秀的或伟大的文学文本,往往以"最美妙的语言"去表现"最好的思想"和"最深厚的感情"。那么,这"最美妙的语言"内部会包含着怎样的奥秘呢?这就需要考察文学语言组织的层面构造。

文学语言组织有三个基本层面:语音层面、文法层面和辞格层面。这三个层面不是由外向内或由低到高划分的,而只是不同侧面的排列,它们显示了文学语言组织的不同面貌。下面的讨论主要是针对汉语文学语言组织的。

### 一、语音层面

语音层面是文学语言组织的基本层面之一,它是文学语言组织的语音组合系统,主要包括节奏和音律两种形态。

#### (一)语音层面的作用

语音层面在文学中具有重要作用,这是很明显的。不过,对诗散文和小说而言,语音层面的作用不同。在诗这种抒情性艺术中,声韵具有极其重要的作用,甚至可以说它本身就构成了抒情形象中必不可少的组成部分。明代李东阳在《麓堂诗话》中主张诗应讲求声韵,"后世诗与乐判而为二,虽有格律,而无音韵,是不过为排偶之文而已"。"诗"应有和谐的声律美,如不讲究这一点必然会同"文"没有两样。不同诗体或不同时代的诗对声律各有不同的要求,但真正优秀的诗作往往注重声律。他推崇杜甫的诗在声律方面造诣最高:"惟杜子美顿挫起伏,变化不测,可骇可愕,益其音响与格律正相称。"现代作家林语堂注意到中国文学的特性在很大程度上"源自汉语的单音节性":

> 这种极端的单音节性造就了极为凝练的风格,在口语中很难模仿,因为那要冒不被理解的危险,但它却造就了中国文学的美。于是我们有了每行七个音节的标准诗律,每一行即可包括英语白韵诗两行的内容,这种效果在英语或任何一种口语中都是绝难想象的。无论是在诗歌里还是在散文中,这种词语的凝练造就了一种特别的风格,其中每个字、每个音节都经过反复斟酌,体现了最微妙的语音价值,且意味无穷。如同那些一丝不苟的诗人,中国的散文作家对每一个音节也都谨慎小心。这种洗练风格的娴熟运用意味着词语选择上的炉火纯青。先是在文学传统上青睐文绉绉的词语,而后成为一种社会传统,最后变成中国人的心理习惯。②

这里从汉语单音节性这一细微处入手,揭示了中国文学的美在语音层面的特征,如尤其注重汉语语音的节奏和韵律美,"每个字、每个音节都经过反复斟酌",使其展现"最微妙的语音价值,且意味无穷",同时讲究词法,追求"词语选择上的炉火纯青"。在林语堂看来,这种汉语语音价值不仅表现在中国文学上,而且渗透进了更为广泛、深刻而根本的中国社会传统和心理习惯之中。这反映出他对于文学的语音层面的高度重视。对他来说,汉语特有的形象之美是与中国文化的根本价值紧密相关的。他这里的描述无论是否精当,

---

① 老舍:《关于文学的语言问题》,《出口成章》,作家出版社,1964,第60页。
② 林语堂:《中国人》,郝志东、沈益洪译,学林出版社,1994,第222页。

都揭示了一个不容置疑的事实:语音层面在文学文本中具有十分重要的意义。

与诗相比,语音层面在散文中的重要性一般来说要小些,但是,散文也往往讲究语音形象的创造。朱光潜明确地主张散文要讲究"声音节奏",他在《散文的声音节奏》中这样描写过:

> 从前人做古文,对声音节奏却也很讲究。朱子说:"韩退之、苏明允作文,敝一生之精力,皆从古人声响处学。"韩退之自己也说:"气盛则言之短长,声之高下,皆宜。"清朝"桐城派"文家学古文,特重朗诵,用意就在揣摩声音节奏。刘海峰谈文,说:"学者求神气而得之音节,求音节而得之字句,思过半矣。"姚姬传甚至谓:"文章之精妙不出字句声色之间,舍此便无可窥寻。"

他在这里列举宋代朱熹、唐代韩愈、清代刘大櫆和姚鼐的话来证明声音节奏在散文中的重要性。

小说主要用语言讲述故事,故事本身颇具吸引力,语音层面在小说中的作用一般来说远远没有在诗中那么显著。不过,这并不等于说小说就不注意语音层面了。事实上,小说也有自身的语音特点。一些小说家仍然十分重视语音形象的刻画。当代小说家汪曾祺就把语言的"声音美"看作小说的语言美乃至整个小说的美的关键因素,他在《汪曾祺文集·文论卷》中有这样一段话:

> 声音美是语言美的很重要的因素。一个有文学修养的人,对文字训练有素的人,是会直接从字上"看"出它的声音的。中国语言因为有"调",即"四声",所以特别富于音乐性……写小说不比写诗词,不能有那样严格的格律,但不能不追求语言的声音美,要训练自己的耳朵。一个写小说的人,如果学写一点旧诗、曲艺、戏曲的唱词,是有好处的。

他进一步明确主张"节奏"是小说最重要的因素,他主张以"小说节奏"去取代"小说结构"概念,当然,并非所有小说家都会同意他这观点,但这说明节奏在小说中是可以产生重要作用的。

在小说语言的节奏方面汪曾祺自己就做过有意义的尝试。他在《受戒》里这样写道:

> 芦花才吐新穗。紫灰色的芦穗,发着银光,软软的,滑溜溜的,像一串丝线。有的地方结了蒲棒,通红的,像一枝一枝小蜡烛。青浮萍,紫浮萍。长脚蚊子,水蜘蛛。野菱角开着四瓣的小白花。惊起一只青桩(一种水鸟),擦着芦穗,扑鲁鲁飞远了。

这一段不足一百个字,却有十七处停顿。为什么在一小段里要如此密集地停顿?作家显然是为了创造节奏效果。字数时多时少,长短参差,表明叙述时快时慢,念起来有节奏感,又韵味十足。正是这样的节奏,把人于不知不觉中引入一幅清新而明丽的江南水乡风俗画之中。

可见,在诗、散文和小说中,语音层面都具有重要的作用,这表明语音层面在文学的语言组织中是一个基本的层面。

#### (二)节奏

##### 1. 节奏的概念

节奏是文学语音层面的基本形态之一,是语音在一定时间里呈现的长短、高低和轻重等有规律的起伏状况。节奏一般有三种类型:长短型、高低型和轻重型。

一般地说,节奏产生于声音在时间上的延续状况。如果一个声音平直地延续下去而很久没有起伏变化,就不能产生节奏。

##### 2. 节奏的具体表现

朱光潜指出,"起伏可以在长短、高低、轻重三方面见出",因此"诗的节奏通常不外由这三种分别组成"。[①] 这就是说,节奏往往表现为三种类型:长短型、高低型和轻重型。其中较为常见的是长短型,下面进行介绍。而高低型与平仄相关,将在讨论音律中的平仄时论述。

---

① 朱光潜:《诗论》,安徽教育出版社,1997,第139页。

节奏在古典诗中是必不可少的。杜甫《秋兴》有这样一句:"江间波浪兼天涌。"如果单纯从词的意义之间的关系看,该句中"天"字处是不应出现停顿的,可以念成"江间/波浪/兼天涌",一句三顿,但这样停顿会显得过于突然,使整句缺少起伏,从而缺乏节奏感,所以不如改成下面的念法:"江间/波浪/兼天/涌。"全句变成四个顿,前面三个顿都是两字一顿,显得间隔均衡,而最后改为一字顿,表示一种结束,从而形成起伏均衡而结束有力的鲜明的节奏感。

现代新诗在格律上更为自由,但也有自身的节奏。如闻一多的《死水》第一节:

这是/一沟/绝望的/死水,

清风/吹不起/半点/漪沦。

不如/多扔些/破铜/烂铁,

爽性/泼你的/剩菜/残羹。

每句都有四顿,虽然每顿的字数并不完全对等,但大致长短间隔均衡,停顿合理,使得节奏鲜明,读来朗朗上口,渲染出一种诗意氛围。

小说语言也可以有节奏:

庞家/这三个/妯娌,一个/赛似/一个的/漂亮,一个/赛似/一个的/能干。她们都/非常/勤快。天/不亮/就起来,烧/水,煮/猪食,喂/猪。白天/就坐在/穿堂里/做针线。都是/光梳头,净洗脸,穿得/整整/齐齐,头上/戴着/金簪子,手上/戴着/麻花银镯。人们/走到/庞家/门前,就觉得/眼前/一亮。(汪曾祺《故里杂记》)

在这段叙述里,各句的停顿间隔虽然有长有短,不如诗那样整齐一律,但正是这种长短参差变化突出了小说语言特有的更加灵活的节奏,使人从零散中仍见出有规律的起伏。

**(三) 音律**

**1. 什么是音律**

音律,也称声律、声韵或韵律,是文学的语音层面的基本形态之一,是由声调、语调和韵的变化和协调而形成的内部和谐状况。

**2. 音律的形成和作用**

音律的形成是与声调、语调和韵调等的相互调节与协调相关的。汉语是一种有声调的语言,而这种声调能区别词的意义。声调,也叫字调,是语言的每一音节所固有的能区别词汇或语法意义的声音的高低升降状况。汉语语音有四声之分:在古代汉语中指平、上、去、入,而在现代汉语中则指阴平、阳平、上声和去声。由于有四声之分,词的每个音节都有特定的高低和升降,如果声调错了,说出来的词就会改变意思,造成误解。例如,"妈、麻、马、骂"在汉语普通话里都念"ma",区别就在声调的高低和升降变化,即四声的区别上。现汉语的声调本身就具有一种形象表现力。例如,"滴"字的音同雨水滴落台阶的音相近,"击"字的音同拿棍子敲门的音相近,"流"字的音同河流急下的音相近,"瀑"字的音近于瀑布的声音。这些字利用声调分别模拟事物所发的音调,颇有形象性。当然,在文学文本中,声调的运用应当服从于整体音律效果的营造和意义的表现。

声调主要指单个字、词的高低升降,语调是整句话或整句话中的某个片段在语音上的高低升降状况。在这个意义上,整句话的语调往往涉及对单个字、词的声调的通盘处理。汉语的语调本身就是丰富的"美的资源"。现代语言学家赵元任指出:"论优美,大多数观察和使用汉语的人都同意汉语是美的。有时人们提出这样的问题,汉语有了字的声调,怎么还能有富于表达力的语调? 回答是,字调加在语调的起伏上面,很像海浪上的微波,结果形成的模式是两种音高运动的代数和。汉语的文字系统,即使把简化字考虑在内,当然是很不简单的,可是它在优美性尺度上的等级是高的。"①

对于声调和语调之间的关系,赵元任提出了著名的"代数和"论,认为声调(字调)加在语调的起伏上面就像海浪上的微波,即滚滚浩荡的波涛之上还有轻微起伏的小波,二者达成"音高运动的代数和",从而有助于形成汉语音律美。在他看来,汉语中更加微妙的是韵律,诗人可以用它来象征某种言外之意。例如唐代岑参的《白雪歌送武判官归京》开头四句:

北风卷地白草折,胡天八月即飞雪。

忽如一夜春风来,千树万树梨花开。

他认为,这四句诗如果用"官话"来念,押韵的字"折"和"雪"以及"来"和"开"并没有什么特别的地方,可是换用他的家乡方言常州话来念,头两句就收迫促的入声字"折"和"雪",而后两句则收流畅的平声字"来"和"开"。这种迫促和流畅之间的明显变化,从语音上暗示出从冰天雪地到春暖花开这两个世界的转变与分野,表明"韵律象征着内容"②。这个例子典范地证明汉语音律变化的意义并不只是单纯语音上的,即并不只是外在形式上的,而是直接与意义的变化联系起来,或直接导致了意义的变化,从而"韵律象征着内容"。

音律的形成要素,不仅有声调和语调,而且还有韵。韵,具体是指音节的韵母。韵律即音律的形成,来自对音节的声韵、调的合理运用,这种合理运用使得一定地位上相同音色反复出现,并且句末或行末同韵同调的音造成应和效果。音律在文学(如诗)中的作用是十分明显的。刘勰在《文心雕龙》中就有专章《声律》加以讨论:"夫音律所始,本于人声者也。声含宫商,肇自血气,先王因之,以制乐歌……故言语者,文章关键,神明枢机,吐纳律吕,唇吻而已。"他认为,音律是根据人的发音规律制定的。人的发音符合五音,本于生理结构,从前的圣王就是根据它来创作音乐歌曲的。如果说言语是构成文章的关键和表达情思的工具,那么吐词发音则要符合音律,努力调节唇吻等发音器官。由于认识到音律在文学中的重要性,他总结说:"标情务远,比音则近;吹律胸臆,调钟唇吻。声得盐梅,响滑榆槿。"抒写情思务求深远,调配音律便较切近,因为它只是从胸腔吐气,通过唇吻使它和音律协调。文章中的声律好比烹调里的盐梅和榆槿,起到调味和滑润的作用。这表明,音律在文学中具有重要的调节、润饰和协调等作用。

### 3.音律的基本类型

音律的基本类型有:双声、叠韵、叠音、叠字、平仄和押韵。

(1)双声。双声是两个字声母相同的语音状况。如《诗经·邶风·静女》中的"爱而不见,搔首踟蹰",李白《送友人入蜀》中的"见说蚕丛路,崎岖不易行",杜甫《奉先刘少府新画山水障歌》中的"元气淋漓障犹湿,真宰上诉天应泣"。这里的"踟蹰""崎岖"和"淋漓"都属于双声。

(2)叠韵。叠韵是两个字韵母相同。如《诗经·周南·关雎》中的"窈窕淑女,君子好逑",杜甫《狂夫》中的"万里桥西一草堂,百花潭水即沧浪",曹丕《杂诗》中的"彷徨忽已久,白露沾我裳"。这里的"窈窕""沧浪"和"彷徨"分别构成了叠韵效果。

双声叠韵

(3)叠音。叠音是由两音相叠的单纯词造成的语音状况。古典诗往往喜欢使用叠音词。如陶渊明《和郭主簿》中的"蔼蔼堂前林,中夏贮清阴",曹植《美女篇》中的"柔条纷冉冉,落叶何翩翩"。叠音词"蔼蔼""翩翩"的运用,不仅适用于感情的抒发,而且增强了语言的音乐美。

除了古典诗喜欢用叠音词外,有些现代作品也喜欢用,如汪曾祺《受戒》中的"紫灰色的芦穗,发着银光,软软的,滑溜溜的,像一串丝线",汪曾祺《受戒》中的"在石岛北边有一隙,水石相搏,澎澎而响,音韵美妙如人在瓮中"。"溜溜"和"澎澎"的使用显然有助于增强声音美。

---

① 赵元任:《谈谈汉语这个符号系统》,《赵元任语言学论文选》,叶蜚声译,中国社会科学出版社,1985,第75—76页。
② 赵元任:《谈谈汉语这个符号系统》,《赵元任语言学论文选》,叶蜚声译,中国社会科学出版社,1985,第73—74页。

(4)叠字。叠字是单音节词重叠造成的。从语音情况说,叠字也属于叠音现象。如杜甫《登高》中的"无边落木萧萧下,不尽长江滚滚来",白居易《长恨歌》中的"骊宫高处入青云,仙乐风飘处处闻",徐志摩《再别康桥》中的"轻轻的我走了,正如我轻轻的来;我轻轻的招手,作别西天的云彩"。"萧萧"意指稀疏、冷清,"滚滚"则既突出了长江在视觉上的开阔气象,又渲染出它在力量上的磅礴气势。"萧萧"与"滚滚"分别用于上下句,形成强烈对比,用法绝妙。"处处"刻画出"仙风"盛行的状况,体现一种现实讽喻效果。"轻轻"的运用,深刻地表现了"我"的依依惜别心情。

李清照的《声声慢》写道:

　　寻寻觅觅,冷冷清清,凄凄惨惨戚戚……梧桐更兼细雨,到黄昏,点点滴滴。

一首不长的词竟连用九对叠字,这显然在叠字运用上达到了一种难以企及的极致。诗人那种无限绵延的哀愁从语音层面自然流溢而出,使人似乎可以不必了解词语的意义而就从声音上直接领略到了。

(5)平仄。"平"指平声,"仄"指上、去、入三声。平仄是平声字与仄声字之间相互有规律地调配造成的节奏与和谐状况。尤其对古典诗词来说,平仄是形成语音节奏与和谐美的基本手段之一。古典诗分为古体诗和近体诗,前者一般不大讲究平仄,而后者则严格要求平仄。近体诗的平仄格式,七律、五律、七绝、五绝各有4种,共16种。这里以杜甫《客至》为例谈谈平仄在形成节奏与和谐上的作用:

①仄平/仄仄/平平仄,仄仄/平平/仄仄平。
①舍南/舍北/皆春水,但见/群鸥/日日来。
②平仄/仄平/平仄仄,平平/平仄/仄平平。
②花径/不曾/缘客扫,蓬门/今始/为君开。
③平平/仄仄/平平仄,平仄/平平/仄仄平。
③盘飧/市远/无兼味,樽酒/家贫/只旧醅。
④仄仄/平平/平仄仄,平仄/平平/仄仄平。
④肯与/邻翁/相对饮,隔篱/呼取/尽余杯。

平仄

每一句内部都是平仄有规律地交替出现,形成种高低起伏的节奏感。同时,每一组出句与对句的平仄几乎都是相反的(有的地方可平可仄),如"舍南/舍北/皆春水"与"但见/群鸥/日日来"在平仄上正好相对应(除首字外),这同样是要显出高低起伏的节奏。而每一个对句与出句之间的平仄相同(有的地方可平可仄),则是为了造成一种和谐效果。这样,这首诗既有节奏又求和谐,形成一种音乐美。正是在这种音乐情境的享受中,读者能更真切地领略诗人表达的喜悦情怀:我家茅屋南南北北春水环绕,成群的白鸥来回飞旋。花间小径好久不曾因客人的到来而清扫了,紧闭的草门专为您(指诗人的母舅崔伟)的光临而敞开。幽居僻地,我无法捧出多样美味款待您,家境清贫更使得杯中只有自酿的旧酒。您如果有豪兴,肯与邻翁对饮一番,那就隔着篱笆邀他来吧,咱们同饮这最后的几杯。

注重平仄,既可以造成音乐美,也有助于意义的表达。汪曾祺曾经评论过毛泽东修改《智取威虎山》台词的事例:

　　一个搞文字的人,不能不讲一点声音之道。"前有浮声,则后有切响",沈约把语言声音的规律概括得很扼要。简单地说,就是平仄声要交错使用。一句话都是平声或都是仄声,一顺边,是很难听的。京剧《智取威虎山》里有一句唱词,原来是"迎来春天换人间",毛主席给改了一个字,把"天"字改成"色"字。有一点旧诗词训练的人都会知道,除了"色"字更具体之外,全句声音上要好听得多。原来全句六个平声字,声音太飘,改一个声音沉重的"色"字,一下子就扳过来了。

这里把"天"字改成"色"字,有双重作用:既在六个平声字中嵌入一个仄声字,造成高低起伏的节奏,又在意义表达上更显具体和生动,刻画出春天的万紫千红景象。

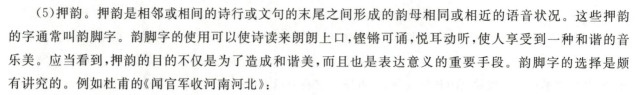

(5)押韵。押韵是相邻或相间的诗行或文句的末尾之间形成的韵母相同或相近的语音状况。这些押韵的字通常叫韵脚字。韵脚字的使用可以使诗读来朗朗上口,铿锵可诵,悦耳动听,使人享受到一种和谐的音乐美。应当看到,押韵的目的不仅是为了造成和谐美,而且也是表达意义的重要手段。韵脚字的选择是颇有讲究的。例如杜甫的《闻官军收河南河北》:

剑外忽传收蓟北,初闻涕泪满衣裳。
却看妻子愁何在,漫卷诗书喜欲狂。
白日放歌须纵酒,青春作伴好还乡。
即从巴峡穿巫峡,便下襄阳向洛阳。

这里的韵脚字"裳""狂""乡"和"阳"都属于阳韵字,读起来响亮、开朗,准确地传达出诗人欣喜若狂的心情。本章前引张九龄的《望月怀远》诗,韵脚字"时""思""滋"和"期"押支韵,读音低沉而不响亮,与缠绵相思的情感极为合拍。

以上简要讲述了语音层面的节奏和音律状况。需要注意,节奏和音律效果的追求与意义表达之间并不存在绝对联系,这表明语音层面有时具有一定的独立性,但是,在许多情形下,两者之间又关系密切。在我们看来,追求语音层面的美是必要的,但这种追求应当最终服务于意义的表达。也就是说,一方面,语音层面的美具有一定独立性;但是,另一方面,这种独立性又容易给"形式主义"以可乘之机,即在片面追求节奏和音律效果时忽略真情实感的表现。因此,正确的态度应当是,既要大胆追求语音层面的美,又必须让这种追求最终服务于意义的表达。

## 二、文法层面

"文法"一词借自中国古典诗学,指的不是现代语言学意义上的"语法",而是指"作文"和"作诗"之"法",即文学创作的法则,这里主要指文学语言组织在语词、语句和篇章方面的构成法则。这样,文法层面是文学语言组织的基本层面之一,它是文学语言组织在语词、语句和篇章方面的构成法则。

词(字)有词法,句有句法,篇有篇法,文有文法。文法层面的作用历来受到重视。元朝的揭傒斯在《诗法正宗》中主张:"学问有渊源,文章有法度。文有文法,诗有诗法,字有字法,凡世间一能一艺,无不有法。得之则成,失之则否。"可见文法在文学创作中绝不是可有可无的,而是直接与其成败得失相关的,"得之则成,失之则否"。当然,人们又认识到,文法不应是固定不变的,而应是随时变化的,即应是"活法"而不是"死法"。苏轼说"出新意于法度之中,寄妙理于豪放之外",正是指此。

文法通常有三类:词法、句法和篇法。

### (一)词法

词法,又称字法,是文法层面的类型之一,是特定文本内语词的构成法则。词法,是说用词要贴切、生动和传神,其至高境界是任你名家高手也移易不得。这就有"炼字"之说,指每个词或字为着既符合节奏和音律又实现意义的表达,往往要经过千锤百炼才最终确定下来。炼字的目的不仅在于符合节奏和音律、准确地表达意义,而且也在于创新。

历来为人所称道的王安石名句"春风又绿江南岸"之"绿"字,正是炼字的一个成功实例。诗人先后用过"到""过""入"和"满"等十余字,均不满意,最后才选定了"绿"字。与其他字相比,"绿"字好在哪里呢?好在它既形象而又富有代表性。"绿"是春天来了的具体视觉形象标志之一,同时,更是春天最有代表性的标志之一,因而用"绿"可以形象而富于代表性地描绘出春天的动人景致。也就是说,"绿"形象而富于代表性地再现了冬去春来满眼皆绿的春色,由此传达出诗人内心对自己未来的憧憬。

炼字并非一味求"雅",还可以求"俗"。俗语的成功运用也可使诗文增强表现力,杜甫在诗中有时就注意用俗字和民间谚语。明代胡震亨《唐音癸签》卷十一指出杜甫的诗喜欢用俗字,他引别人的评论说:"数物以个,谓食为吃,甚近鄙俗,独杜屡用。"例如,"两个黄鹂鸣翠柳""却绕井边添个个""楼头吃酒楼下卧""但使残年饱吃饭""梅熟许同朱老吃",这里屡用俗字"个""吃",生动而亲切,比用雅字更具表现力。杜甫还善用方言、民间谚语。例如,"吾家老夫子,质朴古人风""客睡何曾着,秋天不肯明""负盐出井此溪女,打鼓发船何处郎",这里以"老夫子"与"古人风"、"睡着"与"天明"、"溪女"与"船郎"等方言和民间谚语去表现,语言通俗易懂,更贴近日常生活现实,且由于新奇、活泼,从而更为人喜爱。

炼字虽然讲究新奇,但更须准确而传神。清代李渔《窥词管见》指出:"琢句炼字,虽贵新奇,亦须新而妥,奇而确。妥与确,总不越一理字。欲望句之惊人,先求理之服众。"他强调炼字应当追求新颖与妥当、奇异与准确的统一,使表达趋于合"理"。对这一点,我们不妨看看唐代诗人王之涣的《登鹳雀楼》:

　　白日依山尽,黄河入海流。

　　欲穷千里目,更上一层楼。

这首诗描绘了诗人登临鹳雀楼的体验:白日沿着远山落去,黄河朝向大海奔流;要敞开千里眼界,再登上一层楼吧!这里"更上一层楼"的"更"值得注意。它是否用得极好呢?要判断这一点并不难,我们不妨按相同意思换用别的字试试。用"再"如何?意思相近,道出了"重复上楼"这一动作,但显然力度差远了。再换成"又"如何?这与"再"的效果相当,也只表明了重复上楼的动作,而未能传达出更深意蕴。换"需"字,只是表达了一种客观上的需要或要求,而未能传达出主体的主动性、自觉性。而"要"字也是如此。可以说,换用任何别的字都不如"更"字妙,"更"字已是不可换、非用不可的了。它妙在哪里?从全诗看,"更"字至少可以表达出三重意义:第一重是再次登楼,指登楼动作由一向多地重复增加,引申地比喻人生行为的重复出现;第二重是继续登楼,指登楼动作由低到高地逐层增加,比喻人生境界继续提升;第三重是永远不断地继续向上登楼,指登楼动作连续不断和永不停止,比喻人生境界永远不断地向上继续提升,始终不渝,至死方休。

第一重意义可视为基本而平常的意义,用"又""再"或"重"字就足够了,但如果这样的话,这首诗就没有多少意味可言了。需要找到一个字,它不仅能传达上述平常意义,而且能由此生发或发掘出更深和更高层次的意义来。正是一个"更"字,聚合了登楼可能体现的所有三重意义,使得这一平常动作竟能同至高的人生境界追求紧紧地联系起来,从而使诗人的登楼体验能越出平常的同类体验而生发、开拓出远为丰富而深长的意义空间。这三重意义确实也只有"更"字才能完满地承担起来。由此也可以看出,炼字的目的还在于炼意。清人赵翼在《瓯北诗话》卷六指出:"知所谓炼者,不在乎奇险诘曲,惊人耳目,而在乎言简意深,以一语胜人千百,此真炼也。"炼字并不只求新奇或奇异,而是要"言简意深",收到以"一"胜"千百"的功效。这里"更"字的运用正是一个经典实例。

### (二)句法

句法是文法层面的类型之一,是特定文本内语句的构成法则。古典诗文十分讲究句法,尤其注重句型和炼句。正像炼字在词法中的作用一样,炼句是要通过反复锤炼句子,达到既符合句型的节奏和音律要求,又能实现意义的表达的目的。诗有四言诗、五言诗和七言诗等,各有其句型要求。四言诗为四字句:

　　昔我往矣,杨柳依依。

　　今我来思,雨雪霏霏。(《诗经·小雅·采薇》)

五言诗的基本句型则为上二下三:

　　欲穷千里目,更上一层楼。(王之涣《登鹳雀楼》)

七言诗的基本句型为上四下三:

　　少小离家老大回,乡音无改鬓毛衰。(贺知章《回乡偶书》)

句型在古典散文和小说中虽不像在诗词中那样绝对地讲究,但也并非完全舍弃。现代新诗人打破古典格律而创作自由体诗,虽然没有固定句型,但也并非不讲究句法。例如,冰心的散文诗《繁星》(一):

繁星闪烁着——

深蓝的天空

何曾听得见他们对语?

沉默中,

微光里,

他们深深地互相颂赞了。

这里的第一与第二行、第四与第五行和第三与第六行,都分别是彼此字数对等而句型大致相同的,虽不讲究押韵,却能创造出和谐的音韵效果。句法在文学中历来是受到高度重视的,只是它并非一成不变,而是随整个文学史的发展而变化和发展的。不同的文学应当有着不同的句法。

### (三)篇法

篇法又称章法,是文法层面的类型之一,是特定文本的整体语言构成法则。前面说的词法和句法还只是就组成文本的语词和语句而言,这里的篇法则扩大到对整个文本的语篇组织的概括。就古诗来说,篇法是十分重要的。元代傅若金在《诗法正论》中说过:"作诗成法有起承转合四字。以绝句言之,第一句是起,第二句是承,第三句是转,第四句是合。律诗第一联是起,第二联是承,第三联是转,第四联是合。"起,即开始;承,即承上;转,即转折;合,即收合。显然,这里的起、承、转、合,实际上指的是整个语篇的语言结构规律。例如唐代诗人卢纶的五律诗《送李端》:

故关衰草遍,离别正堪悲。

路出寒云外,人归暮雪时。

少孤为客早,多难识君迟。

掩泣空相向,风尘何所期。

第一联为"起联",上句点出时令为冬季,地点是故乡,次句交代伤离别题旨。第二联为"承联",承接第一联,上句指行者,下句指送者,传达出寒云低垂行路正难、暮雪塞途归家不易的境况。第三联为"转联",转出新意:想象彼此离别后的情景,既怜行者的天涯孤旅,又悲自己独自在家的寂寞。末联为"合联",合收送别后世事难料而后会难期的深切感触。这里,起、承、转、合层次分明,组成一个有序而完整的篇章结构。当然,上述篇法并非一种刻板公式。有的诗并不完全遵循这种篇法,而是根据意义表达要求予以变通,这是需要说明的。因此,一定的篇法终究是要服务于一定的意义表达的。

## 三、辞格层面

辞格层面是文学语言组织的基本层面之一,它是富有表现力并带有一定规律性的表现程式的运用状况。这种富有表现力并带有定规律性的表现程式,在修辞学中通称"辞格"(还称辞藻或语格)。汉语的辞格历来种类丰富,在文学文本中的运用可谓千姿百态,极大地丰富了作家的表现手段和表现力,构成了中国文学的一大特色。

辞格的分类方法很多,且各不相同,这里仅谈谈三对六种基本辞格:比喻和借代、对偶和反复、倒装和反讽。

### (一)比喻和借代

比喻和借代,是分别体现相似和相近原理的借他物以表现某物的语言方式。比喻和借代的共同点在于,一是都表达相近似之意,二是都要借彼达此。不同点在于,比喻体现相似性,而借代注重相近处。

### 1. 比喻

比喻,是借他物来表现某相似之物的语言方式。这种方式在诗歌中运用极为普遍,通常所谓"打比方"正是指这个。比喻往往有三要素:本体、喻体和比喻词。本体指被比的事物,喻体指用来作比的事物,比喻词指用来作比的词语。例如"新月如钩","新月"是本体,"钩"是喻体,"如"是比喻词。一弯"新月"与弯"钩"之间存在形状上的相似点,所以构成比喻关系。

(1)明喻,是明确地用甲比方乙的比喻样式,其特征是本体、喻体和比喻词三个成分全出现。常见的比喻词是"如""像""似""好比"和"疑是"等。例如,李白《越中览古》:"宫女如花满春殿,只今惟有鹧鸪飞。"李煜《清平乐》:"离恨恰如春草,更行更远还。"钱钟书《围城》:"一个人的缺点,正像猴子的尾巴,蹲在地上的时候,尾巴是看不见的,直到他向树上爬,就把后部给大家看了。可是这红臀长尾巴本来就有,并非地位爬高了的新标志。"这里分别以"花"比喻宫女的美貌,以"春草"比喻离恨,以"猴子的尾巴"比喻人的缺点,取得了十分明显的修辞效果。

(2)暗喻,又叫隐喻,是不明确表示打比方而将本体直接说成喻体的比喻样式,其特征是本体、喻体和比喻都出现,但比喻词往往由系词"是"代替"如"和"像"等,有时也用"变成""等于"和"就是"等比喻词。例如,冰心《往事》中的"母亲啊!你是荷叶,我是红莲。心中的雨点来了,除了你,谁是我在无遮拦天空下的荫蔽?"用"荷叶"和"红莲"分别比喻"母亲"和"我",充分显示出母亲对女儿的爱护和关怀之情。比喻词不用"像",而用"是",这是暗喻或隐喻。

(3)借喻,是不用比喻词,甚至连本体也不出现而直接用喻体代替本体的比喻样式。例如,李清照的《一剪梅》中"花自飘零水自流。一种相思,两处闲愁。此情无计可消除,才下眉头,又上心头",以"花自飘零"比喻作者的青春如花开花落般空自凋零,又用"水自流"比喻远行的丈夫如悠悠江水空自流,如此表达出李清照的双重情怀:一重为自己容颜易老而感慨,另一重为丈夫不能和自己共享年华而让它白白消逝而伤怀。

### 2. 借代

借代是借用其他名称或语句代替通常使用的名称或语句的语言方式。借代辞格由本体和借体组成。例如,在"孤帆远影碧空尽,唯见长江天际流"中,以"孤帆"(局部)代替"孤舟"(整体),显得更为委婉而意味深长。而假如说成"孤舟远影碧空尽",就会显得太直接而缺少情味了。

借代

### (二)对偶和反复

对偶和反复是分别体现对称和循环原理的语言方式。

### 1. 对偶

对偶是上下字数相等、结构相同或相似的具有整齐和对称效果的语言方式。对偶的类型很多,分类方式多样:如从形式看,有当句对、邻句对和隔句对;从上下句语义看,有正对、反对和串对。这里仅仅介绍当句对、邻句对、隔句对。

(1)当句对,又叫本句对或句中对,指构成对偶的上下两个短语之间自成对偶。如:

> 襟三江而带五湖,控蛮荆而引瓯越。物华天宝,龙光射牛斗之墟;人杰地灵,徐孺下陈蕃之榻。

(王勃《滕王阁序》)

几乎每个短语和词都用当句对,如"襟三江"对"带五湖","控蛮荆"对"引瓯越","物华"对"天宝","人杰"对"地灵","徐孺"对"陈蕃"。再如:

> 风急天高猿啸哀,渚清沙白鸟飞回。(杜甫《登高》)

先是上句内"风急"对"天高",继而下句内"渚清"对"沙白",然后上下两句又形成对偶。

(2)邻句对,是古代对偶句常见的方式,指相邻的两个句子形成对偶。如:

苔痕上阶绿,草色入帘青。谈笑有鸿儒,往来无白丁。可以调素琴,阅金经。无丝竹之乱耳,无案牍之劳形。(刘禹锡《陋室铭》)

"苔痕上阶绿"对"草色入帘青",绘陋室之景;"谈笑有鸿儒"对"往来无白丁",叙陋室之友;"调素琴"对"阅金经","无丝竹之乱耳"对"无案牍之劳形",写陋室之雅趣。这里的对偶运用有多重意义:一是营造整齐的形式感,二是表现独特的生活情趣,三是注意选用颜色词,如"绿"对"青","素"对"金",使全文生"色"。

(3)隔句对,又称扇面对,就是具有对偶关系的上下四个句子,第一句与第三句、第二句与第四句分别相对,形同扇面。如:

正惊湍直下,跳珠倒溅;小桥横截,缺月如弓。(辛弃疾《沁园春》)

这里隔句相对,前两句叙激流飞泻,后两句描小桥倒影,用隔句对相映成趣。再如:

地也,你不分好歹何为地? 天也,你错勘贤愚枉做天!(关汉卿《窦娥冤》)

这个隔句对以呼天撼地的方式呼啸而出,可谓"感天动地",令人倾洒同情之泪。

### 2. 反复

反复,是意思相同的词或句多次重复使用的语言方式。这在古典诗歌中是经常运用的:

"乐土乐土,爰得我所。"(《诗经·魏风·硕鼠》)

"行路难,行路难,多歧路,今安在?"(李白《行路难》)

反复可以起到加强语气的效果。在现代文学中,反复也是时常采用的:

曾思懿:他不肯也得肯。一则家里没有钱,连大客厅都租给外人,再也养不住穷亲戚。再则(斜眼望着,刻薄地)人家自己要嫁人,你不愿意她嫁呀——

曾文清(忍无可忍,急躁):谁说我不愿意她嫁? 谁说我不愿意她嫁? 谁说我不愿意她嫁?(曹禺《北京人》第一幕)

当曾文清听妻子曾思懿说他不愿意让愫方嫁走时,内心的深层情感波澜被激发了,但又忍不住急切地反复辩解和掩饰,急躁之情溢于言表。越辩解和掩饰,越真切地显露出他内心对于愫方的深切爱恋之情。这三次反复,真实而生动地刻画出曾文清当时的窘迫神态。

### (三)倒装和反讽

倒装和反讽,是分别在语句上和语义上呈现相反组合的语言方式。

### 1. 倒装

倒装是通过颠倒惯常词语顺序来表意的语言方式。如:

物华天宝,龙光射牛斗之墟;人杰地灵,徐孺下陈蕃之榻。(王勃《滕王阁序》)

"人杰地灵"本应为"地灵人杰","地灵"为因,"人杰"为果,这里做词序颠倒,是为了"地灵"与前面的"天宝"形成对偶(隔句对),突出音律效果。再如:

静极了,这朝来水溶溶的大道,只远处牛奶车的铃声,点缀这周遭的沉默。(徐志摩《我所知道的康桥》)

正常的语序应为"这朝来水溶溶的大道静极了",徐志摩将"静极了"倒装在主语前面,突出强调静景之美,还可以增强语气,使人印象深刻。

### 2. 反讽

反讽(又称倒反、反语或说反话)是意不在正面而在反面或内涵与表面意义相反的语言方式。如:

宝玉道:"我也歪着。"黛玉道:"你就歪着。"宝玉道:"没有枕头,咱们在一个枕头上吧!"黛玉听了,睁开眼,起身笑道:"真真你就是我命中的'天魔星'!请枕这一个!"说着将自己的枕头推给宝玉,又起身将自己的再拿了一个来,自己枕了,二人对面躺下。(曹雪芹《红楼梦》第19回)

"天魔星"是黛玉对宝玉的昵称,这看来贬斥的话其实寓深情于诙谐之中,正话反说地体现了黛玉对宝玉深深的挚爱之情。还有反话正说:

> 惜春冷笑道:"我虽年轻,这话却不年轻。你们不看书,不识字,所以都是些呆子,倒说我糊涂!"尤氏道:"你是状元,第一才子!我们糊涂人,不如你明白。"

尤氏的话表面夸赞对方,骨子里却充满了贬斥。这种反讽方式显然比正面贬斥更含蓄而有力。

可见,辞格层面的成功组织往往产生多方面效果,既能强化意义的表达,又有助于造成节奏和音律之"美",从而增强文学文本的审美感染力。

## 复习要点

[基本概念]

文本　　文学文本　　文学作品　　语音层面　　节奏　　音律　　文法层面
辞格层面　比喻　　借代　　对偶　　反复　　倒装　　反讽

[思考问题]

1. 什么是文本和文学文本?
2. 如何区别文学文本与文学作品?
3. 什么是文学语言组织?
4. 文学语言组织有哪些基本层面?
5. 什么是语音层面、文法层面和辞格层面?
6. 举例说明什么是节奏、音律。
7. 举例说明什么是词法。

# 第四章 文学形象系统

> 文学的艺术形象,处于文学作品文本结构的中间层次。它一方面关系着深层意蕴的传达,另一方面又制约着表层结构的处理,因此文学形象就成了艺术表现的中心。无论是抒情性作品,还是叙事性作品,都离不开作家对形象的塑造。如果没有文学形象,就无法表达那难以名状的情感、那玄妙难言的思悟。
>
> 文学的艺术魅力源于文学形象的生命力。文学形象的形成,与人的精神需要有着内在的联系,它是人的知、情、意的全面展开,与人的知、情、意的审美需要相适应,便形成了由文学意象、文学意境和文学典型三者构成的互补性形象系统。

## 第一节 文学形象的系统性

文学的世界是由系统性的艺术形象构成的艺术世界。本节所要回答的问题主要是:文学形象的系统性如何？文学形象的特征是什么？

### 一、文学形象的系统性

文学形象的系统性主要表现在两种意义上:其一是就艺术世界的有机性而言的;其二是就不同性质的文学形象,其审美功能的互补性而言的。

#### (一)艺术世界的有机性

就艺术世界的有机性而言,艺术形象的系统性是其重要表现。从艺术形象发挥审美功能的方式来看,有的是以整体形象为主的,如文学意境;有的则是以单个形象为主的,如文学中的典型人物形象。

不论哪一类艺术形象,都必须具有系统性。例如典型人物,虽然在评论或鉴赏时可以把它们从作品中抽出作单独的分析评价,但它在作品中必须统一于整个艺术世界的形象系统。例如,《红楼梦》是由三百多个人物形象及其关系构成的形象的有机系统,我们不能随意把其中的某个人物形象抽出来理解《红楼梦》的艺术世界,为此,恩格斯提出了塑造"典型环境中的典型人物"的重要命题。再如文学意境,它主要靠"思与境谐"、虚实相生的形象系统形成一个审美想象的诗意空间,去实现其审美功能,因为孤立地、机械地去分析某个景物是不妥当的。这同样说明意境形象以系统性取胜。总之,由于艺术世界的整体性和有机性,其艺术形象必然具有系统性。

### (二)不同性质文学形象审美功能的互补性

不同性质的文学形象还存在着一种审美功能上的互补性,因而存在着更深层面的由文学形象类型之间的互补性而显示的系统性。请看下述三例。

(1)宋人喜欢以哲理为诗、以议论为诗,这并非都没有好作品。例如,苏轼著名的庐山诗《题西林壁》:

> 横看成岭侧成峰,远近高低各不同。
> 不识庐山真面目,只缘身在此山中。

这首诗揭示了一种哲理,是说如果只在某种事物的圈子之内,很难看到事物的真实本质,正如站在庐山之中却看不清楚庐山一样。这首诗的意蕴并没有到此为止。看这首诗的标题,《题西林壁》,在佛寺的墙壁上题诗,实际上是赞美佛徒们置身世外,能够看破红尘的超越的地位。这就引人从哲理深入佛理,又是一层深意。这首诗充满了智慧,包含了丰富而深刻的哲理。仅将其与"看庐山"的形象相比较,道理就通俗易懂,清晰明了,不留下任何说教的痕迹,体现了宋诗言理之妙。

(2)再看唐代诗人李白的《静夜思》:

> 床前明月光,疑是地上霜。
> 举头望明月,低头思故乡。

这首诗表达了诗人思念家乡的情怀。诗中明月的形象是为抒情而存在的,这是一首抒情诗,与苏轼那首不同。

(3)唐代诗人杜甫作的诗向来有"诗史"的称号,其代表作"三吏""三别"的形象的性质,又明显不同于上述两种。以《垂老别》为例:

> 四郊未宁静,垂老不得安。子孙阵亡尽,焉用身独完。投杖出门去,同行为辛酸。幸有牙齿存,所悲骨髓干。男儿既介胄,长揖别上官。老妻卧路啼,岁暮衣裳单。孰知是死别,且复伤其寒。此去必不归,还闻劝加餐。土门壁甚坚,杏园度亦难。势异邺城下,纵死时犹宽。人生有离合,岂择衰老端。忆昔少壮日,迟回竟长叹。万国尽征戍,烽火被冈峦。积尸草木腥,流血川原丹。何乡为乐土,安敢尚盘桓。弃绝蓬室居,塌然摧肺肝。

这首诗是对历史的实录。758年(唐肃宗乾元元年)冬,郭子仪收复长安和洛阳,随即和李光弼、王思礼等九位节度使乘胜率军进击,以二十万兵力在邺郡(即诗中"邺城",今河南安阳境内)包围了安庆绪叛军,局势十分可喜。然而昏庸的唐肃宗对郭子仪、李光弼等领兵并不信任,诸军不设统帅,只派宦官鱼朝恩为观军容宣慰处置使,使诸军不相统属,又加上粮食不足,唐军内士气低落。两军相持到次年春天,史思明援军至,唐军全线溃败。郭子仪退保东都洛阳,其余各节度使逃归各自镇守。安庆绪、史思明几乎又重占领洛阳。幸而郭子仪率领他的朔方军拆断河阳桥,才阻止了安史军队南下。为了扭转危局,急需补充兵力,于是在洛阳以西、潼关以东一带强行抓壮丁,就连老汉、老妇也被迫服役。这时杜甫从洛阳回华州任职,就途中所见,写成了这组乐府诗,为历史留下了珍贵的资料。诗歌使一千多年后的我们还能通过杜甫这样的诗篇,认识和感受"安史之乱"期间人民所承受的巨大灾难。诗中的艺术形象具有明显的现实主义色彩,带有叙述历史的意图。

苏轼的诗是重在表意即表达某种哲理,李白的诗重在抒发情感,杜甫的诗重在写实(史)。这三种不同的审美效果归根结底是由三种不同性质的艺术形象所造成的。为什么文学的艺术形象形成了如此不同的表意性、抒情性和写实(史)性形象呢？这是在长期的审美实践中形成的,也是由人的精神需要所决定的。

德国古典哲学认为,人的精神需要有知、情、意三个方面,所以就由科学、艺术和哲学去发挥人的三种潜能,满足人的精神需要。科学、艺术和哲学虽然可以分别满足知、情、意的精神需要,但个人不可能全面驾驭科学、艺术和哲学,特别是现代社会的分工如此精细,人类更没有这样的自由。事实上,人的精神生活往往处于一种偏枯状态,研究科学的人没有时间研究哲学或艺术,研究哲学的人也同样没有时间研究科学或艺术。那些想要了解自己职业之外世界的人,往往只能在文学和艺术界找到慰藉和满足。

文学作为人类认识世界的一种方式,在审美的一般前提下,必然要尽力满足人类的知、情、意的精神需求。根据这一审美需要,文学逐渐形成了三种审美类型:写实性形象、抒情性形象和表意性形象。其实,这也是人类对知、情、意的审美理想的全面展开(发展)。

## 二、文学形象的特点

通过上述分析,说明文学形象还可以分为不同性质的形象,这样,它们必然具有各自独特的点。然而它们作为文学形象,也具有各种文学形象都具有的总体特征。这种总体特征表现为以下四个方面。

### (一)文学形象的具体可感性

文学作为一种审美意识形态,与其他意识形态不同,最明显的特征是它以具体可感的艺术形象为手段来实现其一切目的。文学形象对于文学来说很重要,而文学形象最明显的特点是其具体可感性。

杜甫有首五言绝句云:"迟日江山丽,春风花草香。泥融飞燕子,沙暖睡鸳鸯。"这首春光融融、景色秀丽的小诗,全用具体可感的文学形象构成,而且全是诉诸人的感官的可觉、可视、可嗅、可听、可触的美好形象,从而调动人的视觉、听觉、触觉等一切感觉机能一起去感受春天的美好,一起去领略诗人对春天的赞美之情,使读者如临其境、如闻其声、如见其形,这样便形成了文学形象的具体性和可感性。作家并不是为形象而形象,为具体可感而具体可感,而是要通过具有具体性、可感性的形象的塑造和描绘,传达出更高的心灵旨趣。这就决定文学形象还有其更深层次的艺术特征。

### (二)文学形象的艺术概括性

我们把艺术形象传达丰富的内在意蕴的功能,称为文学形象的概括性。文学形象的概括性的表现是十分丰富多彩的。文学形象往往通过个别概括一般,通过偶然表现必然。例如:鲁迅笔下的祥林嫂的形象,可以使我们想起在旧中国、旧礼教的精神奴役下,千千万万劳动妇女的悲惨命运;杜甫的《石壕吏》虽然写的是杜甫偶然所见,他却使我们通过偶然所见联想到"安史之乱"中的千家万户,联想到大唐帝国为什么从此一蹶不振的必然原因。这是艺术概括极常见的一种,但却不是唯一的一种。文学形象的概括性还有多种表现:如上述孟浩然的《春晓》和杜甫的《石壕吏》两诗,艺术形象概括的只是诗人体会到的某种感情、某种精神的境界;再如上述苏轼的《题西林壁》,只概括了诗人悟透的某种道理。朱熹的《观书有感》也与此相类似。其诗云:

半亩方塘一鉴开,天光云影共徘徊。问渠那得清如许,为有源头活水来。

这首诗寓哲理于形象之中,概括了读书给人带来的那种智慧之光启迪心智的精神升华和享受,说明了学问境界犹如源头活水,要常读常新,才能日新日进的道理。显然上述这两种概括性的表现,形象与意蕴的关系已不是什么个别与一般的关系。前一种是以形象引导出一个情感的世界,后一种则是以形象暗示和说明某种观念和道理。然而,这还不是文学形象概括性表现的全部,中国古代文论中还有一种被称为"传神"的形象概括方式,如白居易《长恨歌》对杨贵妃的形象便有两处极为精彩传神的概括:早期的杨贵妃是"云鬓花颜金步摇",一语传神,再加上"回眸一笑百媚生,六宫粉黛无颜色"的夸张,便把杨贵妃的美貌、神态描绘概括得光彩照人、摄魂夺魄了;对死后成仙的杨贵妃的神情,只用"梨花一枝春带雨"一句,便写得神韵全出。

形象的概括性不仅表现为要传人物之神,还要传达自然之神,如"红杏枝头春意闹"和"云破月来花弄影",也是一种形象概括。此外,文学形象的概括性还表现为能传达难以言说的事物和境界。例如:余音缭绕的审美境界是极难表述的,而白居易《琵琶行》用"东船西舫悄无言,唯见江心秋月白"来进行表述;物我两忘的境界是很难描写的,而陶渊明用"采菊东篱下,悠然见南山"来概括。

通过以上的例子可以看出,由于意蕴的丰富性,也形成了文学形象概括方式的多样性。由于文学形象多样的概括功能,才使文学形象具有无限的表现力,成为文学艺术表现的中心环节。

### (三)文学形象的审美理想性

审美理想,是指人们在自己民族的审美文化氛围里形成的、由个人的审美体验和人格境界所肯定的关于美的观念尺度和范型模式。它一方面具有个人特色和民族特色,同时又具有某些全人类性质。所谓"观念尺度"不过是人在自觉或不自觉的审美活动中,为自己下意识地设定的关于美的种种标准;所谓"范型模式"则是合乎上述标准的感性形态。审美理想一方面通过个人的审美实践显示出个人的性格特色,另一方面又以"范型模式"的形成体现为民族审美趣味的共同性乃至人类审美理想的共同性。审美理想由此影响和制约着全民族乃至全人类的审美实践和艺术创造。

文学形象体现着作家的审美理想,正确的审美理想总是通过个人因素存在的、符合社会发展趋势的、体现时代精神的、与人类社会理想相统一的正面素质充分展现出来。文艺复兴时期意大利画家达·芬奇的杰作《蒙娜丽莎》,便具有强烈的时代精神,体现了那个时代的审美理想。这幅画的最重要特征,便是"蒙娜丽莎的微笑"。在中世纪的黑暗岁月里,千余年的封建统治和基督教禁欲主义的摧残,使得人失去了自由思想和享受幸福生活的权利,现实生活的喜怒哀乐都被教会视为触犯上帝的天条,于是中世纪的艺术形象均呆板僵硬,面部毫无表情。然而文艺复兴时代到来了,一切都在发生变化,人作为人开始受到尊重。达·芬奇以他的《蒙娜丽莎》向人展示那丧失已久的笑容又回到了人间,那笑容里充满了新时代人物的乐观自信,洋溢着对未来、对真善美的渴望。达·芬奇用艺术形象表明,人已从禁欲主义下解放出来,人不再是徒具形体、没有七情六欲的模具,人能够会心地微笑了。由于这幅画充分地展现了那个时代所赋予的审美理想,所以蒙娜丽莎成了文艺复兴时期女性美的典型形象,成了欧洲人结束漫长中世纪痛苦生活的标志,这是正面体现审美理想的艺术形象。

文学形象对审美理想的体现有多种方式,作家们不仅要把生活中的美加以集中、夸张升华为理想的美,加工成体现审美理想的艺术形象,而且还可以把生活中的丑陋转化为艺术美,转化为可以带来审美享受的文学形象,而这种转化必须在审美理想的观照下进行。人类生活中的虚假、丑恶和污秽等,便在审美理想之光的照射下受到谴责和鞭笞,因而在文学中成为反映着审美理想的艺术形象。喜剧中的艺术形象也属这一类,不过在手法上把批判变为讽刺而已,也体现着作家的审美理想。至此,有人会问,难道现代派荒诞丑怪的艺术形象也体现着审美理想吗?回答应当是肯定的。不过它们不是正面的体现,而是让读者反思,引起同情,发现美的失落,它们表达的正是失去美的痛苦和焦灼。而这些情感,正是作家从审美理想的高度去审视生活的结果,都是出自作家悲天悯人的伟大情怀,都折射着作家的审美理想。这使得审美理想成了文学形象的重要特征,从而在更高的意义上满足了人类高尚的心灵旨趣,与自然物象明显地区分开来,被达·芬奇称为"第二自然"。

### (四)文学形象的审美属性

由于文学形象与审美理想的密切关系,这就决定了文学形象的审美属性。文学形象必须是灌注了作家审美感情的,既揭示生活意蕴,又具有审美价值的形象,因此是否具有审美属性,便成了文学形象与非文学形象的分水岭。一幅生物学的牛的挂图,不仅有色彩,有肥瘦,而且十分逼真。凭这些挂图,人们可以很快地辨别出哪一种是普通的老黄牛,哪一种是野牛,哪一种是青藏高原上的牦牛。这种挂图可以给人带来增长见识的喜悦,却很少有什么美的享受。挂图画得再逼真、再精致,看后留给人的不过是生物学上牛的某些印象,而不会产生什么百看不厌的效果,但唐代画家韩滉笔下的牛,就不同了。它可以让人百看不厌,每看一遍都可以给人一种崇高的美的享受,都可以让人精神振奋、热血沸腾,给人一种人格的启迪和心灵的提升。因为韩滉笔下的牛虽然也是牛,但是倾注了画家理想的人格和精神,灌注了画家的审美感情,已经不是自然中的牛,而是一种人格化、诗意化了的牛,已经变成了画家个人审美理想的表达和民族审美理想的象征了。文学艺术的形象创造,应坚持对生活物象做审美的升华。如果仅以逼真自然的形似原则照抄生活,那便是对生活的"冒充",而不是艺术形象。

值得说明的是,对文学形象审美属性的理解也不能简单化,应当注意到文学形象唤起的美感形式也是多种多样的,它大致有四种情况。

第一是直接地给人美的享受。这种艺术形象往往是在生活美的基础上集中升华而来,因此,这种形象往往比普通的实际生活更高,更强烈,更有集中性,更典型,更理想,因此就更带普遍性。这是文学形象中最常见的审美类型。一般作家诗人倾注大量审美情感的主人公,都具有这样的审美素质,如托尔斯泰笔下的安娜·卡列尼娜、曹雪芹笔下的林黛玉等。

第二是通过批判丑恶所带来的审美享受。这类艺术形象是作家凭着"美的理想主持对丑的裁决"的结果。法国文艺复兴时期的重要作品———拉伯雷的《巨人传》,用这种美感方式对欧洲封建统治的强大支柱天主教会进行了猛烈的批判。它揭露教皇冒充"地上的上帝",君临天下,鱼肉人民;它揭露上层僧侣骄奢淫逸、胡作非为、虚伪欺诈;它痛斥封建法律犹如蛛网,欺凌弱小,助长邪恶;它嘲笑那些道貌岸然的法官,是一群"靠贿赂为生"的徇私舞弊、贪赃枉法的丑类。这种对封建主义和宗教神权的批判和痛斥,至今读来仍大快人心。19世纪法国批判现实主义的伟大作家巴尔扎克,通过描写一系列资产阶级野心家和暴发户的典型形象,无情地批判了资本主义社会中丑恶的金钱关系,无情地痛斥那个金钱主宰一切、腐蚀一切、毁灭一切的无耻的时代。因而通过批判的目光所创造的形象使人间接地获得审美享受,也是文学形象常见的美感形式。

第三是通过同情的目光,描绘弱者屈辱丑陋的形象,以呼唤人性中求美向善之心的回归。文学作品中,还经常出现一种被侮辱、损害者的形象,他们的丑陋正是强者之罪、社会之罪,当作家倾注大量的同情去描写这种弱者的丑陋时,更容易呼唤读者求美向善之心的回归,从而达到追求美好境界的正面效果。法国雕塑家罗丹的名作《老妓女》,塑造了一个逝去青春的老妓女"丑"得骇人的躯体:那低垂的似乎永远也不愿抬起的头,那贴在瘦骨嶙峋胸腔上的干瘪的乳房,那屈起的再也不愿张开的双腿,那似乎向人想说什么然而又无从言说,无奈地张开的手,那全身的每一道皱纹等,都凝结为一首令人痛苦欲绝、触目惊心的诗。它以"丑"呼唤人类的同情,呼唤着人的求美向善之心。这种形象中不仅审美性是间接的,而且作家对社会丑陋的批判也是间接的,它们仍然是具有审美价值的艺术形象,与那种直接展览丑陋的形象是不同的。

第四是通过对社会和人生本质上丑陋和荒谬的展示,来表达人类失去美的痛苦和对美的渴望。有人称现代艺术是审"丑"的艺术。其实它并非赤裸裸地展览丑恶现象,而往往是超越生活具象和细节真实,通过夸张、变形和象征手法去揭示社会人生本质上的丑恶与荒诞。它们不再着眼于现象的直接呈现,而是更关注现象背后"深度模式"的传达,更关注对形而上的观念哲理的阐释。这其实也是一种"审美的升华"。现代艺术之所以这样,是因为那些埋藏于内心的审美理想逼着作家不得不做如此乖张的抗议,以惊世骇俗。所以这种艺术形象最终还是要呼唤美的回归的,仍然是为着美的追求而存在的。

这样看来,凡是文学形象,都应当是具有审美属性的艺术形象。因此我们再次强调:文学形象是指文本中呈现的具体的、感性的、具有艺术概括性的、体现着作家的审美理想的、有着审美价值的、自然的和人生的图画。

然而,这还只是文学形象的总体特征,不同性质的文学形象还有着不同的具体特征,这要结合对其高级形态的讨论才能看得更清楚。总之,文学形象是人的知、情、意的精神需要在文学审美中全面展开,又与人的知、情、意的精神结构有着某种对应关系。这就形成了文学形象总体上的系统性。这种系统性决定文学形象的一般形态可分为写实性形象、抒情性形象和表意性形象三种,其高级形态则由文学意象、文学意境和文学典型构成。

## 第二节 文学意象

文学意象是一种审美性精神创造的结果,它是作家在情思的驱动下,运用形象思维,将"意"与"象"融为一体。它有别于纯自然形象,是交融着思想与感情的知觉映象,并被物化于语言符号中。

### 一、文学意象的概念

在中国古代文论和西方美学中,都涉猎过意象这一问题。作为揭示艺术规律的重要理论范畴,意象在各种艺术中都有所表现。文学意象主要是就诗歌而言的,它是诗歌最基本、最重要的元素。那么,什么是文学意象呢?

意象

"意象"是中国首创的一个审美范畴。它的最早源头可上溯到《周易·系辞》。"子曰:书不尽言,言不尽意,然则圣人之意,其不可见乎? 子曰:圣人立象以尽意。"可见意象的古义是"表意之象"。后来三国时期的著名经学家王弼在《周易略例》中,更透彻地阐明了"言、象、意"之间的关系。他说:"夫象者,出意者也。言者,明象者也。尽意莫若象,尽象莫若言。言生于象,故可寻言以观象;象生于意,故可寻象以观意。意以象尽,象以言著。"可见,中国古人早就发现以"言"达"意"的局限性,他们在二者之间架起一座"象"的桥梁,通过"象"这一中介,话语才能传递出玄妙、深邃、复杂的情思。

文学家正是为了表达这难以言说的生命体验——这交融着"至理""至情"的生命体验,才创造文学意象,以象达意。正如清代文学家叶燮所说:"可言之理,人人能言之,又安诗人之言? 可征之事,人人能述之,又安诗人之述之? 必有不可言之理,不可述之事,遇之于默会意象之表,而理与事无不灿然于前者也。"这种"不可言之理,不可述之事"又被叶燮称为"至理""至事",在他看来,诗人就是要创造这种表达"至理""至事"的意象。

显然,意象是表意之象,但并非一切表意之象都是意象,这要取决于所表之"意"的特性。现代美国意象派诗人庞德阐明了这一问题,他说:"意象在任何情况下都不只是一个思想,它是一团,或一堆相交融的思想,具有活力。"它"是在瞬息间呈现出的理性和感情的复合体"。① 也就是说,意象所表之"意"是丰富、复杂、玄妙、深邃的,它具有模糊性、不确定性、多义性,是"只可意会而不可言传"的,不是通常的语言所能表达的,也不是抽象概念所能说明白的,如此意蕴只能寄寓于"象"中。读者面对这寓意之象,产生了穷的想象和不尽的思索,从而体味领悟那玄妙的"言外之意""象外之象""象外之意"。

中国古典诗词总是用意象来表述诗人无法言传的感受与领悟。意象的使用成为中国古典诗词的特殊表述艺术,它避免了主体冗长,却能收到意味深长的表达效果,大大突出了言之不尽的内涵。李商隐称得上是中国古代的"意象派"诗人,他的《无题》托物抒情,寓意于象,感情真挚,意味无穷。

---

① 庞德:《回顾》,载《二十世纪文学评论》上册,上海译文出版社,1987,第108页。

相见时难别亦难，东风无力百花残。
春蚕到死丝方尽，蜡炬成灰泪始干。
晓镜但愁云鬓改，夜吟应觉月光寒。
蓬山此去无多路，青鸟殷勤为探看。

李商隐这首《无题》诗，以饱含离别之情的"相见时难别亦难"开篇，表现了乐聚恨别的情感。然后诗人用"东风无力百花残"的意象，把读者带入到那离别之时痛苦难言的氛围中，百花如何才能盛开？是因为东风有力，等到东风力尽，则百花凋零。花如此，人又何尝不是呢？这一句是为身世遭遇、人生命运的深深叹惋。颔联"春蚕到死丝方尽，蜡炬成灰泪始干"，更是脍炙人口的意象典范。春蚕满肚子蚕丝，生来就开始吐蚕，吐完了生命也就结束了；蜡烛更是燃烧自己，流下热泪，流干了便只剩下灰烬。李商隐在此是以"蚕丝""烛泪"为意象表达那难以名状的痴情苦意，引发读者不尽的想象。颈联"晓镜但愁云鬓改，夜吟应觉月光寒"，是说晓妆对镜，抚鬓自伤，青春不再，唯恐容华有丝毫的褪减；后一句就说"我"日日夜夜思念，不知"你"又如何排遣？夜深了，要注意防寒，千万要多加保重。尾联"蓬山此去无多路，青鸟殷勤为探看"，巧妙地运用了"蓬山""青鸟"意象，表达的意思委婉曲折。蓬山是海上的三座神山之一，遥不可及，李商隐自己也曾吟道，"刘郎已恨蓬山远"，而此处偏偏却说"蓬山此去无多路"。若果真是"无多路"，又何必劳烦青鸟这个神鸟呢？说不远，其实非常遥远。蓬山万里之遥，青鸟能否找到思念之人呢？抱着无限的希望，却也知道这只是一种愿望和祝祷罢了。如此丰富复杂甚至相互对峙的意念，最适合用意象表达。

中国古代有许多令人拍案叫绝的意象诗，这一传统深深影响着世界诗坛。无论是东方还是西方，现代意象诗都具有魅力。例如："门"作为意象在诗人笔下常常出现，郑敏在其意象诗《门》中写道："这扇门不存在于人世／那要进去的被那要出来的／挡住了。"诗中的门，显然已不是日常生活中的物质之门，它是表意之象，引发读者去想象多重含义；那是天堂之门、地狱之门、心灵之门，那是一个中心，一个家的象征，那也是一个界限，一个边缘。在这扇神秘的门前，进去与出来是同样神秘的举动。开门是进入一种新的时刻，一种新的模式：分离、重聚与和解。甚至在悲哀中，一扇门的开启也许会带来慰藉。然而门的关闭却是多么可畏，它是一种结局，每一扇门的关闭就是结束了什么，伴随着门的关闭总会涌起不同程度的悲哀。金耐尔在《失去的爱》一诗中写道："我梦见我能听到／一扇门、在远方／轻轻在风中关上。"金耐尔通过一扇门轻轻关上的意象，传递出其欲表达的情思。同时，这颇带悲剧意味的关门举动，又给读者留下再创造的空间，使读者根据自己的身世遭遇和生活感受去尽情驰骋想象，体味生命之意。

由上而知，文学意象是一种审美性精神创造的结果，它是作家在情思的驱动下，运用形象思维，将"意"与"象"融为一体。它有别于纯自然形象，是交融着思想与感情的知觉映象，并被物化于语言符号中。

## 二、文学意象的分类和基本特征

文学意象的分类至今尚无定则。本书尝试从意象的篇幅这一角度，大致把文学意象分为三种类型，即词意象、句意象、篇意象。

### (一) 词意象

词意象作品的审美特点往往凝聚在强烈的意象词上，如崔健《一块红布》中的"一块红布"，杨炼《其时其地》中的"老房子"，闻一多《死水》中的"死水""清风""漪沦""破铜烂铁""剩菜残羹"，郑敏《门》中的"门"，北岛《迷途》中的"哨音""蒲公英"等。这样的诗在内容上往往具有深沉的意蕴，是情感与理性的统一；它在形式上具有象征性、朦胧性，诗中含义不是明白地说出来的，而是通过意象表达出来，暗示读者去求解其中意象的含义。例如：闻一多用"死水"这一形象，表达了他对旧中国的理解和评价，"死水"既传递着闻一多对当时中国现实的深沉思考，又蕴含着作家难以抑制的激愤之情。这"理"这"情"，不是直接说出的，而是用"死水"暗示给读者的,读者在文学接受过程中要运用自己的直觉、联想、想象、理解能力,进行能动的再创造,从而感悟出作品的意味。如果读者不具备鉴赏如此作品的能力,那么在这朦胧的词意象面前,便会感到困惑不解。

词意象还可以灵活运用于各种样式的文学作品中,增强其艺术魅力,其中最主要、最普遍的应用便是营造意境,比如马致远的小令《天净沙·秋思》,被称为"秋思之祖",就是由形象与意象的组合构成了耐人寻味的意境。"枯藤""老树""昏鸦""小桥""古道""西风""夕阳",都不是单纯的自然现象,而是承载着丰富蕴涵的意象,给读者留下了自由的想象空间。

词意象可以丰富文学作品的内涵,使文学作品的美感倍增。例如,于坚在诗《二十岁》结尾处写道:"只剩下些流行歌曲只剩下些青春诗句只有些麦地玫瑰月光。"作者以"麦地""玫瑰""月光"等意象作为结语,美不胜收,令人回味。

词意象还可分为兴象和喻象两种。

1. 兴象

兴象这个概念可追溯到中国古代文论。孔子曰:"诗可以兴,可以观,可以群,可以怨。"所谓兴,就是审美主体面对客观世界所存在的种种事物,引发联想,感发意志,借物言情,由物及人。例如《诗经》中的"桃之夭夭,灼灼其华。之子于归,宜其室家。"古典诗歌中赋、比、兴中的"兴",就是创造兴象的方法。刘勰在《文心雕龙》中也说:"登山则情满于山,观海则意溢于海。"其实也是说明兴象是深沉的主体内在世界与活泼的客体外在世界在适然相遇时所产生的感悟。对于兴象,蒋孔阳、朱立元的看法颇为恰切,他们说:"兴象是主体以客观(对象)世界的物象为引导,给接受者提供借以触发情感、启动想象而完成意象世界的契机,物象使'感兴'得以发生,联想得以展开,在此基础上生成的'象'便是兴象。它的最主要的特点,一是要'天然',不可有做作之迹,二是要'隐蔽',不可外露,更不可明白说出。出色的兴象所达到的境界应是主体的忘我与对象的'连续性'的融合,即从自然到自然。"①

兴象源于前文本形象,面对这种所谓的前文本形象,我们似乎可以在荣格所说的"原始意象"中得到许多启示。在荣格看来,当一个词或者形象包含着比其直接意义更多的意蕴时,那么它就是象征性的,它的深层意蕴是无法完全得到表达的。也就是说,"原始意象"是"人类远古的深层集体无意识",是自远古人类在生活中形成的,并且世代遗传下来的深层的心理体验,是一种亘古绵延、无所不在、四处渗透的最深远、最古老和最普遍的人类思想,即人类精神本体。原始意象体现的是先民对世界与自身的认知,例如:

(1)水:创造天地万物之奥秘;生—死—复活;净化与赎罪;繁衍与生长。

(2)太阳(把火与天空紧密联系起来):创造力;自然法则;意识(思想、启蒙、智慧、精神幻想);父亲本原(月亮和大地往往与女性或母亲本原联系在一起);时间和生命的流逝。

(3)日出:出世;创造;启蒙。

(4)日落:死亡。

(5)黑色(黑暗):混乱,神秘,未知;死亡;原始智慧;无意识;邪恶;忧郁。

(6)白色:具有多种价值意义,表示肯定的有光明、纯洁、天真、永恒,表示否定的有死亡、恐惧。

(7)树:从最普遍的意义来说,树的象征意义在于表示宇宙的生命及其连绵、生长、繁衍以及生养和更新的过程。它代表无穷无尽的生命,因此相当于永生的象征。

(8)沙漠:精神贫乏;死亡;虚无主义;绝望。

这些原始意象,当它们在具体的文学作品中出现的时候,就是文学意象了。它们由于上下文的不同,可

---

① 蒋孔阳、朱立元:《美学原理》,华东师范大学出版社,1999,第232页。

能差别很大,但它们作为具有普遍意义的象征,奠定了读者与作者沟通的基础。在此基础上创作主体进行富于个性的创造,便产生了兴象。于是艺术幻象世界中的一花一鸟、一树一石、一山一水,都负荷着无限的深意、无边的激情,引发着人们非常深沉的情思共鸣。马致远的《天净沙·秋思》就巧妙地把兴象作为构成意境的一种要素。如"西风"意象,在中华文化中往往呈现出凄清、肃杀、衰败的意味。尽管"西风"一词并没有直接出现涉及这一内涵的文字,但是,由于万物凋败的秋季多西风,中国民族文化中的"五行"学说认为"金"位在西,主肃杀之气,于是,在中国民族文化心理中,"西风"就有了特定内涵,出现在文学作品中,也就有了特定的意向性。在一个有五千年文明史的国度里,这类意象为数不少,像龙、凤、杜鹃、太阳等。这类意象的意向性与表象符号的结合是"隐"结合,呈现出自然天成的风貌。

特别需要指出的是意象不是天生之物,只有经过诗人的灵感与深思的点化,一个普通的物才能成为意象,诗人的创作灵感和对生命的敏感与经验都凝聚于意象中。

### 2. 喻象

词意象的另一种类是喻象。其实,兴象与喻象是很难截然分开的。因为,意象说到底是主体之神与客体之神的融合,不是消极被动地模仿自然,亦不是天马行空的主观臆想,它是物我相忘,主客统一。

意象既有"兴"的因素,又有"比"(即"喻")的因素。喻象是主体在客观世界摄取象征物,赋予其一定的象征意义,它带有明显的人工痕迹。中国传统的喻象,大多是自然事物,例如:以鸿雁孤飞比喻孤独的漂泊者,以香草比喻君子,以萧艾比喻小人,用"岁寒而后凋"的松柏来称赞人的坚毅,用傲霜斗雪的梅花来指人的高洁,以"出淤泥而不染"的荷花比喻君子的品格,这都是用自然喻象显示人的精神品格。也可用自然喻象表现不可见的悠悠情思,如张泌的"多情只有春庭月,犹为离人照落花",岑参的"樽前遇风雨,窗里动波涛",李白的"狂风吹我心,西挂咸阳树",杜甫的"丛菊两开他日泪,孤舟一系故园心",戎昱的"思苦自看明月苦,人愁不是月华愁"。

为什么喻象以及前述的兴象大都是自然事物呢?在中国古人看来,作家的内在世界与外在世界存在一种原始的对应关系,其原因在于人与宇宙间的异质同构。古典美学把这种人与宇宙的异质同构关系下形成的对应称作"应感""感兴""兴会"或"心物感应"。例如杨万里说过:"我初无意于作是诗,而是物、是事适然触乎我,我之意亦适然感乎物、是事,触先焉,感随焉,而是诗出焉。"碧波荡漾的流水,微微拂动的春水,皎皎明月和一字雁阵……这众多外在于人类的东西,总会激发人的情思,从而使酣畅淋漓的创作灵机,在深沉的内在世界与活泼的外在世界适然接触时的突然感应和领悟中诞生。

总之,词意象虽可分为兴象与喻象,但二者是常常结合在一起的。刘勰在《文心雕龙》里提出的中国独特的想象方式——"神与物游",精辟而透彻地阐明了这一点。所谓"神与物游",表现为创作主体的感物而动、与物浮沉,最终主客交融的心醉神迷。一方面创作主体仰观俯察,流盼顾念,"虚怀纳物",去体会活泼万物的风神,舒展"与物婉转"的"妙观逸想"的羽翼;另一方面又把自身的情感投射于客体,"与物为一"。于是,形成了兴象与喻象的统一。

### (二)句意象

诗人营造的词意象只是组合与情思相对应的自然景物,而句意象则是使一个句子具有象征性或暗喻性,并不只盯着某一个词语。

诗人以处理词意象的类似手法简化了句子的繁杂修饰,使句子简洁、干净、单纯,增加其可视性、动作感或色彩与节奏方面的特殊效果。由于事件、动作、句子的简化或某方面的突出处理(选词、色声形的强化),整句具有象征性或暗喻性效果。例如"你给我一支烟"是一个动作,也是一个事件,同时还是一句带有接受动词的双宾语简句。分析起来,句中省略了一切修饰:什么我?什么烟?什么你?表情、用意全略,诗人需要的就是一个事件、一个动作,而不是词意象诗人一定会作的处理:强化烟,以烟去象征什么。接下去,"再给我一支烟",构成了动作与事件的重复。你从句子的意象重复中可以感受到"重复""强加",可以感受到"非给""非烟""非接受"的荒谬,也可以感受到事物、世界的呆滞、机械和不可更改的威胁,等等。这就是句意象,它放大了意象的范围。

许多颇带现代品格的生存哲理诗都呈现出句意象的特征。请看美国诗人弗罗斯特的《不深也不远》:

沙滩上所有的人,都面朝大海眺望。
他们背对着陆地,终日眺望着海……
若论事情的真相,陆上更变化多端,
海水总冲向沙岸,人们总呆看海洋。
他们望不了多远,他们望不到多深。
但是这岂能阻止,他们向大海凝神?

面对这样一首句意象诗,人们会询问每一句诗背后所蕴含的深意。为什么沙滩上所有的人都面朝大海眺望?为什么陆上变化多端,他们却背对着陆地?为什么海水一如既往,他们却终日眺望着海洋?为什么他们望不到什么,不远也不深,却依然不改初衷,向大海凝神?

可见,句意象将审美的空白主要设置在句子与句子之间,这种空白不是语法或语义上的断裂,而是意念上的空白,感觉上的空白。诗人在句子与句子之间,即状态与状态、动作与动作(而不是词与词)之间留下空白,诗人对事件的关联拒绝说明,只是呈现种种状态,让句意象本身显示出复杂、模糊、玄妙、深邃的多重意蕴。

中国当代诗人韩东的《半坡的雨》,也带有句意象特点,他在诗中这样写道,"人人都在看天/活人都在看天/……男人们失了神/女人则端坐在她们的椅子上/……有个现代诗人/被巨兽追逐至此/喊不出声来/回头一望/敌人全无踪影"。诗人呈现了人人看天、活人看天、男人状态、女人状态、现代诗人之状态,等等,读者不禁会想:人为什么看天?男人为什么失了神?女人为什么端坐在她们的椅子上?男人与女人是什么关系?诗人与他人是什么关系?人与人和巨兽与无声无影是什么关系?从而在追问思悟中,去领会句意象所蕴含的深意。

### (三)篇意象

如果整篇是一个承载审美意蕴的意象,那么这样的意象就是篇意象。例如奥地利诗人里尔克的《豹》:

它的目光被那走不完的铁栏
缠得这般疲倦,什么也不能收留。
它好像只有千条的铁栏杆,
千条的铁栏后便没有宇宙。

强韧的脚步迈着柔软的步容,
步容在这极小的圈中旋转,
仿佛力之舞围绕着一个中心,
在中心一个伟大的意志昏眩。

只有时眼帘无声地撩起——
于是有一幅图像浸入,
通过四肢紧张的静寂——
在心中化为乌有。

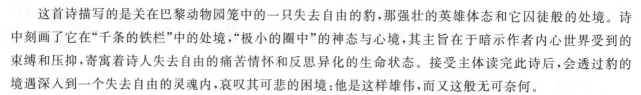

这首诗描写的是关在巴黎动物园笼中的一只失去自由的豹,那强壮的英雄体态和它因徒般的处境。诗中刻画了它在"千条的铁栏"中的处境,"极小的圈中"的神态与心境,其主旨在于暗示作者内心世界受到的束缚和压抑,寄寓着诗人失去自由的痛苦情怀和反思异化的生命状态。接受主体读完此诗后,会透过豹的境遇深入到一个失去自由的灵魂内,哀叹其可悲的困境:他是这样雄伟,而又这般无可奈何。

再来看看杜甫的《孤雁》:

孤雁不饮啄,飞鸣声念群。
谁怜一片影,相失万重云?
望尽似犹见,哀多如更闻。
野鸦无意绪,鸣噪自纷纷。

这首诗写的是孤雁,没有一个字涉及诗人自己,但通过这只不饮不啄、穿飞哀鸣、思寻伙伴的孤雁,间接暗示了诗人在战乱中只身颠沛流离、怀念亲朋的深深情思。

寓言式文学也属于篇意象。所谓寓言式,是指通过一则故事显示一种哲理或意念,当然这种哲理或意念是作家独特的发现,并与情感相关联,否则便不属于带有审美性质的寓言式文学。寓言式意象的显著特征就在于有故事情节,哪怕是最稀薄淡化了的故事情节。此类意象常见于叙事性作品,以叙事诗、小说和戏剧的形式,通过有情节的整体形象系统来实现某种审美意蕴的表达。

## 第三节 文学意境

### 一、文学意境的概念

意境是中国传统诗学与美学的核心范畴。相对于意象而言,意境是一系列意象的构成。意是指思想感情,境是指景象。文学意境是指作家的主观情意与客观物象相互交融而形成的审美境界。情景交融,心物合一,具有"境生于象而超乎象"的特点。

### 二、文学意境的类型

关于意境的分类,其理论尚待深入。中国古代文论为我们提供了三种分类方法。

#### (一)王昌龄分类法

意境一词最初来自佛教文献。佛教经典将修炼者希望达到的某种悟道的境地称为"境"或"境界"。唐代这一概念被广泛运用,并进入到文学理论中。

唐代诗人王昌龄最早在诗学中提出意境一词。他认为,"意须出万人之境,望古人于格下,攒天海于方寸"。他将诗境分为"三境"。"诗有三境,一曰物境,二曰情境,三曰意境。物境一:欲为山水诗,则张泉石云峰之境极丽绝秀者,神之于心,处身于境,视境于心,莹然掌中,然后用思,了然境象,故得形似。情境二:娱乐愁怨,皆张于意而处于身,然后驰思,深得其情。意境三:亦张之于意而思之于心,则得其真矣。"

王昌龄在这里把"境"分成了三类:第一类"物境",是对实有的山水进行艺术化描写,侧重于景;第二类"情境",是指对情感或情绪的描写,侧重于情;第三类"意境",是指人内心意识的境界,侧重在事理,要求真实不虚,他所谓的"意境",那是文艺作品中所描绘的生活图景,和表现的思想情感融合一致而形成的一种艺术境界。

### (二)刘熙载分类法

清代刘熙载从意境的审美风格上提出了分类方法。他在《艺概》中说:"花鸟缠绵,云雷奋发,弦泉幽咽,雪月空明,诗不出此四境。"

所谓"花鸟缠绵",是指一种明丽鲜艳的美,"云雷奋发"是指一种热烈崇高的美,"弦泉幽咽"是一种悲凉凄清的美,"雪月空明"乃是一种和平静穆的美。这四种都是中国抒情文学意境美的表现,哪一种写好了都能出上乘之作。一般来说,风格不应有高低偏正之分。当然个人鉴赏时是允许有偏爱的。

### (三)王国维分类法

王国维在《人间词话》中也提到了一种分类方法。他说:"有有我之境,有无我之境……有我之境,以我观物,故物皆着我之色彩。无我之境,以物观物,故不知何者为我,何者为物。"

所谓"有我之境",是指那种感情比较直露、倾向比较鲜明的意境,如杜甫的《春望》:"国破山河在,城春草木深。感时花溅泪,恨别鸟惊心。烽火连三月,家书抵万金。白头搔更短,浑欲不胜簪。"这首诗写出了作者历经战乱、目睹"安史之乱"后京城的破败景象的痛苦心情。花草本不含泪,鸟儿也不会因人的别离而惊心,只因诗人痛苦不堪,所描写的景物都带上了人的情感色彩,这就是"有我之境"。

所谓"无我之境",并不是指作者不在意境画面中出现,而是指那种情感比较含蓄的、不动声色的意境画面。王国维认为,陶渊明的"采菊东篱下,悠然见南山"就是"无我之境",作者自己虽出现在画面中,但他的情感却藏而不露,一切让读者自己从画面中去体会。

## 三、文学意境的特点

### (一)情景交融

意境的第一个特点是情景交融。情景是明代学者谢榛诗论所研讨的中心问题之一。他认为"诗乃模写情景之具","作诗本乎情景"。他主张诗歌内在的情感要深长,外在的景物要远大,情景应融合,做到"情景适会"。

清朝的思想家王夫之对此论述更为精要,他认为不能写出描写景物的语言,就不能写出描写心情的话,强调了情对景的依赖关系。又说:"情景虽有在心在物之分,而景生情,情生景,哀乐之触,荣悴之迎,互藏其宅。情、景名为二,而实不可离。神于诗者,妙合无垠。巧者则有情中景,景中情。"王夫之的诗歌创作理论特别注重意境的创造。他认为诗歌意境是由情、景两大元素构成的。"景以情合,情以景生,初不相离,唯意所适。截分两橛,则情不足兴,而景非其景。"在王夫之看来,诗歌中的情、景是彼此依傍、缺一不可的。他更进一步深入考察,提出诗歌中情景结合的方式有三种:第一种是"妙合无垠",结合得天衣无缝,无法分别,这是最高境界;第二种是"景中情",在写景当中蕴涵着情;第三种是"情中景",在抒情过程中能让人感到有景物形象在。总之情景互相融合才能构成诗歌的意境美。

在各种意象的体系构成中,既有鲜活生动的景象,又有颇富玩味的意蕴,这二者有机融合才能形成和谐自然的艺术境界。明朝的朱承爵提出意境融彻的说法:"作诗之妙,全在意境融彻,出音声之外,乃得真味。"意与象、意与境的关系实际上是情与景、心与物的关系,最高境界可以用"意象浑融""情景妙合""意境融彻"来概括。

### (二)虚实相生

虚实相生是意境的结构特征,虚境要通过实境来表现,实境要在虚境的统摄下来加工。这就是"虚实相生"的意境的结构原理。欧阳修在《六一诗话》中引用梅尧臣的话说:"必能状难写之景,如在目前,含不尽之意,见于言外,然后为至矣。""状难写之景如在目前"说的是实境,而虚境则是"含不尽之意,见于言外"。虚境与实境之间彼此融合,相互统一。

王国维认为"境界"具有"言外之味,弦外之响",正如宋代严羽所说的"兴趣"、清代王士禛所说的"神韵",都体现出了"言有尽而意无穷"的美学特色。王国维还举例指出五代、北宋词从整体上突出体现了"境界"的这一特色,因而成为他所称许的词史上最高艺术成就的代表。同时他又从反面以南宋词人姜夔为例,说明作品若无意境,即使词人格调高洁清绝,终不能成为一流词人。

### (三)超以象外

意境的第三个特点是超以象外。唐代刘禹锡说"境生于象外","片言可以明百意,坐驰可以役万景";唐代司空图有"象外之象,景外之景""味外之味""韵外之致"的说法;南宋严羽有"空中之音,相中之色,水中之月,镜中之象"的著名论述。作家不但通过塑造一定的艺术境界表现情景、事物,而且通过身心感知的人生体悟,表达对宇宙人生深广的哲理沉思。

王国维将境界标举为文艺的审美本质。他在《人间词话》中说:"词以境界为最上,有境界则自成高格,自有名句。""沧浪所谓兴趣,阮亭所谓神韵,犹不过道其面目。不若鄙人拈出'境界'二字,为探其本也。""言气质,言神韵,不如言境界。有境界,本也;气质、神韵,末也。"可见意境是中国古代文学的最高评价标准。王国维在《宋元戏曲考·元剧之文章》中提到,"元剧最佳之处,不在其思想结构,而在其文章。其文章之妙,亦一言以蔽之,曰:有意境而已矣。"除此之外,王国维又在《人间词乙稿》序中说:"文学之事,其内足以摅己而外足以感人者,意与境二者而已。上焉者,意与境浑,其次或以境胜,或以意胜,苟缺其一,不足以言文学。"王国维在《人间词话》中所提倡的"境界"理论,可以看作是对意境范畴的很好总结,他的意境说成为意境理论走向成熟的标志。

"意境"与"意象"都追求意在象外、言尽意不尽的韵味。就区别来说,意象是构成意境的基本单位,指作品中具有象征意义和诗意的形象;意境则指整个作品体现出来的氛围与境界,它是主体与客体、内容与形式融合所形成的独特的审美世界。

## 第四节 文学典型

### 一、文学典型的含义

文学典型

"典型"(Tupos/type)一词源自古希腊,原意是指铸造东西用的"模子",其引申义则成了西方文论的核心范畴。文学典型,也称典型性格、典型人物、典型形象。它主要是就叙事类文学而言,指具有鲜明独特个性的艺术形象,是个性与共性、特殊与普遍的高度统一。文学典型能够深刻地反映社会生活的某些本质特征和丰富的人生意蕴和内涵,具有独特的审美价值。典型性是文艺创作的基本法则,要使文艺作品反映出生活的本质,并且有更高的审美价值,就需要具有典型性。

在典型的范畴里,典型人物占了很重要的位置。真正的典型人物,是每一个人都是一个整体,本身就是一个世界,每一个人都是一个完满的、有生气的人,而不是某种孤立的性格属性的寓言式的抽象品。生活世界是典型人物的土壤,典型人物以其鲜明的个性、独特的生存方式,成为艺术形象的高级形态。别林斯基认为,典型性是创作的基本法则之一,没有典型性,就没有创作。福楼拜认为,必须永远把自己的人物提高到典型上去。伟大的天才与常人不同的特征即在于他有综合和创造的能力,他能综合一系列人物的特征而创造某一种典型。

典型人物通常具有独特、丰满、鲜明的个性,深刻的社会概括性,以及人物的个性和社会概括性的统一。

总之,文学典型是个别与一般、现象与本质、偶然与必然的统一,作家主观与客观现实的统一,真善美的统一。叙事艺术所刻画的人物性格必须达到上述各种因素的综合统一。从文学批评标准来看,是否具有鲜明的典型是评定优秀作品的重要依据。

## 二、文学典型理论的发展阶段

### (一)西方文学典型理论发展的三个阶段

文学典型是西方文论的经典概念,具有长久的发展历史,它的发展大致经历了三个阶段。

第一,17世纪以前,西方的文学典型观基本是类型说。这一时期的典型概念强调普遍性、共性以及概括性,实际上将典型视作类型,即把典型作为类的代表,是某一类人的完备状态的体现。它的特点是为一般而寻找特殊,共性鲜明突出,而个性从属于共性。亚里士多德认为世界是由各种本身形式与质料和谐一致的事物所组成的。"质料"是事物组成的材料,"形式"则是每一事物的个别特征。"形式"这种个性是在"质料"这种共性条件下形成的,体现了个性从属于共性。

第二,18世纪以后开始了由重视共性到重视个性的转变,形成了个性典型观占主导的时期。歌德、黑格尔等人开始用个性与共性、必然与偶然相统一的观点来解释典型。这种个性典型说,重视描写独特、丰富、复杂的个性,而把共性融化于个性中。歌德认为应该从显出特征的出发来创造典型。黑格尔在《美学》一书中提出:"特征"是指"组成本质的那些个别标志",是"艺术形象中个别细节把所要表现的内容突出地表现出来的那种妥帖性"。黑格尔上述说法重视典型的个性特征。他还注意到环境对典型形成的作用,开始把典型与具体现实和个别性联系起来,形成以强调个性为主的"个性特征说"。黑格尔认为人物性格塑造的原则在于,"性格同时仍需要保持生动和完满性,使个别人物有余地可以向多方面流露他的性格……把一种本身发展完满的内心世界的多彩性显示于丰富多彩的表现"。黑格尔的话可以理解为,人物的外在形象极其具体、生动、独特,他通过外在形象表现的本质极其深刻丰富。

第三,19世纪80年代末的马克思主义典型观。马克思主义文论代表人物的典型观要求在典型环境中完成典型人物的个性与共性的统一。恩格斯认为应该塑造典型环境中的典型人物,他在给玛·哈克奈斯的信中说:"据我看来,现实主义的意思是,除细节的真实外,还要真实地再现典型环境中的典型人物。"他的意思是,文学典型不但要精细刻画人物的个性特征,而且要将个人性格的典型与社会环境相结合,从而充分反映出整个社会环境的现实状况,深刻揭示出驱使主人公如此思想和行动的社会环境。进入20世纪之后,由于艺术中心的转移,西方关于典型的研究相对显得沉寂,而马克思主义典型观却在社会主义国家中得到应用和发展,并成为中心议题之一。

### (二)文学典型理论在现代中国的发展

随着马克思主义在中国的传播,西方典型观于"五四运动"以后传入我国,但真正讨论和应用是在1949年之后。中华人民共和国成立初,我们主要从苏联移植了典型理论,当时认为典型性就是阶级性,典型人物便是将某个阶级的共同特征集中于一个人物身上。这种"阶级论典型说"明显地带有庸俗社会学和机械唯物论的倾向。接着出现的是"共性与个性的统一说"。这种见解开始重视个性因素,对于纠正上述庸俗社会学的影响和类型化、概念化倾向有一定作用,但仍未能把握典型的特征。因为世界上一切事物都是个性与共性的统一,把事物的最一般属性看作典型的本质,并不能把典型形象与一般形象区别开来。

出于对"阶级论典型说"和"共性与个性统一说"的怀疑,有人提出了"共名说",认为典型不仅活在书本上,而且流行在生活中,成了人们用来称呼某些人的"共名"。它是人们自觉或不自觉仿效的榜样,是人物塑造所能达到的最高成就的标志。"共名说"在研究方法上别开生面,它不是就典型本身论典型,而是企图从艺术形象的审美效果上去判定是否是典型,提出了一个新的视角,但是,由于"共名说"对典型的本质缺乏必要的理论概括,仅以是否广泛流传作为判定典型的标准,不够周密,仅从普遍性判定典型也容易回到类型说的老路上去。于是又有人寻找新途径,提出了"必然与偶然的联系说"。此说认为对典型的共性与个性的统一,不能仅作静止、抽象的理解,而应深入到比共性与个性的统一范畴更深的层次中,即放到本质与现象、必然与偶然的范畴上来考察。典型之所以具有个性体现共性的特点,其实质在于在偶然的现象中体现必然性的本质或规律。这里以运动的而不是静止的观点透视典型,在解释典型的复杂性与多样性方面是比"共性与个性统一说"前进了一步,但"必然与偶然"仍然是世间一切事物的普遍联系,仍不足以揭示典型的本质。1976年后,由于人们对过去政治化、公式化文艺的反感,所以第一个出现的新观点便是"个性出典型"。这个观点从理论上看,不过是跳到另一极上来反对这一极,并未跳出"共性与个性统一说"的格局。

20世纪80年代,人们以"中介-特殊说",打破了典型研究的困境。此说认为哲学上为了便于解释复杂的事物,往往使用三个概念:个别、特殊、一般。特殊是个别与一般的中间环节,又叫"中介",典型就是这个"中介"。典型包含有个别的因素,但又不是个别;典型包含有普遍的因素,但又不是普遍。它是处于个别与一般之间的一个特殊层次。逻辑范畴的特殊揭示了典型的深层本质:典型即特殊。特殊对个别而言是本质,对本质而言又是现象;个别对一般而言是远离本质的现象,特殊较之于个别对一般而言,则更加切近本质的现象。"中介-特殊说"的观察视角虽然仍用哲学切入法,但已不是生硬地运用哲学范畴去硬套文艺现象,而是一种具体的辩证分析。它的出现,使典型研究终于跳出了机械唯物论的纠缠,获得了生机。这些见解从不同角度逐步逼近了典型的本质和特征,丰富了典型理论。

## 三、典型环境中的典型人物

### (一)典型环境

在马克思、恩格斯之前,理论界已开始关注人物与环境的关系。德国古典美学家黑格尔认为,人物性格并不是抽象的,而是和历史环境密不可分的;法国启蒙思想家狄德罗认为,人物的性格要根据他们的处境来决定。别林斯基也格外关注典型环境,他认为,要评判一个人物,就应该考虑到他在其中发展的那情境以及命运把他所摆在的那个生活领域。别林斯基在分析莱蒙托夫笔下的马克西姆·马克西梅奇这个形象时,不仅注意到一般社会环境对人物的制约作用,而且意识到特定社会环境对人物性格形成的影响。以上这些理论家分别从不同侧面阐明了人物与环境的关系。

马克思、恩格斯以历史唯物主义的眼光第一次科学地阐明了人的生活环境与人物性格形成的关系对典型理论的影响。恩格斯在《致玛·哈克奈斯》的信中写道:"据我看来,现实主义的意思是,除细节真实外,还要真实地再现典型环境中的典型人物。您的人物,就他们本身而言,是够典型的;但是环绕着这些人物并促使他们行动的环境,也许就不是那样典型了。"恩格斯在这里提出了"真实地再现典型环境中的典型人物"的命题,这是对典型理论的重大贡献。

那什么是典型环境呢?典型环境,就是个性与普遍性的统一。它既包括以具体独特的个别性反映出特定历史时期社会现实关系总情势的大环境,又包括由这种历史环境形成的个人生活的具体环境,它是充分地体现了社会现实关系真实风貌的人物的具体生活环境。

这里的"社会现实关系总情势"包含两层意思,一是现实关系的真实情况,二是时代的脉搏和动向。由于社会现实关系的真实情况往往是被遮蔽的,时代的脉搏和动向更具有潜在性,因此,社会现实关系的"总情势"一般不是直接的、清晰的、公开呈现的,而是一种隐匿的、潜伏的客观存在,只有到了社会矛盾激化的阶段才会明朗。创作主体要想塑造出显现"社会现实关系总情势"的典型环境,就必须独具慧眼,洞察表层生活背后的真实。例如哈克奈斯的《城市姑娘》成书后不久,伦敦东头就爆发了大规模的工人运动。这说明哈克奈斯的环境描写不够真实,或者说仅具有某些表面的真实,而没有看到真正的现实关系。就在哈克奈斯深入伦敦东头写小说期间，那里已经潜伏、涌动着革命的潜流，由于哈克奈斯仅能以人道主义的同情和空想社会主义的眼光观察生活，自然捕捉不到现实关系的真实情况和时代的脉搏，因此她笔下的环境描写也失去了典型性，连带着她的主人公也就不那么典型了。

典型环境要充分体现"社会现实关系总情势"，这是强调典型环境的普遍性、共性的一面。在文学艺术中，任何普遍性都是通过具体感性形式呈现的，而绝不是公式化、概念化的抽象介绍，因此，创作主体总是以审美的眼光选择富有特征的细节、场面和场景，创造出独特的典型环境，使具有普遍性的社会现实关系，通过个别的、具体的环境体现出来。

### (二) 典型环境与典型人物的关系

典型环境中的典型人物

在叙事文学中，创作主体对环境的描绘是否典型，会直接影响到典型人物的塑造。没有典型环境的描写，典型形象就无从产生。同样，典型人物描绘的成败，也会影响环境的典型性。典型环境与典型人物是紧密相连又相互作用的，塑造典型环境中的典型性格，是典型创造中的一个重要问题。恩格斯要求现实主义文学"除细节的真实外，还要真实地再现典型环境中的典型人物"，深刻地揭示了典型人物与典型环境的辩证关系。

第一，典型环境与典型人物的关系表现为相互依存的关系。一方面，没有典型环境，典型人物就不能形成。这是因为典型人物的刻画是离不开典型环境的。典型环境是典型人物赖以生存的现实基础，没有典型环境，典型人物的言谈、行动甚至心理都失去了依据和针对性，成了无源之水、无本之木。设想在阿Q的典型环境里，若没有封建统治势力的代表人物赵太爷、钱太爷，没有竭力维护旧礼教、"革命"时又迅速戴起"银桃子"的赵秀才，没有不许阿Q革命的假洋鬼子，没有帮地主敲诈勒索的地保，没有赵、钱两家在城里的支柱白举人，就无法造成阿Q屈辱的地位和悲惨的命运。总之，没有阿Q与上述人物的不平等压迫关系，阿Q的性格特征也不会产生，更不会成为典型人物。另一方面，典型环境也以典型人物的存在而存在，典型环境实际上主要是以典型人物为中心的社会文化关系系统。如果失去了典型人物，这个系统便失去了中心，失去了联系的纽带，环境便成为一盘散沙，也就失去了存在的意义和形成的可能。因此，恩格斯关于"真实地再现典型环境中的典型人物"的命题，是一个整体性命题，失去一方，另一方也就不复存在。人物与环境是相互依存的关系。

第二，典型环境与典型人物是互动性关系。一方面典型环境是形成典型人物性格的基础。所谓环境，就是那种形成人物性格并促使他们行动的客观条件。优秀的文学作品，总是让它的人物在围绕着他们的特殊环境中形成。《红楼梦》中多愁善感的林黛玉，就是围绕着她的典型环境的产物：她自小熟读诗书，才思聪慧，使她善于思考；幼年失去母亲，礼教的约束相对少点，才有了个性自由滋生的空间；寄居贾府之后，贾府所需要的却是薛宝钗那样的女性，客观环境与她自由的个性形成了强烈的冲突，造成了她与环境的格格不入。《葬花词》中"一年三百六十日，风刀霜剑严相逼"的诗句，便是她与环境矛盾的诗意写照。在这个黑暗王国里，她唯一的知己便是贾宝玉，唯一的温馨和希望来自那被黑暗王国包围着的爱情。虽然在爱情的天国里，他们可以互道衷肠，驰骋叛逆的梦想，但不利的环境又使她敏感的神经常常产生种种不祥预感，再加上寄人篱下的凄苦与孤独，她便常常"临风落泪，对景伤情"。这样丰富而又痛苦的精神生活，也只能给她留下一副"弱不禁风"的躯壳。林黛玉从内蕴到外形就是这样被环境决定着的。

典型环境不仅是形成人物性格的基础，而且还逼迫着人物的行动，制约着人物性格的发展变化。优秀的文学作品，总是自觉或不自觉地符合这一艺术规律。《水浒传》也是这样，许多不愿造反的英雄，总是被一步步逼上梁山。最典型的是林冲，他本是东京八十万禁军总教头，对宋王朝非常忠诚，要这样的人造反是不容易的。小说在前后五回里，通过"岳庙娘子受辱""误入白虎堂""刺配沧州道""大闹野猪林""火烧草料场""风雪山神庙"等情节，让他与环境发生强烈的冲突，而被一步一步地逼上梁山，使他由宋王朝的忠臣变成了造反的英雄,充分显示了环境对人物行动的制约、决定作用。

典型人物也并非永远在环境面前无能为力,在一定条件下,又可以对环境发生反作用。例如阿Q在未庄本是微不足道、受人欺凌的,但当他一旦从城里回来,把满把"铜的"和"银的"往酒店的柜台上一甩,地位便立刻改观:昔日被视为"伤风败俗"的阿Q,这时竟成了未庄人注意的中心,赵太爷一家深夜静候的客人。特别是当革命的风声传到乡下,阿Q大叫道:"造反了!"又立刻改变了他与未庄社会的现实关系,不但未庄人都用了惊惧的眼光对他看,就连昔日八面威风的赵太爷,也怯怯地迎着低声称他"老Q",充分显示了人物在一定条件下对环境的反作用。这种现象在革命英雄或先进典型那里表现得尤为充分。人物通过努力,可以把法庭变成讲台(如高尔基《母亲》),把监狱变成战场(如《红岩》),可以改变穷山恶水(如焦裕禄),可以对周围人物和世界产生影响。

总而言之,要想塑造典型人物,绝不能离开具体历史时空孤立地、抽象地描绘人物,而必须把人物置于具体的典型环境中来刻画。典型环境是典型人物成长的现实基础,没有典型环境,典型性人物的个性特征就难以确立,典型人物的语言、行为以至内在心理世界都难以把握。反之,典型环境也以典型人物的存在而存在。典型环境是以典型人物为中心的社会关系系统。构成典型环境的中心链条是人,是典型环境中的典型人物。正是从这个意义上说,典型性格不断展开的过程,也是展开典型环境的过程。

### 复习要点

[基本概念]

文学形象　　文学典型　　意象　　意境　　典型环境　　典型人物

[思考问题]

1. 什么是文学形象的系统性?
2. 文学形象的特点是什么?
3. 举例说明什么是文学意象。
4. 文学意境的类型有哪些?
5. 文学意境的特点有哪些?
6. 文学典型的含义是什么?
7. 简述典型人物与典型环境的辩证关系。

# 第五章

# 文学类型

区分不同类型的文学作品是文学实践发展到一定阶段的必然要求。当文学由初时的少量、单纯的形态发展为多样、繁复的形态时,人们就会用理性的眼光来审视它们,以期获得更透彻的认识和更自如的把握。而分类和归类,往往是人们试图把握复杂对象时首先要尝试的一条途径,无论中国还是西方,早在最初的文艺论著中就已进行文学分类。随着文学实践的不断发展,新的分类体系不断地被提出,关于文学的知识也不断得以修正、更新、拓宽。从某种意义上说,分类方式的演变史也就是人类文学观念和文学认识的历史。

## 第一节 文学体裁

文学体裁是文学作品的形式因素之一,文学体裁又称文体、文类等,它是指运用语言、塑造形象、谋篇布局而呈现出来的文学样式。所有文学作品的内容都要通过不同的具体样式来表达,没有具体表达样式的文学作品是不存在的。文学体裁是各民族的文学发展历史中沉淀下来的相对稳定的结构方式。

文学体裁除分为诗歌、散文、小说和戏剧文学四种类型以外,还包括报告文学、影视文学与网络文学。本节将讲述文学体裁的分类方法,以及分析每种体裁的最核心特征。

### 一、文学体裁的分类方法

根据中外文学实践的状况,有如下三种划分体裁的方法。

#### (一)二分法

中国古代和古希腊按照是否合韵,将文学作品分为韵文和散文两大类。刘勰在《文心雕龙·总术》说:"今之常言,有文有笔。以为无韵者笔也,有韵者文也。"即文学作品可分为无韵的笔和有韵的文。亚里士多德的《诗学》将史诗和戏剧这种有韵的文类称为诗,而把无韵的文类归入散文,形成韵文和散文的"二分法"。

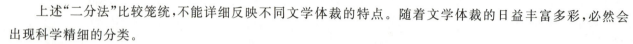

上述"二分法"比较笼统,不能详细反映不同文学体裁的特点。随着文学体裁的日益丰富多彩,必然会出现科学精细的分类。

### (二)三分法

"三分法"起源于古希腊。亚里士多德在《诗学》一开头就提到,史诗、悲剧、喜剧以及其他艺术都是摹仿,只是摹仿所用的媒介不同,摹仿的对象不同,摹仿所采取的方式不同。他说:"假如用同样媒介摹仿同样对象,既可以像荷马那样,时而用叙述手法,时而叫人物出场,或化身为人物,也可以始终不变,用自己的口吻来叙述,还可以使摹仿者用动作来摹仿。"①亚里士多德所讲的三种摹仿的方式实际上形成了三种不同的文学体裁:"像荷马那样"用"叙述手法"的就是像荷马史诗那样的叙事类作品,"用自己的口吻来叙述"的就是抒情类作品,"使摹仿者用动作来摹仿"的就是戏剧类作品。

"三分法"根据文学作品塑造形象、表达思想感情、反映社会生活的不同表现方式进行分类,并明确区分出叙事性、抒情性、戏剧性这三个最基本、最重要的特点,具有科学性和概括力。"三分法"至今仍被广泛地采用,人们在文学的创作和鉴赏中都十分重视这些特点。

### (三)四分法

"四分法"的基本特点是根据形象塑造的方式、语言运用、表现方式和结构体系等几方面来描述,依据这种方法对各类文学作品进行分析归纳,并将其分为诗歌、散文、小说、戏剧文学四大类。这种划分方法在中国文学理论中被广泛运用。从中国文学发展的历史状况来看,诗歌、散文出现得最早,小说、戏剧文学是后来逐步发展起来的。

诗歌、散文、小说和戏剧文学这种"四分法"是直到今天仍通行的文类划分方法。它具有一定的适用性:依据的分类标准比较全面,划分的各种体裁内在特点和外部形态比较鲜明,容易区别;同时各种体裁的名称具体明确,与作品的特点相符,便于掌握。然而,近年来中国大众传播的迅猛发展改变了文学的生态,电影、电视、网络、微信的深入普及,刷新了传统意义上的文学状况,也对以往的文体分类方法构成了挑战。

## 二、文学体裁的发展规律

曹丕的《典论·论文》把文章分为四科:"夫文本同而末异,盖奏议宜雅,书论宜理,铭诔尚实,诗赋欲丽。此四科不同,故能之者偏也,唯通才能备其体。"曹丕认为文章的本质特征是相同的,即用语言文字来表现一定的思想感情。但是文章的具体表现形态,即文体特征、语言形式、体貌风格等并不相同。他列举出八种文章,分成四类,分析了它们各自的特征,后世学界称之为"四科八体"说。其中奏议与书论属于无韵之笔,铭诔及诗赋属于有韵之文。其本质相同,都是用语言文字来表现一定的情感,但其"末异",也就是说,在文体特征上,奏议要文雅,书论重说明,铭诔崇尚事实,诗赋则应该华美。雅、理、实、美,就是"末异",它们都是关于文体的不同风格体貌。但是这与现代的"四分法"并不相同。

陆机的《文赋》提出"十体"说。"诗缘情而绮靡,赋体物而浏亮。碑披文以相质,诔缠绵而凄怆。铭博约而温润,箴顿挫而清壮。颂优游以彬蔚,论精微而朗畅。奏平彻以闲雅,说炜晔而谲诳。"陆机的"十体"说比曹丕的"四科八体"说更加细致、更加准确了。在各类文体具体排名次时,曹丕将纯文学的"诗""赋"二体排列在八体最后,而把朝廷的应用文体"奏"和"议"放在最前,到陆机的文体论,则把这种次序完全颠倒过来了,最先排列的是"诗"和"赋",最后才是"论""奏""说"。这说明陆机对审美文学的认识和重视确实比曹丕前进了一步。陆机在概括类文体的审美特征时也比曹丕具体准确,可以说是地道的文体风格理论了。

刘勰在论述文学创作的继承和革新问题时,对文学体裁的发展有精辟的看法。《文心雕龙·通变》曰:

---

① [古希腊]亚里士多德:《诗学》,罗念生译,人民文学出版社,1962,第9页。

"夫设文之体有常,变文之数无方。何以明其然耶?凡诗赋、书记,名理相因,此有常之体也;文辞气力,通变则久,此无方之数也。名理有常,体必资于故实;通变无方,数必酌于新声;故能骋无穷之路,饮不竭之源。然绠短者衔渴,足疲者辍涂;非文理之数尽,乃通变之术疏耳。故论文之方,譬诸草木,根干丽土而同性,臭味晞阳而异品矣。"刘勰的看法是,作品的体裁是具有一定的规则和特点,但写作时的变化却是无限的。怎么知道是这样的呢?从诗歌、辞赋、书札、奏记等文体的分类即可得知。名称和写作之理都有所继承,这说明体裁是一定的;至于文辞的气势和感染力,只有推陈出新才能永久流传,这说明变化是无限的。名称和写作之理有定,所以体裁方面必须借鉴过去的著作;推陈出新没有限量,所以在方法上应该研究新兴的作品。这样,就能在文艺领域内驰骋自如、左右逢源。就创作的方法,打比方说,汲水绳子太短的人就会因打不到水而口渴,脚力软弱的人也将半途而废。刘勰认为,其实这并不是写作方法本身有所欠缺,只是不善于推陈出新罢了。所以讲到创作,就好像草木似的,根干附着于土地,乃是它们共同的性质,但由于枝叶所受阳光的变化,同样的草木就会有不同的品种了。

文学是不断向前发展的,文学体裁也在发展演变之中,因此,文学体裁的划分只是在已有文学样式的前提下进行。新的文学体裁会不断出现,因而文学体裁的分类只能是相对而言的。总之,文学体裁的各种分类不仅有历史性,而且是相对的。各种体裁并不是绝无关系,彼此之间常有一些相同或相似的特点。

## 三、诗歌

### (一)诗歌的特点

诗歌是一种语词凝练、富有节奏和韵律、高度集中地反映生活和抒发思想感情的文学体裁,其基本特征是凝练性、抒情性、节奏性。

首先,诗歌具有凝练性。这体现在它用高度概括的艺术形象、极其精练的文学语词最集中地反映社会生活和表达思想感情。任何样式的文学作品都是现实生活的集中反映,但诗歌的概括性更为突出。诗歌反映生活的取材不是一味地追求广泛性和丰富性,它以集中性和深刻性取胜,它吟咏的往往是使人最激动的生活事件,它要求精选生活材料,抓住感受最深、表现力最强的自然景物和生活现象,用极概括的艺术形象表达对现实的审美反映。诗歌不像小说、戏剧那样去细致地刻画人物的外部特征和心理活动,而是去描写人物之间的冲突和构成这些冲突的细节。正所谓"微尘中有大千,刹那间见终古""片言可以明百意,坐驰可以役万景",这两句话都指出了诗歌的凝练性特征。即使是偏于情节叙述的叙事诗,其叙述内容也不能像小说那样铺展,例如,唐代诗人白居易的《长恨歌》虽然是一篇长篇叙事诗,但是全诗也只用了120句、840个字。由于诗歌反映生活的高度集中性,要求诗歌的语词也必须极为凝练、精粹,要用极少的言语去表现丰富的内容。这便促使诗人对语词进行反复锤炼,力争言简意深,一笔传神,在有限的诗行、词句中,准确、含蓄、生动地表现出事物的特征,勾勒出生活的场景。为了达到这个目的,自古以来不少诗人都十分注重练字,例如唐代诗人皮日休"百炼成字,千炼成句",清代诗人顾文炜"为求一字稳,耐得半宵寒",苏联诗人马雅可夫斯基为了一个句子的语言安排打了60次草稿。

其次,诗歌具有抒情性。南宋严羽《沧浪诗话》云:"诗者,吟咏性情也。"诗人情动于衷,感发兴起,把自己的喜怒哀乐流露笔端,通过艺术形象表现出来就有了诗。诗歌是诗人内心世界情感的流露,诗歌的本质是"抒情",缺乏抒情本质,诗就不成为其诗。《毛诗序》有言:"诗者,志之所之也,在心为志,发言为诗,情动于中而形于言,言之不足,故嗟叹之,嗟叹之不足,故咏歌之,咏歌之不足,不知手之舞之足之蹈之也。"除此以外,西方诗人也认为诗歌具有抒情性。例如,在公元前7世纪古希腊便出现了专门写抒情诗的女诗人萨福,她曾建立了一个音乐学校,专写情歌与婚歌,与女弟子们唱和。柏拉图称萨福为"第十位文艺女神"。印度诗人泰戈尔也写了大量的抒情诗,还获得了诺贝尔文学奖。由此可见,中西方诗人对诗歌的抒情本质具有相同的认识。

中西方文学观念除了在诗歌的本质认识上有共同点,在诗歌的功能和作用方面,中西方也有共识。在东方,孔子在《论语·阳货》中提到了著名的"兴观群怨说",即"小子何莫学夫诗?诗,可以兴,可以观,可以群,可以怨。迩之事父,远之事君,多识于鸟兽草木之名"。即诗歌具有对社会的教化作用、对个人修养的提升作用以及表现人类社会情感的作用,后世的东方学者以此来说明诗歌的功能。在西方,从古希腊时期起,诗歌就涉及社会生活的很多方面,诗歌相当于现代包括书籍、电影、戏剧、电视等所有媒体的总和,后世的西方学者将诗歌功能总结为"教育与娱乐"两大类。

最后,诗歌具有节奏性。诗歌是人类最古老的也是最具有文学特质的文学形式,它是诗与歌的总称,诗和音乐、舞蹈结合在一起,统称为诗歌。它来源于上古时期的劳动号子(后发展为民歌)。古代人类在最初从事集体劳动时,为了减轻身体疲劳和统一协作动作,会一唱一和。在文字出现以后,这种一唱一和的方式被记录下来,便成了诗歌。诗歌最大的体裁特点是节奏感强、富有音乐性,具体表现在两个方面,一是分行排列的外在形式特点,二是节奏鲜明的表达特点。综合来看,诗歌作为一种独特的文学体裁,它的形式特点就是用有规律的语言来表达诗人的情感,既要押韵,又要有鲜明的节奏。押韵反映语言的平仄对称,节奏显示语言的抑扬顿挫。

押韵的主要作用就是形成节奏鲜明的效果,中国古代的诗歌不是直白地念出来的,而是吟诵出来的,吟诵拥有一定的音韵、节拍。而这些又要求字与字之间的和谐,句与句之间的和谐、相互呼应。有规律地使用韵脚,会造成一些字的韵母或者韵母中的韵腹、韵尾有规律地反复出现,就会产生顿挫的节奏,达到和谐整齐的感官审美效果,一旦韵通,情感的流露就会自然而然地深入人心。读过一遍以后,即使诗歌的意思大概不会太深刻,但美是肯定的,所以说韵也是一种审美标准。我国古代诗歌一般都是押韵的,五四新文化运动以后受到外国诗歌的影响,一些诗人开始创作不押韵的新诗;西方的诗歌也依照当地语言的特点,有各自的押韵规则。诗歌押韵的形式多种多样,主要有逐句押韵、隔句押韵、换韵、交叉押韵、环抱押韵等形式。

诗的节奏除了押韵,还要求有大体整齐的语言形式,包括字数和句式两个方面。从这个角度来说,中国的诗歌可以分为两言诗、三言诗、四言诗、五言诗、六言诗、七言诗和杂言诗。此外,诗歌的节奏形成还需要声调和谐,调配声调也有助于加强节奏感。语音有高低、升降、曲直、长短的变化,因而形成不同的音调。古代汉语分为平、上、去、入四种声调,现代汉语分为阴平、阳平、上声、去声四种音调。有规律地搭配安排平声(阴平、阳平)与仄声(上声、去声、入声),就会形成起伏交替的节奏。

诗歌饱含着作者的思想感情与丰富的想象,语言凝练并且形象性强,具有鲜明的节奏、和谐的音韵,富于音乐美,语句一般分行排列,注重结构形式的美。

(二)诗歌的分类

诗歌的样式繁多,根据不同的标准,可以分为不同的类别。按表达方式,可分为抒情诗、叙事诗等;按结构形式,可分为乐府诗、旧体诗、新诗等。

1. 抒情诗和叙事诗

抒情诗主要通过直接抒发诗人的思想感情来进行表达,富于想象、充满感情、韵律优美是其主要特征。它通过展示诗人的内心世界来反映社会生活,重在表现诗人对现实生活的体验和感受,不要求诗人描述完整的故事情节和人物形象。情歌、颂歌、哀歌、挽歌、牧歌等都属于这一类别。自古以来中国诗歌主流就是抒情诗。古代诗歌中,如屈原的《离骚》《天问》是典型的抒情诗,《诗经》里的《国风》大部分也是抒情诗,唐诗宋词中的大部分也属于抒情诗。现代诗歌中,如著名诗人汪国真的《热爱生命》是抒情诗,徐志摩的《再别康桥》也是抒情诗。这类抒情诗作品很多,此处不一一列举。

叙事诗是以叙事为主要表达方式的诗歌,具有比较完整的故事情节和鲜明饱满的人物形象,但它又和小说不同,因为它具有抒情性、节奏感、韵律美等诗歌的特性。史诗、故事诗、诗体小说都属于这一类别。相比之下,西方更具有叙事诗的传统,古希腊的《荷马史诗》为叙事诗的典范和西方文学的源头,英国诗人拜伦的《唐璜》是叙事诗的经典之作,俄国诗人普希金的《叶甫盖尼·奥涅金》也是典型的叙事诗。我国古代也不乏叙事诗,如经典作品《孔雀东南飞》《木兰诗》均是叙事诗,诗人李季的《王贵与李香香》是典型的叙事故事诗,藏族的《格萨尔王传奇》是典型的叙事史诗。

当然,叙述和抒情这两种表现手法也不能绝对割裂开来。抒情诗也常常对某些生活片段加以叙述,但不能详尽铺陈叙事;叙事诗也有抒情性,因为抒情是诗歌这种文学体裁的本质特性。

2. 乐府诗、旧体诗和新诗

乐府是汉武帝建立的管理音乐的一个宫廷官署。乐府最初始于秦代,到汉时沿用了秦时的名称。汉武帝时期扩大了乐府的规模,乐府的职责是采集民间歌谣或文人的诗来配乐,以备朝廷在祭祀或宴会时演奏之用。它所收集整理的诗歌,后世就叫"乐府诗",或简称"乐府",并将其视为一种独立的诗体。乐府诗多属民间歌谣,语言朴实自然,通俗易懂。到了唐代,这些诗歌的乐谱虽然早已失传,但这种形式却相沿下来,成为一种没有严格格律、近于五七言古体诗的诗歌体裁。乐府诗是继《诗经》《楚辞》之后而起的一种新诗体,后来也有不入乐的诗歌被称为"乐府"或"拟乐府"。从体制上来说,乐府诗突破了《诗经》以四言为主的句式,乐府诗句长短不一,二言至八言都有,以五言句式为主;既有句式整齐的齐言诗,也有错落参差的杂言诗;其篇幅长短不限,最长的达350余句,短的则仅数句;乐府押韵灵活,有的句句押韵,也有隔句押韵,还有隔两句、三句押韵的。乐府诗在形式上对后来的词、散曲两种诗体的产生具有一定影响。

旧体诗也称旧体诗词或简称旧诗,是五四文学革命兴起之后,对中国传统的格律极严的诗体,包括五七言绝句、五七言律诗等多种体式的一种通称。旧体诗的范围相对宽泛,其共同特点是:语言上采用文言词,音韵格律比较严格。旧体诗可分为古体诗和近体诗两类。古体诗相对于近体诗而言,是指唐代近体诗形成以前的一切诗歌,也包括唐代以后的诗人效仿这些诗歌而写作的诗歌,有些学者把乐府诗也划分在这个范围内。古体诗有四言、五言、六言、七言、杂言等。近体诗指唐代成熟起来的新体诗歌,除了历史时间上的区分外,它比古体诗更讲究格律严整,在篇章、句式、对偶和音律等方面有着更为严格的要求,近体诗也称"今体诗",有律诗和绝句。

新诗又称自由诗,指五四新文化运动以来产生的用白话创作的诗歌。新诗主要运用现代语言写作,它没有严格的音韵格律的限制,在节数、行数、字数、音韵等方面都相对自由,可以根据诗人想表达的内容来进行自由调整。我国五四新文化运动以来的诗歌大多数都是自由诗,例如徐志摩、闻一多、余光中、席慕蓉、戴望舒、海子等著名诗人都是新诗的杰出创作者。

## 四、小说

### (一)小说的历史

小说是一种综合运用语言艺术的各种表现手法来塑造人物形象、反映社会生活和作者个人的内心世界的文学体裁。汉语的"小说"一词最早来自《庄子·外物》:"饰小说以干县令,其于大达亦远矣。"此处的"小说"与文体无关,庄子这句话的意思是:修饰浅薄的言辞以求得高高的美名,对于达到通晓大道的境界来说距离也就很远很远了。班固在《汉书·艺文志》中提到了"小说家",其"小说"指琐屑之言。

中国古代小说的源头是远古时代的神话、传说,以及先秦寓言,后来又出现了魏晋南北朝志人志怪小说、唐代传奇、宋元话本以及明清章回体小说;中国现代小说则始自五四运动。西方的小说源自古希腊的神话和史诗题材,还有中世纪的英雄史诗、骑士传奇、民间故事,以及寓言。西方现代小说的高峰之作是17世纪西班牙作家塞万提斯的《堂吉诃德》。到了18、19世纪则又出现了浪漫主义和现实主义小说的新发展。

### (二)小说的特点

小说的特点主要体现在叙事性,即以叙述的方式讲故事。小说的特点主要从以下三个角度来进行说明。

(1)虚构性。那什么是虚构呢?虚构,是作者在小说创作过程中,为了提炼生活、构造情节、塑造形象以实现创作意图而采取的艺术手段。小说是一种虚构性的叙事文体,但它又和一般的日常生活的叙事有所不同。小说主要强调以虚构的方式反映社会生活事件,具有假定性、虚拟性。金圣叹比较《史记》和《水浒传》之后提出了"以文运事"和"因文生事"的说法:《史记》是"以文运事",《水浒传》是"因文生事"。"以文运事"是指"事"是实际存在的,不能进行虚构,只能对事进行剪裁、组织,以此构成文字;"因文生事"是指"事"本不存在,要靠作家的自由虚构去创作,以此产生文字,他认为这种虚构可以更自由地发挥作家的艺术创作才能。从这种比较中,金圣叹肯定了小说作品可以而且应该虚构。从这种角度出发,他指出《水浒传》"却有许多胜似《史记》处"。在创作《水浒传》的过程中,作者往往借助已有的直接或间接的经验,运用丰富的想象,对人物、事件的不足之处进行合理的补充、重组和完善,从而创造出源于生活而又高于生活的典型情节和典型形象。

(2)叙事者。在小说阅读中,应该将叙事者与小说家区分开来。叙事者是小说家创造出来替他讲述故事的某个人,是叙事行为的承担者。托多洛夫认为,作品中人物和叙事者的关系可以分为三种类型:第一,叙事者大于人物。叙事者从后面观察作品中的人物和事件,他知道每一个人分别见到的、感受到的,但这些人物自己却不知道彼此的想法。第二,叙事者等于人物。叙事者对作品中的人物与事件同时进行观察。叙事者与人物知道的一样多,在人物对事件的答案没有找到解释之前,叙事者也不能向我们提供什么。第三,叙事者小于人物。叙事者从外部观察作品中的人物与事件。叙事者比作品中任何一个人物都知道得少,无法进入人物的意识。

(3)叙事视角。叙事视角是叙述话语中对故事内容进行观察和讲述的特定角度、叙述故事的方法,以及作者所采用的表现方式或观点,读者由此得知构成一部虚构小说的叙述的人物、行动、情境和事件。根据叙事者的人称,即叙事者在小说中是以旁观者的姿态来叙事,还是用作品中人物"我"来叙事的问题,一般可以将叙事视角分为三种类型:第三人称叙述、第一人称叙述和人称变换叙述,也就是小说叙事的全知叙事、主观叙事、纯客观叙事。通过"我"或"他"来叙述作品中的事,可以有三种不同的聚焦方式。在这三种聚焦方式之中所体现的不仅仅是叙事技巧,还会整合出不同内容。第一,可采用站在人物后面的方式,能看到人物眼前所见,也能看到他内心所思,还能知晓事件的各个细节和因果关系,大于人物的视野,这种全知全能的聚焦角度是一种常见的表达方式,在许多作品中都有。第二,可以站在人物的位置,只见到人物的所见所思,等于人物的视野,一些日记体、自传体或意识流类的作品常用这种聚焦方式,可以拉近读者同人物的心理距离。第三,可以站在人物前面,只写出人物所见的客观状况,但对人物所思则不能见出,小于人物的视野,这种叙事方式较为少见,在一些侦探小说中较为典型,可以展现案件扑朔迷离的特征。

### (三)小说的三要素

作为一种以叙事为主要方式,在一定环境中通过情节构建来着重塑造人物形象的文学体裁,小说不可缺少的三要素是人物、情节、环境。讨论这三个要素之间的关系,构成了传统小说理论的主要内容。

小说的三要素

第一,小说的人物。

小说的主人公可以是一个或几个人,也可以是其他的被赋予人物特征的对象,如动物甚至植物等。在小说的三要素中,人物是核心要素。小说通过肖像描写、动作描写、心理描写或者人物语言塑造饱满传神的人物形象。

人物是叙事类作品题材的核心,它受题材的可能性和主题需要的制约,同时又制约着情节结构和环境

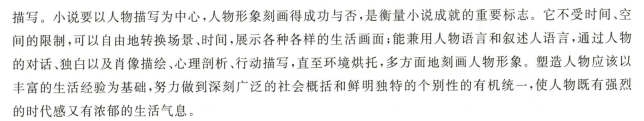

描写。小说要以人物描写为中心,人物形象刻画得成功与否,是衡量小说成就的重要标志。它不受时间、空间的限制,可以自由地转换场景、时间,展示各种各样的生活画面;能兼用人物语言和叙述人语言,通过人物的对话、独白以及肖像描绘、心理剖析、行动描写,直至环境烘托,多方面地刻画人物形象。塑造人物应该以丰富的生活经验为基础,努力做到深刻广泛的社会概括和鲜明独特的个别性的有机统一,使人物既有强烈的时代感又有浓郁的生活气息。

第二,相对完整的故事情节或事件场面。

情节是指故事的发展过程,依据一定的时空顺序和因果关系组织而成。情节的基本构成是开端、发展、高潮和结局。有的作品的情节构成还有序幕和尾声。小说情节的发展由人物行动构成,由人物性格、人物的内心欲求以及人物之间的关系决定。人物性格是推动情节发展并决定其发展趋向的内在动因,小说借助情节展示出来的也就是人物性格成长和发展的历史。情节的丰富完善有助于塑造人物丰满的性格,人物的典型化依赖于情节的典型化。故事的矛盾冲突是作品中人物之间的纠葛、矛盾和斗争。情节建立在矛盾冲突的基础上。就人物类型的划分而言,"扁型人物"有类型化的特点,是围绕着单一的观念或素质塑造的;"圆型人物"则有性格复杂丰满、形象栩栩如生的特点。

第三,典型而具体的环境描写。

环境是指人物活动于其中的时空背景,包括人物具体的生活环境和围绕人物展开的人物之间的关系。人物是小说的核心因素,而从最一般的意义上说,任何一个人物,都只能是一个特定时间、空间的存在,小说中人物的行动、由人物行动构成的事件,也都是在一定的时间和空间中完成的。因此,小说在刻画人物时,还必须提供一个人物活动的空间也就是我们所说的"背景"。环境和人物相互依存,互为条件,环境描写服从于塑造人物和表现主题的需要。作品中的环境,应当是文学人物所生活的、能够体现一定历史时期社会本质的特定环境,它在某种程度上促成了典型人物性格的形成和发展。

总之,对于叙事类小说来说,三要素之间互相依存,相互渗透。人物是核心,情节是人物性格形成和发展的基础,环境是人物活动的空间和行动的依据。

### (四)小说的分类

小说的分类,可以从不同角度和不同标准来划分。按照篇幅及内在特征,可将小说划分为长篇小说、中篇小说、短篇小说和微型小说;按照题材和内容,可以分为爱情小说、战争小说、武侠小说、历史小说、科幻小说等;按照整体风格流派,又可分为现实主义小说、浪漫主义小说、意识流小说、魔幻现实主义小说等。

#### 1. 按照篇幅及内在特征分类

(1)长篇小说。长篇小说首先是篇幅长、容量大的小说,一般采用宏大的叙事方式和网状的结构方式,反映丰富且复杂的生活内容,作品中有众多的人物形象、一系列的事件、丰富复杂的情节、广阔的社会环境。由于长篇小说内容丰富、结构层次复杂,常常分为许多章节,也有的分为若干部、卷、集等。长篇小说的早期叙述形式,是由无数个短篇小说串联而成的。以前的长篇小说,其含有的情节动机尽管是繁复可观的,但没有一个整体的逻辑,它们在情节上是分散的,只能凭借某种外加的穿线手法,才能使叙述得以延续。例如,《天方夜谭》和《十日谈》是通过某个或者某几个人物讲故事的方式串联起来的;《堂吉诃德》这种仿骑士体小说,则是以"旅行"为线索,达到使人物、情节、环境得以变化的效果。在后来长篇小说发展的过程中,慢慢出现了整体情节,随之出现了人物关系、情节发展多线条并列等紧凑安排,逐步形成了真正作为一种独立文体的长篇小说,它的文体特点与其发展历史是分不开的。罗曼·罗兰的《约翰·克利斯朵夫》、老舍的《四世同堂》、巴金的"爱情三部曲"和"激流三部曲",都是规模宏大的长篇小说。

(2)短篇小说。短篇小说篇幅短小、人物较少、情节简明、事件集中,一般选取生活中的某一片段或者某方面来描绘,着力刻画一个或少数几个人物的性格特征,达到以小见大的效果。如莫泊桑的《项链》,小说只是围绕主人公玛蒂尔德借项链、丢项链、赔项链这一事件的情节展开的,集中凸显了她爱慕虚荣的性格和拜金主义至上的社会风貌。短篇小说往往能比较及时地反映社会生活和历史风貌,因此在选题方面也有别于长篇小说。如鲁迅的《呐喊》《彷徨》中共收集25篇短篇小说,塑造了"狂人""祥林嫂""孔乙己"等典型人物形象,深刻反映了那个时代普通人的生活和命运。

(3)中篇小说。中篇小说的篇幅长短、人物多少、情节繁简介于长篇小说和短篇小说之间。"不过,老实说,我们对它的内在结构毫无把握。首先,中篇小说似乎缺少来源,不像短篇小说源于故事或长篇小说源于历史、游记,一目了然。由于缺少来源,关于中篇小说的文本模式,我们就无从确定一种参照物。其次,更棘手的是,中篇小说还似乎缺少独有的情节形式……中篇小说的情节形式看起来只是从短篇小说、长篇小说'嫁接'而成。"[1]的确,与短篇小说相比,中篇小说中的人物形象更为丰满,故事情节更为复杂,因此从整体特征看来它似乎更接近长篇小说。但与长篇小说不同的是,中篇小说的人物数量和关系没有那么复杂,情节大多只围绕一个主要人物展开。如鲁迅的《阿Q正传》中只有一组围绕一条线索展开的人物:阿Q、王胡、赵太爷、小尼姑。这条唯一的线索就是阿Q革命。

(4)微型小说。微型小说也叫小小说,其情节单一、人物很少,往往只选取一个场景或者一个生活片段来加以描写。它不一定要求情节完整,但必须集中,能突出人物一个方面的特点。如美国作家欧·亨利的短篇小说《麦琪的礼物》。

### 2. 按照整体风格流派分类

上文也列举了按照整体风格流派来划分的小说类别,如浪漫主义小说、现实主义小说等。按照这一标准划分的小说,其本质特征与所属的文学流派相关,而且严格来说,这些名词都是欧美文学所特有的。

浪漫主义小说家以他们自己认为应当有的样式来反映生活,也就是说,他们描写的是世界理想中的样子。因此,浪漫主义作家常用的表现手法热烈、大胆、夸张而充满幻想。他们热衷于描写大自然,描写异国风情,充满想象力,抒发主观情感。如法国雨果的《巴黎圣母院》《悲惨世界》、德国歌德的《少年维特之烦恼》、美国麦尔维尔的《白鲸》,都是浪漫主义小说的典范之作。

现实主义小说注重写实的手法,细致入微地刻画人物形象、展示故事场景,力图更为真实地再现生活。作者擅长堆砌翔实的资料,在叙述中尽量保持客观冷静的态度。在这类小说中,虽然人物和情节大都是作者虚构的,但看上去却像现实生活本来的样子。如托尔斯泰的《复活》、司汤达的《红与黑》、福楼拜的《包法利夫人》,都是典型的现实主义小说。

意识流小说的特征是直接以人物的意识活动为作品内容,它不像传统小说那样注重描写人物外在的语言和行为。虽然传统小说中也有心理描写,但传统小说的心理描写是经过作家逻辑化处理的,而意识流小说展现的是人物非逻辑的潜意识,不受时间、空间、逻辑等因素制约,经常时空跳跃,显得逻辑混乱。著名的意识流小说有法国普鲁斯特的《追忆似水年华》、美国福克纳的《喧哗与骚动》、爱尔兰作家乔伊斯的《尤利西斯》等。

魔幻现实主义小说的特征是用荒诞离奇的表现手法创造出魔幻与现实融合的世界。魔幻现实主义小说的代表作有哥伦比亚作家马尔克斯的《百年孤独》等。

此外,在西方文学史上还有一些重要的小说流派,比如,表现主义小说、存在主义小说、黑色幽默小说、新小说等。

## 五、散文

从文学体裁的特点来看,"散文"是指与韵文,尤其是与诗歌相对而言的概念,它是作者自由抒发人生情

---

[1] 杨劼:《普通小说学》,江苏文艺出版社,2011,第152页。

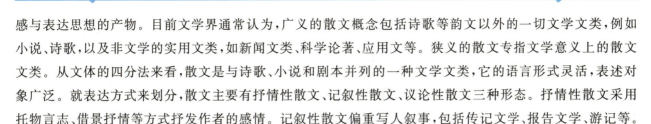

感与表达思想的产物。目前文学界通常认为,广义的散文概念包括诗歌等韵文以外的一切文学文类,例如小说、诗歌,以及非文学的实用文类,如新闻文类、科学论著、应用文等。狭义的散文专指文学意义上的散文文类。从文体的四分法来看,散文是与诗歌、小说和剧本并列的一种文学文类,它的语言形式灵活,表述对象广泛。就表达方式来划分,散文主要有抒情性散文、记叙性散文、议论性散文三种形态。抒情性散文采用托物言志、借景抒情等方式抒发作者的感情。记叙性散文偏重写人叙事,包括传记文学、报告文学、游记等。议论性散文夹叙夹议,偏重议论,包括小品、随笔、杂文等。

### (一)散文之真

散文的真体现在作者以真诚的心态抒发真情实感。元好问评点陶渊明的诗歌说:"一语天然万古新,豪华落尽见真淳。"这一评价体现了对于自然之真的崇尚。

当代著名散文家余光中曾经比较过小说、诗歌和散文的区别,他说:

> 在一切文学的类别之中,最难作假,最逃不过读者明眼的,该是散文。我不是说诗人和小说家就不凭实力,而是诗人和小说家用力的方式比较间接,所以实力几何,不易一目了然。诗要讲节奏、意象、分行等等技巧,小说也要讲观点、象征、意识流等等的手法,高明的作家固然可以运用这些来发挥所长,但是不高明的作家往往也可以假借这些来掩饰所短。散文是一切文学类别里对于技巧和形式要求最少的一类:譬如选美,散文所穿的是泳装。散文家无所依凭,只有凭自己的本色。①

小说通过虚构的人物和情节来叙事;诗歌通过高度精致的语言来抒情;散文不矫揉造作,最忌讳无病呻吟,它是作者不事雕琢、任性随情的本色书写的产物。作者以散文形式向读者毫无遮拦地袒露自己的真情,表达自己的好恶,书写自己的感悟。从散文写作中潜在的对话结构,读者可以认识到作者的经历、人品和性情。王充论述文字表达真情实感的原理说:"文由胸中而出,心以文为表。实诚在胸臆,文墨著竹帛。外内表里,自相副称,精诚由中,故其文语感动人深。"②王国维的"境界""意境"具有真实自然之美:"大家之作,其言情也必沁人心脾,其写景也必豁人耳目。其辞脱口而出无矫揉妆束之态。以其所见者真,所知者深也。诗词皆然。持此以衡古今之作者,可无大误矣。""能写真景物真感情者,谓之有境界。否则谓之无境界。"③

### (二)散文之散

#### 1. 体裁之散

苏轼谈论他的创作方法道:"吾文如万斛泉源,不择地皆可出。在平地滔滔汩汩,虽一日千里无难。及其与山石曲折,随物赋形,而不可知也。所可知也,常行于所当行,常止于不可不止,如是而已矣。其他,虽吾亦不能知也。"④他认为写文章贵在遵循内在的自然。

散文和诗歌、小说、剧本等文学样式一样,表达的是作者对人生的审美感受。但是,散文在取材方面比诗歌等文类更为自由、广泛,它拥有丰富、宽广的题材领域。散文可以描摹现实生活中的真人真事,也可以虚构故事、自由抒情。其题材可以是历史遗迹,也可以是自然美景,可以是日常琐碎小事,也可以是国家民族大业。总之,题材不在于大小,在于自然而然出自作者情感。凡作者有意、有情之事都可以随笔成文。遵循内在之自然,方为王夫之所谓"不法之法"或"非法之法","自然即乎人心"。

#### 2. 结构之散

散文在结构上,不像诗歌、小说、戏剧文学那样,有严格的文体规范。散文一般不要求有完整的情节和

---

① 余光中:《余光中散文》,杭州:浙江文艺出版社,1997,自序第1页。
② 王充:《论衡·超奇》。
③ 王国维:《人间词话》。
④ 苏轼:《文说》。

人物性格,而是通过某些生活片段的描述,来表达作家的生活感受与思想情感。散文虽然有形式之散,而内在精神上却未必是散乱的。在作者自由随意的书写中,实际上始终围绕着所要表现的主要思想情感。形似散而空,实际上密而实,可谓形散而神不散。堪称典范的有范仲淹的《岳阳楼记》、欧阳修的《醉翁亭记》、苏轼的《前赤壁赋》以及朱自清的《荷塘月色》等作品。作家李广田在《谈散文》一文中对散文这一体裁有着精辟的论述,他认为:

> 散文的特点就是"散"……散文的语言,以清楚、明畅、自然有致为其本来面目,散文的结构,也以平铺直叙、自然发展为主,共所以如此者,正因为散文以处理主观的事物较为适宜,或对于客观的事物亦往往以主观态度处理之的缘故。写散文,实在接近于自己在心里说自家事,或对着自己人说人家的事情一样,常是随随便便,并不怎么装模作样。……如把一个"散"字作为散文的特点,那么就应当给小说以一个"严"字,而诗则给它一个"圆"字。如果把散文比作行云流水,那么,小说就是精心结构的建筑,而诗则为浑然无迹的明珠。说散文是"散"的,然而即已成为"文",而且假如是一篇很好的散文,他也绝不应当是"散漫"或"散乱",而同样的,也应当像一座建筑,也应当像一颗明珠。①

虽然散文具有取材方面的广泛性和结构形式上的灵活性特点,但"形散神不散"是散文的核心特征。散文的外部形态有散漫的特点,谈古论今,说东道西,然而散文的内部关系却相当统一,具有明确的主旨、通贯的线索。

### (三) 散文之用

散文之用是指散文的文学功能。余光中认为,散文的功能体现在如下六个方面。②

第一是抒情。"这样的散文也就是所谓抒情文或小品文,正是散文的大宗。"散文抒情贵在将感情寄托于叙事、写景状物之中,而避免空洞、露骨,沦为滥情。

第二是说理。"这样的散文也就是所谓议论文。但是和正式的学术论文不尽相同,因为它说理之余,还有感情、感性,也讲究声调和词藻。"传世名作有韩愈的《杂说四》、王安石的《读孟尝君传》、苏轼的《留侯论》等说理散文,气势滔滔,声调铿锵,形象鲜活,情绪饱满,而不是冷冰冰的抽象说理。

第三是表意。"这种散文既不是要抒情,也不是要说理,而是要捕捉情理之间的那份情趣、理趣、意趣,而出现在笔下的,不是鞭辟入里的人情世故,便是匪夷所思的巧念妙想。表意的散文展示的正是敏锐的观察力和活泼的想象力,也就是一个健康的心灵发乎自然的好奇心。"例如,"家居不可无娱乐。卫生麻将大概是一些太太的天下。说它卫生也不无道理,至少上肢运动频数,近似蛙式游泳。"这种雅舍小品笔法既没有柔情、激情要抒发,也没有不吐不快的议论要发表,却富于生活的谐趣,娓娓道来,从容不迫,也能动人。

第四是叙事。"这样的散文又叫做叙事文,短则记述个人的所经所历,所见所闻,或是某一特殊事件之来龙去脉,路转峰回;长则追溯自己的或朋友的生平,成为传记的一章一节,或是一个时代特具的面貌,成为历史的注脚,也就是所谓的回忆录之类。"叙事除了需要记忆力和观察力之外,若再加上反省力和想象力则能赋予文章以洞见和波澜,而跳出流水账的平铺直叙。组织力(或称条理)也许不太重要,因为事情的发展有时序可循,不过有时为求波澜生动、光影分明,也不免用到倒叙、插叙等叙事手段。

第五是写景。"所谓'景'不一定指狭义的风景。现代的景,可以指大自然的景色,也可以指大都市小村镇的各种视觉经验。"现代社会生活,例如田园风光或城市面貌,目之所触都可入景。广义的景也不应限于视觉,街上的市声、陌上的万籁,也是一种景。景存在于空间,同时也依附于时间,所以春秋代序、朝夕轮回,

---

① 李广田:《谈散文》,《文学枝叶》,益智出版社,1948,转引自王永生主编《中国现代文论选》第1册,贵州人民出版社,1982,第630-632页。
② 余光中:《余光中散文》,浙江文艺出版社,1997,自序第3-6页。

也都是景。景有地域性：江南的山水不同于美国的山水，热带的云异于寒带的云。大部分的游记都不动人，因为作者不会写景。景有静有动，即使是静景，也要把它写动，才算能手。"两山排闼送青来"，正是化静为动。"鬓云欲度香腮雪"也是如此。只会用形容词的人，其实不解写景。形容词是排列的，动词才交流。

第六是状物。"物聚而成景，写景而不及物，是不可能的。状物的散文却把兴趣专注于独特之某物，无论话题如何变化，总不离开该物。"所指之物可以指草木虫鱼之类的生物，也可以指笔墨纸砚之类的非生物，还可以指弹琴唱歌、开会、赛车等种种人类动态。余光中认为，"状物的文章需要丰富的见闻，甚至带点专业的知识，不是初摇文笔略解抒情的生手所能掌握的。足智博闻的老手，谈论一件事情，一样东西，常会联想到古人或时人对此的隽言妙语，行家的行话，或是自己的亲切体验，真正是左右逢源。这是散文家独有的本领，诗人和小说家争他不过"。

上述对散文文学功能的归类，是为了论述方便起见。而实际上，一篇散文往往包含了多种功能，并非纯粹抒情或者纯粹叙事，只是有所偏重。抒情、说理、表意、叙事、写景、状物六种功能之中，"前三项抽象而带主观，后三项具体而带客观。如果一位散文家擅长于处理前三项而拙于后三项，他未免欠缺感性，显得空泛。如果他老在后三项里打转，则他似乎欠缺知性，过分落实"。如果将散文的各种功能对应于小说、诗歌、散文的文体特点而言，则"抒情文近于诗，叙事文近于小说，写景文则既近于诗，亦近于小说。所以诗人大概兼擅写景文与抒情文，小说家兼擅写景文与叙事文"。余光中认为，就作家能力而言，"能够抒情、说理的散文家最常见，所以'入情入理'的散文也较易得；能够表意、状物的就少一点；能够兼擅叙事、写景的更少。能此而不能彼的散文家，在自己的局限之中，亦足以成名家，但不能成大家，也不能称'散文全才'"。而他列举的散文的六项功能，可以作为衡量一位散文家是"专才"还是"通才"的基本要素。

## 六、戏剧文学

戏剧是一种综合艺术，它包含文学、绘画、雕塑、音乐、舞蹈等艺术成分。上述艺术类被剧作家和导演综合融汇形成了独特的舞台语汇。相对来说，戏剧文学的基础——文学剧本具有一定的独立艺术价值。作为文学剧本，它为戏剧文学提供舞台演出的脚本，它的特征与戏剧艺术的特点是紧密相连的。戏剧艺术的本质和特征决定和制约了剧本的创作，同时，剧本在内容和形式上都要充分考虑戏剧舞台表演的直观性、长度限制等方面的特点，以及观众的接受习惯和剧场环境。剧本的写作要考虑给表演的二度创作留下空间，剧本叙事只能通过人物的动作和台词来实现。剧本具有双重身份，它既是文学读本，属于文学作品（可以成为案头剧）；又是舞台演出的脚本，是半成品，属于戏剧艺术的组成部分。

### (一) 戏剧文学的历史

中国古代戏剧文学源自秦汉时代的巫觋、俳优和歌舞百戏，后来出现了唐代的参军戏、宋杂剧、金院本、元杂剧和明清传奇。中国戏剧文学到宋元时代才成熟。中国传统的戏文是歌唱、音乐、舞蹈相结合的戏曲底本，话剧是 20 世纪初从欧洲传入的。西方古代的戏剧源自祭祀酒神的歌舞表演，后来经过古希腊、罗马、文艺复兴、新古典主义、启蒙主义、浪漫主义和现实主义戏剧等重要的发展阶段。当代学者认为戏剧艺术有四个基本特征："一、从言说方式看，戏剧是史诗的客观叙事性与抒情诗的主观叙事性这二者的统一；二、从艺术的构成方式看，戏剧是一种集众多艺术于一体的综合性艺术；三、从艺术运作的流程来看，戏剧是包括编剧、导演、演员、作曲、舞台美术、剧场、观众在内的多方面艺术人才的集体性创造；四、从艺术的传播方式看，戏剧艺术是具有现场直观性、双向交流性与不可完全重复的一次性艺术。"[①]这是对戏剧艺术非常全面完整的理论概括。

---

① 董健、马俊山：《戏剧艺术十五讲》，北京大学出版社，2004，第 13-22 页。

### (二)戏剧文学的特点

戏剧文学的基本特征体现在如下三个方面。

#### 1. 戏剧文学的冲突性

戏剧文学在处理矛盾冲突、情节线索、舞台角色以及场景时都必须做到集中和精练。戏剧要有"戏"才有吸引力,其戏剧性主要体现在引人入胜的矛盾冲突,人物性格因而得以彰显。戏剧冲突是戏剧艺术表现矛盾的特殊艺术形式,是戏剧性的集中体现,表现戏剧冲突是戏剧和剧本的基本特征之一。

黑格尔认为,冲突是戏剧的基本特征,是艺术理想(理念)在戏剧中实现的主要途径(手段)。动作或情节实质上是冲突发生、发展和解决的过程。理想的发展和实现须通过冲突,冲突则引起人物的动作。没有冲突,就没有戏剧。强调戏剧冲突,从根本上说,是为了适应戏剧舞台演出的需要。戏剧冲突又要相对集中,矛盾的集中性和激烈性,是戏剧冲突不同于一般叙事作品矛盾冲突的主要特点。老舍认为:"写戏须先找矛盾与冲突,矛盾越尖锐,才越会有戏。戏剧不是平板地叙述,而是随时发生矛盾,碰出火花来,令人动心,在最后解决了矛盾。"①

戏剧冲突的引发源于人物的性格、命运和利益之间的对立。戏剧理论家布罗凯特概括了戏剧冲突的几种类型,"一个剧本要激起并保持观众的兴趣,造成悬念的氛围,就要依赖'冲突'。事实上,一般对戏剧的认识便是:它总包含着冲突在内——角色与角色之间的冲突,同一角色内心诸般欲望的冲突,角色与其环境的冲突,不同意念间的冲突。"②在不同的戏剧中,戏剧冲突的表现形态可以是多种多样的。一种情况是指引起冲突的根本原因源于人物内在的矛盾,由此导致了事件的发生和外在的动作;另一种情况是指引发矛盾的原因虽然是外在的事件,但是矛盾后来的发展、激化却是源于矛盾双方内在的不协调。

#### 2. 戏剧文学的动作性

亚里士多德很重视戏剧的动作性,他对悲剧的定义就凸显了动作的意义。他说:"对一个完整、有一定长度的动作的摹仿,它的媒介是语言……摹仿方式是借人物的动作来表达,而不是采用叙述法。"③他认为,情节是悲剧的首要原则,而一定的动作运行的过程就构成了情节。美国戏剧理论家乔治·贝克说:"通过多少个世纪的实践,认识到动作确实是戏剧的中心。""动作是激起观众感情的最迅速的手段。"④

#### 3. 戏剧文学的语言

戏剧文学的人物语言是表演的基础和基本手段。戏剧语言应该高度个性化,含蓄精练,流畅悦耳。戏剧语言以对话为主,具有构建戏剧情境、推动剧情冲突、表现人物性格的功能。

第一,戏剧文学的语言要做到尽可能通俗易懂,明朗动听,这是起码的要求。一方面方便演员朗朗上口,另一方面让观众听起来亲切入耳。在语言运用上,要注意平仄排列的音调之美,抑扬有致。书面上美好的字,不一定在口中也美好。创作者必须为演员着想,选用音义俱美的字词。总之,应当从语言各方面去考虑与调动,使其情文并茂、音义兼美。剧作者有责任去挖掘语言的全部奥秘,不但在思想性上要有"语不惊人死不休"的雄心,而且在语言之美上也要不甘居于诗人之下。

第二,戏剧语言的个性化。老舍从写小说的经验中总结出写戏剧语言的两个办法:"第一是作者的眼睛要盯住书中人物,不因事而忘了人。事无大小,都是为人物服务的。第二是到了适当的地方必须叫人物开口说话,对话是人物性格最有力的说明书。"人物语言要做到什么人说什么话,什么话表现什么性格,要能够实现"话到人到"。在小说创作中,作家一边叙述,一边加上人物的对话,在适当的时机利用对话揭示人物性

---

① 老舍:《老舍论戏剧》,中国戏剧出版社,1981,第221页。
② [美]布罗凯特:《世界戏剧艺术欣赏——世界戏剧史》,胡耀恒译,中国戏剧出版社,1987,第28页。
③ [古希腊]亚里士多德:《诗学》,罗念生译,见亚里士多德、贺拉斯《诗学·诗艺》,人民文学出版社,1962,第19页。
④ [美]乔治·贝克:《戏剧技巧》,余上沅译,中国戏剧出版社,1985,第25页。

格。"剧本通体是对话,没有作者插口的地方。这就比写小说多些困难了。假若小说家须一直盯住人物,使人物的性格越来越鲜明,剧作者则须在人物头一次开口,便显出他的性格来。这很不容易。剧作者必须知道人物的全部生活,才能三言五语便使人物站立起来,闻其声,知其人。"①如果对话不能性格化,人物便变成了剧作者的广播员。应该全面考虑语言运用的技巧。"所谓全面运用语言者,就是说在用语言表达思想感情的时候,不忘了语言的简练、明确、生动,也不忘了语言的节奏、声音等等方面。这并非说,我们的对话每句都应该是诗,而是说在写对话的时候,应该像作诗那么认真,那么苦心经营。比如说,一句话里有很高的思想或很深的感情,却说得很笨,既无节奏,又无声音之美,它就不能算作精美的戏剧语言。观众要求我们的话既有思想感情,又铿锵悦耳;既有深刻的含义,又有音乐性;既受到启发,又得到艺术的享受。剧作者不该只满足于把情节交代清楚了。"②

第三,根据戏剧表情达意的需要,戏剧文学的人物语言要有动作性的特点,并且要有"话中有话"的潜台词。戏剧人物语言的动作性指的是不仅让观众听,而且让观众看,语言要和姿态、手势、表情、形体等等动作结合起来。"潜台词"指的是,有些话人物虽然没有说出来,但是观众却可以根据剧情,意会到其中潜藏的言外之意、弦外之音。

### (三)戏剧文学的类型

根据容量大小,戏剧文学可分为多幕剧、独幕剧;根据表现形式,可分为话剧、歌剧等;根据题材,可分为神话剧、历史剧、传奇剧、市民剧、社会剧等;根据戏剧冲突的性质,可分为悲剧、喜剧和正剧。

悲剧作为戏剧艺术的重要种类,亚里士多德在《诗学》中这样界定:"悲剧是对于一个严肃完整、有一定长度的行动的摹仿。它的媒介是语言,具有各种悦耳之音,分别在剧的各部分使用。摹仿方式是借人物的动作来表达,而不是采用叙述法。借引起怜悯和恐惧来使这种情感得到陶冶(宣泄、净化)。"③亚里士多德从摹仿对象、摹仿媒介、摹仿方式三个方面及悲剧摹仿的特殊目的来界定悲剧这一艺术的性质特征和作用。他一方面认为悲剧是由悲剧人物"遭受不应遭受的厄运而引起的",另一方面又认为悲剧人物遭受的厄运是由于自己的某种过失或人性弱点所致,悲剧人物并非完美无缺,而是与我们十分相似。这是基于悲剧主人公的特点及其"过失"、悲剧效果等方面对悲剧做出的明确界定。鲁迅说:"悲剧将人生的有价值的东西毁灭给人看。"④悲剧可以分为三类:命运悲剧、性格悲剧、社会悲剧。

喜剧是通过内容与形式的错位而引读者发笑。喜剧通过讽刺、幽默、夸张的手法体现对象的可笑性,把戏剧的各个环节,包括戏剧冲突和戏剧情境的许多因素,乃至人物的语言、动作和形态等,加以漫画化,通过人物和社会生活不同侧面的相互悖逆,产生滑稽戏谑的效果。

正剧又称为悲喜剧,兼有悲剧和喜剧成分。正剧反映的矛盾冲突通常总是以先进战胜落后、正义战胜邪恶获得解决,以正面人物战胜反面人物而告终。正剧包括社会问题剧和英雄正剧。

## 七、报告文学

报告文学是一种在真人真事基础上塑造艺术形象,及时反映现实生活的文学体裁。它的基本特征是:及时性、纪实性、文学性。

### (一)及时性

报告文学往往像新闻通讯一样,善于以最快的速度,把生活中刚发生的激动人心的事件及时地传达给

---

① 老舍:《戏剧语言——在话剧、歌剧创作座谈会上的发言》,《剧本》,1962年第4期。
② 老舍:《对话浅论》,《电影艺术》1961年第1期。
③ [古希腊]亚里士多德:《诗学》,罗念生译,见亚里士多德、贺拉斯:《诗学·诗艺》,北京:人民文学出版社,1962,第19页。
④ 鲁迅:《再论雷峰塔的倒掉》,《鲁迅全集》第1卷,北京:人民文学出版社,2005,第203页。

读者。报告文学之所以受读者欢迎,就在于它能把握时代的脉搏,把群众关心的现实情况迅速地反映出来,发挥"文学轻骑兵"的作用。茅盾曾指出:"'报告'是我们这匆忙而多变化的时代产生的特性的文学样式。读者大众急不可耐地想要知道生活在昨天所发生的变化,作家迫切地要将社会上最新发生的现象(而这差不多是天天有的)解剖给读者大众看,刊物要有敏锐的时代感——这都是由'报告'所产生而且风靡的根因。"报告文学的重要价值正在于它的及时性、新闻性。特别是有些报告文学的内容属于突发性事件,时间界限比较明确,如果发表不及时,就削弱了它们的新闻价值和社会效用。

### (二)纪实性

报告文学不能像小说那样虚构人物、情节,它必须以现实生活中的真人真事为描写对象,写真纪实是它的重要特征。一般来说,报告文学要写真人真事,但不是任何真人真事都能成为报告文学描写的对象。报告文学要追踪事实,但并不是任何事实都值得它们去报告,而是要有所选择和提炼。徐迟曾说:"报告文学所报告的事实必须是真实的,并且是必须就历史的观点来说十分真实的,是代表我们的时代的真实性的事实。"有的报告文学虽然也写了真人真事,但由于没有选取代表时代社会脉搏的人物与事件,结果缺乏时代感。

### (三)文学性

报告文学的艺术价值体现在文学性上。茅盾说:"好的'报告'需要具备小说所有的艺术上的条件——人物的刻画,环境的描写,气氛的渲染等。"报告文学不能像新闻报道那样,只有事件梗概,它必须塑造丰满的人物形象,必须有生动的形象化的细节。报告文学不同于小说,它不以塑造人物形象为主,但它在艺术形象性上的要求是很高的。人物特写必须在介绍人物事迹中努力刻画人物,即使在以写事为主的作品中也离不开写人,如果能生动地刻画人物形象,必然会大大加强感染力。报告文学还可以吸收小说的描写技巧、戏剧的对话艺术、电影分镜头的叙述方法以及诗歌的跳跃手法等。

## 八、影视文学

基于不同的传播媒介,影视文学包括电影文学剧本和电视文学剧本。这些剧本是电影与电视的文学基础,也是拍摄影视片的依据,还可以作为读者阅读的文学作品。电影文学追求鲜明的动态画面、逼真的银幕形象以及蒙太奇效果。电视与电影既有相似点,又有区别。电视在画面造型上追求以小见大,注重情节铺设,强调矛盾冲突。电影艺术和电视艺术的特点有内在的联系。电影艺术和电视艺术的存在方式影响着电影文学和电视文学的特点。

### (一)影视的历史

电影艺术的出现已经有一百多年了,它是现代大工业生产条件下技术发展的产物。摄影师通过以每秒钟摄取若干格画幅(无声片 16 格,有声片 24 格)的速度,将对象运动过程拍摄在条状胶片上,这样许多动格动作就逐渐成了静止的画面。这些胶片的拍摄来自不同的距离与角度,记录了各种不同的人物与场景。创作者将许多段胶片,经过一定的处理衔接组合起来,制成可供电影放映机放映的完整的影片。电影是用能连续拍摄镜头画面的电影摄影机摄制成片的。放映机放映的影片与拍摄的运转速度相同,一系列镜头画面连续地投映到银幕上,于是人们就可以看到拍摄保存下来的影像了。电影文学属于语言艺术,它通过语言叙事情节、描写镜头、塑造形象,反映电影所要表现的社会生活和思想情感。

电视出现于 20 世纪 30 年代。它的拍摄工具是电视摄像机,将物像进行光电转换变为相应的电信号,用无线电发射机发送给电视机用户,电视机将信号还原为画面和声音。

### (二)影视文学的特点

影视文学的共同特点是,它们都可以根据摄影镜头的距离、角度、光线等特性,采取各种表现手法,塑造出多种多样生动鲜明、可见的艺术形象。在角度处理上,有仰摄、俯摄、摇摄、倒摄、推拉镜头

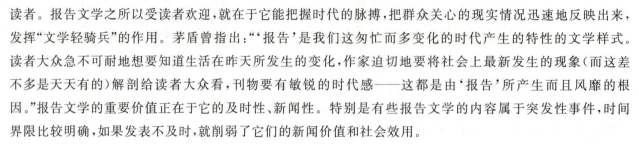

蒙太奇

等方法。在距离方面,有特写、近景、中景、全景、远景等各种镜头画面。

蒙太奇结构是影视文学的共同特征。"蒙太奇"(法语 montage 的音译),原意指构成、装配的意思。蒙太奇被挪用为电影术语之后,指的是影片镜头的剪辑与组合。苏联电影艺术家普多夫金指出蒙太奇是"将素材分解成许多片段,然后把这些片段组织成一个电影的整体"。如何构成呢?他的方法是:"以若干镜头构成一个场面,以若干场面构成一个段落,以若干段落构成一个部分等等",这样,就能"把各个分别拍好的镜头很好地连接起来,使观众终于感觉到这是完整的、不间断的、连续的运动。"①普多夫金的蒙太奇观念是以片段的联结去叙述思想的,是自成体系的、完整的。"借助于电影技术而发展到极完善形式的分割和组合方法,我们称之为电影蒙太奇。"②一部影片的全部内容,分切无数不同的镜头画面,分别拍摄完毕之后,根据剧本的既定思路将不同的镜头有机剪辑组接起来,各个画面之间因而产生连贯呼应、悬念、对比、暗示、联想等关系,于是故事叙述、人物刻画、光影表达得以实现。普多夫金和库里肖夫做过一个试验。他们分别拍了四个不同画面的镜头:第一个是一位演员毫无表情的面部特写;第二个是一盆汤;第三个是一口棺材,里面躺着一具女尸;第四个是一个小女孩正在玩玩具狗熊。他们把第一个镜头与其他三个镜头分别进行联结观看,当即产生三种不同心理情感的艺术效果。当第一、二镜头联结时,那个演员显露的是饥饿的表情;当第一、三镜头联结时,观者感到那个演员显露的是面对女尸沉重悲伤的面孔;当第一、四镜头联结时,观者感觉那个演员看着玩耍的女孩而露出喜悦的神色。③ 上述实验说明,不同画面的镜头组接的顺序和方式,将会呈现不同的影片内容。

蒙太奇结构也是影视艺术的核心特征。它并不是一个镜头加一个镜头的简单组合,而是一种艺术的创造。它表现的思想感情和产生的艺术效果,也不是两个镜头相加之和,而是不同镜头画面联结而产生的,是原画面所没有的第三种意义。因此,影视文学的创作不能不受蒙太奇的影响和制约。电影、电视编剧都应该熟悉和掌握蒙太奇的规律,在剧本中运用蒙太奇结构的表现方法,组织镜头的生活画面,创造丰富多样的艺术形象,表现复杂深刻的思想内容。

## 九、网络文学

网络文学是全球因特网技术迅猛发展的结果。有人将报纸、广播和电视之后出现的因特网媒介称为第四媒体。因特网具有容量巨大的浏览服务器、快速便捷的信息传输功能。

严格说来,网络文学并非指印刷作品的网络化,也不是指描写网络生活题材的文学作品,它应该是指由网民通过电子计算机写作、通过网络发表与传播的原创性作品。例如有的网络文本可以将文字、声音、动画、摄影、摄像、影视等多种媒介组合起来,实现多个媒体的综合传播。还有,如利用网络交互作用创作的网络接龙作品,即由众多网上写手就某一题目共同续写一部作品。

网络文学中最特别的文本存在样式是超文本(hypertext),即通过借助因特网技术和信息技术来制造各种具有文本链接功能的文本,实现阅读的自主性和自由性。纳尔逊认为:"超文本这个概念表示非顺序的书写文本,它给予读者各种分叉选择,并允许读者做出种种选择,最好在一个互动的屏幕上阅读,就像通常所想象的那样。它是一个通过链接而关联起来的系列文本块体,那些链接为读者提供了不同的路径。"超文本具有如下三个特点:

### (一)超文本链接

将电子文本的关键词设置成为不同颜色,或者下划线格式,或者不同字体,或者图案,从而提醒读者注意超文本链接的关节。通过这些入口,读者可以不断根据路径指引和个人兴趣点击多个文本链接,从而进入一个无限可能的意义迷宫。由一个网络电子文本与其他相关文本链接,从而形成文本之间的互文网络关

---

① [苏]多林斯基编注:《普多夫金论文选集》,史慧生、何力译,中国电影出版社,1962,第 112、119-120、135 页。
② [苏]多林斯基编注:《普多夫金论文选集》,史慧生、何力译,中国电影出版社,1962,第 151 页。
③ [苏]普多夫金:《论电影的编剧导演和演员》何力译,北京:中国电影出版社,1984,第 121 页。

系,于是超越了原有的特定文本。不仅网络文本自身成了无限扩展、自由链接的无中心结构,而且也造就了自由无疆的阅读行为。链接的文本既可以是文字,也可以是声音、视频等多媒体资源。超文本实际上创造了一种超媒体的文学形式。

### (二)读者更大的自由度

由于读者可以根据自己的意志选择文本内容和路径,阅读的自主性和生产性大大加强了。印刷文本原有的秩序打破了,电子文本的多媒体提供感觉方式上的新奇感和多元化,以及阅读内容和方式的无限可能性,并且使读者对文本的理解变得更加自由。

在网络文学的传播中,用户可以对网络里的文学信息进行加工、处理、修改、放大或重组,成为文学信息的操作者,享受个人化的文学信息服务。同时,用户可以通过网站设置的评论、论坛、电子邮件等对网站所发布的文学信息进行及时反馈,与网站、其他用户共同探讨问题来发表意见。

### (三)非线性的文本

文本的非线性,即文本组合的随机性、偶然性、不确定性和无序化。传统文学的传播形式都是线性传播,都体现出一种时间流程的不可逆转性和空间界面的不可交替性。网络文学传播突破了时间和空间的二维的限制,以超链接的阅读方式,使得网络中的信息处于相互通融状况,从而为受众提供了无限选择的可能和广阔探索的自由。

网络文学还可能体现出文学的开放性,使作者成为一个"在场"的主体,使文本成为作者与读者互动的桥梁。超文本学者兰多认为:"超文本提供了一个可无限再中心化的系统,它暂时性的聚焦点依赖于读者,在另一种意义上说,读者变成了真正主动活跃的读者。超文本的基本特征之一,就是它是由链接的诸多文本块体构成的,因而它们并没有组织的轴心。虽说缺少中心会给读者和作者带来麻烦,但这也意味着任何使用超文本的人,都可以把他们自己的兴趣作为此刻漫游的实际组织原则(或中心)。一个人把超文本当作无限的非中心化或再中心化系统来加以体验,部分原因在于超文本会改变任何一种文献,只要文献链接着一个以上的暂时的中心,或链接着可由此来调整自己并决定是否去往下一个文献的局域位置图。"网络文学的超文本特性体现了后现代的多元主义、对话主义、非中心主义以及不确定性的特点。

网络文学实现了科技与人文的融合、自由与开放的统一。与传统的文学形态相比,网络文学具有如下几个鲜明特点:第一是作者身份的匿名化,或者虚拟性。虚拟性造就了网络文学的交流性。这里所说的网络文学的交流性并不是从媒体的角度来说的,而是指网络文学作者和读者之间的特殊关系,一种虚拟状态下的"非常态"交流方式。这首先是一种真实、积极的交流方式。由于网络的虚拟性和说话者的隐匿性,在无所顾忌的情况下,网络文学作者和读者之间的交流更坦诚、幽默,或者具有鼓动性。在网络环境下,毫无芥蒂的交流和排除功利之外的帮助,形成网络文学创作和接受的独特交流环境。第二是文本信息的数字化。第三是写作手段的多元化。第四是阅读方式的链接性。第五是沟通方式的网络化。网络文学的上述特点对传统文学的存在方式产生了巨大冲击,其发展方兴未艾。

## 第二节 高雅文学与通俗文学

高雅文学与通俗文学,是从文学的审美趣味和精神品格着眼区分的文学类型。

文化学家认为,任何社会形态都普遍具有文化分层的现象。一般而言,一个社会的总体文化由三个层次构成,即大众文化、主流文化、精英文化。每个文化层的审美观念都有相应的文学表现。从俗和雅的角度看,大众文化的文学表现是"俗文学",主流文化、精英文化

高雅文学与通俗文学

的文学表现则是"雅文学"。"雅文学"又称为严肃文学。

任何国家、民族的文学从来都是雅俗共生的,但"俗"长期屈尊于"雅"之下,"文学"一词的内涵似乎天经地义地只限于"雅"。后来观念渐变,"俗"渐渐引起关注,并获得了专门的命名,如英文中的 Popular Literature。中国的俗文学同样历史悠久,但它直到近世,借助西方的文学理论和概念,才能够以较为清晰的轮廓呈现在人们的面前。日本学者狩野直喜在 1910 年最早以"俗文学"概念和视角讨论中国文学,其后罗振玉、王国维、胡适、周作人、郑振铎、钟敬文、朱自清等现代学者、作家都对"俗文学"给予了极大的关注。所用的名称,除了"俗文学"以外,又有"民间文学""通俗文学""大众文学"等,其实都是 Popular Literature 的译名。迄今为止,"雅文学"在一般观念中仍占据主流或正统地位,所以它通常只被称为"文学",只有在与"俗文学"对举时,才称为"雅文学""高雅文学""纯文学"或"严肃文学"。

在上述两组概念中,"雅文学"一组的含义较为明确,意义也基本等同,而"俗文学"一组概念较模糊,彼此又各有侧重。施蛰存先生曾将它们的来源、意义做了细致的整理,认为"俗文学"与"民间文学"同义(即 Folk Literature),指"人民大众中的作家或艺人创作的文学作品,一般都不知作者姓名,例如宋元话本小说。有些知道作者姓名的,但整个作品是集合许多民间故事、传说而成,不完全是个人的创作,例如施耐庵的《水浒传》。此外,有许多弹词、鼓书、小调、笑话等等,都没有作者姓名,内容口口相传,随时在改变,这些都属于民间文学"。"通俗文学"则指"有作者姓名,是作者个人的创作,供文化水平不高的工人、农民、小市民阅读的文学作品。例如各种才子佳人小说、武侠小说、公案小说"。①

近年来,随着市场经济的发展、社会的转型及文化的多元化,我国大众文化迅速崛起,"俗文学"也以前所未有的势头取得了和"雅文学"平起平坐的地位,雅俗对峙、对话成为当代文学的重要景观。认识"雅文学"和"俗文学",也成为深度认识当代文化的必要前提,根据当代文学格局中"通俗文学"现象较为显著这一事实,我们用"通俗文学"的名称,简要地概述其与"高雅文学"的区别和联系。

## 一、高雅文学与通俗文学的区别

高雅文学和通俗文学的区别,可以从三个方面来审视。

### (一)看作家的创作动机和创作观念

高雅文学直指人生的严肃性,创作中的功利意识淡薄,立足于真切的人生体验,有感而发,不平则鸣。高雅文学的创作是源自主体精神上的失衡而自发的、不得不然的行为,所以"物在喉,不吐不快"往往是严肃艺术创作的最佳契机,借艺术创作以吐悲怀,舒愤懑,寻求精神出路。这样作家就有可能将来自心灵深处的全部热情倾注到艺术世界当中,就像巴金谈到《家》的创作时所描述的:"每天每夜热情在我的身体内燃烧起来,好像一根鞭子在抽我的心,眼前是无数惨痛的图画,大多数人的受苦和我自己的受苦,它们使我的手颤动。我不停地写着……我忘了自己,忘了周围的一切。"②在这里作家不是把艺术当作外在于生命的奢侈品,相反它是生命的必需,或者说,它就是生命本身的一种方式。作家对艺术的态度是郑重的,"吟安一个字,拈断数茎须",呕心沥血,形销骨立,甚至以生命为代价都在所不惜。

通俗文学则更多地指向现实的、外在于艺术的某些功利目的,如商业利益等。作家创作时面向一个特定读者群——往往是占社会多数的大众。终极关怀不是俗文学作家的首要使命,所以创作就未必出自个人的真切体验,为了满足大众的审美趣味,更多的时候需要"为文造情"。在现实功利的制约下,通俗文学创作有时要牺牲艺术的严肃性。例如金庸为了提高报纸的发行量而创作连载的武侠小说,常常是边发表边构思,结果在作品中有颇多破绽。

---

① 施蛰存:《"俗文学"及其他》,载《文艺百话》,华东师范大学出版社,1994。
② 巴金:《文学生活五十年》,《巴金选集》第 1 卷,四川人民出版社,1982,第 5 页。

### (二)看作品本身的内容和形式

#### 1.从作品本身的内容上看

文学作品的内容包括作品反映现实的真实程度、思想深度、价值倾向、情感表现方式。雅俗文学在这些方面差异明显。

在对现实的反映上,高雅文学趋向于生活的整体表现,通俗文学则趋向于生活的单维表现。一方面,高雅文学立体地、全方位地而且是生动地、有机地展现社会生活图景(包括人的心灵图景),虽然也有虚构、夸张、变形,但它的虚构、夸张、变形在假定性的基础上保持着逻辑的统一,甚至在细节上也是如此。通俗文学则描述一个个孤立、个别的事实,多不顾及生活的整体性,例如武侠小说,自始至终是杀人越货,却不见官府干涉,江湖人物逍遥自在,我们却不知道他靠什么经济收入养活自己。另一方面,高雅文学通过对个案的描写达到对具象世界的一般抽象,也就是通过描写个别现象隐喻普遍本质。而通俗文学则大多不具有指向作品之外的微言大义,其全部内容仅限于作品自身。

在思想内容和价值倾向上,高雅文学严肃地探讨人生课题,蕴含着多层次丰富的思想内容,从而给人以多方面的启迪。例如《红楼梦》在一个有机艺术整体里包容了日常生活悲剧、爱情悲剧、阶级社会的悲剧乃至哲理意义上"好""了"转化的悲剧,既有丰富多彩的形象,又有多元的思想意义。作为人生的思想家和大众的启蒙者,高雅文学作家以敏锐的发现和独具的价值尺度对现实做出批判性认知与描绘,传达出新鲜独特的个人经验。对传统的突破,对俗世的颠覆,对流行话语的批判是高雅文学的重要特征。从19世纪的现实主义特别是批判现实主义到20世纪的现代主义,无数作家正是通过强烈的批判色彩表现出自己的良知使命。相对来说,通俗文学不以锐利的思想触角探及人类意识的尖端,因而不以丰富而新颖的思想性见长,其思想维度较为单一,作家往往只是围绕着义利、情欲、忠信等传统范畴加以展开。作为民众意识的代言人,他们以大众能接受的尺度确定自己的价值立场,所以常表现为对俗世意识的认同与顺应。

在情感表现方式上,高雅文学既是建立在确切人生的基础上,则无论其情感是节制的还是张扬的,都是内在发生、流露出来的,而通俗文学为了迎合大众情感消费的需求,常将外在的情感人为地加诸人物和故事,这也就是常说的"煽情"。英国美学家科林伍德将艺术的情感处理区分为"表现情感"和"唤起情感"两类:"一个唤起情感的人,在着手感动观众的方式中,他本人并不必被感动,他和观众对该行动处于截然不同的关系中,非常像医生和患者对药物处于截然不同的关系中一样,一个是开药,一个是服药。与此相反,一个表现情感的人以同一种方式对待自己和观众,他使自己的情感对观众显得清晰,而那也正是他对自己所做的事情。"①我们可以把这段话用于对雅俗文学的区分,通俗文学"唤起"情感,而高雅文学则"表现"情感。

#### 2.从作品本身的形式来看

文学作品的形式包括情节和人物形态、语言方式等方面。在这些方面,高雅文学拥有通俗文学突出的创造性。

高雅文学作家力求忠实地传达出自己对生活的独到观察、发现和感悟,所以崇尚情节的"生活真实与艺术真实的统一"。故事的发展必须和人们的经验相吻合,才能透过它把握生活的本质规律。通俗文学以情节的传奇性、惊险性取胜,为此作家往往背离真实的生活经验,大量依赖偶然性、巧合性。高雅文学的情节忌讳雷同,作家力图突破俗套,通过新鲜独特的情节表达自我个性;而通俗文学则不避雷同,以至于形成一些题材模式和情节模式,如武侠、财经、科幻、言情、侦探等,一个作家往往以大致不变的套路进行题材的创作,甚至不同作家在题材和情节上相互雷同。

高雅文学中的人物具有强烈的典型性,接近于福斯特所说的"圆形人物",它是个性独特的"这一个",具

---

① [英]科林伍德:《艺术原理》,中国社会科学出版社,1985,第113页。

有自身的矛盾性和复杂性,很难用一句话概括其特征。通俗文学中的人物大都是"类型化"的,接近于福斯特所说的"扁平人物",作家突出地甚至大肆强调人物某一方面的特征,其他方面则较为模糊,如"商海女强人""纯情少女""侠义英雄""神探"等。

文学是语言的艺术。力求用不落俗套的个性化语言方式传达出个人的独特经验是高雅文学作家的努力方向之一。俄国形式主义文论家强调文学的"阻拒"原则,认为"艺术的手法就是使事物奇特化的手法,是使形式变得模糊、增加感觉的困难和时间的手法"[①],而"陌生化"就是形成"阻拒"的重要手段之一,也是高雅文学语言的追求——"诗就是换个花样说话,就是创造新的语言形式"[②]。高雅文学突破日常语言的工具性,有组织地违反语言惯例,从而打破感知的麻木,形成感知难度,延长感知时间。"陌生化"技巧虽然有因晦涩难懂而失去读者的危险,但它确实有助于文学语言脱离平庸,保持艺术语言的纯粹性。通俗文学中,语言形式不占据重要地位,只承担传递信息的基本功能,所以多采用接近日常语言方式的口语和成语、俗语等程式化语言。如汪国真的诗句:"死怎能不从容不迫/爱又怎能无动于衷/只要彼此爱过一次/就是无憾的人生"。又如罗兰的散文:"认真和率直是青年人可爱的地方,骄傲和自满是成功的致命伤。""不要好高骛远,不重视眼前的工作的人,就不会有可以期待的将来。"程式化的语言消除了所有的理解障碍,但也使思想显得平白浮泛。

除此以外,高雅文学在叙述视角、文本结构、语体形式等因素上也着力探索求新。通俗文学则在这些方面不太重视,是为了方便读者接受顺畅,从而提高作品被消费的概率。

### (三)看作品的功能、存在方式及其与受众的关系

高雅文学占据着人类精神的制高点,通过揭示现实的真相,给读者以震惊和启迪,人们常常通过阅读高雅文学来寻找价值支点,这体现了高雅文学作家作为人类灵魂工程师的社会功能。通俗文学的主要功能在于娱乐、消遣,通过有刺激性的内容满足人们的好奇心,并不需要沉思良久。

雅俗文学的命运不同。高雅文学自在自为,不免曲高和寡,知音难觅,像卡夫卡曾在垂危之际嘱托朋友将他的作品付之一炬;通俗文学则通过商业运作飞入寻常百姓家。但是祸福相依,从长远看,高雅文学的价值并不与时俱灭,相反,很多高雅文学的作品正是在时过境迁之后才显示出它的光辉的,所以历经时间淘洗,有品位的高雅文学更有可能成为经典之作;而通俗文学往往流行一时,就迅速被新的时尚取代,除极少数外,很少有机会列入经典的行列。

## 二、文学的两翼

从字义上看,"雅""俗"起初和审美趣味并无关系。"雅"和"夏"通用,西周的都城丰镐为夏故都,周人自称夏人,所以西周人的诗歌和语言称"雅诗""雅言"。京畿地区是政治中心,京城的一切也就成为四方的准则,因此"雅言"又称"正言",雅声为正音,"雅"于是有了"正"的意思。《毛诗序》说,"雅者,正也"。而"俗"与"风"相通,"风俗"连用指与京城相对的地方的物事和习惯,其中"风"侧重自然条件,"俗"侧重乡土生活方式及制度,如《礼记》"入境而问禁,入国而随俗"。可见早期的"雅""俗"并不具有像后来那样的褒贬色彩。相反,"俗"不仅是政治端正、变易的对象,也被用为政教的手段而在社会政治系统中获得了重要位置,所谓"礼乐刑法政俗"(《礼记·明堂位》),这意味着必须对"俗"保持相当的尊重。

随着社会发展和文化的演变,文化高下的观念也随之产生。《史记·殷周本纪》记载周武王声讨商纣,"弃其先祖之乐,乃为淫声,用变乱正声",《论语·阳货》则说郑声淫,"恶郑声之乱雅乐也",这里将"淫声"和

---

① [俄]什克洛夫斯基:《艺术作为手法》,载《俄苏形式主义文论选》,中国社会科学出版社,1989,第65页。
② 赵毅衡、虹影:《诗与诗学的对话》,载《文学自由谈》1993年第1期。

"正声""雅乐"相对立,就是不同文化现象在人们意识中的高下区分。东汉以后,随着自视甚高的知识分子自我意识的觉悟和生长,"俗"这个词加入了轻蔑侮辱的意思,"雅""俗"二字逐渐从音声、风习概念向审美观念和趣味渗透,褒贬色彩也日渐浓厚,成为人们评价文化和文学现象的一种价值标准。在漫长的文化史上,以儒家意识形态为基础的权力阶层统治集团、文人士大夫对俗乐、俗文学等一切俗文化现象采取鄙薄、轻视态度,于是文化和文学领域的雅俗对立观念日渐强化。

高雅文学和通俗文学是相对性的划分,以上的区别也只是就其主要的部分而言,二者并不存在截然的界限。除极端情况外,文学作品并不具有明显的高雅或通俗的标志,大量的作品属于中间状态,既直面大多数人的现实人生,绝不孤芳自赏,又能保持较高的文化品位和独特风格,如老舍的《离婚》和《四世同堂》,路遥的《平凡的世界》;或者能自由出入于雅俗之间,达到二者的平衡与沟通,以通俗的形式包容丰富而深刻的内容,如张爱玲的《金锁记》《倾城之恋》等。人们曾一致将张爱玲看作海派通俗作家,但"认真阅读她的作品,才真正认识到这位晚清士大夫文化走向式微之后的最后一个传人,这位上海滩上的才女,骨子里的古典笔墨趣味,感受方式与表达上的深刻的现代性"。对于大多数作家而言,并不是先带上"高雅"或"通俗"的框子再去创作的,读者也就没有必要强以"雅俗"为标签把他们划分为泾渭分明的两大阵营。

"雅俗"概念的相对性还表现在,同样的文学作品,跨越时间和空间的距离以后,俗的可以变成雅的,雅的也可以变成俗的。例如《西厢记》《水浒传》等在产生之初毫无疑问是离经叛道的俗物,但今天早已被供奉于纯文学的殿堂,成为高雅的经典之作;美国作家赫维·爱伦的《飘》、赛珍珠的《大地》等在美国是通俗作品,而在中国则基本获得了高雅文学的地位。

从文化发展的长远目标看,文明在不断进步,人的精神境界、文化趣味在不断提升,因此高雅文学似乎代表着文学的理想状态。但这毕竟只是理想,现实是至少在相当长的时期里不同读者的阅读趣味之间的差异不会消弭。文学具有审美、认识、教化、娱乐等多方面的功能,这些功能皆是人类的需要,相互之间很难说孰高孰低,所以从尊重每一个读者群体、尊重读者的每一种精神需要出发,对雅俗文学的价值加以绝对和过分的高下判别都是不恰当的。对通俗文学的误解之一是往往把通俗和庸俗、低俗等同起来,其实它们之间并没有必然联系。通俗文学中格调固然有低俗之作,但这不能归因于通俗文学形式本身,高雅文学中的平庸之作也不在少数。总体上看,通俗文学固然在纯粹审美创造上略逊一筹,但这也不意味着通俗文学不能出精品。张恨水、金庸等的创作,在艺术成就上所获得的高度评价就足以说明这一点。历代都有开明文人,甚至享有盛誉的大文学家充分肯定俗文学的作用,如古代的白居易、关汉卿、李贽、袁宏道、金圣叹、李渔、李开先等,近代的黄遵宪、王国维、梁启超等以及前述鲁迅等现代诸大家。1928年郑振铎撰写了《中国俗文学史》,甚至认为"'俗文学'不仅成了中国文学史主要的成分,也成了中国文学史的中心"①,还有人以类似的观点看待20世纪文学,认为通俗化是20世纪中国文学的主旋律。

雅文学和通俗文学不仅对峙,同时也存在对话、互补、相渗交融的关系。严家炎先生指出:"文学历来是在高雅和通俗两部分相互对峙中向前发展的。高雅和通俗两部分既相互冲击,又相互推动,既相互制约,又相互影响,构成了文学发展的内在动力。"将雅俗互动看作文学发展的内在动力,这是十分有见地的。文学活动是一个复杂系统,其发展路向也不是单纯的,既有"从雅"的趋势,也有"从俗"的趋势。就"从雅"趋势而言,有一个论点是公认的,即一切雅文学都以"俗文学"为母体。郑振铎曾描述过文学形式由俗到雅的演变过程:

> 因为正统文学的发展和"俗文学"的发展是息息相关的。许多的正统文学的文体原都是由"俗文学"升格而来的。……当民间发生了一种新的文体时,学士大夫们起初是完全忽视的,是鄙夷不屑一读的。但渐渐地,有勇气的文人学士们采取这种新鲜的新文体作为自己创作的型式了,渐渐

---

① 郑振铎:《中国俗文学史》,作家出版社,1954,第2—3页。

地这种新文体得了大多数文人学士们的支持了,渐渐地这种新文体升格而成为王家贵族的东西了。至此,他们渐渐地远离了民间,而成为正统的文学的一体了。当民间的歌声渐渐地消歇的时候,而这种民间的歌曲却成了文人学士们之所有了。[①]

在"雅俗"文学的对峙关系中,高雅文学常占据主导地位,它不断开拓出新的文学疆域,建立起新的审美规范,促使通俗文学用它的经验来提高自身水准。这方面的影响在20世纪中国文学中也很突出,如"鸳鸯蝴蝶派"文人就十分关注新文学小说的发展并给予高度评价。五四后期通俗小说不但在内容上染上了或多或少的文化气息,在审美观念和表现手段上也在向新文学靠拢,增添了较多的写实成分,由传奇与幻想逐步向写真纪实发展,并出现了初步的悲剧艺术形态。

文学的"从俗"趋势也是十分明显的。国外有学者认为,文化的进化是"朝着总量最大化地流通过系统的发展过程","像生物那样向能源开发量的最大限度运动","文化通过适应而变异成多种文化,使得人类有可能利用地球上的各种资源"。这启发我们,文化选择是有目的性的,它总是朝着有利于文化"最广泛传播"这一方向演进。高雅文学"雅"到一定程度就显示出与大众生活的脱节,这时候通俗文学拥有众多读者这一优势对于它就是一个挑战,这迫使高雅文学重心下移,通过关注社会现实、采取平易的表达等一系列策略争取更多被阅读的机会,使其本身能"最广泛传播"。"从雅"和"从俗"同时发生,相向运动,高雅文学与通俗文学就相互靠拢,出现了融合、交叠的情况。这时高雅文学原先的探索成果被通俗文学充分吸收、借鉴,进而程式化而不再新鲜,于是高雅文学又会朝"雅"的方面反弹,去创造更新的"陌生化"艺术经验。雅俗文学在这样的互动中交替发展,螺旋上升。

总之,高雅文学和通俗文学各擅胜场,各有千秋。它们是文学的两翼,相依共存,互补共进。缺少其一,文学生态势必失衡;取长补短,则使文学既不失旺盛的活力,又保持相当的精神高度。

## 第三节　翻译文学与母语文学

世界上大多数民族的文学中都存在着翻译文学和母语文学的分别,这一现象是由于不同语言的民族之间发生文学交往而产生的,文学交往是经由翻译者来实现的。翻译文学的出现标志着各民族间文学关系的稳固确立,也显示着各种文学关系的不同特性。就像物质产品的进出口行为一样,从翻译文学的内容和形式,也可以看出文学输出国和文学输入国之间的文学供求关系,进而了解民族间发生文学交往的规律和具体情形,提高对文学运动的自觉认识。

### 一、翻译文学与母语文学的相互为用

在各民族文学的互相交流中,翻译文学产生了广泛的影响,甚至起到过巨大的社会推动作用。如果说民族文学间的交往最初往往是不自觉的和偶然的话,那么在社会发展的一定阶段上,一个意识到文学的国际交往价值的民族主体迟早会提出吸收借鉴国外文学成就。

毛泽东同志曾提出:"我们必须继承一切优秀的文学艺术遗产,批判地吸收其中一切有益的东西,作为我们从此时此地的人民生活中的文学艺术原料创造作品时候的借鉴。有这个借鉴和没有这个借鉴是不同的,这里有文野之分,粗细之分,高低之分,快慢之分。所以我们决不可拒绝继承和借鉴古人和外国人,哪怕

---

[①] 严家炎:《金庸小说论稿》,北京大学出版社,1999,第196页。

是封建阶级和资产阶级的东西。"①

除了毛泽东提出的借鉴问题之外，外国的文学艺术无疑还有更重要的一个价值，就是对后人和本国读者的欣赏意义，这里既有娱乐的、陶冶的、消遣的意义，更有教育的、美育的意义。在现代世界格局中，不能设想一个先进的国家没有先进的文化，或者一种先进的社会文化没有借鉴吸收外国先进的文化。

汉语言文学是世界主要文学之一，有着三千多年连续发展的历史。在这棵文学发展的参天大树上生长出翻译文学的枝杈，虽然历史不算很长（从清代末年林纾等人对英、法、俄等国文学的翻译算起），却也几度兴衰，如今已经取得了很多成果。

有人曾把我国民主革命时期对国外进步文学的翻译工作看作是普罗米修斯式的盗火者的事业，这是很有见地的。翻译工作具有一种穿透时空的力量，它可以重现已成为过去的文学作品的面貌，可以将外国正在兴起的积极的文学成就介绍进本国，以发挥其文学建设和推动社会进步的作用。文艺复兴时期对罗马文学的发掘已是众所周知的事实。马克思"每年总要重读一遍埃斯库罗斯的希腊原文作品，把这位作家和莎士比亚当作人类两个最伟大的戏剧天才来热爱他们"。② 从古希腊悲剧《普罗米修斯》到马克思，再到马克思主义对现代东西方社会以及世界文化的影响，其时空跨越可谓极其深远。

翻译文学之所以具有如此巨大的社会和文化功能，是因为它可以弥补民族文学的不足，可以启发母语文学的发展，也可以成为推动社会发展的动力。

## 二、翻译文学和比较文学

翻译行为起源甚早。在原始时代，随着氏族部落的迁徙和交往的扩大，不同群体间的交流是避免不了的。原始群体之间疆域的划分、亲缘关系的发展以及商路上交换物品的活动，没有翻译活动作为媒介是无法进行的。每当交往者做出语言和文学方面的交际活动，那么无论有无第三者的介入，翻译活动都是必要的。只不过在文字应用之前，翻译活动只能以口头和即时的形式存在罢了。到了以语言为媒介的不同语言交际活动发展到相当的水平时，作为一种职业的专门的翻译便应运而生了。

从宏观的文学关系来说，各民族文学的发展总是能够分出某种意义上的强势文学与弱势文学，或者称其为高位文学与低位文学。通过观察可以发现，所谓强势文学往往是更为先进发达的文学或具有开拓性和启发性的文学，通常它要对发展较慢、形态较为落后的弱势文学发生吸引的作用，这个时候，翻译的活动就产生了。从微观的文学关系来说，在进入翻译过程后，译者的眼光、读者的需求、接触的渠道，以及翻译的技术要求和语言要求便显得格外重要了。翻译行为犹如进入市场采购物品一样，需求的一方总要根据自己的需要有所取舍，取舍之前首先要有自觉的目的、积极的动机，这样才能为本国读者选择优秀的精神食粮，而盲目、随意或不够自觉的翻译活动是无法发挥翻译应有的作用的。

当不同民族的文学传统显示出若干参照意义时，人们适时地创立了比较文学的学科，试图从比较研究的过程中发现相互影响和相互印证的迹象和意义。在比较文学中，历来存在两个不同的倾向：一个倾向以严格的物质接触为影响媒介，强调与客观的作家作品的直接接触，在此基础上发生的某种影响，于是便以这种影响为自己的研究对象；另一个倾向则以广义的异同参照意义为依据，以文化上的对立、对比关系为自己的研究对象。前者被称为影响研究，后者被称为平行研究。

通过比较研究，人们不仅可以看出文学传统之间的相互影响的作用，也可以看出哪个传统更加积极高超，哪个传统更加消极落后，哪些是一个民族文学中获得的东西，哪些又是一个民族文学贡献给其他民族的

---

① 毛泽东：《在延安文艺座谈会上的讲话》，《毛泽东选集》第3卷，人民出版社，1991，第860页。
② ［法］保尔·拉法格：《回忆马克思恩格斯》，人民出版社，1973，第4页。

东西。

有的学者提出,19世纪俄国作家的作品对20世纪美国作家的影响远比古代俄国作家的影响要大得多,而相比之下,诗歌的影响就要小得多,原因在于诗歌的译文更难成功,对诗歌的解释也更困难。而文学作品中有倾向性的东西,不论是观念的宣传,还是种族主义、民族主义、宗教等,在大规模的文化交往中是越来越衰落了。

## 三、翻译是一门艺术

人们常说,翻译相当于第二次创作,此言不虚。在历史上,翻译活动可能遇到的各种问题早已进入翻译者的思考领域。在古代罗马,拉丁文《圣经》的译者哲罗姆就曾对译文与原文的字面对应关系、内涵对应关系以及直译中的各种问题提出了自己的意见,他认为译者应该努力做到从一句到全文的充分传达,所论已经涉及翻译中如何做到"信"和"达"的问题。

翻译中的原作与译作相矛盾的问题往往是由不同语言的差异性引起的,语言是文化的一部分,而不同民族和人种的文化又是纷纭复杂的。即使是在文化相似的群体之间,要想找到严格对应的词汇,也并非易事。这是因为,通常每个词总有它的各种义项,要在另一语言系统中找到诸多义项完全一致的词不是不可能,但是极为困难,这就不得不损害到译文的准确性。例如,一些现代译者在向远离欧洲的世界其他地区翻译介绍《圣经》时,就时常遇到这类问题。《圣经》中的"羔羊"包含着赎罪和上帝之爱的意义,从未接触过基督教文化的读者即使见过羊羔,也难以理解这个词的宗教内涵。

以诗歌的形式翻译诗歌则会出现更为困难的局面,而且越是艺术精湛的作品,就越难以进行准确的翻译,因为诗歌的意象色彩格外强烈,而且用词特别精细,格律极为讲究,各语种之间诗歌传统的这些方面都有不同特色。通常来说,越是追求意义的对应,越容易背离原作的形式,反之,越是追求形式的一致,越容易远离原作的意义。越是深入地植根于一种文化传统,就越难以在相同的文化深度上移译到另一文化传统中去。

由于翻译活动面临诸多困难,译者必须将自己投入原作者的头颅,活动于两个形式和内容体系之间,并力求在两个体系间建立一种平衡。这种工作在有些文学传统和作家中是很难见效的,例如那些差异深刻的不同文化之间,以及对某些用意晦涩的诗作的翻译等。有时一个作家的作品在译成不同语种时也有难易之分,莎士比亚的作品就容易译成德文但不易译成法文,除了文化传统的差别外,对应语汇的多寡也是一个重要因素。考虑到以上因素,可以看出,翻译活动其实也是译者学习与提高的过程,他要力图超越自己,达到或至少接近原作者的水平,当然,在超越自己的同时超越原作者的情形也是有的。

翻译文学与母语文学在读者接受过程方面存在很大的不同,因为原作与译作之间除了语言的差异之外,更多的是文化背景方面的问题。为此,大多数译者在翻译原作的同时还要附带地介绍若干背景知识,如原作家作品、输入国文学发展概况、专用术语、流派社团、原作的已有影响,这些都是全面介绍一部作品和一位作家的必要补充工作,有了它们,读者或观众才会在看到作品的同时得到理解作品的重要参考和指南。

翻译活动主要是一种艺术活动,有些基本的原则可以从经验中总结出来,但是其余的能力、技巧和理解则要依赖翻译者的个人素质。虽然在有些情况下译作会比原作更加精彩,但通常译作总是会使原作遭到不同程度的削弱,因此意大利人有句格言:"译者就是叛逆者。"

优秀的译作往往会成为类似原作那样的经典之作,历久不衰,例如詹姆斯本的《圣经》,就是典型的例子。在将原作与译作对比时可以看到,最伟大的作品会成为本民族的经久典范,但它们的译作却生命短暂,因为每一时代都有自己的理解,都会从原作看出不同的"译本",而原作是不会改变的。语言艺术的复杂性在这里得到了最为生动的体现。而且,越是伟大的作品,积聚的文化内涵越复杂而深刻,就越不容易成功地翻译出来。

要想译出完美的作品,除了对外语作品有深刻的理解外,还要有深厚的母语功底,否则就无法达到翻译的双语要求。我们经常读到一些意思不错、文字不谐、不美甚至不通的译文,问题主要不是出在外语的理解上,而是出在母语的表达上。

总之,翻译活动会面临很多有利条件和不利条件。越是具有文化根基性质的东西,诸如日常事物、关乎基本利益的东西、普遍存在的东西等,一致的东西就越多。反之,越是具有文化衍生性质的东西,诸如人的特殊个性和最近发生的事物等,就越难以寻求一致。因为前者历经古今变化甚微,而后者则带上了深远的历史的积淀。由于人类物种和生活方式上的诸多一致性,翻译活动有了必然性和可行性;由于社会发展特别是文化发展的特殊性和不平衡性,翻译活动又面临各种难以逾越的障碍和难以解决的问题。因此说,译者若要取得无愧于原作者的成就,除了语言方面的功力外,同样需要与原作者一样的真诚、勇气、思想水准和艺术造诣。

19世纪法国批评家希波吕特·泰纳首次提出了欧洲文学的民族特点问题,并将各民族文学的差异归结为"种族、时代、环境"三个要素。除了他所强调的要素外,文学作品的具体背景也是千差万别的。然而,随着现代社会国际交往的深度和广度的加强,对于文学作品的理解越来越趋于相同了。但是,只要有不同的语言存在,翻译文学和母语文学的关系就仍是文学理论研究中的一个重要课题。

## 复习要点

[基本概念]

民间文学　　悲剧　　喜剧　　正剧　　影视文学

[思考问题]

1. 诗歌的特征是什么?
2. 散文的特征是什么?
3. 小说的特征是什么?
4. 戏剧文学的特征是什么?
5. 影视文学的特征是什么?
6. 如何区分高雅文学与通俗文学?
7. 你是如何看待文学中的"雅"与"俗"的概念的?
8. 如何理解翻译文学?

# 第六章 叙事性作品

> 叙事性作品是同抒情性作品相区别的以叙事功能为主的一种文学作品。对叙事文学的特点,传统的文学理论早已有所关注,并进行过研究,形成了比较系统的叙事理论。在西方,传统的叙事理论对叙事作品中故事情节的安排、人物形象的塑造以及环境的描写等都进行了比较深入的研究。而中国古代的文艺理论的研究对象主要是诗文。明代以后,随着小说和戏曲等文学作品的发展,叙事文学理论也相应产生并发展,其中以明末清初文艺批评家金圣叹为代表的人物性格理论影响最大。总之,无论是西方还是中国,传统的文艺理论中都包括叙事理论内容,其共同特点就是侧重叙事文学作品所反映的生活内容,从而形成著名的以人物、情节、环境三要素为主要内容的叙事理论。

## 第一节 叙事与叙事作品

### 一、叙事的意义

叙事学

叙事就是讲故事。人为什么要讲故事?从原始文化中的神话传说、史诗等早期叙事形态开始,叙事行为就被看作是在表达实际生活中的经验。对于原始社会的人来说,讲述世界或人类起源的神话传说和歌颂本民族祖先英雄事迹的史诗,其中所讲述的事件无论在今人看来多么荒诞离奇,都会被认为是真实发生过的事。到了文明社会,人们当然不会那样轻信故事了,但人们仍然认为叙事行为与人们对外部世界的兴趣有密切的关系。

亚里士多德把叙事艺术创作的意图归结为对现实世界的"摹仿":"一般来说,诗的起源仿佛有两个原因,它们都是出于人的天性。人从孩提的时候起就有摹仿的本能(人和禽兽的区别之一就在于人最善于摹仿,他们最初的知识就是从摹仿得来的),人对于摹仿的作品总是感到快感……""诗由于固有的性质不同而分为两种:一是比较严肃的人摹仿高尚的行动,即高尚的人的行动;二是比较轻浮的人则摹仿下劣的人的行动……""……诗人的职责不在于描述已发生的事,而在于描述可能发生的事,即按照可然律或必然律可能发生的事。"① 亚里士多德所说的"摹仿"是古希腊对于文艺与生活关系的一种传统的看法,但从上面第三段引文可以得知,他在这里所说的"摹仿"并不是指简单地记录已经发生过的事实,而是说根据行动、事件发生的可能性("按照可然律或必然律可能发生")来虚构出合情合理但实际上并不存在的世界来。同时他还认为,不同的人会摹仿具有不同道德意义的对象。在这里我们可以看出,叙事与客观世界的摹仿关系中包含了两个方面:一是以客观事物的发生规律为依据,二是体现着故事作者对世界的认识和自己的精神需要。

实际上,古今中外的叙事都不会脱离这两个方面的关系,叙事的意义就建立在这两方面的关系之上:它既是对外部世界的关注,又是作者自己的认识体验。讲故事和听故事的行为都意味着对外部世界的关心,是对外部世界的体验、理解和解释,同时这种体验、理解和解释在叙事行为中通过叙事语言组织构造成一个艺术整体。从这个意义上讲,叙事是由人对外部世界的体验所推动的构造艺术世界的言语行为。叙事作品就是通过这种构造活动形成的物化形态。

## 二、叙事作品

随着叙事活动的发展,叙事文学作品从早期的神话传说、史诗之类蜕变演化成越来越多样化的形态。从近代叙事观念来看,最重要的叙事作品样式就是小说,从作品容量和规模上看,包括短篇小说、中篇小说和长篇小说这三种基本类型,此外还有系列小说、微型小说以及叙事诗等特殊形态。到了当代,由于作家创新意识的加强,小说这种经典的叙事文学样式也在发生变化,出现了许多复杂形态,特别是一些反抗传统的作家提出要淡化传统小说中的主题、情节乃至人物等诸要素,随之而来的是形形色色的实验性小说,如散文化小说或小说化散文及融合不同文学样式为一体的杂体小说等。

近代以来与小说的发展并行的还有属于综合艺术类型中的叙事文学作品,首先是戏剧剧本。实际上从叙事文学发展的历史过程来看,戏剧文学比小说发展成熟得更早。在西方的叙事艺术发展史上,紧接着原始史诗和英雄传奇发展起来的就是古希腊的戏剧。在中国古代文学史上,近代意义上的白话小说起源于唐代以后的说话艺术,而与此同时作为戏剧起源的讲唱和表演艺术也发展了起来,作为比较成熟的小说形态——话本和杂剧剧本几乎是同时出现的。因此可以说戏剧文学与小说一样,在叙事文学发展中具有重要地位。进入近现代社会以后,由于印刷传播技术的发展,小说作为一种社会性的艺术,在传播发展上具有比传统的戏剧更大的优势,因而成为一种更重要的叙事文学样式。但随着电影和电视的兴起与发展,这两种新兴的传播媒介对于叙事艺术的发展产生了巨大的影响,在当代文化环境中,电影和电视叙事比小说影响更大,许多小说是通过电影或电视的改编而扩大其影响的。在这种情况下,影视文学又成为比小说更大众化、更具社会影响的叙事文学样式。随着互联网的发展和移动互联网的普及,网络文学、网络剧的叙事形态也随之兴起,并且因为接受群体庞大而产生了更为广泛的影响。可以预见,随着传播技术、社会文化和人们的艺术需要的发展,今后还可能有更新的叙事文学样式产生。

## 第二节 叙事题材

叙事性作品是通过生活事件的叙述和具体场景的描绘来塑造人物形象的,所以,故事情节和人物成为叙事作品的题材。

---

① [古希腊]亚里士多德、贺拉斯:《诗学·诗艺》,郝久新译,中国社会科学出版社,2009,第11-28页。

## 一、故事情节的组成部分

从叙事就是讲故事这个意义上讲,故事情节就是叙事题材的基本成分。组成故事的要素包括社会生活中的事件、由这些事件组织成的因果线索完整的情节、发生这些事件的具体场景这三个主要方面,因此我们可以从事件、情节和场景这三个方面对故事进行分析。

### (一)事件

事件就是故事中人物的行为及其后果。一个事件就是一个叙述单位。武松打虎是个事件,安娜·卡列尼娜与渥伦斯基的恋情也是个事件。事件可大可小,但都必须要与人物的行为有关。对作品中人物的行为和命运不发生影响的情境事态不能构成有意义的叙述单位,因而不是故事中的事件。

作品中的事件可以由若干层次构成。比如《西厢记》中的故事可以说是讲述了一个事件,即张生与崔莺莺的恋爱经历。这个总的事件中包含着一系列小的事件:两人在前殿的邂逅、孙飞虎兵围普救寺、老夫人赖婚、红娘传信等。这些小的事件还可再分为更细小的事件,如崔张的初次相见就包括崔氏母女寄住西厢、张生游玩至此、佛殿前偶遇等。整个事件就由这不同层次的小事件构筑而成。我们可以这样切分下去,直到最小的细节,只要是对整个叙事有意义的东西,便可成为最初级的事件,也就是最小叙述单位。

任何事件或叙述单位在作品中都处于一定的关系中,在整个叙事中承担着一定的作用。但每个单位的关系和作用并不完全相同。我们首先可以根据这些单位在故事进展中的作用而划分出两种类型。

第一类事件的作用是推动故事情节的发展。比如《西厢记》中张生在进京赴考途中打算去探望杜确,这是个很细小的事件,因为他没能去成,访友的打算并未实现。但这个事件却具有重要的作用:一是因为打算访友而滞留在城中,从而有去普救寺游玩的事,故事由此而展开;二是打算去探望的杜确是镇守蒲关的征西大元帅,这就为后来解围埋下了伏笔,而解围又是崔莺莺和张生关系发展的重要契机。可见,打算访友这一事件对整个故事的发展起着重要的作用。

第二类事件的作用是塑造生动的形象。这类事件通常并不参与推动故事情节的发展,只是使故事的意义显现和丰富化,如对人物性格和身份的介绍、氛围的描绘渲染等。仍以《西厢记》为例,张生于访友途中渡河,触景生情抒发怀才不遇之感慨。这一事件同故事进展并无大的关联,但有助于塑造张生的性格,说明他是个有才有志的正人君子,而非好色之徒。这使得《西厢记》所叙述的男女之事超出了市井小说偷鸡摸狗的趣味,而突出了一个"情"字。

这两类事件在故事中的作用是相辅相成的:缺少了推动故事的单位,故事的连续性就会被破坏;缺少了塑造形象的单位,故事的生动性和意义内蕴就会受到损失。一般来说,比较原始、粗朴的故事形态中最主要的是推动故事情节发展的事件,后来的某些叙事类型如侦探、武侠等故事,重视情节的复杂曲折,因而对前一类事件仍然很重视。而在近代的叙事艺术发展中,比较普遍的趋势是人物性格的重要性超过了情节的重要性,因而使得第二类事件变得更为重要。但在具体分析事件时应注意到,有时一个事件可以同时兼具两种作用,如《红楼梦》中黛玉焚稿断痴情的事件既推动了情节(结束了宝黛爱情故事并影响了后来宝玉、宝钗等人的命运),又起着塑造形象的作用(强化和最终完成了黛玉的性格塑造,并为全书制造一个悲剧气氛的高潮)。

对上述第一类事件再作进一步分析,我们便可发现各个事件的重要性是不均等的。有的事件是故事进展线索中的必要环节,直接影响到故事发展的可能与方向;有的则只是在两个必要环节之间的过渡,并不能改变故事进程,只是使故事线索得以延续和伸展。从故事发展的角度讲,前者是核心单位而后者是辅助单位。张生向和尚借厢房暂住的事件看起来很细小,却是个核心单位,因为这个事件为以后崔莺莺和张生二人的接触奠定了基础,因此才会有后边的故事。而使二人关系进一步发展的核心环节则是兵围普救寺,因为有了包围和解围,张生才可能真正同莺莺接触。在这两个核心事件之间的其他事件如隔墙酬韵、做法事等则是辅助单位,因为这些事件不能改变故事的发展进程,而是使故事延续并催化情节过程的完成。从故事的基本线索来看,辅助单位似乎并不是必不可少的,但从整个叙事的效果来看绝不是可有可无的。辅助性事件不断地触发故事的张力,不断地提示已经发生的事件同将要发生的事件之间的关系,从而强化了阅读中的期待心理,故事才因此产生了吸引力。可以设想一下,《西厢记》中如果没有张生与莺莺一次又一次若即若离的接触、交流事件来触发和发展两人的感情,仅仅因为解围的承诺来完成有情人终成眷属的结果,那就变成了一个幼稚乏味的故事。

### (二)情节

#### 1. 情节的概念

情节是按照因果逻辑组织起来的一系列事件,也就是把表面上看来偶然地沿着时间先后顺序出现的事件用因果关系来加以解释和重组。英国小说家福斯特在《小说面面观》中举例说:"国王死了,不久王后也死去",这是个故事;而"国王死了,不久王后也因伤心而死"则是个情节。在这里,他将故事中组织事件关系的方式做了个区分:前面一种是简单地按照时间关系组织起来的一组事件,而后面一种则是根据各个事件之间的内在因果关系组织起来的。国王死了,不久王后也死去,这两个事件偶然地排列在一起,如同纯客观的通知一样,本身并不包含什么意义;而"国王死了,不久王后也因伤心而死",这段话语便包含着叙述者对这两个事件因果关系的主观解释。

情节是按照因果逻辑组织起来的一系列事件,这并不是说任何按因果逻辑组织起来的事件都会成为叙事作品中的情节。民间故事或童话等古老的叙事作品中常见到的一种故事模式是,故事开始时主人公处在正常境况中,随后便遇到了意外的事件甚至不幸,经过若干波折后,正面主人公终于得到了幸福。这个古老的模式至今仍然以各种变化的形态出现在许多甚至最新创作的作品中。这个模式的特点在于,真正的故事情节只是出现在人物遭遇波折或不幸的时刻。因为情节必须有行为之间的冲突,人物的幸与不幸就系于人的行为同外界的矛盾冲突及其后果上。由此可见,情节不仅是按照因果逻辑组织起来的一系列事件,而且要求在事件的发展中表现出人物行为的矛盾冲突,由此而揭示人物命运的变化过程。

#### 2. 情节的构成

情节由开端、发展、高潮和结局构成,在某些作品中,还有序幕和尾声。

开端是情节的起点,也是事件矛盾的起因。在开端部分,一般对主要人物和矛盾的基本性质有一个大体的勾画或预示。开端往往是情节中的第一个事件。

发展由矛盾冲突的逐步展开和发展构成。在规模较大的叙事作品中,这一部分的容量最大,起伏变化也最多,是叙事作品的主体成分。人物的性格和命运在发展部分得到了多方面的展现。

高潮所表现的是矛盾冲突达到顶点的情节,是对立双方决定胜负的关键时刻,所以人物性格在高潮中得到了充分而鲜明的表现。

结局是矛盾的解决,是人物事件发展的必然结果。

这是一般作品的情节构成。某些作品还有序幕和尾声。序幕是指对矛盾冲突展开以前的有关社会背景和历史条件的交代,尾声则是指结局以后对作品中人物有关情况的介绍。这两个部分并非是所有叙事作品都必须具备的,在现代叙事作品中,上述情节构成的五个部分也不一定都齐全,而且在叙事中还往往会颠倒它们的顺序,比如结局放到了前面,以倒序的方式展开情节。

### (三)场景

情景是由人物的行为与环境组合起来的实际场面和情况,叙述故事中必须要有情景描写。故事的进展要通过具体的行动及其环境显现为生动、个别的形象。没有情景的作品尽管可以有完整的故事线索,但却无法产生艺术感染力和审美价值。

场景就是叙事作品中具体描写的人物行为与活动的场所。有些作品中的人物不是天上来客,他总要生活在一定的社会环境和自然环境当中,同时也生活在具体的生活场景当中。因此,任何一部叙事作品在叙述故事时必须有场景,有了场景,人物才有活动的空间,故事才得以向前发展。一部作品如果只有完整的故事情节而没有场景,那么,这样的作品也就失去了深刻的艺术魅力。

场景首先是由情节中的一些成分或因素构成的。场景不一定要有重大的必然性事件,也可以用琐碎的偶然的事件;不一定非要在情节发展的关键所在演示,也可能出现在很不起眼的地方。美国作家福克纳的小说《喧哗与骚动》第一章开头,一个低智的成年人和服侍他的孩子打高尔夫球,听到有人喊"开弟"(指球童,在英语里和"凯蒂"同音)他便想起死去的姐姐凯蒂,于是就哼哼起来。黑孩子勒斯特如同往常一样制止他:"听听,你哼哼得多难听。""也真有你的,都三十三了,还这副样子……"小说开头这个看似无关紧要的场景写出了人物突出的外部特点,也暗示出他那单纯的内心世界并非没有痛苦,更主要的是引出了小说的核心内容——凯蒂和她的故事。

插曲往往也成为生动有趣的场景。这是指那些穿插于基本情节之中,虽和主线联系不紧密,但有利于刻画人物,或者可用来增添具有生活气息的小故事、小场面等。《三国演义》写曹操在斜谷杀杨修之后穿插了一段关于曹杨交恶已久的集锦式的往事,其中包括若干小而有趣的场景。如:

> 操尝造花园一所。造成,操往观之,不置褒贬,只取笔于门上书一"活"字而去。人皆不晓其意。修曰:"'门'内添'活'字,乃'阔'字也。丞相嫌园门阔耳。"于是再筑墙围。改造停当,又请操观之。操大喜,问曰:"谁知吾意?"左右曰:"杨修也。"操虽称美,心甚忌之。

曹操杀杨修的直接理由是他散布自己要退兵的意图,犯了扰乱军心的罪名,真正原因是在政治上,因为杨修是曹植一党,曹丕屡次挑拨致使曹操疏远曹植,同时产生除去杨修的想法。这里汇集了《世说新语》等笔记、野史的记载,造成一组插曲式场景,绘声绘色地刻画了曹操多疑、嫉妒的性格,读起来颇有兴味。至于历史上的曹操是否真是如此,则另当别论。

有时这类插曲式场景表面上看是闲笔,却往往既可引发情趣,又可作为刻画人物的辅助手段。如《西游记》写猪八戒往耳朵眼儿里藏贴己钱之类。

场景还可能表现为倒叙、补叙和插叙的形式。有些本来是后来甚至将来发生的事情或出现的生活画面,在作品开始时就加以叙述,这就是倒叙。作为场景,倒叙立刻将读者带到特定的情境,使之面对人物的行动,这比巴尔扎克小说开头常有的那种关于环境和人物的不厌其烦的具体描写要更吸引人。如哥伦比亚作家马尔克斯的小说《百年孤独》开头第一句话就是:"许多年之后,面对行刑队,奥雷良诺·布恩地亚上校将会回想起,他父亲带他去见识冰块的那个遥远的下午。"这暗示了他们以后经历的种种事变和磨难,且有戏剧性的萌芽,因而使人感到新鲜有趣。

这类场景还可能以补叙、插叙等方式,通过叙述者或人物的回忆写出来。鲁迅的小说《祝福》起笔就是几个倒叙式的场景:①"我"于旧历年底回到故乡鲁镇,和四叔—鲁四老爷在书房相见。②第二天、第三天"我"去看望亲戚本家和朋友,看见人们正在忙着准备"祝福"。③"我"见到四叔后第二天下午,在河边与主人公祥林嫂不期而遇,以"说不清"三个字敷衍地回答她关于魂灵和地狱有无的问题,然后匆匆逃回四叔家。④第三天傍晚听到祥林嫂的死讯,"我"独坐在昏黄的油灯下沉思,祥林嫂"半生事迹的片段"在头脑中连成一片。其中的③便是穿插在倒叙中的补叙,是叙述者"我"回忆中即心里的场景。运用这类场景可造成错落跌宕的叙事结构,避免了呆板、沉闷的平铺直叙。

## 二、人物

故事中的人物是故事中事件、情节发生和发展的动因,也是使一个故事真正具有意义的根据。从故事情节发生发展的进程来看,人物的作用是推动故事的发展;而从人物自身的审美价值来看,人物则应当是具体生动的形象。这两方面的意义构成了故事中人物的二重性:从推动故事进展的作用上讲,人物是行动主体,格雷马斯称之为"行动素";从构造形象的意义上讲,人物是性格(也称为"角色")。每一个人物都应当是一个性格,否则就没有了个性和生气。一个行动素可能由几个性格来担任,比如《西游记》中的妖魔鬼怪虽然很多,但从情节发展的功能来讲,都属于同一类行动素,即阻碍唐僧师徒四人取经的恶势力。反过来说,一个性格也可能成为几个行动素,如《西游记》中的猪八戒,在前面是取经行动的阻碍者,而被唐僧降伏后则成了取经人。

故事中的人物通常不止一个。从人物与事件发生的关系来看,对故事中事件起着主要推动作用的是主人公,而阻止、反对主人公行动的就是反对者或反面主人公。如果按照一般的道德模式来讲,一个故事的主要事件和行动应当具有道德意义,那么主人公也就是道德意义上的正面人物,而另一方就是反面人物。从人物行动对事件的重要性来讲,主人公是指行动具有主要意义的人物,而其他人物就是一般人物。

从性格的角度对故事中人物的区分可以有不同的方式。从人物性格给人的不同审美感受来进行区分的一种典型方式是福斯特的区分方法,即把人物区分为"扁平"和"圆形"两种:"17世纪时,扁平人物称为'性格'人物,而现在有时被称作类型人物或漫画人物。他们最单纯的形式,就是按照一个简单的意念或特性而被创造出来。如果这些人物再增多一个因素,我们开始画的弧线即趋于圆形。"[1]

他所说的"扁平"人物是指形象特征比较单一、给人的印象鲜明强烈的人物,而"圆形"人物则是指形象特征比较复杂、内蕴丰富、读者往往难以简单概括的人物。

沿着福斯特的"扁平"人物和"圆形"人物的区分思路,我们还可以对人物进行进一步的区分:除"扁平"人物外,还可以区分出仅表示某种抽象观念的表意型人物;除"圆形"人物外,还可以区分出"典型"人物。这些人物分类观念是来自西方叙事艺术理论发展的成果。在中国传统叙事艺术研究中,还形成了具有中国传统特色的人物理论,就是在明清时期小说、戏剧文学评点中发展起来的"性格"理论。下面对这几种人物观念作一概括介绍。

### (一)"扁平"人物

"扁平"人物是具有单一或简单性格特征的人物。英国小说家狄更斯《大卫·科波菲尔》中的米考伯夫人喜欢说"我永远不会抛弃米考伯先生",这句话就可以把这个人物形象表达出来,因为这个人物的性格是单一的。在古典叙事作品中,这样单一的性格往往可见,如昏聩的官僚、鲁莽的勇士、贪婪而好色的地主、贫穷而机智的少女,诸如此类的人物在许多民族的传统叙事作品中都可以找到。当这种单一的性格特征反复出现并在人们的印象中成为某一类人物的特征时,这种"扁平"人物便成为类型人物。除了传统的叙事作品外,近代以来的叙事作品中这样的类型人物仍然有不少,如现代京剧《沙家浜》中的"忠义救国军"司令胡传魁的粗鲁而轻信、参谋长刁德一的阴险狡诈、地下交通员阿庆嫂的足智多谋,这些人物性格特征都表现得十分鲜明而且单纯。

从叙事艺术中人物形象发展的历史来看,类型人物是人物形象发展过程中的一个阶段。在古希腊学者亚里士多德的《诗学》中谈到叙事艺术的几个要素时,情节被置于第一位,而性格则放在了第二位。这实际上反映了叙事艺术发展的早期,人物形象比较简单定型的情况。而在古罗马诗人贺拉斯的《诗艺》中,则开始强调按照人物的年龄、身份等特点写出合情合理的人物,这表明如何写好人物性格的问题受到了重视。虽然贺拉斯的人物理论属于类型人物理论,但从人物理论发展的历史来看,这是叙事中人物形象塑造问题受到重视的开端。类型人物虽然简单,却是人物形象按照不同特征区分的开始。

---

[1] [英]福斯特:《小说面面观》,苏炳文译,花城出版社,1984,第59页。

"扁平"人物或类型人物的特征比较鲜明,易给读者留下深刻的印象,尤其是在讽刺性的或其他喜剧性的作品中,这样的人物形象更容易产生喜剧效果。同时在人物众多的叙事作品中,这样的人物也更容易与其他人区别开来,因而在叙事作品中往往少不了这一类人物。但这种人物因其性格特征比较单一,当读者进一步深入感受和探究人物的心灵深处时,就会觉得这样的人物心灵特征实际上是一望即知的,并不存在更深层的奥秘,因而给读者的感觉未免单薄了一点。现代的批评家们常常对这类人物形象持批评态度,认为这样的形象抹杀了现实中人物心理的丰富性和复杂性,因而"扁平"人物和类型人物在当代小说批评中成了贬义的概念。

### (二)表意型人物

表意型人物是指不具有性格内涵而仅仅表示某种抽象观念的人物。按照福斯特的区分方法,这种人物可以划入"扁平"人物一类。但表意型人物与一般"扁平"人物还有所区别:"扁平"人物往往因为性格单一而突出,更能给人留下鲜明强烈的印象;表意型人物却不同,这样的人物形象自身往往很少有鲜明的特征,给人留下的通常只是所蕴含的抽象观念。最原始的表意型人物出现在古代的寓言和一些童话以及民间故事中,如"狼和小羊""守株待兔""白雪公主"之类的故事,其中的人物主要是代表着善与恶、美与丑、智与愚等抽象观念,而不是活生生的人物。后来的叙事作品中有的也是重在表达某种哲理或道德教训,因而故事中的人物主要不是作为具有现实感的人,而是作为一种观念的表现手段而行动,这样的人物通常也会塑造成表意型人物。例如现代反乌托邦小说《美丽新世界》,属于政治寓言性质的作品,其中的主人公是在那种寓言色彩的抽象环境中行动,没有什么具体生动的性格特征,只是表现某种政治行为的手段,因此同样属于表意型人物。

### (三)"圆形"人物

"圆形"人物是指具有多种复杂性格特征的人物。当作品中的人物从人们已经了解的、期待着的行为状态中超脱出去,在其言行中表现出比直接显露的性格特征更复杂、更深层的性格特点时,这个人物就具有了性格的厚度,也就是变成了"圆形"人物。古典小说中的人物以"扁平"的居多,但随着叙事艺术的发展,人物形象的塑造也越来越朝着"圆形"方向发展。像《水浒传》中的西门庆就是一个标准的"扁平"人物——他的性格完全是通过偷情而表现的,荒淫、无赖、霸道便是他性格的全部内容。到了《金瓶梅》中,这个人物性格起了变化。在讲述他偷鸡摸狗、夺人妻女、巧取豪夺的时候,他还是《水浒传》里的那个恶霸西门庆,然而在另外一些情境中就不同了:有时他会在士人面前显得彬彬有礼,一副君子风度;有时会表现得豪爽义气,慷慨周济朋友;在自家门闱之内,他又会陷入妻妾之间的争风吃醋、勾心斗角而一筹莫展,像个昏聩无能的主子;而在李瓶儿死后他竟变得多愁善感起来……总之,《金瓶梅》中的这个人物比起《水浒传》来丰富得多也复杂得多,在许多情境中超出了读者的预期,开始走向"圆形"人物。

### (四)典型人物

典型人物通常就称作"典型"。这是西方叙事艺术中人物理论的发展中形成的一个概念。对于这一概念,可参看本书第四章第四节"文学典型"中的具体阐述。简单地说,恩格斯批评小说《城市姑娘》时所说的"真实地再现典型环境中的典型人物"那段话,对于理解"典型"这种人物形象的特征具有重要意义。按照恩格斯的意思,典型人物是与典型环境联系在一起的概念。也就是说,典型人物的性格特征是在历史、社会和自然的大环境以及个人生活的具体环境中产生的。与上面所讲的"圆形"人物相比,典型人物的塑造更关注人物特征的历史文化根据和社会背景的真实性。

### (五)"性格"人物

这里所说的"性格"人物特指中国古代叙事理论中所说的"性格",即表现出真实生动的性情气质,给人以感觉上的亲切逼真的人物。明末清初的批评家金圣叹在批评《水浒传》时说:"别一部书,看过一遍即休,独有《水浒传》，只是看不厌，无非为他把一百八个人性格，都写出来。"①在这里，金圣叹提出了评价叙事作品艺术性的一条重要标准，就是看"性格"描写成功与否。德国哲学家黑格尔曾说过："性格就是理想艺术表现的真正中心。"在现代叙事文学理论中，性格问题是一个中心问题。但实际上金圣叹所说的"性格"与西方传统理论中的性格概念并不完全相同。

西方叙事艺术理论中的性格一词（character）有"特征"的含义，也可以泛指叙事作品中的人物角色。因此在文学理论中谈到性格时，往往就是指作品中的人物或有特征的人物。但金圣叹所说的"性格"并无人物角色之义。他在《水浒传》序三中说："《水浒》所叙，叙一百八人，人有其性情，人有其气质，人有其形状，人有其声口。"这里提到的性情、气质、形状、声口，可以说就是上面所说的"性格"。这正是汉语中"性格"一词的日常用法，即指一个人的秉性、气质等心理与人格特征，而不是特指作品中的人物角色。在金圣叹之前的另一位小说评点家叶昼在谈到《水浒传》的艺术成就时指出，书中描写人物"情状逼真，笑语欲活"，所说的也正是金圣叹提出的"性格"，即人物的气质、表情等特点。总之，在中国传统的叙事艺术观念中，人物的魅力在于表现出真实生动的性情气质，给人以感觉上的亲切逼真。金圣叹在具体分析人物性格时写道："《水浒传》只是写人粗鲁处，便有许多写法，如鲁达粗鲁是性急，史进粗鲁是少年任气，李逵粗鲁是蛮，武松粗鲁是豪杰不受羁绊，阮小七粗鲁是悲愤无说处，焦挺粗鲁是气质不好。"

金圣叹对人物细致入微的分析主要着眼于人物在秉性气质方面的差别。这种人物性格分析与西方传统的人物性格理论不同之处在于更注重人物形象的感性特征，注重人物给读者造成的生动印象。这种属于日常生活经验意义上的"性格"理论的形成显然与中国传统白话小说的"说话"表演传统有关，说话艺人为了吸引听众，就要注重叙述的生动性，因此在描述人物时特别注意制造出栩栩如生的感觉。传统的"性格"理论就是对这种创作经验的认识和总结。

总的说来，建立在西方叙事传统基础上的典型人物观念较侧重于人物历史社会方面的特征，而中国传统的"性格"观念则更侧重于人物自身的心理与人格特征。这两种人物理论的互补将有助于更全面地认识叙事中人物创造的规律。

## 第三节　叙述方式

### 一、作者与叙述者

在叙事学中，讲视角不可能离开叙述者和人物之间的关系，因此必然涉及作者、人称等系列相关的概念。传统看法认为，作者就是创作某一文学作品的作家本人，如《高老头》的作者是巴尔扎克，《红楼梦》的作者是曹雪芹，这好像是不言而喻的。而现代叙事理论却不这样看。美国文学批评家 W. C. 布斯在《小说修辞学》中首先提出了"隐含作者"的概念。他认为隐含作者相当于英国女批评家凯瑟琳·蒂洛森在 1959 年引用的道顿论乔治·艾略特时所提出的作者的"第二自我"，即作者的"替身"。② 这个替身会因作品内容、作者人格化追求的不同而发生变化，并非生活中作家本人的全部。这些替身有的在作品里说教，如中国话本小说、外国菲尔丁等人的作品；有的不断向读者唠唠叨叨、冷嘲热讽地嚼舌，如拉伯雷的《巨人传》；有的热情洋溢

---

① 金圣叹：《读第五才子书法》，引自《水浒传会评本》，北京大学出版社，1981，第 17 页。
② ［美］W.C.布斯：《小说修辞学》，北京大学出版社，1987，第 80 页。

地对人物表示同情或厌恶,如巴尔扎克的小说;有的似乎无动于衷,如福楼拜的《包法利夫人》;有的仿佛完全退出了作品,如许多书信体小说。

叙述者是指叙述行为的承担者,有时叙述者只是偶尔进入情节,并以"我"的口吻讲一些话,相当于"隐含作者";有时叙述者是明确承担叙述职能的小说人物。在许多时候,总的叙述人之外还有某些人物暂时充当叙述人,他们在小说中的"每一次说话,每一个姿态都是在讲述",①表面上对其他人物说话,实际上是说给读者听,例如祥林嫂向鲁镇男女老幼讲述儿子被狼吃掉的故事。

传统看法认为,叙述者等同于作者,这其实是一种误解。在以第一人称叙述的故事中,有时叙述者很像是直接出场的作者,如鲁迅的《一件小事》中的"我",似乎就是鲁迅本人;而《孔乙己》的叙述人"我"当然不是作者本人,《狂人日记》中的"我"显然也是作者虚构出来的叙述者,《喧哗与骚动》第一章的叙述者低智的班吉则远离作者福克纳十万八千里。在后三种情形中,作者不同于叙述者是很容易理解的,而第一种情形则比较暧昧。其实,即使在第一种情形中,仍然不应当把作者与叙述者混为一谈。无论谁充当叙述者,也不能简单地把他等同于作者或人物。第一人称叙述者的视角所受的限制使之处于较作者更为被动的地位。虽然在某些情形中,叙述者与作者在人们心目中的形象比较接近,但这并不意味着就应当把作者与叙述者等同起来。至于那种全知全能的第三人称叙述者,由于不在作品中出场,看上去就更像藏在故事背后的作者了。然而如果把叙述者与作者混为一谈,我们就难以把作品中所表现出的作者的理想、想象力与作者的实际道德、人生态度区分开来,势必会混淆故事叙述与日常话语叙述的区别。

关于叙述者的职能,法国作家热拉尔·热奈特有全面、清晰的说明:②

叙述智能——讲述故事,这是最基本的职能。

管理职能——说明文本的叙事结构(如故事线索及其相互关系等),此时的叙述者成为文本结构的组织者和解说者,他同作者的距离几乎消失。

交际职能——设置对话场。有的书信体小说只有写信人单独说话,但收信人仍是他的对话者,却始终没有上场。还有某些所谓的"第二人称"小说,把读者或主要描述对象当作对话的另一方。由于建立了这种对话关系,叙述者和人物及故事与读者的距离被拉得很近,因此也就大大强化了作品叙事的情绪性、情境性和现场性。

证明职能——指出所叙内容的信息来源、可靠程度和叙述者的感情状态。传统小说叙事话语履行这一职能主要是为了增强作品的可信度。如梅里美《嘉尔曼》的开头,叙述者伪装成一个地理、考古学者,煞有介事地述说,为了弄清门达古战场的遗址究竟在何处,他去蒙蒂利亚附近作实地考察,不料途中与男主角大盗堂何塞邂逅。这样就引出一篇仿佛是叙述者见证了的堂何塞和女主人公嘉尔曼的传奇故事。

思想职能——叙述者直接介入,对人物、事件进行"权威性"的评价,就像巴尔扎克、托尔斯泰所做的那样。如果把评价的人物交给某一人物,则是一种间接的评价。

叙述者和叙事立场即视角的关系最为密切。叙述者创造着叙事话语的面貌,由一个仿佛作者本人的叙述者(即隐含作者)来叙述,多半采取置身事外的姿态或口吻,属于"单纯叙述";由当事人即人物自己来叙述,采用的是类似戏剧表演的姿态或口吻,属于"模仿叙述"。这两种叙事的效果是不相同的。同时,作为叙事行为的承担者,叙述者既决定又适应叙事内容的广度、深度和强度。一部史诗式、全景式的巨著,是很难单纯以某个人物的立场和口吻叙述的。

---

① [美]W.C.布斯:《小说修辞学》,北京大学出版社,1987,第171页。
② [法]热拉尔·热奈特:《叙事话语·新叙事语》,中国社会科学出版社,1990,第180-182页。

## 二、叙述视角

叙述视角也称叙述聚焦,是叙述语言中对故事内容进行观察和讲述的特定角度。同样的事件从不同的角度观察就可能呈现出不同的面貌,在不同的人看来也会有不同的意义。叙述的魅力不仅在于讲述了什么事件,还在于是什么人、从什么角度观察和讲述这些事件的。

叙述视角的特征通常是由叙述者决定的。传统的叙事作品中主要是采用旁观者的口吻,即第三人称叙述,渐渐地叙事作品中第一人称的叙述多了起来,还有一类较为罕见的叙述视角是第二人称叙述。总结起来说就是三种情形:第三人称叙述、第一人称叙述、第二人称叙述。同时还应注意到的是,在具体的叙述中有时会采取人称或视角变换的叙述方式。

### (一)第一人称叙述

第一人称叙述是指叙述者同时又是故事中的一个人物,从故事的参与者角度进行的叙述。叙述视角因移入作品内部而成为内在式焦点叙述。这种叙述角度有两个特点:首先,这个人物作为叙述者兼角色,他不仅可以参与事件的过程,而且可以离开作品环境面向读者进行描述和评价。这双重身份使这个角色不同于作品中其他角色,比其他故事中的人物更"透明"、更易于理解。其次,他作为叙述者的视角受到角色身份的限制,不能叙述本角色不知道的内容。这种限制造成了叙述的主观性,如同绘画中的焦点透视画法,因为投影关系的限制而有远近大小之别和前后遮蔽的情况,但也正因为如此才会产生身临其境般的逼真感觉。近现代侧重于主观心理描写的叙事作品往往采用这种方法。

但如果对各种采用第一人称叙述方法的作品进行仔细分析就会发现,在不同的作品中,这个叙述视角的位置实际上不尽相同。这通常是因为叙述者所担任的角色在故事中的地位不同,有的作品中叙述者"我"就是故事主人公,故事如同自传,比如英国作家笛福的《鲁滨孙漂流记》、鲁迅的《狂人日记》都是这样的例子。这类作品中叙述视角的限制最大,因为叙述者所讲述的内容都直接地属于他参与的或与他有直接关系的行动。尤其是像《狂人日记》这样的日记体叙事作品,人物叙述的时态也被限定了只能是当时的叙述,但这种例子并不能代表所有的第一人称叙述的特点。事实上,第一人称的叙述视角同故事中人物的视角往往并不是完全重合的,因为这类作品一般是以过去时态叙述的,这就是说叙述者仍有可能以回忆者的身份补充当时所不知的情形。还有许多作品中的叙述者只是故事中的次要人物或旁观者,由于叙述者与故事中主要的事件有一定距离,这样的叙述比前面所说的那种叙述往往要客观一些。这样的第一人称叙述有时同第三人称叙述就很接近了。

### (二)第二人称叙述

第二人称叙述是指故事中的主人公或某个角色是以"你"的称谓进行的叙述。这是一种很少见的叙述视角。因为这里似乎强制性地把读者拉进了故事中,尽管这只是个虚拟的读者,但总归会使现实中的读者觉得有点奇怪。阿根廷作家博尔赫斯的短篇小说《玫瑰色街角的人》中就有这样的叙述方式:

第二人称

> 想想看,您走过来,在所有的人中间,独独向我打听那个已故的弗兰西斯科·雷亚尔的事……我见到他的面没有超过三次,而且都是在同一个晚上。可是这种晚上永远不会使您忘记……当然,您不是那种认为名声有多么了不起的人……①

这里的第二人称不过是叙述者设定的一个听众,与叙述视角毫无关系,故事本身的叙述视角仍然是第一人称。事实上,讲述"你"的故事的叙述者只能是"我",也就是第一人称。即使故事中的叙述完全都是

---

① 《博尔赫斯短篇小说集》,王央乐译,上海译文出版社,1983,第1页。

"你"的语言,那也只能是"我"在转述,但因为"我"不出场而使得叙述者变成了旁观者的视角,也就是变成了以"你"为角色称谓的一种第三人称叙述的变体。但因为叙述者把叙述的接受者作为故事中的一个角色来对待,从而使得现实的读者与虚拟的叙述接受者二者之间的距离拉大,形成一种叙述者参与到故事内容中的阅读经验。这是作者刻意制造的一种特殊效果。由于这类作品的数量和影响都比较小,所以对于叙事学研究来说属于一种比较特殊的类型。

### (三)第三人称叙述

第三人称叙述是从与故事无关的旁观者立场进行的叙述。由于叙述者通常是身份不确定的旁观者,因而造成这类叙述的传统特点是无视角限制。叙述者如同无所不知的上帝,可以在同一时间内出现在各个不同的地点,可以了解过去、预知未来,还可随意进入任何一个人物的心灵深处挖掘其隐私。由于叙述视点可以游移,因此这种叙述也可称作无焦点叙述。总之,这种叙述方式由于没有视角限制而使作者获得了充分的自由。传统的叙事作品采用这种叙述方式的很普遍。但正由于作者获得了充分的叙述自由,这种叙述方式容易产生的一种倾向便是叙述者对作品中人物及其命运、对所有事件可完全预知和任意摆布,读者在阅读过程中也会有意无意地意识到,叙述者早已洞悉故事中还未发生的一切,而且终将讲述出读者所需要知道的一切,因此读者在阅读中只能被动地等待叙述者将自己还未知悉的一切讲述出来。这样就剥夺了接受者的大部分探索、解释作品的权利。因而到了现代,这种无所不知的叙述方式受到许多小说批评家的批判。

第三人称

现代的第三人称叙述作品有一类不同于全知全能式叙述的变体,作者放弃了第三人称可以无所不在的自由,实际上退缩到了一个固定的焦点上,如英国女作家伍尔夫的小说《达洛维夫人》,用的是第三人称。故事中有好几位人物,然而叙述的焦点始终落在达洛维夫人身上,除了她的所见、所为、所说之外,主要是着力描写了她的心理活动。其他人物都是作为同达洛维夫人有关的环境中的人物出现的。我们可以感到,叙述者实际上完全是从达洛维夫人的角度观察世界的。这是一种内在式视角的叙述,这种第三人称已经接近于第一人称叙述了。

### (四)叙述视角和人称的变换

在传统的叙事作品中,叙述人称一般是不变换的。有的理论家认为视角应当始终如一。事实上,视角的变换并非不可以。即使在古代的叙事作品中,叙述视角的变换也不是没有,如《水浒传》中"林教头风雪山神庙"一回写道:

> 忽一日,李小二正在门前安排菜蔬下饭,只见一个人闪将进来,酒店里坐下,随后又一人闪入来。看时,前面那个人是军官打扮,后面这个走卒模样,跟着也来坐下。

这一段叙述显然是从李小二的视角出发的。明末小说批评家金圣叹在这一段后批道:"'看时'二字妙,是李小二眼中事。一个小二看来是军官,一个小二看来是走卒,先看他跟着,却又看他一齐坐下,写得狐疑之极,妙!妙!"他不仅看出了视角的变换,而且注意到这种变换对故事中情绪氛围变化的影响。实际上中国传统的白话短篇小说是从"说话"(即说书)艺术中发展起来的,说话人为了吸引听众,需要绘声绘色地模拟故事情境,所以常常需要变换视角以达到那种设身处地"说一人,肖一人"的逼真效果。

不仅叙述视角可以从所叙述的内容看出变换,故事中叙述人称也可以变换。例如普希金的小说《驿站长》,从整体上来说是第一人称叙述的故事,但在讲到故事中老驿站长的女儿都妮亚的故事时却是这样说的:

> 于是他就把他的伤心事详详细细地讲给我听了——三年前一个冬天的晚上,站长正在新登记簿上面画线,他的女儿在壁板后面给自己缝衣服,一辆三驾马车到了⋯⋯

这里用间接引语的方式讲述都妮亚的故事时,叙述人称就从第一人称变换为第三人称了。通过这种叙述视角与人称的交替变换,故事叙述中在把握远近粗细时有了更多的自由,因而也就可以叙述得更生动。

## 三、叙述时间

时间对于叙事性作品的重要性是毋庸置疑的,其关系密切到可以用时间来规定叙事作品基本特点的程度。从古希腊神话中,人们认识到所谓"缪斯艺术"和"实用艺术"的区别。后来又将史诗、小说等看作动态艺术或时间艺术,将绘画、雕刻等归于静态艺术或空间艺术。例如,莱辛在区分绘画和诗(史诗)的时候,就有类似看法。史诗特有的题材是"全体或部分在时间中持续"的"动作(或情节)",而绘画特有的题材则是"全体或部分在空间中并列"的"物体"。① 由此可见,叙事性作品同时间有不可分割的联系。许多作家对这点都有深刻的理解。普鲁斯特是一位特别重视时间的小说家,他的《追忆似水年华》就是一部探索时间给人以无比深刻影响的巨著。他在全书最后一卷《重现的时光》中不断述说他本人的时间概念。他认为,人的许多感觉"既存在于现在,又存在于过去",有时可以"超越时间","在即刻和某个遥远的时刻同时感受"事物,"直至使过去和现在部分地重叠"。

珀西·卢伯克在《小说技巧》中把"持续时间"看作"故事中的要素"。E.M.福斯特认为,一位小说家"绝不可能否认他那小说结构内部的时间观念"。② 对时间特别重视的还有伊·鲍温,她在《小说家的技巧》中说:"我认为时间同故事和人物具有同等重要的价值",还说,高明的作者总是"戏剧性地利用"时间,以"一连串效果极强的'现在'"结构起整个小说作品。③

叙事时间也许是叙事性作品中与叙事相关的许多问题中最重要的一个。这是因为,一方面作品的叙事,本身就是在一个时间过程中完成的,这使作品存在一个"叙事时间"的问题;另一方面,作品所叙述的故事也毫无疑问是一个时间过程中的存在,这里又有了一个"故事时间"。在西方结构主义批评家那里,叙述时间划分得相当复杂,如热奈特,除了区分"史实""记叙""叙述"外,还有"阅读时间"与"情节时间"之分,"故事时间"与"讲述时间"之分,"故事时间"与"演述时间"之分,"编年史时间"与"小说时间"之分,"被讲述故事时间"与"讲述时间"之分。尽管将叙述时间划分得如此细致,但事实上都包含在两种时间之中,也就是叙事时间和故事时间,这也就是叙事学所说的时间的"双重性"。故事时间,就是故事或事件本身发展固有的自然时序。

故事时间,就是故事或事件本身发展固有的自然时序。叙事时间,指的是叙述的时间顺序,是叙述者根据一定意图安排的,热奈特称之为"伪时间"。对此,伊·鲍温曾用了一个形象的比喻:"小说家在写书时可以像一把扇子似的把时间打开或折叠。"热奈特说:"叙事是一组有两个时间的序列……被讲述的事情的时间和叙事的时间(所指时间和能指时间)。这种双重性不仅使一切时间改变成为可能,挑出叙事中的这些改变是不足为奇的(主人公三年的生活用小说中的两句话或电影反复蒙太奇的几个镜头来概括,等等)。更为根本的是,还要求我们确认叙事的功能之一是把一种时间兑换为另一种时间。"④ 由于存在着这两种时间,便出现了小说中的"时间倒错"——发生于前的事情可以叙述于后,从故事的中间开始叙述;等等。应该指出,叙事作品呈现在读者眼前的只是叙事时间,而故事时间是隐性的,读者需依靠理性和经验,从叙事时间中去体会,或者根据这种体会在心目中将它复原出来。

有的作品时序井然,按照事件的发生、发展、转折、结局的自然时序来写,这是最古老,也是最富于生命力的一种叙事方式。有些古代作品特别是短篇小说作品,其宏观的故事时间顺序和叙事时间顺序几乎完全一致。《醒世恒言·乔太守乱点鸳鸯谱》开篇写道:"那故事出在大宋景佑年……"接着,便依照故事发展的

---

① [英]莱辛:《拉奥孔论绘画和诗的界限》,载《西方文论选》上卷,上海译文出版社,1979,第420页。
② [英]E.M.福斯特:《小说面面观》,载卢伯克:《小说美学经典三种》,方土人、罗婉华译,上海文艺出版社,1990,第223页。
③ [英]伊·鲍温:《小说家的技巧》,载《世界文学》1979年第1期。
④ [法]热拉尔·热奈特:《叙事话语·新叙事话语》,中国社会科学出版社,1990,第12页。

时序原原本本地叙述下去,没有任何时间的倒错,只是在微观上有两处极简短的补叙。人类早期的神话及民间传说,都是这样由头至尾,由开端到结束,由原因到结果地讲述故事,但是,叙事时间与故事时间不一致,甚至发生严重颠倒错乱的古代叙事性作品,也绝非罕见。像《红楼梦》的时间,不仅微观上的时间有错乱,宏观时间也有两重性、模糊性。开头的"作者自云"和《石头记》的缘起是什么关系?是一个人写的,还是几个人写的?作者是谁?曹雪芹,石头,还是发现《石头记》的空空道人?这些都叫人摸不着头脑,所以叙事时间很难定位。尽管如此,我们还是可以从此书的叙事话语中揣摩出,"作者自云"的叙事时间是开始于石头经历红尘之后,"缘起"可远溯到女娲补天的时候,以上所叙故事属于小说情节的虚幻成分,它的故事时间和叙事时间显然是颠倒错乱的。而现实性的故事情节的时间看似开始于甄士隐出家,实际则是从刘姥姥一进荣国府写起,叙事时间和故事时间大体是并行的。

有的作品则把情节线割断,变换时序位置,重新组合,过去、现在、未来并不按自然时序叙述,把时间和事件组织在人物的记忆中,便赢得了极大的自由。詹姆斯·乔伊斯的《尤利西斯》把三个人物的一生表现在18个小时的经历与思想活动之中,而且包罗万象,把作者的世界观、艺术观展露无遗。

20世纪70年代末80年代初,我国也有些小说家利用人物的记忆和内心活动,通过打乱时间顺序的方法,重新组合,把十年或二十年表现在短暂的瞬间里,达到一种新的美学目的。有人称之为"时间的歪曲",或者称之为心理时间。意识的流动并不等于现实时间的长短,而是有它自己的规律。爱因斯坦讲过一句俏皮话,用来解释他的相对论,他说,一对恋人交谈一个小时,一个烦闷的人独坐在火炉前被火烤十分钟,前者的时间远比后者的时间更为短。心理感受的时间同客观的时间不尽相同。新时期的小说创作,将叙述时间有意重新调整的作品曾风靡一时,比较典型的要数王蒙的几部被称为"意识流"的作品。《风筝飘带》写的是发生于几小时之内的事,就是佳原和素素这一对恋人的一次约会,但在这短短的几小时里,叙述人却向我们展示了这一对年轻人坎坷的十年。开始,叙述的是"现在时",素素约佳原见面,然后写了素素"意识"里的时间,那时她只有16岁,"城市轰她走",她到了一个"绿的世界",她想家,她得了维生素甲缺乏症,爸爸妈妈用尽了一切办法,使出了一切解数,调动了一切力量,她回到了这个曾经慷慨地赐予了她那么多梦的城市。意识里的时间仍在倒流,"1959年的国庆节,她七岁……她飞上了天安门城楼,把一束鲜花献给了毛主席",那是梦境。然后时间大幅度前移,她又想起了佳原吃炒疙瘩的情形,她晚上回家又做了她许多年前最常做的梦——出去放风筝。叙述人就是这样将现实与梦境、将正在发生的事与已经发生的事相互糅合在一起,一会儿现在,一会儿过去,一会儿此时,一会儿彼时。有时甚至被叙述人搞得忘记了这是什么时候。然而正是这种交错,使《风筝飘带》带有一种奇异的格调,带有梦一般的诗意,使并不十分美好的现实仍然给人一种亲切感和趣味感。在这里,时间顺序的"错乱"并不具有"随意性",它是造成作品诗的意境、迷离色彩的重要手段。在这里,作家的旨趣不在于再现现实生活的事件和场景,在意的只是人的精神世界。换句话说,在《风筝飘带》中,作家并不是要告诉读者一对青年男女何时何地约会,以及他们约会过程中的遭遇,而是着意刻画两个带着时代烙印的活生生的灵魂。

王蒙的《蝴蝶》写的是1979年复出后已成为某部副部长的小说主人公张思远,到他下放过的山村去看望儿子和一位他所思念的女医生,在返回途中的汽车里和回到家中坐在沙发上,回忆起几十年的政治和感情生活的种种磨难……叙述回忆行为的时间基本上停止下来,而心理时间却开始启动。1949年、1959年、1966年、1975年、1979年,甚至民国十八年这些对主人公和我们国家命运产生深刻影响的年份,连同其中的历史背景、相关的人物、事件、场景、细节,顺序地或者往返重复地呈现在读者眼前。这时,人们听不到也没有兴趣听时间嘀嘀嗒嗒的走动声,直到回忆结束才注意到它同样有自己的"流驶"和"暂停":张思远吃饭,刮脸,洗澡,听音乐,接电话,"明天他更忙"。值得注意的是,上述的情形是简化了的,实际上,不但小说的物理时间中渗入了心理时间,而且心理时间中还有心理时间,即回忆中的回忆和联想。例如:

他稳稳地坐在车上,按照山村的习惯他被安排坐在与驾驶员一排的单独座位上。现在他在哪里都坐最尊贵的座位了,却总不像十多年以前,那样安稳。离开山村的时候,秋文和乡亲们围着汽车送他。"老张头,下回还来!"……他们的分别是沉重的,他们的分别是轻松的。这样,如秋文说的,他们可以更勇敢地走在各自的路上。路啊,各式各样的路!那个坐着吉姆牌轿车、穿过街灯明亮、两旁都是高楼大厦的市中心大街的张思远副部长,和那个背着一篓子羊粪、屈背弓腰、咬着牙行走在山间的崎岖小路上的"老张头",是一个人吗?他是"老张头",却突然变成了张副部长吗?他是张副部长,却突然变成了"老张头"吗?……抑或他既不是张副部长也不是老张头,而只是他张思远自己?除去了张副部长和老张头,张思远三个字又余下了多少东西呢?副部长和老张头,这是意义重大的吗?这是无聊的吗?不值得多想的吗?

这里的物理时间(张思远坐在汽车里的时刻)一旦"暂停",心理时间便立即开始运作,不仅有离别山村情景的重现,而且有人物对于自我命运和角色变化的哲理性思考,它对背景和主题的内涵都进行了更为深入的开掘。

王蒙在谈到自己的探索时说:"我打破常规,通过主人公的联想,突破时间和空间的限制,把笔触引向过去和现在,外国和中国,城市和乡村。满天开花,放射性线条,一方面是尽情联想,闪电般的变化,互相切入,无边无际;一方面,却又是万变不离其宗,放出去的又都能收回来。"[①]如今,生活是愈来愈复杂化了,愈来愈呈现出斑驳绚烂的色彩,愈来愈发出雄浑多样的音响,愈来愈表现出瞬息万变的节奏,为表现生活的这种特点,不是可以探索一下手法的创新吗?

## 第四节 叙述模式

小说的叙事方式经过漫长的发展演变,逐渐形成了不同的叙事模式。某种叙述方式经过长久的运用,它的艺术技巧得以物态化的凝定,便形成了相对稳定的叙事模式。叙事模式是多种多样的,在这里,我们只粗略地叙述这三种:情节模式、心理事件模式、象征模式。

### 一、情节模式

简单来说,情节模式就是以情节结构作品的叙事模式。在小说艺术的幼年阶段,由于缺乏艺术手段,因此为了吸引读者看下去,只得求助于情节。引人入胜的情节曾经是一篇小说艺术上成败的关键。此种模式的基础是人物间的思想性格冲突,其特点是依照事物存在与发展的正常时空秩序安排情节,故事情节延伸中呈现较明显的因果联系,通常包括几个戏剧性的阶段,如环环相扣,甚而悬念迭出,以必然出现的高潮和结局诱引读者阅读。一般说来,事件是为人物设置的,在事件的发展过程中,人物的性格逐渐得到塑造和凸显。或者说,事件的发展过程也就是人物性格成长的过程。因此,在情节模式中,人物与事件是相辅相成的。这是我国古代长篇小说最常见的叙事模式。例如七十回本《水浒传》先以人物传记形式展开林冲、鲁智深、宋江、武松等主要人物的行动、命运线,写他们各自被逼上梁山的经过;继而集中表现水泊义军聚义梁山后与朝廷的对抗,最后以一百单八将排名次作结。《西游记》似乎反了过来,以悟空大闹天宫的主线开其端,接着叙述他为唐僧收服后,师徒四人在取经途中斩妖降怪的艰苦历程,即所谓九九八十一难,接力式引出数

---

[①] 王蒙:《关于〈春之声〉的通信》,载《小说选刊》1980年第1期。

目极多的小情节线,结局是其修成正果,归于天宫。情节模式的小说由于始终关注人物的命运,并尽可能提供现实生活中的普遍经验和能够唤起读者情感波澜的细节,因此更易使读者产生共鸣。这种叙事模式应该说是源远流长的一种模式,从古代到当代的大量文学作品,都可以纳入这一框架来进行考察。比如,现代小说《吕梁英雄传》《新儿女英雄传》《暴风骤雨》《李自成》等,均可归于这一类。

当代作家创作的许多具有影响力的作品,也是以情节模式作为基本的叙事框架的。比如张弦的《记忆》就是如此。作品中的方丽茹当年曾是一个十八九岁的姑娘,是个挺机灵的共青团员,下到农村电影放映队后,有一次,把一部毛主席接见外国友人的纪录片装倒了,银幕上突然出现了颠倒了的领袖形象,被认为是"一起严重的政治事故"。于是方丽茹被开除团籍、公职,戴上了反革命帽子,送到农村劳动。这样一个事件使一个人的命运发生了巨大的变化,十几年来,她从一个青春少女变成了一个中年的农村妇女,这里的因果关系是非常清楚的,因为有了放错纪录片那样一个事件,才有了方丽茹今天这样一个结果。然后,叙述者直接或间接地叙述了方丽茹的人生足迹。情节模式小说最重要的还是塑造人物性格,因此小说中的事件都是为这一目的服务的。为了塑造方丽茹的深明大义、不计前嫌的性格,当秦慕平怀着深深的歉疚去见方丽茹时,叙述者直接说道:"她没有悲伤,没有怨恨,没有愤慨。她的文化有限,但胸襟开阔。她懂得她的遭遇并非由某一个人、某一种偶然的原因造成,也并非她一个人所独有。她没有能力对摧残她的那些岁月做出科学的评价,但她确信历史的长河不会倒流。当明丽的阳光照在窗前的时候,人们不总是带着宽慰的微笑,去回忆昨夜的噩梦,并随即挥一挥手,力图把它忘得越干净越好吗?"方丽茹还将花生、炒米糖、茶叶蛋,往秦慕平的口袋里塞。那真诚的热情,使任何人都不忍拒绝,于是,方丽茹的性格塑造完成了。

事实上,叙事性作品中情节模式的表现形态并非如此简单,有时情节模式也会出现头绪繁多且相互牵连、交织的情况,众多的矛盾扭结在一起,最后形成总的高潮和结局。较典型的例子有《三国演义》《红楼梦》等。其中,《红楼梦》已将这种情节模式营造到炉火纯青、尽善尽美的地步,显示出了我国长篇小说的宏大规模和成熟性、作者的大家风度,以及作品相当可贵的超前色彩。它所表现的矛盾十分错综复杂,其中主要有两大类:一类是以贾府为核心的四大家族内部的关系,如主与仆之间,主子中的嫡与庶、亲与疏、实力派与非实力派、家长与子女、各种思想的青年贵族之间,仆与仆之间,以及四个家族之间的大大小小、千奇百怪、或隐或显,性质、内容、形式、强度不同的纠葛、矛盾、纷争、对抗。另一类是四大家族与外部的关系,如贵族之家与宫廷、官场,与市井人等,与佃户的各种关系。为了表现上述乱麻般的矛盾,采用简单的线性结构显然是不行的,所以作者进行了高超巧妙的结网式的编织。他独具匠心地以刘姥姥这样一个"从千里之外,芥豆之微,小小一个人家"的小人物来贾府"打秋风"写起,把千头万绪的故事、或大或小的场面、各式各样的插曲、数以百计的人物组织成一个有机统一的叙事网络,而其中又贯穿着贾府兴衰、宝黛恋爱两条纲领性的线索,使整个结构杂而不乱、纲举目张,小说叙事显得从容不迫、游刃有余。

茅盾的《子夜》,欧阳山的《三家巷》以及金庸的《笑傲江湖》《天龙八部》和"射雕三部曲"等,都在不同程度上体现了这种网状结构的特征。

## 二、心理事件模式

恩斯特·卡西尔认为,人类的意识伴随对生活的外向观察会有一种内向观察的趋向,"人类的文化越往后发展,这种内向观察就变得越加显著"。[①] 因此,当今叙事作品的审美取向偏于心理世界,其叙事模式超越现实时空而涉入心理时空,情节模式中的因果链被切断、打乱和压缩,表现人物变幻无常的内心活动(意识、潜意识、感觉、印象等)的新秩序建立起来。

---

① [德]恩斯特·卡西尔:《人论》,甘阳译,上海译文出版社,1985,第5页。

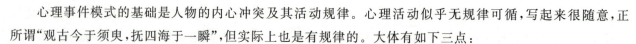

心理事件模式的基础是人物的内心冲突及其活动规律。心理活动似乎无规律可循,写起来很随意,正所谓"观古今于须臾,抚四海于一瞬",但实际上也是有规律的。大体有如下三点:

(1)心理活动一般要在物质世界刺激的触发下产生,并向着与该刺激相似、接近或相反的方向运行。例如美国小说家詹姆斯·瑟伯的短篇《华尔脱·密蒂的隐秘生活》中的主人公密蒂在现实生活中平庸低能,无所作为,唯妻子之命是从,但内心又不平衡,于是购物途中他感觉到的每一个小刺激,都会使他陷入与其性格相关联、相对立的空想或幻觉之中。例如妻子埋怨他开车太快,要他去看医生,小说中便出现了他幻想的场景:他成了参加重要会诊的医学专家。当密蒂突然听到报童喊着关于某案件的报道时,便进入他在法庭上怒斥检察官的幻想世界,法庭与案件接近。他骂检察官是"狗杂种",于是想起妻子让他购买小狗饼干,二者相似。他在旅馆休息室等待妻子时,看到一本杂志上登有德军轰炸机和街头废墟的图片,心头又出现了自己成为一名勇于献身的轰炸德军的驾驶员,二者相反。

(2)王蒙说,现实世界的秩序是由远及近,由过去到现在再到未来,由弱到强,与此相反,心理过程往往是由近及远,由现在到过去,由强到弱再到强地发展。他的《蝴蝶》正是依照这样的规律描写主人公张思远的心理活动的。小说开头叙述他坐在吉普车里猛地看见一朵被车碾碎的小白花,他触物联想,感情激荡地回忆起自己第一个命运多舛的妻子海云。回到家里,他逐渐平静下来,坐在沙发上,思绪飘向遥远的过去:他与海云的相识、恋爱、结合,头一个孩子的夭折,他与海云关系的变化乃至离婚……人物整个心理流程是由近及远,由强而弱再到强。

(3)心理过程通常带有往返跳闪的不确定性。张思远对海云、美兰、秋文等三个女性的回忆是交叉进行的,其中海云是主要线索,但时空被对其他人物的思念分割并推去拉来,给人以世事无常、亦真亦幻的飘渺感、沧桑感。结尾时,主人公竟迷惑于自己的身份,不知是庄生化为蝴蝶抑或蝴蝶化为庄生,正应了小说那个似与内容有些游离、不甚贴切的题目。

心理事件模式有如下四种常见的具体形态:

### (一)意识流动与放射

这有三种情形。第一,现实性情节只是承载、联结心理意识的支架、纽带,如《春之声》。《春之声》叙述的是一个叫岳之峰的人返回故乡探望年迈父亲的故事。可是,一场感人的父子相见并未出现在小说中。自始至终都是岳之峰在一节闷罐子车厢里的所触、所闻、所感,他的思绪不间断地持续在火车的摇晃、辛辣的烟味与方言、收录机里的德语与施特劳斯《春之声圆舞曲》、妇女的标准北京音与嘈杂的顾客之间,其中还夹杂着了故乡的回忆、出国考察的联想、父亲的怀念、旅客身世的猜测、音乐所引起的感受,等等。这两者巧妙地交织成一条色彩斑斓而又连绵不断的意识之流,除此之外,小说中别无他物。

第二,现实性情景仅仅是心理流程借以展开的背景,如沃尔夫《墙上的斑点》。书中人物的思想流动是由于墙上的"斑点"引起的,一旦引发,便与"斑点"脱离关系,期间如果再回到"斑点"上也是无意识的,其中并不存在逻辑的必然性。

第三,物质事件嵌进人物意识情绪中,随着后者的变化而呈现、滑动。例如张辛欣《我们这个年纪的梦》,根据主人公思绪起伏,一会儿写自由市场,一会儿写办公室,一会儿写邻里,忽而又叙述往昔的日子,充满了关于家庭、人际关系、婚姻、童年的梦等等的感触和思考。在小说中,一系列打乱时序的镜头会随着情绪的起伏自然地滑入滑出。

### (二)现实时空与心理时空交错,而重在表现后者

这类作品往往具有几条(以两条居多)比较清晰的相互切割的线索,它们不但形成对照、映衬,以更深地切入人物心灵,而且以历史纵深感拓展思想内涵。如茹志鹃《剪辑错了的故事》,通过制作形象含蓄、发人深思的问题(文内小标题),把老寿心灵屏幕映出的战争年代故事与即时性(1958年)故事似错非错地剪辑成一

体,形成强烈反差,揭示了极"左"路线给干群关系带来的危害。小说叙述了农民老寿同干部老甘之间的关系在不同历史时期的变化:老甘当年出发作战时还记得为老寿留下两袋干粮,如今看到社员每天仅有八两口粮却无动于衷;当年看到老寿砍了几棵枣树枝而心疼不已,如今却毫不犹豫地下令砍掉一片梨园……作家正是通过跨越时序的重新组合而做出了相得益彰的前后对比。作品发表当时产生过巨大的反思效应,在艺术上也给人以耳目一新的印象。海明威的短篇小说《乞力马扎罗的雪》,霍达的长篇小说《穆斯林的葬礼》等也采用了类似的叙事模式。

### (三)外表为情节模式,骨子里是心理结构

这种形态注重渲染具有内在统一性的氛围、情绪、色调、意境、情趣乃至理趣,但又未形成心理流程,而是把心理因素注入单纯的故事、场面、细节中。虽然呈现在读者面前的是物质画面,但却不产生故事性或戏剧性的吸引力,读者感兴趣的乃是其中凝聚着、弥漫着、散发着的诗意、情致和哲理。鲁迅的《社戏》、汪曾祺的《大淖记事》、铁凝的《哦,香雪》可作为代表性作品。《大淖记事》记述了一个浪漫的爱情故事。小锡匠十一子同巧云姑娘相亲相爱,这使同样追求巧云的保安队刘号长气愤不已。他带了几个保安队的士兵将小锡匠打成重伤。当地的锡匠们为此举行了游行和请愿,终于将刘号长驱逐出境。然而,小说本身却是从环境、风气、民俗开始的。《大淖记事》中先是出现一派水乡景色,然后延伸到当地居民的生活状况,最后才悠闲地叙说了一对恩爱男女之间的波折。这种四面盘旋的叙述不仅显示了作家对于当地风情的熟悉,同时还流露了作家一副悠然神往的神情。在作家的情绪记忆中,这个爱情故事中的男欢女爱已经不是最吸引人的内容了。伴随着水乡的风光、习惯和道德观念所出现的一幅幅风俗画显然给人留下更深刻的印象。

### (四)在简单的外部故事框架中,切入丰富而独特的感官印象

结构作品时多用穿插,又有别于通常的倒叙、插叙,也不是随意把心理事件切割得七零八碎,而是在某个现实性事件基点上,依据心理活动规律建构起感官印象中的情节大厦。如莫言的《红高粱》。《红高粱》的"现在进行时"的情节(物质事件),是叙述"我父亲"跟随一支民众抗日队伍,为打伏击而进行的一次平平常常的行军。真正有意义的是,通过"我父亲"对路边高粱的颜色、气味等非常独特的感觉,而引发出来的丰富而刻骨铭心的回忆(心理事件),从而超越了以往表现抗日主题作品的传统叙述模式,给人留下比较深刻的印象:"枪声非常尖锐,像一柄利刃,把挺括的绸缎豁破了""脑海里交替着出现卵石般的光滑寒冷和辣椒般的粗糙灼热""从路两旁高粱地里飘来的幽淡的薄荷气息和成熟高粱苦涩微甘的气味,我父亲早已闻惯,不新不奇。在这次雾中行军里,父亲闻到了那种新奇的、红黄相间的腥甜气息。那味道从薄荷和高粱的味道中隐隐约约地透过来,唤起父亲心灵深处一种非常遥远的回忆"。这些独特的、细微的感触和印象不但能刻画人物的某种心态,而且可以引发联想、回忆,把往昔的物质事件映在人物心理屏幕上,从而冲破传统叙事模式,使读者产生新鲜而深刻的审美感受和印象。在《红高粱》中,这种感觉同素材之间发生了一种奇异的结合,小说中那种惨烈而又悲壮的气氛也就因此形成了。我们走进了一个耳熟能详的故事,但却得到了全新的感觉,这正是《红高粱》的根本意义。同样,在他的《透明的红萝卜》《秋千架》《球状闪电》《枯河》《爆炸》等一批小说中,简陋的情节不过是密集的意象与细腻入微的感官感觉所赖以聚合的场所,由此有人将其称之为"感觉印象"派小说。

## 三、象征模式

象征模式包括两个基本类型:具体的象征和整体的象征。具体的象征中,象征物直接进入作品的结构并推动着作品的发展。它就是一个须臾不可离的道具,作品紧紧围绕着它来展开。在吴若增的《翡翠烟嘴》中,翡翠烟嘴本身就是小说纠葛和冲突的中心所在。这个具体意象勾出的一连串趣事推动着小说形象体系的演进。小说讲述的是,蔡庄的人把翡翠烟嘴奉为神圣之物,因为人们都说它是明太祖朱元璋使用过的。

一个明眼人鉴别出这是一件赝品,于是立即遭到人们的斥责。这个教训使另一个明眼人只得违心地承认这是一件稀世之宝。于是,蔡庄人的心理得到平衡,一件赝品就得以世代维系着人们的自豪感。无论形象整体的暗示还是意象本身的特征,翡翠烟嘴都使人领悟到了这样的象征含义,一些被人们奉为珍宝的国粹到底是什么?陆文夫在他的小说《井》中,有条不紊地讲述了一个女人的身世:错误的婚姻、受虐、苦闷、成名直至投井自杀。小说中的井往往成为一些关键场景的出发与归宿。井是造谣生事的发源,是挑拨事端的场所,最后又是吞噬生命的巨口。而它同时也具有了特定的象征含义:一些社会心理所构成的深井也可以随时使人面临灭顶之灾。

由于这些意象已经成为形象总体的有机部分,因此它们的象征作用时常显得十分隐蔽。起初,我们更多的是被小说中扣人心弦的内容所吸引,象征意象的发现与领悟往往只是产生于对小说的再三回味与思索中,有时可能产生一种超出作家构思意图的象征内容。比如郑万隆的《狗头金》《陶罐》就是如此。开始我们甚至意识不到它的象征意义,只是被小说精彩的内容所吸引,但是当我们回过头来认真品味的时候,便会惊讶地发现小说所包容的象征性内容。《狗头金》写的是,在大雪封山之后,一群挖金的汉子因为断了粮而陷入了绝望境地,其中有个叫王结实的汉子,凭着自己的残忍狡诈和勇猛强悍掠走了大家最后一点珍贵的狗肉,甚至连众人的衣物也没有放过。他并不是想一走了之,而是依然想挖他的金子,他想拿着他挖出的金子同山下与他相好的寡妇相会。于是他在冰天雪地里整整刨了一天一夜,当他回来的时候,竟稀里糊涂地揣回一块石头,他将这块石头当成"狗头金",揣着它下山去了。这块被当成狗头金的石头无疑象征了人们的追求对象。它让人们从反面思索这一问题:一些人在追求中付出了惨重的代价,甚至不惜牺牲他人,可是他们得到的又是什么呢?在《陶罐》中,那场惊心动魄的开江将人们全都逼到了山上,四周白茫茫全是江水,只有巨大的冰块在奔涌碰撞。然而一个最老的劳工赵劳子却冒着生命危险,三番五次地游回他的小木屋里,为的是抢救出他的一个陶罐,那里装满了他积攒了一辈子的金子。可是,当他精疲力竭地被大浪抛到岸上时,他紧抱在怀里的陶罐失手打碎了。这时,人们惊异地发现,那原来只不过是一只空的陶罐,一个高潮在静穆中形成,人们一下子全都惊呆了,赵劳子却小心地拼好了陶罐离去了。

这两篇作品都有一个具体的物象,也就是标题所显示的,但二者的象征意义却完全不同,尽管他们的结局大体相似,都没有得到什么。前者的象征让人感受到的是,王结实在追求中也付出了代价,甚至可以残忍地对待别人,然而他却什么也没有得到,或者说这是一种报应。而《陶罐》则不同,那虽然是一个空陶罐,然而它却是一个人的念想,这正是鼓舞人们有滋有味地生活下去的真正原因。

像《狗头金》和《陶罐》这样的作品,其象征意义较为隐蔽,作家似乎无意显示象征的运用,而让聪明的读者去感悟其中的意义。

整体象征与具体象征不同,在整体象征小说中,其象征含义并不是来自特定的意象,而是来自形象体系的整体。陆文夫的《围墙》就叙述了这样的故事:一夜风雨之后,某建筑设计所的围墙倒塌了,这使设计所的工作受到重大干扰。于是,修复围墙成了当务之急。然而,在碰头会上,设计所内部的"现代派""守旧派"和"调和派"对围墙的样式各执己见,互不相让,最后不欢而散。会后,所长把任务交给年轻的行政科长,让他酌情处理。行政科长综合了各派意见,定下草图。然后,他请人加班在一个星期天修成了围墙。星期一上班之后,众人对围墙修成如此迅速感到突然,进而,三派人马纷纷出面挑剔,因为围墙同他们的要求都有一定距离。于是,行政科长遭到一顿贬斥。很久以后,一些到此参加建筑年会的专家学者对围墙产生了兴趣。他们的赞不绝口使设计所的人们喜出望外,他们纷纷邀功请赏……对于生活稍有了解的人都会自然而然地联想到各行各业中一系列类似的现象,小说的意蕴已经远远超出了题材本身所涉及的范围,而暗示和寓含着形象体系的象征含义。高晓声的《鱼钓》、张承志的《大坂》、邓刚的《迷人的海》、韩少功的《归去来》都是整体象征小说。

整体象征都蕴涵着普遍的社会生活意义,当作家对社会生活的思考获得了抽象思想,而又找到了能够体现这一抽象思想的物象时,两者的吻合便构成了象征的基础,但是,这种象征并不是以形象来表达某种观念或思想,而是以作品自身的形象体系暗示和隐喻着观念或思想。

需要指明的是,并不是所有的作品中的物象都会给作品以象征性,有的仅仅属于修辞学的范畴。比如《绿化树》中的绿化树,也称为"马缨花",这也是小说女主人公的名字,这自然有它的象征意味,但并不能因此便说《绿化树》是一篇以"象征模式"构成的作品。有些作品与此类似,人物的性格以一自然物象来进行说明或解释,也不属于象征。像陈世旭的《小镇上的将军》,写了一棵老樟树,它"老皮斑驳,焦雷轰顶,但它根不死",生着"碧绿鲜亮的新枝枝、新叶叶"耸立在十字街口。这用比喻就完全可以说清楚,这样写无非是以此来比喻一位老将军的性格,因此也不属于"象征模式"的范畴。

对于以上几种叙事模式孰优孰劣的问题,不宜作简单化的回答。心理事件模式应该视为叙事艺术的一大进步,可它也有局限。史诗性鸿篇巨制采用意识流写法,总不免会有使人难以卒读的弊病,即便是《尤利西斯》这样的经典作品也未能例外。另外,人的存在毕竟首先是物质的,而不仅仅是心理的。所以物质事件模式尽管是传统的,但也一样能够深切地表现人的心灵世界,托尔斯泰、陀思妥耶夫斯基以及亨利·詹姆斯、罗曼·罗兰的许多深刻刻画心理的情节小说就是证明。

## 复习要点

**[基本概念]**

叙事作品　　情节　　场景　　"扁平"人物　　"圆形"人物

**[思考问题]**

1. 结合作品谈谈故事与情节的联系与区别。
2. 构成情节的内容有哪些?
3. 作者与叙述者的区别是什么?
4. 结合作品谈谈人物在文学作品中的作用。
5. 结合作品谈谈叙述视角的几种类型。
6. 举例区分"扁形"人物与"圆形"人物。

# 第七章 抒情性作品

> 抒情性作品是与叙事性作品相对而言的,是指那些以表现人的主体情感活动为主要目的的文学作品,它是依据"三分法"对作品进行分类的结果。"三分法"把文学作品分为叙事作品、抒情作品、戏剧作品。本章将结合抒情作品,重点对以下问题进行解读、分析:第一,抒情作品与情感的关系;第二,抒情的本质、原则、途径、策略;第三,抒情作品在题材与结构、意象与主题以及文体方面的基本特征。

## 第一节 抒情作品与情感

顾名思义,抒情作品是重在抒发作者情感的作品。没有真情实感,就没有抒情作品。真情实感,是构成抒情作品的必要条件。

### 一、抒情作品的内涵

#### (一)抒情作品以情感为本位

我们都有阅读抒情作品的经验,在很小的时候,我们就读过李白的《静夜思》,每当月亮升起的时候,就会想起"举头望明月,低头思故乡",这首诗抒发了作者的思乡之愁和怀乡之苦,读来令人刻骨铭心。长大后,我们又读过许多情诗,例如元稹的"曾经沧海难为水,除却巫山不是云",这首诗表达了爱上一个人就再也不能欣赏别人的真挚情感,如此强烈的炽热之情,以至于读过之后几乎令人窒息。

优秀的抒情作品包含着巨大的情感容量,我们常常为之陶醉、激动。抒情作品的美妙之处就在于它表达了人类丰富、复杂的情感内涵,以孟浩然的《岁暮归南山》为例:

　　北阙休上书,南山归敝庐。
　　不才明主弃,多病故人疏。
　　白发催年老,青阳逼岁除。
　　永怀愁不寐,松月夜窗虚。

其中所表现出来的明主之弃的哀怨、知己之稀的叹息、年华已逝的悲伤,都会给人留下不灭的记忆。再来看杜甫的《曲江二首》其二:

> 朝回日日典春衣,每日江头尽醉归。
> 酒债寻常行处有,人生七十古来稀。
> 穿花蛱蝶深深见,点水蜻蜓款款飞。
> 传语风光共流转,暂时相赏莫相违。

此诗表达了对万物契合的欢欣,对自身落魄的嘲讽,而嘲讽之中又包含了几分淡泊,几分幽默……这是缘于生命的大智大勇,体现了艺术情感的美妙境界。

抒情作品是以情感为本位的,这意味着情感是抒情作品的根基和血肉,脱离了情感,抒情作品就无从谈起。人人都有喜怒哀乐之情,只要能把这种日常情感予以审美的过滤,上升到美学的境界,就可以创作出抒情作品。抒情作品揭示出来的艺术情感是如此强烈、丰富、复杂、多变、奇特,以至于在抒情诗人那里常常出现这样的"错觉":只有情感世界才是真正的世界,才是人类的本质力量、人类唯一的"本真",才具有经久不衰的魅力。

### (二)抒情作品的内涵

抒情作品指的是简要地表现、传达作者以情感为核心的内在心性的文学作品。所谓"以情感为核心的内在心性",是指包括情感在内的诸种感性心理因素,这些因素包括情感、个性、本能、欲望、无意识、志向等。所谓"表现"是指自然呈现作者的内在心性,所谓"传达"是指作者不仅要表现自己的内在心性,而且要将其传达给读者,使读者了解、分享自己的内在心性。至于表现、传达作者以情感为核心的内在心性的手段与方式,也是多种多样的:它可以是直接的,也可以是间接的;可以借助音调的变化,也可以借助词语的搭配;可以借助语法的调整,也可以借助修辞的完善。

## 二、抒情作品的情感表现

### (一)情感的特点

人类情感是无所不在的,任何文学艺术作品都无法脱离情感的"纠缠",以 20 世纪 90 年代以来的"新写实小说"为例,"新写实"小说家以冷漠甚至残酷的情感态度表现生活的"原生态",不加任何人工雕琢。刘震云在其长篇小说《故乡天下黄花》中描写三方抗日力量相互厮杀的历史场景,对其表现的荒诞现实丝毫不作道德的评价。对于这样一个惨不忍睹的场景作者依然保持着道德上的平静,叙述起来不带任何情感色彩,但"平静"和"冷静"本身也是一种情感,或说得更具体些,是一种情感基调。

人类情感不仅无所不在,而且高度复杂。人类情感的复杂性不仅表现在情感的形式上,而且表现在情感的内容上。快乐与悲哀、热爱与憎恨、兴奋与烦闷、轻松与沉重、肯定与否定、满意与不满、惬意与失意,常常相互融合和转化,所谓"乐极生悲""悲喜交集"之类的成语可以充分证明这一点。抒情作品中表现的情感也具有多样性,它可以是一种体验、感悟或心境;它复杂微妙,稍纵即逝,甚至难以言表。以著名诗人戴望舒的诗为例。戴望舒深受法国象征派的影响,因为 1927 年国民大革命失败而产生深深的幻灭感,把失望的惆怅融入诗作中,这是理所当然的。他的诗在当时很有影响,1928 年因发表《雨巷》而获得"雨巷诗人"的美名。《雨巷》表达了一种怅然若失的心境,这与当时四处弥漫的失望情绪一拍即合,一时为人传唱。那幻想出来的在雨中彷徨于寂寥空巷中的忧愁女人形象,虽然并没有真正出现,但还是可爱动人、令人神往。

> 撑着油纸伞,独自
> 彷徨在悠长,悠长
> 又寂寥的雨巷,

我希望逢着

一个丁香一样的

结着愁怨的姑娘。

这个女性可不是一般的女性形象,她有丁香一样的颜色、芬芳、忧愁、哀怨、彷徨,她冷漠、惆怅、凄婉、迷茫……如此复杂微妙的感受、体验,如此难以把握的心境、情感,诗人竟然表现得如此细腻生动,当真没有辜负"雨巷诗人"的美名。

### (二)抒情作品的情感表现

抒情作品可以借助种种手段,通过种种途径,抒发无所不在、高度复杂的情感。以唐代著名诗人李商隐为例,李商隐是人们最喜爱的唐代诗人之一,他的诗一直广为传诵,然而对李商隐诗的解释却往往牵强附会不得真义,用"花非花,雾非雾,夜半来,天明去"来表述,是再贴切不过的。之所以如此,一方面是因为李商隐的表达方式隐晦曲折,另一方面是因为李商隐抒发的情感复杂暧昧。李商隐的《无题》本身就是"题",不过是"隐晦的主题"而已,这正如他所表达出来的情感,是可意会而难言传的。

相见时难别亦难,东风无力百花残。

春蚕到死丝方尽,蜡炬成灰泪始干。

晓镜但愁云鬓改,夜吟应觉月光寒。

蓬莱此去无多路,青鸟殷勤为探看。

这位女子(作品中的抒情主人公)在漫长的等待中,已经渐渐衰老,然而思念却像春蚕吐丝,到死方休,眼泪就像燃烧的蜡烛,不死不干。镜子中的云鬓已经斑白,夜间偶尔吟唱,只有寒冷的月光做伴。蓬莱成仙的日子不会太远了,青鸟啊,先为我时时探路吧!看到这儿,我们不能不感叹,这是多么残酷的折磨!

抒情作品中表现出来的情感色彩斑斓、多种多样。"前不见古人,后不见来者,念天地之悠悠,独怆然而涕下"(陈子昂《登幽州台歌》),表达了对"百年孤独"的悲叹;"胜日寻芳泗水滨,无边光景一时新。等闲识得东风面,万紫千红总是春"(朱熹《春日》),表达了生命获得瞬间的欢欣;"北山输绿涨横陂,直堑回塘滟滟时。细数落花因坐久,缓寻芳草得归迟"(王安石《北山》),表达的既不是陈子昂式的悲愤,也不是朱熹式的欢欣,而是物我两忘后的一片和谐;"江南可采莲,莲叶何田田!鱼戏莲叶间。鱼戏莲叶东,鱼戏莲叶西,鱼戏莲叶南,鱼戏莲叶北"(汉乐府《江南可采莲》),表达了乡村生活所特有的情趣。

## 三、抒情作品的情感特质

### (一)广义情感与狭义情感

如上所述,抒情作品旨在简要地表现、传达作者的情感,它要把作为纯粹的心理状态的情感(存在于我们心灵中的情感),转化为某一特定抒情作品的情感;而情感具有相当的包容性,包括了个性、本能、欲望、无意识、志向等。用苏珊·朗格的话来说:"艺术品是将情感呈现出来供人观赏的,是由情感转化成的可见的或可听的形式。""这里所说的情感是指广义上的情感。亦即任何可以被感受到的东西——从一般的肌肉觉、疼痛觉、舒适觉、躁动觉和平静觉到那些最复杂的情绪和思想紧张程度,还包括人类意识中那些稳定的情调。"①

可见,情感有广义、狭义之分。广义的情感几乎包括人类主体性的一切方面,狭义的情感则仅指人由于感受到外界的刺激而产生的心理反应,如喜爱、愤怒、悲伤、恐惧、爱慕、厌恶等。在某种程度上、在某些方面对广义、狭义的情感做出辨析,既是必要的,也是可能的。比如情绪和情感,二者都是由外部客体激发起的

---

① [美]苏珊·朗格:《艺术问题》,腾守尧、朱疆源译,中国社会科学出版社,1983,第14、24页。

心理反应,但严格来说,二者之间既有区别又有联系。

二者之间的区别表现在:

(1)情绪主要源于人的生理性需要,是由机体的生理性需要引发的体验;情感主要源于人的社会性需要,是由机体的社会性需要引发的体验。

(2)情绪产生较早,出生不久的婴儿即有快乐与痛苦的情绪表现;情感产生较晚,它是在社会交往中逐渐形成的。

(3)情绪还有一定的情境性,它可以由一定的情境引发,一旦情境改变,情绪即刻消失或转移;情感既有情境性又有稳定性。

二者之间的联系表现在:

(1)情绪依赖于情感,情绪的变化受情感及其特点的制约;情感也依赖于情绪,情感总是在不断变化的情绪中表现出来。

(2)情绪是情感的外部表现,情感是情绪的本质内容,同一情感在不同的条件下表现出来的情绪是各不相同。以爱国主义情感为例,当看到祖国繁荣昌盛时,它可以表现为喜悦的情绪;当看到祖国乌烟瘴气时,可以表现为愤怒的情绪;当看到祖国处于危难时,还可以表现为焦虑的情绪。可见,情绪与情感存在着密切的关系,二者之间的区别是相对的。

### (二)日常情感与艺术情感

如果说在情绪与情感之间做出必要的区分,意义还不是特别大的话,那么在日常情感与艺术情感之间做出区分,则不仅意义重大,而且必不可少。不懂事的小孩子一怒之下当街打滚,丢了鸡的老太太情急之中沿街叫骂,虽然都自发地流露了强烈的情感,但除非经过审美的筛选过滤和艺术的加工处理,否则无论如何都与艺术无缘。这是因为从艺术创作的角度看,艺术情感是审美的情感,它是对日常情感的提炼与升华,是对现实、对表现对象持特定审美态度的一种情感体验。

黑格尔曾经提出过"审美的情感"这一范畴,可惜语焉不详。① 首次对"审美情感"(aesthetic emotion)做出阐释的是英国学者克莱夫·贝尔,他在1914年出版的《艺术》一书中,提出了这个范畴。贝尔认为,艺术欣赏所引发的情感是审美情感,审美情感不是我们在日常生活中所体验到的情感,而是艺术形式引发的情感。审美情感来源于艺术品的"有意味的形式"(significant form)。②

从艺术欣赏的角度看,读者在艺术作品中体验到的情感也不同于日常情感。我们在欣赏悲剧作品时也许会感到悲哀或悲壮,尽管如此,我们依然喜欢欣赏悲剧性作品。听那肝肠寸断的歌曲,我们也许会泪流不止;听那恐怖惊悚的故事,我们也许会毛骨悚然,但我们还是喜欢一直听下去。此时的"悲哀"和"恐怖"毕竟不同于我们在日常生活中亲身经历的"悲哀"和"恐怖",我们与之保持着相当的"审美距离",能够对作品的情感进行反思和观照,我们在此感受的是审美的情感而非日常的情感。正是在这个意义上,华兹华斯认为艺术情感乃是一种在极为平静的心境中回忆起来的情感。在这里,艺术不仅要"倾吐"情感,而且要"理解"情感;读者不仅要"感受"情感,而且要"反思"情感。这固然削弱了初始状态下的情感的强烈程度,却是艺术创作所必不可少、不可或缺的过程。

那么如何把日常情感转化为艺术情感呢? 有人主张在"直觉"的层次上表达日常情感,有人主张在"反思"的层次上表达日常情感。这也是浪漫主义与非浪漫主义在艺术情感问题上的主要分歧点。例如在古典主义看来,所谓艺术表现就是使某种情感状态或情感体验向着审美理解转化,它使非理性的冲动转化为艺

---

① 参见[德]黑格尔:《美学》第1卷,朱光潜译,商务印书馆,2010,第42页。
② 参见[英]克莱夫·贝尔:《艺术》,周金环、马钟元译,中国文联出版公司,1984,第1—24页。

术的理解,即把情感状态转化为审美意象。显然,古典主义的表现论带有明显的认识论倾向,在它看来,情感表现就是对情感的审美理解,而艺术情感最主要的标志则是它的清晰性和可理解性。这样,在艺术创作中,"情感"一词就包含了两个方面的含义:其一是内心的感受,其二是对这种感受的认识和理解。前者是个人的、主观的、隐秘的,后者则具有了社会性和客观性。恐惧可以是个人的、主观的、隐秘的感受,但要表达这种感受,就不仅要使读者体验这种感受,而且要使他认识到,这是人们在遇到某种威胁时做出的情感反应。没有这两个方面的结合,任何艺术表现都是不可能的。艺术家的内心情感虽然是艺术创作的源泉和动力,但却不是艺术最后表现出来的东西,因为在艺术中,内心的原始情感已经得到转化,它已经从个人情感转化为社会情感、公共情感,能够为公众共同分享。没有这个转化过程,艺术欣赏活动根本就不可能发生,艺术的情感交流亦无从谈起。

## 第二节　抒情作品与抒情

抒情作品重在抒情,但什么是抒情?抒情的本质是什么?抒情是否需要依据一定的原则?依据何种原则?抒情是否需要通过一定的途径,通过何种途径?最后,抒情是否需要运用某种策略以强化抒情的效果,运用哪些策略?这是本节所要回答的问题。

### 一、抒情的本质

什么是抒情?对于抒情作品来说,这是一个十分重要的问题。在这个问题上,不同的学派、学者基于不同的学术背景、文学见解,往往有着不同的回答。概括起来,这些回答不外乎三种:第一,抒发情感即表现情感;第二,抒发情感即传达情感;第三,抒发情感即投射情感。

#### (一)抒发情感即表现情感

##### 1."表现"的内涵

艺术与情感密切相关,艺术是情感的宣泄或展示。简言之,艺术是情感的表现。在西方,这是抒情理论中的主流观点,一般称之为"表现论"。"在日常英语中,'表现'这个词有两种含义,一种类似人们以'哎哟'的喊声来'表现'自己痛苦的情感;另一种则指用一个句子来'表达'作者想要传达的某种意义。由于前一种涉及情感的表现,所以一直主宰着艺术表现理论,尽管第二种意义上的艺术表现论更为合理……按照上述第一种含义,艺术表现主要是指一个艺术家内心有某种情感或情绪,于是便通过画布、色彩、书面文字、砖石和灰泥等创造出一件艺术品,以便把它们释放或宣泄出来。这件艺术品又能在观看和倾听它的人心中诱导或唤起同样的感情或情绪。"①

作为一种抒情理论,"表现论"是20世纪西方最为重要的艺术理论,它最基本的内容是阐明艺术的本质在于表现情感,因而这种理论又被称为"情感论"。最先倡导这种说法的是法国学者欧盖尼·弗尔龙,随后许多理论家相继提出了自己的"表现论",其中最著名的是克罗齐和科林伍德。弗尔龙在1878年出版的《美学》英译本中指出:"如果要为艺术下一个一般的定义,我们不妨这样说,所谓艺术,就是感情的表现,表现即意味着使情感在外部事物中获得解释,有时通过具有表现力的线条、形式或色彩排列,有时通过具有特殊节

---

① [美]H.G.布洛克:《美学新解:现代艺术哲学》,滕守尧译,辽宁人民出版社,1987,第128-129页。

拍或节奏的姿势、声音或语言文字。"①

在此之后,克罗齐把艺术归结为直觉,把直觉归结为(情感)表现;科林伍德进一步强调艺术的表现性特征,认为只有表现情感的艺术才是真正的艺术。在西方,克罗齐和科林伍德一直被人们相提并论,之所以如此,不仅因为他们的思想基础、学术见解大致相同,还因为科林伍德宣称他的著作《艺术原理》是在克罗齐的影响下完成的。

在科林伍德看来,第一,表现情感不是显露情感(betraying emotion),"显露情感"指以本能或自动的反应来显示个人的情感,如喜则微笑,悲则哭泣,苦则呻吟,惧则战栗,这些都是低层面的心灵表现(psychical expression)。第二,表现情感不是传达情感(communication),因为传达情感有一个前提条件,那就是艺术家要知道他所传达的情感究竟是什么,然后才能通过外在可感的媒介达成目的。然而艺术家在"表现"情感之前并不知道他要表现的情感究竟是什么,他所感受到的只是莫名其妙的情感骚动而已。只有通过表现,才能把情感统一和固定下来,才能确认情感的基本内容。表现的目的是使我们明白自己的情感,而传达的目的则是使别人明白我们的情感。第三,表现情感不是煽动情感(instigation),艺术的目的并不在于使读者"群情激昂",使其处于情感的巅峰状态而不能自已。第四,表现情感不是描述情感(description),不能用抽象语言把内心的情感直接表现出来。比如不能以"我很快乐"或"我很悲伤"来表达自己内心的喜悦或忧愁,因为"快乐"和"悲伤"只是一般性的概念,它只能表达普遍性的情感而无法表达特殊性的情感。例如"渭城朝雨浥轻尘,客舍青青柳色新,劝君更尽一杯酒,西出阳关无故人"(王维《送元二使安西》),全诗无"离愁"二字,却把离别的伤感细腻真挚地表现了出来。如果加上"离愁"二字,反而画蛇添足。

2. "表现"与"情感"的互动关系

如前所述,科林伍德认为,表现情感不是传达情感,因为情感在得以表现之前,并没有确定的内容;只有通过表现,情感才能统一和固定下来,才能成为艺术的情感。在布洛克看来,"艺术表现本身,乃是使某种尚不确定的情感明晰起来,而不是把内心原来的情感原封不动地呈示出来"。就艺术欣赏而言,"正如哲学分析把人们早已知道的事情变得更加清晰明确一样,一件艺术品也能使我们早已体验到的感情更加明晰和确定"。② 可见,"表现"与"情感"也是相互影响、相互作用的。

克罗齐深深地赞同这一观点。克罗齐认为艺术即直觉,直觉即表现。言下之意就是说,任何"直觉",只有以一种公共形式"表现"出来,才能汇入艺术之中,"直觉"和"表现"是一物之两面。"每一个直觉或表象同时也是表现。没有在表现中对象化了的东西就不是直觉或表象,就还只是感受和自然的事实。心灵只有借造作、赋形、表现才能直觉。若把直觉与表现分开,就永没有办法把它们再联合起来。"③这意味着在创作之前,作者对自己要表现的内容几乎一无所知,只是在表现的过程中,被表现的东西才渐渐明晰起来,在创作完成后才真正定型。卡西尔也说过:"一个伟大抒情诗人有力量使得我们最为朦胧的情感具有确定的形态,这之所以可能,仅仅是由于他的作品虽然是在处理一个表面上看来不合理性的无法表达的题材,但是却具有条理分明的安排和清楚有力的表达。甚至在最狂放不羁的艺术创造之中,我们也绝不会看到'令人陶醉的幻想的混乱状态''人类本性的原始混沌'。"④情感只有得到了条理分明的安排和清楚有力的表达,才能成为抒情作品的内容。

综上所述,情感与表现是互动的,它们彼此相互激荡、相克相生。一方面,情感通过表现才得以定型化,只有通过表现,艺术家才能明确自己究竟要表现何种情感,离开了表现的媒介,情感只是某种说不清、

---

① 转引自[美]H.G.布洛克:《美学新解:现代艺术哲学》,滕守尧译,辽宁人民出版社,1987,第129页。
② 转引自[美]H.G.布洛克:《美学新解:现代艺术哲学》,滕守尧译,辽宁人民出版社,1987,第140页。
③ [意]克罗齐:《美学原理美学纲要》,朱光潜译,外国文学出版社,1983,第14-15页。
④ [德]卡西尔:《人论》,甘阳译,上海译文出版社,1985,第213页。

道不明的模糊感觉,而不是后来在抒情作品中清晰表现出来的情感。正是从这个意义上说,刘勰的下列主张值得我们做进一步的缜密考察:"夫情动而言形,理发而文见,盖沿隐以至显,因内而符外者也。"(《文心雕龙·体性》);"情者文之经,辞者理之纬。经正而后纬成,理定而后辞畅。此立文之本源也。"(《文心雕龙·情采》)。抒情绝非如此的先有情感后有文辞,泾渭分明。抒情不是先脱离媒介,想清楚所要表现的东西,然后借助媒介将其表现出来;与此相反,所要表现的东西只有借助媒介,才能最终确定下来。因此,画家总是用色彩、线条去思考,音乐家总是用音符去思考,文学家总是用语言文字去思考。至于这种思考活动发生在实际动手之前,还是在着手创作之中,倒是无关紧要的事情,因为无论是在实际动手之前,还是在着手创作之中,都无法改变这样的事实——情感总是媒介化的情感。另一方面,表现的方式、途径、策略又是由情感的性质、类型所决定的,不同的情感由于性质和类型不同,需要通过不同的表现方式、途径和策略加以处理。

### (二)抒发情感即传达情感

#### 1. 托尔斯泰的传达论

托尔斯泰认为抒发情感就是传达情感,由此可以说他的艺术理论就是传达论。他说:"在自己心里唤起曾经一度体验过的感情,在唤起这种感情之后,用动作、线条、色彩、声音以及言词所表达的形象来传达出这种感情,使别人也能体验到这同样的感情——这就是艺术活动。艺术是这样一项人类活动:一个人用某种外在的标志有意识地把自己体验过的感情传达给别人,而别人被这些感情所感染,也体验到这些感情。"[1]托尔斯泰举了一个简单的例子来说明这个问题,一个男孩在森林中亲身经历了遇见野狼时的恐惧,为了把这种恐惧之情传达给别人,使他们也能真切地体验这种恐惧之情,这男孩要选择语言文字之类的外在符号去描述整个过程:在没有遇到狼之前四周的环境以及他内心的愉快轻松;狼出现后狼的一举一动以及他感受到的恐惧之情。艺术家只有把其情感传达给他的读者,使读者为之感染、激动和陶醉,艺术活动才是可能的。

在西方理论史上,托尔斯泰的传达论具有极其鲜明的特点,也具有极其明确的内涵。第一,它强调情感的重要性。艺术家所要着力传达的不是思想、意识、理性、观念,而是情感,这是艺术与哲学、科学的根本区别之所在。艺术家只有具有真情实感,才能将其传达给别人;而且这种情感必须具有极强的感染力,否则将难以打动读者,并将导致"传达"活动夭折。第二,艺术只是"传达"情感而非"表现"情感,如上所述,在西方,"表现"一词具有特殊的内涵,是指自然呈现,至于"呈现"出来的情感是否能为人所知,"表现"艺术家是漠不关心的,而"传达"艺术家则特别强调使别人了解、分享自己的情感。因而作为一种有意识的活动,传达情感不同于表现情感,一个人受到惊吓时的战战栗栗、吞吞吐吐,虽然也"表现"了情感,却无意于"传达"情感。第三,传达必须借助某种外在符号,如动作、线条、色彩、声音以及语言,只有借助这外在的符号,才能传达艺术家的内在情感。

#### 2. 传达论的社会内涵与美学内涵

人类渴望彼此间的情感交流,因为这样可以增强社会的凝聚力。因为"社会内聚力来自于共同经历和交流着同一种感受,也就是说,每个人都清晰地意识到别的人也正经历着我正在经历的感受,而这又进一步意味着他们进入了一个人人都能体验到的公共世界,而不仅是具有同样的内在感受"[2],所以情感的交流有一个基本的要求,即公开化,因为在彼此间的情感交流中,我需要了解你所感受到的东西,是否就是我已经传达给你的东西;你也需要了解,你所传达给我的情感,我是否已经如数收到。可见,彼此间的情感交流,需要情感的公开展示,这样势必使个人的情感成为公众的情感、社会的情感。

---

[1] [俄]列夫·托尔斯泰:《艺术论》,人民文学出版社,1958,第47—48页。
[2] [美]H.G.布洛克:《美学新解:现代艺术哲学》,滕守尧译,辽宁人民出版社,1987,第143页。

人类彼此间的情感交流常常借助于抒情作品,文学作品中的字、词、形象之所以能够在读者心目中唤起某种感受、感觉、情感,是因为它们能够以某种约定俗成的方式,传达某种固定的感受、感觉、情感,通常它与读者的期待心理是完全吻合的,只有这样,它才能在大多数情况下,在大多数人心中唤起同样的情感。艺术活动能使个人情感转化为公共情感,所以作者在"传达"情感时,要着眼于一种公共的标准,而公共的标准必然派生出情感的形式结构。比如,一个在原始森林中遇见野兽的人,看上去必定是惊恐万分的;一个咬牙切齿、大喊大叫的人,看上去必定是愤怒至极的,这样的表情和姿势不仅是个人强烈情感的自然流露,而且具有能为公众识别的形式结构,具有了社会性。这样一来,作者传达情感不再是单个人的私事,而是公共事务的一部分,它受物理、心理、环境、传统等各种因素的制约。

因为传达的情感是公共的情感,所以任何一种能够展现这种公共特征的东西,无论是有生命的还是无生命的,都可以被感受、理解、阐释为某种情感,从而在人的内心深处引发共鸣,因此自然界的山山水水,都具有公共情感的特征。这样情感不再是个人的隐秘之情,它仿佛是客观事物的一个特性,或"明快""轻松""振奋",或"阴沉""忧郁""压抑",或"亲切""安全""舒适"。江河"呜咽",北风"怒号",大海"咆哮"……"春风春鸟,秋月秋蝉,夏云暑雨,冬月祁寒"(钟嵘《诗品》),各有各的形式特征。只有这样,"遵四时以叹逝,瞻万物而思纷。悲落叶于劲秋,喜柔条于芳春"(陆机《文赋》)才是可能的。

### (三)抒发情感即投射情感

在有关抒情本质的问题上,除了"表现论"和"传达论",还有一种"移情论"或"投射论"。它认为,抒发情感就是"转移"情感("移情")或"投射"情感。"移情论"自19世纪以来在西方相当流行。英文中的"移情"(empathy)一词是对德语"移情"(einfülung)的翻译,意为"将情感投入某物之中"。这个英文词的另一个含义是"同情",它包含着"设身处地""推己及物"的意思。移情就是投射(projection),即把主观的情感投射于物,形成情感的"物态化"。约翰·罗斯金把诸如此类的"移情""投射"称为"情感误置"(pathetic fallacy)。外部事物的某些性质无法得到科学的证实,但我们常常毫不犹豫地将其归结为外部事物固有的性质,在罗斯金看来,这是滥用人类情感的结果,它把人类情感错误地置入了外部事物之中。要知道,江河不会"呜咽",北风不会"怒号",大海不会"咆哮",这些都是人类情感的"误置"。他据此把人分为三种:"第一种人见识真确,因为他不生情感,对于他来说,樱草花只是十足的樱草花,因为他不爱它。第二种人见识错误,因为他生情感,对于他来说,樱草花不是樱草花而是一颗星、一个太阳、一个仙人的护身盾,或是一位被遗弃的少女。第三种人见识真确,虽然他也生情感,对于他来说,樱草花永远是它本身那么一件东西、一枝小花,从它简明的连茎带叶的事实认识出来,不管有多少联想和情绪纷纷围着它。这三种人的身份高低大概可以这样定下:第一种完全不是诗人,第二种是第二流诗人,第三种是第一流诗人。"①

在罗斯金看来,一流的诗人能够以理智控制情感,而不陷于滥情主义;只有二流的诗人才为情感所左右,甚至因此失去理智,错误地外射自己的情感,构成所谓的"情感谬误"。然而,实际上诗人情感的"移置"或"投射",常常是产生诗意的原因。例如,情感"外射"或"误置"的直接结果是"拟人化"的形成,拟人化是人类心灵最原始的功能之一,它把没有心性之物当成是具有心性之物,把死物当成活物,好像死物也有思想、情感、意志和认识似的。早在古希腊时期就有所谓的"活物论",它认为水、火、空气都有生命力,表现在艺术上就是"云破月来花弄影",仿佛花也有其生命;"数峰清苦",似乎山峰也有感觉,拟人化就是这样形成的。

## 二、抒情的原则

作者在抒发情感、创作抒情作品的过程中,在处理情感与理性、情感与现实、情感与语言等关系的问题

---

① 朱光潜:《诗论》,《朱光潜全集》第3卷,安徽教育出版社,1987,第60页。

上,有意无意间总是遵循着一定的抒情原则。就总体原则而论,抒情作品的创作过程是主客观相互融合、相互渗透的过程,它总要在理性与情感、现实与情感、语言与情感之间寻找某种平衡且达成某种默契。在这个前提下,不同的文学运动、流派、思潮遵循不同的抒情原则。

### (一)古典主义的抒情原则

进入17世纪,在欧洲占统治地位的是古典主义文学运动。古典主义既强调"古典",又崇尚"理性",其代表人物是法国的布瓦洛。唯理主义是新古典主义文论的哲学基础,它强调理性对情感具有绝对的优先性。布瓦洛认为,理性赋予作品以价值和光芒,艺术应以表现理性为目标,理性也是使艺术达到化境的唯一出路。"首须爱义理:愿你的一切文章永远只凭着义理获得价值和光芒。"①这是布瓦洛对于诗人作家的希望。"我绝对不能欣赏一个悖理的神奇,感动人的绝不是人所不信的东西。"②这是布瓦洛对于诗人作家的忠告。作为一个有实践经验的诗人,布瓦洛并不反对表现情感,他甚至强调作家在"文辞里就要有热情激荡,直钻进人的胸膛,燃烧、震撼着人的心房",从而使人获得"甘美的恐惧""怜悯的快感",但理性远比情感和想象重要,这是所有古典主义者(无论新旧)的信条。诗人只有凭借理性,才能抑制感情的冲动,使作品不超出新古典主义的规范。

作为一种艺术精神,古典主义是一种极具代表性的思想倾向,古今中外都可以找到古典主义的影子。在古典主义看来,人类不仅具有情感,而且拥有理智,而理智对情感的扼制、指导作用表现在诸多方面。其中最为重要的一条,是将其纳入一定的伦理范畴,来规范它的表现形态,"发乎情,止乎礼义",但理智对情感的限制也是有限度的。情感是可以抒发的,但抒发情感并非宣泄情感,更不像弗洛伊德所说的那样是本能、欲望的满足。抒情的过程是一个审美的过程,它需要理性、意识的参与和控制,需要"言有序",即创造井然有序的语言形式表现情感,它更强调抒情的自主意识、理性特点和形式创造。抒情不是即兴式的有感而发,它需要超越原始的情感状态,将其作为一个对象予以重新认识、体验、评价和组织。理性主义一直是古典主义抒情原则的灵魂。

### (二)浪漫主义的抒情原则

浪漫主义特别倚重情感。一般来说,浪漫主义强调情感的自然流露,强调直抒胸臆。华兹华斯曾经说过:"诗是强烈情感的自然流露。"但他接着改变了口气:"它起源于在平静中回忆起来的情感。诗人沉思这种情感直到一种反应使平静逐渐消逝,就有一种与诗人所沉思的情感相似的情感逐渐发生,确实存在于诗人的心中。"③华兹华斯强调诗是强烈情感的自然流露,但不是此时此刻的流露,而是在波涛平静之后的流露。尽管如此,这种流露终究是源于一种冲动,不必遵守一切既定的规则和范式。济慈对此有一句名言:"如果诗不像自自然然地长在树上的树叶子,那它就根本不必存在。"

在浪漫主义心目中,艺术乃是人类情感的表现,而表现就是外溢、宣泄或喷涌。英语中的"表现"(express)和德语中的"表现"(ausdruck),具有相同的词源,二者均指"挤出"或"压出"。这样,一种内在情感因为受到"挤压"而外溢、宣泄或喷涌出来,从人的心中进入到艺术作品之中。说得具体些,"艺术品在感知它的人心中唤起或产生某种情感,正如艺术品本身是由于艺术家的内在感情流进或融入到画布和其他艺术媒介之中而产生出来一样。这种艺术观自19世纪末以来极为流行。即便是今天,艺术家们也倾向于使自己浪漫蒂克……"④

中国的浪漫主义抒情原则与此大同小异。就主流而言,中国传统的抒情原则应该属于古典主义的范

---

① [法]布瓦洛:《诗的艺术》,任典译,人民文学出版社,1959,第一章,37-38行。
② [法]布瓦洛:《诗的艺术》,任典译,人民文学出版社,1959,第三章,49-50行。
③ [英]华兹华斯:《〈抒情歌谣集〉1800年版序言》,曹葆华译,载伍蠡甫主编《西方文论选》下卷,上海译文出版社,1979,第17页。
④ [美]H.G.布洛克:《美学新解:现代艺术哲学》,滕守尧译,第134-135页。

畴。19世纪末20世纪初,中国发生了"诗界革命",从此中国抒情传统的命运为之改写。作为诗界革命的一面旗帜,黄遵宪倡导的抒情原则是具有中国特色的浪漫主义原则,他将之概括为"我手写我口"。他主张诗人直接表达自己的情感,不必事事模拟古人。"五四"新文学革命之后,浪漫主义的抒情原则得到大力弘扬。它认为只有真情实感才是文学创作的动力和源泉,反对任何形式的虚伪矫饰。在郭沫若那里,情感就是波浪:"大波大浪的洪涛便成为'雄浑'的诗,便成为屈原的《离骚》、蔡文姬的《胡笳十八拍》、李杜的《歌行》、但丁的《神曲》、弥尔顿的《失乐园》、歌德的《浮士德》。小波小浪的涟漪便成为'冲淡'的诗,便成为周代的《国风》、王维的绝诗、日本古诗人西行上人写芭蕉的歌句,泰戈尔的《新月集》。"①无论是"大波大浪"还是"小波小浪",无论是"洪涛"还是"涟漪",总之都是文学创作的原因和根本。没有情感,一切都无从谈起。

### (三)象征主义的抒情原则

象征主义有广义、狭义之分。狭义的象征主义指19世纪中叶以法国为核心形成的一个文学运动,学界通常将其视为西方第一个现代主义文学运动,其代表人物是法国的波德莱尔、魏尔伦、兰波、马拉美和瓦莱里。广义的象征主义指西方19世纪中叶以来一种有别于传统古典主义、浪漫主义、现实主义的文学运动。二者的关系极为密切:前者为后者奠定了基础、确立了原则,并成为后者第一个不朽的楷模。在抒情原则的问题上,前者的作用更是不可低估的。事实上,象征主义之后的绝大多数抒情作家都不约而同地遵循着它所确立的抒情原则。

在狭义的象征主义中,波德莱尔以诗的形式为象征主义的抒情原则确立了基调,他提出了"交感说"。"交感说"本是一种神秘主义玄学,18世纪时由瑞典哲学家斯威斯登提出,他认为无论是在人与人之间还是人的各种感官之间,都存在着一种内在的、隐秘的、交相呼应的关系。波德莱尔接受了这种观念,并在《交感》一诗中表达了这种观念:

> 大自然有如一座庙宇,在那里
> 充满活力的廊柱不时发出含混话语;
> 穿越象征森林的人们,
> 树木正用亲切的目光注视着你。
> 宛若远处融合的连串回声,
> 汇成阴森而又深邃的整体,
> 像黑暗和光明那样无垠,
> 香、色、声交织在一起。
> 芳香似初生儿的肌肤清新,
> 管乐声一样甜蜜,草原那般碧绿,
> ——还有腐烂、浓重、辉煌的气息,
> 也勃发着无穷无尽的生机,
> 就像龙涎香、麝香、安息香和乳香,
> 在歌唱着灵与感的交递。(刘楠祺译)

这里,不同感官之间、内心世界与外在世界之间、诗人心灵和隐秘世界之间都存在着交互感应,诗人可以感受到这种神秘的交互感应。《交感》一诗既是象征主义的理论纲领,又是象征主义的忠诚实践,被人誉为"象征主义宪章"。象征主义强调以具有特定声、色、味的物象来暗示、阐发微妙的内心世界,这是他们在抒情原则问题上的主张。

---

① 郭沫若:《论诗三札》,《沫若文集》第10卷,人民文学出版社,1959,第205-206页。

因为要求以特定的声、色、味去暗示、阐发微妙的内心世界,所以象征主义的作品大多具有强烈的神秘主义色彩。马拉美并不回避这一点,他说:"诗写出来原就是叫人一点一点地去猜想,这就是暗示,即梦幻。这就是这种神秘性的完美的应用,象征就是由这种神秘性构成的,一点一点地把对象暗示出来,用以表现一种心灵状态。反之也是一样,先选定某一对象,通过一系列的猜测探索,从而把某种心灵状态展示出来。""诗永远应当是个谜,这就是文学的目的所在。"①

### (四)抒情的一般原则

如前所述,抒情作品的创作过程是主客观相互融合、相互渗透的过程,它总要在理性与情感、现实与情感、语言与情感之间寻找某种平衡和达成某种默契。在这个前提下,抒情作品的创作还应注意如下三个一般性的抒情原则。

第一,诚挚性原则。抒情最基本的原则是诚挚与可靠,它要求艺术家在抒发情感时必须真诚可靠,并表达自己的真情实感和真挚感受,无论这种感受是美是丑,是善是恶。用王夫之的话说,就是"性情贞,情挚而不滞"(《诗广传》卷二)。任何形式的虚情假意和虚伪矫饰,都是艺术创作和情感抒发的天敌。食指的《相信未来》就是这样一首"性情贞,情挚而不滞"的佳作:

> 当蜘蛛网无情地查封了我的炉台
> 当灰烬的余烟叹息着贫困的悲哀
> 我依然固执地铺平失望的灰烬
> 用美丽的雪花写下:相信未来
> ……
> 我之所以坚定地相信未来
> 是我相信未来人们的眼睛
> 她有拨开历史风尘的睫毛
> 她有看透岁月篇章的瞳孔
> ……
> 朋友,坚定地相信未来吧
> 相信不屈不挠的努力
> 相信战胜死亡的年轻
> 相信未来、热爱生命

《相信未来》诗朗诵

这首诗创作于1968年,那是一个特定的历史时期,作者没有流于当时风靡全国的假大空,而是真挚表达自己的心胸。今天阅读这首诗,我们都很难相信它诞生在那个时期。时间证明,这是一首杰出的抒情作品。

第二,独特性原则。情感并不是一般性的概念,而是主体在某一特定环境中为了某一特定事件而产生的某一特定的感受。不仅不同的人在同一环境中对同一事件的感受不一样,即使同一个人在不同环境中对同一事件也会产生完全不同的感受。要把这种独特的感受传达给别人,就不能用一般性的概念来处理,否则就只能使读者在概念的层面上了解那种感受,而不能切身体验那种感受。真正高明的诗人其高明之处往往在于,他传达了某种情感,却没有提起那种情感的名称,没有使用一般性的情感概念。政治口号之类的陈词滥调,即使包含了极其强烈的情感,也无法引起读者的共鸣,这里面除了政治、伦理、宗教方面的原因之处,还因为它的情感是公式化的情感,丝毫没有独特之处。

第三,感染性原则。区分真抒情艺术与假抒情艺术有一个无可怀疑的标准,那就是是否具有艺术感染

---

① [法]马拉美:《关于文学的发展》,王道乾译,载伍蠡甫主编《西方文论选》下卷,上海译文出版社,1979,第262－263页。

性。真正的抒情艺术一定会使读者神不知鬼不觉地受到感染,它消除了艺术家与读者之间的心理距离,使读者感到那艺术品仿佛是他自己创造出来的,因为它将他内心很久以来想要表现的情感彻底、充分地表现了出来。伟大的艺术家之所以常常成为公众良心的代言人,秘密就在这里。臧克家的《三代》用极其简约的文笔,概括了农民的命运:

> 孩子
>
> 在土里洗澡;
>
> 爸爸
>
> 在土里流汗;
>
> 爷爷
>
> 在土里埋葬。

这首诗把三代人的境况凝练、集中、概括地融入了一个人从生到死的经历,极富感染力,读来回肠荡气,感人至深。

### 三、抒情的途径

抒情作品重在情感的抒发和传达,但运用何种策略,使用何种技巧,借助何种文体来抒发、表达强烈、丰富、复杂、多变、奇特的情感,使内在情感外在化,使主观情感客观化,是抒情作品创作面临的一大难题。这一难题的核心之一是以何种方式、方法表达情感。

#### (一)以声传情,声情并茂

"声"指声律,"情"指情感,二者在抒情作品(特别是抒情诗)中结下了不解之缘,之所以如此,是因为诗、乐、舞本为一家,古代许多诗词皆可入乐。《诗经》中的风、雅、颂,及后来的词牌和曲牌的分类,都是基于音乐曲式的不同。在古希腊,抒情诗是由竖琴伴唱的短歌。这样的历史事实导致的一个直接结果是:诗歌具有了音乐的某些形式特征,在声音的层面上尤其如此,它们都拥有声音和谐的音调和节奏。

音乐对抒情作品影响巨大,且以词为例。兴盛于宋代的词,代表了中国抒情传统的另一种面貌。从某个角度看,词甚至可以说是抒情精神的"纯粹"表现。从历史上看,诗、词都源于"歌",但诗、词后来的境遇却大不相同。诗在很早时毅然决然地离"歌"而去自成一体,在文人手中发展成非常复杂的文体;而词虽然在形式上也较多变化,却始终没有与"歌"断绝血肉联系,没有脱离音乐而独立存在,并深深地扎根于民间文学的土壤之中,本质上它永远是"抒情歌谣"。

> 转烛飘蓬一梦归,欲寻陈迹怅人非,天教心愿与身违。
>
> 待月池台空逝水,荫花楼阁漫斜晖,登临不惜更沾衣。(李煜《浣溪沙》)
>
> 一向年光有限身,等闲离别易销魂,酒筵歌席莫辞频。
>
> 满目山河空念远,落花风雨更伤春,不如怜取眼前人。(晏殊《浣溪沙》)

这两首《浣溪沙》都表达了一般抒情歌谣的特色,李煜表达的是"伤逝",晏殊表达的是"伤离"。一般说来,抒情歌谣抒发的情感是特定的情感,包括男女之别、相思之苦、时光之逝等,一般都具有浓郁的感伤情怀。没有和谐的音乐伴奏,宋词是否还会存在,这是一个问题。

在抒情作品中,字音的有序结合和变化,可以构成和谐的音调,人们常把这种和谐的音调称为"韵律"。

韵律在不同语言中的表现是不同的。在西方,韵律(meter)是一个统称,它可分为韵(rhythm)与律(rhyme)两个部分。把同一个音或类似的音予以有规则的反复排列,称为韵。按照某种规律使语音的长短、高低、强弱予以重复变化,称为律。汉语是一种声调语言。在汉语中,声调由平、上、去、入(古汉语)或阴平、阳平、上声、去声（现代汉语）的不同搭配组成。早在齐梁年间，文人们就已经认识到，不同声调的组合可以产生和谐的秩序，于是沈约提出了有关四声的理论。"欲使宫羽相变，低昂互节，若前有浮声，则后须切响。一简之内，音韵尽殊；两句之中，轻重悉异。妙达此旨，始可言文。"（《宋书·谢灵运传论》），他要求诗人合理地搭配四声，做到音调高低、清浊、轻重合理有序，以使音调富于变化和产生美感。古诗讲究平仄，而平仄一般来说就是对字音的高低和长短进行分类和有规律的排列组合。

韵律是某些抒情作品（特别是抒情诗）不可或缺的一个组成部分，失去韵律不仅会使它失去韵味，而且还会失去生命。例如把《诗经·小雅·采薇》的"昔我往矣，杨柳依依；今我来思，雨雪霏霏"翻译成"从前我走的时候，杨柳还在春风中摇曳；现在我回来，已经在下雪了"，不仅失去了原诗的韵味，而且危及了原诗的生命，因为它的抒情意味大打折扣。因此，古代诗人往往通过各种方式强化抒情诗的韵律，如运用双声、叠韵、叠音、象声来构造和谐的音调。双声是两个音节的声母相同连缀成义，如"辗转反侧"中的"辗转"；叠韵是两个音节的韵母相同或相近连缀成义，如"聊逍遥以相羊"中的"逍遥""相羊"；叠音是两个音节的声、韵完全相同，如"杨柳依依"中的"依依"；象声则是模拟自然声音，如"无边落木萧萧下"中的"萧萧"。正是基于这样的语音组合和变化，诗歌才富有音乐感，才予人以音乐美。郭沫若的《瓶·第三十一首》："我已经成疯狂的海洋，她却是冷静的月光！她明明在我的心中，却高高挂在天上。"押了响亮的"ang"韵，明快而响亮。闻一多《洗衣歌》的一些段落，在诗行中间使用了与韵脚同韵的字，读来可使人感受到很强的音乐美："年去年来(lái)一滴思乡的泪(lèi)，/半夜三更(gēng)一盏洗衣的灯(dēng)……/下贱不下贱(jiàn)你们不要管(guǎn)，/看那里不干净(jìng)那里不平(píng)，/问支那人(rén)，问支那人(rén)。"（诗内的省略号为原有，拼音为编者所加。）

### （二）以景结情，情景交融

苏珊·朗格在其《情感与形式》中把艺术定义为"人类情感的符号形式的创造"①，由此可见，艺术品是人类情感的符号，而艺术创作的过程就是创造、制造这种符号的过程；只有借助这种符号，才能把人类情感转化成可见的或可听的形式，但对于文学特别是抒情文学而言，究竟什么是符号？什么样的符号才能承载"情感"的重负？

要表现情感，就必须借助某种媒介，艾略特称之为"客观关联物"。他说："表情达意的唯一艺术公式，就是找出'客观关联物'，即一组物象，一个情景，一连串事件，这些都是表情达意的公式。如此一来，这些诉诸感官经验的外在物象一旦出现，就会唤发起某种特定的情意。"②因为主观、情感、心性永远是"虚"的和难以直接表述的，只有借助"实"的和易于表述的外在景物、场景，主观、情感、心性才能真切表达出来，才能被人理解和接受，这样才能构成文学活动。

于是出现了"情"与"景"的关系问题。"情"指情感，"景"指景物，二者在抒情作品中的关系极为密切。宋代范晞文的《对床夜话》强调情景不可分："景无情不发，情无景不生。"沈义父在《乐府指迷》中主张"说情不可太露""以景结情最好"。清代批评家王夫之曾经结合《诗经》探讨"情景遇合"的问题，以此为标准评判抒情作品的成败优劣，"夫景以情合，情以景生，初不相离，唯意所适；截分两橛，则情不足兴，而景非其景。"（《夕堂永日绪论》内编）。由此可见情景如何能够达到"妙合无垠"之境，一直为诗家所关注。

在王国维那里，"情景遇合"被转化为"意与境浑"。他在假托樊志厚之名写成的《人间词乙稿》序中说："文学之事，其内足以摅己，而外足以感人者，意与境二者而已。上焉者意与境浑，其次或以境胜，或以意胜。苟缺其一，不足以言文学。"由此铸造了中国抒情理论最负盛名的美学范畴——意境。他认为，在抒情作品

---

① ［美］苏珊·朗格：《情感与形式》，刘大基等译，中国社会科学出版社，1986，第51页。
② ［英］艾略特：《传统与个人才能》，载赵毅衡编选《"新批评"文集》，中国社会科学出版社，1988，第30页。

中,"一切景语皆情语也"。景物是具体有形的,而情感则是虚幻无形的,只有以"无形"求"有形",以"实"显"虚",以客观物象显现主观情感,移情入景,情景交融,抒情作品的创作才是可能的。元杂剧《西厢记》中"长亭送别"时,崔莺莺送张生赴试时唱的那首"千古绝唱",很能说明问题:

　　碧云天,黄花地,西风紧,北雁南飞。晓来谁染霜林醉,总是离人泪。

天空布满了浓浓的黑云,大地铺满了厚厚的黄花,秋风瑟瑟,北雁南归,一切都是那样衰败荒凉,一切都是那样令人感伤。凉秋与悲愁融为一体,极其和谐地表现了主人公的离情别绪,淋漓尽致地传达出了患难恋人依依惜别的痛苦心境,构成了情景交融的艺术境界。

## 四、抒情的策略

抒情既是表现情感,也是传达情感,"在一切表现中,我们可以区别出两项:第一项是实际呈现出的事物,一个字、一个形象或一件富于表现力的东西;第二项是所暗示的事物,更深远的思想、感情,或被唤起的形象、被表现的东西"①。从这个角度看,抒情就是用字、词、形象以及具有表现力的事物,去"暗示"深刻的思想、情感;至于何种字、词、形象以及具有表现力的事物,在何种程度上、在何种意义上,适宜于表达何种思想、情感,以强化抒情的效果,是特别值得研究的问题。在创作抒情作品时,作者总是在语法或修辞上采取某种方法和手段以达到抒情的目的并强化抒情的效果,这样的方法和手段被称为抒情策略。一般说来,抒情的策略有两种:语法策略和修辞策略。

### (一)抒情的语法策略

所谓抒情的语法策略,是指从语言的结构方式(包括词语的构成和变化、词组和句子的组织)这一角度强化抒情效果的方法和手段。成熟、杰出的抒情作家都深谙此道。比如,诗人有所谓的"诗家语",它指的是与通常语言不同的语言表达方式。诗家语常常打破既有的语言规范,追求某种特殊的语言效果。如"春风又绿江南岸"(王安石《泊船瓜洲》)中的"绿"字已经改变了词性,由形容词变成了动词。"鸡声茅店月,人迹板桥霜"(温庭筠《商山早行》),六个名词堆出了六个鲜明的形象,而没有采用通常的名词加动词句式,这极大地削弱了其叙事功能,变相地强化了其抒情功能。即使非有叙事功能不可,诗人也常常使用方位名词(东西南北、前后左右、内外上下等)或副词来代替动词,尽量不用动词,这是为了强化其抒情效果。"七八个星天外,两三点雨山前。旧时茅店社林边,路转溪桥忽见。"辛弃疾的这首《西江月·夜行黄沙道中》除了"转"和"见"字,没有其他动词。谢榛的《四溟诗话》曾经举过一个例子,可以用来说明语法策略与美学效果的辩证关系。有三个不同时期的诗人就同一题旨写过三个不同的诗句,它们的优劣高低很能说明问题。一是"窗里人将老,门前树已秋",二是"树初黄叶日,人欲白头时",三是"雨中黄叶树,灯下白头人"。谢榛认为"三诗同一机杼",但第三首最佳。从抒情策略的角度看,前两者都使用了副词("将""已""初")或动词("欲"),形成了陈述句,带有较强的叙事色彩,从而削弱了诗的抒情意味;而后者使用的全是名词性词组("雨中""灯下"是方位词组),这不但强化了诗作的视觉效果,而且使诗作更富有抒情意味。

即使非得使用动词不可,诗人也常常用它造成拟人或通感的效果。"'红杏枝头春意闹',著一'闹'字而境界全出。'云破月来花弄影',著一'弄'字而境界全出矣。"(王国维《人间词话》)这两句诗之所以能够点铁成金般地"境界全出",是因为它们利用动词制造了拟人或通感的效果,"闹"或"弄"字因为与"春意""花"连在一起而产生了一般陈述句无法产生的效果。

### (二)抒情的修辞策略

所谓抒情的修辞策略,是指运用各种修辞方式强化抒情效果的方法和手段。从文学史和修辞学史的角

---

① [美]桑塔耶纳:《美感》,缪灵珠译,中国社会科学出版社,1982,第132页。

度看,抒情的修辞策略有许多。意象、隐喻、典故是其中较为重要的三种。

1. 意象

意象是抒情文学的第一构成因素,是抒情作品的根基。它是现代西方文学批评中最为常见的术语,也是语义最为暧昧的术语。在抒情理论中,可以粗略地将其理解为"心理画面"。有关意象的详细探讨,请参见本书第四章"文学的形象系统"的第二节"文学意象"。"人闲桂花落,夜静春山空"(王维《鸟鸣涧》),"木末芙蓉花……纷纷开且落"(王维《辛夷坞》),都是这样的"心理画面"。

现代诗中充满了丰富曲折、复杂多变、含混朦胧的"心理画面"。以当代诗人海子的诗为例。除了"家园""土地""太阳"和"大海","麦地"和"麦粒"是海子的诗歌中最常用的意象。

　　麦地
　　别人看见你
　　觉得你温暖美丽
　　我则站在你痛苦质问的中心
　　被你灼伤
　　我站在太阳痛苦的芒上。(《答复》)


　　如果不能带来麦粒
　　请对诚实的大地
　　保持沉默和你那幽暗的本性。(《重建家园》)


　　诗人,你无力偿还
　　麦地和光芒的情义。(《询问》)

海子宣称,他不愿意成为抒情诗人,但不幸的是他的确是一位抒情诗人。在他看来,抒情诗是血,抒情意味着吐血。他所有的诗作都呈现为红色,他的诗句都经过了血液的浸泡,经过烈火的燃烧和锻造。在那里,土地、太阳甚至麦子都是红色的。他喜欢日出,更喜欢日落,时常陶醉于日出与日落的辉煌中。这些都影响着海子对诗意象的选择。这些新颖而独特的意象,予人以强烈的视觉冲击力和情感冲击力,以至于令人过目不忘。

诗人当然可以借助意象对事物进行直接摹写。美国诗人威廉·卡洛斯·威廉斯有一首《红轮手推车》,它俨然一幅幼儿眼中纯净的油画,静静地躺在我们面前:

　　一辆红轮/手推车
　　被雨水刷得/澄亮
　　旁边站着一群白色的/小鸡

它不借用喻词,却依然美妙无比,但这毕竟只是诗作中的少数,大多数诗作都或隐或显地包含着喻词;也只有喻词才能使诗人的创作曲尽其妙。庞德的《地铁车站一瞥》只有这么两句:"人潮中千张面孔的显现/一条湿黑树枝上的花瓣。"这里使用的虽是两个并不相干的意象,但它们分别唤起的经验却是相同或类似的。可以将其读为"人潮中千张面孔的显现/(就像)一条湿黑树枝上的花瓣"。

2. 隐喻

真正把喻词的功能发挥得淋漓尽致的还是隐喻(metaphor)。值得注意的是,这里所谓的"隐喻"是按照西方的标准提出的,它包括一切比喻形式(明喻、暗喻、隐喻、曲喻等),因而它与中国语境中的"隐喻"存在差异。隐喻是在彼类事物的暗示之下感知、体验、想象、理解、谈论此类事物的文化行为。"婚姻是一座城堡,外面的人想进去，里面的人想出来"；"婚姻是一副拉链，男女双方在相互摩擦中取得和谐统一"；"婚姻是一条河，既有美丽的浪花，又有看不见的漩涡"。人们借助不同的"彼类事物"，并通过"彼类事物"——城堡、拉链、河流，来感知、体验、想象、理解、谈论"此类事物"——婚姻。"婚姻"的意义就是在这个过程中被不断地创造和完善起来的，因此又必然涉及意义的衍生和变化。

人类内心世界中的喜、怒、哀、乐、忧、愁、怨、恨等情绪，并不直接作用于人的视觉、听觉、嗅觉、味觉和触觉，它们是无形、无声、无臭、无色的存在，要想抒发这些情绪并为他人所感知，只能借助隐喻。且以"愁"为例，曹植的《释愁文》曰：

> 愁之为物，惟惚惟恍。不召自来，推之弗往。寻之不知其际，握之不盈一掌。寂寂长夜，或群或党。去来无方，乱我精爽。

虽是不速之客，总归无影无踪，对付此类无影无踪之物只能借助隐喻来表述，不同的隐喻描述了忧愁不同的向度——或重，或深，或纠缠不已，或绵延不尽。例如以山喻其重，"春愁离恨重于山，不信马儿驮得动"（石孝友《玉楼春》），"夕阳楼上山重叠，未抵闲愁一倍多"（赵嘏，原诗已佚，本句引自宋人罗大经《鹤林玉露》卷七）。例如以海喻其深，"请量东海水，看取浅深愁"（李颀《雨夜呈长官》），"落红万点愁如海"（秦少游《千秋岁》）。例如以流水喻其绵延不绝、无穷无尽，"抽刀断水水更流，举杯消愁愁更愁"（李白《宣州谢朓楼饯别校书叔云》），"东流若未尽，应见别离情"（李白《口号》）。很难设想，如果离开这些至今看来还极富创造力的隐喻，人类丰富的内心世界将如何得以把握和表达，中国的抒情传统将以何种面貌呈现于公众面前。

3. 典故

借用典故也是抒情的一大修辞策略。"诗写性情，原不专恃数典，然古事已成典故，则一典已自有一意，作诗者借彼之意，写我之情，自然倍觉深厚，此后代诗人不得不用书卷也"（赵翼《瓯北诗话》卷十）。典故是一种历史化的隐喻，是在神话或历史事件的暗示之下，感知、体验、想象、理解、谈论当下事件、情状或环境的文化行为。典故对构成隐喻的"彼类事物"和"此类事物"做出限制：隐喻中的"彼类事物"在典故中变成了神话或历史事件，隐喻中的"此类事物"在典故中变成了当下事件、情状或环境。典故能够借助历史与现实在相似性基础上的相互映照表现一定的思想与情感，借助古代的神话传说、历史故事、名篇美句，寥寥数语即可达到非常效果。优秀作品总是能够援古证今，用人若己，如辛弃疾的《贺新郎》，短短百字的一首词中，竟九处用典，既表明了作者的超人才气，也揭示出典故的非凡魅力。

用活典故，能够产生虚实相生、以少总多、空灵有味、意在言外的美学效果。诗常借助神话传统处理时空，东汉李尤《九曲歌》："年岁晚暮日已斜，安得力士翻日车。"运用了羲和驾六龙为太阳拉车的传说。李贺《日出行》："羿弯弓属矢，那不中足？令久不得奔，诅教晨光夕昏。"运用了后羿射日的传说。最有意味的或许是历史典故，如李商隐的《重有感》：

> 玉帐牙旗争上游，安危须共主君忧。窦融（窦融，东汉人，做过凉州牧，曾向光武帝刘秀上表，表示愿意效命，参加讨伐隗嚣的叛乱）表已来关右，陶侃（陶侃，东晋人，晋明帝时苏峻谋反，他和温峤、庾亮等出兵石头城，杀了苏峻）军宜次石头。岂有蛟龙长失水，更无鹰隼与高秋。昼号夜哭兼幽显，早晚星关雪涕收。

唐文宗大和九年，文宗和李训、郑注策划诛杀宦官，事情败露，李、郑被杀，文宗被挟，史称"甘露之变"。事变之后，李商隐写了这首诗，希望昭义节度使刘从谏出兵长安，扫除宦官解救文宗。李商隐借用了历史上两个事件，超越了历史与现实之间的距离，并进而谨慎地表达了自己的政治性建议，读起来意在言外，韵味无穷。

## 第三节　抒情作品的特征

本节讲解抒情作品的特征问题，着重讲解抒情作品在题材与结构、意象与主题、文体方面的特征。

### 一、题材与结构特征

#### (一)题材特征

抒情作品的初始形态是抒情诗。中国的"诗"最早仅指《诗经》，即孔子所谓的"诗三百"，后来才包括了《楚辞》，再后来又包括了五七言古近体诗、词、散曲和现代自由体诗。不同的文体易于表现情感的不同方面，比如，"同样是绝句，七言绝句的世界和五言绝句大不相同；同样是律诗，五言律诗和七言律诗的味道也彼此互异；同样是词，小令和长调的题材与技巧也有很明显的界限"①。就五、七言诗而论，真正具有决定意义的规范是字数、句数的限制。律诗只有八句，绝句只有四句，作者怎样在如此简短的篇幅内充分表达自己的内在情感和内心感受？能够表达什么，不能表达什么？作者在如此简短的篇幅内所能表达的人生经验，只能是刹那间的感受，不能是杜甫在"三吏""三别"中所表达的那样复杂的人类情感和人生体验。

　　人闲桂花落，夜静春山空。　月出惊山鸟，时鸣春涧中。（王维《鸟鸣涧》）

这首五绝所描写的内容是简洁明了的——寂静的春山中，月亮的出现惊起了隐藏在山中的山鸟；所表达的情感也是已经高度简化的人生经验——宇宙灵音中静与动的对比。即使不是律诗、绝句，五、七言诗在表达人生经验方面所受的限制，还是可以一目了然的。

　　玉阶生白露，夜久湿罗袜。　却下水精帘，玲珑望秋月。（李白《玉阶怨》）

《玉阶怨》解析

这首五言诗所描述的事件依然是一个简单明了的事件——望秋月，所表达的情感依然是已经高度简化的人生经验——闺怨情怀。需要说明的是，"高度简化"只是就情感的形式特征而言的（"刹那间的感受"），其内容完全可能是复杂而多变的。

这样的形式必然影响律诗、绝句对题材的选择。因为要在极小的篇幅内，在极短的时间内表现刹那间的感受，达到特定的美学目的，就必须依赖特定的美学设计。这表现在题材的选择上，要求诗人选取相当熟悉而普遍的景致、人物、事件，以恰当的显现表现恰当的主题。为了达到诸如此类的美学目的，诗人常常选择某些特定的题材、特定的原型意象（如杨柳），以表达特定的抒情母题（如思乡）。

#### (二)结构特征

抒情作品在选材上的特点必定影响其结构上的特点——跳跃性，黑格尔称之为"抒情的飞跃"，即"从一个意念不经过中介就跳到相隔很远的另一个意念上去"。诗可以随着情感和意念的流动，略过一般过程的交代，甩开按部就班的叙述，在节与节、行与行之间大幅度地跳跃，把时间相距较远的事物放在一起，通过暗示，使读者产生丰富的联想，从而产生"言有尽而意无穷"的美妙境界。以欧阳修的《蝶恋花》为例：

　　庭院深深深几许？杨柳堆烟，帘幕无重数。玉勒雕鞍游冶处，楼高不见章台路。

　　雨横风狂三月暮，门掩黄昏，无计留春住。泪眼问花花不语，乱红飞过秋千去。

上、下两阕分述不同场景，抒发不同感慨。由上阕的"游冶处""章台路"可知，它描写的是少妇遥想丈夫在外纸醉金迷、拈花惹草的游春场景，与之形成鲜明对比的是，下阕描写的是家中少妇愁坐秋千架的慵懒

---

① 吕正惠：《形式与意义》，载蔡英俊：《中国文化新论·文学篇（一）·抒情的境界》，联经出版事业公司，1982，第28页。

无聊。两个场景之间的切换像电影的蒙太奇那样轻松自如、简捷明快,表现在结构上,就是具有较大的跳跃性。在李商隐的诗中,这样的特点尤其明显,以一首《无题》为例:

昨夜星辰昨夜风,画楼西畔桂堂东。

身无彩凤双飞翼,心有灵犀一点通。

隔座送钩春酒暖,分曹射覆蜡灯红。

嗟余听鼓应官去,走马兰台类转蓬。

据说,它所抒写的是诗人对昨夜共度春宵、今朝各奔西东的情人的怀想。它先写了昨夜诗人在"画楼西畔桂堂东"与情人欢娱的场景,然后描写诗人此时此刻的微妙心境,再跳回去描写情人,想象情人今宵所处的灯红酒绿的热闹环境,反衬出诗人此时此刻的寂寞心情。它并没有按照一定的时空秩序描景状物,而是随着诗人意识的流动抒情达意,使不同的时间与空间交杂在一起。

## 二、意象与主题特征

任何一种抒情传统,在经历了长期的历史变化之后,都会在形象方面形成诸多的原型意象,在主题方面形成诸多的抒情母题,二者相辅相成,相得益彰,构成了抒情文学的一个重要特点。理解原型意象与抒情母题,对于理解一种抒情传统极其重要。"你由此可以看出母题多么重要,这一点是人们所不理解的,是德国妇女们所梦想不到的。他们说'这首诗很美'时,指的只是情感、文辞和诗的格律。没有人能想到一篇诗的真正的力量和作用全在情境,全在母题,而人们却不考虑这一点。"①歌德说的是很有道理的。

### (一)意象与主题特征

抒情作品的意象特征表现为原型意象的运用,主题特征表现为抒情母题生成。抒情作品常常借助原型意象表现相对固定的主题——母题。所谓原型意象,是指在某种抒情传统中,长期反复使用并因之产生了固定内涵的模式化意象。所谓抒情母题,是指在某种抒情传统中基于某种原型意象而形成的内涵相对固定的大型主题。原型意象与抒情母题之间的关系十分密切,前者是后者的载体,一定的原型意象表达、暗示一定的抒情母题,如浮云与思归、大雁与怀乡、流水与伤逝、蓬莱与羡仙、杨柳与惜别等。这些意象之所以是原型意象,可能是出于抒情作家的自觉承袭,也可能是因为抒情作家的心有灵犀。

唐人句云"乡心正无限,一雁度南楼",宋人句云"正思秋信到,一叶落中庭",古今人下笔,往往不谋而合。(《随园诗话》卷七)

原型意象与抒情母题之所以具有如此紧密的关系,是因为经过长期使用之后,原型意象具有了比喻、象征的功能,能够引发相对固定的情感、想象,暗示相对稳定的意义,形成为人熟知的"联想群",故而形成抒情母题。加拿大批评家弗莱说过:"原型是一些联想群,与符号不同,它们是复杂可变化的。在既定的语境之中,它们常常有大量特别的已知联想物,这些联想物都是可交际传播的,因为特定文化中的大多数人都很熟悉它们。""某些原型深深地植根于传统的联想之中,几乎无法使它们与那些联想分开。"②

### (二)原型意象与抒情母题例示

中国悠久的抒情传统孕育了丰富的抒情母题,而且在不同时代侧重于表达不同的抒情母题:"如汉魏的思乡、惜时调浓;魏晋游仙、生死语密;晋宋的出处之磋,齐梁与晚唐北宋的相思风盛;中晚唐与元代的怀古;南宋与清初的黍离之思……以及绵延不息的春恨秋悲咏叹。"③

---

① [德]爱克曼辑录:《歌德谈话录》,朱光潜译,人民文学出版社,1978,第54页。
② [加拿大]弗莱:《作为原型的象征》,载叶舒宪编选《神话——原型批评》,陕西师范大学出版社,1987,第155页。
③ 王立:《中国文学主题学——母题与心态史丛论》,中州古籍出版社,1995,第59页。省略号为原有。

下面仅就中国最常见的三种原型意象和抒情母题展开分析。①

### 1. 伤春与悲秋

中国传统上是个农业社会,季节的变化与农业生产的关系极其密切,给人的情绪变化也带来了影响,文人们对自然气候的变化相当敏感,春、秋两季尤其如此。文人们赋予春、秋某种普遍的情感价值,在季节变迁与宇宙变化、气候嬗变与人生际遇之间确立某种关系。"春者,阳气始上,故万物生""秋者,阴气始下,故万物收"(《管子·形势解》)。早在先秦时期,《楚辞》中的《招魂》有"目极千里兮伤春心",《抽思》有"悲秋风之动容"的句子,开伤春与悲秋之先河,确立了伤春与悲秋的情感基调,久而久之,形成了坚固的"伤春与悲秋"情结。"如赵德麟:'新酒又添残酒困,今春不减前春恨'……又黄山谷云:'春未透,花枝瘦,正是愁时候。'梁正府云:'拚一醉留春,留春不住,醉里春归。'"(沈雄《古今词话·词品》卷下)吴曾在《能改斋漫录》卷六中总结说:陆士衡《乐府》"游客春芳林,春芳伤客心",杜子美"花近高楼伤客心",皆本屈原"目极千里伤春心"。其实,类似的诗句还有许多,它们都使用了"春天"这一原型意象,表现了相同或相近的母题,如"春且住,见说到,天涯芳草无归路。"(辛弃疾《摸鱼儿》)"闺中女儿惜春暮,愁绪满怀无释处。"(《红楼梦》中林黛玉《葬花吟》)

春日如此,秋日亦然。《礼记·乡饮酒义》认为"秋为之言愁,愁之以时察(杀),守义者也。"因而秋天这一季节和"秋日"这一意象大多予人以悲愁、凄苦、冷暗、惆怅之情,常用来表达事业、仕途上的失意。

### 2. 离情与别绪

古代有折柳送别的习俗,而且"柳"与"留"谐音,这都暗示柳树与离情别绪之间存在着某种关系,为柳树成为表达离情别绪这一母题的原型意象奠定了基础。抒情作品中的"柳"形象比比皆是,形成了以"柳"为核心的意象群:"烟柳""暗柳""春柳""秋柳""岸柳""边柳"……"长安陌上无穷树,唯有垂杨管别离。"(刘禹锡《杨柳枝词》)"年年柳色,灞陵伤别。"(李白《忆秦娥》)"长亭路,年去岁来,应折柔条过千尺。"(周邦彦《兰陵王·柳》)

由此看出,柳树在中国抒情传统中是分离树,它所包含的韵味是苦涩的。有学者指出:"我国文学作品中经常出现的植物很多,其中最重要的可能是杨柳。杨柳是别离的象征,而中国人喜聚不喜散,最怕与别人或朋友分开,但在人生的旅途中,不管是生离或死别,别离又是经常发生的,于是,在我国诗中,别离成为重要的主题,诗人笔下,经常出现那依依的柳条,飘舞的柳絮,以及笛声呜咽的折杨柳曲。"②

### 3. 思乡与怀远

"月是故乡明。"(杜甫《月夜忆舍弟》)一般来说,人人都热爱自己的家乡,眷恋故土乃人之常情。在传统社会中,交通和通讯的不便,加重了游子的乡思与乡愁,乡思与乡愁因此成为中国抒情传统的一大母题。虽然《诗经》《楚辞》中也有怀乡之作,但这一母题的真正形成却是在汉代之后。班彪的《北征赋》就有"游子悲其故乡,心怆悢以伤怀"的句子,为思乡母题确立了基调。

表现这一母题的意象是多种多样的,但不知何故,它们大多与声音相关,可以是秋声、虫鸣、鸟啼,也可以是羌笛、琵琶、芦管:"平生最识江湖味,听得秋声忆故乡。"(姜夔《湖上寓居杂咏》)"君不闻,胡笳声最悲,紫髯绿眼胡人吹。吹之一曲犹未了,愁杀楼兰征戍儿。"(岑参《胡笳歌送颜真卿使赴河陇》)"蜀客春城闻蜀鸟,思归声引未归心。"(杜牧《闻杜鹃》)"一声梦断楚江曲,满眼故园春意生。"(柳宗元《闻莺》)

表现思乡这一母题的原型意象还有雁。《诗经·郑风·邶风》中描写的雁还没有固定的意义,到了《汉书·苏武传》中的"鸿雁传书"才将雁与思乡的关系固定下来。曹丕的《杂诗二首》中有"孤雁独南翔""绵绵思故乡"的诗句,梁武帝《代苏属国妇》中有"或听西北雁……果衔万里书,中有生离辞;惟言长别矣,不复道相思"的诗句。

---

① 下面对原型意象和抒情母题的分析,详见王立:《中国文学主题学母题——与心态史丛论》。
② 罗宗涛等:《中国诗歌研究》,文物供应社,1985,第334页。

戍卒游子思故乡，故乡亦思游子归，二者都可以纳入"思乡"的抒情母题之中。"故乡亦思游子归"常常借助"春草"这一原型意象来表达。"淮南王曰：王孙游兮不归，春草生兮萋萋。陆机曰：芳草久已茂，佳人竟不归。谢朓曰：春草秋更绿，王子归不归……孟迟曰：蘼芜亦是王孙辈，莫送春香入客衣。"（谢榛《四溟诗话》）这里的"春草"都表达了同一抒情母题。自汉乐府"青青河畔草，绵绵思远道"以来，"春草"这一原型意象使用得越来越频繁，它与离情别绪、相思念远紧密联系在了一起："细雨湿流光，芳草年年与恨长。"（冯延巳《南乡子》）"又是离歌，一阕长亭暮。王孙去，萋萋无数，南北东西路。"（林逋《点绛唇》）"来是春初，去是春将老。长亭道，一般芳草，只有归时好。"（曾允元《点绛唇》）

### (三) 原型意象、抒情母题与创新意识

表面上来看来，原型意象沿袭老一套的风格，抒情母题毫无新意，它们消灭了独立创造的空间，扼杀了抒情作家的个性才能。其实不然，创造与传统血肉相连、唇齿相依，脱离了传统的创造只是沙上建塔，脱离了创造的传统必定死气沉沉。同样的原型意象，同样的抒情母题，真正具有创造性的作家照样可以找到英雄用武之地，所谓"戴着镣铐跳舞"也包含了这样的意思。①

这里"反复出现的主题"就是母题，"反复出现的……意象"就是原型意象，它们在文学发展史上的作用不可低估；使用这样的母题和意象是一种正当的文学活动，而且灵活地运用母题和意象，可以点铁成金、化腐朽为神奇，显示作者独特的创造性。

## 三、文体特征

### (一) 文体的美学内涵

文学艺术是语言艺术，语言是文学的媒介；但这并不意味着语言仅仅是文学的工具，它也具有能动的调节作用，二者相互影响、相克相生。在创作之前，作者胸中只有飘忽不定的情感，条理不清的思想，模模糊糊的情境，朦朦胧胧的意念……这些只是作品的胚胎，只有借助语言文字的运作，它们才能最终确定下来。同样，变动作品中的一个字，都可能改变作品的思想内容，因此说，创作的过程是内容与语言相互选择和相互组合的过程。从这个意义上说，文学创作是一种建构性活动。

既然文学创作是一种建构性活动，那它同时必定是追寻秩序的活动。追寻秩序的过程既是内容追寻形式的过程，也是形式创造内容的过程。在这个过程中，文体的概念渐渐成型。文体是文学作品的具体存在样式，如诗歌、小说、散文等（关于文体，详见本书第五章第一节的内容）。按照20世纪英美新批评派的观点，每种文体都有其独特美学设计，都追求独特的美学目的。当某种美学设计无法达到作者、读者对其预期的美学目的时，文体的变迁即成为无可逆转之势，王国维在《人间词话》中指出过这一规律："四言敝而有楚辞，楚辞敝而有五言，五言敝而有七言，古诗敝而有律绝，律绝敝而有词。盖文体通行既久，染指遂多，自成习套。豪杰之士，亦难于其中自出新意，故遁而作他体，以自解脱。一切文体所以始盛终衰者，皆由于此。"

有关文体的理论来源于有关秩序的原理，不仅能够用来辨识外形结构相似的某类作品，而且可以用来认同该类作品的共同特征。每种文体都对应着某种特殊的秩序法则，同时又反映着特定的美学设计和美学目的，反映着一种抽象的法则和内在的信念。正是因为这个缘故，用来指称某一类作品所特有的素质的概念，转而传达了某种人生体验和价值信念。既然每种文体都对应着某种特殊的秩序法则，同时又反映着特定的美学设计和美学目的，反映着一种抽象的法则和内在的信念，那么，不同的民族在不同的时代选择了不同的文体，可以充分表明，该文体所包含的美学设计和美学目的，能够表达该民族对于秩序和美学所持有的特定信念。

---

① ［美］韦勒克、沃伦：《文学理论》，刘象愚等译，三联书店，1984，第298页。

### (二)抒情诗的特征

抒情作品最主要的样式是抒情诗,抒情诗是抒情作品的典型形态。它是最早出现的一种文体,它产生的初期是与乐、舞合为一体的。"情动于中而形于言,言之不足,故嗟叹之,嗟叹之不足,故咏歌之,咏歌之不足,不知手之舞之,足之蹈之矣。"(《毛诗序》)在西方,"抒情"(lyric)这一概念源远流长,它最早指由古希腊的七弦竖琴"里拉"(lyre)伴奏吟唱的一种歌曲,据说荷马和大卫王都有过这种竖琴,中世纪的游吟诗人也以之向情人示爱。不过现在,抒情诗一般用来指称任何旨在表达情感的短诗。抒情诗分许多种,包括颂诗、情诗、哀诗等。这是从其表现的情感的不同内容和历史实践来分的,我国更习惯于根据抒情作品形式的差异,将其分为诗、词、曲、赋等。

#### 1. 颂诗

颂诗(ode)最初也是一种歌,它可以是一种节奏鲜明、格调高昂的抒情诗,也可以是一种追求技巧、沉于冥思的抒情诗,既能表现集体情感又能抒发个人感受,通常用来歌颂神圣。我国《诗经》中就不乏颂诗,屈原的《橘颂》亦可列入颂诗的范畴。西方近代以来较为著名的颂诗有:弥尔顿的《耶稣诞生之晨颂》、华兹华斯的《不朽颂》、雪莱的《西风颂》《自由颂》、济慈的《希腊古瓮颂》等。① 高尔基的《海燕之歌》历来为我们所称赞。颂诗固然以抒情为本,但它抒发的情感具有鲜明的特征——以赞颂为主;在赞颂某物时又不免敌视与之相对的事物。以济慈为例,1817 年,济慈在一位画家的帮助下,见到了英国海军从雅典掠夺回来的大量古希腊雕塑作品,这令他激动不已、欣喜若狂。他热爱古希腊,把它等同于真正的人类文明的化身,于是他在 1819 年写下了著名的《希腊古瓮颂》,以赞美这件杰出的古代艺术品:

> 你仍是文静而未被玷污的新娘,你是沉默和悠悠岁月的养女,你是幽栖山林的史家,芬芳馥郁,胜过我们的绮词丽语:你周身缠绕着树叶镶边的画图,画的是神还是人?或是两者都有?在潭碧谷还是阿卡蒂?这些是什么人?什么神?谁家的少女在发愁?为什么拼命奔跑?为什么疯狂追逐?什么样的长笛和铃鼓?什么样的狂喜?

作为一个浪漫主义诗人,济慈认为大自然和诗的王国是美丽奇妙的,是值得赞颂的,而人类社会的一切却是邪恶和卑劣的,它蕴含着无可逃避和无可救赎的苦难。他一方面热爱大自然和艺术,另一方面又强烈憎恨他所生活的那个社会和时代,沉醉于所谓的"希腊主义",并千方百计地从古希腊文化中寻找美的灵魂和美的化身。我们在此虽然只引用了《希腊古瓮颂》的第一段,但一叶落而知天下秋,其中歌颂古希腊的意思已经显现出来。

#### 2. 情诗

情诗是用来歌唱爱情的诗,在抒情作品中,它抒发的情感最为强烈、真挚和细腻,也最具个人色彩。《诗经》中的《关雎》《蒹葭》,《楚辞·九歌》中的《湘夫人》,六朝时江南的《吴歌》、荆楚一带的《西曲》,以及历代表达男女之情的诗词曲赋,都属于这个范畴。在西方,《圣经》中的雅歌也是情诗。以描写德国中世纪的宫廷生活为主的情诗,是骑士们向贵妇人示爱的工具,12—13 世纪是其鼎盛时期。情诗或者歌颂爱情的神圣,或者赞美情人的美丽,或者抒发炽热之情,或者描写鱼水之欢,或者描述见面之难,或者表达离别之苦,或者追忆往昔的欢娱,或者憧憬未来的温馨,或者意境高远,或者悱恻缠绵……它在内容上丰富多彩,在形式上多种多样。以雪莱的《致某人》为例:

> 有一个字常被人滥用,我不想再滥用它;有一种情感不被看重,你岂能再轻视它?有一种希望
> 太像绝望,慎重也无法压碎;只求怜悯起自你心上,对我就万分珍贵。

---

① 中国人一般不对抒情诗进行分类,常把"写景抒情诗""即事感怀诗""咏物言志诗""怀古咏史诗""边塞征战诗"并而论之。这里是根据西方理论界的共识进行分类的。

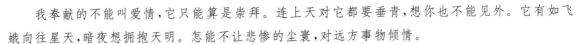

我奉献的不能叫爱情,它只能算是崇拜。连上天对它都要垂青,想你也不能见外。它有如飞蛾向往星天,暗夜想拥抱天明。怎能不让悲惨的尘寰,对远方事物倾情。

值得注意的是,有些情诗抒发的男女之情、异性之爱,实际上另有所指,作者另有寄托,因而不属于情诗的范畴,而是地地道道的"伪情诗"。宋代吴曾的《能改斋漫录》卷十一云:

曹衍,衡阳人。太平兴国初,石熙载尚书出守长沙,以衍所著野史缴荐之,因得召对。袖诗三十章上进,首篇乃《鹭鸶》《贫女》两绝句,盖托意也。《鹭鸶》云:"波澜静处立身孤,酝雪攒霜腹转虚。尽日滩头延颈望,能销大海几多鱼。"《贫女》云:"自恨无媒出嫁迟,老来方始遇佳期。满头白发为新妇,笑杀豪家年少儿。"太宗大喜,召试学士院,除东宫洗马、监泌阳酒税。

作者以"新嫁娘"自居,想以此向皇帝表白自己求官的迫切心愿,因而不属于情诗之列。

### 3.哀诗

哀诗(elegy)也称悲诗、挽歌,是用来悼念死者和表达悲哀之情的抒情作品,也有为死者安魂、令败者止悲的功用。我国楚辞中的《国殇》《哀郢》、《诗经》中的《黄鸟》、宋玉的《招魂》、潘岳的《悼亡》、杜甫的《八哀诗》,都是哀诗中的名篇。在西方,弥尔顿的《利西达斯》、格雷的《墓畔哀诗》、阿诺德的《塞西斯》、雪莱的《阿童尼斯》都是著名的长篇哀诗。

哀诗大多抒发物伤其类、同病相怜的忧伤情感。弥尔顿的《利西达斯》是为了悼念因乘船失事而溺死海中的朋友,全诗采用一个牧人哀悼另一个牧人的抒情视角来表达哀思,寄托了诗人的悲伤之情。它以采摘野花哀悼亡者开头,接着回忆昔日的美好时光,然后对生死进行形而上的思索,最后认定亡者升天为神,诗人由此获得了心理上的平衡。我国陶渊明的三首《挽歌诗》,也是精彩至极的悼亡(自悼)之作,其中一首写及他死后亲朋埋葬他时的情景:

荒草何茫茫,白杨亦萧萧。严霜九月中,送我出远郊。四面无人居,高坟正嶕峣。马为仰天鸣,风为自萧条。幽室一已闭,千年不复朝。千年不复朝,贤达无奈何。向来相送人,各自还其家。亲戚或余悲,他人亦已歌。死去何所道,托体同山阿。

这首诗表达了作者顺应自然、不贪生、不怕死的智者情怀。这样的主题和哀诗还有许多。罗伯特·史蒂文森有一首《安魂曲》,表达了几乎完全相同的情感:

在广漠的星空下方,挖个坟墓将我埋葬。 我活得痛快死得舒畅,心甘情愿地平躺。

为我刻下这样的诗行:这里是他期盼长眠的地方;水手从海上返航,猎人下山回到家乡。

诗人热爱生活,但并不因此惧怕死亡;相反,他把死亡看成是水手返航、猎人还乡,大有"视死如归"的英雄气概,而没有丝毫的悲怆情感。这样的自挽诗还有许多,不过难免夹杂些哀怨和凄惨。

## 复习要点

**[基本概念]**

抒情作品　　抒情原则　　隐喻　　抒情诗　　颂诗　　情诗　　哀诗

**[思考问题]**

1. 结合作品阐述抒情作品的情感表现。
2. 抒情的一般原则是什么?
3. 情绪和情感的联系和区别是什么?
4. 抒情的途径有哪些?请结合具体作品说明抒情作品中声与情的关系、情与景的关系。
5. 抒情诗的特征是什么?以此来说明抒情诗(包括颂诗、情诗、哀诗)的不同特点。

# 第八章

# 文学风格及其流派

> 文学风格与文学流派都是在文学发展过程中出现的具有特征性的文学现象。考察这一组文学现象，对于认识文学创作的规律及历史发展形态，提高文学欣赏和文学批评的能力，具有重要的意义。

## 第一节 文学风格的含义

文学创作是个体性的创造性的精神劳动，每个人都不可避免地要在自己的作品中留下个体的印记。而优秀的、成熟的作家在作品中的印记，就是他鲜明独特的文学风格。文学风格包括文学的时代风格、民族风格、地域风格、流派风格等内容，而作家作品的风格，是文学风格的基础和核心。离开具体的作家作品，就不可能把握文学的风格。

### 一、风格的内涵和构成

在西方，"风格"（style）一词，源于希腊语，本意为"雕刻刀"，后引申出比喻义，表示组成文字的一种特定方法，或者以文字装饰思想的一种特定方式。文学风格是指作家在其创作的作品的内容和形式的统一中所显示出来的创作个性。文学风格是鲜明独特的。这一点，我们在阅读优秀作家的作品时，都会深切地感受到。优秀的作家，无论是题材的选择、主题的提炼、形象的塑造、意境的建构，还是结构的安排、语言的运用、手法技巧的操作等，都显示出与众不同的特色与个性。

文学风格的定义与内涵

比如鲁迅，对现实的洞察冷峻而透辟，选材上多采自病态社会中不幸的人们的生活故事，敢于直面惨淡的人生，其语言的凝练含蓄、犀利辛辣，其讽刺的幽默尖刻，以及严峻的激情、渊博的学识、白描的手法，剔肌析骨、致顽敌于死命的笔锋，等等，形成了他独树一帜的艺术风格。

即使是处在同一时代、同一民族，并且在创作原则、体裁样式等方面都相同的作家，其作品呈现的风格也是各具特色。唐代诗人李白、李贺，属同时代人，都是浪漫主义作家，前者奔放飘逸，后者幽冷荒诞。同是当代散文作家，刘白羽的散文奔放雄浑，杨朔的散文精巧别致、富于诗意，秦牧的散文富于哲理、知识性强。

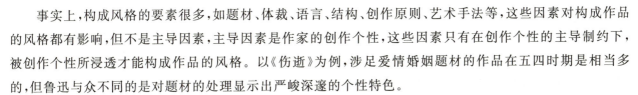

事实上,构成风格的要素很多,如题材、体裁、语言、结构、创作原则、艺术手法等,这些因素对构成作品的风格都有影响,但不是主导因素,主导因素是作家的创作个性,这些因素只有在创作个性的主导制约下,被创作个性所浸透才能构成作品的风格。以《伤逝》为例,涉足爱情婚姻题材的作品在五四时期是相当多的,但鲁迅与众不同的是对题材的处理显示出严峻深邃的个性特色。

何谓创作个性?创作个性是作家在生活实践和创作实践中所形成的相对稳定独特的个性气质、人格精神、艺术追求、审美情趣和艺术才能等精神特点的总和。正是这些精神特点制约着作家的创作活动,制约着他观察生活、感受生活、认识生活和表现生活,制约着他怎样去建构一个为他所有而别人所无的独特的艺术世界,从而在这个艺术世界中凝聚他独特的审美素质,发挥他独特的审美创造力,呈现出与众不同的个人独特风貌。

创作个性是文学主体性的转化与表现,同时也是由多方面因素构成的。其中,个性气质、人格精神是它的心理基础,艺术追求、审美情趣、艺术才能是它的艺术素质,这些因素相互渗透,融为一体,才能构成完整的创作个性。因此,有必要谈谈创作个性与作家的个性气质、人格精神的联系与区别。

一般说来,作家的个性气质、人格精神与创作个性是相对应的,作家的人格总会直接间接地体现在作品里。历来的文艺家、理论家大多认为风格是作家、艺术家人格的表现,"文如其人""风格即人"的说法是人们所熟知并且认同的。这种提法简明地概括了作为创作主体的艺术家和他所创造的作品之间所存在的一种内在的对应关系,理应作为我们认识风格问题的出发点。

李白性情爽朗旷达,狂放不羁,想象奇特大胆,感情表达酣畅淋漓,不掩抑收敛,追求"笔落惊风雨,诗成泣鬼神"(杜甫语)的神奇艺术效应。正是这种迥异于他人的创作个性,形成了他豪放雄浑、清新飘逸的文学风格。杜甫性情谨严深沉,一生饱尝离乱漂泊之苦,空有抱负不能实现,忧国忧民,创作上千锤百炼、苦心孤诣,追求"语不惊人死不休"的艺术境界。这种创作个性表现在风格上,则是沉郁顿挫、凝重蕴藉。

但是,有时候作家的个性气质、人格精神又与创作个性不完全一致。著名学者何西来在《论文格与人格的二重性》中提出了自己的见解。他说,当人们要对二者的内在联系作出判断时,至少有以下四个方面的情况必须加以考虑。

第一,一般说来,对作家的人格评价,侧重于伦理道德、政治功利和社会实践方面,这种评价本质上是非审美的,而艺术风格则属于审美范畴。作家的主体人格外化为作品的风格,要经过审美的选择与转化。在这一转化中,主体人格的一些方面会被略去,另一些方面又会有提高,这就决定了在作品风格和作家人格的对应关系上可能产生某些不一致。以法捷耶夫为例,他曾写过《毁灭》《青年近卫军》等名篇,创作风格无疑是雄健、崇高、悲壮的,能够唤起读者心灵深处的英雄主义情怀。但在实际生活中,他既是一个不可救药的酒鬼,又参与过对许多正直作家的迫害。在这里,有时倒是要取钱钟书所说的"固不宜因人而斥其文,亦只可因文而惜其人,何须固执有言必有德乎"的通达态度。[①]

第二,作家的人格,像一切具体的个体人格一样,是由复杂的、多方面的因素组合而成的,这些因素既包括相同方面的东西,也包括矛盾的、对立的东西。从心理层次来划分,有显意识和潜意识的区别;从性格的积极因素和消极因素来划分,"半是魔鬼、半是天使"的说法也许是一种夸张了的两极组合。但恩格斯说:"歌德有时非常伟大,有时极为渺小;有时是叛逆的、爱嘲笑的、鄙视世界的天才,有时则是谨小慎微、事事知足、胸襟狭隘的庸人。"[②]可见,作家的人格是一种复杂的组合,在创作中,作家不可能把他所有的人格因素都转化为作品的具体风格。不同的作品,可能反映了作家人格的不同侧面。正如沃尔夫冈·凯塞尔认为,作

---

[①] 钱钟书:《谈艺录》,中华书局,1984,第161页。
[②] 《马克思、恩格斯、列宁、斯大林论文艺》,人民文学出版社,1981,第39页。

家的"人类的人格",即生活中的人格,大于他作品中表现的人格。

第三,在创作中,进入审美境界的作家,有较大的心灵自由度,但在现实生活中必定受到各种关系、各种规范的束缚,这就可能出现他作品中的"言"与他实际的"行"之间的脱节。钱钟书对此的看法是:"人之言行不符,未必即为'心声失真'。常有言出于至诚,而行牵于流俗。蓬随风转,沙与泥黑;执笔尚有夜气,临事遂失初心。"他还进一步说:"见于文者,往往为与我周旋之我;见于行事者,往往为随众俯仰之我。皆真我也。身心言动,可为平行各面,如明珠舍利,随转异色,无所谓此真彼伪;亦可为表里两层,如胡桃泥笋,去壳乃能得肉。"①钱钟书充分考虑到现实生活的诸多因素对人格的影响,分析得入情入理。按照这种"知人论世"的鉴赏方法,对具体的风格人格作出判断,就会更切实些、客观些。

第四,要考虑创作主体出于各种原因的掩饰。正如钱钟书在《谈艺录》中所说:"以文观人,自古所难……然所言之物,可以饰伪:巨奸为忧国语,热中人作冰雪语,是也。其言之格调,则往往流露本相;狷急人之作风,不能尽变为澄澹,豪迈人之笔性,不能尽变为谨严。文如其人,在此不在彼也。"

从上述风格与人格的二重性可以看出,由风格看人格虽系风格鉴赏中的基本方法,但这只能如纪昀所说,是"约略大概言之,不必皆确",至于许多相关的复杂情况,则必须进行具体分析,不可以简单化。

## 二、风格的形成和发展

风格是作家在艺术上臻于成熟的标志之一,它有一个形成和发展的过程,而且在发展的过程中也会发生某些变化。

风格不是与生俱来的,而是在长期的生活实践和艺术实践中逐渐形成的。因此,并非所有的作家都有风格,只有将创作上表现出来的某种特色不断发展,才有可能形成风格。

作家风格的形成与发展是与他的创作个性的形成和发展同步进行、同步实现的。影响作家的创作个性从而导致艺术风格的形成与发展,有两个方面的条件:一个是社会历史的客观条件,一个是作家自己的主观条件。

### (一)社会历史的客观条件

所谓社会历史的客观条件,主要是指定历史时期的社会政治经济状况、社会的风俗习惯、学术思想、文艺风尚、民族的文化艺术传统、其他民族文化艺术的影响以及群众的审美需要、欣赏习惯等等。

#### 1. 社会政治经济以及社会矛盾对作家的影响

作家生活的那个时代的社会经济、政治状况和面临的社会矛盾,对他的生活命运有着决定性的影响,这种影响必然会反映到创作上来,成为风格形成的重要因素。司马迁在《史记》中曾论述过屈原的创作,他认为,"屈平疾王听之不聪也,谗诌之蔽明也,邪曲之害公也,方正之不容也,故忧愁忧思而作《离骚》。离骚者,犹离忧也"。屈原的政治遭遇对他的创作个性、艺术风格的形成产生了深刻影响。唐代大诗人杜甫,他所生活的时代是唐代经济从繁荣到衰落,社会从安定到动乱,统治集团政治上从励精图治到腐败堕落的时代。社会经济政治状况的变化,加之安史之乱后,自己颠沛流离、饥寒交迫的生活,使他广泛了解了社会现实和民生疾苦。正是这种个人际遇,促使他关注国计民生,描述时局的艰难、国家的危机、人民的苦难,由此才形成了他悲愤深切和沉郁顿挫的文学风格。

#### 2. 社会风气和学术思想对作家的影响

一定时代的社会风气、学术思想也会对作家产生影响,进而影响到他的创作个性和风格。

李白的时代,游侠与修道成为风气,正是这种风气给李白的性格特征、生活情调、审美意识带来了很大

---

① 钱钟书:《谈艺录》,中华书局,1984,第163—164页。

影响,使他的豪放风格又添上了浓重的飘逸色彩。魏晋诗人嵇康清峻秀逸的风格,与当时崇尚老庄、高谈玄理、不管世务、行为放诞的学术风气有密切关系。嵇康受玄谈之风和老庄思想的影响,但又保留着建安文学的传统,其作品既带有浓厚的老庄色彩又流露出抑郁不平的情感,这就形成了他高洁傲世的精神个性和清峻秀逸的风格。

### 3. 社会阶级和读者审美对作家的影响

一定社会的阶级、阶层和人民群众的艺术趣味和欣赏习惯所形成的文艺风尚,也会影响作家的创作个性和风格。

法国 17 世纪文学中那种典雅而呆板的风格,就是受当时宫廷贵族趣味影响的结果。而每个时代的民间艺人、进步作家,则总是自觉地适应人民群众的审美需求,创造出人民大众喜闻乐见的文学风格。在我国现当代文学史上,赵树理就是主动适应农民群众的审美要求而形成自己艺术风格的一个典型。各地"乡土文学"的形成,也大多是因为地方风格普遍为各地人民喜爱的缘故。

### 4. 文艺传统和艺术经验对作家的影响

中外文艺传统和别人的艺术经验,也会影响到作家的创作个性和风格。任何一个作家都必然拥有自己的文化艺术背景,都必然经过一个学习、借鉴前人和同时代人的过程,在此基础上革新创造,也是作家形成创作个性及风格的重要条件。如郭沫若,曾受到屈原、李白、泰戈尔、雪莱等许多中外著名诗人的影响,形成了自己独特的风格。又如王蒙,正是同时受我国文学传统和异域文化的双重滋养,既继承传统又超脱传统,既借鉴西方又不邯郸学步,才走出了新的文学路子,形成了别具一格的幽默风格。

### (二)作家自己的主观条件

作家自己的主观条件主要是指作家的生活经历、人生态度、文化艺术修养、心理气质、审美情趣等所形成的独特个性。

对于作家的风格形成来说,客观历史条件只是造成主观条件的基础,而主观条件才是形成艺术风格的直接原因。因为,客观条件只有在影响了作家并成为形成他主观条件的原因时,才可以间接影响到他的风格。此外,作家的主观条件一旦形成,就会影响到他对客观条件的认识与感受以及在多大程度上接受客观条件的影响。因此,不同的作家在客观条件相同的情况下却形成了不同的艺术风格。文学史上根本不存在主观条件完全相同的作家,而创作个性上的任何一点差异都会给其艺术风格造成影响,因而即使在某些方面相同或相近的作家,也会以迥然不同的风格相互区别着。如贵族出身的屠格涅夫和列夫·托尔斯泰,虽然他们都以批判现实主义方法对俄国的农奴制予以否定与批判,并对社会的进步寄予热望,但是他们在生活经历、世界观及审美情趣上还是存在着种种差异,这些差异就使他们形成了不同的风格:屠格涅夫采取的是温和的改良主义态度,作品流露出感伤的意味和浓厚的抒情性;列夫·托尔斯泰则以他深刻的洞察力和锐利的批判锋芒,向不合理的制度与现实提出了愤怒的抗议,作品渗透着深沉的思考。可见,艺术风格首先且主要受制于作家的主观条件,正如孙犁所说:"风格任何时候都不能是单纯形式问题,它永远和作家的思想,作家的生活实践形成一体。"①

作家的主观条件具有多方面的因素,它们又是相互影响、共同起作用的。只是不同作家在不同的情况下,某种主观因素的作用可能更为明显一些。有的作家是生活态度、人格精神起着重要作用;有的作家是个性气质起着重要作用;有的作家则是艺术追求、审美意识起着重要作用。

总之,促使作家风格形成和发展的主客观因素是多方面的,它们综合作用的结果决定了作家认识生活和表现生活的独创性。"从一方面看,这种独创性揭示出艺术家最亲切的内心生活;从另一方面看,它所给

---

① 孙犁:《孙犁文集》第四卷,百花文艺出版社,1982,第 274 页。

的却又只是对象的性质,因而独创性的特征显得只是对象本身的特征,我们可以说独创性是从对象的特征来的,而对象的特征又是从创造者的主体性来的。"① 这种主客观因素的相互作用,不是机械的拼凑,而是化学的化合,它具有整合的特点。时代、民族、地域、生活实践、思想影响、艺术传统、心理特征等等,都不是从单一的层面以孤立的形式对作家的创作个性、艺术风格发生影响,而是以同时出现的方式综合进行的,它们互相作用,或互为因果,或互相渗透。

然而,主客观因素能够统一在一个作家身上,形成其创作个性和文学风格,并不是一蹴而就的,必须通过作家不断的社会实践和艺术实践来完成,这个过程是长期的、艰苦的。

还应当指出,作家的风格形成以后并不是一成不变的,而是会发展变化的。这是因为,形成作家风格的主客观因素都在不断地起变化,这些变化必然反映到风格中来。因此,作家风格不仅有一个形成的过程,而且还会有一个发展的过程。对创作经历较长的作家来说,更是如此。如白居易早年关心民生疾苦,多作讽喻诗和感伤诗,针砭时弊,鸣放不平,用他自己的话说是"不能发声哭,转作乐府诗。篇篇无空文,句句必尽规"(《寄唐生》),风格平易通俗;到了晚年思想消沉,多作闲适诗,流露出消极无为的老庄思想和"求无生返觉路、归空门"的佛家观念,诗风趋于高雅平淡。他的前后风格判若两人。

文学是个创新的领域,作家不仅要以独特的风格与其他作家相区别,而且也应该避免重复自己。布封说:"随着不同的对象,写法就应该大不相同;就是写表面上似乎最简单的对象,文笔固然要保持着简单性,但另一方面却还不能千篇一律。一个大作家绝不能有一颗印章,在不同的作品上都盖着同一的印章,这就暴露出天才的缺乏。"② 当代作家王蒙也强调这一点:"同是自己的作品,前一篇成功的作品的主题、题材、结构、语言、剪裁……不能照搬到后一篇来。因为后一篇是创造。第一千零一篇和第一篇作品就其为创造,其为言前人之所未言,写前人之所未写这一点来说二者并无区别。"③ 正因为文学创作不能相互重复、陈陈相因,因此,杰出作家的风格总是不断充实不断发展的,从而表现出丰富多样又基本统一的特征。如鲁迅小说的整体风格是洗练、深沉、冷峻而幽默,然而他的作品又各具风采,忧愤呐喊的《狂人日记》不同于深情思索的《故乡》,幽默中含着悲痛的《阿Q正传》更与藏讥讽于描绘之中的《肥皂》有别……

总之,风格是不断发展和丰富着的,对作家来说,它只能是独创性的徽章,而不能成为局限创作的桎梏。

## 三、风格的创造与体现

文学风格是一种创造,这种创造体现在作品的内容与形式的统一上,体现在内容、形式的各个要素之中。

### (一)体现在题材的选择和处理上

题材的选择处理与作家的创作个性密切相关,作家总要寻找与他的创作个性相适应的题材,并以他对生活的独特感受、独特的审美情趣和艺术追求来处理题材,从而使他的作品显示出自己的特色。比如鲁迅主要参照辛亥革命前后的农村现实及知识分子命运;叶圣陶多是描写二十世纪二三十年代知识分子,特别是中小学教员的灰色人生;曹禺大都取材于封建家庭和资产阶级生活;老舍更为关注城市贫民和其他劳动者的遭际。作家们在题材选择上的一贯性及其创作的对象特色,构成了各自艺术风格的一个层面。诚然,随着作家生活体验的变化,其创作题材也会不断地转移,对阅历丰富而多面的作家来说,他的笔触涉猎的领域可能是十分宽广的。但总的来说,作家只有在自己得心应手的题材领域里施展艺术才能,才会给他的创作带来丰厚的成果。正因为这样,历代不少作家都在有意识地强化着自己的题材特色。如刘绍棠执意在冀东古运河岸边的现实与历史中寻求田园诗情,蒋子龙更多对工业领域的沸腾建设进行浓墨重彩的描绘和一

---

① [德]黑格尔:《美学》第1卷,商务印书馆,1979,第373—374页。
② [法]布封:《论风格》,载《译文》1959年6月号。
③ 王蒙:《论风格》,载《钟山》1980年3月号。

连串思考,张洁以对当代人的精神生活、道德情操和家庭婚姻结构进行探索来透露时代前进的脚步声,邓友梅把北京的特殊风土人情作为自己的参照对象并给人们留下了深刻的印象。

### (二)体现在艺术形象的塑造和艺术意境的建构上

在文学创作中,题材的选择和处理服从于艺术形象的塑造和艺术意境的建构。艺术形象和艺术意境不仅表现作品的主题思想,而且体现作品的艺术风格。在抒情性作品中,艺术意境的创构直接关系作品风格。王维善于在诗中营造幽静、清新、淡远的意境,动静结合,虚实有致,形成了诗中有画的特色。苏轼以他"出新意于法度之中,寄妙理于豪放之外"的艺术追求,在宋代词坛"自是一家"而迥然不同于柳永。他在《念奴娇·赤壁怀古》这首词中塑造了恢宏阔大的艺术意境,从而显示出雄伟豪放的风格。

古罗马的朗吉弩斯在《论崇高》中说:"风格的庄严、恢宏和遒劲多依靠恰当地运用形象。"可见,人们很早就认识到了塑造形象对于创造风格的重要性。文学史上杰出的作家提供的人物画廊都有其独特性。鲁迅笔下的"不幸的人";茅盾笔下的民族资本家的形象;契诃夫笔下的小人物;托尔斯泰笔下的贵族形象;赵树理笔下的农民……应该指出,即使描写对象十分相近,形象创造也会因人而异。同样是写"小人物",契诃夫作品里的小官吏、小职员、家庭教师、车夫、学徒的形象多呈现出目光短浅、意志薄弱、平庸空虚的精神状态,而高尔基笔下的工人、流浪汉、劳动妇女、小贩等形象的性格气质则浸透着生命的活力、坚强的意志和进取精神,他们并不屈从于命运的摆布。总之,不同的作家都有自己的人物画廊和形象系列,从而显示出各自的独特风格。

### (三)体现在主题、意蕴的侧重上

由于作家对生活的思考、探索不同,理解感受不同,思想的重心、指向不同,因此在主题、意蕴的侧重上也显得不同。

反复出现在作家创作中的主题、意蕴倾向,是我们考察其艺术风格的一个重要层面。如贯穿于鲁迅小说中的基本主题是"揭出病苦,引起疗救的注意"[①];激荡在郭沫若诗歌中的情感力量是大胆的叛逆精神和对未来的乐观主义信念;巴金则以他的艺术画卷表达了对旧中国封建势力和传统观念的愤怒抨击,并对青年的美好未来寄予热望;而冰心把创作激情献给了童心、母爱的张扬和对大自然的赞赏,用另一种方式表现着摆脱封建桎梏和个性解放的要求;赵树理笔下的农村生活更多凝结着他对农民前进途中存在着的"问题"的现实性思考;柳青在观照农民命运时以其对新生事物的发掘体现着强烈的理想追求;等等。总之,凡是有自己风格的作家,其作品的主题、意蕴指向必定带有独特性。

### (四)体现在创作原则和艺术手法的选用上

把艺术对象转化为艺术形象,创作原则和艺术手法起着重要的作用。艺术形象建构的意向必然通过创作原则和艺术手法的运用才能完成。因此,对创作原则和艺术手法的选用就制约着作品的风格。在文学史上通常说的现实主义风格、浪漫主义风格、古典主义风格、形式主义风格等,就是指作家运用创作原则的特点。不同的创作原则,会给作家的风格带来巨大的差异。如李白和杜甫、鲁迅与郭沫若、莎士比亚与莫里哀、雨果与巴尔扎克等。

当然,创作原则和艺术手法既有联系又有区别,即便作家的创作原则相同,他们以各自的创作个性去观察和感受艺术对象的方式也是多种多样的,这就使作品呈现出不同的风格。比如同是现实主义,既可以是简洁的,也可以是细腻的;既可以是直接的,也可以是含蓄的。同是浪漫主义,既可以是雄浑豪放,也可以是明丽劲爽;既可以是清新幽雅,也可以是粗犷奇险;等等。总之,艺术手法的运用对风格的体现较之于创作原则更为直接。情节的设置、结构的安排、环境的描写,既是艺术构思的问题,更是艺术手法的问题,这些都

---

① 鲁迅:《我怎么做起小说来》,《鲁迅全集》第4卷,人民文学出版社,1981,第512页。

可以表现出独特的文学风格。

### (五)体现在文学体裁的驾驭上

不同的文学体裁具有不同的审美特性,对风格的创造也起着制约作用。作家的审美情趣虽然不同,但在创作时,都依据具体的审美内容来确定体裁,从而形成一定的风格。

如契诃夫,被称为"短篇小说之王";鲁迅主要写中短篇小说与杂文;巴金、托尔斯泰则擅长驾驭长篇。需要指出的是,不同的文学体裁是可以互相融合的。作家在驾驭某种体裁时,可以发挥创造性,吸纳其他体裁的因素,改变原来的某些特征,从而丰富其艺术表现力,实现新的艺术追求。比如,诗的散文化、戏剧的诗化等。这样,体裁的审美特征就必然发生变化,并使作品的风格发生变化。

### (六)体现在语言的运用上

在形式诸要素中,风格在语言上的表现最为突出和鲜明。优秀的作家都是语言大师,他们以其独特的语言运用(基调、色彩、气势与节奏)显示着自己的风格追求,因此我们常常凭着作品的语言特色,就可以区别出是谁的作品。老舍的语言富有北京地方色彩,形象生动、风趣幽默;赵树理的语言质朴无华,带着泥土的芳香。同是幽默,老舍的语言锋利多于蕴藉,有时近于老辣,而鲁迅的幽默寄寓着更深邃的思想;同是白描,鲁迅的语言凝练、深刻、遒劲,赵树理的语言直白、风趣、口语化。

## 四、风格的特点

风格具有独创性、稳定性和多样性的特点。

### (一)独创性

风格作为文学创作的最高境界,它是作家成熟的标志,是作家印刻在自己作品上区别于他人的徽章,因此独创性是其第一要义。古今中外,优秀的作家都有独特的风格。李白飘逸豪放,鲁迅深邃冷峻,契诃夫隽永深远,果戈理辛辣幽默。不同的作家风格可以相近、相似,却不会相同。模仿重复别人的风格,就等于没有风格。风格的独创性同创作个性密切相关。创作个性正是体现作家才情独具的精神个体性。德国作家、理论家莱辛说,莎翁作品的"最小的优点也都打着印记,这印记会立即向全世界呼喊:我是莎士比亚的!"①风格贵在独创,因此艺术追求执着的作家都十分重视形成自己的风格。

### (二)稳定性

成熟的文学风格具有相对稳定性。布封说:"知识、事实与发现都很容易脱离作品而转到别人手里,它们经过更巧妙的手笔二写,甚至会比原作还要出色哩。这些东西都是身外物,风格却是本人。因此,风格既不能脱离作品,又不能转借,也不能变换。"②风格之所以不能流动、转借、变换,是因为形成文学风格的创作见解和艺术表达具有相对的稳定性。1933年5月4日,鲁迅曾给黎烈文写了一封信:"夜里又做一篇,原想嬉皮笑脸,而仍剑拔弩张,倘不洗心,殊难革面,真是呜呼噫嘻,如何是好。"③可见,在形成原来风格的条件没有改变之前,作家的风格是不会轻易改变的。但风格的稳定性不是绝对的,而是相对的。因为世界万物都处在发展变化中,作家的世界观、艺术观也不可能一成不变,它们必然会给作家的创作个性和艺术风格带来影响。

### (三)多样性

风格的多样性既指不同作家具有不同的风格特色,又指同一作家创作中风格的丰富多变。风格的多样性是由作家创作个性的差异、客观对象的丰富多彩和文学接受的不同需要决定的。风格的多样化是一个时

---

① [德]莱辛:《汉堡剧评》,上海译文出版社,1981,第374页。
② [法]布封:《论风格》,载《译文》1959年9月号。
③ 《鲁迅书信集》(上),人民文学出版社,1976,第371页。

代、一个社会、一个民族文学繁荣的标志。同时也应看到,风格虽然是多样的,但在多样中又存在着统一性,即在多样性基础上的共通性、一致性。刘勰在《文心雕龙·辨骚》中指出"骚经九章,朗丽以哀志;九歌九辩,绮靡以伤情;远游天问,瑰诡而慧巧;招魂大招,耀艳而深华",充分说明了屈原诗歌的风格具有多样性,同时又用"酌奇而不失其真,玩华而不坠其实"来概括屈原诗歌风格的统一性。①

## 第二节　文学风格的审美构成

　　文学风格在作品中是一种有机整体的存在。文学风格的审美构成是那些从情绪上给人以鲜明印象的要素的融合,显现为给人以美感的整体风貌。文学风格的构成要素可以从不同的角度去分析,在这里我们主要从中国传统的文论出发,同时兼顾不同文体的要求,从内在统一性和本体论的角度提出如下的要素构成,即文采、情调、韵味、气势、氛围。这五者相互依存、相互制约密切相关。

### 一、文采

　　文采指作品中的言语色彩,是文学风格的外表。对文采的重要性及它与内容的辩证关系,古人早有明确的认识。刘勰在《文心雕龙·情采》中认为,"文附质""质待文":"情"即"质","采"即"文"。优美的文辞,必须附丽于纯正的情感;而纯正的情感,又有赖于优美文辞的表现。"情"是根本的,尚需与"形"(辞采)、"声"(音调)配合得宜,才能交织成为完美的统一体。他把文章中的情意和辞采,比作一经一纬:"情者文之经,辞者理之纬;经正而后纬成,理定而后辞畅,此立文之本源也。"刘勰把"情"与"采"并举,主张"为情而造文",反对"为文而造情",这既是"立文"的根本,也是风格创造的准则。在风格创造中,"情"与"采"也是主次相从,互为配伍的。正如明代袁宏道所说:"情随境变,字逐情生。"(《叙小修诗》)而文采的作用不仅在于传达情感,如果用得恰当,还可以增加情感的感染力。而为了增强情感的感染力,必须根据这种情感加以布采。"文采"在中国古代文论中又称"辞采""词采"或"丹彩",梁代理论家钟嵘在《诗品·序》中说:"干之以风力,润之以丹彩,使味之者无极,闻之者动心,是诗之至也。""风力"犹言风骨,有时也可泛指风格②;"丹彩"指的是辞藻文采。"风力"与"丹彩"统一,就有了"滋味",那是诗的极致。晋怀帝时,文学界不重丹彩,"贵黄、老,稍尚虚谈,于时篇什,理过其辞,淡乎寡味"。至东晋时,玄言派的诗"皆平典似道德论,建安风力尽矣"。可见两者都不可或缺。钟嵘正是从此角度来品评诗人,揭示作家的风格特色及其滋味的高下。他把"采"从属于"风力"或"骨气",正如刘勰把"采"从属于"情"一样,都是为了反对当时形式主义的文风,但他们丝毫也没有忽视文采的重要性,而是一致把它作为风格的重要构成。事实上不同的文采的确构成了不同的风格特色,如有的作品典雅,有的作品华美,有的简约,有的繁富,有的质朴,有的新奇,有的舒缓,有的峻急,凡此都与文采即言语的色彩直接有关。作家对语言的选择和修饰,总是体现了他的教养、爱好、趣味等创作个性方面的因素,正如画家对色彩的选择和运用一样。因此言语的色彩也就成了风格的"色泽",不同作家风格色泽上的差异,首先也在于言语色彩上的差异。沃尔夫冈·凯塞尔指出:"风格研究所理解和探求出来的事物就是语言手段作为一种态度的表现的功用。""在提出和描写各种语言形式时,各种不同的种类都要分开:发音、词类、各类词组、词序、句的构造、大前提的形式,而且最后还有各种提供的形式、内容、节奏和结构都要

---

① 周振甫:《文心雕龙注释·辨骚》,人民文学出版社,1981,第36—37页。
② 《魏书·祖莹传》:"文章须自出机杼,成一家风骨。"

证明为是表现风格的语言形式。"①以中国的古典诗歌为例,近人喻守真曾对李白的《梦游天姥吟留别》从句式的角度做过语言分析,指出:"此诗体制非常解放,其中有四言五言六言七言九言句。除古诗句法外,又参用'骚体',运用好几个'兮'字,最奇者其中又有像辞赋的语句,如'忽魂……烟霞'等句。这可见才气奔放,兴到笔随,不受任何体例的约束。这般作品只可鉴赏它的气势,不能加以寻常绳墨。"②《梦游天姥吟留别》极端偏离诗歌语言的常规和体式,却又那么充分地展示了诗人瑰丽浪漫奇异的想象和文采,构成了豪放飘逸、雄奇壮丽的风格。文采说到底是"语言的特殊的组合",也就是风格的存在方式,因此历来为风格研究者所重视。

## 二、情调

情调指作品中的情感格调。"格调"原来指人的风度仪态,后来又成为文章风格的同义词。其实"文采"也是一种格调,但因偏重于外在的语言形式,所以是一种语言格调。情调作为一种情感格调,相对于显在的语言格调来说,是较为内层的,但又必然地会在语言层面上得到外显,否则也就无情调可言。确切地说,情调是由情感的品质所决定的,它虽然最终呈现于语言的形式层,却在审美的形式中表现了审美的情感内容和品质。中国古代文论中"言志""载道"说固然历久不衰,但对文学情感特征的概括、确认和强调也由来已久。在魏晋这一文学自觉的时代,自陆机提出"诗缘情"的主张后,强调文学的情感特征成为一股自觉的美学潮流。沈约在盛赞曹氏父子的文学创作时,提出"以情纬文,以文被质"(《宋书·谢灵运传论》),意思是以情组织文采,以文采润饰内容。刘勰持情志论,但把"情"提到了第一位:"情者文之经","志"则统一于情之中;情感的作用贯穿创作的始终"情以物遣,辞以情发"(《文心雕龙·物色》);外在的文辞是波,内在的情感是源:"夫缀文者情动而辞发,观文者披文以入情,沿波讨源,虽幽必显。"(《文心雕龙·知音》)情是作品的内在境界,辞是作品的外在形式。作家所体验过的情感通过他所精心结撰的文辞而表达,批评家则是透过文辞进入作品的情感境界。由波溯源,即使作品的情感再隐秘幽深,也必能劈肌分理,使之显豁。这也就是他在《序志》篇中所说的"振叶以寻根,观澜而溯源"。试看宋代词人晏几道的《蝶恋花》:

梦入江南烟水路。行尽江南,不与离人遇。睡里消魂无说处,觉来惆怅消魂误。

欲尽此情书尺素。浮雁沉鱼,终了无凭据。却倚缓弦歌别绪,断肠移破秦筝柱。

从这首词的文辞内容来看,上阕写梦境中未能与离人相遇,醒来后很觉惆怅。"离人"远在江南,而江南又是一片烟水茫茫的辽阔之地。思念者日思夜想,便"梦入江南",又"行尽江南",可见思念之烈,寻觅之苦。在修辞上叠用"江南""消魂",在音节上颇具顿挫之美,又见出其魂系江南之情。下阕层层推进:因夜梦难寻,欲将相思之苦尽遣笔端,但千里迢迢,书信难达。唯有调筝缓歌以抒离恨,只因恨深情长,竟将筝柱移破。此词把怀念情人的那种刻骨铭心的相思之苦,写得很有情调,具有层层深入、节节转换、语句清疏、情真意切的特点。诚如词论家冯煦所谓:"淡语皆有味,浅语皆有致。"(冯煦《宋六十一家词选例言》)同是有情调的作品,因其情感的浓或淡、强或弱,以及阔大或狭小,在语言符号的表现中呈现出不同的色彩或格调。试再看与晏几道同时代的王安石的《桂枝香·金陵怀古》:

登临送目,正故国晚秋,天气初肃。 千里澄江似练,翠峰如簇。 征帆去棹残阳里,背西风、酒旗斜矗。 彩舟云淡,星河鹭起,画图难足。

念往昔、繁华竞逐,叹门外楼头,悲恨相续。 千古凭高对此,漫嗟荣辱。 六朝旧事随流水,

---

① [瑞士]沃尔夫冈·凯塞尔:《语言的艺术作品》,上海译文出版社,1984,第393页。
② 《唐诗三百首详析》,中华书局,1957,第65页。

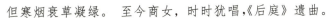

但寒烟衰草凝绿。至今商女,时时犹唱,《后庭》遗曲。

从文辞内容来看,上阕写极目远眺中金陵的晚秋景色,下阕写怀古忧今之情。金陵是六朝故都,故称"故国",很容易使人从眼前想到过去,再回到目前,这就是上下阕在时空和思绪上的内在联系。写眼前的景色,用笔简练,白练似的长江,青山簇拥,征帆远去,白鹭点点,一片难以画尽的晚秋宁静的美景。写怀古之情,则心绪陡转,叹六朝倾覆,山河失色,悲恨相续。作者连用唐代杜牧《台城曲》和《夜泊秦淮》中两个典故,隐晦曲折地暗示赵宋王朝潜伏着当年六朝的危机。全篇写景与抒情融为一体,怀古和感今相得益彰,用典又起了贯通古今的妙用。

《古今词话》说:"金陵怀古,诸公寄词于《桂枝香》凡三十余首,独介夫最为绝唱。"尽管北宋词坛尚未打破"词为艳科"的藩篱,但王安石此词境界开阔,又具历史感,为强烈的忧患意识所笼罩,这自然与他作为"中国 11 世纪的改革家"的身份、视野和志趣有关,与他为文应"有补于世"的创作主张有关。他的词作不多,但挥洒自如,格调豪迈高远,洗五代旧习,为当时词坛开辟了一个新天地。而晏几道还是沿袭旧章,局限于爱情描写,格局较小,但也自有其审美价值。正如清代词论家陈廷焯所说:"晏小山工于言情""自有艳词,更不得不让伊独步"(《白雨斋词话》)。然而两相比较,可以看出王词与晏词在情调上有很大的不同,风格也大相径庭。他们情感有不同的向度,但都是真情实感。也只有真实的情,才能产生富于美感的情调。

## 三、气势

气势指作品中的精神状态和精神力量的运动状况。在古代朴素的唯物主义看来,"气"是一种自然物质,也是种精神力量,世界是由一种运动着的元气构成的。作为一种自然之气,它作用于万物,四时的景色变动更替,从而感动了诗人,情以物兴,情以辞发。所以钟嵘说:"气之动物,物之感人,故摇荡性情,形诸舞咏。"(《诗品·序》)刘勰也说:"写气图貌,既随物以宛转;属采附声,亦与心而徘徊。"(《文心雕龙·物色》)气表现在人身上,就是人的自然禀赋、精神人格,这对创作来说更是至关重要的,正如曹丕所说的"文以气为主",因此需要守气(刘勰:"缀虑裁篇,务盈守气"),也需要养气(孟子:"养吾浩然之气")。韩愈进一步把"气"理解为文章的气势,指出:"气,水也;言,浮物也。水大而物之浮者大小毕浮。"又说:"气盛则言之短长与声之高下者皆宜。"(《答李翊书》)历代的很多文论家都从"气势"的含义上谈"气",重视文章的气势,明清时代的文论家甚至把"气"看得比"才"更重要。即便叶燮以才、胆、识、力论诗,但也很强调气,他说:"立言而为文章,韩愈所谓'光焰万丈',此正言文章之气也。气之所用不同,用于一事则一事立极,推之万事,无不可以立极。故白得以与甫齐名者,非才为之,而气为之也。"(《原诗》)气在中国古代文论中既是一个重要的概念,也是一个混沌的概念,大体上来说,气在内则为人格结构的组成部分,在外则表现为作品的气势,也即在言语形式中表现出来的精神状貌和精神能量的强弱与运行中的高下起伏。曹丕所谓的"气有清浊",刘勰所说的"气有刚柔",以及韩愈说的"气盛言宜",都是兼而言之的。就作品而言,气势加强了情调的生动性和流动性,并呈现为多样的风格。所以古代的理论家纷纷从气来探讨风格特色和风格的多样性。如谢榛在论述唐诗风格时指出:"自古诗人养气,各有主焉。蕴乎内,著乎外,其隐见异同,人莫之辨也。熟读初唐、盛唐诸家所作,有雄浑如大海奔涛,秀拔如孤峰峭壁,壮丽如层楼叠阁,古雅如瑶瑟朱弦,老健如朔漠横雕,清逸如九皋鸣鹤,明净如乱山积雪,高远如长空片云,芳润如露蕙春兰,奇绝如鲸波蜃气,此见诸家所养之不同也。"(《四溟诗话》)由于诗人们所养之气不同,在作品中所表现的格调也不同,于是古人便从气这个总概念出发推衍出一系列的从属概念。如"意气",指由高尚的气质所形成的风格。刘勰说:"意气骏爽,则文风清焉。"(《文心雕龙·风骨》)张戒云:"意气有不可及者,杜子美诗也。"(《岁寒堂诗话》)如"气力",指作品体现的力量,风格劲健。谢赫评顾骏之绘画:"神韵气力,不逮前贤。"(《古画品录》)刘勰论文:"文辞气力,通变则久。"(《文心雕龙·通变》)如"生气",指作品的精神蓬勃舒发,神采盎然。司空图曰:"生气远出,不著死灰。"(《二十四诗品》)沈德潜说:"谢茂榛古体,局于规格,绝少生气。"(《说诗语》)再如"神气",指作品传神有韵味。刘大櫆云:"神者气之主,气者神之用,神只是气之精处。"又如"才气",把才和气连用。胡应麟云:"歌行之畅,必由才气。"(《诗薮》)此外,还有辞气、气象、气格、气势、气韵、气脉、骨气、气魄等用法。这些,都是由气这个总概念派生出来的,具有总概念的共同特征,彼此又有细微的差别,构成了一个以气为中心的概念系统,从不同侧面来说明艺术风格的特征。如韩愈的作品就可以用气势来评价,他的散文气势磅礴雄奇奔放,跌宕起伏又明快流畅。皇甫湜说他的文章"如长江清秋,千里一道,冲飚激浪,瀚流不滞"(《谕业》)。苏洵也说:"韩子之文,如长江大河,浑浩流转。"(《上欧阳内翰书》)同为唐宋八大家的欧阳修,虽以学习隔代的韩愈相标榜,但风格实不相同。从气的角度来看,主要是因为气的性质和运气的方式不同。韩愈偏刚,欧阳修偏柔,韩文滔滔雄辩,欧文娓娓而谈;韩文沉着痛快,欧文委婉含蓄。故韩文如长江大河,欧文似涓涓细流。实为气势不同,却各有各的审美价值。

## 四、氛围

弥漫于作品中的特定气氛,往往与景物、场面、环境相结合,构成特定的意境和情境,常见于抒情作品和叙事作品。气氛可以是作品局部描写所达到的艺术效果,如鲁迅在《故乡》开头所描写的渐近故乡时的阴晦天气,呜呜的冷风,苍黄的天字,萧索的荒村,为作品的展开发展提供了特定的情境。也可以环绕整个作品,如古典长篇小说《红楼梦》就被一种特殊的氛围所缠绕,即鲁迅所说的"悲凉之雾,遍被华林"。英国女作家艾米丽·勃朗特的长篇小说《呼啸山庄》则充溢着阴郁的氛围。至于鬼神故事和惊险小说,更是无例外地突出来世氛围或阴森恐怖的气氛。氛围固然是依托背景或景物建立起来的,但它不是对环境的客观描写,而是对环境的情感渲染,所以在很大程度上取决于作品所具有的、能使读者和观众产生某种期待和态度的情感气氛,如霍桑的《红字》第一章对于牢门的描述所确立的阴沉氛围,在哈代的《还乡》开卷处通过对埃格顿荒原的渲染所产生的令人郁闷的宿命论感受。在美国剧作家奥尼尔和中国剧作家曹禺的不少剧作中都有类似的情境。氛围的营造不仅服从作品主题和情节的需要,也体现了作者的个性和审美意向,调节着作品或喜或悲、或高或低、或热或冷、或浓或淡、或明或暗的情调。所以氛围成了作品中的积极力量,成了无处不在的拟人化角色,有时甚至成了超自然的力量,冥冥中支配着事件和人物。在英国作家康拉德的小说中,通常贯穿了悲观神秘的情调,如《黑暗的中心》已为读者所熟知。他的另一篇短篇小说《礁湖》也如此,其中气氛情境的描写和人物事件的描写几乎平分秋色。森林地带中部的一座寂静的房子,这就是两个男人和一个垂死妇人的安身之所,与星空下明镜般的礁湖,构成了两幅自然的风景画,就在这个充满生机而又无情无感的世界内部把中心人物与外界隔离开了,也突出了作者那热情洋溢的本性。且看下述一段文字的描写:

> 狭窄的小河像是一条沟涧,是那样的蜿蜒曲折、深不可测;一条细长的湛蓝的天空,纯净而明亮,下面的河湾却笼罩着一片黑暗。高大的树木耸立,在帷幕般纷纷簇簇的灌木丛的遮掩下悄然遁去。从这里到那里,在靠近河水波光粼粼的漆黑之处,一些参天大树的顶盖枝条缠绕,小小的蕨角树成了窗格花一般的形状,显得漆黑阴森,它们缠绕在一起不动的样子,就像是一条被捉住的蛇。桨儿的喃喃碎语在厚厚而昏昏的、像墙一般的树林之间回响。黑暗穿过灌木丛纷扰的迷阵,从树林中,从其异无比而丝毫不动的树叶中钻了出来;黑暗是那样的神秘,具有所向披靡的气势;人们只能嗅到它的气息,它沉郁得就像无法通过的森林。

在这段文字里,康拉德竭力渲染丛林繁茂而又漆黑阴暗、深不可测、沉郁神秘的气氛,正如泰勒对这段描述所分析的那样:"丛林是自然而生机勃勃的,但也是无法预言和不可知的,它对生活和生存的干预势必导致矛盾和毁灭。于是,这个故事向我们展示了人具有的相似的品质和习性这一场景。"同时他还指出《礁湖》这些氛围描写是"风格或特征意义上的,因而也是间接的、它的目的在于提供一套判断的价值观念,这是起源于叙述者、作家本身的,也起源于语言的运用,特别是字句的选择和想象力"。"在一部作品的每个方面,作家都可以运用风格探讨的手段,提出自己的看法.来评价行动或人物形象。当然,这同样也能够把故事叙述者的价值观和看法反映出来。"①泰勒的分析是深刻的,氛围的作用不仅在于渲染烘托,而且体现了作者的价值取向;氛围不仅是风格的组成部分,而且也是"风格探讨的手段"。

## 五、韵味

韵味指作品言语结构所产生的情趣和意味,由于它是含而不露的,所以特别需要读者去品味。"韵"字的出现较晚,经籍上无,汉碑上也无,可能出现于汉魏之间。曹植在《白鹤赋》中提到的"聆雅琴之清韵",是今日可以看到的韵字之始。韵表示音乐的律动,有一种和谐之美,这是其本意,但引申开去,就成为一切艺术都可能具有的情趣意蕴或意味。韵味之所以称为"味",大抵就是因为它是需要把玩体味的,音乐如此,绘画如此,文学也如此。钟嵘曾提出"滋味"说,滋味者,"指事造形,穷形写物,最为详切"。而要达到这个目的,必须赋比兴并重,做到言近旨远,形象鲜明,有风力,有藻采,乃可耐人玩味,具有强大的感染力,这是"诗之至也"(钟嵘《诗品·序》)。钟嵘的滋味与韵味已很接近,是从品味着眼,并作为风格的重要组成部分。钟嵘说的是诗论,在画论方面,南齐画家、画论家谢赫则提出"气韵生动"在先,把它作为"图绘六法"之首(参见《古画品录》)。虽说是从技法着眼,却与风格相通。如他评陆绥的画"体韵遒举,风彩飘然"即是。对于气韵的相互关系,谢赫既然并举,自然认为是互补的。推衍到文学上,梁萧子显就说过:"藻思含毫,游心内运;放言落纸,气韵天成。"(《南齐书·文学传论》)敖陶孙评价曹操说:"魏武帝如幽燕老将,气韵沉雄。"(《臞翁诗评》)但也有将气与韵分开的,如元好问《自题中州集》后五首中第一首云:

邺下曹刘气尽豪,江东诸谢韵尤高。

若从华实论诗品,未便吴侬得锦袍。

此诗的原意是以当年的曹植和刘桢来比喻当时北方的金国诗人,以谢灵运和谢惠连等来比喻南宋的诗人,认为北国诗人主气之豪,南方诗人重韵之高。由于作者一贯偏重壮美的风格,所以有气比韵的品更高的意思。而明代陆时雍却极言韵之高。他说:"有韵则生,无韵则死;有韵则雅,无韵则俗;有韵则响,无韵则沉;有韵则远,无韵则局。物色在于点染,意态在于转折,情事在于犹夷,风致在于绰约,语气在于吞吐,体势在于游行,此则韵之所由生矣。"(《诗镜总论》)

看来历来诗论既有主张气韵浑成的,也有偏于主气或偏于重韵的。在创作上能做到气韵生动的总是少数,大部分则是气多韵少或气少韵多的。根据徐复观的看法,气韵之"气":"实指的是表现在作品之中的阳刚美。而所谓韵,则实指的是表现在作品中阴柔美。"②陆时雍主张的就是这种阴柔美,有了阴柔美,诗方可论雅:"诗不患无材,而患材之扬;诗不患无情,而患情之肆;诗不患无景,而患景之烦。知此始可以论雅。"(《诗镜总论》)陆时雍此说可能脱胎于唐代皎然的"诗有四不",即"气高而不怒,怒则失于风流。力劲而不露,露则伤于斤斧。情多而不暗,暗则蹶于拙钝。才赡而不疏,疏则损于筋脉"(皎然《诗式》)。气和韵的区别就在于,气是动的,外露的,韵是静的,内含的。节奏的调节,使气由动到静,使韵静中却有动意,但前者重在直而质实,而后者妙在曲而空灵。所以论气,讲理直气壮和雄深雅健,论韵,则讲回环往复。唐代的诗论大家司空图也是讲韵味的,他的《与李生论诗书》着重阐明的问题就是诗的韵味问题。他指出只有辨于味,而后才可以言诗。这里所说的"味"也即韵味,所谓味在"咸酸之外""韵外之致""味外之旨"。不是意尽于句中,而是要"近而不浮,远而不尽""千变万状,不知神而自神"。这样,才可算是达到艺术的"诣极"。作者在

---

① [美]理查德·泰勒:《理解文学要素》,黎峰等译,四川大学出版社,1987,第94—96页。
② 徐复观:《中国艺术精神》,春风文艺出版社,1987,第154页。

《与极浦书》中所标举的"象外之象,景外之景",也是这个意思。这种韵味不仅存在于风格"澄澹"的诗,也存在于风格"遒举"的诗。司空图所说的"韵外之致",就是说在语言文字之外,别有余味。与作者在《诗品》中所说的"超以象外,得其环中""不著一字,尽得风流"是同一个意思。此说上承钟嵘《诗品·序》所谓的"文已尽而意有余",下启宋代诗人梅尧臣所主张的"含不尽之意,见于言外",严羽在《沧浪诗话》所说的"言有尽而意无穷",以及近代王国维所谓的"言外之味,弦外之响"。司空图的韵味论也就是他的风格论,他在《诗品》中根据味外之旨、韵外之致的理论,强调超然物外的空灵意境,并具体列出了二十四种风格,这也充分说明了韵味是风格的重要组成部分。韵味为情感所生成,又为情感着上了色彩,增添了格调。司空图说:"诗贯六义,则讽喻、抑扬、停蓄、温雅,皆在其间矣。然直致所得,以格自奇。"(《与李生论诗书》)这里所说的"抑扬、停蓄、温雅",即是诗的情调,这里所说的"格"也即风格,意思是有了韵味,又贯穿了风雅颂赋比兴六义,那么既有了讽喻,也有了情调。只要自然写出,即境会心,就能以独具的风格各自标新立异。韵与气两者既可各自独立,也可互补,合则"气韵生动",分则一为阴柔,一为阳刚。但所谓分也是相对的,两者可以各有侧重,却不可偏枯。有气而无韵,如厉声枵响,有韵而少气,则文格不振。

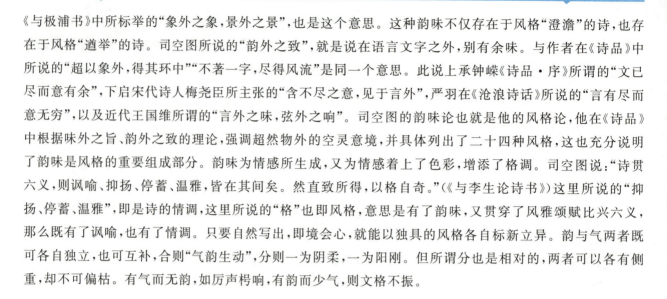

## 第三节　文学风格的不同视野

文学风格虽然主要是作家作品风格,但一定的作家作品总是产生于一定的时代、民族、地域之中,因而,一定时代、一定民族和一定地域的影响,便使文学风格有着特定的时代性、民族性和地域性。而在文学发展过程中,一旦流派形成,还会有流派的风格。

### 一、时代风格

时代风格是指作家作品在思想和艺术上具有某一时代的特征,它是该时代的物质生活条件所制约的精神特点、审美要求和审美理想在作家作品中的表现。如我国战国时代的散文那种设想奇特、辞采绚丽、感情激越、富有论辩性的特点,正是那个群雄割据、学派林立、百家争鸣、富有创造力的时代所留下的印记。汉代的辞赋,从早期的比较朴素到后来的趋于繁缛,则是汉代社会精神状态发展变化的一种反映。时代的精神特点、社会心态必然会影响众多的作家,形成这一时代文学的时代风格。不同时期有不同时期的风格,如盛唐风格和晚唐风格。

时代不同,人们的社会生活状况和思想愿望也不同,反映到文学作品中便会呈现出不同的时代风格。如"建安文学",显现着慷慨悲凉、浑厚刚健的时代风格。究其形成原因,从客观条件上说,作家面对的是战乱频生、社会动荡、人心哀怨的社会现实;从主观条件来说,作家哀恤黎元,感慨人生,又都有建功立业的伟志,主客观条件的融合就形成了"建安风骨"。一定时代的文学风格的形成也和当时文化思想的发展状况有密切联系。如屈原和贾谊,两个人的性情、才气、遭遇都有相似之处,然而屈文恣纵,贾文沉郁,风格差别很大,这是因为屈原生活在百家争鸣的战国时代,而贾谊创作于休养生息的汉文帝时代。可见作家的艺术风格不可避免地接受时代生活的影响,正如鲁迅所说:"风格和情绪、倾向之类,不但因人而异,而且因事而异,因时而异。"①

时代风格的变异,还同文学自身的发展规律有关。建安风格便是继承了汉代乐府民歌的优秀传统,并

---

① 鲁迅:《难得糊涂》,《鲁迅全集》第5卷,人民文学出版社,1981,第372页。

加以创新而产生的。汉乐府中有不少诗歌直接反映人民的苦难生活,愤怒控诉统治阶级的残酷,这种现实主义的文学传统对建安文学的作家有深刻影响。"文变染乎世情""与世推移"的创作现象直接影响着风格的变迁。

需要指出的是,时代风格只是相对的。同一时代的文学风格并不是完全一致的,同时代的作家作品的风格依然是千差万别。所谓时代风格并非对当时文学创作的全部特点无所不包,只是对某种有代表倾向的主要特征的概括罢了。

## 二、民族风格

正如一定时代的文学有时代风格,一定民族的文学也有其民族风格。文学上的民族风格,是某一民族的民族精神在作家作品中的表现,它是和该民族独特的社会生活内容、风俗习惯、文化传统、审美心理相联系的,是该民族独特的审美要求、审美观念、审美理想和审美习惯在作家作品中的反映。民族不同,其社会生活内容、风俗习惯、文化传统、心理素质、精神性格的民族特点不同,反映到作家作品上就形成不同的民族风格。欧洲近代的民族国家如法国和德国的文学,虽然都是近代文学,却因民族不同,风格也有差异。大致说来,法国文学的一般特点是明朗机智的,而德国文学的一般特点是严肃深刻的。

民族风格是该民族的历代作家在长期的生活实践和艺术实践中共同创造出来的。民族风格的形成标志着一个民族文学的成熟,是不同民族的文学相互区别的重要标志。法国学者伏尔泰说:"从写作的风格来认出一个意大利人、一个法国人、一个英国人或一个西班牙人,就像从他面孔的轮廓、他的发音和他的行动举止来认出他的国籍一样容易。"①如果把关汉卿和莎士比亚的戏剧、李白与拜伦的诗歌、鲁迅与契诃夫的小说加以比较,就会清楚地看到,从内容到形式,从形象到语言,各自的民族性都是十分鲜明的。

在内容方面,民族风格首先表现在反映本民族生活的题材和主题上。以汉民族为例,自汉唐以来,民族矛盾不断产生和激化,汉民族反击侵略的战斗和爱国主义便成为一个不断重复表现的题材和反复出现的主题。其次表现在塑造富于民族特色的人物形象上。如鲁迅的"狂人"比果戈理的"狂人"更忧愤和勇猛。再次表现在描绘具有民族特色的社会风俗图景上。社会风俗是某一民族在长期的历史发展过程中形成的,积淀了一定民族的历史文化传统、习惯、风气和民族共同心理。它那特有的情景、气息、氛围是其他民族所没有的。描绘这些社会风俗画,是构成民族风格的一个重要内容。如《战争与和平》中田庄上冬节的化装舞会,《红楼梦》中的元宵摆夜宴等。民族的生活气氛越浓郁,民族的艺术风格也就越鲜明。在形式方面,民族风格首先表现在民族的语言特色上。茅盾说,语言是民族形式的"主要的起决定作用的"因素。汉民族语言特有的概括力和表现力,它在结构上的对称、不和谐、均衡,特别是诗歌语言的简约和精练上,成为民族风格的显著特征。此外,民族化的表现手法和结构特色也能表现民族风格。

需要指出的是,在构成民族风格的诸因素中,最重要的是民族的文化心理特征,也就是民族情感、民族意识、民族性格和民族精神。正如果戈理所说:"真正的民族性不在于描写农妇的无袖长衣,而在于具有民族的精神。诗人甚至在描写异邦的世界时,也可能有民族性,只要他是以自己民族气质的眼睛,以全民族的眼睛去观察它,只要他的感觉和他所说的话使他的同胞们觉得仿佛正是他们自己这么感觉和这么说似的。"②如郭沫若《孔雀胆》中的云南兄弟民族妇女的性格,也是按照汉族妇女的道德规范塑造出来的,读来同样使人感到亲切。

---

① [法]伏尔泰:《论史诗》,载《西方文论选》上卷,上海文艺出版社,1963,第323页。
② 转引自《别林斯基论文学》,新文艺出版社,1958,第79页。

### 三、地域风格

地域风格是某一地区的作家在创作上所形成的地方特色,它是某一地区的生活环境、风土人情、地域文化心理所形成的独特风貌在作家作品中的表现。

地域风格也是相对的。就世界范围而言,我们常分东方艺术和西方艺术;各大陆具有各自的风格;一个大陆或一个国家内部通常可区分出南方与北方或东部与西部的地域风格,以及地方风格、城市风格;等等。地域风格在很大程度上受自然地理环境因素的制约,这些自然地理因素在漫长的历史岁月中,积淀了浓厚的社会文化因素。因此,作品中的地域文化风格,主要来自以下两个方面。

#### (一)作家对环境和人物的描写

作家对自然环境和人文环境的描写,以及对人物的文化心理、肖像、动作的把握也形成了特殊的地域文化风格。在文学作品中,自然景观和人文景观,主要起一种情调、氛围的烘托作用,让读者产生身临其境的审美效应。欣赏鲁迅的小说,就很容易把读者带进绍兴一带城镇、乡村的文化氛围中去。而且,一方水土养一方人,一方土地的山川灵秀之气会逐渐形成某一地域人群特有的文化传统、文化心理和文化性格,如"会稽乃报仇雪恨之乡""燕赵多慷慨悲歌之士"等。欣赏肖洛霍夫的《静静的顿河》,读者仿佛置身于顿涅茨草原,且被祖祖辈辈居住在这里以麦列霍夫家族为主的那些顿河哥萨克的特殊命运和性格所感染。

#### (二)作家的地域文化知识积累

作品中的地域文化特色,无不是作家体验、选择、加工、提炼的结果。因此,在作品地域风格的形成中,作家的地域文化心理素质、地域文化知识积累,以及对不同地域文化传统和特色的敏锐感受力,起着关键的作用。作家本人的地域文化心理素质,首先来自对故乡、故国的乡土依恋,如李白的《静夜思》、屈原的《楚辞》。以现代作家而论,鲁迅的《故乡》等许多作品都取材于家乡,萧红、萧军各自的代表作《呼兰河传》和《八月的乡村》也取材于故乡,其东北黑土地的文化特征非常鲜明。此外,老舍写北京,沈从文写湘西,沙汀写四川等,都是在写他们非常熟悉的故园的人和事。在当代作家中,孙犁写白洋淀、冀中,赵树理写晋中,刘绍棠写北运河,贾平凹写商洛等,无不表现了浓郁的故乡情结。其次,生活境遇的变迁,也会给作家的创作风格带来变化。庾信早年身居建康,出入宫禁,诗文轻纤绮艳;中经变故,滞留北朝,加上北国地域文化的熏染,诗风中便增加了许多沉郁苍劲的气韵。

纵观文学史,北方文学和南方文学有着鲜明的地域风格。先秦时期,《诗经》和《离骚》便显示了南北文学的不同特点。南北朝时期,北朝民歌与南朝民歌的风格也很不同。北朝民歌,如《敕勒歌》,风格豪放爽朗,慷慨激昂;南朝民歌,如《西洲曲》,风格清新秀丽,柔婉含蓄,好用双关隐语。到了现代,京派与海派的称谓依然显现了南北文学的殊异。

### 四、流派风格

不同的作家虽然各有不同的风格,但是有些作家由于生活经历、思想以及艺术修养等的大致相似,或者彼此有所联系,互相影响而形成一个流派,他们往往在创作上有大致相近的倾向,或者在创作的某一方面有相同的倾向,这就是流派风格。如明代的公安派与竟陵派,德国18世纪的狂飙派和法国19世纪的浪漫派等,都具有一定的特殊风格。公安派的袁宏道兄弟,反对当时盛行的拟古,提倡"独抒性灵,不拘格套",形成"清新轻俊"之风;而竟陵派的钟惺、谭元春又排斥公安派的鄙俚,提倡所谓"孤怀孤诣""别趣奇理",形成"幽深孤峭"之风。德国18世纪的狂飙派,如歌德、席勒所表现的那样,在作品中抒发强烈的反封建精神,形成了所谓"狂飙突进"的风格;法国19世纪的浪漫派,如代表者雨果所说,是政治上的自由主义的一种表现。浪漫派在政治上反对当时的专制主义,文学上反对古典主义,形成新鲜、强烈、自由奔放以至追求奇特的风格。

然而流派的风格有时只是表示同派作家在某一方面具有相同倾向,它并不是同派作家风格的全面概括,比如同是狂飙派的歌德和席勒的风格就不尽相同。因此同一流派之中的各个作家依然有作家个人的风格。

## 第四节 文学流派

### 一、文学流派的概念

文学流派是指在一定历史时期里,一些在思想倾向、审美追求、创作风格等方面相近或相似的作家自觉或不自觉地形成的文学派别。

文学史上出现过灿若群星的众多流派,人们对流派的划分和命名却没有统一的依据。有以题材划分的,如田园诗派、边塞诗派;有以创作原则划分的,如印象派、荒诞派;有以艺术风格划分的,如豪放派、婉约派。命名上,有以朝代年号命名的,如建安派、齐梁体;有以作家姓氏命名的,如王孟诗派、高岑诗派;有以地方命名的,如江西诗派、桐城派;有以社团或创办的刊物命名的,如现代评论派、新月派等。

那么,形成文学流派的基本条件是什么呢?第一,要有一个作家群。一个作家,无论其成就有多大,都不能称为流派。第二,这个作家群在思想倾向、审美追求等方面接近一致。第三,这个作家群在艺术风格上相似或相近,形成了流派风格。三个条件,尤以最后的条件最为重要。如唐代出现的"王孟诗派",以王维、孟浩然为代表,描写山水田园生活,风格恬淡飘逸。"高岑诗派",以高适、岑参为代表,描写边塞军旅生活,风格壮阔豪迈。这些诗派的同派诗人之间,在风格题材选择、意境开拓、创作原则、艺术手法、语言等方面都有共同的特色。

需要说明的是,作家的个人风格与流派风格既有联系又有区别。作家的风格相近相似才能形成流派,同时,流派形成之后,该派作家在风格上又会相互影响,促使他们在艺术上进一步接近。但是,同一流派的作家无论风格多么接近,还是有差异的。唐代诗人孟郊、贾岛,同属"韩孟诗派",奇险冷僻是二人共同的风格特色,但正如前人所说,"郊寒岛瘦",各自有别。由此看来,作家个人风格与流派风格是同中之异或异中之同的关系。

此外,文学流派与创作原则、文艺思潮也不能混同。先说文学流派与创作原则的联系与区别。同一流派的作家,往往把某种创作原则作为共同的旗帜,如"文学研究会""创造社"。但流派的形成,并不仅仅取决于创作原则上的相同,采用同一创作原则的作家可以形成不同的流派。在欧洲常把某种创作原则的历史形式称为某种流派,如古典派、浪漫派、写实派,这实际上是指作家属于某种创作原则或文艺思潮,并非是真正的文学流派,这是我们应该加以注意的。

再说文学流派与文艺思潮。一般说来,二者的区别是显著的。所谓文艺思潮是指在一定社会历史运动或时代变革的推动下,一些政治文化思想相近、创作主张和审美追求相似的作家共同形成的带有广泛社会倾向性的文学运动或文学潮流。文艺思潮作为一种历史性的潮流,有着更为广泛的社会背景和影响,它可以包含不同的流派;而流派大多体现或代表一定的思潮,就其影响和作用范围相对来说要小些,并且某些流派之间的差别主要不在于它们的思想倾向,而是在于艺术方法和风格的不同。如我国五四时期的文学研究会和创造社虽属不同的流派,但都体现了五四新文化运动的反帝反封建的进步思潮,它们的区别主要是艺术方法和表现手法上的不同。正是在这个意义上,可以说思潮大于流派。当然,有些流派在一定的条件下也可能形成思潮,对文学发展产生比较广泛和深刻的影响,如德国的狂飙派。

## 二、文学流派的形成与类型

### (一)文学流派的形成

文学流派是文学发展到一定阶段的产物。在文学的童年时期,不可能出现流派,只有当文学发展到相当高度,出现了作家文学,出现了众多风格的作家之后,一些风格相近的作家有意无意地接近,才能产生流派。就我国文学来说,先秦两汉时期,还看不到流派的出现。到了魏晋南北朝时期,已有了流派的萌芽,如"建安七子"等。进入唐代以后,流派大量出现。

文学流派的形成有多方面的原因。社会历史条件是文学流派形成的客观原因。一般说来,文学流派往往产生、繁荣于政治空气比较民主、思想比较解放的时期。如我国五四时期和欧洲文艺复兴时期就流派林立。而在政治专制、思想禁锢的社会气氛下,就难以出现众多的文学流派,如欧洲中世纪。

文学流派的形成也有文学自身的原因。它是文学发展到一定阶段的产物。一方面,具有创作个性的作家大量涌现,创作了大量的作品,并意识到只有形成相应的文学流派才能既扩大自己的优势,又可以和别的流派进行抗衡和斗争;文学理论家、文学理论著作也相继出现,并自觉地对有关作家作品进行理论上的总结和归类,甚至给予命名。另一方面,外国文学理论、美学观点的影响,也可以促成文学流派的形成。如中国的象征主义文学,主要是受到法国象征主义诗歌的影响产生的;"新月派"主要是濡染西方唯美主义思想才出现的。

### (二)文学流派的类型

文学流派大体可分为以下三种类型:

#### 1.有社团组织的流派

在一定社会条件下,一些思想倾向、创作原则、审美追求相同或相近的作家自觉地结合起来,他们有共同的纲领、一定的组织和社团名称,甚至发表宣言、出版自己的刊物,如我国五四时期的"文学研究会"和"创造社"。

#### 2.无社团组织的流派

没有共同的纲领、组织,而是以一个或几个有成就的名作家为核心,以他们的理论和创作为规范、榜样,形成一些追随者,被后人称为流派。如宋代"江西诗派",以江西人黄庭坚为宗主,崇尚瘦硬风格,强调字字有来处,倡导"脱胎换骨,点铁成金"。

#### 3.创作风格相似的流派

没有纲领、组织和共同的创作理论,但在创作上如题材、风格、手法、地域特色等方面却显示出某种一致的特点,被评论家追加为流派,如唐代"边塞诗派"。

总之,文学流派是特定历史条件下的产物。伴随着历史条件的发展变化,流派也会解体或消失。文学流派的出现,对于文学创作和文学发展具有多重意义和作用。正如丹纳所说:"科学同情各种艺术形式和各种艺术流派,对完全相反的形式与派别一视同仁,把它们看作人类精神的不同的表现,认为形式与派别越多越相反,人类的精神面貌就表现得越多越新颖。"

**[基本概念]**

文学风格　　创作个性　　时代风格　　民族风格　　地域风格　　流派风格　　文学流派

## 第八章　文学风格及其流派

[思考问题]

1. 试述风格与创作个性的关系。
2. 风格的形成与发展是由哪些因素造成的？试述理由。
3. 风格的创造主要体现在哪些方面？请分别说明。
4. 试述如何促进文学流派的形成。

# 第九章 文学创作

> 文学创作是一种极为复杂的精神生产活动。这不仅仅是因为作为文学创作对象的社会生活和人的精神世界是复杂,而且还因为在文学创作过程中作家的心理活动也同样是千变万化、丰富多彩的。文学创作实际上就是创造一个由感觉、幻觉、知觉表象、想象、情感、意象等主观心理因素构成的完整的艺术世界,通过这个主观的艺术世界来反映客观的社会生活。文学创作之所以是整个文学活动过程中最为关键的一环,是因为只有通过创作,作家的情感体验与社会生活经验才能融为一体,从而构成崭新的艺术世界。

## 第一节 文学创作是一种艺术生产活动

### 一、艺术生产论

#### (一)马克思主义的艺术生产理论

马克思主义认为:"宗教、家庭、国家、法、道德、科学、艺术等等,都不过是生产的一些特殊的方式,并且受生产的普遍规律的支配。"① 从马克思唯物主义的立场出发,人类的艺术活动以人类的物质活动和历史活动为基础,符合"经济基础"决定"上层建筑"的模式,艺术活动的规律符合历史唯物主义的客观规律。从社会的角度来说,人类社会的艺术活动与艺术创作、传播和欣赏的过程,也是一种生产过程,也有生产力和生产关系的二元统一关系。

按照马克思主义对劳动的理解,劳动既是人类改造自然的需要,也是实现自身价值的需要。劳动是人的第一需要。所以,艺术生产作为人的劳动活动,也是具有二重性的,它既是人类面对世界的一种客观需要的体现,也是人类实现自身精神价值的需要。艺术品作为人类劳动的产品,一方面有着有形的、物质的一

---

① [德]马克思:《1844年经济学哲学手稿》,《马克思恩格斯全集》第3卷,人民出版社,2002,第298页。

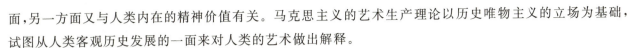

面,另一方面又与人类内在的精神价值有关。马克思主义的艺术生产理论以历史唯物主义的立场为基础,试图从人类客观历史发展的一面来对人类的艺术做出解释。

为了进一步理解马克思主义的艺术生产理论,我们可以从两个方面来看待艺术:第一,一般生产意义上的艺术;第二,艺术意义上的艺术。

首先,从作为生产的艺术的视角看,文艺的现实生产形态是其社会本质的一个不可忽视的重要方面。艺术生产,说到底也不过是生产的一种特殊形态,作为生产的艺术,应该受生产的普遍规律支配。在市场经济条件下,文艺作品作为商品,无论其本身的艺术价值与交换价值或价格是否一致,在其交换行为或流通过程中,只需遵守统一物(如货币)的规定,即按照生产商品的社会平均劳动量来计算该商品的价值。有形艺术产品的情况比较明显,无论在东方还是西方,像梵·高这样的画家或者米芾这样的书法家的作品,在历代收藏界都是有着明确的经济价值的。而文学艺术的情况比较特殊,因为文学艺术的形式有着很大的弹性,文学作品的经济价值往往是与出版业相关联的。对于以印刷品的形式固定下来的文学作品来说,版税和稿酬是非常重要的经济价值实现形式。一个有趣的现象是,一本书如果作为废旧纸张回收的话,它的价格将远远低于它的定价。然而马上我们就可以发现,即使是比纸张和印刷费用高很多的定价,似乎也没有完全体现出艺术品应有的价值。出版商支付版权费用购得文学作品的出版权,并将这个费用以及他们预期的利润平均分摊到码洋里去,文学作品的经济价值将体现在发行量中。所以说,很多离开所谓的"文学本质"很远的因素,也会参与到这个市场过程中去。现代社会经常看到的图书签售、作家签约、文学作品改编成电影作品等现象,都是艺术的社会化大生产中应有的现象。马克思主义的基本立场是把历史也看作一个客观的过程,文学艺术作为历史过程自然也就不是生活在真空里的,从本质上来说,艺术生产理论所坚持的就是把文学艺术创作纳入社会历史的过程中去考量,这一点与其他文学理论立场是不一样的。比如,韦勒克认为文学研究可以分为外部研究和内部研究,内部研究即文学艺术的本质问题。但是按照马克思主义的艺术观,一个作为社会化大生产的艺术生产,其本质是没有这样"真空""纯粹"的可能性的。

其次,艺术生产的目的不像单纯的物质生产那样满足人们物质与生理的需要,而是按照审美需要来创造依附于一定的物质载体的精神产品,以满足人们的精神需要。艺术生产本质上是一种精神创造,是艺术家精神力量的对象化,艺术生产作为一种特殊的生产,更多地包含着艺术家的思想、情感、观念、素质、修养、趣味以及心境等极为复杂的心理精神因素,它要求艺术家诸多的精神因素尽可能完美地融合为具有审美价值的形象。这是它与物质生产最根本的区别。因此,在提倡艺术走向市场,利用市场价值规律为艺术生产服务时,不能忘记艺术生产本质上是为了创造和追求审美价值,而不是单纯为了追求商业价值。马克思对此有非常明确的说明,在《政治经济学批判(导言)》中,他提出了物质生产发展同艺术生产的不平衡关系。在两者的关系方面,马克思主义反对教条的对应、平衡的理解,他认为艺术生产和物质生产不是绝对同步的。马克思说:"关于艺术,大家知道,它的一定的繁盛时期绝不是同社会的一般发展成比例的,因而也绝不是同仿佛是社会组织的骨骼的物质基础的一般发展成比例的。"①如果不去研究和考察这种不平衡关系中间的环节,就无法真正地理解艺术。这种不同步性的原因是来自精神生产活动和艺术品价值的独特性。

马克思主义艺术生产理论的显著特点在于运用历史唯物主义的方法论,把艺术与人类客观历史进程相结合,把看起来似乎是独立的、个体的、私人化的艺术创作活动以及传播和鉴赏,放在了统一的人类生产活动中。既然艺术创作具备了人类所有的创造性劳动都具有的特性,那么我们有理由把整个艺术范畴放进社会生产关系里去考察。难能可贵的是,马克思并没有同质化地处理物质生产与精神生产,而是论述了艺术生产与物质生产的不平衡性,这是马克思辩证唯物主义的精彩注脚,符合马克思主义对所有对立统一范畴

---

① 马克思:《〈政治经济学批判〉导言》,《马克思恩格斯选集》第2卷,人民出版社,1995。

## (二)西方马克思主义与艺术生产

西方马克思主义的文艺理论中,对艺术及其本质的论述卷帙浩繁,关于艺术和生产的评论尤以德国哲学家、文化批评家瓦尔特·本雅明和泰奥多·阿多诺等人最为重要。本雅明在研读马克思主义的基础上,将马克思主义的生产概念与理论延伸到艺术领域,发展了艺术生产理论,该理论也成为法兰克福学派的一个重要组成部分。本雅明的艺术生产理论虽然是西方马克思主义文论的一个理论构成部分,但无论何时从西方马克思主义文论内部来看,还是从艺术发展史的角度来看,又将其放到更广阔的全球不同文化背景中比较来看,都有着和经典马克思主义不尽一致的理解。

同马克思主义一样,本雅明也认为艺术创作和物质生产有着共同的规律,是一种生产活动和过程。① 作为一种生产活动,艺术创作也应该具有"生产者—产品—消费者"三要素结构,也应该符合马克思主义关于生产力与生产关系的相关原理。如同物质生产力包含了生产资料与生产者的能力两方面一样,作为艺术生产力的要素之一,艺术家的技艺(技术)是艺术生产力的重要因素。

本雅明的著名文章《技术复制时代的艺术作品》于1936年发表在《社会研究杂志》上,文章通过对电影艺术和摄影艺术的评论,讨论了工业时代艺术品复制问题,其相关的观点对艺术生产进行了更新的评价。本雅明首先意识到工业技术所带来的对艺术品的复制能力,他认为,"艺术品的技术可复制性令他在世界历史中首次从寄生于宗教仪式的状况中解放出来"②。有人认为,"本雅明作为法兰克福学派最具影响力的理论家之一,则从当代传媒技术的发展中看到了建立新型艺术生产关系的美好前景,看到了其推动当代艺术走向民主化和革命化的现实可能性"③。本雅明的这种乐观,被认为是和阿多诺、马尔库塞等其他西马学者对工业时代艺术的怀疑相对的。事实上,本雅明并不认为技术的复制可以生产艺术的全部价值。他提出了"光晕"(Aura)一说,认为艺术品具有的纯正性和唯一性使之具有光晕,有形的艺术品可以被复制,而唯一不能被复制的则是初本的纯正性。这种观念,也是对技术与艺术、物质生产与精神再现的辩证理解。事实上,本雅明已从技术和艺术的范畴区分上,看清楚了艺术生产和物质生产的内在矛盾统一。本雅明无疑对这种"光晕"的退化是乐观的,他对于艺术品因唯一性所保有的、与宗教或者信仰有关的"崇拜价值"的褪色并不感到悲观,而是认为现代技术的复制能力使得艺术品的"展示价值"可以将艺术带向更广大的公众,推动艺术的革命与进化。

与本雅明相反,阿多诺并不认为艺术在工业文明之中看到了乐观的方向,他认为艺术生产是不以生产产品为目的的。在《审美理论》中,他指出艺术是一种监督者,不会长久地为交换关系所"玷污",不为了利润而存在。人类现有的对艺术的需要部分是虚假的,这种失去尊严的需要仅仅是为了交换价值,是功利性的,而真正的艺术是乌托邦。艺术的生产过程是艰辛的,其中有劳动与生产的存在,但是其产品却是"不屈服于现实之物"④。围绕这个乌托邦,阿多诺对现实的艺术生产持有一种抵触的看法,他认为:"社会化越彻底,精神越物化,精神脱离真实自我的物化过程越悖谬,有关厄运的极端意识也有沦为空谈的危险……绝对的物化以精神进步为前提性因素,如今正准备来全面的吞噬精神进步。"⑤资本主义生产关系所构建的普遍性交换原则从总体上摧毁了现代文化与艺术,并成了欺骗大众的文化产业。有了文化产业以后,艺术的生产不仅是批量的,甚至是有计划的,其目的是为了普及到尽可能多的人群里去,以获得巨额的利润。实现这种效

---

① 朱志荣:《西方文论史》,北京大学出版社,2007,第384页。
② 转引自[德]斯文·克拉默:《本雅明》,鲁路译,中国人民大学出版社,2008,第118页。
③ 谭好哲:《当代传媒技术条件下的艺术生产——反思法兰克福学派两种不同理论倾向》,《中国人民大学学报》,2013年第2期。
④ [德]格尔哈特·施威蓬豪依塞尔:《阿多诺》,鲁路译,中国人民大学出版社,2008,第140-141页。
⑤ [德]格尔哈特·施威蓬豪依塞尔:《阿多诺》,鲁路译,中国人民大学出版社,2008,第181页。

果的巨大力量,是技术进步带来的生产力的激增和与之相适配的资本主义生产关系。

法兰克福学派的学术成就中关于艺术的看法还有很多,比如,在康德美学的影响下,法兰克福学派的汉斯利克、马尔库塞等人都在研究中提出了"艺术自律"的问题。对现代文学艺术情有独钟的阿多诺也提出了"艺术自律"的问题。这种自律更多的是在发现物质进步与艺术发展的不平衡性的基础上,运用法兰克福学派一贯的批判性理论向度,对艺术的独特性进行了考察与解释。在此基础上,阿多诺和霍克海默等人纷纷指出工业生产催生了大众文化的虚假需求,这种需求与艺术的自律是矛盾的,所以需要对艺术之美进行救赎。

无论是乐观的本雅明还是悲观的阿多诺,他们对艺术和历史的看法,其实印证了马克思主义的一个重要观点:艺术是社会生产,但又是不同于物质生产的社会生产。

## 二、文学创作的艺术生产特征

### (一)马克思主义视角下的文学艺术生产特征

观察马克思主义的艺术生产理论,我们可以总结出文学创作的一些特征。

第一,文学创作和其他艺术活动一样,都是一种特殊的生产活动。文学创作来自人类的创造性劳动,它既和物质劳动一样,与人的精力、体力等生理条件密不可分,同时它也需要精神活动所独有的审美能力。文学家的工作与抄写员的工作之间的本质区别在于:抄写员制造的有形产品,如文稿、文件、记录等,虽然也是在有形的物质载体上附加了精神活动的内容,但是却没有多少(甚至可以说没有)审美的意义。如果抛开记录特殊的内容,如文学家的口授、艺术家的口头演说等,抄写员等文字工作者的劳动目的更多的是记录信息、传递信息,而文学家则是利用书籍、报纸乃至信息时代的计算机存储空间、互联网空间等载体来表达艺术上的意义。马克思主义关于艺术生产与一般意义上的物质生产的对立统一的认识,可以非常好的解释文学创作的个别性、差异性和其劳动的精神属性。

第二,文学创作也和其他艺术活动的物质性有很大区别。雕塑、美术、建筑、音乐等艺术门类更突出其对技艺的要求和载体的特殊性。如果一个人不会使用刻刀、画笔、颜料、乐器或者没有掌握工程技术的某些专业知识,如结构力学、机械学等,就无法创造出雕塑、美术、音乐、建筑等艺术品。无论我们乐观地相信技术会对艺术的提升起到正面作用,还是悲观地叹息艺术会被技术发展和现代社会的进一步深化发展所扼杀,我们都很难忽视以上艺术门类对技艺的依赖。文学艺术所使用的技术是语言层面上的东西。由于语言是本能,所以我们有理由相信,无论是大文豪还是市井平民,都有可能坚信自己对语言的驾驭是足以用于生产文学作品的。就载体而言,文学作品对书籍等印刷品载体的依赖,远不如雕塑对石材、美术对画布。就从以口头创作为重要形式的民间文学来看,文学艺术的载体有时候显得相当抽象和不确定。所以文学生产的抽象性、精神性与一般物质生产的区别,远远大于很多艺术门类。

第三,文学作品在社会生产中的商品属性和经济价值,由于其抽象性和精神性的高度凸显,而显得很难量化和评估。我们很难断定到底是考古学和收藏界的稀缺性,还是文学作品本身的艺术价值对莎士比亚手稿价值连城的估价起到了更大的作用,我们也很难评估民间文学和口头文学的实际经济价值。即便是最普通的作家写出的最普通的作品,要是能公开出版的话,这些印刷品的价格也绝不是纸张价格和其他商业因素所能简单地决定的。

第四,狭义生硬地理解"生产"的含义有可能是对艺术创作庸俗化理解的原因。在社会化大生产技术进步的工业时代,无论是乐观的本雅明用"光晕"来捍卫艺术品的纯洁性还是悲观倾向的阿多诺、马尔库塞等人希望艺术保留乌托邦的属性,都有可能是因为对"生产"的理解不同而造成的。更何况,在大众消费文化高度发达的现代社会,工业文明带来的消费欲望更进一步加深了公众对艺术的庸俗化理解。其实马克思早已说明"生产"的本质,即人类利用劳动面向自然和自身的对象性活动。在资本主义的生产关系下,物质生产以市场为依托并以追求利润为目标,人的劳动被商品化,就造成了连艺术创作在内的劳动也被商品化。所以如果要拯救"艺术生产",就必须正确理解"生产"的含义,尊重人类不同形态的劳动。

### (二)中国古代文论的艺术与技术辩证法

如果我们仅从西方的角度来看待艺术创作(生产)及其特征,无疑是不足的。因为一讲到文学艺术的创作问题,我们就无法回避这样一个问题,即它涉及全人类所有的文学。不同的民族、不同的国家、不同的文明,都具有各自特性的文学艺术,显然不能用一种绝对的、一刀切的方式去解读它们。文学批评理论虽然是相对形而上的范畴,但也不能抹杀文学艺术的个体性和多样性。我们一方面必须努力去归纳和总结人类整体文学的共同审美经验,另一方面也不能用一种绝对的文本化和概念化的方式去消解不同文明背景下文学艺术的巨大差异性。那么作为一种西方的理论,艺术生产理论在非西方的文学艺术里是否有着同等的解释力,或者说是否能够在非西方的语境下得到呼应呢?这个问题必须用比较的方法去寻找答案。众所周知,世界文学形态万千,批评理论百家争鸣,就东方文明来说,中国、印度、日本、阿拉伯世界和东南亚诸国等广袤的东方世界里,对文学艺术的解读也是形态各异的,本小节就以中国古代文论的一些命题为例,从这种比较的视角来对话艺术生产理论,以期获得全面的认识。

艺术生产理论是一个西学的概念,中国虽然没有这种概念和话语系统,但是并不代表中国文论传统是用完全不同的理念来看待文学的艺术的。其中,能与西学对话的,当属文学的艺术性和技术性的辩证范畴。

首先从批评方法来看,如上所说,中国古代文论中并无艺术生产的概念。相比于西方的社会历史批评方法,中国文论在话语表达上更重文字艺术本身,但实际上中国的文学批评从来都是和社会历史联系在一起的。郭绍虞认为文学批评所形成的主要关系,一方面是文学的关系,即文学的自觉,另一方面是思想的关系,即佐以批评的依据。文学批评会连带学术思想,因此从中国的文学批评,也足以看出其社会思想背景。① 其次从内容上来看,中国古代文论的很多讨论,都涉及文学艺术的本质问题和文学创作的技术问题。而这些探索所产生的思想,很多又体现在"文""质""道""艺"等范畴关系上。

孔子在"尚文"和"尚用"之间善于调剂,一方面强调"诗"的重要,另一方面这种强调又主要是从教化作用上来说。比如,《论语》里的著名论断:"诗可以兴,可以观,可以群,可以怨;迩之事父,远之事君;多识于鸟兽草木之名。"这种把文学艺术和思想教化紧密结合的方式,一直影响着中国后世的文学批评(当然影响后世批评的也不止儒家的一家之言)。在众所周知的中国古代文学复古时期,隋朝王通在《中说·事君》里说"古君子志于道,据于德,依于仁,而后艺可游也",又引孔子之说"学者,博诵云乎哉!必也贯乎道",开启了论文重道的先声。之后的复古运动提倡"文以贯道",北宋以后道学昌盛,又进一步发展到"文以载道"。究其原因,是从内质来批评文学比从外形来认识文学更困难,所以只能以古代圣贤的著作思想为标准。唐人论文,以古昔圣贤的著作为标准;宋人论文,以古昔圣贤的思想为标准。但是这两种标准也是有区别的,因为贯道是以文为先来显出道,载道是因道成文,于是唐代仍有古文家,而宋代却是有很多道学家了。②

中国的文学艺术形式是紧紧地与"道"结合在一起的。文学艺术形式的一种重要体现是"文采"。孔子说"郁郁乎文哉"(《论语·八佾》),这里的"文"既是文字、文学的意思,又有德行、伦理的意思,可以看得出来在这里道与术是紧密联系的。曹顺庆先生认为:"中国的文采论,从一开始就紧紧地与伦理道德连为一体。在中国诗学家看来,文采的重要性并不在于它体现了形式美的规律,而在于它象征着人的伦理道德,象征着

---

① 郭绍虞:《中国文学批评史》,商务印书馆,2010,第7页。
② 郭绍虞:《中国文学批评史》,商务印书馆,2010,第10-11页。

## 第九章 文学创作

尊卑等级,象征着政治的兴衰治乱。"他进一步指出老庄也辨析"文""道"关系,只是道家的"道"与儒家不同,是"无为而无不为之'道'",是"归真返璞之'德'"。中国的文道论对中国古代艺术和诗学理论产生了深远而重大的影响。①

讲中国古代的文学批评理论,还必须要说到《文心雕龙》。刘勰所处的时代,文学形式发达,赞之者认为其华丽,无论创作还是批评,都在声律、修辞等方面取得了很大的成就,否之者则认为其创作太重藻饰,文风浮夸而讹滥。其实我们可以看到,正因为汉末之后儒家正统思想式微,加之佛学思想的东渐,以及道家及其他思想的争鸣,所以南北朝时期的文学观对艺术的理解其实更接近于纯艺术本身。关于艺术本身的属性问题,往往又被归之于"道"。《原道》篇说"文之为德也大矣,与天地并生者何哉?……心生而言立,言立而文明,自然之道也",又说"人文之元,肇始太极",还有"谁其尸之,亦神理而已"。可以看出,刘勰讲的"道"更多是自然之道。这些情况说明,在中国古代文论思想里,在一定时期和一定程度上对文学艺术的本质归之于"道"。更重要的是,不管归之于何种"道",至少说明一点,就是中国古代文论从来就没有把文学当作一个纯技术的东西。

不把文学当作简单的技艺,不代表就不关注技术层面的问题,《文心雕龙》创作论诸篇《神思》《体性》《风骨》《情采》《通变》,以及关于写作的技术问题的《镕裁》《声律》《章句》《丽辞》《比兴》《练字》等章节,都系统地讨论了文学的技术问题。比如,《通变》一篇讲:"是以九代咏歌,志合文则,黄歌断竹,质之至也;唐歌在昔,则广于黄世;虞歌卿云,则文于唐时;夏歌雕墙,缛于虞代;商周篇什,丽于夏年。至于序志述时,其揆一也。暨楚之骚文,矩式周人;汉之赋颂,影写楚世;魏之策制,顾慕汉风;晋之辞章,瞻望魏采。榷而论之,则黄唐淳而质,虞夏质而辨,商周丽而雅,楚汉侈而艳,魏晋浅而绮,宋初讹而新。从质及讹,弥近弥澹。何则?竞今疏古,风味气衰也。今才颖之士,刻意学文,多略汉篇,师范宋集,虽古今备阅,然近附而远疏矣。夫青生于蓝,绛生于蒨,虽逾本色,不能复化。桓君山云:予见新进丽文,美而无采;及见刘扬言辞,常辄有得。此其验也。故练青濯绛,必归蓝蒨,矫讹翻浅,还宗经诰。斯斟酌乎质文之间,而隐括乎雅俗之际,可与言通变矣。"它以九朝之文为例,具体论述了创作随时代发展的规律。最后刘勰在《序志》里说:"若乃论文叙笔,则囿别区分;原始以表末,释名以章义,选文以定篇,敷理以举统;上篇以上,纲领明矣。至于割情析采,笼圈条贯:摛神性,图风势,苞会通,阅声字。"全面总结了各篇关于文学技术的问题。至于历代关于声律、格律、文体、修辞等问题的讨论,更是不计其数。

但是,"道"与"艺"还是有轻重之分的,至少在美学方面如此。叶维廉认为中国传统的美感视境一开始就是超脱分析性、演绎性的,主张"封(分辨、分析)始则道亡"。从批评的标准来看,中国文学不太讲究严密论证的逻辑,而是从"领悟"的方式来看待文学创作。"它只如火光一闪,使你瞥见'境界'之门,你还需跨过门槛去领会。"②从文学批评方法反观文学创作问题,可以看得出来,中国文学在一定程度上是重"道"轻"艺"的,但是这个"艺"指的是技术的问题,而不是现代汉语中的"艺术"。就艺术的特殊性来说,中国文学是把它归结于一个"道"的问题。反观马克思的艺术生产理论,我们可以发现,马克思主义是坚持艺术生产与物质生产的对立统一的。我们固然不能认为"艺术性""道"就是艺术生产的唯一特性,或者说是精神生产的唯一特性,也不能完全断定"技术性""艺"完全是文学的物质方面,但是这些中国和西方的批评理论的范畴,却是有着千丝万缕的联系的。这种联系体现在两个方面:一是二分法,马克思主义区分了物质生产和艺术生产的特性,指出处于精神领域的艺术生产是具有自己独特性质的一种产品生产方式。中国文论无时无刻不在进行着二分,例如,"道"与"艺"、"文"与"质"、"尚文"与"尚用"等。每一对对立的范畴都有一个有形的存在,

---

① 曹顺庆:《中西比较诗学》,中国人民大学出版社,2010,第59页。
② 叶维廉:《中国诗学》,人民文学出版社,2006,第3-5页。

如"文""艺""用"等;也有一个抽象的对立面,如"道""质""(尚)文"等。这种二分法强调和独立呈现了文学创作(生产)的独特性质,从本质的层面上阐释了艺术的性质。二是统一论,马克思主义唯物主义辩证法的基本立场就是对立统一的矛盾观,艺术生产和物质生产在社会化生产的意义上是统一的。中国古代文论也是如此,既不把文"道"完全地形而上学化,也不单独地讨论文学艺术的技术问题,而是把二者处理为对立统一的范畴。"文以载道""道沿圣以垂文""文之为德也大矣"等观念和表述,就是这种统一论的体现。

中国古代文论中关于文学艺术的本质与形式的讨论,以及艺术与技术的辩证,对我们今天用对话的眼光来看待西方舶来的文学理论——艺术生产理论,具有很大的参照和比较意义。我们必须认识到文学艺术是人类共有的历史和社会存在,它的丰富性、多层性可以有很多解读,艺术生产理论从精神创造的角度对其做出了阐释,具有很大的价值。但是我们也不能生硬教条地照搬西学理论成果,还是要从世界文学的宏大视角和用文明比较的方法来看待它。

## 第二节　文学创作过程

一般来说,谈及文学创作过程时,往往会从三个范畴说起:一是起兴,二是构思,三是物化。当我们看到这几个范畴的名称时,要承认这种名称化的方式是具有中国语言文学特色的。前文讲到《文心雕龙》的创作论系统地探讨过这些范畴,本节我们可以以之为例,参照中国其他时代的一些文学批评的观点,并将之与西方文学批评理论的某些论断来做一个比较,从文学整体的立场上来把握文学创作过程的特点和要素。

### 一、起兴阶段

关于起兴的问题,一般指文学家创作时文思涌动的一种状态,这与其他艺术创作中产生灵感的过程相通,起兴也是一种灵感流动和产生表达欲望的状态。《文心雕龙·原道》篇讲:"夫以无识之物,郁然有彩,有心之器,其无文欤。"从理论上指出了人类文思发生的能动性根源。而后又说:"故知道沿圣以垂文,圣因文而明道,旁通而无滞,日用而不匮。《易》曰:鼓天下之动者存乎辞。辞之所以能鼓天下者,乃道之文也。"从文道论的高度说明了人类能发生文思的根本原因。《毛诗序》说"情动于中而形于言",孔子说"诗可以兴",也是指出了文学创作思想的发端问题。

《文心雕龙·征圣》一篇讲圣人"鉴周日月,妙极机神;文成规矩,思合符契;或简言以达旨,或博文以该情,或明理以立体,或隐义以藏用",说明参悟天道、教化后世的圣人在体会日月精华、领悟天地之玄机后,就能成文以为后世之范。有的言简意赅,思想通达;有的文理广博,情感丰富;有的阐释理论,自成体系;有的用意深远,有深刻的含义。"圣因文而明道",所以圣人之所以能思而成文,也就是人类可以思考而演绎成文学的一种机理吧。《诗经·周南·桃夭》写道:"桃之夭夭,灼灼其华。之子于归,宜其室家。"朱熹《诗集传》解读说:"故诗人因所见以起兴,而叹其女子之贤,知其必有以宜其室家也。"可见诗人都有发情为诗的能力和动机。

西方文学理论从心理学的角度也分析了人的文思来源,对作家的心理模式及创作过程进行研究。比如,希腊时代人们认为"癫狂"和酒神、缪斯的感召是诗性的来源,认为诗人可以受到神的启示而以一种超理性的方式来展开文学艺术的创作。这种展开在语言上是迷乱的,在心智上是无意识的,在形式上是超越一般理性,可以归结为艺术性的。就像荷马一般,诗人似乎是获得了特殊天赋以补偿其生理和世俗的缺陷。《奥德赛》里说缪斯弄瞎了德谟多克斯,但是又以甜美的歌吟天赋来补偿他。文学心理学对创作过程的心理解读是范式性的,并导致了"艺术"和"科学"的区分。例如,弗洛伊德认为:"艺术家本来就是背离现实的人,因为他不能满足其与生俱来的本能要求,于是他就在幻想的生活中放纵其情欲和野心勃勃的愿望。……借助原来特殊的天赋,他把自己的幻想塑造成一种崭新的现实。而人们又承认这些幻想是合理的,具有反映实际生活的价值……"[1]韦勒克引用杨施的观点,认为:"这种能力(即幻想和以文学创作表达幻想的能力,本书作者注)是艺术家所特有的、将知觉和概念糅合为一的特征。艺术家保持和发展了民族的古老的特点:他们能够感觉到甚至'看到'自己的思想。"西方批评理论认为文学创作是一个从无意识开始的东西,以灵感为这种无意识的呈现。灵感是传统上用于表达这种无意识的名词,在不同的历史时期,对灵感的来源有着不同的认识。比如,在古代希腊,灵感被认为源自缪斯或者狄俄尼索斯;基督教观念上,灵感来自神的圣灵的启示;现代科学把灵感解读为心理学上的一种"突变",为了追求这个突变,文学家甚至使用酒精、麻醉品来麻醉理性,放纵潜意识的活动,以图释放灵感。这也与中国古代文人"斗酒诗百篇",好饮酒作诗,甚至流连风月的行为暗合。

值得一提的是,起兴会被狭义地理解为一种文字写作方法,或者是诗歌创作的方法。比如,朱熹说"兴者,先言他物以引起所咏之辞也"(《诗集传》),就经常被引用,用以解释起兴是一种托物言志、借物发挥的写作方法。其实这种理解过于简单。固然,起兴是一种写作方法,但它也是文学创作的元问题。正因为先有"诗言志"这样一个动因,才会在实际的写作中以"兴者,但借物以起兴,不必与正意相关也"(姚际恒《诗经通论》)的策略出现。所以理解起兴,必须要意识到它是整个文学艺术存在的根本问题,即人类是有发言为诗的精神属性的。这一点也可以印证西方文学研究方法的一个困境:总结创作经验的时候,我们只能对文学创作过程中所呈现出的"有意识"的内容进行归纳整理,而很难去总结那些"无意识"的部分,因为它与讲究科学方法与逻辑的理论研究本质上是矛盾的。

综合考量中西方对起兴的理解,相同点在于都发现和承认了人类有一种从精神世界产生的东西,它是文学创作的精神基础,也是创作过程的第一必要条件和步骤。不同的是,中国人把它命名为"情""士""志",西方人把它叫作"迷狂""灵感",它们的范式和话语体系不同,但指向的客体又是非常一致的。

## 二、构思阶段

既然情动于中而形于言,那么在言出之前,必然有一个相对地固定思想的过程,我们把它叫作"构思"。《文心雕龙·神思》用非常缜密细致的论述,全面讲到怎样进行文学构思的问题,后人研究《文心雕龙》时,认为《神思》是全书创作论部分的总论:"它从构思以前的准备工作,讲到构思时的想象……这篇是以构思为主,所以又是剖析情理的第一篇。"[2]

《神思》一篇说"文之思也,其神远矣",讲了想象与文思的关系,并非常具体地指出:"积学以储宝,酌理以富才,研阅以穷照,驯致以怿辞,然后使玄解之宰,寻声律而定墨;独照之匠,窥意象而运斤;此盖驭文之首术,谋篇之大端。"这些文字非常清楚地阐述了陶钧文思的方法。

构思是连接物与神的关键部分,《神思》篇讲:"吟咏之间,吐纳珠玉之声;眉睫之前,卷舒风云之色;其思理之致乎!"就是说构思阶段,人可以展开非常丰富的想象,认知能力发挥起来以后,可以在大脑中构建非常多彩的意向,这一切都是"思理之致"。又说:"故思理为妙,神与物游。神居胸臆,而志气统其关键;物沿耳目,而辞令管其枢机。"这几句充分讨论了"神"与"物"的关系,并认为精神和元气是人的"神"的关键,语言则是用于表征外物的机制。刘勰分析了构思的本质,并以"神与物游"的观点,论述了构思时主客观交融的一

---

[1] [美]韦勒克、[美]沃伦:《文学理论》,刘象愚等译,文化艺术出版社,2010,第80页。
[2] 周振甫:《文心雕龙今译》,中华书局,1986,第244页。

种态度。

关于这个主客观交融的问题,在西方的现象学文论中也有呼应。伊格尔顿在《文学理论导论》一书中谈到了胡塞尔现象学的一些原理,他认为:"所有超经验的东西都应该被排斥,现实须与纯粹的现象相联系,这是我们的心智的表现方式,也是我们得以开始思维的可靠机制。胡塞尔把这种哲学方法命名为'现象学',是关于现象的纯粹科学。"伊格尔顿进一步认为,现象学文论是一种把胡塞尔现象学用于文学批评的尝试,如同胡塞尔用括号"悬置"了具体物的属性一样,现象学文论把文学作品的一些"无关"因素也悬置了,包括文学作品的社会历史背景、它的作者以及创作和阅读的具体社会历史条件等。这就是说,现象学是要求排斥超经验的内容的,但又不是被动地看待客体,而是要求用主客观交融的方式直观地观照客体,这一点呼应了"神与物游"的观点。

那么如何进行构思?刘勰认为:"是以陶钧文思,贵在虚静,疏瀹五藏,澡雪精神……然后使玄解之宰,寻声律而定墨;独照之匠,窥意象而运斤;此盖驭文之首术,谋篇之大端。"首先要重在虚静、纯粹精神,用心中积累的学识与经验来进行对客观事物的全面思考,顺着思路去寻找好的辞令。这一段话在"神与物游"的主客观交融的基本方法论之上,具体讲了该怎样安排从物到思、从思到文的方法。另外,构思应该在文辞之前,不可受到技术的束缚,"夫神思方运,万涂竞萌,规矩虚位,刻镂无形",一定要将规矩和有形的东西放在一边,让构思自由的运行。

最值得一提的是,既然主观参与到构思之中,那么作家各人禀异的才赋就值得具体问题具体分析了。刘勰认为"人之禀才,识速异分;文之制体,大小殊功",他认为天赋和功力的区别,使得不同作家构思的方式和能力都不一样,并以司马相如、扬雄、桓谭、张衡、王充等人的构思风格之不同为例,来说明构思是很依赖于作家主观的性情才能的。刘勰还认为积累也是非常关键的,"博而能一"是构思是否能成功地转化为文字的重要原因,最后他总结道:"神用象通,情变所孕。物以貌求,心以理应。刻镂声律,萌芽比兴。结虑司契,垂帷制胜。"概括了物—思—文的流程和关系。

西方文学批评理论在构思问题上,很注重从心理学方面来考虑问题。韦勒克说:"任何对创作过程的现代研究方法,主要都是关注于无意识活动和意识活动所起的相对地作用……喜欢论述自己艺术的作家们自然总是谈论自己创作活动中那些有意识的、自觉运用某些技巧的部分,而无视那些'外界各种因素给予的'、非自觉地进行的部分。他们对自己自觉的创作经验感到荣幸,然而往往正是那些他们不愿谈论的部分反映或折射了他们的本质。"①这意味着构思的确是一个"神与物游"的过程,是一个主客观交融的过程。但也许是为了突出艺术创作的特殊性与个体性,艺术家们往往喜欢强调自身主观的因素,重视"神"的部分,而有意无意地忽略创作的客观部分,即"物"的部分。然而文学世界中绝不会有脱离一切的空想,也肯定不是对现实的简单速写或素描,所以我们有理由认为"神与物游"所概括的构思过程,是文学创作构思阶段的基本属性。

另外我们也看到,中国古代文论中非常重要的构思过程,在西方文学理论中有时候并不像形而上的文学本质论一样受到足够的重视。"对创作过程本身发表过的意见,至今还是很少达到有助于构成文艺理论的概括性的程度",由于中西方理论形态的差异,西方人更注重关注形而上的内容,所以文学本质论的问题更多地成了西方文学批评理论的重心,而文学创作过程则往往被看作是技巧性的东西。

## 三、物化阶段

《文心雕龙》从第三十二篇《镕裁》一直到第四十四篇《总术》,全部谈论具体写作的方法,也就是怎样能够把灵感和构思落实到纸面上。一个人的灵感、思路毕竟是纯粹精神的东西,要让它们转化成真正的文学

---

① [美]韦勒克、[美]沃伦:《文学理论》,刘象愚等译,文化艺术出版社,2010,第87页。

作品，必须有一个把它们语言化、文学化的过程，这个过程即创作的物化阶段。

《镕裁》一篇主要讲的是怎样炼意和炼辞。首先要考虑情意，在确定情意的基础上考虑使用什么样的体裁；确定体裁后要考虑用什么样的文字来使立意物化，既包括选择主题的问题，也包含修辞的问题。这一篇说："情理设位，文采行乎其中。刚柔以立本，变通以趋时。立本有体，意或偏长；趋时无方，辞或繁杂。蹊要所司，职在镕裁，隐括情理，矫揉文采也。规范本体谓之镕，剪截浮词谓之裁。裁则芜秽不生，镕则纲领昭畅，譬绳墨之审分，斧斤之斫削矣。骈拇枝指，由侈于性；附赘悬疣，实侈于形。二意两出，义之骈枝也；同辞重句，文之疣赘也。"这是从情理、体例、内容、修辞的相互关系来谈，要根据气质的"刚""柔"来选择文体，要根据时数的变化来选择得体的言辞。

在沈约"四声八病说"的基础上，刘勰也全面地研究了文学不能回避的声律问题。关于声律部分的论述，是汉语独有的特色，彰显了汉语言文学的独特价值。在南北朝时期，随着文学理论的自觉发展，汉语的语音美也进入了文学家和批评家的视野。范晔能识宫商，把语言音律问题纳入文学的范围；在阴阳上去四声的基础上，沈约又提出了"八病"的概念，创制了格律诗；刘勰在《声律》一篇中谈到了语言音律难于音乐的问题。[①] 另外，刘勰还在该篇中总结了其他一些诸如声与字的用法等问题，体现出我国古代文论中就有了高度丰富的音系学成就。无独有偶，西方文论向来也关注声律问题，只是语言的不同使得研究的方法和结论都大不一样。从声音的意义上谈，西方人认为"每一件文学作品首先是一个声音的系列，从这个声音的系列再生出意义"[②]，这就是说语音美是文学艺术的重要构成，体现出了西方以表示语音的符号为语言的特点。他们认为语音与意义密不可分，所以关于声律的研究也不是对声音表演的研究，而是对语音固有的内在规律的研究。一个重要的证据是，现代语言学的重要分支音系学的一个重要概念，可以相互区分的语音基本元素"最小对立体"就体现出了人类语音的基本属性，这也是语言音乐性的来源。在此基础上，我们可以看到西方对声律的研究更多是以一种近似科学分析的方法展开的，而中国的声律研究则更贴合传统意义上的文学艺术技法研究。

关于如何行文，刘勰在《章句》一篇中说："夫人之立言，因字而生句，积句而成章，积章而成篇。篇之彪炳，章无疵也；章之明靡，句无玷也；句之清英，字不妄也；振本而末从，知一而万毕矣。夫裁文匠笔，篇有小大；离章合句，调有缓急，随变适会，莫见定准。句司数字，待相接以为用；章总一义，须意穷而成体。其控引情理，送迎际会，譬舞容回环，而有缀兆之位；歌声靡曼，而有抗坠之节也。"这段话说明安排章句要从内容、情韵两个方面来考虑，还要考虑语言的声音和书写方式等问题。这已经是非常细致和专门的技术问题了。西方认为语言是文学艺术的材料，所以在语言学和语言史的基础上发展出了一整套文体学的理论来。如果文学艺术的语言被当作"活的语言"来成为语言学的材料的话，那么再把审美问题考虑进来，文体学就有了重大的价值。在不同的文体与修辞的转换中，产生了不同的审美取向，这也是文学艺术的重要方面。

另外，《文心雕龙》中《比兴》一篇讨论了比喻和起兴的问题。关于起兴的问题，在本节前文已做说明，此处不再赘述。关于比喻的问题，中西方还有一个重要的区别：即使在《文心雕龙》之中，比喻也是一个修辞技法问题；而在西方思想中，比喻并没有那么简单。第一，比喻是与神话意象相连接的。"意象"所代表的感觉重现，既是心理学的研究内容，也是文学创作论的研究课题。早期人类神秘的神话中潜意识所带来的"象征"也成了西方文学的重要发展线索，甚至是文学思潮与运动的重要主题。第二，西方语言哲学还认为隐喻是人类语言的普遍模式，甚至是人们赖以为生的方式，即语言的本质是隐喻的、表征的，同时也是被隐喻、被表征的。所以在我们研习西方文论时，要考虑到"隐喻"这个概念的多重性。这点，中西方的话语差异是非常巨大的。

---

① 周振甫：《文心雕龙今译》，中华书局，1986，第300页。
② [美]韦勒克、[美]沃伦：《文学理论》，刘象愚等译，文化艺术出版社，2010，第168页。

刘勰在《夸饰》一篇中还讨论了"夸张"的修辞手法，《丽辞》专章讨论对偶，《事类》讲了引言问题，《练字》谈论文字，《隐秀》专论含蓄与精警，《指瑕》讨论了写作中的毛病以及修改的问题，《养气》以中国思想特有的范畴讨论了创作时如何让作家的心性与工作相结合，《附会》讲了如何让文意与章句配合。这些讨论的主题有些是汉语言文学独有的，有些又与西方思想有呼应之处，在研究的时候应当注意这一点。到了《总术》一篇，刘勰讲了"文、笔、言"的区别，他说："今之常言，有文有笔，以为无韵者笔也，有韵者文也。夫文以足言，理兼诗书，别目两名，自近代耳。"这与"论文序笔"的思路是一致的。又说："夫不截盘根，无以验利器；不剖文奥，无以辨通才。才之能通，必资晓术，自非圆鉴区域，大判条例，岂能控引情源，制胜文苑哉。"以告诫为文者要重视创作方法论的问题。

## 第三节　作家的心理要素

艺术创作是一种十分复杂的创造性精神活动，其具体心理过程至今仍未能完全被人们所把握。有许多理论家依据某种心理学观点试图对这一过程进行描述或解释，于是就形成了各种各样的"文艺心理学"流派，诸如"精神分析学的文艺心理学""格式塔心理学的文艺心理学"等，它们在探讨艺术创作心理过程的领域中都取得了有意义的成果。在这一节里我们即试图在前人研究的基础上对艺术创作中若干主要心理要素进行分析。

### 一、艺术直觉

直觉（intuition），又翻译为直观，在哲学和心理学中是指一种不依靠逻辑推理的过程而能够获得知识的思维方式或能力。人们常常给这个概念加上限制词，构成诸如"创造性直觉""诗性直觉""审美直觉""艺术直觉"等在美学或文学理论中普遍使用新的概念。意大利美学家克罗齐甚至还以这个概念为核心创立了自己的美学体系，提出了"艺术即直觉"的著名观点。根据一般的用法，所谓艺术直觉是指在文学活动中主体从对象的感性形式上直接把握其内在蕴含与意义的思维方式或心理能力。人们用这个概念来指称那种区别于逻辑思维和艺术想象的独特思维方式。

#### （一）艺术直觉与认知直觉的异同

认知直觉又称为科学直觉，它主要表现在人们的一般认知活动与科学研究过程中。无数科学研究的实践都以确凿无疑的事实证明了认知直觉的存在及其在科学发现中的巨大作用。作为一种思维能力，认知直觉的最大特点是不依靠概念、判断和推理的逻辑思维过程而直接把握认知对象的内在性质和本质规律。所以认知直觉的结果常常是生活知识或科学发现。一般研究者都认为，认知直觉具有直接性（无逻辑推理过程）、无意识性、创造性等特征。作为艺术创造重要方式的艺术直觉也同样具有这些特征。这两种思维方式在心理机制上有诸多相近之处，但它们的区别也是很明显的，这主要表现在下列三个方面：

第一，二者的对象不同。马克思曾说："对于不辨音律的耳朵来说，最美的音乐也毫无意义，音乐对他说来不是对象，因为我的对象只能是我的本质力量之一的确证……"①认知直觉与艺术直觉正是两种不同的"本质力量"，故而有着不同的对象。他们是与各自特定的对象相适应而存在的，也可以说，正是由于存在着两种不同的对象，主体才会形成这样两种不同的思维方式。所谓不同的对象，并不是说二者所面对的事物

---

① ［德］马克思：《1844年经济学哲学手稿》，刘丕坤译，人民出版社，1979，第79页。

是完全不同的,而是说即使是同一个事物,也是以不同的面目呈现出来的。例如面对一枝花,认知直觉所把握到的与艺术直觉所把握的是不同的东西。事物是一个,对象却是两个。认知直觉所要把握的是事物内在的特质或规律。艺术直觉所要把握的是事物蕴含的审美价值,如"趣味""神韵""格调"之类难以言说的东西。

第二,艺术直觉带有明显的主观性,认知直觉则排斥任何主观色彩。认知直觉的任务是揭示对象的固有属性和普遍的本质与规律,无论什么人在凭借认知直觉来认识这些属性、本质和规律时,其过程与结果都是基本相同的。在这里任何主观性都会破坏主体对于对象的正确把握。艺术直觉则不同了。它面对的是事物的审美价值,而审美价值带有很大的不确定性。因为对于不同时代、不同民族、不同地域的人来说,一个事物的审美价值是不尽相同的。就是说,审美价值只是有大致的规定性,而不像事物的自然属性那样可以十分精确地把握。比如,某个风景区,大家都说很美,但具体到如何美,就会言人人殊了。奔腾不息的长江在苏东坡眼中表现为一种深沉的历史感,而在李后主那里则化为不尽的愁思。如果说认知直觉主要是主体对客观存在的特性与规律的发现,艺术直觉则不仅仅是发现,而且还带有创造性,是主体与客体之间的一种双向建构的过程,是客体的固有属性与主体的审美趣味相契合的过程。

第三,艺术直觉的过程带有强烈的情感性,而认知直觉的过程则没有或有较少的情感色彩。当然,我们不否认认知直觉过程可能会伴随有情绪上的波动,甚至强烈的情感,但是这种情感或情绪一般都是在预感到自己将有所发现或有所发现之后才出现的兴奋与激动,而不像艺术直觉那样伴随整个过程的情感体验。艺术直觉主要是对事物审美价值的把握,这是一种在情感而不是逻辑思维推动之下的心理活动。西方近代美学史上的"移情论"将一切审美活动都视为主体情感的外射,虽有其片面性,但毕竟也揭示了情感与艺术直觉密不可分的关系。在对艺术作品的欣赏过程中艺术直觉对情感的依赖就更加明显了,可以说没有强烈的情感也就没有艺术直觉的过程。艺术直觉的发动必然地要以情感为基础。例如只有满怀一腔愁绪的人才会把大江看作愁的化身,只有懂得爱情的人才会从戏水鸳鸯或并蒂莲上看出象征意味。正如苏联早期著名心理学家维戈茨基所说:"审美反应很像弹钢琴,作为艺术作品成分的每一个要素仿佛按动着我们机体的相应的感情之键,于是响起感情的音调或声音,整个审美反应就是这种回应击键的情绪印象。"①情感是我们自己的,审美对象或艺术作品不过是巧妙地将这种情感激发起来而已。这种审美反应就是审美直觉的过程,在艺术活动中即是艺术直觉的过程,它本质上仍是一种复杂的情感反应。

(二)艺术直觉的主要构成因素

我们如果对艺术直觉进行静态分析,就不难发现,它是由感性直观因素、理解因素和与二者相伴随的情感体验三方面交织而成的。感性直观因素是艺术直觉过程中的可见因素,它在整个过程中有着十分重要的意义。正是由于艺术直觉始终伴随着鲜明的感性因素,才使它在艺术活动中能够发挥特别重要的作用。理解因素一方面是指艺术直觉的结果,即从审美对象中获取的意义;另一方面又是指艺术直觉的抽象作用,即将对象某一方面的特征突出出来,而将其他性质淡化掉。正是由于有了这种抽象作用,艺术直觉才能够把握对象的深层蕴涵。艺术直觉的情感因素,一方面是指审美对象中包含的丰富的情感内容被审美主体内化为自己的情感体验,另一方面是指审美主体在捕捉到对象的感性形象和意味的同时也向对象投射了自己的情感。所以,艺术直觉就是这样将感性、理解、情感诸因素融为一体的复杂过程。

在实际的艺术直觉过程中,感性、理解、情感等因素并不是各自独立存在的。心理学研究早已证明,情感作为人对客观事物的一种态度与认知活动,虽分属不同的心理系统,但二者又有紧密联系。认知有感性与理性之分,情感有低级与高级之别。人的低级情感如爱好、快乐、愤怒、恐惧、忧愁等与感性认识联系较密切,它们当然以一定理性认识为前提,但一般又不脱离感性认识。而诸如道德情感、爱国热情、政治情感、宗

---

① [苏联]维戈茨基:《艺术心理学》,周新译,上海文艺出版社,1985,第270页。

教情感等一般不与具体的感性事物相关,而是与高层次的理性认识相联系。审美活动过程既有感性认识内容,又有理性认识内容,而这不同层次的认识内容又与不同层次的情感相融合,从而形成一种复杂的综合性的更高级的情感,这就是美感或审美体验。

## 二、艺术灵感

灵感(inspiration),按《简明不列颠百科全书》的解释,是指"在创作或表演文艺作品前一瞬间的创作热情状态"。实际上,无论是在日常用语还是在学术用语中,灵感一词都不仅仅用之于文艺创作活动。例如钱学森就说:"我想大家在工作中也会有体会,苦思冥想不得其门,找不到道路,然而不知怎么回事,它突然来了,这就叫灵感。"①这是指在各种工作中都可能存在的一种思维状态。艺术灵感则是指在艺术活动中主体情绪激动、思路畅通、创造力极强的思维状态。

### (一)艺术灵感的特征

最早用灵感这一概念来解释文学创作活动的是古希腊哲学家柏拉图。他认为诗人在创作时由于受到神灵的凭附,会陷入"迷狂"的状态,这时他就获得了那种难以言说的灵感,最富有创造力。后人对艺术灵感的阐释虽也有各自的侧重,但大体上都是在柏拉图划出的范围内思考问题的。总结人们对艺术灵感的论述,这种特殊的思维状态大约有如下三大特征:

#### 1. 突发性

在艺术创作中,灵感的袭来是没有任何先兆的。陆机《文赋》说:"来不可遏,去不可止;藏若景灭,行犹响起。"形象地描述了诗文创作中灵感的这种突发性。许多诗人、作家甚至常常是在非创作的状态中突然得到灵感,然后才开始进行创作的。诗人郭沫若谈他创作《地球,我的母亲》的经过时说,当时他在日本,有一天他正在图书馆读书时,不知为何诗兴突然勃发,以至于他跑到外面倒在路上亲吻地面。据说,德国大诗人歌德有时在户外散步时会突然诗兴大发,于是急急忙忙跑进书房,连坐下来都来不及就匆匆写下涌现出来的诗句。这种现象表明,艺术灵感是在长期思考、积累的基础上,大量被储存到无意识心理层面的情感、认识内容,经过一定时期的酝酿突然呈现于意识的层面,以至于连诗人和作家自己都不知道它们从何处而来。

#### 2. 迷狂性

当作家处于灵感状态时,他的思维就不再是正常的思维了。这时他处于"迷狂"之中。柏拉图之所以用"神灵凭附"和"迷狂"来解释和形容艺术灵感,正是由于他十分准确地了解到诗人创作时的那种独特的心理状态。他对灵感产生原因的解释当然是神秘主义的,但他对灵感状态的描述却是十分真实的。据说巴尔扎克在创作《高老头》时,写到高老头之死的那一节,竟然爬到地上大哭起来。这表明,在灵感状态中,作家已然完全沉浸于他所创造的艺术世界之中,其所思所想都是按照艺术世界的逻辑进行的。这样,在别人用正常的眼光看来,自然是匪夷所思了。因此可以说,灵感状态意味着作家进入了自我封闭的独特的幻象世界。唯其如此,他才能够获得超凡的艺术创造力。

#### 3. 创造性

创造性是指艺术灵感能够使作家的艺术创造力在瞬间中达到一个高峰,平常状态中难以解决的问题都很轻易地得到解决,很长时间的思路阻塞也在一时之间豁然贯通。俄国著名戏剧家果戈理在谈到一部剧本的创作时说:"我感到,我的脑子里的思想像一窝受惊的蜜蜂似的蠕动起来;我的想象力越来越敏锐……最近一个时期我懒洋洋地保存在脑子里的,连想都不敢想的题材,忽然如此宏伟地展现在我的眼前,使我全身

---

① 钱学森:《形象思维、抽象思维、灵感思维是普遍的思维形式》,《文艺研究》1985 年第 1 期。

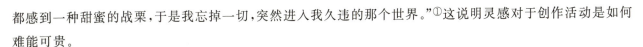

都感到一种甜蜜的战栗,于是我忘掉一切,突然进入我久违的那个世界。"①这说明灵感对于创作活动是如何难能可贵。

### (二)艺术灵感与艺术直觉的异同

如前所述,艺术灵感与艺术直觉都是对文学创作有着重要意义的心理因素,而且它们都具有神奇的创造力,那么二者的区别何在呢?下面从三个角度进行分析。

第一,艺术灵感是一种思维状态,艺术直觉则是一种思维能力。1972年版的《苏联大百科全书》解释"直觉"是"以不借助于论证的直接裁夺的方式了解真理的能力"。解释"灵感"是"一种以个人内在积极性的猛烈增强、高度的激情、人的身心力量的紧张为特征的心理状态"。这对于我们区别艺术灵感与艺术直觉是有参考价值的。艺术直觉的过程是在无意识中进行的,人们不知道其运作机制究竟如何。但创作主体对艺术直觉的运用却是有意识的。作家在搜集素材时是自觉地运用艺术直觉能力去鉴别对象的价值。艺术灵感作为一种思维状态,则完全不受创作主体的控制,它何时来,何时去,难以预知。

第二,艺术直觉具有对象性,艺术灵感则没有具体的对象。艺术直觉作为一种思维能力具有对象性,它必须面对一个具体的、具有感性形式的对象(实际的事物或知觉表象)才有意义。这是因为直觉与感知直接相关,而感知是主体通过眼睛、耳朵等感觉器官对对象外在形式的把握,包括感觉与知觉。直觉以感知为基础。也有人将感知看作直觉的初始阶段。不管怎样,没有感知便没有直觉是毫无疑问的。这就意味着直觉永远离不开具体的感性形象。灵感则不然,它只是主体心理的一种激活状态,在这种状态中他情绪激动、思维活跃,富于创造性,但却不一定有与之紧密相关的具体感知对象。灵感的到来有时是由于某种感性事物的触发,但这些感性事物与灵感的心理内容并无直接关系。不像艺术直觉那样,引发它的感性形象就是它的对象。有时灵感干脆在没有任何感性形象的触发下悄然降临。

第三,艺术灵感是随机性的、偶然的,艺术直觉则有一定的稳定性。直觉作为一种思维能力,一旦产生就不容易轻易失去。例如诗人对自然山水之美的直觉能力是会长期存在的,只要面对具体的对象,它的艺术直觉能力就会表现出来。灵感就不同了,它既不能预测,又不能保持,倏忽而来,渺然而去,如羚羊挂角,无迹可求。正如钱学森所说,灵感是"突然出现,瞬间即逝的短暂思维过程"②。

当然,艺术灵感与艺术直觉的紧密联系也是不容忽视的。我们不排除在灵感没有出现时,艺术直觉在创作中也能发挥自己的作用,但毋庸置疑的是,凡是在灵感状态中,必然是艺术直觉能力最为活跃的时候。正是由于这个原因,人们才常常将二者混为一谈,它们的确有着极为密切的关系。

## 三、艺术情感

情感历来被视为文学艺术的灵魂,古今中外的文艺理论普遍认为,正是由于情感的作用,人们才需要文学艺术。所以有许多理论家就直接将文学艺术定义为情感的表现形式或者传达工具。

那么究竟什么是情感呢?为什么它对于文学艺术有着不可或缺的重要意义呢?情感(feeling),按照《简明不列颠百科全书》的解释,是指人对自己体内事件的知觉。一般心理学教科书将情感释为:主体对外在事物引起的态度的自我体验。在人们的日常用语中,情感或感情也是随处可见的语词。在人生舞台上,正是由于有了情感的存在,这才演出了无数场悲欢离合、男欢女爱、英雄赴难、游子思乡的悲喜剧。钟嵘曾这样描述情感对文学的重要作用:"若乃春风春鸟,秋月秋蝉,夏云暑雨,冬月祁寒,斯四候之感诸诗者也。嘉会寄诗以亲,离群托诗以怨。至于楚臣去境,汉妾辞宫,或骨横朔野,或魂逐飞蓬,或负戈外戍,杀气雄边;塞客

---

① [苏联]魏列萨耶夫:《果戈理是怎样写作的》,蓝英年译,天津人民出版社,1980,第11页。
② 钱学森:《系统科学、思维科学与人体科学》,《自然杂志》1981年第1期。

衣单,媚闺泪尽;又士有解佩出朝,一去忘返;女有扬蛾入宠,再盼倾国。凡斯种种,感荡心灵,非陈诗何以展其义,非长歌何以骋其情?"(钟嵘《诗品序》)可见文学与情感之密不可分。但是生活中的情感并不就等于文学艺术中的情感,前者可称为"自然情感",后者可称为"艺术情感"。简单来说,所谓艺术情感就是创作和接受主体在文学艺术活动中产生并促使这一活动进一步展开的心理体验。

### (一)艺术情感的特征

情感是一个外延很宽泛的概念,其中有许多不同的类型,艺术情感属于情感的范围,但又与其他类型的情感有着根本性的区别。在这里我们不妨通过比较艺术情感与自然情感来看艺术情感的独特性。

人们在日常生活中总会产生喜、怒、哀、乐等情感体验,因为这些情感是自然而然地产生的,所以可以称为自然情感。准确地说,自然情感是指人们在日常生活中出现的心理体验,是主体对于他与客体之间利害关系的功利性评价的心理反应。自然情感的明显特征是私人性,即它是一种纯粹个人的感受与体验,仅与个人的特定境遇相关,一般不具有普遍的可传达性。也就是说,这种情感不是人人都能够理解,也不是人人都有兴趣理解的情感。对于自然情感人们常常并不愿意让别人知道,即使表现出来,也只是在一个十分狭小的范围内。例如,一个人因失恋而痛苦,这种情感只有当事人自己能够体会到,旁人也许会理解他的心情,却绝不会产生同样的痛苦之情,也就是说这种情感是私人性的,不能够传达出去。与自然情感相比,艺术情感具有共通性的特点。所谓共通性是指这种情感不是纯粹个体性的,即它不与个人的利害关系直接相关,不是人们对自身境遇的直接性心理反应。正是由于这个原因,它不仅能够为人们普遍理解,而且能够在他人心中激起类似的情感,即引起共鸣。

自然情感既有令人愉快的积极情感,又有令人痛苦的消极情感。人们的利益得到满足他就会产生愉悦之情,自身利益受到损害他就会产生不愉快的情感。与此不同,艺术情感则只有愉悦而没有真正的痛苦。例如在创作或欣赏悲剧故事时文学活动的主体常常会泪流满面,但他内心真正体验到的却是愉快之感而非痛苦之感。即使是主体心中隐含的痛苦情感记忆,一旦表现于文学艺术之中也会变为积极情感。究其原因,是由于艺术情感是人与对象之间保持一定距离之时所产生的情感。所谓距离是指心理距离,即主体与对象之间淡化了功利性关系,而保持一种观赏、玩味的态度。这种态度使人成为情感的"主人"——能够控制情感,将它作为对象来观照;而不是做情感的奴隶——完全被情感所控制,甚至失去理智。艺术情感之所以美好,之所以成为人们不可缺少的积极、健康的心理体验,也正是因为这个原因。

艺术情感与自然情感有着本质的区别,但这并不意味着二者之间就毫无关联了。实际上,艺术情感是自然情感的升华,没有自然情感也就不可能有什么艺术情感。苏联著名心理学家维戈茨基说:"我们完全可以说明,艺术是中枢情绪或主要在大脑皮层得到缓解的情绪。艺术情绪本质上是智慧的情绪。它并不表现在紧握拳头和颤抖上,它主要是在幻想的映象中得到缓解。狄德罗说得对,他说,演员流的是真眼泪,但他的眼泪是从大脑中流出来的,这就道出了一般艺术反应的实质。"[①]维戈茨基所讲的就是艺术情感的特征。说这种情感是"智慧的情绪"是指它不像自然情感那样使人全身心沉浸其中,而是能够与引发情感的对象保持一定距离,也是指这种情感具有某种空灵的特点,不像自然情感那样与主体的个人利害得失直接相关。简言之,艺术情感这种"智慧的情绪"乃是为人的理智所把握的情感。

### (二)艺术情感在文学创作过程的重要作用

艺术情感对于文学创作有着至关重要的作用,对此,中国古人早已有许多论述。例如《毛诗序》就指出:"诗者,志之所之也,在心为志,发言为诗。情动于中而形于言,言之不足故嗟叹之,嗟叹之不足故咏歌之,咏歌之不足,不知手之舞之,足之蹈之也。"后世如陆机的"缘情说"、韩愈的"不平则鸣"说等,都是讲艺术情感

---

① [苏联]维戈茨基:《艺术心理学》,上海文艺出版社,1985,第278页。

## 第九章 文学创作

对于文学创作的决定性作用。概括而言,这种作用主要表现在下列三个方面:

第一,文学创作与情感的宣泄需求。文学创作在本质上是一种情感活动,这一点已被托尔斯泰、苏珊·朗格、科林伍德以及无数中国古代学者的理论所证明。从心理学的角度看,人们的情绪必须经常得到宣泄,长期的情感压抑必然会导致身心疾病。事实上,表现情感乃是人的一种自我保护的本能。人们在日常生活中产生的一般情绪可以随时通过一般的情感表现方式来发泄,如发脾气、摔东西、大笑、手舞足蹈、话多等。而有一些高级情感,即与人的高级精神生活相关联的情感,如爱情、审美情趣以及与政治、道德、宗教、民族等问题相联系的情感就无法用日常方式来宣泄了。这就需要相应的同样是高级形态的精神活动来宣泄这类情感。文学艺术正是这样的精神活动。所以艺术创作本质上乃是一种情感宣泄,是情感积累必然导致的结果。在这个意义上,可以说没有情感就没有文学艺术。

第二,文学创作与情感的再度体验。如前所述,创作主体对情感积累的回味、观照是艺术情感生成的首要环节。文学艺术的创作过程同时就是一个情感表现的过程。这个过程正是始于创作主体对于自己以往的情感积累的再度体验。对情感的再度体验也就是复现记忆中的情感并对其加以回味、观照的过程。正是这个过程,使作家自己的自然情感转化为具有普遍性的艺术情感。对情感的再度体验作为整个创作过程的原动力,始终存在于这个过程之中。在创作过程中,主体对以往的生活画面的复现与重组,实际上只是表面现象,真正促使他进行回忆的是情感积累。作家自己的童年经验、人生的坎坷经历、严重的精神创伤,都作为情感记忆储存在他的心灵深处,它们躁动不安,时刻寻求表现与宣泄的机会。作家一旦进入创作过程,这些情感记忆就会争先恐后地涌现于他的意识层面,迫使作家对它们进行再度体验。生活画面只是由于伴随着情绪记忆才获得意义。所以,对情感积累的再度体验可以说是艺术创作的核心。

英国浪漫派诗人华兹华斯曾谈到过这一情感的再度体验过程。他说:"诗是强烈情感的自然流露。它起源于在平静中回忆起来的情感。诗人沉思这种情感直到一种反应使平静逐渐消逝,就有一种与诗人所沉思的情感相似的情感逐渐发生,确实存在于诗人的心中。一篇成功的诗作一般都从这种情形开始,而且在相似的情形下向前展开;然而不管是一种什么情绪,不管这种情绪达到什么程度,它既然从各种原因产生,总带有各种愉快;所以我们不管描写什么情绪,只要我们自愿地描写,我们的心灵总是在一种享受的状态中。"①

这是诗人的经验之谈,这里至少讲到了三方面的道理:一是说情感的再度体验是诗人创作的动力,没有情感,就没有诗歌创作。而促使诗人进行创作的情感又不是那种当下发生的现实情感,而是来自心灵深处的情感积累,它们一旦被"回忆"起来,就获得了审美价值。二是说情感的再度体验不仅仅是一种对原有情感的回忆,而且还创造新的情感。这种新的情感不是原有情感的简单复现或有所取舍,而是具有某种独特性质,这种性质是时空距离所导致的心理距离的产物。例如一个成年人回忆起学生时代的友谊或爱情,他体验到的绝不是原来的友谊或爱情,而是一种很独特的新情感,这种新的情感不管是否表达于作品中,它实际上已经是艺术情感了。三是说情感的再度体验是一种作家或诗人以自己的内在世界为对象的审美活动,无论这种被回忆起来的情感原本是积极情感还是消极情感,对它的再度体验都会使人产生美感享受。这是由于在回忆这些情感时主体的心情是"平静"的,即与当时造成情感发生的那些生活情境拉开了心理距离,淡化了其中的功利色彩,因此就给人以审美享受。

创作过程对情感的再度体验所依据的是心理学上被称为"内省"的主体能力。这种能力使人能够对自己的心灵世界进行反观,也就是说,主体意识借助于"内省"能力将自己一分为二:一部分对另一部分进行观照与体验。这就意味着,主体自身一部分依然是主体,另一部分却成了对象。在这种自我观照与体验中,作家一方面获得一种精神上的享受,另一方面又会积极地为这种再度体验的情感寻求表现形式。

---

① 《抒情歌谣集》(1815年版序言),载伍蠡甫主编《西方文论选》下卷,上海译文出版社,1979,第17-18页。

第三，艺术情感与文学作品中艺术形象的形成。文学创作在某种意义上可以说就是经过作家再度体验的情感显现为文学作品中的具体形象的过程。苏珊·朗格说："艺术品作为一个整体来说，就是情感的意象。对这种意象，我们可以称之为艺术符号。而这些作为艺术符号的意象就是通过空间、音乐中的音程或其他一些虚幻的和可塑性的媒介创造出来的生命和情感的客观形式"。① 这就是说，文学艺术作品中的艺术形象乃是作家内在的生命体验和情感所构成的感性形象。一般来说，无论是在抒情性作品中，还是在叙事性作品中，艺术形象的形成都必然是三种因素的组合过程：一是感性形式，它直接诉诸人们的感官。二是情感，即经过作家再度体验的艺术情感，而不是自然情感。三是理性因素，即作家的政治伦理观念及其他知识系统。这里有一点必须清楚，这就是所谓感性形式并不是情感和理性因素的载体或外壳。换言之，感性形式不是作家找来负载情感和理性内容的现成的东西，它是情感和理性因素所生成的，是二者成为有形之物。正如英国表现主义美学家鲍山葵所说："美是情感变成有形。"② 对于艺术作品来说，情感因素、理性因素、感性形式三者是不可分拆的有机整体。为了清楚地说明三者的这种关系，我们不妨举个例子。

唐朝诗人刘禹锡的名作《石头城》云："山围故国周遭在，潮打空城寂寞回。淮水东边旧时月，夜深还过女墙来。"我们只看看"月"这个富有表现性的艺术形象。在诗人眼中，月首先是一个可见之物，是感性的存在。它起于淮水之东的天际，夜深后升到女墙之上。这个自然的月是诗人心中的表象，还不是作为艺术形象的"月"。随着体验的加深，我们就会发现，在这个仿佛是自然物的感性形象之中还蕴含着丰富的表现性内涵：清冷、寂寞、惆怅的情感体验，以及对自然之永恒、人生之短暂、古今之兴废、人世之无常的深刻理解。同是一轮明月，经历过千古的盛衰嬗变，曾被无数文人墨客所歌咏描绘，而今自己也站在这月光之下，如何不令人产生无限的感慨呢！这里当然也包含着诗人的审美理解：月亮是永恒的，而人事却如过眼烟云一般。在创作过程中，并非诗人先存着这样的情感与理解，然后再去找相应的形式来承载它们，而是眼中之景与心中之情相互触发，彼此契合，共同构成这个动人的艺术形象。诗人的孤独寂寞之情自然是早就存在于心中了，但那不是艺术情感而是自然情感，不足以动人心弦。而当诗人面对淮水之月时，这些自然情感的记忆被触发起来，形成诗人对这些情感的再度体验之后，它们就生成为艺术情感了。作为艺术情感的寂寞孤独和惆怅的体验，也就与触发起它们的感性形象——月，融为一体、不可拆分了。所以这个"月"的艺术形象的生成过程其实也就是自然情感升华为艺术情感的过程。这个形象是一个具有感性形式、情感内容与理性因素的复杂的审美意象。

英国诗人理查德·阿尔丁顿有一首小诗《傍晚》：

烟囱，一排接一排，划破清澈的天空；月亮，一片破纱裹着它的腰，在烟囱丛中搔首弄姿，一个笨拙的维纳斯——这里，在橱窗的洗涤格上，我肆无忌惮地望着它。

我们还来分析"月亮"这个审美意象。在诗中，"烟囱"与"月亮"这两个审美意象相对比而存在。我们不难看出，"烟囱"代表现代工业、现代社会生活，"月亮"则象征美好的大自然和人的古朴醇厚的生活方式。月亮在烟雾缭绕下失去了光洁明亮——这是诗人心中月亮的感性形式。月亮本是纯洁、美好的，但却遭到了破坏——这是诗人对月亮的审美理解。而对现代工业社会生活的反感，对民风淳朴的田园牧歌式生活的向往，则是诗人注入月亮这一审美意象之中的情感内容。可见，这里的艺术情感也同样是与感性形式、理性因素交织在一起的。这正是艺术情感的普遍特征。

在审美意象的形成过程中，艺术情感起着主导作用。刘禹锡的《石头城》中所表达的情感当然不是他在赏月时才有的。他仕途的坎坷、人生的遭遇早就在他的心灵中积累了深沉的感慨之情，只是在赏月时被激发起来并且得到升华而已。月亮在他的笔下之所以与人生感慨相联系，完全是由他独特的情感积累所决定

---

① ［美］苏珊·朗格：《艺术问题》，滕守尧、朱疆源译，中国社会科学出版社，1983，第 129－130 页。
② ［英］鲍山葵：《美学三讲》，周煦良译，上海译文出版社，1983，第 51 页。

的。这与杜甫在《月夜》中由月亮所激起地对妻子儿女的怀念之情或苏轼在《水调歌头》中对兄弟的思念之情显然是大不相同的。阿尔丁顿对现代生活的厌倦、反感,对美好大自然的向往之情同样是长期生活积累的产物。由于情感积累的作用,诗人眼中的一切都带上了独特的色彩。由此可见,在艺术创作过程,由情感积累到艺术情感的升华是一条主线,其他因素都是围绕这条主线展开的。艺术感性形式的真实与否不看它与实际的事物是否吻合,而看它是否准确地表达了情感;审美理解是否正确,也不看它是否合乎某种外在的道理,而是看它是否与情感体验相一致。情感在艺术创作中具有统摄作用。

## 四、艺术想象

在文学创作的诸种心理因素中,除了艺术直觉与艺术情感之外,最重要的莫过于艺术想象了。想象(imagination),按照心理学的解释,是指以原有表象或经验为基础创造新形象的心理过程。一般分为再造性想象与创造性想象。艺术想象则是指文学艺术活动的主体调动过去积累的记忆表象,经过艺术加工创造出艺术形象的心理过程。

### (一)艺术想象的特点

想象是一种极为普遍的心理活动,它对于人类的生存具有重要意义,所以即使在日常生活中也随时可见,假如没有想象人类就根本无法进行任何有意义的创造性活动。但是想象又可以分为许多不同的种类,日常生活中的想象不同于科学研究中的想象,而科学研究中的想象又不同于艺术创作中的想象。我们这里主要通过比较艺术想象与科学想象之间的异同来揭示艺术想象的特点。

首先,科学想象是一种纯粹的认知活动,艺术想象则是一种审美活动。科学研究是一种严谨的思维活动,不允许任意的想象,但是离开了想象也就很难有什么科学的发现,缺乏想象力的人不可能成为优秀的科学家。在科学想象中,主体的意向是指向客观世界的某种内在规律的,目的仅仅是得到一个正确的结论。艺术想象则指向某种活生生的艺术形象,目的是创造出一个不同于现实世界的艺术世界来。所以从最终目的来看,科学想象是由具象到抽象的过程,而艺术想象则是由具象到具象的过程。可以说,离开了科学想象就没有科学发现,离开了艺术想象就没有艺术作品。前者是人类认识客观世界的重要武器,后者是人类创造一个假想的艺术世界的基本方式。

其次,科学想象是发现的过程,艺术想象则是创造的过程。科学想象最初也带有很明显的主观性,但随着主体越来越接近发现客观的规律,这种主观性也就逐渐削弱直至完全同化于客观性,科学想象是发现某种客观存在的性质或规律;艺术想象则不然,它本质上是一种审美的创造活动,在艺术想象的初始阶段是主体对以往种种记忆表象的重新唤起,随着想象的展开,就由对记忆表象的简单回忆向新形象的创造跃进了,因此,在整个艺术想象的过程中,主观性不会减弱,反而会逐渐强化,通过艺术想象,主体不是去发现什么,而是去创造出一个假想的世界。

通过这种比较我们不难发现,艺术想象具有形象性、主观性、创造性三大特征,它们交织在一起,成为在文学艺术创作过程中发挥重要作用的基本心理机能之一。

### (二)艺术想象的类型

从不同角度可以对艺术想象进行不同的分类。例如可以根据想象活动产生时的心理特点将其分为有意想象和随意想象,根据想象内容而分为再造性想象与创造性想象等。在这里我们根据艺术想象在创作过程中所起作用的不同而将其划分为三大类:再造性想象、创造性想象、相似性想象。

再造性想象就是主体对他所要描写的事物形象的复现。法国哲学家伏尔泰曾指出:"想象有两种:一种简单地保存对事物的印象,另一种将这些印象千变万化地排列组合。前者称

再造想象

再造想象与创造想象的区别

为消极想象，后者称为积极想象。消极想象比记忆超出不了多少，它是人与动物所共有的。"① 这里伏尔泰所说的是生活中到处存在的一般想象活动，它们构成艺术想象的基础。在创作过程中那种被伏尔泰称为"消极想象"的心理活动其实就是我们所说的"再造性想象"，这是艺术创作中最基本的心理能力。在进入创作过程之后，作家首先要极力调动记忆储备，将过去曾经目睹的人和事重新在脑海里复现出来，从中寻找富有特征的、有表现价值的东西作为自己将要创造的艺术世界的基本材料。无数作家在谈到自己的创作体会时都曾说过，那些记忆中活生生的形象是如何纷至沓来，促使他将它们表现出来的，如鲁迅对少年闰土的形象和活动的描写就是对沉潜于自己心灵深处数十年的美好记忆的复现，首先是运用再造性想象的产物。

作家在创作过程中复现过去的记忆表象固然十分重要，但这仅仅是创造艺术形象的一种方式。一般说来，作家完全依靠再造想象创造艺术形象的情况是比较少见的。普遍的情形是，在再现记忆表象的基础上，作家还要对它们进行加工改造、重新熔铸，从而创造出不同于其生活原型的艺术形象来。例如孙悟空这个艺术形象，有着人的喜怒哀乐、猴的顽皮急躁、神的神通本领，这不可能是生活事实的再现，其中蕴含了作家的大胆创造。这种艺术想象就是以伏尔泰所说的"积极想象"为基础的创造性想象。

所谓相似性想象在心理学上的依据就是联想，即由一物的触发而想到另一物的心理过程。在文艺心理学中也有人将这种想象称之为类比性想象。在创作过程中，特别是在抒情性作品的创作中，这种相似性想象的作用是非常重要的，作家和诗人们最常用的几种修辞手法，如比喻、象征、拟人等都是以这种想象类型为心理依据的。也就是说，在运用这类修辞手法的作品中，词语与词语的排列不是词语指涉物的时间或空间关系决定的，而是词语指涉物与之相似的那个东西所决定。所以看似毫无联系的语词常常被诗人们连在一起。这里仅举二例。柳宗元《登柳州城楼寄漳汀封连四州》一诗中有"岭树重遮千里目，江流曲似九回肠"之句，前句象征着诗人对远隔千里的朋友的思念，后句象征因思念而生出的忧愁。"江流"与"九回肠"有什么时间或空间上的联系？显然毫不相干。这里诗人就运用了相似性想象：因政治上的原因，志同道合的朋友不能相聚与由于岭树的遮挡不能放眼远眺之间有着相似性，故由后者想到前者，进而构成象征与被象征的关系；诗人孤独惆怅之情郁积，可谓愁肠百结，这与曲曲折折的江流恰恰极为相似，故而"曲似九回肠"之江流就成为忧愁的象征。又如苏轼著名的《饮湖上初晴后雨》："水光潋滟晴方好，山色空蒙雨亦奇。欲把西湖比西子，淡妆浓抹总相宜。"西湖的水光山色无论阴晴，都有其动人之处，这正与美女西施无论如何装扮都能显示出过人姿色一样，二者有某种相似性，诗人由西湖之景联想到西施之貌，于是便可以在诗中以西施之貌比喻西湖之景。可见如果缺乏想象力，诗人很难创作出动人的诗句；离开想象力，人们也很难领略到诗歌的妙处。

### 五、艺术理解

艺术理解是指作家、艺术家在创作活动中所进行的分析、判断、识别、比较等理性思维活动。在文学创作中虽然诸如想象、直觉、灵感、情感等心理因素发挥着至关重要的作用，但这并不等于说理性思考就不重要了。相反，在整个创作过程中，特别是叙事性作品的创作中，理性思考始终发挥着不可替代的重要作用。由于在艺术创作中这种理性思考不同于在日常生活或科学研究中的理性思考，故而称为艺术理解。这主要表现在下列三个方面：

#### (一) 艺术理解与创作目的

作家为什么要进行文学创作，在一部作品中他要达到怎样的目的，这主要是艺术理解的问题。事实上，作家产生创造动机一方面固然需要情感的激动与生活经验的触发，但另一方面理性思考总是同时发挥着重

---

① 《外国理论家、作家论形象思维》，中国社会科学出版社，1979，第14页。

要作用。这意味着没有艺术理解的参与,就不可能有效地进行艺术创作。例如鲁迅说自己的小说创作目的是揭出中国人的病根所在,以引起疗救的注意,他的小说对中国的"国民性"的揭露完全是基于冷静的思考。白居易创作"新乐府"诗,是为了"惟歌生民病,愿得天子知",这也是明确的理性思考。这种理性思考一经形成,就会贯穿作家整个创作过程,对作品的形象、情节、主题乃至形式诸因素都产生重要影响。

当然,成熟的艺术家尽管在理性思考的伴随下进行创作,但在他创作出的艺术文本中理解的因素常常是隐匿不见的。恩格斯认为,优秀的小说作品都应该有鲜明的倾向性,亦即理性的思考,但是他同时又指出:"可是我认为倾向应从场面和情节中自然而然地流露出来,而不应当特别把它指点出来;同时我认为作家不必要把它所描写的社会冲突的历史的未来的解决办法硬塞给读者。"[①]又说:"作者的见解愈隐蔽,对艺术作品来说就愈好。"[②]艺术理解之所以不同于哲学思考就在于它始终不脱离艺术形象,并且遵循着艺术创作的独特规律。

### (二)艺术理解与选材

一个作家在进入创作过程时首先想到的必然是写什么的问题,因此选材是文学创作的第一步。所谓选材就是在大量的生活经验的储备中挑选准备表现的材料。一般而言,作家总是先产生某种需要表达的情感以及与之相关的创作动机,然后才寻找适合表达这种情感与创造动机的生活材料。怎样的生活材料最适合表达作家的思想情感呢?这就需要艺术理解来分析判断了。例如托尔斯泰之所以选择一个妓女被判刑的事件作为长篇小说《复活》的基本情节,是因为在他看来这一情节最适合表现他的"道德自我拯救"的思想;而鲁迅选择一个落魄书生的故事来创作《孔乙己》,那也是因为他认为整个故事恰恰能够充分表现他对旧的科举制度的深刻批判。可见选材固然离不开艺术直觉与艺术想象的帮助,但同时更离不开艺术理解的作用。在这里艺术理解是判断生活材料有用性的主要手段与标准。

### (三)艺术理解与构思过程

所谓构思是指作家艺术家调动想象、体验、分析、综合等各种主观能力将纷乱的材料组织成有序的假想世界的过程。在构思过程中,从性格刻画到情节安排,都离不开艺术理解的帮助。作家在描写人物形象和编织情节时常常要思考如何才能使其合情合理,这就离不开分析与判断。即使是抒情作品的创作,作家为了更准确地表情达意,也往往需要理性思考。没有理性思考的帮助,文学创作的构思过程是无法进行的。

托尔斯泰曾谈到他构思《复活》时理性思考所发挥的重要作用:"刚才我正在散步,忽然很清楚地懂得了我的《复活》为什么写不出来的原因,开头写得不对。这一点我是在思考那篇关于儿童的小说——《谁对》的时候才懂得的;当时我明白了那篇小说必须从农民的生活写起,明白了他们才是目标,才是正面的东西,而另外那一种——只是阴影,只是反面的东西。想到这里,我就连带地也明白了关于《复活》这部书的道理。"[③]

在这里托尔斯泰具体讲述了他在构思《复活》时是如何运用理性思考来调整思路的。作家的经验之谈有力地说明了艺术理解对于文学创作不可替代的重要作用。如果说情感和直觉是推动文学创作活动进行的动力,那么艺术理解就是掌握创作向何处去的方向盘。

### 复习要点

[基本概念]

艺术生产论　　起兴　　构思　　艺术直觉　　艺术情感

---

① 《马克思恩格斯选集》第4卷,人民出版社,1995,第673页。
② 《马克思恩格斯选集》第4卷,人民出版社,1995,第683页。
③ [俄]列夫·托尔斯泰:《一八九五年十一月五日日记》,载贝奇柯夫:《托尔斯泰评传》,人民文学出版社,1959,第497页。

[思考问题]

1. 什么是马克思主义艺术生产论?
2. 马克思主义视角下的艺术生产特征有哪些?
3. 中国古代文论的艺术与技术辩证法阐述了哪些问题?试举例说明。
4. 文学创作过程有哪几个阶段?
5. 艺术灵感的特征有几点?
6. 创作心理要素包括什么?

# 第十章

# 文学消费与接受

> 文学接受是文学活动全过程中的重要环节。从艺术生产理论的角度看,它又与文学生产、文学传播、文学消费密切相关。如果说在文学创作阶段作家是能动的主体,那么在文学接受阶段能动的主体无疑是读者。从文学接受的角度来观察文学,将之与文学消费的角度相区别,可以看到文学接受具有丰富的属性。

## 第一节 文学消费

### 一、文学活动过程的重要环节——消费

文学消费与接受

文学消费是相对于文学生产、文学产品而言的,它是指人们为了满足自身文化、审美与娱乐等方面的精神需求而对文学产品加以占有、利用、阅读或欣赏的一项活动。作家创作出作品,要使之转化为可供大众阅读的对象,这有赖于一个将其观念形态的文本加以媒介化和物态化的过程,这样文学活动才构成一个完整的周期。有了文学消费,文学生产才实现了其对象化的目的,文学再生产才有可能有方向,整个文学活动过程才得以顺利运转。在社会化大生产与商品经济的条件下,"文学消费"概念的提出与运用具有重要意义。

#### (一)文学消费在文学活动链中的作用

社会化大生产主要是指物质生产,但也包括精神生产,如艺术生产、文学生产。这就是说,物质生产与精神生产、文学生产之间不仅存在着一种类比关系,而且制约着物质生产的社会化大生产原理,在一定程度上也适用于精神生产、文学生产。社会化大生产一般由生产者、产品、流通渠道、消费者等要素组合,由此形成生产领域、流通领域和消费领域。相应地,文学的整个社会过程也包括创作出版、发行传播与消费接受三个主要环节。文学生产是指作家观念形态的文学创作与出版者赋予其物质形态的复制出版,换言之,即文学产品的生产;文学流通领域包括发行网络、宣传手段与传播方式,它是生产者与消费者之间沟通文学信息

的桥梁,主要由作家、出版者通过文学作品正向传递给读者,但并不排斥读者意见与需求的逆向反馈;文学消费则由读者充当主角,它包括读者对文学产品不同角度与多种方式的占有、利用,主要指对作品的阅读、欣赏与接受。

文学从生产到传播再到消费直至接受,构成了环环相扣的文学活动的全部过程。其中文学消费是一个不可或缺的重要环节,其重要性深刻地体现在文学生产与文学消费之间对等、互动的辩证关系上。没有文学生产,文学消费就没有了对象和前提,也将不复存在;反之,没有文学消费,文学生产也就丧失了目的与动力,而无法实现。文学生产与文学消费是互为前提、相互促进的关系。从艺术生产论的角度看,文学作品是产品或商品,作家是生产者,读者观众是消费者,文学创作是生产,文学阅读与欣赏是消费,这样就能比较清楚地认识与肯定文学消费的巨大作用。

具体而言,文学消费在整个文学活动链中的重要作用表现在以下三个方面:

第一,文学消费活动使文学生产、文学传播、文学产品的价值与目的得以最终达成。文学的生产、传播与产品都是指向消费,并以消费为中心与终极目标。古人说:"藏之名山,传于其人。"落脚点还是在人,在于被人阅读。如果只是"藏之名山"而无人知晓,那么对于社会和消费者而言,与仅仅存在于作家头脑中的构思、腹稿是没有根本性区别的。离开文学消费这一最后环节,文学生产就变得毫无意义,文学传播就失去了对象,文学产品也不能成为真正的、现实的文学作品。

第二,文学消费生产着生产与生产者。这里"生产者"的意思是指产生、制约与创造。文学消费不仅对生产起调节作用,而且它本身即是生产过程的组成部分。也就是说,消费产生了生产的动机与需要,又制约着文学生产的规模与方式。每位作家都有自己心目中的读者,都有将作品传播于他人的需要,这就决定了作家事实上无法躲避文学消费对自己的影响,并在一定程度上被文学消费所塑造。

第三,文学消费者参与生产者文学产品。文学消费区别于物质产品消费的一个根本性特征就在于,它不仅是对产品单纯的享用,同时也是对产品价值与意义的再生产、再创造。消费者在文学活动过程中并不是文学产品的被动接受者,他们对作品的理解与作家并不完全一致,他们完全可以在创造性的阅读与欣赏中使作品增值和丰富内涵,因此,消费者在某种意义上也是生产者,也成为文学生产的参与者、与作家的合作者。

### (二)文学消费与一般消费的异同

文学消费与文学生产相关,更与文学产品发生直接联系。文学产品作为消费的对象,作为区别于一般物质产品的一种特殊的精神产品,它的性质在很大程度上决定了文学消费的性质。

从物质生产与精神生产、物质产品与精神产品之间的某些一致性看,文学产品如同一般物质产品一样具有商品的属性。文学产品具有商品性的主要原因有两点。第一,文学产品是作家脑力劳动的物化形态,作为精神产品,它有使用价值和交换价值,作家通过稿费或版税的形式取得劳动报酬,这使文学产品具有一般商品的特征。第二,文学不是作家个人的纯精神产品,它必须借助于一定的物质媒介才能流传于世。例如,一本文学书籍就融合了造纸、印刷、出版、销售等各个环节的劳动,因此文学产品的存在形式既是精神产品,又是物质产品。产品物质的成分越多,它的商品性就越明显。在文学史上,文学不仅随着城市的兴起和商业活动的增长而以商品的形式出现,并且还因其商品性而促进文学的繁荣。宋元话本小说,产生于说话艺人在"勾栏"中的商业性演出活动。所谓"话本"就是说话艺人用的"底本"。明代冯梦龙的"三言"、凌濛初的"二拍"是"拟话本",实际上是为大众消费而生产的通俗短篇小说集,其收集、写作、编辑、印刷、出版都一定程度上受到商业利润的推动。由此可见,商品性是文学在商品经济条件下的本质特征之一,在一定程度上是文学发展的润滑油和推进剂。

马克思曾多次论述过物质生产、精神生产和文学生产之间的共性,揭示出在物质生产商品化的社会里,文学产品也会商品化。他在《资本论》中说:"在这里,演员对观众来说,是艺术家,但是对自己的企业主来说,是生产工人。"①

正是艺术家身份的二重性导致了艺术产品的二重性。对于文学产品来说,它既具有意识形态性与审美性,也担负着商品的功能与效用。文学消费同样具有二重性。它既是意识形态消费与审美消费,又是商品消费;既是有形的实物形式的的损耗(如书籍、电影拷贝、音像带等),又是无形的精神文化的享受;既是产品的欣赏与接受,又是产品的再创造与再生产;既须遵循商品消费的一般规律(如等价交换与市场供需原则),又受制于意识形态体制与艺术法则。总之,文学消费具有商品消费的属性,但又不同于一般的商品消费,它是一种特殊的文化审美产品的消费,是既享用又创作的一种精神活动。

文学消费与一般商品消费相比较,主要有以下三方面不同:

第一,在消费需求与目的上,一般物质产品的消费主要满足人们物质生活的需要,以实用性、功利性为目的,文学消费则主要满足人们精神文化生活的需要,以审美性、娱乐性为目的。尽管一般物质产品也是按照美的规律来设计与制造的,具有或多或少的精神文化含量,文学产品也必须借助于一定的物质载体,至少是语言文字,它们都不可能是纯物质或纯精神的创造物,但是物质消费与精神消费在功能上有着根本区别。文学消费不仅要求有精神文化方面的一般享用,而且更需要获得艺术审美的愉悦。

第二,在消费方式与评价上,一般物质产品的消费会造成实物的减少或破旧,引起价值有形或无形的损耗,而文学消费则只损耗产品的物质形式方面的价值,其内蕴的文化审美价值并不因传播与接受而减损。同样道理,一般物质产品的价值依据经济学原理有一定的衡量与计算标准,而文学产品除了其物化形态的商品价值可以计算外,作为其主体的精神产品的价值是无法计算的。凝聚在文学产品中的作家的创造性劳动和真善美的精神内蕴是无法用货币来衡量其价值的,也就是说,等价交换的商品原则只是在一定程度上适用于文学消费。两本同样价格的不同文学读物,其文化审美品位及消费价值可能相差甚远;不同的文学消费者对同一本书的价值评判也可能南辕北辙。

第三,在消费实现上,一般物质产品以被使用和主体的享受为消费实现,非艺术、文学的精神产品一般也以某种知识、观念的汲取与引用为消费过程的终结,它们都是为消费而消费,并不对产品本身构成新的生产与再生产。文学消费则既是名副其实的消费,又是富有创造意义的生产,两者同步进行,构成了消费实现。文学产品中的文学形象并不等同于消费者精神活动中的文学形象,作家的创作意图也与读者的理解与接受不同,这说明文学消费不是被动的接受过程,而是能动的想象过程与使文学价值增生的创造过程。文学消费的最终实现,总是意味着对作品形象及其意义或多或少的丰富与补充。

综上所述,文学消费既具有一般商品消费的性质,又体现了文化审美产品消费与特殊精神活动的特点。其二重性对于我们理解与处理整个文学活动过程中商品性与意识形态性、价值规律与艺术规律、经济效益与社会效益、高雅文学与通俗文学之间的矛盾是有益的。

## 二、文学的消费与传播

### (一)文学传播在文学活动中的意义

在文学活动的全过程中,文学传播与文学消费是紧密相连的两个环节。文学消费是文学传播的直接对象,是传播导入的社会行为。正因为有了传播,文学产品才得以面对消费者;如果没有传播,那么作品只能是作家孤芳自赏的"独白",至多只能算"半成品"。此外,文学传播又联结着生产与消费,充当着文学价值实现的社会中介。文学价值只有经过传递,或散布到文学消费者那里,其价值才有可能实现。文学传播作为不可或缺的中介环节,直接沟通着文学信息源(创作者)与文学消费者之间的联系。人类学家爱德华·萨丕

---

① 《马克思恩格斯全集》:第26卷第1册,人民出版社,2014,第443页。

尔说过:"每一种文化形式和每一社会行为的表现都或则明晰或则含糊地涉及传播。"①

这就是说,社会是一个主要由传播所维持的各类关系的网络,文学作为社会文化活动与形式之一,并不能例外。所谓传播,就是人类通过语言或非语言符号的方式,直接或间接地进行信息、观念与情感的交流。也就是说,传播是信息从点到面的过程,是信息的沟通、传递与共享。而文学传播,则是传播者借助于一定的物质媒介和传播方式,将文学信息或文学产品传递给文学消费者的过程,也就是人们通常所说的文学的出版发行与社会流通活动。文学传播需要一定的人员或机构来执行其职能,如与文学活动相关的出版社、报社、杂志社、影剧院、电台、电视台、网站等。

文学传播的目的主要是将作家的个人创作转化为某种程度的社会共享,但其实现的手段与方式却可以是多种多样的。文学传播手段与方式的改变,可以极大地影响到传播的效果与范围,影响到文学消费接受系统的结构与性质,甚至引发一场文学革命。中国"五四"新文化运动无疑是一场现代化意义上的文化革命,但它同时又是一场传播符号与媒介手段的革命。后者不仅是前者的先导与表现形态,而且也是前者最显著的成果之一。胡适当年阐述"建设的文学革命论"时说:"中国这两千年何以没有真有价值真有生命的'文言的文学'?我自己回答道:'这都是因为这两千年的文人所做的文学都是死的,都是用已经死了的语言文字做的。死文字决不能产出活文学。所以中国这两千年只有些死文学,只有些没有价值的死文学'……中国若想有活文学,必须用白话,必须用国语,必须做国语的文学。"②

文言文与白话文作为文学传播的两种不同的语言形态,直接关联着旧文学与新文学,可见传播工具对文学革命的重大意义。此外,"五四"新文学之所以能够影响广大文学消费者,也离不开当时正在兴起的现代文化传播机构与传播方式,如报刊、书籍和书店、出版社、机器印刷等。如果没有《新青年》《语丝》《小说月报》这类刊物,没有商务印书馆和各种报纸的文学副刊与近代印刷技术以及发行手段,我们难以设想"五四"新文学该如何发展和传播。总之,文学的发展是与传播手段的革新与消费接受系统的变化是密切相关的。

### (二)文学传播发展的阶段

文学从诞生的那天起,它的传播就离不开一定的手段与方式。随着科技的进步与社会的发展,文学传播方式发生着历史的变化并趋向多样化,由此也引起文学消费的日益大众化与世界化。总的来说,文学传播经历了口头传播、书写印刷传播和电子传播三个阶段。

在原始社会,文学是通过口传方式被接受与流传的。那时人类有了语言,并运用语言和想象的方式创造了解释世界万物的神话。在部落、氏族里,作为文学源头的神话以最自然朴实的口口相传方式被一代又一代人延承下来。有声语言是神话唯一的存在方式与传播媒介,因而这一时期的文学被称为口头文学或口传文学。

文学的口传方式具有以下三个特点:第一,它是面对面地直接传播,有利于传播者与接受者之间的双向信息交流。第二,口传方式主要靠语言进行,部分靠非语言符号如手势、表情、姿态等进行,因此它是视、听结合的复合符号的传播,比文字传播具有更大的信息量。第三,口传方式使传播内容不能以物化形态固定下来,相反,它在口口相传、代代相传中处于不断的变动、修改、丰富、补充状态。总之,口传是原始的传播方式,它的传播速度较慢,传播面不广,生产、传播、消费之间没有明确的分工与界限,往往传播者就是消费者,甚至还是加工创造者。

随着文字的发明,人类进入了文明时代,出现了书写印刷的文学传播方式。先是书写,文学以笔墨纸张等物质载体与文字形式流传。中国古代印刷术的发明标志着一种新的传播方式的诞生,但手工作坊的印刷物数量有限,其传播范围只能局限于官员与文人阶层。15世纪德国人古腾堡发明印刷机是传播史上的一大

---
① [美]威尔伯·施拉姆、威廉·波特:《传播学概论》,新华出版社,1984,第4页。
② 姜义华:《胡适学术文集·新文学运动》,中华书局,1998,第42—43页。

事件，由此开大众传播的先河。随着机器印刷技术与大工业生产方式的出现，文学产品的大规模复制才成为现实，报纸、杂志、书籍才成为大众传播媒介（又称为印刷媒介）。从作家书写到传抄到手工印刷再到机器复制，意味着文学作品有了固定的文字形态和有形的物质载体，意味着传播范围的历史性扩展。

书写印刷传播方式的特点首先是非直接的单向信息传递，由于有了书写印刷文本的中介，传播无须以面对面的方式进行，于是一方面文本得以跨地域跨时代地传播，另一方面文学生产者与文学消费者之间也互相隔离而变得陌生。其次是文字符号的单一性与非直观性，文字是单纯的视觉符号，不能直接呈现形象，需要依赖读者的想象才能将文字转化为头脑中的视听图像。书写印刷传播的这些特点，决定了它与文学消费者的特殊关系，它选择消费者，把不认识文字的人排斥在外，使文学成为文人、读书人的专利。书写印刷方式意味着生产者与消费者的分离以及彼此地位的不平等，作家处于书写文化的重要位置，而报纸、杂志、书籍的出版者、编辑、评论家则充当着引导读者的角色。

电子媒介的出现是传播方式的又一大飞跃。广播、电影、电视的产生，作为最现代化最大众化的传播方式冲击着书写文化与文学的传统地位。一些更新颖的电子媒介还在不断涌现，如多媒体技术改变了人类的信息接收系统，互联网将世界融为一体，现代数码成像技术比古老的神话更善于制造虚拟现实。新的传播工具和手段一旦与文学相结合，还会形成新的文学样式或边缘性的综合艺术，如电影、电视剧、广播剧、网络文学等。这大大拓展了文学的领域，并由此产生出新的消费群体与消费方式。

电子传播方式同样具有自己的特点。第一，电影、电视是视听复合符号的信息传播。从视觉来说，它又可以是影像与文字的融合，既保留文字符号的长处，又体现画面的特点。与口传方式的语言、非语言符号并用相比，它强化了视觉符号，影视中的大特写与镜头调度是前者所不可企及的。第二，影视提供的直观性是前所未有的真实与虚假的混合。画面显示的是事物与人本身，而不是文字符号，相对文字作者，影像制造者更深地隐蔽在画面之后。观众仿佛面对的就是真实，但影像却最容易作假，例如小水池里可以重现"泰坦尼克号"的沉没。第三，与语言文字、印刷术的发明不同，电影、电视从它们诞生的那天起，就属于大众传播媒体，具有世界性与商业化的倾向。但是影视文学仍是单向传播的，无法做到及时的双向交流。消费者虽有越来越大的选择自由，但在整体上容易为媒体与生产者所控制和影响。

从文学传播与文学消费关系的历时态演变来看，我们可以得出两点结论。其一，传播方式的发展使文学越来越走向更广大的消费者。其二，新的传播方式的出现并不排斥旧的传播方式，而是在多种方式并存中占据主导地位。在当下的电子传媒时代，仍然存在话剧、戏曲、评弹等面对面的口头传播方式，报纸、杂志、书籍等印刷传媒仍然占据着相当多的文学消费份额，因此各种传播方式都有自己的长处与特点，都有各自的消费对象与群体。

## 三、文学消费的主动与被动

文学消费具有物质消费与精神消费的二重性。它既是对以物态形式出现的文学产品的占有与利用，又是对文学产品的审美文化内涵的阅读与欣赏。它既符合一般物质产品消费的规律，又有特殊的精神产品消费的特点。文学消费的精神享用是以物质占有为前提的，换言之，消费者只有先以一定的货币支付方式换取文学产品的拥有权，然后才能进入鉴赏、接受的精神活动，因此，文学消费作为物质形式的消费与一般商品的消费，是消费过程中首先发生的行为。

### （一）购买、占有阶段的主动与被动

随着教育的普及、人们精神需求的增长和大众传媒的发达，文学产品日益成为大众日常消费品之一，文学消费是人们生活方式不可缺少的一部分，文化企业与文化市场也构成整个社会商品经济的重要环节。于是消费者一方面将文学消费纳入所有消费项目中去全面地考虑，另一方面又根据购买力的大小与精神需求

的品位而对文学产品加以选择。在购买、占有文学产品的消费行为中,文学消费者具有主动性与被动性。从主动性方面来说,只要消费者具有一定的主体条件,如购买力与消费欲望,他就拥有买与不买、买多买少以及买怎样的文学产品的选择权与决定权。他是消费行为的主人,可以决定文学消费与其他消费所占的份额;他可以选择精装本与平装本、高雅文学与通俗文学、文学读物与影视作品;他既可以因喜欢作品的作者与内容而买,也可以仅仅欣赏产品的外观如装帧、印刷、插图而买;他购买文学产品既可以是为了阅读与欣赏,也可以是为了收藏、增值或是一种显示身份、财富、修养的炫耀行为。从被动性方面来说,文学生产与文学消费客观上总会存在某种程度的脱节现象,消费者面对的总是既成的文学产品,他们只能在特定的市场规模和产品范围内选择,他们不能直接决定生产什么与不生产什么。此外,生产者为了推销产品,经常会展开广告宣传攻势,影响甚至制造消费趣味与潮流,一定的新产品也会创造出懂得它、欣赏它的消费者,因此消费者的购买欲望与消费需求在一定程度上是受控制的、被动的。

### (二)阅读、欣赏阶段的主动与被动

消费者购买、占有文学产品后,就进入阅读、欣赏阶段。物质占有是为了精神享用,文学消费主要是一种特殊的精神活动。这种精神活动与文学产品的购买行为一样,作为主体的消费者既有主动性又有被动性。也就是说,文学消费既是一种主动选择性、主观评价性的精神活动,同时它又是一种具有被动接受性、被熏陶与感染的精神活动。

消费者的阅读、欣赏活动通常是个体的,它深刻地体现着消费者各自的个性和不同的消费需求,是依据主体的文化品位与审美能力主动选择的结果。作家刘心武曾对文学读者的阅读动机与兴趣做了八个方面的划分:纯粹的文学兴趣,其中优秀的读者在阅读中实际上与好作品的作者共同完成着文学作品的创造;希望从文学作品中获得思想上的启迪;希望从文学作品中得到人生经验;希望从文学作品中得到新闻性、内幕性的满足;希望从文学作品中获得知识;利用文学消遣、消闲;希望从文学作品中得到暴力和性满足(如个体书摊上的一些色情、暴力作品);平时并不读文学作品,但由于一部什么作品在社会上很轰动,在阅读浪潮裹挟下也产生偶然性的阅读兴趣。[①]

刘心武的划分说明了文学消费是个性化、层次化和多样化的,消费者的主动选择性不仅表现在阅读不同类型、风格的文学作品上,而且在阅读同一部具体作品时也会选择性地关注与吸收不同的方面。阅读中常有"跳读法"与"重读法"就反映了这方面的情况。跳读法是指跳过某些章节、段落,专读自己感兴趣的内容,如有人跳过作品中欣赏能力不及的内容,有的人专挑爱情描写、刺激场面阅读;重读法是指对自己喜欢的内容或段落一读再读,反复回味,如书中的哲理片段、诗词佳句、精彩对话、有趣细节等。无论是跳读法还是重读法,它们都是消费者主动选择的生动表现。消费者的主体能动性还体现在对作品内容与形式的主观评价性上。文学消费是产品精神价值的消费,需要通过精神价值的转移才得以实现。文学产品是否具有真、善、美的价值,真、善、美各自达到了什么样的程度,消费者必然会做出自己独立的判断与评价。

文学消费又是一个接受、享用文学信息的过程,具有被动的一面。消费者首先必须接触作品的语言文字层面,了解语言文字的意义;继而由语言文字层面进到作品的形象、情感层面,把握作品的形象和情感;接着,又由作品的形象、情感层面进到作品的主题、观念层面,领悟到作品的主题、观念。这就是文学阅读的全过程,是感受与认知的精神活动,读者充当着受众。大众传播学中有一种"注射模式"的理论,用"皮下注射器"的形象比喻,来说明媒介的信息内容被注入受众的静脉。如果单从信息的传递与接受而言,不以此否认受众会做出不同的主观反应(包括批判与拒绝),那么"注射"理论在揭示受众的被动性上是深刻的。文学产品提供的不是一般的信息,而是审美形态的文化信息,特点是以形象感人,以情感动人,以思想熏陶人,因此

---

① 刘心武:《作家与读者》,《文汇报》1988 年 3 月 22 日。

文学消费者在阅读与欣赏中被打动、被感染、被陶冶是普遍现象。消费主体的情感反应或思想变化是由文学对象引发的,这就是被动性。

### (三) 文学消费与文学接受的区别

文学消费已经包含了文学接受的内容。但是文学消费与文学接受是两个不同的概念,它们的含义并不完全相同。

首先,文学消费既指未含阅读活动的购买、占有文学产品的物质消费行为,又包括阅读、欣赏作品的精神消费活动;而文学接受则专指审美文化范围内阅读、欣赏文学作品的一种特殊的精神活动,与购买、占有物质产品的消费行为无关。文学消费中常有这样的现象:有的人买书并不是为了阅读,而是为了收藏或显示某种品位、身份。法国学者埃斯卡皮认为,决不能把文学书籍的消费与阅读混为一谈:"我们可以举出那种'炫耀性的',作为财富、文化修养或风雅情趣的标志而'应当备有'某本书的现象(此为法国各书籍俱乐部最常见的购买动机之一)。还有多种购书的情况,投资购买某一种罕见的版本,习惯性地购买某一套丛书的各个分册,出于对某一项事业或某一位深孚众望的人物的忠诚而购买有关书籍,还有出于对美好东西的嗜好而购买,这是一种'书籍兼艺术品',因为书籍可以从装帧、印刷或插图方面视作艺术品。"①

购买、拥有而未曾进入阅读属于文学消费行为,却不能称之为文学接受活动。文学接受的前提条件是阅读,它的对象是文学物质载体中的精神内涵,它的性质是积极能动的主体审美活动。文学消费需要物质购买力,可以为买而买;文学接受则需要精神消费能力,是为欣赏而阅读。

其次,文学消费与文学接受各自的角度与侧重点不同。文学消费属于文艺社会学范畴,是文学的生产、出版、传播与消费整个流程中的最后一个环节,尤其关注文学生产与文学消费之间的辩证互动关系;文学接受则是从审美心理学的角度出发,探讨创作、作品与阅读、接受的关系,突出接受主体精神活动中的审美反应与再创造性。角度不同,各自研究的对象与重点也会有差异。正如有的论者所指出的:"许多研究者认为,从消费者出发能最有效地在社会全部联系中讨论事实。他们很少以感知过程和意义过程为重点,而是以探讨作者、文学作品、接纳者——不管叫他接受者、消费者还是惯称的'读者大众'——之间的交际线为重点。"②

这就是说,文学消费以生产、产品与消费之间的关系为重点,而文学接受则侧重在作品阅读中的感知过程和意义过程,即读者对作品形象及其意蕴的把握与再创造。

总的来说,文学消费与文学接受的关系既有相互贯通的一面,又有不能互相替代和差异的一面。文学消费是文学接受的必备条件与初级状态,文学接受是文学消费的现实延伸与高级状态;文学消费包括文学接受但并不等于文学接受,文学接受是文学消费的最终完成与价值实现。

## 第二节　文学接受及其主客体条件

### 一、文学接受者的素质

文学接受与传统文艺学中"文学欣赏"或"文学鉴赏"的概念既有联系又有区别。文学接受是指对文学作品进行阅读、欣赏与再创造的一种特殊的审美精神活动,它包括文学欣赏或文学鉴赏的基本含义与特征。

---

① [法]罗·埃斯卡皮:《文学社会学》,于沛选编,安徽文艺出版社,1987,第144页。
② [德]阿尔方斯·西尔伯曼:《文学社会学引论》,魏育青等译,安徽文艺出版社,1988,第51页。

文学鉴赏是以欣赏对象即作品为中心的;而文学接受则与20世纪70年代开始活跃起来的接受美学相联系,主张在文学接受过程中以读者为中心。由于它们的理论背景不一样,因此在理解作品与读者关系时侧重点也产生差异。接受美学作为美学理论的一个派别,特别重视对艺术接受过程中阅读主体再生产、再创造特点的研究,认为作品的意义只有在阅读过程中才能产生,它是作品与读者相互作用的产物,而不是隐藏在作品之中、等待着人们去发现的"神秘之物"。

文学接受的性质表明,接受者作为主体具有自主性与能动性,然而这种文学的自主性与能动性并不是生而有之的,也就是说并非每个人都会无条件地成为文学接受者。无论是理想的读者还是普通的读者,进入接受的高潮状态还是一般状态,都需要接受者符合一些基本的和普遍的素质要求,即达到一个"入门线"。具体地说,文学接受者应具备以下三方面的内在素质:

### (一)接受者的语言文字能力

文学接受必须具备一定的语言文字能力。文学是语言的艺术,文字符号是作家思想的载体与作品的显现形式,识文断字是阅读的前提条件。对于不认识字的人来说,文学作品只是一堆废纸,文字是无意义的符号,它们无法成为他精神活动的对象。美国读者反应批评的代表人物费什在回答"谁是读者"问题时列举了三条要求,其中两条与语言文字能力有关:"能够熟练地讲写成作品本文的那种语言;充分地掌握'一个成熟的……听者在其理解过程中所必需的语义知识',包括词组搭配的可能性、成语、专业以及其他方言行话之类的知识(亦即作为适用语言的人和作为语言的理解者所具有的经验)。"①

一个合格的读者,不单要认识文字,还要掌握语法规则,具有语言的阅读与理解能力。这种对语言文字能力的宽泛理解与具体要求,其实是从文学作品的多样性与接受的复杂性出发的,有利于我们把握语言文字能力与地域方言文学、古代文学、外国文学接受的相关性。例如,方言是一种亚语言,能读懂母语文字的人却不一定能理解方言文学。清末韩子云的《海上花列传》是用吴语方言写作的小说,金宇澄获茅盾文学奖的小说《繁花》运用了大量的上海方言,这对于在北方方言区长大的读者来说就有一定理解上的障碍。这说明语言能力是非常具体的东西,识字只是语言能力的基础,对于阅读文学作品而言,更重要的是语义知识、语法规则、语用习惯与语言经验。它们构成了一个读者必需的语言综合理解能力,是特定的语言环境长期熏陶和相当程度的语文教育训练的结果。

### (二)接受者的文化基础和思想水平

文学接受者应该具有起码的文化基础和思想水平。文学是社会文化系统的一部分,是特殊的审美文化。它与文化的其他领域保持密切的联系,包容着诸如哲学、宗教、历史、道德等方面的多种信息与内涵。同时,文学作品既是作家思想的载体,又深深地渗透着民族文化精神和社会时代意识,因此,文学接受者面对的是兼容并蓄的文化复合物。他作为主体,要与对象形成响应关系并进入对话状态,必须具有相应的文化知识和一定的思想水平。正如鲁迅所说的:"读者也应该有相当的程度。首先是识字,其次是有普遍的大体的知识,而思想和情感,也须达到相当的水平线。否则,和文艺即不能发生关系。"②

虽然文学作品也起着传播文化知识与思想的作用,但它却不是分门别类的人文学科的初级读物或教科书。一般来说,它要求接受者文化知识的广度而不是深度,要求接受者具有大众文化的通识水平而不是学有专精的职业水平。在作家的心目中,事实上是把能与之进行文化和思想沟通的人列为潜在读者的,这种预设便是对接受者人文素质的某种规定,也使理解作品必需的一些知识前提变为作家与接受者共享共知的契约内容。

### (三)接受者的审美能力

文学接受者应当拥有基本的文学审美能力。在审美化的接受活动中,接受主体感受、理解、想象艺术美

---

① [美]斯坦利·费什:《读者反应批评:理论与实践》,文楚安译,中国社会科学出版社,1998,第165页。
② 鲁迅:《文艺的大众化》,《鲁迅全集》第7卷,人民文学出版社,1981,第349页。

的修养与能力是十分重要的。主体缺乏审美能力，对象也就不能成为主体的对象，即对主体而言不再是一件艺术品，二者不能形成审美的互动关系。

具体到文学接受，接受者需要有文学兴趣和一定的文学知识，相应地养成文学阅读习惯并不断积累文学经验。更为重要的是，接受者应该按文学的方式阅读文学作品，用审美的眼光来理解审美对象。这种阅读前的"先入之见"是文学审美能力的重要尺度。读者反应批评的另一位代表人物卡勒，对支配阅读行为的读者的潜在能力与接受方式做了阐释，他认为："文学作品具有结构和意义，其原因在于人们用一种特定的方式来阅读它，在于这种可能的特性，隐藏在对象自身之中，被运用于阅读活动中的叙述原则所现实化了。"①

这就是说，文学作品的结构、意义、特性只是一种潜在的可能的因素，只有当读者按文学的特性与叙述原则去解读它时，这种可能性才转化为现实性，作品才真正成为文学作品。因此按文学的方式阅读、理解文学作品是作品被理解被接受的先决条件，是作品与接受者之间的约定俗成的规则与默契，同时也是接受者的文学知识、经验与修养综合而成的文学能力的显示。没有这种文学能力，离开文学的特性去理解文学，在接受活动中就会遭遇障碍。例如，杜甫有一首诗《古柏行》对诸葛亮庙里的古柏做了这样的描写："霜皮溜雨四十围，黛色参天二千尺。"宋代大科学家沈括在他的著作《梦溪笔谈》中考证说：四十围是直径七尺，进而指责树高二千尺是"无乃太细长乎"。沈括是用科学的方法读文学，只接触到日常语言符号体系，进入不到更深一层的文学语言体系，这样，他的批评反而证明了自己没有进入文学接受者的角色。

文学接受者的内在素质是逐渐形成、不断提高的。它既是阅读文学作品的必备条件，又在文学阅读中生长与改善。在这个意义上，文学接受活动身兼素质考试与素质培养的双重功能，是全面提高接受者素质的有效途径。

## 二、主体条件——接受心境

语言文字能力、文化基础与思想水平、文学审美能力构成了文学接受者的必备条件，使他能够顺利地阅读一切可能的文学作品。除此之外，当接受者面对具体的文学作品将要阅读时，还有一个接受心境的问题，即他以怎样的心境去投入即将展开的接受过程。如果接受者虽具有必备的素质，却不能处于适当的心境，文学接受活动仍会无法进行，因此，接受者的主体条件包括两个方面：一是内在素质，二是接受心境。前者是一般的能力准备，后者是特殊的心理要求。

所谓"接受心境"，是指文学接受者在阅读前与进入阅读时的自觉或不自觉的基本心理状态，它会直接影响到接受者的阅读行为与接受效果。一般情况下，接受者如果心境不好或不适宜，他就不能建立起与接受客体之间的通路，他的审美情感就会受到抑制，接受活动也就不会产生。马克思说过："忧心忡忡的穷人甚至对最美丽的景色都无动于衷。"②

可见一定的接受心境是重要的和不可缺少的。具体地说，文学接受心境要满足以下三个方面的条件：

### （一）接受者的兴趣

接受者要对具体的文学作品有兴趣。接受者仅有一般的文学兴趣还不行，还必须有针对某一部文学作品有特定的兴趣，如此阅读才能现实地进行。一般而言，接受者总是先从某种渠道得到有关某部作品或多或少的信息，从而激发起阅读兴趣，如书刊目录、内容提要、评论文章、友人介绍、课堂推荐、报纸上的争议、出版者的广告宣传、作家传记、文学作品的排行榜等，都会在有意无意中提供某部作品的相关信息，而接受

---

① ［美］卡勒：《文学能力》，《外国文学报道》，1987年第8期。
② 马克思：《1844年经济学哲学手稿》，刘丕坤译，人民出版社，1979，第79-80页。

者是在对大量文学信息的过滤中挑出那些唤起自己阅读兴趣与冲动的作品,在个人有限的闲暇时间内进行主动的阅读。接受者兴趣的驱动,总是有关具体作品的前期信息激发与引导的结果,但兴趣的真正建立,还须作品的前期信息、后期信息与接受者的阅读动机、需求相呼应,否则,阅读即使已经进行,也可能半途而废。兴趣的中断或丧失仍然构不成完整的接受心境。

接受者的阅读动机与需求是多样化的,各种不同类型、不同层次的作品满足着因人而异的兴趣。阅读动机主要有以下三种:第一,审美和娱乐的动机,为了情感上的审美享受与精神上的愉悦、娱乐、消遣等目的而阅读;第二,求知与受教的动机,为了拓宽视野、增长经验与提高思想道德水准而阅读;第三,批评与借鉴的动机,批评家为了评论作品,作家为了学习创作技巧,一般读者为了提高写作能力,都属于这一类。接受者可以有自己个性化地专注于某一方面的阅读倾向,也可以在同一部作品中体现自己多方面的兴趣,还可以在不同的作品中分别实现自己不同心境下的需求。卢卡契说过:"在权威的伟大的文学旁边,还有一种如此众多的空洞的纯惊险性的文学。不要错误地认为,这种文学只为'没有教养的人'所阅读,而'优秀人物'只专心于现代伟大的文学。情况恰巧相反。现代的名著之所以被阅读,一部分是出于义务感,一部分是出于对作品所表现(尽管表现得很薄弱并且经过歪曲)的当代问题的重大兴趣,但是,为了消遣,为了娱乐,人们就贪读侦探小说了。"①

### (二)接受者的审美心态

接受者需要暂时与现实生活拉开一定的距离,以保持一种审美的心态。文学作品是一个虚构的世界,一片想象的审美天地,接受者要进入其中,就要摆脱现实生活中繁杂事务的干扰,暂时忘记自己周围的世界与人事,全神贯注地阅读文学作品。这就是一种与审美对象契合的审美态度,一种充分地投入到作品的意义世界中去的自由的心境。叔本华曾提出对待艺术品的最恰当态度是"纯感觉鉴赏的完全无欲望状态"的"静观说"。布洛在20世纪初又提出了影响深远的"距离说"。布洛认为,只有心理上有了"距离",对眼前的对象才能做出审美反应。这里,"距离"有两层意思,即既要与现实生活、现实功利态度拉开较大的距离,又要与审美对象即作品保持尽可能缩小的距离,也就是要暂时远离现实而不断靠近作品。布洛说:"无论是在艺术欣赏的领域,还是艺术生产之中,最受欢迎的境界乃是把距离最大限度地缩小,而又不至于使其消失的境界。"②

如果接受者与作品的心理距离太近,那就会把作品中虚拟的人物、景象与日常现实混同起来,没有与个人实际利害的功利欲望拉开一定的距离,从而丧失了审美的鉴赏态度。鲁迅就曾批评过这种现象:"中国人看小说,不能用赏鉴的态度去欣赏它,却自己钻入书中,硬去充一个其中的角色。所以青年看《红楼梦》,便以宝玉、黛玉自居;而老年人看,又多占据了贾政管束宝玉的身份,满心是利害的打算,别的什么也看不见了。"③

如果心理距离太远,接受者抱着事不关己、无动于衷的漠然态度,更多地停留在自己的日常生活与思考中,那就迈不进作品的世界,也就谈不上审美享受了。

接受者的心境,应对作品持若即若离的态度,入乎其内又出乎其外。这就先需要接受者与自己周围的世界及现实功利、杂念在某种程度上相脱离,进入作品虚拟的审美世界后,又能与现实生活及自我存在做相关的自由联想。

### (三)接受者的对话愿望

接受者要有与作品及作者对话的愿望。所谓"对话",说白了就是发表看法,与人交流。文学创作与阅读、作家与读者其实是"对话"的双方,是互为依存的"对话者"。作家的创作冲动从根本上说是"对话"的冲

---

① [匈牙利]卢卡契:《卢卡契文学论文集》,中国社会科学出版社,1980,第53页。
② 《作为艺术因素和审美原则的"心理距离"》,《美学译文》第2卷,北京中国社会科学出版社,1984,第105页。
③ 鲁迅:《中国小说的历史的变迁》,《鲁迅全集》第9卷,人民文学出版社,1981,第338页。

动,是将自己头脑中的情感与思想、虚构及意义告诉、传递给他人。阅读是接受主体主动、自主的精神活动,也是接受者与他人及外部世界交往、交流的一种方式。从根本上说,阅读作品出于自觉或不自觉地与他人(包括作者与作品中的人物)精神对话的需要。阅读绝不是为了简单化与单向地接受,它同时必然包含着接受者对作品的内容与形式、作家的思想与情感、人物的性格与命运等发表自己见解的动机,尽管接受者往往以内心独白或自言自语的方式进行发表见解,却揭示了阅读活动的对话性特点。接受美学的理论家姚斯曾从接受者对文学作品的语言做主观性解释这一角度来论证这一特点:"'词,在它讲出来的同时,必然创造一个能够理解它们的对话者。'文学作品的这种对话性特点也建立在与文学理解与本文的永恒对抗的基础之上,而不可简化成一种事实的知识。"①

这就是说,文学作品需要解释,需要接受者在多义中"工作"。字、词、句尚且如此,人物、主题、意义就更需要对话了。所以,法国学者伊夫·谢弗莱尔说:"一部作品被接受的方式,即被阅读、解释、领受或拒纳的方式。"②

接受意味着主观评价,也是接受者与作品、作者全面对话的过程。持有对话的愿望对接受者的心境来说是重要的。尽管事实上对话总在发生,但接受主体自觉或不自觉却会产生接受效果的较大差异。自觉的对话意识是一种主动的姿态,它不仅使接受者处于与作品、作者平等的地位,而且有利于自由、愉悦心境的保持与个性创造力的发挥。

## 三、客体条件——文学作品

文学接受是现实中具体进行中阅读、欣赏活动。如果作为接受主体的读者与作为接受客体的文学作品之间没有某种适应性,不能建立起一定的联系,那么文学接受仍只是纸上谈兵。郭沫若在他的《女神·序诗》中曾这样写道:

你去,去寻那与我的振动数相同的人;你去,去寻那与我的燃烧点相等的人。

这是作品呼唤适合它的读者,同样,读者也呼唤适合他的作品。超出读者现实需求、口味与能力的文学作品,读者可能一辈子都不会去阅读,因此,文学作品要成为有意义的接受客体,必须具备相对于读者而言的一定的条件。具体有以下三个方面:

### (一)满足接受者的阅读需求

读者的需求因思想水平、文化基础与文学修养的差异而有所不同,但往往又是多种动机因素并存、混合的。优秀的文学作品能够满足不同层次的读者多方面的需求,一般的文学作品也应满足某一层次的读者至少某方面的需求。美国文学理论家韦勒克、沃伦曾指出:"在像荷马或莎士比亚的这些一直受人赞赏的文学作品中必然拥有某种'多义性',即它们的审美价值一定是如此的丰富和广泛,以致能在自己的结构中包含一种或多种能给予每一个后来的时代以高度满足的东西……在莎士比亚的一部戏剧中,头脑最简单的人可以看到情节,较有思想的人可以看到性格和性格冲突,文学知识较丰富的人可以看到词语的表达方法,对音乐较敏感的人可以看到节奏,那些具有更高的理解力和敏感性的听众则可以发现某种逐渐揭示出来的内涵的意义。"③

经典作品的伟大在于它的包容性与雅俗共赏性,所以歌德称之为"说不尽的莎士比亚"。当下文学有高雅文学与通俗文学之分。(有关高雅文学与通俗文学的内容,详细可见本书第五章第二节。)高雅文学有时又称纯文学、美文学、严肃文学、精英文学,是一种典雅精致的、具有较高思想艺术价值的文学类型,主要服务于社会上文化修养较高的阶层;通俗文学又称大众文学,是一种通俗易懂、流行畅销的文学类型,富于娱

---

① [德]姚斯:《接受美学与接受理论》,周宁、金元浦译,辽宁人民出版社,1987,第26页。
② 深圳大学比较文学研究所编:《比较文学讲演录》,陕西师范大学出版社,1987,第1页。
③ [美]韦勒克、沃伦:《文学理论》,刘象愚等译,江苏教育出版社,2005,第278-279页。

乐消遣功能。它们分别满足着不同层次读者的不同需要。

### (二)一定程度的可理解性

作品必须具有一定程度的可理解性。文学接受是信息传递、精神沟通的活动,文学作品如果对接受者而言是难以理解的或不可理解的,就会形成阅读障碍而使接受活动无法进行下去。战国时期的宋玉在《对楚王问》里写道:"客有歌于郢中者,其始曰《下里》《巴人》,国中属而和者数千人;其为《阳阿》《薤露》,国中属而和者数百人;其为《阳春》《白雪》,国中属而和者不过数十人;引商刻羽,杂以流徵,国中属而和者不过数人而已。"这个著名的例子揭示了这样的道理:接受活动的前提是作品对接受者而言具有可理解性。当然,可理解性并不意味着文学作品必须能够让接受者全部理解或彻底理解。事实上可理解性处于理解与不理解两端之间,拥有很大的弹性与摆动幅度。也就是说,文学作品至少要让接受者能部分理解,并以理解部分为基础,对未解部分产生兴趣并去努力理解。

文学接受活动中往往有这样的情况,接受者既对难以理解的作品丧失兴趣,也对一览无余、过于容易理解的作品产生失望。读者乐于接受的作品,其可理解性常常在理解与不理解之间的某个临界点上。接受者既懂又不懂,知其一而不知其二,从而兴趣倍增、一读再读,并充分调动主体能力,展开创造性理解的思维活动。文学作品应有的可理解性,就存在于熟悉与陌生、通俗与奇异的张力之中。

### (三)符合接受者的艺术趣味

作品必须符合接受者的艺术趣味。文学接受是审美文化的精神活动,它不仅要求读者与作品之间在思想与情感上呼应、沟通,同时也需要两者在艺术趣味上的契合、一致。当作品呈现的趣味与读者距离过大甚至相悖时,读者就会弃之而去。读者由于思想性格、文化修养、审美能力的不同,会形成自己在文学接受中特有的审美趣味与偏爱。刘勰在《文心雕龙·知音》中说:"慷慨者逆声而击节,酝藉者见密而高蹈,浮慧者观绮而跃心,爱奇者闻诡而惊听。"

刘勰指出了不同性格的人会有不同的趣味,从而对不同审美特质的作品产生发自内心的感应。艺术趣味有不同的方面,如不同的文学样式、体裁,不同的流派、风格,不同的表现方法、技巧,都会体现出不同的艺术趣味。但是总的来说,文学作品的审美价值与品位是有差别的,接受者的审美经验与艺术感受、鉴赏能力也是分层次的,因此艺术趣味有一个是否相符合的问题。一般来说,接受者要求特定的文学作品的艺术趣味一致于或稍高于自身的审美品位与水平。这样,文学作品能够引导接受者审美经验与能力的投入,接受者也能在愉悦的审美享受中提升自己的趣味与能力。

## 第三节 文学接受过程

### 一、期待视野与预备情绪

文学接受是一项特殊的审美与文化的精神活动,是读者与具体作品碰撞、沟通、契合的双向互动过程。文学接受从整体上说,发生于读者对作品的阅读,然而,作为接受主体的读者,他们在阅读之前的心理准备、心理状态,将对即将或正在进行的接受过程产生极大的影响。读者投身于接受过程时,他的头脑已经具有了一定的生活经验、文学素养与阅读准备,已经进入了前理解与前审美的精神状态。接受主体心理的这种准备状态或初始状态,我们可以从读者期待视野与预备情绪的角度加以探讨。

### (一)期待视野

所谓期待视野(expectation horizon),是指接受者在进入接受过程之前已有的对于接受客体的预先估计与期盼,是读者原先各种经验、趣味、素养、理想等综合形成的对文学作品的欣赏水平与接受要求在具体阅读中的表现。读者的期待视野是一种前理解的心理状态,是文学接受活动的基础。

期待视野的概念是接受美学创始人之一姚斯提出的。姚斯认为:"一部文学作品,即便它以崭新的面目出现,也不可能在信息真空中以绝对新的姿态展示自身。但它却可以通过预告、公开的或隐蔽的信号、熟悉的特点或隐蔽的暗示,预先为读者提示一种特殊的接受。它唤醒以往阅读的记忆,将读者带入一种特定的情感态度中,随之开始唤起'中间与终结'的期待,于是这种期待便在阅读过程中根据这类本文的流派和风格的特殊规则被完整地保持下去,或被改变、重新定向,或讽刺性地获得实现。在审美经验的主要视野中,接受一篇本文的心理过程,绝不仅仅是一种只凭主观印象的任意罗列,而是在感知定向过程中特殊指令的实现……这一新的本文唤起了读者的期待视野和由先前本文所形成的准则,而这一期待视野和这一准则则处在不断变化、修正、改变,甚至再生产之中。"①这段话有三层意思。第一,读者在阅读之前已经先有了各种生活经验与文学经验,就文学经验而言,它是读者在以往的文学阅读中受熏陶或被训练的结果,由此形成一种经验性的视野。第二,读者的经验视野在阅读作品之初被作品唤醒,并以此为基础对作品及以后的阅读产生期待,希望作品能够符合、满足他的期待。第三,作品可以使读者的期待视野得以实现,也可能与之发生脱节或冲突,如果是后者,则读者的期待视野可能固守,也可能修正或改变。

读者的期待视野受到他的思想与生活经验、文学阅读与审美水平、特定的接受动机与期望值等因素的制约,因此,期待视野可以具体分为文学的期待、生活的期待与价值的期待三个层次。

文学的期待是指读者对作品的艺术形式与审美特质方面的期待,包括作品的文学性、文体、表现方法、结构技巧、语言特点、艺术感染力等。读者这方面的要求与期盼,是以他过去的文学经验与能力为依据的。以往的阅读经验告诉读者,什么是文学作品,什么是诗歌、小说、散文、戏剧,这些前理解就构成了他对正在阅读作品的心理期待。过去的文学阅读训练出读者一定的审美能力与鉴赏水平,使读者能够以此为基础产生诸如结构、语言、技巧等具体的审美期待。

生活的期待是指读者对作品生活内蕴与思想意义方面的期待,包括作品的题材、主题、情节、故事的发展、作家的意图等。文学作品是审美的意识形态,是社会生活的再现与表现,它总会含有或多或少的生活容量和思想容量。生活的期待是对与作品的篇幅、长度相应的生活和思想容量的期待。用通俗的话讲,就是作品的"含金量",有没有水分、泡沫。文学读者在阅读之前,个人经历赋予他的生活经验与思想倾向不仅是阅读的动力之一,也是产生对作品内容方面期盼的源泉。读者会以此为理解前提,要求并衡量作品内容的合理性与思想深度。

价值的期待是指读者从接受动机与需求中产生的对作品价值的整体期待。在接受活动终结时,读者会对作品价值做出或好或坏或一般的主观评判,但是,读者在阅读前就会对作品的价值有一种预先估计并产生相应的阅读期待,如相信它是好作品而把它当好作品来阅读,认为它是一般水平的作品而不寄予过高的期望。读者的这种价值预估受到先前阅读的影响,例如,谌容的《人到中年》是成功之作,受到广泛赞誉,几年之后她又发表了《人到老年》,读者就往往会以《人到中年》所达到的水准与成就来要求和衡量《人到老年》。这种价值预估是接受动机与需求的具体表现,并对接受完成后的评判产生微妙而深刻的影响。

### (二)预备情绪

如果说期待视野强调接受主体先前的经验,那么预备情绪则突出读者最初的审美感受。所谓预备情

---

① [德]姚斯:《接受美学与接受理论》,周宁、金元浦译,辽宁人民出版社,1987,第29页。

绪,是接受者从现实关注向文学接受过程跃进的中间环节,是读者受作品基本特质的激发而产生的一种特殊的情绪,是一种前审美的心理状态。

波兰哲学家、现象学美学的主要代表人物英加登首先提出预备情绪的理论。他指出:"在对某个实在对象的感觉过程中我们会为一种或许多特殊性质所打动,或者最终为一种格式塔性质(如一种色彩或色彩的和谐、一支曲子、一种节奏、一种形状的性质等)所打动,从而把注意力完全倾注在这种特质上,这是一种基本特质,它对我们并不是平淡无奇的。正是这种基本特质在我们身上唤起一种特殊情绪,我们姑且称它为预备情绪,因为正是这一种情绪引出了审美经验的过程本身。"①

预备情绪是文学接受者从日常生活的实际态度与研究态度向审美态度的转变,是审美经验的初始阶段与准备状态。由于它的出现,文学作品才成为审美对象,接受过程才开始运行。

具体地说,预备情绪具有三个特征:审美性、朦胧性与期望性。它们彼此衔接,又在一定程度上交叉互渗,由此构成接受初始的三个阶段。

1. 审美性

文学作品中某个打动读者的性质使读者产生了一种初发的审美情感。读者暂时中断了他与周围现实世界的联系,一定程度上对头脑中的日常生活经验进行压制或脱离,从而从现实关注、现实态度向审美关注、审美态度过渡。预备情绪最初是由文学作品的形象、情感、想象等审美因素引起的一种激动状态,比如一首诗歌直观的形式与富有诗意的题目打动了读者,一部长篇小说的内容简介、章回目录或开头的悬念吸引了读者,一部电影最初几个镜头展示的社会背景与人物个性使观众欲罢不能。以上例子都会使读者进入接受者的角色,产生预备审美情绪。

2. 朦胧性

读者最初对打动他的文学作品的审美特质的经验是停留在感受与直觉层面的,他与文学作品直接的情感交流处在萌芽状态与朦胧、模糊的水平。也就是说,读者感觉到作品整体的基本性质或多种因素吸引、打动他,却无法明确完整的结构与多因素的关系,读者的审美心理状态还是一种朦胧的意识。这就是读者对接受客体感觉过程中的"格式塔性质"。

3. 期望性

有了审美态度与审美情感,继而在直觉的观照中朦胧地把握了客体对象,接着就到了预备情绪的第三个阶段,即产生了一种掌握文学作品审美特质的冲动与期望,希望通过对这种审美特性的巩固掌握与深入体验,来满足读者自己的审美需求,扩大由阅读而带来的喜悦。预备情绪既包含了审美的情感要素,也带有期望的性质。正因为读者寻求进一步把握作品与满足自己的急切期望,预备情绪才充满了审美活力与各种创造性理解的可能性。

总之,期待视野与预备情绪是文学接受过程之前与之初的读者心理状态,它们为接受活动的深入提供了主体方面的动力与基础。

## 二、接受者审美心理结构的同化与顺应

### (一)接受者的审美心理结构

在文学接受活动中,不同的读者会对同一部文学作品做出不同的审美反应,甚至得出完全相反的审美评价,其原因在于读者审美心理结构的差异性。也就是说,接受主体与接受客体审美关系的建立,有赖于主体审美心理结构的中介。

---

① [波兰]英加登:《审美经验与审美对象》,载李普曼编《当代美学》,邓鹏译,光明日报出版社,1986,第289页。

正如文学作品的多种审美因素结成自成格局的网络一样,文学接受者拥有的审美体验、知觉与概念也是以结构形态存在于他的内心的。所谓"审美心理结构",是指接受者原有的文学知识、审美趣味以及阅读过的作品所构成的比较稳定的心理图式。结构最大的特征是它的整体性,即结构内各要素是有机结合的,整体大于各部分之和。也就是说,接受者面对作品时,他的文学知识、审美趣味、阅读经验并不是单独发挥作用的,而是协调一致地以整合的功能对作品做出审美反应。一般来说,审美心理结构包括个人与集体两个互相渗透、交融的审美层面。

审美心理结构首先是个人层面。每个接受者阅读的范围、数量、体验都不完全一样,文学知识的来源、种类、深浅也各自不同,审美趣味更因经历、个性、观念不同而千差万别。因此审美心理结构包容着诸多的个体因素,显出不同的整体面貌。

审美心理结构的集体层面则是接受者受到时代文学风尚、民族审美文化积淀与艺术惯例的影响而形成的。它的存在体现了接受者与作品之间事先达成的某种默契,使某一具体作品成为众多读者的审美对象有了可能。其中,艺术惯例作为审美心理结构的既成部分具有重要意义。艺术惯例理论的完善者乔治·迪基认为:"它由戏剧、绘画、雕塑、文学、音乐等等各种艺术门类系统所构成,而每一个艺术门类都具备那种能授予客体以鉴赏资格的惯例的背景。"①

因此,不仅是艺术家和艺术作品,就是艺术接受者也都"惯例化"了。以此观照文学,则可以说接受者在原先文学知识的帮助下,在阅读过的文学作品的熏陶中,懂得了关于文学体裁、结构、技巧、语言等明显特征的"惯例",并被训练出按"文学惯例"的方式去阅读与接受作品。比如面对一部小说,接受者以前的阅读经验会暗示他:小说是虚构的,小说主要由人物、情节、环境构成。于是,他不会把小说当成真人真事,不会把第一人称叙述当成作家本人,比如不会认为《孔乙己》中的小酒保就是鲁迅本人。"惯例"体现了创作的某种规则、作品的某种特性、阅读的某种定势与习惯,同时也是它们之间沟通的必要前提。

对于审美心理结构来说,个人层面显示了它的独特性与偏爱性,集体层面则意味着它的公共性与沟通性。两者不同比例的交渗融合,造成其错综复杂又丰富多彩的具体形态。

接受者的审美心理结构一旦形成,就会具有较大的稳定性,并导致一定的思维定势与接受套路。然而它又不是一成不变的,它会在接受实践中做出自我调整,不断地丰富、修正以至根本性地改变自己,从而呈现出一个动态的建构过程。

**(二)审美心理结构的应对方式——同化与顺应**

接受者的审美心理结构对文学作品采取两种主要的应对方式,即同化与顺应。所谓同化,是指接受者总是把具体文学作品整合到他原先就存在的审美心理结构之中,当作品的信息与结构相一致时,审美心理结构就得到强化与巩固。同化是接受者首先采取的本能性的心理行为,他总是从既有的审美心理结构出发,去领会、解释与评价作品。比如,对现实主义美学原则情有独钟的读者,总喜欢把作品纳入社会生活的反映与再现这一模式中去理解,探究人物是否典型、情节是否符合生活逻辑、细节是否真实。如果这是一部现实主义作品,那么接受者不仅能顺利地理解、消化、吸收作品的内容与形式,而且读者的审美心理结构也会因为得到又一次满足与验证而更加自信。还有另一种情况,即作品中出现了一些读者所不熟悉的新的审美因素,在总体上或主要方面还是与读者的审美心理结构合拍的,那么读者的结构就会同化那些新因素来丰富和补充自己,在原有基本格局不变的基础上形成一个新结构。

当文学作品在整体上或某个主要方面与读者的审美心理结构不一致时,结构的同化方式就会严重受挫而无法进行下去。这时会出现两种情况:一是读者放弃阅读、排斥作品,接受活动有始无终;二是读者的结

---

① [美]凯瑟琳·洛德:《社会惯例和迪基的艺术惯例的理论》,《美学译文》第3卷,中国社会科学出版社,1984,第237-238页。

构由同化方式改换为顺应方式,接受活动继续进行。所谓顺应,是指接受者的审美心理结构与具体文学作品中的新因素发生严重的不一致,只能通过自我转换来适应作品的新情况,作品对原有审美心理结构起改变与更新的作用。如果说同化是让作品适合结构,那么顺应是让结构适合作品。这是结构与作品互动的两种方式。一般来说,顺应总是同化失败后的选择,但在审美心理结构的形成阶段或不稳定的状态中,顺应占据着重要甚至主导的地位。

顺应在文学接受活动中是经常发生的。对读者而言顺应的前提是陌生、新鲜的创新性文学作品的存在,是那些内容与形式上都突破艺术惯例的审美因素的出现。长期以来,狭窄的艺术视野和传统的表现方法培植出凝固的审美心理结构。这种心理定势包括每一个比喻都必须把喻体和本体交代得清清楚楚,每一个想象都应该降低到符合读者经验中那些蹈熟了的路径,每一个词组搭配方式都以读者是否熟悉、能否立即理解其意义为标准。每一个主题都能一目了然地在诗的词句中找到,这样的审美结构是无法理解朦胧诗的,但不久以后,许多当初反对过朦胧诗的人也渐渐熟悉与适应了它的象征手法与语言组合的奇异,审美心理结构有了改变与更新,并能以新结构去同化小说、话剧中具有现代主义倾向的文学作品。这就是结构对新作品、新文学现象的顺应。

任何文学接受活动都是接受者审美心理结构与作品审美信息相互作用的过程,也是审美心理结构自我调节和逐步建构的动态过程,因此,结构意味着建构。审美心理结构正是通过把不断涌现的新作品或作品中的新因素结合进自身而得到更新与重建。即使仅仅把新东西置放在结构中的知识系统而不是趣味系统,即使对新作品的态度或反对或容忍但根本谈不上赞赏,结构也仍然得到了丰富和扩充。

在审美心理结构的动态过程中,同化与顺应是双向运动的建构关系。也就是说,同化与顺应互相包容、互相转换。同化在结构的基本格局不变的情况吸纳了新因素,也是某种程度上的顺应;顺应并不是原有结构的推倒重来或彻底遗忘,它通常只是让新引入的因素占据主导地位,而让旧结构的部分退居次席,即改变结构的成分及内部关系,最终新结构也必然具有同化倾向。同化导向顺应,顺应又回归同化。双向建构的结果,接受者的审美心理结构从低级到高级、由简单到丰富,不断演进。

## 三、召唤结构与接受的创造性

### (一)召唤结构

召唤结构(appellstruktur)的概念是由接受美学的主要代表人物、德国的伊瑟尔首先提出的。这里的"结构"不是特指文学作品形式要素之一的结构,即作品内部的组织构造和总体安排,而是泛指文学文本的潜在结构与图式化框架,包容内容与形式的诸方面。伊瑟尔认为:"文学作品有两极,可将它们称为艺术的和审美的:艺术的一极是作者的本文,审美的一极则是由读者完成实现的。""作品本身既不等于本文,也不同于本文的实现,它必须被确定为两者之间的中途点上。"[①]因此,召唤性(召唤读者实现文本)就成为文学文本最根本的结构特征,文本结构就是召唤结构。

伊瑟尔强调召唤结构中有许多"空白"。所谓"空白",就是指文本中没有写出或没有明确写出的部分,它们是文本中已写出部分向读者暗示或揭示的东西,有待于读者在阅读过程中去填补与充实。他举例说:"情节线索突然被打断,或者按照预料之外的方向发展。一般故事集中于某一个别人物上,紧接着就续上一段有关新的角色的唐突介绍。这些突变常常是以新章节为标记的,因此,它们被明显地区分开来。"这就造成情节上的中断或空白,但这种空白又意味着一种对读者的无言邀请。也就是说,需要读者把情节链条的缺环补上。

---

① [德]伊瑟尔:《本文与读者的交互作用》,《上海文论》1987年第3期。

实际上,波兰哲学家、美学家英加登已提出关于文学作品"具体化"的理论。他认为:"一个艺术作品就需要一个存在它本身之外的动因,那就是一位观赏者,为了如我所表述的那样,使作品具体化。"①而"具体化"的客观依据,则是作为"纯意向性客体"的文学作品必然具有许多"不确定点"。例如,一部文学作品有限的词句无法再现客体所有方面的性质,只能直接地确定某些部分并间接地暗示其余部分,即使已经确定的东西也不是所有成分都十分清楚的,这些成分特有的细节仍是不完整不确定的,这种不确定性,有待于读者在阅读中予以具体确定,这就是接受活动中的"具体化"与创造性过程。

因此,作品的召唤结构,是指留有不确定性与空白点需要接受者将其具体化的文学作品本身。作品的"空白点"主要指内容上的某些空缺。作品的内容通常具有现实的实体特征,读者也总是把它当作真正的、实在的个别事物来解读的,然而无论作家的描写如何具体、丰富、细腻,与生活中的实际人物、事件相比它又总是不完整、不全面和留有许多空白、空缺的。这种空白存在于作品人物、情节、环境、景物、情感等各个层面。作品的不确定性主要指意义的多义、含混与相对性,包括词语、意象、故事、主题等含义的不明确与潜在的多种理解的可能性。文学语言本身就具有一定的模糊性,文学特殊的形象表达方式也使形象的含义含蓄、多义与富有弹性,作家的思想不仅有复杂、模糊以至矛盾之处,而且词不达意、言不尽意、故意隐蔽或模糊其意义的情况也是经常发生的。作品的具体化是指接受者在阅读中完成作品、实现作品的创造性的接受过程。接受者对作品不确定的意义加以确定,对内容的空白点加以填补与充实,使潜在的、未被实现的文本转换成已经理解的、具体实现了的文学作品,也就是说,接受者对作品的"召唤"做出了积极主动与创造性的回应。

### (二)接受者的创造性阅读与理解

召唤结构与作品的具体化表明,文学作品发表之后,文学活动并没有结束;只有经过接受者的创造性阅读与理解,作品才真正具有了现实的价值与艺术的生命,因此,作家创作出文学作品,只是完成了创造任务的一半,另一半则留给接受者去具体完成。作家创作作品是创造活动,接受者阅读作品也是创造活动。由于接受者的创造是建立在作家创造的基础(即作品文本)之上的,所以一般称之为再创造。在再创造活动中,接受者投入自己的生活经验与思想情感,将抽象的文学符号转换为脑中具体的艺术形象,对具体形象加以补充、丰富与改造,进而对形象的内涵与作品的意蕴进行再理解与再评价。具体地说,接受者的创造性体现在以下三个方面:

一是作品形象的具体化,即接受者对作品形象的再现、补充、丰富与改造。读者阅读文学作品是一个想象与联想异常活跃的心理过程。读者通过再造想象在脑海中出现符合于文学描绘的形象,如人物、景物、场面、生活环境等,同时,联想机制又将读者已有的生活体验与经验纳入其中,使形象更加丰富、更具个人主观色彩。对作品文字未描绘而仅仅做了提示、暗示的内容,读者会依据已描绘、已确定的内容去加以猜测与虚拟;对于作品的空白与缺失,读者则在自己生活经验与阅读经验的基础上借助于创造想象去填补与充实,使形象更丰富更完整。形象的具体化实际上是形象的再加工与再创造,它已经不可能完全等同于作者创造的形象,而且也因接受者主体条件的不同而千差万别。此外,对形象"空白点"的填补是再创造的一个重要方面,例如鲁迅的短篇小说《孔乙己》,描写了孩子(酒店伙计)眼中孔乙己生活的几个片段。叙述者视野之外的孔乙己现实遭遇的具体、详细、真实情况,读者是不得而知的,孔乙己的最后命运是否死了也是一个悬念。这些空缺都需要读者去想象、丰富与充实,结果就在作品基础上再创造一个孔乙己。

二是作品情感的再度体验,即接受者将作品中的人物情感与作者情感转化为自己的具体情感。接受者在阅读中感受到作品中人物的丰富情感和微妙的内心世界,也体验到作者或直接抒发或含蓄于形象之中的情感

---

① [波兰]英加登:《艺术的和审美的价值》,载蒋孔阳主编《二十世纪西方美学名著选》下,复旦大学出版社,1988,第271页。

状态。这种感受与体验,绝不是刺激—反应式的作品信息的单向传递与照搬,而是读者情感投入与参与的双向交流的心理活动,是读者以主观情感态度回应作品的情感评判过程。这是对落实于文字的情感的具体化,是对作家已体验过的情感的创造性再体验。再度体验是接受者特定经历、心境与情感态度充分参与并自我表现的一种创造活动。唐代诗人白居易的名篇《琵琶行》就是一个例证,他聆听歌女琵琶曲而"座中泣下谁最多?江州司马青衫湿"!但他感叹"同是天涯沦落人,相逢何必曾相识"却并非歌女或琵琶曲所拥有的情感,而是他主观情感的创造,他联想到自己怀才不遇、正直受贬的遭遇,在再体验中寄托自我感伤的落寞情怀。

三是作品意义的"合理误读",即接受者对作品含义的创造性理解与主观评价。从某种意义上说,接受者对文学作品的理解总是一种"误读"。因为它不可能与作者的原意完全重合,它总是作品潜在的复杂性、多义性、不确定性的一种选择,由于读者经验、思想与认识理解水平的不同所理解的也不相同,它是不可避免主观性的一次创造性理解活动。美国学者霍拉勃曾指出:"曲解——或径用布鲁姆自己的词汇:'误解'——被看作是阅读阐释和文学史的构成活动。我们绝不可能像传统批评相信的那样去复述一首诗或'接近'于它的本意,我们最多只能构成另一首诗,甚至这种系统的再阐述也总是一种对原诗的曲解。"①但是,误读也应具有合理性,并控制在一定的限度内,那些彻底背离作品、完全自由发挥的叛逆性误读是不可取的。合理而有限度的误读是指接受者对作品含义富有创造性的理解与发挥,它既不完全受作品本身的束缚,又在原文的基础上提出某种有节制的想法与新解。

理解是评价的前提。对作品含义的解释其实已经蕴含了接受者的观点。当接受者重建起作品的意义系统时,他的评价早已渗透、预设在其中了。鲁迅在论及《红楼梦》时说:"谁是作者和续者姑且勿论,单是命意,就因读者的眼光而有种种:经学家看见《易》,道学家看见淫,才子看见缠绵,革命家看见排满,流言家看见宫闱秘事……"②

不同的接受者从不同的立场、角度看出不同的内容与意义,从而得出不同的主观评价。如果避开这些做出评价,单就作品意义的具体化来说,那么他们的评价还是符合创造性理解的特点的。

## 第四节　文学接受效果

### 一、审美效果与文学功能

文学接受活动是读者个体化的审美体验过程。它大致上包括准备、发展、高潮、实现等几个阶段。所谓审美效果,是指接受者在审美体验的高潮阶段或实现阶段所产生的直接或间接的一系列心理效应与最终成果。审美体验的直接效果,包括审美、娱乐、情感方面的获取与升华;间接效果是指知识、思想方面的拓展与提高。审美效果是文学接受效果的重要组成部分。

审美效果首先与接受者的阅读动机和审美需要密切相关。一个接受者如果具备了接受文学作品的审美能力,却缺少阅读具体文学作品的欲望和动力,那么他仍然不会主动地介入文学接受过程,当然也谈不上获得审美效果了。接受者的审美欲望与需求有两种准备状态:一是无意的关注与阅读,如偶然接触或随意翻阅某部作品,这时他的欲望处于潜在的、朦胧的状态;二是有意的关注与阅读,接受者根据自己的需要寻

---

① [德]姚斯:《接受美学与接受理论》,周宁、金元浦译,辽宁人民出版社,1987年,第449页。
② 鲁迅:《〈绛洞花主〉小引》,《鲁迅全集》第8卷,人民文学出版社,1981年,第145页。

找到对应的作品,他的审美欲望是明确、自觉和突出重点的。在接受活动中,无意注意往往会转化为有意注意,作品会唤起接受者的某些欲望或明确欲望的方向,使审美体验导向高潮。接受者的审美欲望可以有方向和重点,但一般来说,它总是多种动机并存的复合结构。

其次,接受者的审美效果又与接受客体即文学作品的社会功能相联系。文学是人的精神创造的产品,总是带有一定的目的和意义,具有一定的审美价值。它满足接受者的审美欲望、期待与需求,并多方面地影响接受者的心理与生活。孔子在《论语·阳货》中说:"小子何莫学夫诗?诗可以兴,可以观,可以群,可以怨;迩之事父,远之事君;多识于鸟兽草木之名。"在孔子看来,诗歌能够激发情感,能够帮助人们观风俗之盛衰,也能团结人们与针砭时弊,还可以改善人际关系与增长知识。这里提到的文学的广泛的社会作用,正是文学作用于接受者之后产生的多方面的审美效果。从接受客体来说是文学功能,从接受主体来说是审美效果,审美效果是文学功能的具体实现。效果与功能之间,有结构的相同与层次的对应关系,尽管审美效果以文学功能的现实存在为前提,但离开了接受者与具体的接受过程,文学的功能与社会作用是无法实现的。

接受者的审美体验是一种内涵丰富的精神活动,是感知、想象、情感、理解、评判等一系列复杂的心理活动互相交织的过程,它深深地融入文学作品构成的各个层面与各种要素,并以高潮体验与动机实现的状态反映出多方面的审美效果,也使文学作品的各种功能得以显现和社会化。审美效果具体表现在以下五个方面:

### (一) 获得愉悦感及精神享受

无论接受者是否意识到,获得愉悦感及精神享受都是他潜在的、首要的阅读动机。文学作品是一种特殊的精神消费品,人们阅读它,是为了精神上的放松、休息、调节与平衡,是为了获得不同于日常生活经验与功利目的的快感和愉悦。日常生活的快感要受到个人境遇及物质条件的限制,往往是难以持久和不可重复的。文学阅读的快感则不同,接受者只要有空暇时间,他就可以自由地选择能提供他不同愉悦的阅读对象,可以反复阅读、再三体验、久久回味,将快感维持在较高的水平,这种快感是个人自控与主动期待的。此外,文学阅读体验到的快感,不是来自单一的低级感官如触觉、味觉、嗅觉等的快感,也不同于视觉和听觉等高级感官的一般快感,它是以语言文字为中介、以文学形象为媒体的综合性快感。它不仅调动人的各种感官的感受功能,而且心理结构的各个层次如欲望、情感、想象、理解等也参与其中。多种心理因素共同作用的结果,使接受者体验到的愉悦感比日常生活更普遍,更强烈。这也是人们不满足于日常快感经验而喜欢读文学作品的重要原因。

### (二) 宣泄、补偿与升华情感

文学接受是一种强烈的情感体验活动,接受者会依据自己的情感需要与受文学作品的感染程度而产生种种情感变化与反应,其主要方式就是宣泄与补偿。

宣泄是指接受者某种被压抑的情感通过作品的渠道得到排遣与疏导,从而导致心理的平衡和愉悦。接受者在现实生活中,会因为自身与周围世界的利害关系而形成多种多样的功利性欲望,这些欲望不可能得到现实的全部满足,有的立刻被放弃和遗忘了,有的却潜存下来,形成某种情感压抑,这种受压抑的情感具有一定的心理能量,当它逐渐淤积而找不到出路时,就会引发心态的失衡与变异。文学作品的"煽情"与感染作用,使接受者感同身受,某种被压抑的情感在重复激发中得到宣泄,因而减轻了这些情绪的内心压力。悲剧唤起人生的不幸感和同情之泪而冲淡接受者的内心痛苦,生活中的受挫者吟诵前人忧郁、感伤的诗句来排遣自我情感,都是这方面的例证。补偿是指接受者在现实生活中缺乏的情感体验借助文学作品得到弥补和替代性的满足。人的情感体验是有限的,而情感需求却是多方面的。当接受者在现实中感到情感贫乏或需求受阻时,文学作品能够使他得到假想的满足和欲望的达成。文学的补偿作用既能使人暂时满足,又能使人长久地不满足,它不仅开阔了接受者的情感世界,而且使他体验到生活中无法体验到的情感。

情感的宣泄与补偿必然导致情感的升华,也就是说接受者的自然情感、生活情感与作品中的情感合二为一,上升到一种艺术情感,它意味着对现实情感的解脱或超越,同时又使现实情感得到净化、丰富与提高。文学对接受者情感体验潜移默化的陶冶作用,证明它具有情感功能。

### (三)拓展认识空间

一部文学作品就是一个自足的艺术世界。它包容着社会生活方方面面的信息,传递着人物个性、命运和内心世界丰富的内蕴。接受者通过阅读文学作品,可以开阔视野,增长知识,认识人生,提高观察生活、理解现实的能力。正是在这个意义上,黑格尔说:"实际上艺术是各民族的最早的教师。"俄国的赫尔岑认为:"歌德和莎士比亚抵到整整一所大学。"而车尔尼雪夫斯基则指出:文学是"人的生活的教科书"。《红楼梦》被称为中国封建社会的"百科全书",单人物就出现六百多人,举凡名句俗谚、诗词韵文、典故引语、官制礼仪、地理经济、宗教哲学、风俗游戏、服饰饮食、园林建筑、生物医药、陈设器用等,几乎各种知识应有尽有,这就是文学的认识功能。接受者在专注的审美享受中,随意地接触到各种知识,好奇心与求知欲得到满足,认知范围与能力得到拓展、提高。

### (四)提高人格境界

接受者阅读文学作品,不仅是情感体验与认识成长的过程,同时也是一个思想上受熏陶、受教益的过程。面对文学作品中表现出来的善与恶、真与假、美与丑,读者总是与自己的生活、思想相对照、相比附,从而唤起心中的是非感和道德感。高尔基的自传体小说《在人间》塑造了初涉人世的"我",在生活困苦的情况下却养成了读书的嗜好:"书籍使我变成不易为种种病毒所感染的人。我知道人们怎样相爱,怎样痛苦,不可以逛妓院。这种廉价的堕落,只引起我对它的厌恶,引起我怜悯乐此不疲的人。罗庚保黎教我要做一个坚强的人,不要被环境屈服;大仲马的主人公,使我抱着一种必须献身伟大事业的愿望。"①

这个事例说明,文学阅读可以使接受者的心灵得到净化,人格变得高尚,思想境界获得提升,人也在一定意义上成为新人,这是因为文学特殊的审美方式,使读者不由自主地进入规定情境与是非标准,唤起他心中的人性和良知,从而影响他的思想和今后的行为。这就是文学的教育功能所达成的效果。

### (五)提高审美能力

接受者都具有一定的审美能力。审美能力实现所获取的审美愉悦与娱乐性的快感不同。娱乐性快感偏重于作品内容方面的接受,如情感的宣泄和补偿所产生的愉快心情。审美能力则主要是作品艺术形式的把握和品议能力,由此产生的愉悦较多地属于形式感方面。文学的审美功能与娱乐功能是既有联系又有区别的。一般来说,审美是较高层次的娱乐活动,需要一定的审美观照能力,以接受与理解作品的形式化美感为主;娱乐则是大众化、粗浅化的审美,较少受到审美准备和训练的限制,并以消除自身的紧张和疲劳为主。文学接受既可以使接受者享受到一般的精神自由的快乐,也能够使接受者形成更为敏锐和细腻的审美能力,丰富与提高自己的审美趣味,享受到特殊的形式美感与审美性愉悦。

文学接受的审美效果主要指以上五个方面。它们有的是审美体验发展与高潮阶段的即时性效果,如精神享用和快感获得,情感的宣泄与补偿;有的则是审美需求、期待实现后的长久性的效果,如认识空间的拓展,人格境界的高尚,审美能力的提高,它们将影响今后的阅读,甚至改变接受者的人生轨迹。

## 二、心灵沟通与社会交往

### (一)心灵共鸣与文化认同

在文学接受的高潮阶段常会出现这样的情况:接受者被作品通过形象表达出来的情思强烈地打动,引

---

① [苏联]高尔基:《在人间》,楼适夷译,人民文学出版社,1956,第214页。

起了思想感情的回旋激荡,他爱作者所爱、憎作者所憎,或者与作品中的人物同悲同乐,这种读者与作品之间实现了活跃的情感交流及对应关系的阅读心理现象,通常被称为共鸣。共鸣原是物理学上的名词。声学上的共鸣原理是指两个振动频率相同的物体,其中一个振动了,另一个在激发下也会振动发声。文学接受活动中的共鸣则是以作品为媒介的不同心灵之间的共鸣,因此,心灵共鸣的含义是指在文学接受过程中接受者与作家或作品中的人物产生的情感沟通,也指不同的接受者在阅读同一作品时产生的大致相同的激动、兴奋的审美体验。

当读者的感情经验与作品所表达的感情相通或相似时,读者就会进入心灵共鸣的境界,产生强烈的审美接受效果。读者与作品之间的这种心灵沟通,既可以是全面的及细致入微的,也可以是范围有限却又是重要的和有深度的;既可以发生在读者与作者之间,也可以形成于读者与作品中某个主人公的感应关系中;既是作品对读者的感染与诱发,同时又是读者对作品内涵的主动深化与再创造。

心灵共鸣的另一层含义是指不同时代、不同民族、不同阶级或阶层的接受者,当他们阅读同一部优秀文学作品时,也会产生大致相同或相类似的情绪激动和审美体验。马克思、恩格斯对莎士比亚、巴尔扎克的作品评价甚高,列宁喜欢杰克·伦敦的小说《热爱生命》,毛泽东曾多次称赞《红楼梦》,这些例子不仅说明他们与各自喜爱的作品产生了共鸣,而且还意味着他们与喜爱这些作品的不同的接受者之间存在着以作品为媒介的心灵沟通。尽管他们对作品的见解有独到的深刻之处,但他们由作品而激起的兴奋的审美体验,却可能与许多一般的读者大同小异。精神分析学派的代表人物荣格曾从心理学角度阐释了不同接受者之间的心灵共鸣。他认为歌德的名著《浮士德》:"接触到某种在德国人灵魂中发出回响的东西,也就是一度被雅可布·布尔克哈特称为'原始意象'的人类导师和医生的形象。人类文化开创以来,智者、救星和救世主的原型意象就埋藏和蛰伏在人们的无意识中,一旦时代发生动乱,人类社会陷入严重的谬误,它就会被重新唤醒。每当人们误入歧途,他们总感到需要一个向导、导师甚至医生。"①

这就是说,《浮士德》包含了德国民族甚至全人类的世代相传的信息,因而能激起不同时代、不同民族的接受者的共鸣。一般来说,接受者与作品的共鸣是接受者之间共鸣的基础,后者是前者无数次重复出现后的必然结果。共鸣的两种含义是相互关联的。

共鸣产生的根本原因主要有两个方面。其一是人性情感的相通性。喜怒哀乐,人皆有之,亲子之情、异性之爱、朋友之谊、祖国之恋、故乡之思、童年之忆等,都是相通的人性情感形式。人们如果处在相近似的生活境遇,往往就会产生相似的具体情感。李白的《静夜思》"床前明月光,疑是地上霜;举头望明月,低头思故乡",千百年来一直激励着不同时代、不同阶层的读者,原因就在于此。其二是审美体验的共同性。人类的审美知觉与感受能力有相同的一面。不同时代、不同民族、不同阶层的读者对美的事物与形式也会产生相似的"共同美感"。比如宋代女词人李清照的《声声慢》,开头连用了"寻寻觅觅,冷冷清清,凄凄惨惨戚戚"十四个叠字,其语言的自然、新奇、独创的美感,能唤起不同读者相似的审美体验而激发共鸣。

心灵共鸣主要是情感经验与审美体验因相似相近而引起的感应与沟通。心灵的沟通是多方面的,除了情感、审美的层次,还有观念、认知的层次,这就是文化认同。文化认同是指通过文学接受而产生的作家与接受者、接受者与接受者之间对某种文化价值的相同或相近的评价。

文学作品总是具有一定的文化品格与文化内涵,总是渗透着作者对这种文化的价值、意义的个人判断与评价,而且,作者总是试图把读者引导到他的价值立场上来,成为他的文化价值观的接受者和知音。接受者对作品的阅读也有:"一种基本要求:读者们要知道,在价值领域中,他站在哪里——即知道作者要他站在

---

① [瑞士]卡尔·荣格:《心理学与文学》,载《荣格文集》,冯川译,改革出版社,1997,第249页。

哪里。"① 当读者的价值观或价值倾向与作者接轨时,他就会感到思想上的融合与心灵上的贴近,就会加固、强化自己原有的价值立场并对作品的文化价值做出肯定性的评价,从而重建起强烈的文化认同。

鲁迅的《狂人日记》表明了他对中国几千年封建文化的价值评判和文明进化论的价值观。他在致许寿裳的信中说:"《狂人日记》实为拙作……偶阅《通鉴》,乃悟中国人尚是食人民族,因成此篇。此种发见,关系亦甚大,而知者尚寥寥也。"② "吃人"是隐喻性意象,野蛮人的习俗和原始性的文化传统分别构成了它的喻体与喻本。一方面是真实发生过的人吃人现象,从古时候吃易牙的儿子到吃徐锡林、吃狼子村的恶人,这些都是中国尚未割断原始脐带的证明;另一方面"吃人"意象又表达了纲领性的象征意蕴:在"每页上都歪歪斜斜地写着'仁义道德'几个字"的历史里,"满本都写着两个字即'吃人'"! 揭示出中国几千年封建传统文化的半原始性本质。因此食人者意象跳出了作为文化构成之一的风俗意义,而上升为整个文化形态的象征。与此对立的是狂人形象。在狂人看来,人类社会分为两类,一类是吃人的人组成的社会,另一类是不吃人的人组成的社会。前者是中国四千年的历史和现实,后者则属于中国的将来。鲁迅从人类社会都沿着野蛮的"原始"向文明的"现代"这一进化轨迹演变的价值观,判定中国封建文化的原始性与无价值。这一"深刻的片面"表现出的彻底的反封建思想,通过文学接受得到了几代人的认同,并在接受者大众之间形成广泛的共识。接受者对《狂人日记》的文化认同,并不表明他们具有了与鲁迅同样的深刻思想,而是因为他们具有了接受和认同这一思想的前提条件,即他们都与鲁迅一样相信人类社会与文明是历史地进化的,都具有反封建的欲望和现代化的需求,如此才能"同声相应,同气相求",把自己的思想提升到鲁迅的认识境界。事实上,文化认同往往是基本一致而非完全相同的。尽管接受者中有鲁迅的崇拜者,但他们中的大多数恐怕只会认同封建社会与文化"吃人",而不愿承认"中国人尚是食人民族"。

### (二) 社会交往

从更广泛与更本质的意义上看,文学接受达成的效果便是人类的社会交往。文学的社会性与交际性是通过文学接受活动实现的。任何阅读体验都具有作者、作品中人物与读者之间含蓄的对话,任何文学作品都隐含着与不同时代的读者心灵沟通的势能,因此,文学是人际交往的重要工具,而作品中的意象与人物,则是可交际的最小单位。情节、场面、意境等,是一些最小单位的组合,具有更复杂的交际功能。例如,我们提起郭沫若诗中的"凤凰",鲁迅笔下的"阿Q",尽管只是两个字,但看过作品的人都知道其中丰富的含义。如果我们说谁像林黛玉,谁像武松,那传递的信息就更复杂了。没有文学,我们就少了这种特殊的交际方式与意味。这就是说,文学作品的交际模式与交际性提供了交际的可能,心灵共鸣与文化认同使交际活动在接受高潮中得以实现,而文学接受的最后效应则是广泛的社会交往以及交往中普遍社会价值观的确立,所谓文学的社会交往,是指通过文学接受而形成或传播普遍社会价值观的过程。

在人类的原始时代,作为文学源头的神话与仪式就起着组织社会生活、进行文化教育和建立普遍规范的巨大作用。原始部族中普遍的禁忌、信仰和人际关系规则就是通过神话、仪式这些前文学的接受活动而形成、传播和强化成固有思想的。孔子"兴观群怨"中的"可以群",揭示了文学接受的社会性与交际性,它可以把个别的分散的接受者整合进更大范围更具共同性的社会群体之中。孔子说:"《诗》三百,一言以蔽之,曰'思无邪'。"(《论语·季氏》) 这指出了文学在建立接受者之间普遍规范的作用,将文学的社会交往中确立起来的原则推广至整个社会活动与人际关系的协调。

在人类的社会交往方面,法兰克福学派第二代领袖、德国思想家哈贝马斯曾提出他的"交往行为理论"。他认为,社会交往是通过语言进行的人际交往,体现了具有普遍价值的"交往理性"。具体地说,交往理性包

---

① [美]布斯:《小说修辞学》,华明等译,北京大学出版社,1987,第83页。
② 鲁迅:《鲁迅全集》第11卷,人民文学出版社,1981,第353页。

括真实性(理论理性)、正确性(实践理性)和真诚性(审美—伦理理性)。语言交往既包含了这三种不同的理性要求,又呈现了这三种理性成分的联系与统一。假如所说的话语都是谎言(与事实不符),违反了社会认同一致的规范(说话者的道德信条与此相悖),对别人采取毫不严肃(不真诚)的态度,那么语言便失去了作用,人与人之间既不可能达到相互理解与沟通,也不可能取得认同与共识。事实上,哈贝马斯关于语言交往行为的三种基本有效性前提,也就是文学的真、善、美的要求。文学接受是借助于作品并通过语言进行的人际交往行为,是人类的社会交往的重要形式之一。它的突出效果便是在作者与读者、读者与读者之间建立起心灵沟通的桥梁,达成真、善、美方面的普遍性共识,为更深广的社会交往提供多元社会价值观趋同、整合的基础。例如,鲁迅的《伤逝》,以手记的形式体现出叙事者的真诚与内心真实,他的忏悔之心充满善意,作品的故事情节又渗透着人性的悲剧之美,从而影响着读者的社会价值观。雨果的《巴黎圣母院》通过"钟楼怪人"外貌与内心的对比描写告诉我们,美不在外表而在内心的善,指出了社会交往的误区与心灵盲点。文学充当人际交往的特殊话语,必将有助于一个社会或语言共同体的成员达到对客观事物的共同理解,建立大家所认同的伦理规范,保持和谐的人际关系,强化情感与审美的交流。这也就是文学接受活动最广泛最深刻同时也是最持久的效果。

## 复习要点

[基本概念]

文学消费　　　文学传播　　　文学接受　　　期待视野　　　接受心境

[思考问题]

1. 文学消费和一般商品消费有何异同?
2. 主要的文学传播方式有哪几种?他们各自的特点是什么?
3. 文学消费与文学生产之间有什么辩证关系?
4. 如何理解文学接受的主体、客体条件?
5. 期待视野具体分为哪几个方面?
6. 如何理解文学接受活动的创造性?

# 第十一章 文学批评

文学批评是文学活动的一个重要组成部分。自有文学作品及其传播、消费和接受以来,文学批评就随之产生和发展,并且构成文学理论中不可或缺的重要内容和文学活动整体中重要的组成部分。它既推动文学创作,影响文学思想和文学理论的发展,又推动文学的传播与接受。文学作品诞生后的各种不同社会反响,如谩骂或者赞誉都是一种文学批评,伟大的作家从来不惧怕他人的批评,反而从有益的批评中汲取营养,丰富自己的创作。

## 第一节 文学批评的性质和意义

### 一、文学批评的性质

作为文学理论的重要内容和文学活动的重要组成部分,文学批评是批评的主体按照一定的理论思想和批评标准,对批评对象进行分析、鉴别、阐释、判断的理性活动,表达着批评主体的立场观点和价值取向。我们必须首先了解文学批评的性质,才能使文学批评获得科学的定性和正确的价值取向。文学批评在整个文学活动中具有无可替代的作用。要了解文学批评在文学活动中的地位和功能,必须首先弄清文学批评的性质。

中国文学批评史上第一部文学专论

#### (一)文学批评是一种科学活动

文学批评作为文学活动的一个环节,它的职能在于通过研究、分析作家、作品及其他文学现象,发现和总结规律性的东西,然后上升为理论,用以指导文学创作、文学鉴赏等文学实践活动。文学批评是一种以抽象思维为主的科学活动,偏重于对作品的理性判断,它以文学鉴赏为基础,但具有文学鉴赏所没有的科学研究性。俄国伟大诗人普希金曾指出:"批评是科学,批评是揭示文学艺术作品的美和缺点的科学。它是以充分理解艺术家或作家在自己的作品中所遵循的规律,深刻研究典范的作用和积极观察当代突出的现象为基础的。"①俄国文学批评家别林斯基也指出:"批评——这意味着要在个别的现象里去探寻并显示该现象所据以出现的一般精神法则,并且要确定个别现象和它的理想之间的生动的、有机的关系密切到什么程度。"②普希金和别林斯基的话都说明了文学批评的职能是对各种文学现象的分析和评价。文学批评是以严格的客观性为宗旨,严格遵循文学创作的规律和文学作品形象体系的内在逻辑,在周密系统的研究基础上,科学公正地判断文学作品的思想价值、艺术价值以及成败得失,并通过对具体文学现象的分析、评价,发现艺术规律,从而指导文学创作和文学鉴赏等文学活动。

古往今来,不少学者对文学批评的科学性有很深的认识,他们提出了许多独到的见解。清代学者尚镕曾经说过:"若屈之骚,……始或相推,继或相谤,终则相奉以为师,而其道益昭昭然而不可晦蚀。盖文章者天下之公物,非可以一二小夫之私意大为欣厌,遂可据为定评也。"③韦勒克、沃伦在《文学理论》中也对那种否认文学研究为一门科学的观点给予了反驳。

(二)文学批评是社会批评和美学批评的辩证统一

文学批评是在文学鉴赏的基础上,以美学的和历史的观点对各种文学现象进行研究、分析和评价的科学活动。从文学批评的定义上我们不难看出其与美学和历史的内在联系。文学批评要评价各种文学现象,探寻艺术规律,就必须依据历史的和美学的观点进行,因此,我们说文学批评本质上是社会批评和美学批评的辩证统一。

第一,文学批评离不开社会批评。文学作品不是独立自足、不需借助任何外力而存在的本体,它是对社会生活的反映,蕴含了作家对社会生活的理解、分析和评判。同时,创作文学作品的人也是社会的人,因此,正确地评价各种文学现象,正确地判断作品的思想价值和艺术价值,也就离不开社会批评。第二,文学批评离不开美学批评。单纯的社会批评导致文学走向一个极端,沦为政治的附庸或者是道德的派生物。文学作品虽然融合了政治、道德、宗教、哲学等种种社会因素,但其中最主要最基本的还是审美因素。正是文学所特有的审美特质,才使得文学不同于一般的社会意识形态,因此,文学批评又必须是种美学批评,必须得依据一定的美学观点来展开。忽视美学批评的批评,是不完整的批评。第三,文学批评是社会批评和美学批评的辩证统一。文学批评离不开社会批评,也离不开美学批评,它是两者的有机统一。别林斯基说过:历史的批评,是必不可缺的。……一部艺术作品定要在对时代、对历史的现代性的关系中加以考察。对他的生活、性格以及其他等等的考察也常常可以用来解释他的作品。同时,也不可能忽略掉艺术的美学需要本身,确定一部作品的美学优点的程度应该是批评的第一要务。当一部作品经不住美学的评论时,它就已经不值得加以历史地批评了。总体上来看,文学批评是社会批评和美学批评的辩证统一,是融合了社会批评的美学批评。

(三)文学批评具有倾向性和创造性

文学批评是批评家对各种文学现象的分析、研究,批评家的思想倾向一定会体现在文学研究中的。没有哪一个批评家能不带任何主观思想倾向而完全客观地反映文学规律,因为作为批评主体的批评家,他们都隶属于一定的阶级、阶层,他们的思想认识、价值判断,都会反映到文学批评中,这是客观存在的。但是,在文学批评中也应注意把主观倾向性和客观性、科学性统一起来,使之更贴近作品。文学批评是具有创造性的。文学批评的价值不在于重复众所周知的常识、概念、原理,而在于从文学作品中发现那些人们还没注意到的思想内容和艺术形式上的特点,从具体的文学现象中发现那些带有规律性的东西,只有这样,文学批

---

① [俄]普希金:《论批评》,载《古典文艺理论译丛》第2册,人民文学出版社,1961,第153页。
② [俄]别林斯基:《关于批评的讲话》,载《别林斯基选集》,上海译文出版社,1980。
③ 尚镕:《书魏叔子文集后》,载郭绍虞主编《中国历代文论选》第3册,上海古籍出版社,1980,第313页。

评才能真正发挥它的作用,才能真正起到指导文学创作、文学鉴赏等文学实践活动的作用。

## 二、文学批评的意义

文学批评是在文学接受的基础上,以一定的理论和方法,对以文学作品为中心的各种文学现象进行研究和评价的文学活动。文学批评与文学接受之间存在着密切联系与内在融通,文学批评既是广义的文学接受现象的一部分和文学接受活动的一种表现方式,同时它又是文学接受过程的深化与高级形态。

文学批评的意义,总结起来有以下三点:

### (一)文学批评对作家的影响

从文学批评与作家的关系来看,文学批评对作家具有规范、引导的重要作用,是社会对文学作品的主要反馈形式之一。

古罗马著名的文学批评家贺拉斯曾经把作家比作钢刀,把批评家比作磨刀石,磨刀石虽然切不动什么,但能使钢刀锋利。一般来说,批评家具有很高的艺术修养和理论素养,他们能够对文学作品做出中肯的评价和判断。这些评价和判断无疑可以帮助作家正确认识自己的作品,了解自己作品的成败得失。这对作家坚持自己的特点和优势,弥补不足和缺点,选择正确的创作方向和创作道路,提高创作的思想水平、艺术水平的作用是显而易见的。一个好的批评家对作家创作的帮助是十分明显的。俄国作家陀思妥耶夫斯基刚刚写出他的第一部小说《穷人》,别林斯基马上给了了肯定,别林斯基除了充分肯定他的作品之外,还鼓舞他说"你一定会成为一个伟大的作家。"后来,陀思妥耶夫斯基又陆续写出了震撼文坛、饮誉世界的不朽作品,如《被侮辱与被损害的》《罪与罚》等,由此可见文学批评对文学创作的推动作用。

批评家是通过对具体作品的阅读研究进而认识、了解作家的;同样,他也通过对具体作品的品评、分析影响作家的创作。由于批评家具有较为系统的知识修养与理论背景,他往往站在比作家更高的视点上,帮助作家更深入地认识自己的作品,提高其文学创作的自觉能力。批评家对作家的了解有时胜过作家本人,他能够深入作家内心世界中潜意识与不自觉的层面,发现作家自我认识的盲点和被遮蔽的东西。批评家对作品深层意蕴的发掘也往往是作家未想到的却又是富有启发性的,对作品艺术价值的评估也由于置放到更大的文学系统中去考察而更显客观、中肯,因此,批评家对作家艺术潜力的确认、创作道路的总结、发展方向的建议能够起一定的规范与指导作用。

在文学作品大规模机械复制的时代,作者与读者事实上是互相隔绝的。也就是说,接受者大众对作品的理解与评价难以反馈给作者,对他产生影响与压力。文学批评则是社会反馈的主要和有效形式之一,将作品所激起的读者反应与批评信息传递给作者。批评家首先是一个普通读者,但他拥有的职业眼光和掌握的尺度又使他代表着一定的读者群及其社会性共识,而且文学批评一般是以文本的形式见诸媒体的,它既通向作者也为读者大众所知,它预计到读者的反馈并常常以读者的代言人自居。这使文学批评通常具有公开的对话性质与丰富的社会反馈内涵。

### (二)文学批评对读者的影响

文学批评能够指导阅读欣赏,帮助读者深入理解作品,正确品悟作品的思想和艺术价值,提高读者的鉴赏能力和艺术品位,对于读者的文学价值观念具有重要的影响与塑造作用。

文学批评是加深读者与作品沟通的桥梁。一部文学作品,只有在读者接受并消费的过程中才能实现其价值,也就是说作品首先要为读者所理解。一些艺术创新的作品,一些思想深刻、内涵丰富的作品,一些超出读者阅读经验和高出读者审美能力的作品,一些需要一定的背景知识才能把握的古代与外国作品,由于读者水平、学识、艺术修养和理论素养的参差不齐,对这些作品的把握很可能出现这样或那样的偏差,他们对作家作品中意蕴的理解也不一定正确,往往会产生或多或少的理解障碍,这就需要文学批评的帮助。文学批评可以深入地分析和把握文学作品的思想内容和艺术特色,帮助读者体会文学作品的意蕴、旨趣,培养读者鉴别真伪好坏的能力。

文学批评还对读者的文学观念和审美趣味起着塑造作用。批评家常常通过推荐作品、确立经典,来帮助读者选择阅读的作品。古今中外的文学作品浩如烟海、鱼龙混杂,读者往往先从介绍、评论文章中获取关于作品的前期信息,然后决定是否值得阅读与阅读什么。对于有害的作品与作品中的消极因素,文学批评也能起到预警与防范的作用,提醒不良的倾向并指导正确的阅读。读者的审美能力和艺术趣味,一方面受作品的熏陶,另一方面也受文学批评的引导与塑造。把大众的审美价值观提升到经典文学作品的水平、把握接受活动中艺术再创造的层次和批评家专业的眼光,这也是文学批评担当的责任。

### (三)文学批评对社会的影响

从文学批评与社会的关系来看,文学批评通过作品的分析、评价表达出某种价值观念与理想,从而对社会产生实际影响。

文学批评在分析、评价文学作品和其他文学现象时,必然要提出一系列的概念、观点,在其背后则有一定的学说依据与理论支撑。许多文学理论就是在批评的实践活动中提出和完善的。例如,中国古代文论中的"文气说",最初就是曹丕在评论"建安七子"的基础上提出来的;中国古代诗论中的"滋味说",就是钟嵘在评论五言诗的基础上提出的;马克思和恩格斯在分析哈克奈斯、敏·考茨基、拉萨尔等人的作品时,对"真实性""倾向性""现实主义"等问题也进行了深入的研究和分析,做出了有价值的理论概括。由此可见,文学批评在其实践活动中可以不断提出新问题,这无疑推动了理论本身的发展。这些观点、理论既有艺术的、审美范畴的,也有文化价值观的和意识形态方面的。从后者来说,文学批评是一种与一定的社会意识形态深刻联系的批评话语,它通过与作品及其作者进行意识形态对话的方式宣扬自身的意识形态价值,从而对社会生活产生重要作用。

文学批评作为一种特殊的意识形态话语,往往通过对文学作品思想意义的揭示和对文学思潮、文学运动理论背景的分析来影响社会的价值观念,发挥其社会作用。马克思、恩格斯对巴尔扎克、莎士比亚作品的评价,列宁对托尔斯泰作品的分析,别林斯基对普希金、果戈理作品的研究,鲁迅以杂文形式展开的文学批评,都表现出意识形态评价的作用。由于他们的观点不是用抽象的理论形式写出的,而是借助于对作品人物、情节的形象分析,因而能够传播得更广、更深入人心。

## 第二节 文学批评的原则和方式

### 一、文学批评的原则

要正确地进行文学批评,必须坚持正确的原则,没有正确的批评原则作指导,文学批评的科学性就难以得到保证。文学批评应该坚持以下原则。

#### (一)文学批评应从艺术形象的分析入手

文学批评的主要对象是文学作品,文学作品是通过艺术形象来反映社会生活,表现人与社会生活的审美关系的,所以,进行文学批评时必须充分注意批评对象这一特点,通过对艺术形象的分析来确定文学作品的思想性和艺术性。离开对艺术形象的分析而用主观臆测来判断文学作品,往往会出现谬之千里的情形。一旦脱离艺术形象的实际,批评家对文学作品的把握就会出现偏差。

坚持从艺术形象分析入手,还应该注意必须遵循文学创作的规律,不能背离文学创作的规律空谈艺术形象。文学本身就是对社会生活的一种反映,它不等同于生活。生活真实不等同于艺术真实,生活形象也不完全等同于艺术形象。如果我们简单把两者比照,就违背了文学创作的规律。例如,近代有人用现实主义甚至是历史考据的方法分析杜甫的《茅屋为秋风所破歌》,得出的结论往往是贻笑大方。

坚持从艺术形象分析入手,还要注意不同的文学体裁担负着不同的审美功能,分析小说的方法不能用来分析诗歌,分析散文的方法不能用来分析小说,否则,得到的结论是很难保证科学性的。

### (二)文学批评必须坚持实事求是的原则

文学批评是对文学的科学评价,科学的态度必须是实事求是,即要从生活实际和作家的创作实际出发,对具体作品进行具体的思想和艺术分析,好处说好,坏处说坏,"捧杀"和"棒杀"都是不可取的。

任何一部文学作品,都是由特定的作者在特定的历史条件下完成的,有着特定的思想内容和艺术形式,因此,作为批评家,在分析、研究、评价作品的过程中,必须坚持实事求是的原则,从具体的作家、作品出发,从固有的历史条件和环境出发分析作品,不能戴上有色眼镜,不能抱有主观偏见,不能依据自己的观点去剪裁客观事实,不能脱离历史的可能性而对作家作品提出不切实际的要求,也不能迁就作家而放弃自己应有的艺术判断。在现实中,批评家必须把具体的作家作品拿到时代、历史、现实的关系中加以考察,细致地分析作家所处的历史条件和环境,对具体作品加以具体的分析。

文学批评如果不能做到好处说好,坏处说坏,就会直接损害批评对象,更深一层来讲它也损害了文学批评本身,若是文学批评颠倒黑白,被发现后,文学批评便失去了公信力。

### (三)文学批评应有全面的整体的观点

全面的、整体的观点是相对于片面的、局部的观点而言的。文学批评应该坚持全面的整体的观点,力求避免片面的局部的观点。全面的整体的观点是保证文学批评科学性的重要条件。

坚持全面的整体的观点,应该从美学的和历史的观点出发,历史地艺术地评价文学作品。如果单纯地从一个角度进行批评,就不会得出中肯的结论。别林斯基曾指出:"不涉及美学的历史的批评,以及反之,不涉及历史的美学的批评,都将是片面的,因而也是错误的。批评应该只有一个,它的多方面的看法应该渊源于同一个源泉,同一个体系,同一个对艺术的关照。"①

评价文学作品,还应该顾及全人全篇。所谓顾及全人,即评论某一作品的时候,不能孤立地就作品论作品,还应该顾及作者以及他所处的社会状态。不了解作家,不深入作家所处的社会状态,是无法真正理解作品的,因而也不可能对作品做出正确的评价。所谓顾及全篇,指的是评论某一作品时,不能肢解作品,不能断章取义,以偏概全,而应该把作品作为一个有机的整体,从全篇着眼,文学批评还应该从总体倾向、整体价值来评价作品。一部文学作品,肯定是优点缺点并存,成笔与败笔兼有。这就要求我们对作品进行实事求是的分析,明确作品中优点缺点和成笔败笔的性质、分量,把握作品的总体倾向和整体价值,对作品做出恰如其分的评价。如果作品总的倾向是好的,整体价值很高,那么就应该从整体上肯定它;当然,对于局部的缺点,不能因为重视整体而忽视它。

坚持全面整体的观点还应注意在整体比较中来确定作家作品的价值。恩格斯曾说过:"任何一个人在文学上的价值都不是由他自己决定的,而只是同整体比较中决定的。"②文学作品的价值,都是在动态的比较过程中得出的,有比较才有鉴别,在整体的比较过程中才能确定作家作品的价值。

---

① [俄]别林斯基:《关于批评的话》,载伍蠡甫、胡经之主编《西方文艺理论名著选编》(中),北京大学出版社,1986,第295-296页。
② 《马克思恩格斯全集》第1卷,人民出版社,1979,第529页。

## 二、文学批评的方式

文学批评是文学活动的一个重要组成部分。文学批评的历史不仅与文学同样悠久,而且,文学批评与文学创作一样,都是富有创造性的。有着一定造诣的批评家在文学舞台上可以扮演与作家同样重要的角色,然而,文学批评方式与文学创作方式是不同的,它有着自己的特点和要求。正确的文学批评方式能够生产出好的批评作品,反之,不正确的批评方式将导致不合格或伪劣的批评作品。尽管文学批评的具体运作因人而异,但批评家在批评方式的掌握上却体现出一定的惯例与规范。一般而言,文学批评的方式应该包括以下三个要点:

### (一)审美体验

批评家首先要成为接受者,就必须要对作品产生审美体验。文学批评的主要对象是文学作品。文学作品是以情感与艺术形象来表现人对现实的审美关系的,因此,进行以文学作品为对象的文学批评时,必须充分注意到对象的这一特征。也就是说,批评家应该以文学的方式阅读文学作品,以审美的态度观照与体验作品中的艺术形象。这是一个合格的文学接受者都能够做到的,批评家首先应该做到。当批评家像普通读者那样进入阅读、欣赏的角色,在作品的形象世界中产生由衷、真切的审美体验之后,他才拥有了批评作品的权利。脂砚斋是我国古典名著《红楼梦》的第一位批评家,他的批评富有真知灼见,却又处处与作者感同身受,与作品中人物息息相通,在阅读中产生强烈的情感和审美体验。脂砚斋的批评之所以被后人一再引用与研究,就是因为他的批评是以真切的审美体验为基础的。

批评家应该有较高的艺术修养与审美感受能力。一个艺术感受力迟钝的人是不可能成为好的批评家的,因为他对作品审美价值的判断是大可怀疑的。那些虽具有一定的审美欣赏能力却又跳过审美体验阶段、脱离作品艺术形象的具体感受和分析而对作品价值乱加评判的人,是谈不上真正的文学批评的。

### (二)理性分析

理性分析指批评家要跳出一般的接受过程而以冷静的审视目光对待作品。文学欣赏与审美体验的主要特征是感受性,它以个人主观感受的结果为依据。即使蕴含着理性认识,也带着个人体验与情感的印记,因此欣赏与体验允许个人偏爱的存在。文学批评虽然也必须首先感知艺术形象,对艺术形象进行审美的把握,但它的主要特征是一种理性的分析、认知活动。批评的目的是要对作家、作品和其他文学现象做出较为客观的认识与评价,这就需要它从偏于感性的欣赏与体验上升到理性的分析与评判,要考虑和关注作品在读者中唤起的普遍的接受效果与社会反应,要限制个人偏爱与情感倾向在批评中的干扰或支配作用。人们通常把文学批评归入文艺学或文学理论的范畴,其深刻的意义就在于强调文学批评是一种客观的、理性的、专业的学术分析与认知活动。

如果说欣赏和体验是对作品入乎其内,那么理性分析就是出乎其外。批评家既要像一般读者那样入乎其内,还要从专业的角度出乎其外,以冷静的理性眼光分析作品。

### (三)价值判断

价值判断,指批评家须对作品做出高下优劣的主观评价。批评家对作品整体价值的判断是在理解与阐释作品的基础上做出的。理解与评价是一种互相依存的关系:理解已经渗透着评价,是整体评价指导下的理解;评价则为作品的理解与阐释所证明,并是理解引导的最后结论。

批评家对作品的价值判断包括审美判断与倾向性判断,从而对作品的艺术价值与思想价值做出主观评价。作品的艺术价值是指作品通过艺术形象反映生活、表现情思所达到的形式化的审美程度,以及它对接受者具有的艺术感染力量。作品的思想价值是指作品所描写的生活中寓含的思想意义和作者对它的态度、评价,以及它对接受者具有的思想启迪的力量。批评家总是凭借自己的价值观对作品做出判断的,从这个意义上说,价值判断带有个人性与主观性;然而批评家的价值观又是社会的某种审美趣味和意识形态的反映,因而具有集体性与客观性。总之,批评家对作品的评价与被评价的作品,共同担负着影响读者进而作用于社会的文学功能。

## 第三节 文学批评的几种主要方法

文学批评的方法是发展的和多样的,随着社会日新月异的变化,文学批评方法的变化节奏也加快了。当下,一种批评方法独占批评领地的现象早已成为过去,文学批评方法的多元共存与互补竞争已经是不争的事实。我国新时期文学批评实践证明,多样化的文学批评方法给文坛带来勃勃生机,不仅大大开阔了人们的视野,而且深化了人们对文学的理解和文学的社会作用。提倡批评方法的多样化,前提是了解各种不同的批评方法。

### 一、中国古典的批评方法

中国古典的批评方法主要有三种,分别是诠释式批评、印象式批评和评点式批评。

#### (一)诠释式批评

诠释式批评是以诠解词句、阐释原意为主的一种批评方法。我国历来有注经的文化传统,《诗经》的注解开了诠释式批评的先河。在汉代,注解《诗经》的就有鲁、齐、韩、毛四大家。后来又有注上加注的,如郑玄的诗笺,或者集各家之注大成的,如朱熹的《诗集传》。据统计,注解杜甫诗歌竟有百余家之多。诠释式批评以疏通文字为前提,因为古代作品的生活环境与语义经过历史变迁已与当今时代不同;再就是阐发作品的主题和作者的意图,以复原作者的本意为诠释目的。然而在作品的意义层面上,要客观地还原作者的本意是难以做到的。这不仅是因为形象大于思想而"诗无达诂",而且还因为诠释本身是个人性的理解与评价活动,难以避免批评者固有意识的参与和主观性。

#### (二)印象式批评

印象式批评是感想式的鉴赏式的批评,或三言两语、点到即止,或以诗论诗、用形象比喻表达感受。中国古代的诗话词话,大都属于这种印象式批评。欧阳修的《六一诗话》中评周朴诗说:"其句有云'风暖鸟声碎,日高花影重'。又云'晓来山鸟闹,雨过杏花稀'。诚佳句也。"至于佳在何处,则没有下文。严羽的《沧浪诗话》评李白、杜甫:"李、杜二公,正不当优劣。太白有一二妙处,子美不能道;子美有一二妙处,太白不能作。子美不能为太白之飘逸,太白不能为子美之沉郁。"除了点出风格,并未实质分析。印象式批评往往渗透着灵气与感悟,但不足之处在于分析得较为笼统以及理论较为淡薄。

#### (三)评点式批评

评点式批评指在原作上加以批注、点评并与原作一起印刷发行的一种批评方法,有题头批、文末批、眉批、夹批、旁批等多种形式。它一般是具有较高鉴赏水平和学识功底的批评家在阅读作品时随感随写的即兴议论。脂砚斋评点《红楼梦》,金圣叹评点《水浒传》,毛宗岗评点《三国演义》,李卓吾评点《西厢记》,都是运用这种批评方法的成功典范。评点式批评不是单独存在的论文著作,因而不必讲究谋篇布局、逻辑体系,有灵活自如、即兴发挥的优势,同时它又是与作品文本紧密结合、共存一体的,能够让读者互相参照、感性与理性双向接受。

## 二、西方当代的批评方法

西方当代的文学批评方法种类繁多,它们大都依据某种文化思潮或文学理论,有自己的特色、合理性以及一定的局限与不足。下面我们择其中七种,做一些简要的介绍。

### (一)英美新批评派批评

英美新批评派批评也称为本体论批评、文本批评、形式主义批评。1920年开端于英国,二十世纪四五十年代在美国批评界占统治地位,代表人物有休姆、瑞恰兹、兰塞姆等人。他们主张作品中心论,反对浪漫主义表现论和传记批评,认为文学作品本身就是一个独立自足的情感与想象的世界;他们也提倡有机形式论,认为内容与形式是有机结合、不可分割的,作品本身就是活的生命体;他们还推出形式至上论,认为文学本体重在艺术形式,艺术作品等于技巧,因此重视音韵、文体、意象、隐喻、神话等形式因素的研究与批评。为此他们倡导细读法,即用放大镜阅读每一个字,注意词语的搭配、选择、句型、语气、上下文、语境,强调作品的暗示、象征、联想、言外之意、意象结构。英美新批评派现今已逐渐淡出,但其许多概念与观点仍然在产生影响。

### (二)精神分析批评

精神分析学是心理学的一个流派,它是奥地利精神病医生弗洛伊德所开创的,后来弗洛伊德把自己的理论用于文学批评,由此形成一个批评流派。这个流派批评首先强调泛性欲主义,用俄狄浦斯情结来解释创作动机,所谓俄狄浦斯情结即恋母情结。弗洛伊德认为,古希腊悲剧《俄狄浦斯王》之所以打动我们,并不是因为命运悲剧,而是杀父娶母的俄狄浦斯"让我们看到我们自己童年时代愿望的实现"。而达·芬奇之所以善画温柔女性的形象,是由于画家把自己对生母的感情倾注于作品人物身上的缘故。其次是在作品中发掘潜意识的象征,他们往往把作品中一切凹面圆形的东西如池塘、花朵、杯瓶、洞穴之类都看成女性子宫的象征,把一切长形柱状的东西如塔楼、山岭、龙蛇、刀剑之类都看成男性生殖器的象征,并把骑马、跳跃、飞翔等动作都解释为性快感的象征。总之,精神分析批评认为,艺术即做梦,是人的潜意识欲望的达成。

### (三)神话原型批评

作为批评方法,神话原型批评起源于20世纪初英国的仪式批评,第二次世界大战后兴盛于北美,并在英美新批评派后占据重要地位。英国学者弗雷泽关于巫术理论的巨著《金枝》和分析心理学家荣格的集体无意识理论是其渊源,加拿大学者弗莱则是这派的集大成者。这派批评首先对神话给予宽泛解释,认为它不仅指原始神话,而且包括现代用神话思维即超现实想象方式创作的一切作品。其次是原型的理论,所谓原型既指原始意象、原始模式、原始题旨,也包括不同时代不同地域的文学作品中反复出现的象征性交际单位,即人物、情节或意象,而神话、原型的背后则是人类经验与集体潜意识的显现。所以这派批评在分析具体作品时,主张把作品置放到某个文学的原型系统中去考察,并提倡一种远古神话与现代作品相联系、世界不同民族文学相比较的文学上的人类学方法。

### (四)结构主义批评

结构主义是20世纪重要的文化思潮与学术思想,自瑞士语言学家索绪尔开创结构主义语言学以来,人类学、心理学、社会学和文学批评理论都深受其影响。结构主义批评认为,文学作品是一个符号系统,是完整的自我调节的实体,是按语言规律组织起来的语言的产物,因此文学批评的目的是探求主宰着具体作品的抽象结构。在他们看来,作品是由句子构成的,句子是由一些能充当能指的语言符号构成的,作品本身就是一个"大句子",可以像分析语言那样分析其结构与功能。结构主义批评的重要成果在于叙事学,俄国形式主义学者普洛普开其先河,他从俄国一百多个民间故事中归结出31种功能因素,认为不同故事是若干功能成分排列组合的结果。法国结构主义叙事学者托多罗夫、热奈特等则在批评实践中把情节、人物、事件拆成零部件，通过重新构造与组合显示作品深层的叙事结构，并探求作品的意义是如何从这些基本的"叙事语法"中产生与变化出来的。

#### （五）接受美学批评

接受美学批评兴起于20世纪70年代初的德国，其代表人物是姚斯（又译尧斯或耀斯）和伊瑟尔（又译伊塞尔），一般认为姚斯的论文《作为向文学科学挑战的文学史》为其开端。接受美学批评的宗旨可以概括为一句话，即"以读者为中心，读者决定一切"，也就是说，它反对作者中心、作品中心，认为读者对作品的意义、内涵、影响、文学史上的地位、作家的再创作、作品价值的实现等具有决定性作用。他们对"文学作品"一词内涵的改造最能凸显其思想。文学作品通常被认为是作家创造的，他们认为作品是由作家的文本与读者的创造性阅读这两个部分构成，因而是作家与读者共同创造与完成的。在美国，接受美学被发展为读者反应批评。从名称上看，它比接受美学更注重读者心理，更强调主观性。费什和卡勒是这个学派观点比较系统、影响最大的两个代表。费什提出"那种把读者当作一种积极地起着中介作用的存在而予以充分重视，并因此把话语的'心理效果'当作它的重心所在的分析方法"，即读者反应批评方法。①

#### （六）女性主义批评

女性主义批评又译为女权主义批评，其基本出发点是性别与社会性别，核心宗旨是反对传统的男性中心主义的文化，是对传统价值观与文学批评传统某种程度的颠覆与质疑。女性主义批评起源于20世纪60年代西方的妇女解放运动，其代表人物有美国的肖沃尔特、米莱特，法国的克里斯蒂娃。女性主义批评的基本原则有以下几点：第一，批判以男性为主体的传统文化，反对性别歧视；第二，探讨文学中的女性意识，认为它与男性中心模式有区别，或者认为它应脱离男性为参照系的二元对立框架；第三，重新评价文学史、理论史和批评史，认为原有的是父权制话语的产物；第四，关注女作家的创作状况，倡导一种具有女性自觉性的文学阅读。女性主义批评在西方有三种流派，诚如肖沃尔特总结所说："英国女性主义批评基本是马克思主义的，它强调压迫；法国女性主义批评基本是精神分析学的，它强调压抑；美国女性主义批评基本是文本分析式的，它强调表达。然而，它们都是以妇女为中心的文学批评。"

#### （七）后结构主义批评

后结构主义批评又称解构主义批评或消解式批评，它是在结构主义基础上发展起来的，又是对结构主义不满和否定的产物。其代表人物是法国的德里达、后期的巴尔特、美国耶鲁学派的德·曼、米勒等人。后结构主义兴起于20世纪70年代年代初，它的最大特征是反对和批判逻各斯中心主义。逻各斯意即语言或定义，是关于正确阐明每件事物是什么的本真说明。西方哲学普遍认为，逻各斯是一种主张存在着关于世界的客观真理的观念，因此反逻各斯中心主义也就是反中心性、反元话语、反二元论、反体系性，要消解一切结构与一切真理的认识形式。后结构主义否定任何内在结构或中心，认为文学作品是一个无中心的系统，并没有终极的意义，因而是一种闪烁变化的语言符号的游戏，读者的阅读则应持一种享乐主义的审美态度。美国耶鲁学派的批评家则认为，语言符号本质上是任意和虚构的，没有严格所指的意义，所以文学作品无须批评家的努力已经在自我消解，批评家的任务不过是把这种自我消解展示出来。后结构主义从根本上体现了后现代主义的文化、哲学思潮。

### 三、马克思主义的批评方法

马克思主义文学批评方法是历史的观点与美学的观点相结合，是融合了历史批评的美学批评。恩格斯在1847年《诗歌和散文中的德国社会主义》一文中指出："我们绝不是从道德的、党派的观点来责备歌德，而

---

① ［美］费什：《读者心中的文学》，《外国文学报道》1987年第1期。

只是从美学的和历史的观点来责备他;我们并不是用道德的、政治的或'人'的尺度来衡量他。"①十二年之后,恩格斯在致斐·拉萨尔的信中再一次提出:"您看,我是从美学的观点和历史的观点,以非常高的,即最高的标准来衡量您的作品,而且我必须这样做才能提出一些反对意见。"②由此可见,历史的观点与美学的观点是贯穿在马克思主义批评活动中的一个基本方法。

这首先是因为文学艺术是建立在一定经济基础之上的社会意识形态,文学作品都是一定历史条件下各种社会关系的产物,蕴含着具体的思想和历史内容,因此,衡量作品的思想价值与历史作用,就需要运用历史的观点,具体地说,就是运用历史唯物主义的理论。其次,文学的特质在于审美。作品所反映的社会生活虽然融合着政治、道德、宗教、哲学等多种社会因素和历史内容,但其中的审美因素是基本的主要的因素,如马克思所说的"人也按照美的规律来建造"的结果,因而应该用美学的观点加以审视与评价、检验作品是否符合文学的创造规律、是否具有艺术独创性与审美价值。

在马克思主义批评方法中,历史的观点与美学的观点是相互联系、辩证统一的。它既是作品思想内容的批评,又是作品艺术形式的批评;既是社会的、历史的批评,又是文学的、审美的批评。恩格斯提出的"德国戏剧具有较大的思想深度和意识到的历史内容,同莎士比亚剧作的情节的生动性和丰富性的完美融合"的要求与理想,充分体现了历史观点与美学观点的统一。而马克思、恩格斯对拉萨尔的剧本《济金根》的评论,就是运用其批评方法的最好例证。

## 第四节　文学批评家

从某种意义而言,凡是能欣赏文学作品的读者均是文学批评家,或者说,他们都具有成为文学批评家的潜在可能性。欣赏和批评是并存于文学接受活动中的,甚至是难分难解、相辅相成的。有文学创造就有文学接受;有文学接受,则必隐含文学批评。也即是说,自有文学创造活动和文学接受活动开始,就伴随着文学批评的产生,只是最初的文学批评家还不具有文学活动中职业分工的意义,他们可能是作家本身,或专家学者,也有可能是思想家、翻译家,甚至是普通读者,而真正的职业的文学批评家的出现则是后来的事。由于物质产品和精神产品的极大丰富,生产分工日益精细化和专门化,表现在文学活动领域,则是文学批评活动逐渐从文学接受活动中独立分化出来,从而出现了职业的文学批评家。在西方文学史上,法国的圣·佩韦被认为是第一位职业批评家。其后,职业文学批评家纷纷涌现,有力地推动了文学创造和文学消费。例如,俄国19世纪的别林斯基和车尔尼雪夫斯基对俄国批判现实主义的发展起了很大作用。当然,文学批评是把双刃剑,总体而言,是促进文学发展的,但由于历史的局限性,在许多特定的环境里,批评家往往被包括政治在内的各种非文学的外来因素所左右,甚至蒙昧良知,沦为爪牙,或沽名钓誉,或党同伐异,从而把整个时代的文学推入令人窒息而恐怖的铁屋。不仅如此,还有地痞流氓冠以文学批评家之名,肆意坑人,使文学批评名誉扫地。所有这些不良现象,批评家们应引以为戒。

当然,职业批评家出现以后,非职业的批评依然大量存在,并且不容忽视。虽然可能后者的逻辑性、严密性、系统性不如前者,但有些往往很深刻,一针见血。比如作家的批评,虽感性,甚或琐碎,但深邃。我们还应该注意人民群众的批评,许多伟大作品常常不被当时那个时代的人民群众所认可,而被后世的人民所

---

① 马克思、恩格斯:《马克思恩格斯论艺术》第2卷,人民文学出版社,1966,第371页。
② 恩格斯:《致斐·拉萨尔》,《马克思恩格斯选集》第4卷,人民文学出版社,1972,第347页。

称赞,如《红与黑》《红楼梦》等。对于一位杰出的批评家,不应为当时人民群众的舆论所左右。由于时代的局限性,人民群众本身就具有很大的局限性,特别是封建社会时期,统治者大多喜欢用人民之名,而施个人之实,例如汉武帝"罢黜百家,独尊儒术"。

由此看来,要做一位合格的批评家,很不容易,所以要明确批评家的职责,端正批评家的态度,提高批评家的素养。

## 一、文学批评家的职责

文学批评家的职责,从某种意义而言,其实就是文学批评的功能,即文学批评的正面影响或积极作用。如前所述,文学批评是把双刃剑,健康的文学批评促进文学发展,不健康的文学批评则阻碍文学发展。而文学批评家的主要职责,即是通过影响作家和读者,进而促进文学发展。具体而言,大致可分为四个方面。

### (一)完善批评理论

文学批评家要通过批评来发展和完善自己的批评理论,扶持和培养自己的批评队伍,使批评自身发挥更好的功能。文学批评家在文学批评活动和争论中要不断摸索并总结经验,逐步确立相对完整的理论体系,同时要坚持正确的批评方向,保持独立个性,不要人云亦云,应在批评中不断培养独立的判断能力和去伪存真的眼光,不断训练批评的技巧技能,不断拓宽思路,关注新生事物,把握时代的脉搏,为文学批评和文学繁荣做出贡献。

### (二)引导读者的接受和消费

文学批评家其实本身就是读者,只是他们的鉴别能力和欣赏水平要高于一般读者。他们具有较高的理论修养,能发现一般读者甚至作者都没有发现或把握的作品内蕴、文体构成和形象创造,并能用清晰而缜密的语言表达出来,这其实就是批评家以自己的文学接受去引导读者的文学接受,以自己的欣赏去触发读者的欣赏,以自己的消费去带动读者的消费。这无疑大大激发了读者对原作的兴趣,促进了读者对作品的深入把握,并于不知不觉中帮助读者提高了鉴赏能力,使之在艺术享受中得到健康而积极的情感熏陶。好的批评家好比是一位优秀的教师,向读者推荐一些好书,介绍其书好在何处,如何解读,同时又告诫读者哪些书不宜读,弊在何处,因此,批评家对读者应负起"良师"的责任。若是,颠倒黑白,或水平低劣,则会误导读者,危害大众。

### (三)帮助作家提高创作水平

如果说批评家是读者的良师,那么批评家则是作家能够直言相劝的朋友。作家往往善于捕捉瞬息万变、稍纵即逝的意象写在笔下,形象思维比较发达,但理性思维往往比不上批评家。批评家则善于抽象思维,能透过现象抓本质,同时能发现许多连作家自身都未能意识到的作品中的深刻之处及不足之处。批评家通过对文学作品精深的艺术分析和科学评价,发现和总结作家成功的艺术创作经验并上升为理论,使作家能扬长避短,查漏补缺,明确自己的努力方向,从而创作出质量更高的艺术作品来,这有助于作家的风格形成,乃至整个创作流派甚至创作思潮的形成。当然,批评家必须分析得精彩、科学,否则,非但做不了直言相劝的朋友,反而起负面作用。

### (四)引导文学沿着一定的方向发展,促进文学繁荣

文学批评是对文学作品或其他文学现象的意识形态的评价。由于这种意识形态评价总是按照一定的阶级、民族和时代的社会现实状况及其哲学观、政治观、道德观、艺术观等来进行的,因而这种评价便不可避免地带有阶级性、民族性和时代性,因此,文学批评家应该高瞻远瞩,站在时代的高度,运用批评话语的力量,使文学创作符合历史前进的方向。批评家正是通过影响读者的消费和作家的创作来影响文学的发展方向的。当然,批评家也有时代局限性,因此批评家更应该注意提高自己的思想理论水平,不要过于偏狭,而

要有海纳百川之胸襟,才能促进文艺繁荣,百花齐放。

一个批评家要履行这些基本职责,就要有正确的态度和良好的素养,并最好能形成一个批评风格。

## 二、文学批评家的态度

由于哲学、美学、文化、历史背景及个人修养的差别,批评家的立场、观点也不尽相同,并且风格迥异,或热情,或冷峻,或温和。但无论何种立场和风格,作为一名称职的批评家,必须以正确的态度来展开批评。

### (一)要坚持恰如其分的科学态度

文学批评必须是理性的,不能按自己的主观好恶意气用事,违背作品的实际情况去妄评,更不应该以自己与作者之关系亲疏而随意过度赞美或过度贬低。这种"爱之欲其生""恶之欲其亡"的态度是违背实事求是原则的,是不负责任的表现,不利于文学批评的健康发展。

### (二)要坚持一视同仁的公正态度

要对批评对象一视同仁。在一定的批评原则和批评标准下,无论是名家之作还是未成名之作,无论是现实主义之作,还是浪漫主义之作,无论是哪种形式、结构,也无论是批评家自己熟悉的或不熟悉的作家,都应该客观公正地予以分析评价,是非分明,而不应该囿于私情,偏于己见。只有用尊重作者、尊重作品、尊重艺术规律的公正态度,文学批评才能不媚俗,不趋时,不违心,独抒己见,有所作为。

### (三)要坚持民主平等的宽容态度

批评家与批评家之间,批评家与作家和读者之间,要发扬艺术民主,平等相待地"百家争鸣"。在批评界中,不同观点的争论是正常的,批评和反批评是相互间都拥有的权利;而且,激烈的争论也常显示文学的繁荣。如果整个文坛只有一种声音,那么肯定几乎无文学可言,但争论的激烈并不意味着猛烈的抨击,甚至是恶意的人身攻击。争论必须仅限于学术和学理的争论,这就需要批评家具备平等民主的宽容精神,要抛弃二元对立的简单思维。这是一个多元化的时代,凡物之存在必有存在之价值,不应作简单的随意否定,不宜固执己见,强加于人,但也不用妄自菲薄,唯唯诺诺。批评家应该有宽阔的胸襟,能容纳各种批评意见,不因为人家是"小人物"就不屑一顾,拿资格吓人;也不要因为人家是"权威",就曲意逢迎,丧失个性与尊严。当然,宽容绝非毫无主见,八面玲珑。宽容其实是建立在自信和从容的基础上,坚持自己的独特见解而又能平等待人,宽容他人的一些枝节之错,能鼓励新进,提携后生,对不同意见者只作学理辩论,而不辱人。总之,只有一种充分发扬平等民主的宽容态度,才能使批评家的批评产生良好的社会效能。

## 三、文学批评家的修养

批评家的修养,实际上就是批评家通过知识的积累和实践的历程,所形成的在人格、知识、批评技巧等方面的较为充分的储备,具体说来有如下三点:

### (一)高度的理论修养和艺术修养

文学批评是一种理论活动,是把感性现象上升到理性认识的工作,因此从事这项工作的批评家必须要有高度的理论修养。批评家之所以被称为批评家,就在于他比一般作家、读者站得高,看得透彻些,而这很大程度上依赖于他的理论修养。批评家的理论修养包括理论知识和理性思维能力两个方面。批评家首先得把握以哲学、美学、文论为核心的理论知识,同时能活用这些知识,这就需要在平时培养理性思维能力和理论洞察力。

文学批评的中心任务是对具体的文学作品进行分析、判断、评价,因此批评家不仅需要高度的理论修养,更需要高度的艺术修养。文学批评家的艺术修养是以文学修养为核心的,兼及其他艺术门类。文学修养实际包括了有关文学的专业知识,文学创作和文学鉴赏的实际经验,对于文学作品的艺术感受能力,对于文学批评规律的把握等等。批评家首先得学习中外文学史、美学史和哲学史及文论知识，并最好有文学创作实践，这样才能比较深入地理解作者的创作之艰辛，把握作品的内涵，体会艺术技巧的妙处。在批评史上，很多批评家本身就是艺术家、大学问家，具有极高的艺术修养，如周汝昌对《红楼梦》的点评、鲁迅对《史记》的评价，都包含着深刻而又精彩独到的见解，若没有专业艺术修养，是肯定办不到的。此外，"操千曲而后晓声，观千剑而后识器"，批评家应在反复的鉴赏实践中，磨砺出敏锐的艺术感受力。

### （二）丰富的生活阅历和知识技能

文学是对社会生活的形象反映。如果没有丰富的人生阅历，那么"纸上得来终觉浅"，不能理解这其中的真味。没有过久居他乡的经历，就很难深刻体会"夕阳西下，断肠人在天涯"的悲凉、孤寂和落寞；没有过伤别离，便难以体会"自古多情伤离别，更那堪，冷落清秋节"的深长意味；没有亡国之痛，则与岳飞的《满江红》始终隔着一层纸。丰富的生活阅历是深刻理解作品并进行批评的重要基础和条件。别林斯基和杜勃罗留波夫等批评家之所以对俄国19世纪中期的一些文学作品的评论如此深刻，首要原因在于他们对当时俄国社会生活有着深切的了解和认识。

与生活阅历紧密相关的是文化知识。文学作品作为一种精神产品，尤其是在百科全书式的长篇巨著中，它反映的世界非常广阔，三教九流，各色人等，五花八门，无所不有，因此要全面地评价作品，批评家必须具有多方面的知识修养，包括人文科学知识、自然科学知识，甚至是社会生活常识，都知道得越多越好。例如在中国古典小说中，琴棋书画、百工杂艺、医术星相、饮食茶酒以及礼仪规矩等等，应有尽有。如果对这样的知识一无所知，就很难做出准确的批评。因此，广博的文化知识修养，对于批评家来说是完全必要的。

此外，批评家还应熟练掌握批评技巧技能，使其批评显得举重若轻，自成格局。当批评达到"庖丁解牛"般的"进乎技矣"的境界，则批评自身也成了一种"艺术"。

### （三）高度的社会责任感和开放的美学观

就某种意义而言，文学批评家是社会舆论的制造者，是人类灵魂的工程师。正如前面所述，批评家肩负着"良师诤友"的重任，必须具有高度的社会责任感。只有具有高度的社会责任感，批评家才能保持自己的人类良知和独立人格，才能不屈服于外来压迫与利欲诱惑，才能抵制各种外来干扰，才会敢于坚持真理。批评家不具备高度的社会责任感，则不免沦为"帮凶""帮忙"或"帮闲"。

人类已步入了多元化的后现代时代，这里不再有绝对的真理和权威，一切知识结构都是开放的、发展变化的，因此，批评家必须具有开放的美学观，放眼世界，着眼未来，解放思想，学贯中西，而不应因循守旧，自以为是，闭门造车，不思进取。总之，批评家必须认真研究中外美学和文论，既不轻率地鄙弃排斥，也不盲目附和追随。

## 第五节　文学批评的实践

在文学活动中，文学批评既是一种基础理论，又具有突出的应用性和实践性。这意味着文学批评并非高头讲章，而是要近距离地介入文学现场，围绕文学活动中出现的文学作品、文学现象、文学事件等进行解读和评析，发出自己的声音。这样一来，文学批评就成了运用相关的批评理论、批评方法和批评模式所进行的一项实践活动。作为实践活动，文学批评会涉及很多内容，但限于篇幅，这里仅从批评样式入手，考察其实践功能，分析其实践品格，确认其实践的正负价值。

结合中国当下文学批评的现状，我们可把文学批评的样式一分为三：学院批评、媒体批评和读者批评。

之所以如此划分,是因为文学批评发展至今,确实已经呈现三分天下的格局:学院批评虽然依然是其主流,但媒体批评发展迅猛,读者批评也轰轰烈烈。这种局面应该说是前所未有的。因为说到文学批评样式,我们可能会想到法国文学批评家阿尔贝·蒂博代的划分,他当时面向19世纪的法国文学批评,曾把批评样式裁为三块:职业的批评、自发的批评和大师的批评。职业的批评又称为教授的批评或大学的批评。它以搜集材料为开端,以考证渊源及版本为基础,是一种通过社会、政治、哲学、伦理乃至作者的生平等诸因素来研究作家和作品的批评样式,这种批评与我们所谓的学院批评大体相当。自发的批评实际上是一种读者的批评。这种读者一般来说文化修养很高,且常常述而不作,故其批评往往以口头批评的方式存在,但读者批评发展至今,无论其形式还是读者主体已发生了很大变化。在新媒体时代,所谓的读者更多是指寄身于网络世界的普通网民。大师的批评指的是被公认的大作家的批评,这是一种甘苦自知、形象生动、流露着天性的批评,这种批评样式今天虽依然存在,但已无法构成批评的主流,因为文学大师在当今这个时代已十分稀缺。

阿尔贝·蒂博代的划分显然已不适用于当今的批评现状,因此,从蒂博代的划分至今,我们看到传统的批评样式虽继续存在,但新型的批评样式也在不断诞生。而其中的变数恰恰是需要我们着重注意的。

## 一、学院批评

学院批评相当于阿尔贝·蒂博代所说的职业的批评,但它其实又是一种很中国化的表述,其中蕴含了诸多值得玩味的信息。在当代中国,20世纪80年代既是文学能够产生轰动效应的时代,也是文学批评大有作为的时代。而随着一批年轻气盛、思想活跃的"第五代批评家"的崛起,新的批评观也开始亮相。"第五代批评家"指的是20世纪80年代的一批思想敏锐、具有强烈主体意识的年轻批评家,主要有黄子平、季红真、李书磊、陈思和、王晓明、吴亮、许子东等,其核心观点为:第一,批评是自我体验、自我创造、自我价值的肯定,同时也是和世界交换意见的一种方式;第二,批评是一种价值判断和审美判断。而这种批评观又可用法国印象主义批评的代表人物法朗士的话加以概括:"我所评论的就是我"或"批评就是灵魂在杰作中的探险"。这种批评生机勃勃,它既是一种印象主义的文学批评,同时也是一种通过批评实践接通外部现实,进而批判现实、呈现批评主体社会人文诉求的批评,它所警惕的恰恰是那种自我封闭式的学院批评。

学院批评被叫响的时间是20世纪90年代,其中既伴随着批评家退守学院的进程,也表现了对这种退守的委婉辩护。有学者指出:"学者以治学为第一天职,可以介入,也可以不介入现实政治论争。"所以应该"赞成有一批学者'不问政治'埋头从事自己感兴趣的专业研究","允许并尊重那些钻进象牙塔的纯粹书生的选择"。在这些隐晦的表达中我们看到了批评家选择学院批评时的那种复杂心态和精神状况。

学院批评正是在这样一种历史语境中渐成气候的。起初,它既有被动逃避的意味,也隐含着摆脱政治话语的企图和学术自律的诉求。而随着文学批评进入正规的学术话语机制之中,其印象主义气息逐渐淡薄,实证和学理的意味则越来越浓,文学批评开始学术化了。正是在这一意义上,我们可以把学院批评做如下定义:它是以学院(高校、学术研究机构)中的文学教师、研究人员为批评主体,以作家作品、文学思潮、文学现象等的学理化解读为主要批评对象,以文学意义或价值的生产与呈现为基本宗旨,以专业的批评符码与表意策略为批评追求,在学术话语的规则中加以运作并在专业的学术期刊中得以发表的批评样式。其主要特点有三个:

第一,印象式批评看重个人的主观感悟和对作家作品的整体印象,学院批评则注重学理的呈现。后者常常把批评对象还原到其生成的语境当中,在历史的追问中展开,在逻辑的思考中推进,强调占有材料,追求言之有据,故所进行的批评显得扎实、稳健、厚重。学院批评常常能体现出明显的角度意识和方法意识,从而使自己的解读与阐释显得与众不同。因此,方法与角度往往成为学院批评的常规武器。学院批评一般行文朴实,语言规范,不求辞藻华美,但求论述严谨、说理透彻。论文体而不是随笔体常常成为其文体和语体风格。

随着学院批评成为文学批评实践活动中最重要的样式,它的不足也逐渐暴露出来。首先是体制化带来的问题。文学批评进入学院之中即意味着进入一种学术体制之中,成了知识传授和知识生产的组成部分,从而丧失了批评的激情、生机和活力。尤其是学院批评演变为某种申报课题后,又意味着它必须接受学术体制的规训。"规定动作"一多,就必然会挪用或挤占"自选动作"的空间。结果,学院批评变得越来越知识化、学术化和规整化,批评因此被削弱了激进的思想锋芒,批评家也丧失了提出重大问题的能力。

第二,专业化带来的问题。在专业分工越分越细的今天,与文学现场构成互动关系的学院批评几乎已被当代文学专业垄断。为了积累或巩固这一专业的文化资本,学院批评家往往借助于自己的专业优势和话语权力,为一线作家的所有作品叫好,为"当代文学经典化"造势,从而丢失了客观、冷静、公正的学院批评立场。例如,余华的《兄弟》面世后,引起了较大争议,批评的声音也此起彼伏。学院批评家本来应该认真反思这一文学现象,在学理层面回答人们所关心的问题,但我们看到的却是另一种景象——他们迅速召开了作品研讨会,充分肯定,大唱赞歌。通过这种做法,学院批评似乎平息了争议,树立了批评权威,但其实却是在透支着自己的信誉。

第三,圈子化带来的问题。圈子化可以从两个层面进行理解,其一是通过学院教师的"传帮带",致使学院批评形成一个个"神圣同盟"。盟主与其成员心往一处想,劲往一处使,生产话题,集体攻关,但这种话题常常远离文学现实,只是圈内人玩的话语游戏。更有甚者,其话题经"高大上"的概念术语包装之后,文章晦涩难懂,文风怪异,渐成某种"学术黑话",成了大多数人看不懂,甚至业内人士也需要费劲猜测的密码语言。其二是通过邀请学院批评家参加种种"研讨会",使其进入"人情批评"和"红包批评"的圈子。在这种情况下,学院批评家就变成了为作品涂脂抹粉的美容师,学院批评也变成了为圈子服务的广告词。有人指出,如今的研讨会已沦为歌颂会、表彰会和炒作会,所带来的负面影响不容低估。

学院批评既然存在着以上问题,那么如何改进便成为摆在学院批评家面前的头等大事。而由于历史惯性,我们也要充分认识到改进的长期性、艰巨性和复杂性。

## 二、媒体批评

媒体批评(也被称为"传媒批评""传媒文艺评论")并非是一个很严谨的概念,但由于它频频被人使用,已有了约定俗成的含义,因此我们便有了面对它的充分理由。简单来说,媒体批评是媒体与文学批评形成密切联系的一种实践形式,指的是在大众传播媒介(如报纸、网站)上发表的对文学作品、文学事件和文学现象等进行评说的批评文字。它具有新闻性、尖锐性、大众性等特点。在批评实践中,媒体批评常常被视为学院批评的对立面。

媒体批评及其实践形式的成型愈演愈烈,显然它伴随着大众传播媒介发展壮大的进程。20世纪90年代以来,中国的大众传媒迅速扩张,其表现之一是各种地方性的晚报、晨报、都市报纷纷出现。随着互联网进入千家万户,各类网站也随之诞生,新媒体又成为一个传播信息的巨大平台。无论是报纸还是网站,它们都需要大量新闻性、娱乐性的内容加以填充,这样,"失去轰动效应"的文学便再度成为媒体所关注的对象。例如,《废都》面世后,媒体批评曾铺天盖地,贾平凹及其《废都》现象成为口诛笔伐的对象。随后,王朔批金庸、《十作家批判书》又成为媒体关注热点,于是有人开始用"传媒批评"指称这种批评,认为一种新的令我们感到陌生的批评话语已然出现。此后,《文艺报》与《南方文坛》等报刊专门讨论过媒体批评,北京市文联研究部亦曾举办过"网络批评、媒体批评与主流批评"研讨会,在这种背景下,一种新的批评样式被命名也被确认,从而成为批评界的关注对象。

媒体批评一经出现,便遭到了学院批评家的指责。他们认为,媒体批评以短小精悍的批评文字为主,捕风捉影、夸大其词、惹是生非、制造事端是其主要的批评策略和话语风格,而这类批评文字恰恰为地方小报所青睐,因为它们可借此吸引眼球,扩大销路,招来读者,其结果是导致了批评的"媒体化"。而媒体批评之所以弊端重重,主要在于其批评初衷并非从文学的基本价值和利益出发,而是主要着眼于媒体自身的利益需要。于是,文学批评不再遵循批评规范和学理内涵,转而成了媒体的同谋。

客观而言,以上问题在媒体批评中是大量存在的。而之所以如此,其深层原因在于:第一,媒体批评主要由"新闻场""娱乐场"管辖却不受"文学场"和"学术场"控制,因此,更多的时候它遵循的是新闻逻辑或大众文化的生产逻辑,文学批评的学术逻辑则被置之度外,这样只追求的轰动效应便成为媒体批评的基本策略。第二,如果说在20世纪八九十年代文学批评的话语权还掌握在作家与批评家手里,那么随着媒体批评的出现,媒体记者和专栏作者则逐渐开始瓜分这种话语权。而他们一旦成为批评主体,其切入角度、行文方式、话语风格等也就不可能不发生重大变化。

然而,所有这些并不意味着媒体批评一无是处,也不意味着学院批评与媒体批评势不两立,形同水火。首先,媒体批评的出现打破了原来学院批评一言堂的格局,形成了批评民主化的局面。无论从哪方面看,这都是一件好事情,不宜一味抹杀。其次,媒体批评固然有耸人听闻的一面,但许多时候也恰恰是它说出了学院批评不敢说、不愿说和不会说的事实真相。而这一点,尤其值得学院批评反思和学习。例如,德国汉学家顾彬从2006年年底开始直击中国当代文学,这就是典型的媒体批评。这种批评声音经媒体放大甚至变形之后虽仍存在着种种问题,但其说出某种事实真相的坦率和执着却令人深思。倘若把他的观点全部认为是一派胡言,反而显出了学院批评家的小气和傲慢。第三,萨特早已告诫过作家批评家占领大众传播媒介的重要性,而占领的前提是学会"通俗化"地表达,"学会用形象来说话,学会用这些新的语言表达我们书中的思想"。因此,在当下的批评处境中,媒体批评恰恰为学院批评家提供了占领并重新打造大众传媒的历史契机。倘若他们能放下身段,进驻媒体批评,进而让学院批评与媒体批评互通有无,那么,一种既犀利感性又平和理性的批评样式才能出现。而人为制造媒体批评与学院批评剑拔弩张的紧张关系,或者固守学院批评而把媒体批评拱手相让的现象,都是很难让文学批评有更大出息的。

正因如此,媒体批评理应成为当今文学批评实践中的一项重要内容。对待它的正确态度是改造它、完善它,而不是简单否定或拒之门外。

## 三、读者批评

需要明确的是,读者批评并非读者反应批评,后者是20世纪60年代兴起于美国的一种批评理论。该理论认为:作品是读者浏览他们眼前的文本书页时持续进行的精神活动与反应。而我们所谓的读者批评是指对文学作品、文学现象和文学事件发言评说的一种实践形式。读者批评古已有之,但时至今日,读者身份以及读者批评的速度、规模、所依据的平台等都已发生了重大变化。这种变化主要体现在如下几方面。

首先是读者身份的变化。以往读者批评的主体可以说是"高级"读者,他们是极少数有地位、有身份或同样有写作才能的人。例如,文艺复兴时期,读者是社会上有势力的一小群人,由政府的高级官吏、王室成员和贵族、可施予诗人以及他所需要的资助的熟人等组成,他们可能出现在政府会议上,或者出现在私人举行的晚宴上。而在17世纪的法国,读者既是上层阶级的一分子,又是一名专家。如果说他批评作家,那是因为他自己也会写作。例如,高乃依、帕斯卡尔、笛卡儿的读者是塞维涅夫人、梅雷骑士、格里涅昂夫人、朗布绮夫人、圣埃弗勒蒙。而从18世纪开始,随着阅读公众的大量出现,普通读者开始成为读者批评的主体。他们原来聚集于咖啡馆等现实场所中,如今则活跃于网络这个虚拟的世界里。

其次是批评形式的变化。在阿尔贝·蒂博代那里,读者批评被看作是一种自发的批评,但它们大都是口头批评,出现在日常的谈话里。它们之所以有迹可循,是因为后来变成了文字的通信、日记和私人手记等

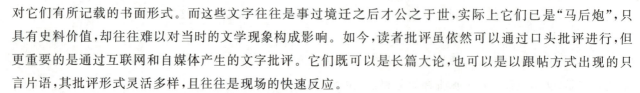

对它们有所记载的书面形式。而这些文字往往是事过境迁之后才公之于世,实际上它们已是"马后炮",只具有史料价值,却往往难以对当时的文学现象构成影响。如今,读者批评虽依然可以通过口头批评进行,但更重要的是通过互联网和自媒体产生的文字批评。它们既可以是长篇大论,也可以是以跟帖方式出现的只言片语,其批评形式灵活多样,且往往是现场的快速反应。

最后是批评规模的变化。在传播媒介不发达的时代,阅读主要是读者的事情,而批评则主要是专家的事情。造成这种局面的原因是,即便读者有想法,有看法,供其发声的渠道也少之又少(报纸可以通过"读者来信"的方式选登部分稿件,但毕竟有限)。这样一来,读者批评的规模就受到了很大限制。如今,读者发声的渠道十分便利且畅通无阻,其批评规模、数量、频次等已今非昔比。而一旦他们聚焦于文学作品或文学事件,便会生发出巨大能量,甚至出现"群选经典"的景象。所谓群选经典,是指读者大众大规模地参与文学经典的重估活动。他们置专家学者的意见于不顾,靠自己的投票、点击、购买、阅读和评论,筛选出属于自己的经典来。例如路遥的《平凡的世界》,很大程度上就是通过这种方式进入经典化进程的。

由此看来,读者批评是新媒介时代出现的新景观,它微妙地改变着文学批评的生态环境,也为文学批评提供了值得研究的新课题,其利弊得失主要体现如下。

读者批评的优势在于,由于其批评主体往往是在不吐不快的状况下发言的,所以他们常常能做到不顾情面,不畏权势,不管种种禁忌,我手写吾口,我口述吾心,从而把最真实的看法呈现出来。因此,好的读者批评就像原生态唱法那样,不事修饰、不讲技巧,自然朴实,绝假纯真。如果读者兼有较高的文化素养和上乘的文字表达功夫,那么这种批评便会脱颖而出,成为真正的评论文章。例如,董桥的小说集《橄榄香》出版后,"豆瓣读书"曾有妙文一篇:《董桥和他冷艳高雅清贵有钱的朋友们》,此文下笔如刀,写得有趣,网友的跟帖也很欢乐。面对董桥的句子("她的锁骨是神鬼的雕工,神斧顺势往下勾勒一道幽谷,酥美一双春山盈然起伏,刹那间葬送多少铁马金戈"),有网友吐槽:"从这句看,董桥就是老民国版的郭敬明。"余华的《第七天》面世后,"豆瓣读书"在短时间内就出现了500多个主帖书评,跟帖无数。而在这些书评中,许多读者都对这部小说表示失望。有人写道:"至于情节,除了主人公和养父间的亲情这条主线,小说里也没有情节和戏剧冲突,有的只是新闻,准确说是旧闻。……这些你在网上都看过很多遍的新闻,在小说里再被当作情节写出来,感觉就像数春晚里会出现几个过时的网络流行语一样。"像这种读者批评就很真实,也写出了许多读者的阅读感受。

与此同时,我们也要看到读者批评所存在的问题。由于匿名发帖可减除心理负担,甚至出现"人一上网,马上就变得厚颜无耻、胆大包天"的情况,所以,读者批评时常会呈现出情绪化、粗鄙化等特征。而一旦攻击、谩骂等因素进入读者批评,也就必然会影响到它的气质和品质,致使其扭曲、变形,沦为一种话语暴力。网上的读者批评声名不佳,往往与其话语风格有关。此外感悟有余,理性思考不足;表达短平快,缺乏系统性等也是读者批评需要解决的问题。

我们也应该意识到,无论读者批评存在着怎样的问题,这种可以真正付诸实践、变成文字的批评样式都是以往任何一个时代所无法比拟的。而且,种种迹象表明,它也正在对媒体批评乃至学院批评构成一种潜在的影响。例如,20世纪90年代以来,学院批评家会去关注金庸的武侠小说并对它进行隆重解读,这很大程度上就是读者批评影响的结果。因此,学院批评家应正视读者批评的存在并让它在文学批评的大家庭中发挥积极作用,而读者要珍惜自己发言的机会、吐槽的权利,并让自己的声音有效地进入文学公共空间,这才是双方应该采取的姿态。

## 第十一章 文学批评

**[基本概念]**

文学批评　　学院批评　　读者批评　　媒体批评　　马克思主义文学批评

**[思考问题]**

1. 简述文学批评的几种重要方法。
2. 简析学院批评、媒体批评和读者批评的利弊得失。
3. 马克思主义文学批评的内涵是什么？
4. 如何理解文学批评的性质？
5. 文学批评的意义是什么？
6. 文学批评应遵循哪些原则？
7. 批评家应肩负哪些职责？具备哪些修养？
8. 批评家在从事批评活动时应采取什么态度？

# 第十二章 文学的起源与发展

任何事物都有一个发生与发展的过程,都有它的历史与逻辑的起点。文学也不例外,它是社会历史发展的产物,本身也经历了一个发生与发展的过程。本章将从文学作品的起源、文学发展与社会发展的关系、文学思潮及其演变三个方面论述文学的历史过程。

## 第一节 文学作品的起源

文学作品的起源也就是文学发生学的问题,关于认识文学的本源,是一个十分重要的问题。从古至今,无论中西,关于这个问题的讨论一直十分激烈。从现今影响力减弱的宗教说、神示说,到如今依然支持者众多的劳动说、游戏说,等等,不一而足。这些学说各成一派,至今尚无一是之论。当然各学说也有重合难分之处,如巫术说与宗教说就难以彻底区分。

本节选取有代表性的三种学说进行介绍,并将其置放于社会历史起源和精神起源两个大的框架内一一论述。

### 一、文学作品的社会历史起源论

在文学作品起源论中,以下三种学说都倾向于认为文学的发生与社会历史发展的关系甚为密切。

#### (一)巫术说

巫术说主张原始人的一切创作活动都包含着巫术的意义,都是原始巫术的直接表现,由于巫术的思维法则的推动才促成了艺术的诞生。巫术说的代表人物有英国民族、民俗学家爱德华·泰勒、英国人类学家弗雷泽、法国宗教史专家萨洛蒙·赖纳许与中国晚清学者刘师培。

泰勒对巫术说最大的贡献在于他提出的"万物有灵观",他认为野蛮人的世界观是一切事物都有人格化的神灵,一切现象都有生命。尽管在他的阐释中,"巫术"与"宗教"的边界有时还是难以厘清,但他确实已经认识到在"宗教"形成之前,原始人类另有一套"哲学",并以此来认识自然,更试图借此来控制自然,这就是

"巫术"。泰勒指出,虽然在文明人看来,巫术仅仅是一种建立在联想之上的难免愚钝的能力,但它作为原始社会的通用"哲学",必然影响到人类活动的方方面面。文学的发生自然是属于人类活动的,因此巫术对文学发生的影响也就是显而易见的了。

弗雷泽进入人类学研究是受到了泰勒的影响,但对于巫术,他显然有自己的理解。在弗雷泽的研究中,巫术是和巫师(或者说掌权者)绑定在一起的,通过他的阐释,巫术成了一种能凝聚权力的有力武器,在权力集中的过程中,某些阶层不必再为生存而挣扎,产生了对知识的追求,其中就包括文学。可见,巫术作为一种推动力量促进了文学的发生。

萨洛蒙·赖纳许用巫术说解释史前艺术,他认为,艺术起源于狩猎巫术,是作为一种能控制狩猎活动的实践手段而发展起来的,目的在于保证狩猎的成功,因此艺术是出于巫术动机的祈求手段。这就是说,在原始人的意识中,动物的图形与动物的实体之间有一种神秘的互渗联系,原始人相信描绘动物就能够影响动物和占有动物。从这个角度出发,巫术说解释了原始洞穴壁画中的一些难解之谜。例如,为什么许多壁画画在洞穴深部黑暗的地方和危险的岩隙上,为什么某些地方的岩壁却是空白的,为什么有的动物形象身上有被长矛和棍棒戳刺打击过的痕迹或者被画成身落陷阱、口鼻流血。这些都成为艺术与巫术相关的有力证据。他们由此推断,文学艺术起源于人类早期的巫术活动。

刘师培的《文学出于巫祝之官说》,题目就表明了巫术说的观点,他以《说文解字》《周易》中对"祠""祝""巫"的解释都与"文词"相关为支撑,得出了"盖古代文词,恒施祈祀,故巫祝之职,文词特工"的结论,又结合《周礼》中记载的祝官职掌,联系祠祀的功用,最终证明"韵语之文,虽匪一体,综其大要,恒由祀礼而生"。

### (二)劳动说

劳动说即艺术起源于劳动的理论,认为原始艺术是适应着劳动的需要并在劳动实践过程中产生的,具有明显的功利目的。劳动说的主要代表人物包括俄国马克思主义理论家普列汉诺夫、中国作家鲁迅等。

劳动对人类具有不容忽视的意义,这一点毋庸置疑。恩格斯在《劳动在从猿到人转变过程中的作用》中感叹道:"它是整个人类生活的第一个基本条件,而且达到这样的程度,以致我们在某种意义上不得不说:劳动创造了人本身。"①对于这个创造的过程,依托于达尔文的进化观点,恩格斯将之描述得活灵活现:因为手脚功用在活动上的区分,某种类人猿在平地行走时逐渐不再用手帮忙,手被从行走中解放出来并被运用到从事其他活动中,这种猿类用直立姿势行走的习惯慢慢形成,由此就迈出了"从猿转变到人的具有决定意义的一步"。为什么说这一步是有决定意义的?因为"手变得自由了,能够不断地获得新的技巧,而这样获得的较大的灵活性便遗传下来,一代一代地增加着",这种转变最终使这种猿类区别于其他猿类,进化成了人类,而在这个过程中,"手不仅是劳动的器官,它还是劳动的产物"。

普列汉诺夫是"艺术起源于劳动"理论的有力提倡者,但在他之前,已有不少西方学者对此命题进行了阐述,如沃拉斯切克在《原始音乐》一书中指出,原始人在歌唱和舞蹈中表现的节奏能力,如果没有得到集体劳动的促进,那么它就不可能在原始部落中得到那样较高程度的发展。毕歇尔认为,原始人许多生产过程中的声音本身已具有音乐效果,原始音乐是从劳动工具与对象接触时发出的声音中产生的,乐器是劳动工具演变的结果,因此在其发展的最初阶段上,劳动、音乐和诗歌是极其紧密地互相联系着的,然而这三位一体的基本组成部分是劳动,其余的组成部分只具有从属的意义。

普列汉诺夫是俄国早期的马克思主义者,显然他是认可劳动对于人类社会历史的重大作用的,在其著作中,他从旁人的书本中搜集了大量人类学的相关材料,引用了类似于此的有关原始歌唱、音乐、舞蹈、绘画的材料,并用这些材料支撑自己的观点,即"劳动先于游戏""劳动先于艺术"。他认为,原始艺术是适应着劳

---

① [德]恩格斯:《劳动在从猿到人转变过程中的作用》,人民出版社,1971,第1页。

动的需要并在劳动实践过程中产生的,与原始人的劳动生活和生产斗争有着非常密切的联系,最初的艺术是劳动的产物,因而这种"先于"是有明显的功利目的的。而这种功利性显然背离"游戏"与"审美"的本质,是属于"维持单个人和整个社会的生活所必须的活动",即属于劳动的,所以,劳动先于游戏与艺术。

与普列汉诺夫的大量参考材料相比较,鲁迅的论证观点要简单朴素得多。在《门外文谈》中,他提出了一种假想:原始人在劳动活动中同样需要口号来激励大家更好地投入劳动,于是一人灵光乍现的呼喊声"杭育杭育"就可能成为这支原始人最初始的"创作"。如果没有劳动,自然也就没有对这种更为复杂的交流方式的需求,所以可以说,是劳动促成了这种"创作"。同样是在《门外文谈》中,他继续论证道:"原始社会里,大约先前只有巫,待到渐次进化,事情繁复了,有些事情,如祭祀,狩猎,战争……之类,渐有记住的必要,巫就只好在他那本职的'降神'之外,一面也想法子来记事,这就是'史'的开头。况且'升中于天',他在本职上,也得将记载酋长和他的治下的大事的册子,烧给上帝看,因此一样的要做文章——虽然这大约是后起的事。"①这个观点与先前介绍过的"巫术说"有些不谋而合。不过,到底是巫先记事还是"杭育杭育"先发声,文中并没有一个准确的答案。

劳动和人类活动的关系自然是密不可分的,在人类社会发展中劳动也确实留下了大量印记,但劳动并不是人类活动的全部,人类活动的初始目的也不全都出于功利性,故劳动说于此失于片面。

### (三)摹仿说

摹仿说是一种最古老的艺术起源理论。它认为人与动物的根本区别在于人善于摹仿,艺术即起源于人类的摹仿本能,艺术是摹仿自然和社会人生的产物。摹仿说的代表人物有古希腊哲学家亚里士多德。

这种观点很早就被提出,且中西方都有这种观点。《吕氏春秋·古乐》载:"帝颛顼生自若水,实处空桑,乃登为帝。惟天之合,正风乃行,其音若熙熙凄凄锵锵。帝颛顼好其音,乃令飞龙作,效八风之音,命之曰承云,以祭上帝。"颛顼用以祭祀上古帝君的乐曲"承云",就是模仿而作。

亚里士多德认为正是摹仿使人区别于动物,所以摹仿是人的属性。他通过对摹仿对象的划分,指出了摹仿的三种创作方式:摹仿既已发生之事的,是历史;摹仿事物想象中样子的,是神话与传说;摹仿事物原本应有样子的,才是亚里士多德推崇的,可以以艺术掌握现实的方式。既然摹仿不是描述已经发生的事情,那么在亚里士多德看来,创作者就必须具备想象力,艺术并不是单纯地摹仿客观可见的现象,艺术要摹仿的是事物的本质。所以在《诗学》中,亚里士多德说道:"诗人的职责不在于描述已经发生的事,而在于描述可能发生的事,即根据可然或必然的原则可能发生的事。历史学家和诗人的区别不在于是否用格律文写作(希罗多德的作品可以被改写成格律文,但仍然是一种历史,用不用格律不会改变这一点),而在于前者记述已经发生的事,后者描述可能发生的事。所以,诗是一种比历史更富哲学性、更严肃的艺术,因为诗倾向于表现带普遍性的事,而历史却倾向于记载具体事件。"②

亚里士多德的摹仿说虽涉及了文学的本质,但更强调文学的发生根源于一个自然历史的过程,尤其要契合于历史必然律,因此属于社会历史发生学的范畴。

## 二、文学作品的精神起源论

在文学作品的起源论中,以下四种学说都倾向于认为文学的发生与人的精神世界关系密切。

### (一)游戏说

游戏说认为艺术与游戏一样,是一种非功利性的纯粹审美的生命活动,艺术起源于人类摆脱物质与精

---

① 鲁迅:《门外文谈》,人民出版社,1974,第7页。
② [古希腊]亚里士多德:《诗学》,陈中梅译注,商务印书馆,1996,第81页。

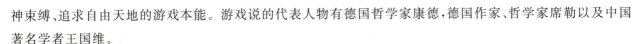

神束缚、追求自由天地的游戏本能。游戏说的代表人物有德国哲学家康德,德国作家、哲学家席勒以及中国著名学者王国维。

游戏说最早可追溯到康德,他认为,文学艺术是自由的,它是一种不带任何功利目的的纯粹审美活动。

席勒从康德的论点出发,明确提出并系统地阐述了游戏说。席勒在《审美教育书简》中写道:生命是感性冲动的对象,形象是形式冲动的对象,但一个人既有生命又有形象,还不能成为"活的形象",是因为在两种冲动之间还要有一个必不可少的集合体,将这两种冲动统一起来,才是活的形象,即最广义的美。席勒认为,这个活的形象是游戏冲动的对象,所以"只有当人是完全意义上的人,他才游戏;只有当人游戏时,他才完全是人",因为只有"游戏"时,人的双重天性才能同时发挥。可见,在席勒的《审美教育书简》中,"游戏"的概念也已完全不同于生活中的游戏,在这里,"游戏"已经成为席勒谋求"人性完整"的一种方式。在此,艺术创作直接与生命状态相统一,也被赋予了活的生命。

王国维的游戏说更多旨在从功利主义中脱身而出,寻求一种超功利的文艺思想,他认为文学的功用远远不止为己求私,更在于为天下苍生代言。他在《人间嗜好之研究》中写道:"若夫最高尚之嗜好,如文学、美术,亦不外势力之欲之发表。希尔列尔既谓儿童之游戏存于用剩余之势力矣,文学美术亦不过成人之精神的游戏。故其渊源之存于剩余之势力,无可疑也。且吾人之内界之思想感情,平时不能语诸人或不能以庄语表之者,于文学中以无人与我有一定之关系故,得倾倒而出之。易言以明之,吾人之势力所不能于实际表出者,得以游戏表出之是也。若夫真正之大诗人,则又以人类之感情为其一己之感情。彼其势力充实,不可以已,遂不以发表自己之感情为满足,更进而欲发表人类全体之感情。彼之著作,实为人类全体之喉舌,而读者于此得闻其悲欢啼笑之声,遂觉自己之势力亦为之发扬而不能自已。"①这种观念将文学的非功利性推到了一个全新的境界,并借此找到了艺术创作的一个不容忽视的原动力。

游戏说宣扬的"自由"与"非功利性"得到了很多人的支持,不过也有人指出,游戏说过于人为地将劳动与艺术对立,是脱离实际的,而它对功利性的极力否定,也显示了其片面性。

(二)表现说

表现说的代表人物有意大利哲学家克罗齐。

克罗齐的表现说与其坚持的主观唯心主义哲学思想密不可分。在他看来,讨论"起源"问题就是讨论一个真正的哲学问题,但这个问题在实践活动中是很难解决的。在他的理论中,"直觉"是最为核心的概念。克罗齐认为,诗人、雕刻家、画家、散文家之所以有其本领,是因为他们具有的能力虽然是人性中平常的,但他们的"直觉"在其所擅长的领域达到了一个极高的程度。在《美学原理》中,克罗齐指出,人没有物质也就没有知识与活动,但没有心灵的物质不能产生人性而只能产生兽性,所以人性受到心灵的统辖,心灵又只有借造作、赋形、表现才能直觉,故而真直觉同时也是表现,但克罗齐认为,艺术源出心灵却又止于心灵,因为纯粹的直觉只能以心传心,不必借助任何外在手段,这就否定了艺术创作的实践问题。这种观念因此颇受争议,不过作为一种特殊的艺术本源论,可聊备一说。

(三)精神分析说

精神分析说的代表人物有奥地利心理学家弗洛伊德与瑞士心理学家荣格。

精神分析说是诸多文学起源论中较为特殊与有趣的一种学说,因为精神分析原本是属于心理学范畴的研究方法。

弗洛伊德认为,当作家遭遇到一个可以唤起其对早年经历记忆的强烈经验时,他会以在作品中满足愿望的形式来补偿旧时记忆中未得到满足的愿望。人有未得到满足的愿望就会生出幻想,幻想推动着创作,

---

① 王国维:《人间嗜好之研究》,载《王国维文集》第3卷,中国文史出版社,1997,第29-30页。

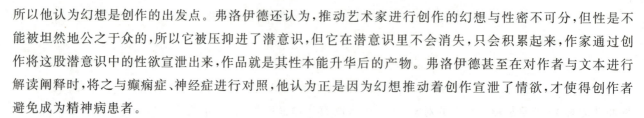

所以他认为幻想是创作的出发点。弗洛伊德还认为，推动艺术家进行创作的幻想与性密不可分，但性是不能被坦然地公之于众的，所以它被压抑进了潜意识，但它在潜意识里不会消失，只会积累起来，作家通过创作将这股潜意识中的性欲宣泄出来，作品就是其性本能升华后的产物。弗洛伊德甚至在对作者与文本进行解读阐释时，将之与癫痫症、神经症进行对照，他认为正是因为幻想推动着创作宣泄了情欲，才使得创作者避免成为精神病患者。

荣格虽然也用精神分析来探究文学的起源，但他并没有继承弗洛伊德的主要观点，他并不认可弗洛伊德所说的创作是因为要将个体无意识中的性欲宣泄出来这一观点。荣格提出了自己的新观点，即人类集体在社会历史中伴随着一种心理遗传，在这种心理遗传中，可以发现人类的"集体无意识"。这种"集体无意识"要保障人类意识的平衡，文学创作就是其手段，所以它也就成为文学的发展动因。

无论是弗洛伊德的个人无意识还是荣格的集体无意识，虽然都对创作者的精神世界进行了分析与阐释，但他们都不约而同地忽视了创作者在创作时的主观能动性，在探究文学起源的研究上流于空洞。

### (四)神示说

神示说的代表人物有古希腊哲学家柏拉图。这是强调艺术作品客观精神起源说的一种代表性观点。

柏拉图认为，万物之后有着宇宙世界的本质，他将之称作"理式"，理式是永恒的。柏拉图在《国家篇》中对画床的画家是这样描述的："他是那些由其他人制造出来的东西的模仿者"，是"和那本质隔着两层的作品的制造者"，即画家的画作和理式隔着两层。他认为床有三种，分别有其制造者：神制造了床，这是本质的，即理式的；木匠仿制床，做了另一个床，是对理式的模仿；画家对木匠仿制的床进行绘画，制造了床的影子，已经是对模仿的模仿了，所以画家的绘画与本质已经隔了两层。据此，柏拉图认为其他所有模仿的艺术都与真理隔了两层。

在这里，柏拉图对于模仿是非常不屑的，他直言"模仿术远离真相"。在《伊安篇》中，柏拉图借苏格拉底之口明确表达了他的文学起源论，他认为诗人能够作诗或者预言，根本与诗人本身无关，而在于神选择了诗人并附身于其之上，所以他说"只有神灵附体，诗人才能作诗或者预言"。由于柏拉图将模仿的艺术看作是对事物外貌的抄袭，完全忽略了创作者的主观能量，故我们将柏拉图的文学起源论与亚里士多德的模仿说区别开来，归入神示说的观点中。这种对创作者主观能动性给予粗暴否定的文学起源论显然已不足为信，不过，作为特定历史时期下的文学起源论，柏拉图的"三种床"理论也对后世产生了深远的影响。

## 三、文学作品起源论所思

纵观现有的文学作品起源论，不难发现，无论是文学作品的社会历史起源论还是文学作品的精神起源论，都在一定程度上有所偏颇，并不能完全解决文学起源的问题。这是因为文学的起源必定是既与社会历史相关，又不能脱离人类的精神世界，所以，在现世的文学起源探究中，一定要关照到这两个层面，才有可能真正接近文学起源问题的答案。

## 第二节　文学发展与社会发展的关系

### 一、文学自身发展状况

在文学的起源和文学的发展演变问题上出现的复杂性，正是文学作为一种艺术样式的独特属性决定的。在历史的线索上,文学也表现出它自身的演变和发展逻辑。

### (一)文学发展中的历史继承性

文学发展是有它必然的历史继承性的。任何时代的文学都不是凭空产生的,而是从历史留传下来的文学遗产中汲取思想和艺术的养分,受到了已经形成的文学惯例和传统的影响,这就是文学的继承性。如果割断文学本身的前后继承关系,不仅绝无可能创造一代新文学,而且还会导致文学的停滞或退化。

文学发展中的继承性表现在作品的思想内容上。我国许多古典名著如《三国演义》《水浒传》《西游记》等,都是经过长期在民间流传,凝聚了无数民间艺人和作者不断付出的巨大劳动,最后由一人写定传世的。其题材内容的继承性表现得十分显著。以《西游记》为例,从"西游记"故事的产生、流传和演变,到吴承恩最后加工写定,围绕着同一题材的文学创作代代相承,经历约九百年的漫长岁月。《西游记》的成书过程可以划分为五个阶段,即历史故事阶段、佛教文学和民间传说阶段、平话阶段、戏曲阶段和长篇小说阶段。吴承恩主要根据《西游记平话》,同时大量吸收民间传说和故事、神话,还参考了杂剧,在继承前人的基础上加入了自己的创造,写成了被称为明代四大奇书之一的《西游记》。

文学的继承性在艺术形式上表现得更为突出。文学体裁一旦形成,就具有自己发展的独立性和相对的恒定性。后人对体裁样式的革新和创造,必须继承已经形成的文学惯例,在不违背体裁本身的质的规定性的前提下进行。我国的小说体裁,经过了远古神话传说、六朝志怪志人小说、唐传奇、宋元话本、明清章回小说、现代小说这样一个历史的发展过程。每个阶段的体裁特点都有所变化,但最根本的一点,即小说作为叙事样式的故事性、情节性特征,却是一脉相承的。文学语言的继承性更是如此。每个作家都无从选择他自小生长的语言环境,都是自然而然地接受既成的语言系统和语言规范。作家所运用的文学语言,既不可能脱离民族语言的大系统,又在相当程度上是前人作品中语言熏陶和训练的结果。例如,六朝时期谢庄的《月赋》:"美人迈兮音尘阙,隔千里兮共明月。"唐代张九龄的《望月怀远》:"海上生明月,天涯共此时。情人怨遥夜,竟夕起相思。"宋代苏轼的《水调歌头》:"但愿人长久,千里共婵娟。"这三首诗产生于三个时代,但在语言的运用以及语言意象构成的意境上,都存在着明显的借鉴和继承关系。

### (二)文学发展中的革新性

文学的继承并不是对古人的一味模仿,也不是对文学遗产和传统的抄袭和复制,而是需要在继承的同时勇于革新和创造。社会生活的不断发展,给文学创作提供了新的内容,也提出了新的要求。文学要适应新的时代需和反映对象的变化,单靠对原有文学遗产的继承是不够的,还需要在文学的既成基础上进行革新和创造,以产生不同于前人和超越前人的作品,这就是文学的革新性。文学的革新和创造,与文学的历史继承性一样,也是文学发展的基本特点。

从作家的创作情况来看,要有超越前人的成就,除了善于继承前人的文学经验之外,还必须勇于拓展和革新前人的经验,进行新的独创。曹雪芹创作的《红楼梦》之所以成为古典文学的瑰宝,与作者借鉴历代诗歌、散文、戏剧,以及明清以来描绘社会、家庭生活的"人情小说"的成就有关,更是他革新文学传统和发挥个人独创性的产物。在《红楼梦》第一回里,曹雪芹借石头之口,批评了"开口'文君',满篇'子建',千部一腔,千人一面"的才子佳人小说,表达了自己"不借此套""洗旧翻新"的创作意向。曹雪芹立意创新的结果是,无论在主题思想、情节结构上,还是在人物塑造、语言运用上,《红楼梦》都取得了超越前人的巨大成就。正如鲁迅所指出的,自有《红楼梦》出来以后,传统的思想和写法都被打破了。

文学的发展离不开继承,同样也离不开革新。真正的继承已经包含着部分的革新因素,而革新在摆脱文学传统的束缚时,一定程度上又总与传统保持着血缘的继承关系。同时,文学传统并不是凝固不变的东西,历史上的创造成为今天的传统,今天的创造在传统中注入新的因素和生命力,又将成为明天的传统。文学的继承与革新就是这样既互相渗透又互相转化的。

### (三)文学发展中对其他民族文学的借鉴和吸收

文学的发展不仅取决于对本民族文学遗产的继承与创新,而且还受制于对其他民族文学的借鉴和吸取。这就是说,各民族文学之间的相互影响和相互促进,是中外文学发展史上的客观事实。这包含着两层意思:其一,在一个多民族组成的国家里,各民族文学必然相互影响、相互促进;其二,在世界范围内,不同国家、不同民族文学之间的相互交流,也是促进文学发展的不可或缺的重要条件。各民族的文学是各民族特定的社会生活和心理结构相互交融的产物,它一经形成,就具有自己的继承关系和独特的历史传统;同时,它又成为人类共有的精神财富,或迟或早必然趋向于与其他民族文学的交流,并在一个更大的超民族文学系统中获得自身的演变和发展。

各民族文学之间的相互影响,对于各自文学的发展具有重要作用。其相互影响与相互促进的交流机制主要有以下三方面的内容。

首先,各民族文学的相互交流并不是孤立发生的,它总是与各民族政治、经济交流同时出现或在其之后出现,而地域、语言上的接近,则有助于文学相互交流的产生和扩大。在古代,欧洲各国之间政治和经济上的交往比较密切,所以文学上的交流也比较频繁和深入,各国文学有着较多的共同性和影响渊源;而欧、亚大陆的民族之间,因为政治、经济的关系疏远,文学上的联系就不那么显著;至于欧、亚与南北美洲,在新大陆发现之前,由于政治、经济的彼此隔绝,因此文学上也毫无交流可言。这也表明,在一定的历史条件下,地理与语言因素的接近对于文学交流是非常重要的,因为这些因素同样也制约着民族之间政治与经济上的联系。例如,汉族盘古开天辟地的故事来源于南方瑶、苗、黎等民族龙狗盘瓠的开辟神话,"盘古"乃"盘瓠"转音而来;蒙古族的历史小说《青史演义》,长篇小说《一层楼》《泣红亭》是在汉族小说《三国演义》《红楼梦》《镜花缘》的直接影响下产生的;藏族英雄史诗《格萨尔传》随佛教东流传入蒙古后,蒙古化形成了的英雄史诗《格斯尔传》等,这都说明共同的地域环境和相近的语言体系,有力地促进了我国各民族文学之间的相互交流。

其次,不同国家和民族之间的社会关系愈是相似,它们的文学愈能相互影响。大致相同的历史发展阶段,相类似的社会矛盾和社会问题,都会强化不同民族间的文学共鸣,产生交互作用。例如欧洲文艺复兴时期,英国、法国、德国、西班牙等国都处于资本主义的萌芽状态,都产生了人文主义的思潮,于是,这些国家的文学不但表现出共同的倾向和特点,并且还产生了广泛的交流和互动,从而融会成了一股新的文学潮流。我国"五四"新文学之所以受到国外进步文学的影响,是因为外国文学中表现的革命民主主义思想适应了我国民主主义革命阶段文学发展的内在要求。这说明,不同民族所经历的历史阶段和所碰到的社会矛盾存在着相似性。郭沫若那些表现了"五四"狂飙突进精神的诗歌,直接受到惠特曼、雪莱、海涅等讴歌自由的浪漫主义诗人的影响,他曾说:"当我接近惠特曼的《草叶集》的时候,正是'五四'运动发动的那一年,个人的郁积,民族的郁积,在这时找到了喷火口,也找到了喷火的方式,我在那时差不多是狂了。民七民八之交,将近三四个月的期间差不多每天都有诗兴猛袭,我抓着也就把它们写在纸上。"这说明,相似的社会条件所产生的相近的思想追求,是自觉接受其他民族文学影响的重要原因。

再次,不同民族文学之间的相互影响,不总是表现为对等的作用关系。也就是说,由于所处的历史发展阶段不同,一民族对他民族文学的影响往往比自己受到对方的影响要大些。然而,只要不同民族文学交流的事实存在,一般总表现为一种双向的对逆运动,即两个民族都在一定程度上转变原有的文学传统,向对方的文学成就学习和靠拢,由此产生民族文学交融后的新质和新的生命力,推动本民族文学的变革和发展。在我国唐代,由于封建社会处于鼎盛时期和文学的空前繁荣,因此我国文学对日本的影响就要比日本文学对我国的影响大得多。在近现代,东西方文学的大交流是最重要的世界文学现象,美国的庞德、爱尔兰的乔伊斯、法国的马尔罗、德国的布莱希特等作家都明显地受到了东方文学的影响,但是西方文学对东方文学的作用更大,例如以人文主义文学思潮为基础的西方工业时代的文学对东方封建的农业文明文学造成的冲击,促进了东方旧的古典文学的变化和新的现代文学的诞生。在人类文学史上,近现代是"东方从属于西方"(马克思语)的时代。东西方文学相互影响中的不平衡现象是由于社会发展的不同步造成的,同时,这种交流趋势仍然是相互借鉴、相互汲取的双向对逆运动。例如,拉美文学吸取了西方现实主义和现代主义的营养而产生出魔幻现实主义,反过来,魔幻现实主义又被称为继现代主义之后的后现代小说而给西方文学以巨大震动和影响。因此各民族文学、东西方文学互相作用的不平衡只具有相对的意义,并不意味着单向的流动和始终如一的不平衡。

## 二、文学发展与社会发展的关系

### (一)文学发展以社会发展为前提

从文艺的起源过程我们可以知道,文学作为人类的精神活动产物,是由人类创造出来的。它紧接着人类的产生而出现,伴随着社会的形成而诞生。它既是人类生活的反映,又是社会意识的表现。随着社会生活和社会意识的历时态演进,文学也产生了相应的变迁。因此,文学的发展离不开社会的发展,文学的发展以社会的发展为前提,同时又是整个社会发展的一个组成部分。

#### 1. 社会发展为文学内容发展提供基础

在漫长的原始社会阶段,社会群体还没有分化为阶级,因此文学表现出了十分显著和单纯的集体性。当时的文学,或者反映人与自然的斗争,反映人们共同的劳动生活,如我国最古老的《弹歌》,"断竹,续竹,飞土,逐肉",描写的是原始人集体从事狩猎的情景;或者表现原始人对自然现象的某种认识和想象,如"羲和者,帝俊之妻,生十日",是对太阳起源的解释,"女娲抟黄土做人,剧务,力不暇供,乃引绳于泥中,举以为人",是对人类起源的解释;或者反映原始人多方面的社会活动,如黄帝与蚩尤之战,刑天与帝争神,共工怒触不周山,反映了部落之间的战争;或者如夸父追日、精卫填海、嫦娥奔月等,表现了精神生活中美好的幻想和愿望。总之,原始文学反映了原始人共同的生活,表现了他们共同的认识情感和幻想,不带阶级色彩。

进入阶级社会后,随着生产力的发展、阶级的产生,物质劳动与精神劳动开始分工,出现了独立的文学艺术部门以及专门的诗人、画家、乐师和舞蹈家,文艺得到了迅速的发展。物质劳动与精神劳动的分工是同奴隶制的建立联系在一起的,它对文学发展历史性具有积极作用,正如恩格斯所指出的:"只有奴隶制才使农业和工业之间的更大规模的分工成为可能,从而为古代文化的繁荣,即为希腊文化创造了条件。没有奴隶制,就没有希腊国家,就没有希腊的艺术和科学。"

然而分工使社会形成了从事物质劳动与从事精神劳动的两个集团,文学也由此分离为民间文学与文人文学,这在一定程度上造成了文学在内容上的距离、艺术上的分歧甚至精神上的差异。

随着社会的发展和各民族的形成,每个民族共同的历史、文化传统和社会生活特点以及在审美趣味、语言等方面的特色,都会通过文学创作表现出来,这便是文学的民族性。伏尔泰在《论史诗》中曾分析过各民族文学风格的差异:"意大利语的柔和和甜蜜在不知不觉中渗到意大利作家的资质中去。在我看来,词藻的华丽、隐喻的运用、风格的庄严,通常标志着西班牙作家的特点。对于英国人来说,他们更加讲究作品的力量,活力和雄厚,他们爱讽喻甚于一切。法国人则具有明彻、严密和幽雅的风格。"

文学的民族性不仅表现在长期积淀下来的民族的审美趣味以及风格和语言的特点上,而且还表现在文化内容上,反映民族的情感、利益和精神气质,只不过后者在民族矛盾尖锐时期的文学中流露得更为明显。到了近代,随着资本主义的发展和科学的进步,世界各民族的联系大大加强,各国文学的交流也日益频繁和强化,文学趋向于世界性。一方面,能够代表各民族文学成就的优秀作品已经越出国门,流传于世界,作家们越来越具有"地球村"的观念和视野;另一方面,各民族文学互相借鉴、互相汲取和交融汇合,不断地催生出具有世界性特征的新的文学素质。这就是文学的世界性。

总之，集体神话、民间文学与文人文学、民族文学和世界文学，都是文学在一定发展阶段上表现出的不同社会属性。它们随着社会的发展而出现，并反映着社会的现状和变化。事实证明，社会发展为文学内容和性质的发展提供了基础，两者呈现为同步关系。

### 2. 社会发展为文学形式发展提供动力

文学随社会的发展而发展，这不仅指文学的内容方面，而且也包括文学的形式方面。文学形式适应着内容表现上的需要，新的内容是新的形式产生的重要推动力。而内容是社会生活的反映，它的不断更新有待于社会的向前发展。因此，文学形式的产生和发展有自身的原因，但从外部关系看，则是由社会发生变化而引起的。此外，有些文学体裁的兴起与演变还与社会发展所提供的物质手段和客观条件直接相关，如小说尤其是长篇小说的盛行与印刷技术，戏剧与城市的形成，舞台的设备，电影、电视文学与现代科技及传播工具，网络文学与互联网的发明等都密切相关。总之，在文学发展史中，文学形式随社会的发展演变，经历了一个从简单到复杂、从少样到多样、从萌芽到成熟完善的发展过程。

从诗歌形式的发展来看，王国维曾在《人间词话》中对文体的盛衰演变做过这样的总结："四言敝而有《楚辞》，《楚辞》敝而有五言，五言敝而有七言，古诗敝而有律绝，律绝敝而有词。"

诗歌形式的变化原因是复杂的、多方面的，但我们从中却可以发现一条线索，那就是从四言到五言再到七言诗句，字数不断增多的现象。诗句是诗歌形式的最基本的单位，诗句字数的扩展，一方面使诗具有了反映生活的更大的容量，另一方面，由于一句诗中语词间的语法关系与意义组合存在着更多的变化可能性，从而有助于表达更为细致和复杂的情思内涵。其自身之外的原因，在于社会的发展变化，在于生活内容的日趋复杂曲折和丰富多样。当产生于奴隶社会的四言诗不足以表现封建社会前期的社会生活时，西汉时期的五言诗就应运而生了。在封建社会中期，生活内容进一步变更和扩大，隋唐时的七言诗就得到了长足的发展，并成为诗歌的主流形式之一。

从戏剧等文学体裁的产生来看，原始祭祀歌舞已经包含了萌芽状态的戏剧因素，但我国戏剧艺术的真正诞生却是在唐代至宋金时期。那时，商业经济相当发达，手工业和交通运输业也比较兴旺繁荣，雇主、商人、企业主聚居的市镇为数众多。这就产生了两方面的结果，一是城市中开始出现集中的游艺场所，为戏剧的演出提供了可能；二是市民阶层的形成，给文学带来了表现新的生活内容和市民意识的需要。戏剧形式正是当时社会发展到一个新阶段的必然产物。

### 3. 社会发展影响文学发展的机制

社会发展影响文学发展是有它的运行机制的。也就是说，社会总是通过自己不同层次的结构变化以及一定的方式、途径去制约文学的发展。我们可以从以下四个角度具体考察这一影响机制。

(1)文学与社会政治、经济结构的变化。

一定的政治体制与政治观点及其变化，对文学的影响是重大而又深刻的。这可以从三个方面来看。其一，处于社会变革时期的政治以及激烈的阶级斗争，影响文学的方向和性质。春秋战国时期政治动荡，各种社会矛盾激化，形成了"百家争鸣"的局面，是散文的黄金时代，优秀的诸子散文和历史散文因此都带有很强的政治哲理性。19世纪俄国批判现实主义文学的高度发展，一大批具有世界影响的大作家涌现，也与当时的政治环境有密切关系，民主主义思想反对农奴制和沙皇统治的激烈的阶级斗争，直接影响了作家和文学发展的方向。其二，不同时期的政治，影响到文学的内容与风格。乱世与治世、政治清明与政治浊乱的区别，也会造成作品内容与风格的不同。一般说来，统治阶级处于上升时期，文学多为歌颂性的，而当它处于逐步没落时期，文学则多为揭露性的。初唐与盛唐，文学往往表现出积极进取、博大乐观的风格。经过"安史之乱"，到中唐、晚唐，文学则更多地反映了人民的不满和反抗，具有比较深刻的揭露现实的倾向，风格也转向怨怒哀伤。其三,统治阶级的政策制度以及个人好恶,也影响到文学的繁荣或萧条。建安时期曹操为一代文坛领袖,"昼携壮士破坚阵,夜接词人赋华屋",十分推崇文学,因此当时的优秀诗人几乎都集中在北方,形成了文学史上著名的"建安风骨"。相反,明清时代文禁森严,统治者大搞"文字狱",很多文人为避祸而不去进行学术研究,文学的发展受到很大干扰。

社会经济结构对文学的影响与制约作用,表现在文学适应着经济结构的要求而产生,并随着经济结构的改变而改变。中世纪后期的欧洲,由于科学技术的发展解放了生产力,欧洲封建社会开始解体,资本主义生产方式正在形成,于是从14世纪到16世纪,欧洲文艺复兴时期的人文主义文学就应运而生了。以拉伯雷、薄伽丘、塞万提斯和莎士比亚为代表的一批作家,在作品中宣扬新的生活理想和人道主义世界观,反对封建贵族阶级和宗教的"神道"。他们代表着崛起中的新的经济结构的要求和新兴阶级的利益,对中世纪文学从内容到形式都进行了深刻变革。经济结构的变更和发展,必然导致文学或慢或快地发生变革。文学内容和形式的发展,都在一定程度上取决于社会经济结构的性质、要求和制约作用。

(2)文学与普遍社会价值观念的变化。

普遍社会价值观念意味着一定时期的时代精神与社会心态。文学作为表现人物的生态与心态的精神产品,总是投射着作者一定的价值观念,并受到社会普遍价值观念的影响与制约。在人类的蒙昧野蛮时代,具有幻想和原始信仰特征的神话形式,是当时普遍的崇拜神灵的社会心态的产物。人类进入了农业文明社会之后,生产力的进步和分工的扩大,奴隶制的兴起和文字符号的确立,极大地刺激和提高了人类的认识能力,神话的心态逐渐过渡到现实经验的心态和以实践理性为特征的价值观。这引起古代人对原始神话遗产产生某种程度的怀疑,从而对神话做出历史化的解释和再创造。在荷马史诗中,神话与历史因素汇合,诸神性格不仅被世俗化、社会化,而且与新近历史中的事件、人物发生纠葛。在中国,将神话化为历史传说的例子屡见不鲜,黄帝、尧、舜、禹等在远古神话中都是人兽同体的天神,但写进史书中就往往变成了华夏族的祖先和禅让帝位的历史人物。从神到人,从幻想到历史,小说逐渐从神话中衍生出来,成为记叙故事(过去发生过的事)的文学样式,代表着经验理性的觉醒和理性价值观的确立。鲁迅在《中国小说的历史的变迁》中说:"从神话演进,故事渐近于人性,出现的大抵是'半神',如说古来建大功的英雄,其才能在凡人以上,由于天授的就是……这些口传,今人谓之'传说'。由此再演进,则正事归为史,逸史即变为小说了。"小说的出现,是因社会心态向文明的转变引起的,与人们的思想观念从神话幻想提升到现实理性相关联。

(3)文学与各种文化活动的变化。

文学是一种特殊的审美文化,它与社会其他文化活动如哲学、道德、宗教等存在着互相影响的关系。哲学、道德、宗教等精神文化领域的演变与发展,往往对文学产生重大作用。

哲学思想与文学思想有密切的联系,前者往往是后者的基础。17世纪古典主义文学与笛卡儿的唯理论;18世纪启蒙主义文学与洛克、狄德罗的唯物主义哲学;19世纪浪漫主义与空想社会主义、德国古典哲学、批判现实主义与黑格尔的辩证法、费尔巴哈的人本主义唯物论;20世纪现代派文学与非理性主义哲学、社会主义现实主义文学与马克思主义哲学,它们之间的对应关系和互渗作用表明,文学创作总是受到一定时期哲学思想的影响,作家的思想和创作方法总是被某种世界观所制约。同时,哲学思潮的变化对文学有重大影响,前者常常是后者的先导。

道德可以调节人与人之间的关系,是人们在共同的社会生活中所遵循的行为规范。以描写人为中心、以社会生活为表现对象的文学作品不能不反映一定的道德内涵,不能不体现作者一定的道德意识与理想。道德观念的历史性变化会促使文学内容的相应改变。在封建社会文学中,不少以爱情为题材的作品往往不同程度地表现出了对男尊女卑、父母之命、媒妁之言等传统道德观念的肯定意识;而在现代爱情题材的作品中,男女平等、自由恋爱的婚姻方式和道德观则占据了主流。

在原始社会,文学因素与宗教因素是混为一体的。神话既是原始人的文学创作,又是表现他们敬畏和信仰的原始宗教。进入文明社会后,文学与宗教才开始分化。社会的宗教状况对文学有较大影响。欧洲中世纪文学,在宗教世界观的支配下成为神学的奴婢,宗教题材和宗教主题构成影响了文学创作的主潮。此外,宗教对文学形式也有一定影响。流行于魏晋到隋唐时期的变文,原是寺院僧侣向听众作通俗佛教宣传的文体,它通过讲一段唱一段的形式来传播佛经中的神变故事。后来民间艺人也采用变文的形式讲唱故事,变文成为当时说唱文学、通俗文学的一种重要形式,并为以后发展起来的话本、词话、戏曲等文学形式提供了借鉴的基础。

(4)社会发展与新的文学观念的形成。

在上述诸因素的影响下,文学观念也随着社会与时代的发展而产生新变化,文学的发展必须经过作家主体条件及其变化这一必不可缺的中介环节。也就是说,作家虽不是文学发展的最终根源,却是它的直接推动者,必须先引起作家主体条件的变化才能转而促使文学的发展。作家主体条件的核心内涵之一就是他的文学观念。

以西方现代派文学为例,它的兴起无疑是西方社会现代发展的结果。经历了世界大战浩劫的西方社会,出现了对传统理性秩序和价值观念的普遍怀疑,各种社会矛盾的激化造成了广泛而又深刻的危机,物质文明的膨胀在一定程度上引发了精神世界的空虚感和不平衡。这种社会状况推动了传统现实主义文学潮流向现代派文学的转变,并形成了它在主题内容上的特征,即揭示人与自然、人与社会、人与人、人与自我关系的全面扭曲和异化。然而,这种文学的演变过程并不是离开作家主体条件的变化自动完成的,相反,它借助于作家对新的文学观念的提倡、探索和艺术实践才得以实现,通过作家价值观与文学观的变更才具有现实可能性。首先,伴随着社会生活从前工业时代向后工业时代的过渡,作家的文学观念也在一定程度上越出了传统的理性模式,表现出非理性和反传统的倾向,并逐渐形成艺术上重主观表现、重艺术想象和重形式的创新文学观。其次,作家文学观念的变化反映在文学上,便促使一系列新的文学现象的产生,如情节因果性链条的淡化和断裂,人物潜意识层面的开掘和意识的不规则流动,语言的突破语法和形象的扑朔迷离,主题的象征暗示和多义性、不确定性,凭借直觉、幻觉和梦,缺乏常识推理关系的自由联想,打碎现实逻辑秩序、依据心理时空的结构方式等。总之,社会发展通过旧文学观念的变化与新文学观的形成来影响文学的发展,也是其固有的重要影响机制之一。

**(二)文学发展与社会发展的不平衡现象**

**1. 文学发展与社会发展的平衡与不平衡**

文学发展以社会发展为前提,而社会发展又是以生产力和经济的发展为基础的。根据马克思关于经济基础与上层建筑关系的原理,经济基础是与一定生产力相适应的生产关系的总和,包括文学艺术在内的意识形态则是建立在经济基础之上的上层建筑,上层建筑最终受经济基础制约。因此,文学发展归根到底要受到物质生活的生产方式的制约,它是在一定的社会经济基础之上产生的,并反映经济基础的性质与变化。也就是说,物质生产制约着精神生产、艺术生产和文学生产。

然而,马克思又提出了物质生产与艺术生产不平衡关系的理论。所谓"不平衡关系"就是说艺术的繁荣与发展,并非总是与社会的一般发展、物质生产的一般发展相一致,两者之间并不总是按比例增长的,物质生产相对落后与艺术生产相对发达的情况在文学史上也时有发生。马克思认为:"关于艺术,大家知道,它的一定的繁盛时期绝不是同社会的一般发展成比例的,因而也绝不是同仿佛是社会组织的骨骼的物质基础的一般发展成比例的。例如,拿希腊人或莎士比亚同现代人相比,就某些艺术形式,如史诗来说,甚至谁都承认:当艺术生产一旦作为艺术生产出现时,它们就再不能以那种在世界史上划时代的、古典的形式创造出来；因此，在艺术本身的领域内，某些有重大意义的艺术形式只有在艺术发展的不发达阶段上才是可能的。如果说在艺术本身的领域内部的不同艺术种类的关系中有这种情形，那么，在整个艺术领域同社会一般发展的关系上有这种情形，就不足为奇了。困难只在于对这些矛盾做一般的表述。一旦它们的特殊性被确定了，它们也就被解释明白了。"

一方面艺术发展以经济发展为基础，另一方面艺术生产与物质生产又存在着不平衡关系，这看起来似乎互相矛盾。解释这种情形的关键在于理解"特殊性"，即要对一个时代文学发展所依赖的经济条件以及其他方面的社会历史条件的特殊性做出具体的分析。

### 2. 物质生产与艺术生产之间不平衡的表现形态

物质生产与艺术生产之间的不平衡关系有两种表现形态。

其一，从艺术形式来看，某种艺术形式的巨大成就，只可能出现在社会发展的特定阶段上，随着生产的发展，这种艺术形式反而会停滞或者衰落。例如，古希腊神话是神话发展的高峰，它只可能出现在人类的童年时代和社会生产不发达的阶段。当生产力和物质基础进一步发展时，神话这种在历史上具有重大意义的艺术形式，不仅没有进一步繁荣，反而会衰落下去以至最终消失。在现代人看来，古希腊神话成了难以企及和不可重复的艺术精品。这就是神话这一具体艺术形式的发展与物质生产的发展同社会的一般发展之间的不平衡现象。这是因为神话的创造依赖于以超现实的想象认识世界的思维方式，这种思维方式只有在生产不发达、人们的认识水平尚停留在蒙昧阶段时才能成为社会的主流。在今天，经验理性的思维方式已成为现代人的标志，现代人虽然可以运用超现实的想象方式进行文学创作，但是却已经无法彻底返回原始思维与神话思维了，因而这样的文学作品只能是仿效神话的现代神话或亚神话，在神话素质与信以为真的程度上都不能与古希腊神话、原始神话相匹敌，尤其是古代神话再也不可能成为渗透、支配一切艺术的主流产品。同样道理，今人写格律诗，其成就超不过唐诗。因为一个时代有它特有的繁荣艺术形式，一个时代文学领域内各种艺术形式的比例与主次关系是随社会的发展而调整、改变的。

其二，从整个艺术领域来看，文学的高度发展有时不是出现在经济繁荣时期，而是出现在经济比较落后的时期。例如，18世纪的德国分裂为三百个左右的封建小邦，对外一直处于屈辱地位，与当时的英国和法国相比，德国在政治和经济上都较落后，但是，德国在文学方面却得到了很大发展，产生了像莱辛、歌德与席勒这样的代表18世纪文学最高水准的伟大作家，当时的欧洲文学是以德国的"狂飙突进运动"为代表的时代。造成这种不平衡现象的深层原因是：文学的繁荣和发展不仅要受到经济发展的制约，而且还要受到政治、哲学、宗教、道德、时代风尚和文学传统、文化交流等多种因素的影响。也就是说，文学的发展并不是单一因素决定的，而是多种因素系统"合力"的结果。具体地说，18世纪德国文学的繁荣主要有以下原因：首先，当时德国政治的黑暗与制度的腐败，激起了人民反抗现实的叛逆精神，造就了以莱辛、席勒和歌德为代表的反抗封建专制、追求自由民主理想的一代诗人和作家，他们掀起狂飙突进运动，使德国古典文学和民族文学得到很大发展。其次，当时德国资产阶级没有政治地位，资产阶级革命的条件还不具备，这一阶级的进步知识分子都在文化领域里求发展，从而为文学繁荣提供了丰富的人才资源。最后，外来文化与文学的交流、借鉴，也是促进德国文学发展的一个重要因素。德国文学的狂飙突进运动，是在当时法国和英国先进的启蒙主义思潮的影响下发动的，同时又给予法国和英国文学以巨大影响。

总之，从总的发展趋势来看，物质生产与艺术生产是相平衡的，经济因素是制约文学发展的根本原因，但在特定的历史阶段内，两者关系既有平衡的一面，也有不平衡的一面，因为文学的发展有其相对独立性和自身的规律。

# 第三节 文学思潮及其演变

文学史上出现的文艺思潮集中反映了一定社会历史条件下形成的文艺思想、审美意识、创作倾向等问题。研究文学思潮及其演变过程,是一种动态的观照方式。通过认识各个不同的历史时期文学所呈现出的各不相同的面貌状态,就可以在漫长的历史演变与发展过程中看清文学所呈现出的不同思想潮流。

本节首先界定文学思潮的内涵,然后介绍中外文学史上主要的文学思潮的类型,最后分析文学思潮演变的外在影响与自律性因素。

## 一、文学思潮的定义

随着社会经济、政治、文化的变化,文学思潮也随之变化。文学思潮形成于一定的历史时期和一定的地域,它的出现与经济、政治、文化等发展要求相适应,往往会形成具有广泛影响的文学思想和文学创作的潮流。文学思潮的含义包括如下要素:具有确定的时空范围;带有鲜明的时代性和阶级性;在题材、主题、人物、风格等方面具有普遍的审美倾向和艺术主张;与特定的社会思潮、哲学思潮等相关联;往往会形成一定规模的文学与文化运动,并影响一部分作家的创作活动。

要理解文学思潮,附带还要廓清文学思潮与文学流派、创作方法的关系。第一,文学流派通常反映了一定的文学创作群体共同的思想倾向与艺术追求。一定的文学流派并不必然形成文学思潮,但是,文学思潮可以促进文学流派的产生和发展,反过来,文学流派在一定程度上也可以促进文学思潮的产生和发展,二者相互促进,相互影响。第二,创作方法体现了作家认识和反映现实生活所依据的总的原则。文学思潮可以包容各种不同的创作方法,但是创作方法与一定的文学思潮并不存在必然联系。当然,在特定的历史条件下,文学思潮、文学流派和创作方法三者也有发生重合的情况。如欧洲17世纪的古典主义、18世纪末至19世纪前期的浪漫主义以及后来批判现实主义,它们既是大规模的文学思潮,又是文学流派,也是文学创作方法。

## 二、文学思潮的类型

纵观西方近现代文学思潮的发展,西方文学史先后经历了古典主义、浪漫主义、现实主义、现代主义、后现代主义五个阶段,下面选取其中主要的文学思潮进行梳理。

### (一)浪漫主义

浪漫主义(romanticism)产生于18世纪末到19世纪初的欧洲,它不是一次单一的思想运动,而是对18世纪中叶以来西方社会发展的综合反映。浪漫主义运动的鼎盛期是18世纪90年代到19世纪30年代,其理论基础是德国古典哲学。作为流派,浪漫主义在西欧各国都有过很长的尾声,或者是作为传统而成为其他流派的组成部分,不过到了1830年以后,它的鼎盛时期就过去了。

浪漫主义文学

浪漫主义文学的第一个浪潮(18世纪末到1805年),英国的主要作家有彭斯布莱克、"湖畔派"三诗人(华兹华斯、柯勒律治与骚塞);德国有"耶拿派"施莱格尔兄弟、诺瓦里斯、蒂克;法国有夏多布里昂、斯达尔夫人。浪漫主义的第二个浪潮(1805—1827)批判性增强,英国有拜伦、雪莱、司各特;德国有"海德尔堡"派(布伦塔诺、阿尔尼姆)、格林兄弟、艾兴多尔夫、霍夫曼;法国有维尼。浪漫主义的第三个浪潮(1827—

1848),法国有雨果、大仲马;德国有海涅(后转向现实主义);俄国有茹科夫斯基、雷列耶夫、普希金、果戈理(后转向现实主义)、莱蒙托夫;波兰有密茨凯维奇;匈牙利有裴多菲;美国有欧文、爱伦坡、霍桑、惠特曼、麦尔维尔朗费罗。

浪漫主义作为创作方法或者文学思潮来说,主要有如下三个特点:

### 1. 理想主义精神

浪漫主义突出的特征表现为浪漫主义精神,也就是理想主义精神。与现实主义的关注现实、尊重现实、忠实于现实不同,浪漫主义作家一般都对现实生活的客观描绘感到不满,他们以一种超越现实的文学精神执着于生活理想的追求,用美丽的理想来代替不足的现实。在欧洲文学中,像盗天火给人间的普罗米修斯,生命危在旦夕,用心来照明道路,领人走出黑暗的丹柯等等,是理想化的艺术形象。这些文学形象表现的是作家追求真理、向往理想的精神。中国文学也有深远的浪漫主义传统。《诗经·魏风·硕鼠》中的"乐土"、陶渊明笔下的"世外桃源"、李白《梦游天姥吟留别》中的神仙世界等等,都不是已有生活的真实写照,而是作家理想的生活,是人类应该有和可能存在的生活。它们都属于浪漫主义作品的范围。与理想主义精神相联系,浪漫主义文学塑造人物也是通过理想化的手段把人物理想化。中国古代文学中这类理想化的人物是很多的。例如,屈原《离骚》中为追求美好的理想而上下求索、九死不悔的灵均;《西游记》中上天入地、识妖降魔、无所畏惧的孙悟空;《聊斋志异》中那个魂入阴间为父告状申冤,不顾严刑峻法终获胜利的席方平;等等,都是这样的人物。

### 2. 主观色彩

浪漫主义具有强烈的主观色彩,注重表现作家鲜明的主观情感和个性。浪漫主义向往和追求生活的理想,这种理想源于作家、艺术家的心灵。雨果说:"人心是艺术的基础,就好像大地是自然的基础一样。"浪漫主义作家沉浸在自己的内心世界中,更倾向于直觉体验和激情感受。英国浪漫主义诗人华兹华斯说:"诗人比一般人具有更敏锐的感受性,具有更多的热忱和温情,他更了解人的本性,而且有着更开阔的灵魂;他喜欢自己的热情和意志,内在活力使他比别人快乐得多……"波德莱尔也说:"浪漫主义既不是选择题材,也不是准确的真实,而是感受的方式。"可见浪漫主义作家侧重于表现作家的主观心灵。

### 3. 艺术手法

浪漫主义文学体现出了丰富的想象、强烈的对比、夸张的描写、奇特的情景、非凡的人物形象。在艺术表现手法上,浪漫主义作家多采用大胆的想象和夸张的手法。浪漫主义在欧洲作为一种文学思潮运动,是直接与对"想象"的推崇联系在一起的。例如,以华兹华斯和柯勒律治为代表的英国浪漫主义理论非常重视想象的创造能力,并把它作为浪漫主义诗学的一个基本出发点。从古今中外文学史的实际看,大胆的想象、奇特的夸张的确是浪漫主义显著的特点之一。浪漫主义的其他相关特点还有:注重对生活理想和理想境界的表现;崇尚自然,强调以自然为对象和表现人性的自然本质;着力描写和歌颂大自然或远方异族;利用民间文学的题材进行再创造。总之,浪漫主义文学是一种强调表现理想、抒发情感的文学类型。

## (二)现实主义

现实主义文学思潮前期主要发生于19世纪30至60年代,以英国、法国为中心。法国的主要作家有司汤达、巴尔扎克、梅里美、小仲马、都德、欧仁·鲍迪埃、米雪儿、瓦莱斯、克莱芒,德国有海涅维尔特、凯勒,英国有狄更斯、勃朗特姐妹、安妮、盖斯凯尔夫人、哈代。现实主义后期主要是在19世纪70年代至20世纪初,以俄国、北欧、美国为中心。丹麦有安徒生,挪威有易卜生,美国有希尔德烈斯、斯托夫人、哈特、马克·吐温、亨利·詹姆斯、诺里斯、克莱恩、欧·亨利、杰克·伦敦;俄国有普希金、莱蒙托夫、果戈理、别林斯基、冈察洛夫、屠格涅夫、车尔尼雪夫斯基、杜勃罗留波夫、奥斯特洛夫斯基、涅克拉索夫、陀思妥耶夫斯基、谢德林、列夫·托尔斯泰、契诃夫。批判现实主义是欧洲19世纪中叶出现

现实主义文学

的一个强大的文学流派和思潮。它在理论方法和创作实践上都比以前的现实主义更具自觉性。批判现实主义最显著的特色是对资本主义社会现实的深刻认识和无情批判,其作品普遍重视刻画典型人物和典型环境。批判现实主义的代表作家有巴尔扎克、狄更斯、托尔斯泰、果戈理、屠格列夫、契诃夫等。20世纪现实主义作家们始终坚持现实主义创作的基本原则,以人道主义和民主主义作为重要的思想武器。其描写方法具有"内倾性",人物塑造上强调性格的多重性。主要作家有罗曼·罗兰、海明威、福克纳、布莱希特等。

现实主义文学具有如下两个方面的主要特点:

#### 1. 现实主义的创作精神

现实主义文学的首要特征是它现实主义的创作精神。现实主义作家注重艺术与现实的关系,按照生活本身所具有的逻辑,以近似生活本来面目的方式来描写生活。其基本精神是正视现实、直面人生。现实主义作家尊重生活的逻辑,客观、真实地把握和再现现实生活。恩格斯说:"我所指的现实主义甚至可以违背作者的见解而表露出来。"契诃夫说:"现实主义文学就应该按生活的本来面目描写生活,它的任务是无条件的、直率的真实。"高尔基说:"对于人和人的生活环境作真实的、不加粉饰的描写的,谓之现实主义。"韦勒克说:"现实主义是当代社会现实的客观再现。"现实主义对生活的忠实甚至可以达到这样的程度,即作家为了如实地反映生活,可以违背自己的主观愿望而如实、客观地描写社会的真实面貌。

#### 2. 注重写实

现实主义注重写实,主张按照生活的本来面目表现生活;追求细节描写的真实性和典型性的统一,着力塑造典型环境中的典型性格。

当现实主义作家尊重生活,按照生活的本来面目来描写生活时,就决定了它在艺术表现手法上也有不同于其他创作方法的鲜明特点。巴尔扎克说:"小说在细节上不是真实的话,它就毫无足取。"乔治·桑说:"我们倒情愿给现实主义取一个简单名字,那就是:细节的科学。"在细节描写方面,现实主义作家,尤其是19世纪的现实主义作家做过相当艰苦认真的努力。比如,巴尔扎克在《高老头》中对伏盖公寓的细节描写非常逼真,令人如临其境。恩格斯说,在经济细节方面,巴尔扎克的《人间喜剧》所提供的比当时所有"职业的历史学家、经济学家和统计学家"还要多,这也说明现实主义作家在细节表现方面的确具有超凡的能力。

总之现实主义标举反映现实、干预生活的文学精神,既是一种文学思潮,也是一种重视艺术再现的文学类型。

### (三)现代主义

现代主义文学产生于19世纪末20世纪初开始波及西方各国。20世纪20至30年代是现代主义文学艺术的鼎盛时期,第二次世界大战以后,作为文学思潮的现代主义开始逐渐衰落,所谓的后现代文化在西方各国崭露头角,并逐渐成为20世纪后期文化和文学艺术的主要事件。现代主义文学思潮主要由象征主义意识流、超现实主义、表现主义、存在主义、荒诞派戏剧、黑色幽默等文学思潮或文学流派构成。唯美主义和早期象征主义文学的产生,是现代主义的萌芽。爱伦·坡和波德莱尔等人被公认为现代派的远祖。后期象征主义则被视为现代派文学的第一个流派,其代表人物有叶芝、艾略特、瓦莱里、里尔克、庞德和梅特林克等。西方现代主义不是一个统一的文学流派,它包括了20世纪众多的文艺思潮和创作主张,文学观点庞杂,创作方法五花八门,表现形式多种多样。现代主义产生的社会根源和思想根源是:资本主义内外矛盾的发展和加剧;两次世界大战带来的灾难性后果;社会主义革命风起云涌;物质生产和科学技术飞速发展;反传统和非理性的社会思潮成为主流观念。总之,作为现代工业社会和垄断资本主义历史时期的产物,现代主义文学表现了20世纪西方社会动荡不安的思想情感和生活。对既往文学理论传统的颠覆是现代主义文学最为显著的特点。

现代主义文学

20世纪20至30年代后期象征主义盛行,这一阶段的主要成就体现在诗歌上,代表作家有英国的艾略特；爱尔兰的叶芝；法国的鲍尔·瓦莱里；奥地利的里尔克；美国的庞德。象征主义强调诗歌应有鲜明的个性，要表现出诗人的创造才能；创作应侧重于表现诗人的心灵，不能满足于摹仿现实；创作就是暗示与象征，以此去表现隐秘的内心世界。表现主义关注现实生活中的迫切问题，带有某种哲理性；作品的主人公大都身份不明、来去无踪；惯于用象征性的手法去表现抽象的真理。意识流小说出现于20世纪20至30年代，着重表现人物的意识活动本身；注重自由联想；注重内心独白。代表作家有法国的普鲁斯特、英国的伍尔夫、爱尔兰的乔伊斯、美国的威廉·福克纳。荒诞派戏剧从各个方面表现资本主义社会的荒诞性和人的全面异化；表现人与人之间相互隔绝、孤独、陌生的状态；艺术表现形式和手法上一反传统，别出心裁，没有故事情节，也没有矛盾冲突，使用象征手法，独白常是枯燥无味、不断重复唠叨的絮语。从内容来看，荒诞派戏剧可以说是以存在主义哲学来理解和表现人生与社会的戏剧。荒诞既是荒诞派戏剧所表现的基本主题和艺术表现手法，也是它的人生观和世界观。未来主义产生于20世纪初的意大利，它否定、抛弃传统，歌颂机械文明和都市混乱，打破形式规范，属于文化虚无主义。代表作家有意大利的马利奈蒂、法国的阿波利奈尔、俄国的马雅可夫斯基。超现实主义产生于两次世界大战期间的法国，追求"内部现实"与"外部现实"的统一；注重幽默的手法，主张采用"非理性知识"的自发性方法进行"无意识写作"、广泛使用"自动写作法"和"梦幻记录法"；风格晦涩艰深、离奇神秘。它对后来的荒诞派、黑色幽默、魔幻现实主义都有重大影响。代表作有法国布勒东的《磁场》《第一号超现实主义宣言》《娜佳》等等。

现代主义文学的特点主要表现为如下三个方面：

*1. 强调表现内心生活和心理真实*

现代主义强调表现内心生活和心理真实，具有主观性和内倾性特征，注重表现和象征，反对再现和摹仿。现代主义文学倾向于表现人的心理，包括潜意识与非理性的思想。象征是现代主义文学常用的表现手法和技巧，它通过暗示的方式来表达抽象的、隐晦的意义，读者通过符号形式、象征意象来理解、感悟其隐含的意蕴。

超现实主义作家布勒东提出"下意识写作"，意识流小说着力记录人内心的潜意识的流动。现代派文学普遍重视直觉、梦幻、象征等手法。现代派文学还提出了心理现实主义的理论。普鲁斯特认为，不是现实本身，而是心理回忆和体验才是最真实的东西；艺术也不是生活的拓片，相反，艺术中的生活才是真实的生活。福克纳要求作家描写人类的"内心冲突"和"心灵深处亘古至今的真实情感"。伍尔夫则认为一切都是恰当的小说题材，作家可以以每一种感情、每一种思想、每一种头脑和心灵的特征为题材。现代主义文学对心理的重视和开掘，丰富了文学经验，也有助于更深刻地揭示人们复杂的心理世界，在文学发展史上是有重要意义的。

*2. 强调艺术形式的创新*

现代主义运用象征、隐喻的神话模式追求艺术的深度；提倡"以丑为美""反向诗学"，大量描写丑的事物；热衷于艺术技巧的革新与实验，具有形式主义倾向，信奉艺术本体论，认为形式即内容，追求"艺术的非人格化"。

现代主义文学认为传统的文学形式和文学观念属于过去的时代，已成为束缚作家创作的绳索，必须破除。赫伯特·李德在《现代艺术》中说，现代艺术"对全部传统进行了一次突然的爆炸"。伍尔夫在《论现代小说》中认为现代派作家是"精神主义者"，他们和物质主义者相反，"不惜任何代价来揭示内心火焰的闪光"。

现代主义文学的形式创新有某种积极因素，但过于标新立异，甚至违反文学创作的规律去猎奇、杜撰，一味否定传统的文学创作技巧和手法，给文学创作带来了消极的影响。

*3. 关注现代社会的人性异化现象*

现代主义文学产生于19世纪末、衰落于20世纪中叶，它是现代工业社会和垄断资本主义历史时期的产物。现代主义文学表现了动荡不安的20世纪西方社会的思想、心理和生活，体现了作家对人与自然、人与社会、人与自我之间异化现象的揭示、批判与反思，表达了文学对于解决现代各种社会矛盾的愿望。

### 三、文学思潮演变的外在影响

文学思潮的形成原因，可以分为外部的和内部的两个方面。虽说文学思潮的形成有文学自身的运动规律和审美因素，但是还有许多对文学思潮的形成产生了重要作用的外部原因。一个时代的社会观念、哲学观念、道德观念乃至政治观念的发展变化，影响着一定的社会思潮、文化思潮或哲学思潮的形成。即便是文学审美的新要求，往往也来自哲学政治和道德上的变化。

#### (一)文学思潮与社会的发展

文学思潮与社会的发展存在非常密切的关系。刘勰《文心雕龙·时序》曰："歌谣文理，与世推移"，"文变染乎世情，兴废系乎时序"。白居易认为，"文章合为时而著，歌诗合为事而作"。文学思潮的出现往往是由多种因素形成的。其中最主要的是社会经济形态的变化和由此产生的新的思想要求，这两者是文学思潮形成和发展的客观基础。此外，历史文化的传统与文学思潮的形成也具有渊源关系。文学史上任何一种新的文学主题的出现，都可以从它产生的时代找到原因。李长之在《论研究中国文学者之路》一文中就认为文学与文化之间有内在联系："专就文学而了解文学是不能了解文学的，必须了解比文学的范围更广大的一民族之一般的艺术特色，以及其精神上的根本基调，还有人类的最共同最内在的心理活动与要求，才能对一民族的文学有所把握"，"不了解一个民族的文化的整个，依然不能了解一个作家"，因为"文学的内容不是独立的，而是有文化价值的整个性的"。在中国文学史上，我国从汉末到魏晋时期突然出现了一大批具有很强的主体意识的诗作，这是一个现代意义的文学观念觉醒的时期，对于以后中国文学的发展产生了巨大的影响。如《古诗十九首》等作品表现出对个体生命的珍视与对美好爱情的向往；曹操等人的诗作表现出用个人奋斗去创造历史的豪情与自信；阮籍、嵇康等人的诗作表现出对世俗名利的蔑视与对个性自由的追求。此外，李白等人诗歌的大气磅礴也与盛唐社会的繁荣有关，诗人们由国力的强大而产生强烈的自信心态。

#### (二)文学思潮与政治思潮

文学不可能完全摆脱政治，政治思想和思潮不可避免地会对文学思想和思潮产生一定影响。文学思想和思潮也常常会反映出一个时代的政治思想和思潮。不同阶级为了自身利益的需要，总是要对文学加以利用和控制，总是力图将本阶级的政治思想贯穿到文学中去。政治思潮对文学思潮的影响，主要是对文学思潮性质的影响。例如，法国大革命所信奉的自由平等、博爱等观念是当时政治思潮的主要内容，这些理念出现于法国资产阶级面对封建王朝的政治大革命氛围之中，它们也是浪漫主义文艺思潮的核心观念。浪漫主义所提出的"文学上的自由主义"有着特定的政治意向，是法国新兴资产阶级政治思潮激起的回声。

#### (三)文学思潮与哲学思潮

哲学思潮往往是一种新兴文学思潮的先导，同时，一种新的哲学思想往往也是与此相呼应的文学思潮的核心观念。17世纪古典主义文学与笛卡尔的唯理论；18世纪启蒙主义文学与洛克、狄德罗的唯物主义哲学；19世纪浪漫主义文学与空想社会主义、德国古典哲学，批判现实主义文学与黑格尔的辩证法、费尔巴哈的人本主义唯物论；20世纪现代派文学与非理性主义哲学，社会主义现实主义文学与马克思主义哲学等等之间，存在着鲜明的对应关系。当一种哲学成为一种社会思潮时，它将影响一定时期文学的面貌，使作家的思想和创作方法被某种世界观所支配。如西方现代文学思潮就是在西方现代哲学思潮影响下形成的，西方现代哲学思潮是西方现代文学思潮的先导。叔本华的直觉主义、柏格森的生命哲学、尼采的权力意志、萨特的存在主义等都对西方现代文学思潮产生了深刻的影响，也是西方现代文学的核心观念。中国文学的发展情况也不例外，明代李贽提倡"童心说"，在以他为代表的重情哲学思潮影响下，形成了以袁宏道、汤显祖为代表的重情文学思潮。

## 四、文学思潮演变的自律性因素

正如阿多诺所说,艺术具有双重本质,它既有自律性,又是一种社会现象,人们必须从两个方面考虑艺术的本质。"一方面是作为自为存在的艺术,另一方面则是它与社会的联系。艺术的这种双重本质显现于一切艺术现象中;这些现象本身则是变化和矛盾的。"我们在思考文学思潮的演变规律时,应该注意文学发展的这种双重性质。

文学除了外在的历史文化影响作用之外,还有自身的发展轨迹及其内在原因;而且外在的历史文化因素对文学的发展产生影响,必然通过文学自身内在各要素的调整、变化来体现。"五四"时期梅光迪说:"盖文学体裁不同,而各有所长,不可更代混淆。而有独立并存之价值,岂可尽弃他种体裁而独尊白话乎?文学进化至难言者,西方名家(如美国19世纪散文及文学评论大家韩士立),多斥文学进化论为流俗之错误,而吾国人乃迷信之且谓西洋近世文学,由古典派而变为浪漫派,由浪漫派而变为写实派,今则由写实派而变为印象、未来、新浪漫诸派,一若后派必优于前派,后派兴而前派即绝迹者。然此稍读西洋文学史,稍闻西洋诸论者,即不作此等妄言。"文学思潮的产生往往也是文学自身演进、变化的结果。文学思潮的变迁推动了文学的发展,由于文学思潮涉及的范围广、延续的时间长,所以对于文学发展的影响尤其重大。文艺复兴运动从意大利发源以后,波及了德国、法国、西班牙、英国等广大的国家和地区,涌现出薄伽丘、彼特拉克、马丁·路德、拉伯雷、塞万提斯、莎士比亚等文学巨匠。

总之,文学思潮具有作家的集团性、文学纲领的共同性以及在社会上影响的广泛性和特殊性等特点。文学思潮的影响远远大于文学思想,它包括时代、民族、阶级、地域各个层次上的共同的文学思想倾向,并对文学创作起着导向作用。它与政治、经济、文化的发展变革相一致,也与一定时代人们的审美意识和思想文化心理相一致。马克思主义经典作家运用唯物史观看待文学现象,把文学当作社会意识形态之一,因此也非常重视从思潮的角度研究文学发展的历史。丹麦的文学批评家勃兰兑斯撰写的《十九世纪文学主流》,就是一部全面考察一个历史时期文学思潮的有影响的著作。

研究文学思潮具有不可忽视的意义:可以从宏观视野把握作家的创作;可以在文学运动和文学潮流中把握文学与一定历史条件以及与社会思潮、哲学思潮、读者审美需求的关系;可以从总体上发现和把握文学的特性及文学的发展规律,有助于更深刻地理解文学和时代的关系,从而推动文学的发展;可以发现影响文学发展的诸多因素,总结文学发展的规律,从而顺应这些规律,促进文学的繁荣。

### 复习要点

[基本概念]

模仿说　　巫术说　　劳动说　　游戏说　　现代主义　　现实主义　　浪漫主义

[思考问题]

1. 如何评价模仿说、巫术说、游戏说和劳动说?
2. 思考文学继承与创新的关系。
3. 如何理解文学发展以社会发展为前提?
4. 各民族文学之间的交流机制有什么具体内容?
5. 如何理解文学思潮?
6. 文学思潮演变的规律是什么?

# 参 考 文 献

[1] 王一川.文学概论[M].北京:北京大学出版社,2018.
[2] 曹顺庆.文学概论[M].北京:北京师范大学出版社,2017.
[3] 伍铁平.普通语言学概要[M].北京:高等教育出版社,1993.
[4] 张荣翼,李松.文学概论[M].北京:北京大学出版社,2020.
[5] 王确.文学概论[M].北京:人民教育出版社,2003.
[6] 周生亚.古代诗歌修辞[M].北京:语文出版社,1995.
[7] 童庆炳.文学理论教程[M].5版.北京:高等教育出版社,2015.
[8] 王国维.人间词话[M].南京:江苏人民出版社,2016.
[9] 赵小琪.比较文学教程[M].北京:北京大学出版社,2010.
[10] 张箭飞,涂险峰.外国文学[M].北京:北京大学出版社,2017.
[11] 童庆炳.新编文学理论[M].2版.北京:中国人民大学出版社,2017.
[12] 童庆炳.文学理论新编[M].4版.北京:北京师范大学出版社,2016.
[13] 於可训.中国当代文学概论[M].4版.武汉:武汉大学出版社,2016.
[14] 李建忠.中国文学批评史[M].北京:北京大学出版社,2009.
[15] 张少康.中国文学理论批评史教程[M].北京:北京大学出版社,2011.
[16] 老舍.文学概论讲义[M].北京:煤炭工业出版社,2019.
[17] 陈国恩.中国现代文学[M].北京:北京大学出版社,2010.
[18] 李永燊.文学概论[M].3版.上海:华东师范大学出版社,2011.
[19] 陶东风.文学理论基本问题[M].北京:北京大学出版社,2012.